TM

A ZOODIEACT COLLECTION

A INSOMAINE A EDDITION

CUMMEDAR HERMEDON ATACILLE

PRESENTS

THE
EXHUMATED

...

NOW
IN HYPERTEXT

OR.INCOPORATED

¢<0%ƒ{ • Ô©Ö)Ê4,ŽÀL²ËG^B&W'-½RRABŽ²Ñ
ÏOYŸÐ§ÉÖOÚYÚØÈÜ¥Ù¢ÜÄ————————
PPO! ˆŠ®MÏˋ ÷;5 ÁFÈÛ ˎ¾JXKÐ·Ù<˜ÏÒ————
Þ™˜KÙI$¾¨ (°A.7 7\ÃWÛÉ„°

        P_?3Ó"‰>8>.GЪ$*ÄUK#€XŶISË9$ÞÉ{Ÿ{:JÀ
Ú,ZÀÅ¬×$Ö´ÖJÆÅØ¹Ê{$Í°İ.<ÀÌO

        1½ˊ5ÖŒºÂMßCMÙ¼XÈ*YÞÄKË²"• A?ÙÎ©BÏ,
˛¡EQÉŒ®«†CKÚÇ2Q$TBBMV§GNRÃЧF'`ON2HOªÍ=
Ë"ÚÂÔ+   Jº1...Q®Qµ&˚ÎNI7—
µÛ}‡Ù˙X#¹½Î±=Ç©T"Ê„Â€¦"JI...3^!-Ï-JHPÏÚQE–YE—
[²ÄMOOÛÃKDØÚA$*ŸO1-
\ŸA?[°JVFŸSÆ¦ÞËMÒ...Š&ZTQÀÒPÇßTRŸË&ÊÇ¯¿Ð
M ºÓ'·XO¿Ú
¥S"#K¯
HUŽÄ®ZÇO9˚¹Uª%{}<R÷ÞEŠ¾¬ÉÀ²ÔﻋÊÚÊÁ©:ž²-?`V
RÇÄ[Ù–4®¹|ÐQY-¬J^U ˎÁGÁ——ÔŸŠ4VŠ†9
7Ý¿¬3ÚË'}S+K˜B÷}‡?IÝÅ¨-
ÒÎˎÚ¡°².ÏYÔÃˊ©'VFÒQH[FÍˊOPJ¦Ë1˜ŸZ¬#—————
(5QOˊŸÔ¥1ÊÉ VM/T•IUÊÆº—'Î%PÈ•²\Äß£P^T¼-
‡GÞ†.E¥¿Q½ÅŠFŠFÜ¾...GÈON]FÌ8ÖÆ-
Î˙¹H?Ô¾¹/.Ê]€^4—Ÿ¥E¾-DØMÜŠÇ'ÃHVRÔ–,]L—
ˊÔ ÷ÁNÓ&ÍJ˜S-
º]ÚÇ-8¤¬Ù=4C¨'ÏÝ×X,//¤´ÙÙ°¤É-
Ø×Ñ¹¥ÛÊŒŸÏYN§S5ÉEÕ
8ºÆÑ@ÞAD
Š‡ÏQÝƒÖ.!&Öﻗ"ªVLÚÂË'6°®C¯G°×:Ò–KŒÂ-
RRŽVV OÊPFÄ£Ž)ÁMÝÂRÍQÎ]OÅˋKÊÔ½Å|VÜÆÉ1Ý
½ˋ´Ë¤ÅXÝ>N±ÑÓK'×F‹€‚$˜Æ µ˜ÔQÞ¤Û7§¡Ï·Ä‡"—
ÝP\N§°5VÎZÏLÓJ¤·Ñ¤|.Ô¨Ë4ÐÙÜ'ÄN}—————————
EﻭAL—
"Ô×ÚËPÃC'²ÖÌﻗ‡³ÔÛÔ8ÝÅÅÏÄÑ/,Z?=ÇSˊﻌ-RR-A¯R{Š
Œﻗ|ÅÝ¼4DªKIﻍƒÀ§PˊÚ)˛P•"É/Ð"(?—ÕﻌﻌU'ÜX
ﻌZ[ÆÑYŒ'*»Z¢ÌÕAXNﻌ[¬*

1

|EÔª5Ä,$Ô¤ECÂ¬\RÎRƒËÔNV·JⁱÈÀ·Ä4+5ßXⁱÜE8ÃÔÅ
ÑP/'ºIIÒ\Z¥>ÝÞÊ-C7MÝ%ÅË−Ë]¢ŠVÍP$Ù6K -
Ä&−?IWH¶J.Ð@ ÙWRVÞ^−Ó;ª£A²L{{ • 'AI".——
ÇÐÈÑÊVA3Ý:©×Ù^HÏ«X¼ⁱ²Þ¥Î3ÚⁱKÙßⁱ§°½Šⁱ·TGIUⁱŒYÏ
2Aß¨ SQÌ´ZR@¹---‹Z>;˨0.C¾#H
KL ̂„È.4Ò`\NÄÛ[>ⁱ−N‹Â̂ÊMÈ¨ =>ÇÜZ,ÊŸE"Q¸-
ÑÀÈÌÈ´Qº7€ QL ¨B2ⁱKŒT4»Îⁱⁱ F`¾GƒFÉLÈⁱGMŒŒÒ:
%™½¿FÂÅÑ • ¨˜X†ÑF8ÆX- ̂ÓÈÇT[—-
CE£!"Ê¨Å(£ŒÈÙ8ⁱ]ÈÊ²í6−6 ¶ÉÉ(´X26XÒ——
Å¨F¨ÆBZ(ÇŠDÑ§1§™Å32"ÆⁱFRⁱ¢Ô·ÔÌW[` ÆÚO¢AFSÍ
ÛGÅƒ`ÉL%W...A_|Ý×Ù ——
,1<4³ÍÏÄO¬Q.¬%²(CE9>X'Ç›ÔŸ¦SU——
NŠºÎÌI÷³|/NÜHN^@NÎⁱÀÉ÷—ET|ZZWQCÀ'ÍCT³Ò½-Í'ž †
ÜºÇ›÷¬/÷ËÝÓÇY°JM$È7ABÐ¿Œ‡|ⁱSNÍÈ"ËßDV@ÖÑ\Ÿ+
L¶W.-
#BÁÉMÛX{ÅÒ1ÎZÙ¡ÓÐÓD®:S¤ÓÒÙ*ÌÄªWⁱ, ÒÍ!PYJM'ÑD
—1Û\}¹‹ Ä#Å|]ÁG——
FW1YÔÑÌJVÖÈÓG¶¿ÅÏ$ÈGLⁱG.ÐÒ´.ÔJ·−E³¢ⁱÉH{ⁱCQA
7Ã¤E÷€Ù¨Ï6RÒÁ÷¨ŽR^V5Þ‡H›KNÉSÈ,——
±%2ºS1@I-+F±ⁱ|C™[Ë,±J}Å
(Eⁱ7-`Î^BMUTIÓ\¸¼•ⁱ])M¤K3NP·;MTÚ?ÄÊ=Ô'—
<"0740Œⁱ]U5DÝBG‹´Å7•©·Ô9ß¦KÝÙⁱTⁱ'¤_ÚGFÞ'ŸMH
—MCÒÇÐÇG™
B¥È="•H¢›`CÔPÒ7Ð−
(ºÆ"Ç=ŸSÔ¤#GKP[5¨„RÏⁱ›DGŠ(ÏÇ`·ÈMGÑ-Þ.Š-<8ⁱ−
I!VÎ%ÖÖ±ÜÒÇƒSW3NŒ
"ÎÈ˜<¿ÊÏFÞÚÇ£ÓÍ]ÙŸ-˜KE6ŽIÄÖ«·ⁱⁱÔ_MÖ¶ÔY—
W4Å,ÑÊZÌÛÖCPÅŠ©¾}ÊÛµOSVÊZ/Ú˜GV¦Õ=³Û\"ⁱ]U‹'6
Ž>¤Ë%3×RÈG‰ŒÖ¨8S=ÐÂ·Ð——
©/ÎUÜ——
BMÉ&0¤;W"›¼
Nƒ2ÆžX−
÷Q6»ÉÄKUÂÇ¸ÑLÀB§ÁÆOª¥¹Ö¼GÕRÖÁS€Š¶
ⁱ¤W%ËÐX}ÓZÜBÆYÛÊ,ÑÍWÍEŽÑÝ'IŸ"YÍ\ÅÀ£´QÁ`G
ŠÐOÉEÄUË™<|ⁱ‹ÞÔTÜßÅGÖB±ZŠIÎÖD¥¸IE¼¸QD¹ž†Ï
À,'7Ð/ÜDÐÙRÓ¡*Þ———————————T¨——
ÄXQ²@Ä²ÚTŒÍÈ¤Ù!ÍQƒ©×87,MÆÄ[HÄ¡‰ŠSÔË———
L‚UG^`•4ᴀHⁱPRⁱSÁÁ¡ÜM}

2

IN°Î‰...žYU,—ÒÓ?%¦¦""(·¾Ð®6Ÿ7ªSÊP'C=HÙÖV(G"
Š„ T'!4™HZÒ[ÉÈZ"ÑÕ©TÒÕ−7`€ÍI¸*OOQ¨ÏÜM—

─────────────────────────────

ž³')A!@"¬†Qž
ÌÚÚÝ˙VÀGÃ·,EÛY3¡}ßÂÍ<º"ÁÙJÆÌÙÝÊI É)N©Ï¬NF£Œ
®07ÆÐ†Ö!!Ë────────────────────
‰Û€"Ã'Ö@U÷S#Ú6˜Ï─
ÕÕÁÞÆÜÜX¦¬7Ü[·KCÒAS'U„7ÙÈŸEN─
À«ÈS¡¢Z7 Rº9K*ÖL*+CÍ˙QUYRŠ2ƒ?"ÌÍßLÙÜ¨ÁÅ¹ZCX§
Ç−FNÇÃFÑÕÎUIEÎÏ̧º$Í^Ñ»KŒÚ,−
ÄW#CK¿EÑS˜ ALÝÛ£Ø<Û¦Ú</'Õ¦Í/†ž>{<Ø©—=
YÞ(...\−
D™HÙÛNV¦Q`ÅŒÇ'ÊÂIZFÈªPº<R¾Z9TJ9PHÕZÈ§ÂÈ"
;„REÁ@S³M‰<H"ØNŒ¦(ÒÇ−
Å,˜˙QÄX»5¿FB=‡JÁILQÏ·ÉÍ%)+Y6ÄZ6¦DKRÀ·Ï−
÷‰5ºUU¸¦   Û%ÖÂ·R−
£¦Å2XJ'Þ?ÐÂËÇÄ¦F'COÛI%,»˙K,ÅÜ−UÜ±Ÿ¬ÛÅ,Ø
¸ÂP¥−]¸$KÉ£¦Û@6ÊD^ÆAÐOHA¦)$©Q−B,FC‰ª
¦!M &«ž÷?°...
@ICÚXŸª]F¸.S*BÅ2%ÙBÏZ¦
XÝD˜§"ÑÛ˙§ÖÂÊ"−ŸÂÞØ¢C¦˜±ÚŜºÎWÐW=Z7DE2Ç¨É
Ô.ºWJ®ÁVDÄU»Ê¹⁄₂G¹────────────────
IÝD%XÔª"ŒCÛÇ¢94ÌQµÁ#ËVXÌ¦,...Ã6{O¸F'<¦CÁL6ªÝ−
R¼U¦E+XR+·µ;¥ÄKM¦PO_YÆÑRPßSßžÇEÃ¬"˙ÓÕJÇ·¦‹
$ÙN[¤J}¼CÔ³[QVOŠ2E9¦Q¶E#°E˙ZYQME¦·ÞM¦EÏ──
Ó{ÅMÃ−˙ÉŸ˜)7FÂŸ¦
{ºÙÂÊ˜¦É¤ÅA·C¦GHÈÍR˜−
$§ÎÈÔ¬GÅÝ−−(Ö¦ÅC³¸‡T˜¶ÙÑ¥ÐÇ^G,X™<©ÕŸÅ§WIŒ
±ZÅº<¢+Ý£ÏÆÐVÊ³˙§'9−
L'T¥Ê1\¦ÍHÇ³Ø!IÐ\¸£Uª...^¨RMÊ,...ÀV9"¦VFYÅ=OßË¦Ä"¦
Ü¦ÌÈÁ────────────────
F   Ë¢Q9TA`
PÅPŠ]B<ÕÈER0#Æ<‰©TËZ>SBÙÇ−±I¦!R^ÚÅÚ¸=I¦Ì€9
"EZB„ŽEASU2Ü;Á¨
¸.¢Ë± ÜYÍUŠ˜ÅÊ#Ì¸ÛÉ˜Ü1ªPO−
S§,Œ)§Úƒ'H{˜%<·µ‰ÁÚJ]ÄS˙W²[2ÑÃÅ HÏÅÐÅ¿AÞžÝ÷
Ó³ºŠRŸW¦ÜÖÅZÂ˜ÑÕÎÑÉHÙ¦\ŒÌFÞ¥Í³FÚJ−>À˜¦ßÆÌÜ
½KZ‡Î[Gß¾¥]È¶Ý/Í¶Øž\Í½ÉFÓ™ÓÅ−&‰"Å6¦6.Š(÷D

3

§X¾δÐGẢ+?Ü]ÓÁ²§Z(–Ó">_ÛFÐ]QÃĹÆOÝÁÊ[ÐW4ª¾
„¥{&Ì˙ŒÐÞO=Ë¼·7˜
　　+ÏÚÓS4¥¿¿Þ£¿FR5Ñ#Ÿ†ÀËÖN%Ÿƒ÷Š%Æ¤ÐÞN
`Ì\§ÊGÜÖ¨Í2,—Ê©Ý
D¾À<ÑÆ³‹—ÎÒ¡·-
ˆSÍ"Q"ÏÝOÔ}/Ê^ÙJKE>@SÝÄÛÔÓ('Å〗Ü÷Ì,Û˜DD1$Ù%C
Ñ°G·Å/ŠÒÌÑÐÑG¿˜%TI-
"º*FE〗LÛJ–Î8Æ〗ÒK˜Ö=\〗2¶"ÅÇ¨ÌÑÆFUÌWÝ,
"‚²È4´¨H8〗$¼Š€ËJ5BÆE DG〗Ì〗¨Ì-Ö·Œ
〗žÀ"ŒÛ˜ª¡ZÕ,Ä¢L...¨^
Ð〗H'K$±S",Ü¿Ð¡
S¢ÎCÄBÏ£ÛÐˆÂUM!LÀ¢‹GÔ〗L^É%¦ŠÞ¢•'\‹½?Å›ÞÅQ˜
Z*WÓ½ÎT¨*ÙJ_WÓÎH³BÙ>°Ýƒí–£TY〗Q"^^ÃŸÈ3ÇÝÀÛ15
Ú;1Ö„¥Û〗¢{Š²M〗?O—J‡Þ,〗}·OMZ©ÅNEGM'^ƒLŠ(ÃÙ–
G›NÛ?ÎÓ!Ù§G,ÌØ(º<"Ö•JÔ¨Ê³Ë³ÆŠÖ〗¢AÎÓ.ÈG§˙Ÿ{¥Ž
®O¿K€...ÅSMÐVÆGÀÒX¬·*8ŸO÷!Ñͨ˙‡¤ÇŒËÑ°ÈÌ·É4}8
¢Á¬GÈ¢Ò‰ÚÍZ}–Ã(Û½ÇA"W"*®OÌÃÔA$¾U0\W7'Ã3〗
Ä^PÑ"C%Ø´GNSÎÔË™"DßÐÄÝÞ¹Å¿Ê Ó²"¤)ßÍFQ"ÛÄÇ,"`ª
#ÒÌÆ!ÊQÎÑ4˜Ạ D‰Ạ
=ÕVXZG{〗B〗¢ÀÜÓ
^C〗ÌÄ〗Æ,DÄŠSÙ1"EFÑOHÉŽ²BÁÑJR;\〗¶ËŸF+ËŸ〗Ù÷Ä‹
Y:˜"'GLÄTÏEÝWÆÉ¹SIXÀWºIÃ〗H,ÀŽŒ8¢ Ðƒ
]¡ƒ`ÐL¦R*Ò°Ì〗Q%»&À*E8?:Œ...@ÚYNŠÔ˜ÝÚÈKÜ‡Ž<Œ¡¥
G*¥³G>×7ÅÊT›Í¼®'.ÓHÓÆŠSÑµ
¨QJ<'Ô{Ý¸ÅÔÁ47ÄÇÜØRX
©!ÔÒP^ÚÆ"Û]™HÕ£ŠWÖH(¶TÉUDÉÕ9LÒ$,ÏÁÉ`¾6‹-
*Ë,Š7¬CÛMH1°'
9¡KÄÔS"06E>À9JÛ¹PÒÈ§·J·SÍOWÅJº,DT
〗˜HÀÓÞCÀ〗#ÄUÛÒT9ÇŽÐ- ''G|}...®ÅHÃ³ŸXÃ¡ÓÇ,®S
M})^Á§B*9PEÒRZRÆÖQ'L–
•#KÄ÷ÚJR¬'+Ë"VIÛ|^Í*¾C¥Š_|J|ŸG–EXÓÔ¢Ø(ÔQF‰
.Ž{Ÿ·E¹Æ•›ÅŒ³Ò"BDP¬E2FTD"ªFÀ•5HÒ〗ÃÄRÃÍ²«UÑ¶
ÀÉQÈ4DBF〗÷¢GG{GHŸLØÍž"ÓÜ]/"LHÑF‹
½WÄCÁ¤&〗Æ N3ÏZKJ–ÁG¢‰ÚÙ1Ä²Ñ
　　,OŽB/†DÝD´Æ<ÈGY'ÔÑ
È˜SÙ〗BQ?ÅÅ5〗-
ÁÝÝÀÉÜL,²Þ[‹8<ª〗$ÓŠTÖ"„ƒ©®XVÔÞRÔ ÐÍ¼˜YÐ1À
ÉV_NJ

4

A————————————————8⌐Ÿ÷XC«C¤Ç$@·ÎⁿᵃE
À;Â-L¼⌐¨-
Á¼Ù§"¼ÚžÌBÅÚÛ • 'ÈØ$N-;6ÖËÓÚVŽ⌐T½ÀPUÒÂº‑ÄZÎJ
?ÏŽÎ«·-÷Û,È©"KX˜¢'ÓPM⌐...WA T————————————
˜H†.¢I9ÓÛà
-,]-Ã¨ ¬ÛÍ"ŠMÌD————————————
±A
ESM)XÃ[º«J)(⌐ž"´¦DÛŸÌÇÞ˜ŸCÏ...ÏÕ·¼-"-/SÎZÁ?¹M,Å¹Ó
ŸY¼¨={DÑÝ=YÚ-$°R¡Ü,Ÿ¹Ê¹LÖŸàÑ¿Ï.@Î-8³-
ÌÈŽR'VË7*Ä‡ŸDØ&Ç{«WO.8®Û›4ÅGN£OK˜OQ¿Î Ë<_™
¨Ø=¶\!½ÜÂÔ;ƒ¦ÃÅ5NX®⌐ZÁIßFÖ⌐Â™Ø-5W²K—›ÞZ½¹
W/Å————————————
ÅÙÙ©#ÂŚRS?Aß<H"Í¢'ÜNÌ9H¦Å"KW{WÑ˜ÓÌ;>ÔWÎ»OLÌ
(E&M¬¯-
Ä¦AÖ...‰"ÚŸM/ÏGÄ²À¼ÙÙ™G¡²Œ€<§Šß³ƒÕÀÅFⅡÈ‹C
UÉ¼£¿*8⌐ÎÊÂ*Ê÷"Ÿ&›Ö>H¨'ÁC°ÖA'¸⌐V˜Š§ÁÚ}GQ˜VÑ
ÑËKH§-
'ŠⅡU<]°Wž-)CG±˜-ÆÉÒ^SPX9WR¹.LÜÎ›Õ'ÁOCÃNXSÀÅ
ž\/¬C...R————————————P2ÒÒÕÎÔ÷-¢
GWÅŒÖX³ÛE$MNÑ
        ŒESË¯Ç$VU,ÝÛÍCÄ³8˜;&...(©*9^ÒËÞ›Ÿ'ÞÁ(Ê
‡ËI
    ×C©⌐»I-Þ-ÉÏŸ‡Ç´*Š85˜S‹Y4ÍFO&¡ŸÞÄÜÍÚºTÇ •
>®"ÄÑ⌐ØK-—E&ŽQ@ɮÈZ/Ý„†A®{ZS⌐"½GÐPTÒ-
N%ŸHD-¶ÔÂEᶟÇ"ŽŸ-
————————————ÙⅡ£NT-Ã————————————
AD,²ÂŽ,YJ————————————
T¢ÖKA¤F‰
ÃÇÄRÑÁ.RÕÙUO³³¾...ÜR[¸+»ÐRÜ}Ä²I7Y£ÕNÊ⌐D¸ÃE-1
YÍF˜ÒÒOG‡U'+OÊNXÃ&&÷[9U±R¡⌐÷-
IËFÚ"⌐Ê÷¿Û™⌐ÑÆÃ»NÝØW)ÌÊ@›˜ÍNJNC£¥H>I%¡LÖ}ŒÛ
        Ø-HE)"T⌐
½.V'ÛØÙV$'A÷˜£EÑ2˜ÕSÔ}Ú‹V´_•›ÙK¨Û2ˆŒÎ‰"˜⌐
Â:⌐ÓÎ,⌐£¾«QÑG<L1'JÍHÐ±Ä‰Ø3¿©*‹ÄÍ⌐«Ê{·EÅ...Íž&——
"È⌐¤¿ÐÑ£Ÿ$ª9Ñ-R}-
(£JÑÐ˜^⌐ªNN©Û›BE(..."‰(,ŽP96`ŸX/G)É⌐)MÍ|·,Ü¸±⌐E
4¸'Ø/F*RU¿Ð:Ó...§RÜ-
Ù¦Õ

5

R‹…Ý\$º⌐ÒⁱÞ¦.Á–⌐"ÖCVRÒÍŠLX\$Õ5\ÎÔÂQÚ®VTPHÔ5ž
　　　ÄÛÑÀ(Ù\ZßÜÄ3ÞIŠGÒÜÀⁱŒB÷…CE×(ÜÀT´]
Ø7ÕÃⁿF‹E"4‹›
ÊÅ.Ï–ÐMÙFË¥‚Û ÓO›ÕV'"⌐–UžÖD‰¢ÉØ,ÖË,YW·@Ì¨Ú›J
⌐OT • ½'BÇ½AÀÞÞⅠÞÒR⌐
Î⌐^¿Ÿ¯¥ÆÄC/]¾ŒC¥|Qß.]ªQ¶R¾,®J¦‡»F⌐630[.U!Ü
　　Á…J7U8»ⁱÌ‹XÏÆ
ŽØG*V¨¸SÃ±Â7ÞJYÍBŒBHT‰–@:DÜ————
Ì°6¡*Ú‡P"ÄÅ‹ZÈ²YNÕ¨^H²ÇÌ©`/ÃGÒÔYBÆV)˜¶SK[¬`
³J¶]‹É5
X™FÔY† "%Œ/ÉBŒ‡I±ŸRYÂ´ŸÆ£ÙE-
§Î¤Ñ\$÷_Í…Ô½Q`·ÝÓⅠB 1JL±-
Ô,¬ŠZOÊ⌐⌐ÅÍG€N6ßÓÆ)¿Î·ÏÞ™ ÄÛÛY&HR¬5Ë*^Ç6)).
6ÔÎŽ"ÑÀ')M¦–
E*‹˜ˆWÚ©§ˆH§¨FÓN®"¥7Q{&ÍÆ • ²GÒÅÈIJ'5¦WÇÅ]˜
B‡¥+ÊÓÑZ×QMÓ·D¹Û!ÍÆÇÊÌ¶«-
ßØ;'⌐ÅZ›EÇÊ¹HÚ'WU¶_³,HÂ‹P"O?ÔÈÐR‰Ç]'Ø˜ªZ¬"Už÷
ˆ˜ÅX†
O(⌐¹ÝÕÁ·Ó¿ÉÀÂ_9€————
5¼J¹ÓG:¢ªPÛ59%7-ÆÚÀÐ‹¹ËÏ,¦¥ÝÆˆ¸Ð1-
ÅÔCÜR&Û¾ÄÎ]Ñ›™⌐5²ËÍ«†÷5ÕÊ?·'EEÈÅÄWU:,Q'Ç=–Ý
¸ÙDE&¿8Ù • XØ1¹Q»§Ø'½Ê–
31FÞÊŸÜIËÜÐ£"ÆÈ%ÃP8XŒO6Ì⌐D¹Û²5UÅ-
#ÀÌ›ƒ˜.TB⌐&'"–ª¢ÍŠ(Ü£"ÅÅÁZ¥·M²¾;H⌐DŽ(μNÜ¢,ÜÉÎ
Š|Ü‹U–^Æ#Ê·M‡Õ2(ÊCÊD • GÝE³U,–
§Ô • Z›HSÈŒOÅK&˜⌐(————
\$-H˜¾¦B…ÊÄ⌐S-Þ¬M7,Ò2",Š,;®-
Q4ÄËⅠÒQÃ€Ñ%PÚWÌÆŒÔⅠ‹¶5GÞ9L´Ô=ÞK'ÞžÕ˜'¦®Ý
ÅÏ§'ÑÝM%½HÃ!⌐ÁÊ

P[QPÓÓŠ4ÝÀNÛ"B‹"H]¸ÄÚ-
¾ÍÀÛWQ¬D2⌐©¸1³ÀZÞ‰«ÍÄÌⅠ^N
　　ŒËN3¼(ÙÜ'ËÙÔÁQÁÕ§À3ƒRÏ\$??3®GU\Wª X»
–X‡©}ÝR%ÙG¤R¡VŸÐCCÚVÊ·%-　　　⌐'"²Ä⌐Â[·Ïl=–
Ú6Ð¥I4_μÅ÷U·OS¨Ì§ÓÕWH»×Å ™V　　5Ÿ————
EÂÒYÓ&Å¿'O´ÙQE:)Ñ×Ã·ŠN[…Ç×'DW˜˜©JL¥Ð‡ÍM‰í.
ÏlEÂž8ˆ[G7GⅠ,ÎÒŽ60'Ó)WË˜NPH»E–!ÈμÇJ-\$L–Ú————
ÃÃ'Ó;Œ ÉÑMÉÊ0Æ°C7·ŒC÷ÅÀOÈH+ž.Ŗ+

6

^Á‚ÚPÔ4Ü ˆ ‚7ÀUÜCÈQ"¾:E¼™Ò—
€E;Ⅱ...RHÚK¾Ó—
§JK·5*$žR9ⅡˆÎ‡Œ˜=ÓÃLÛÓMPCDCNÆ"ˆH[Ñ1‚ÅⅡ58‚Œ
§
\7————————————————————Ð™Ï¶Î® ˆ ÂÌÎ «ÉÔÕ¼
Ë™ËÁÅⅡ–†LÄÜ\Ó3¶Å=Ÿ®AⅠ-ÞD|‹XM>É@¬Â[€ÙO
"Õ19'ØAEÌÔÆ\Ú¼&A$¯ÅYÁ["O•ß½R„¿>ÞFWÇ´VL"Í!
µÒ'ÀÚ°
·...'ÉF"YÒÁÒ §¿————————————————————
ËCÔ$IÑ–
žPÀ©BÀMÙ€ßƒNⅡGÚDC"BÄŒU1B7Ö!1I̧µE¯9MYÆŸÍⅡÎ¡
¼UG;\‚¡8<ÏNÄ1Î±¾ÑRT?&OFN————————————
ÓT‚ⅡIÚ{Õ™ÐÏ°Ⅰ=›EßCÞŠÅIÌVGM÷"ØÛÂ®¦R
JÆⅠX·™|ÐF7ÆŽ‚§¨ŸⅡÐÎ·Ô¥ÒBÃ$EJ¿Î[ⅡC€ÛßZ™È
ÊÄⅠ\Å7Û{Z˜ÑÊÐ/‡Á-÷ÁÝØ-¹M¶ÓY
ÏWT^Î%§C‚ⅡÓPD/(8§-ˆÌ"Q–ØŠ
N?(Å‹V01ŸÉⅡÂC®".Ⅰ¨Ë'DÁŸⅡJD"¿<ÖO̲ÒÍÂØ&Ñ
GⅡŸ–
AÌ‚WÎ"Ž4Î<ÚVÔO£XMÚ=-X HB™!ÂÜ¦ØP±¯ÜŠ02Ñ–
¹[ÓZⅡŸÉ¨WÉF»>ÝßÏ¦-!Ý$§{Æ¼1T\Å´÷Û<Ç¬KIYUÌ;¢·2
Ö·IÒ,DSQA)Å†;ⅡQÄÛNÇÅ$‡ŠY¿7EÈÄCⅡ¼Å;M"¯-
{Æº¶Ⅰ8¨›7*E–›¨ªŸ=Œ‡°X»S¢˜‰ⅡRGⅠ.YL»ÉØ<ÅÛÂNÌÎG
ÎHÐIÅÀPQ"¯{ÅⅡČŠ–
À.ÌŸ|»ÊOSJR²¢NR˜£>U"SX® NAB¿WZⅡÇQO·ÎÎ©^§J$ÍÅ
=ˋ‚=ÑEÝ¼²>Ⅰ"Ó>]ÀÀÂ+JÓÄ-=D^H†>¤®DÀ—
„·ÎⅠÀGYQ¹ÍMÜÞYÎW³YYÅÉ{ÉG-
@-BÜ±»‚÷)ˆÎ?Ã7¦ÓØ¤°YØ<ÍC¿WØ3&^LÞLÛ‡XÓ‚
Ÿ-
¼Ÿ2I^¡VØÉ±K‚‚ŒOÖ/ÎŒ‚TÒⅠCŸ˜^Q×¥ÎAŸÙÓ«Z§Ü®;V´
\Ü̲ØÏÐ̲³‚Ê
GÅ%ÖLÚÑÓGŠ¹?}KYÕ6.I˜•
ÍOZRµZ\ËOÛ:ŒØ¹µ8YÖÄRZ3ⅠØªU9\@77————
ÊÂ.
L@H————————————————————
^P7T[Ž˜Š]   ‚Î£7†Õ€´ÅÇQ(ÁÊⅡ7€Ú777ˋ7³77ˋ7ˋ(@
7777777H†ÑFØ}ƒGE^M3 \VPS-9–ŸÒ7ZÀÈHÊ-
Å#‚À^‡ÓMÍ————————————————D¦HÌ8I£Î$B
É   \ÌE?P3$A«÷41H3ÆQßÖ¬ⅡÚÃ}J¼ÔA7Ò————

−`˜/,LÀ=0

B———————————————F〔˜W®Eˆ D¸ÄMÛ'¤'2¿

!,888———————————————————————————

88888888888€88888888888888883,ÛXKO———

‡‹:BER¾-0ªDRÝNÁ†86ÒǺC\K....8888À8€88888888

88`88888888888½£›...P9ÃÞ1Ä8¨——————————

/Á :M°5-{˜Q€Ö¼À˜ÒÕŒ;SA〔÷+CO〕——————

ŒLOUÞÐÉ9ÙÇ³〔Œ`Ô¼}A——————————————

;ˆÐÑÁZLÉ<Ö88888888888`888€888888———————

888888888888880888888————————————————

€88—————————————————————————————————

88888888888`888888888888888888888888888888888

888<YⅠ¸KÅÑÑT¬}£0˜JÀV4WÙOT²(;ÆÔÔ...[ˆGÀ„HC®

Ÿ/ß,ML2=^˙ÈMW¬ÇI

"Õ(ˆ-¨ÏEMX¬ÐÚÚÅ_¬,²I±|−®$-§8Ø¨É4L§ÀÊÁIÚ)<ÔÀK

×————————————————————————————————————

1¢Å`8888888888888888888`8888€88888888888

88888888888888Æ8888888888888888888888888888880

888—————————————————————————————————

8O8—————————————————————————————————

8-ÚHYµQÝÊ¤ ⅠA——————————————————————

#O)5À(9R%ÂL‰1·Ë¢L8<"O4¨¢KÂÉ·F/P9ÞNR%@U

{Ñ1Š†‡ÏE¶*I|\Ì¡——————————————————————

AS`KÖ

Œ£HX〔,+ÙGÂ˜LRÈ{〔®ÖM®µ〕ˆBJ%Ë—————————

¦"´2@'Ø½Ï3§|8(†〔ž)−

@33¿8888888888888888888888€8€888"Ì−

¤WÔU`,KÉ-ÓŒÃ"™º†MWÜ¶§ROFÒ¶Y-,E〔ÎÀÞK———

¬ÊµÉS'ßONGÅ————————————————————Ä Õ-

'ÓÜ〔Ù;¬KÓK©·YO""!|———————————————————

− ÀÅÕÀÜH-ÑÕ´8ÑDÑˆI±½3,Q¨Ⅰ6Z&·®〔

<CXÈÐ8³ÒU„RSI4¦½Å〔Å¢¤/〔|ÁÐÈÈÊGÌÀ-

〔ß‡YË¹¿Š·Ô88888888———————————————88

88888888888\−¸)Ô¬ŠZÐLÅ

M*§ÅÂÐÉ−ÀŒÁËFÀ¸16...〔™6Ý±ŽFY`É-

R¿"ÉË£÷Ê0°?˜˜ÃHÎ|FHFM@JIÈJ¶·E÷-

À¡žÇˆ²8°YLÈ4...™SHGÈÈE8XLÀ‰²:ƒÍÇ¬X...«×Ú°ÃÅ>F°

HÔÃ8 ØÀRÍP+$-Ù"ÀÁ±3L¬ìÛ-Qª¬«〔ŒÎ¦ƒ

8

¼9I[RÃÄFÞÔÅºžⅡU9¤™E;ⅡM„Ê99————————
999999999999†————————
99999€9À————————
999
¾¸ÒZ+XÞ(L`º`9PÄ————————————————@9
ÅFP%¢°ŠÅÐZ −Å|ÑÅÀ¥1‰,ZŒÕÎ8€@————————
Î"J-
*·NÁ€@ⅠˆGOM\„CÀU9W3Øƒ¡ÊⅡ"N}ÍR*ÇÊÅ˜>†®ÉK¹B
ƒ§¹Å————————————————————Ó(Å±Ò99±ŠM[ÓA
(ŸⅡÚÁ00^ŒU‰Q``ÔŒ,Ⅱ
(!0"Ÿ€9 999@9————————
0909 F9999À99999ÐÁ?@A˜@Y
ÃÓEDJÝÃ³¤ÊAÁÛ5Q¿ÌÙ`——
.@ÂÌÒÈŽFÍ203¼\¼‰+ÁǺ3P¥Ã˜HÃ[
Ï9[BO‡÷ÌÞÀÜV¼ÞG'ˆB,@BDA+$9IÑÃˆ6VP]Jƒ
«*Ô6˜€ÀÃ<˜TAQX7Š:¡9Å,ßA€9ÀCⅠÆØ[ËØ°-Ä
ⅠC   £Ï"À^————————
ⅠPŽ·†9Œ¢ÀŸ¾ÆžⅡÜ^QÐÐ|³4%ÅNŸWA{[-
Ç9@(K"@ÄÓ È EⅡ™9ÝÕ ƒ²˜Ž°AL Ó————
ÅD€PⅠ€99€9„————————
!ⅡŒ"9949€————————————————999@…
L9X¢-
BVÎ6†'8ÍH¤Ⅰ#ŠØˆ+*'⁄˜N¢¤SBW´ÍQQß-ÌIZÉN}",5Ⅱ.À'BS3
,*,žJ2H−")½*"ÓL…EH‡ƒ————
Ä‹3Æ"‰(ˆ(LÆØˆLÃ±{µÑU<
ŸÑ-
ŒUÝ————————————————¼'#¡ÈÑÓM{^ÀT‡£
−¬Vƒ€¢Ô«©ⅠÛ‰ºU£9RÒÉ¿L@Ò…UÌVŠ
À¢=€ÈÀ,TBⅡ†<Œ9Š˜J}]HC»%Ö+€GÝÙÉE8ÈLO2
|TGⅡDOÈ+%ⅠFJ‰C†ÐAXÄÜG3Ú`…ÓªŸ
"Nº†Î²)[R!OÈO0Ä:7ⅡÄ£• ÈÔ————
Á4Å)@…2'Ñ8E£.ÙÈ09999(99€ÀÀ9L9ˆA@ˆB99# @
999À Î,Ð<À   ¾_¸ŒEÑ½CÈ"Z`999"9€9PⅠ…?-
ÑZŠ"FWÂÈ™ÇÌ&B²À3VÀ¡&2Æ«Â¥!OⅠÑVƒR´˜³W,˜ÀÅ
˜ÌW3Þ…9NⅡÅ-
ⅠÀPO˜{Ôª\§Þ'RŽZD9€SÖ"Ⅰ'÷<ŽQ×7@0À,@·-
²BVJ,Ë,Š8 ÎⅠHS1Ⅱ¸Ä)F˜#5ÃÙ'ËⅠ˜−Z−K[Ú§QÐ€ H°Ⅰ
‡¸`ÈE+A±¤´Ä)S————————

9

MÁ± ´OQ°BP10—W¹Ý¦V¨A˜2"ÍØA„†
,Ø〗I#Æ(%JZ ¢¼ˆ³
F—YØ)/S〗HÕÓ©ŽŒKAJFX
`7,^Ð ˜¢ÉH€1010
    ÚX¨•¢§ÐLX ¸€„£ì'—]žOÌ〗ÐT¨TOÍCD5[ÅÒÎ²ÂD—
QÏ¹〗¶64(11WÓÄF€〗&‹1Y˜OÍY']JSŒÄÙ¼•VÊ_ÛJXMV£
ƒMÐ¦¢Ò; H÷Ä&DÀ³J,ŸU'RB2%Ö—'"〗²•-
Î˜Š'FÙ¢DÎFOWPR$Ä〗ŒL¥FCHÌ〗HVC;×¿P,²†〗ÙMQ O〗Û`Ñ
‰˜Ü)GQ„$÷O›ÌÀ"Ã}˜žÅÉ Š± PÑ£¥.²'G>
〖º‰"QØ ´Y*:ÖßSÓ'¾B
PÊS§...Ù°V›X'Œ@SÉ"Ì10¶ÅØMJ
=»ŸÙÞ^TÓ710〗¦‹Ä{Ó-(Õ•10µ‹¹C
I

I˜,ÅLÌC°²ª¡²ŠÖ‰ÇZ9ÌP,9:£×ÝÅ...Î§™¨...B,
ÓL€L¦'{WVN]Ú¹¦§4&L#XE,〗³B'LÉ®ÈÕÃTTÒŽFÉŠF+<P
ÑS‰¿¿LGI2Ö× _§»-Ð
™%ÊNPÚ €E〗È-&|R10,Š5ˆ10Œ'UO ©Ñ>ÛÊ¾+\G›¦€Æ
UÍXÂ¡"E=ÓÕÍÒQZ10Ó;AÊÂ€"‹(Î〗ŠWHB ´Ö€‹³XÈÉ%§Œ(Ì
ÐÈX„‚Z·D"3BµÉLÁH˜YŒDÑ>±10(ÌD×²Ò^¹•Y"C
    R6®³Î·ÃÏ^©ÀJ:R〗¦¥-À Ì
[HØÐÄ¢
W.ÃÜÝÅÖC±ŽŒ:'X-ÅYÕÐ ÒH‡ÓŽZ1‰«R101010
§Í"Ë `4Œ1Qƒ'Œ1010#10 ÀC101010ÒN‰ÊPÌ"
'10À10]10R€10£¿€0%1010T 010#ÝÕÎ@Š5˜10Ì10W%
S'¿B:—•KŠ®M/ÕÕZ4Ð)Àƒ1¨〗Ê...|:X'ÆÛ£†
RµO(ßCJ]§´ÖÑ*SQ" º-&XIQÑÊ²¥˜ ÞÓßÝ
¼""G†‰ÒAV§Ë,>•»{KC%QQ@ˉ·2T|ÐµV-Ô...²
LŸ THLFÄ±G)º ÐÕ!ÎIE
¹%4J(Œ_‰È
ÕDIE¼‰,›ÂFX£²ÚÐ¦Þˆ7¢ÉÕÓLZ〗Q"F?‰ºQÒÑ;DÚÛDÚÝ
DÝ¶£€¢½ÑW}°Ô2〗VE¾
£¬GÈÎ@"ÉÎ'«"GÈG£ÑÙV©WLÇÃ_ÍBXF-%ÏÒÉ—
Ú³®WÔ•Ò'M·ÐLÞWBKÔÊÔ™ˉ±¼7N^Æ7ÞÐÄ·ZÝNÖ〗¶¥
&Â¬_"UÐÑ'ß°〗E½Y€ÎÔU'O&M',µ4¢〗Oº(ÔØ〗DJ§}ÚLŠ4RÄ
P Ñ)1`Ù= ...;OÓ>!ÆY½ßMÚ¸FÇ〗ÎHÃ¢ƒ-·—Â'ÒÊÙË+-
Â¹;;Á#·¤B
                    '¢CY〗"L...〗WÊÕN"™ƒPŠ

Z¯P˜&)È–}ÒPÆLCÏØ«U,¯V<3*W–+-…'Ò"ÖK¾;È¾AT×–
´DÚ¢+ÜJÉŒ¤/FÀDËÖ÷Q½×´ËHAÉ…J—3É=HÎ"" HUÑ–
'^2Ò*&/(Ü(AIR8¶□ÑF(KÑ,VH+I"–Ô!%£©N×M®ÌUÏQ,€Ê
6ÖÏ[N¬ÓR¡†?#_"UÃÂ4A•±Š•Â&ÃGÃ□Æ□‡8—.%ÒÊ²Œ
BCÈÍI€ÄGCMI‡ÙR³*³+»IßB"¦-"ªEÑ…ÎÛ4²[YžBÕžª!———
Ê"<6□&KÌ˜™————————————————————
Ô¨Ã²ŠIË‡¥ÖU+CÂ&¡□S\"C˜69ƒO-TÍÀEÅ)
#ÅEJ1N<¡CÂÔ:Á•™EH
ÐJÒ2Æ1%<PC)HE",©ÄW/1¦Í©Æ¤ÇÅ§□8ß´W-WÒºOQ\
Y"ÎÝÐÖÈY¬ŒŒ"#""(DŒ¸"–ÇV·-8`*-
"›•MÊV'WRØNÕÀ ÒIYÈ»È¢Â@Z¥"!›Y›AW.□«ªÊ½Ã…°ÁŒ²
ÛÑK5TIÉ)*□€ÚQD,²ÃŒRZIÄ^BÏÍ–ÖŠ·,DÒ?ÞÖÊOÔ|□Ú™±
O…ÛÉBÙ"–SF¸"H————————————————
,ÐY–P.?ÁÊŒ□ÊÄÙYß.□JX'□*ÔH¬|'Ã_„·Q™TE{1ŠÖB
□%——11UÔß{Í¡Ê
S„OÎ¯Î "¦R\RS¦ 5L–™[N^\€„G«|TÇUÓ_¯'Õ
Ü×———————————————OL%Í&
RHRC½>JR|ÊÝIÅ¬(^°½MÐA°NÆÛ‰CÒÆFÆ7ÛL¢ÚY«
Â<•AÅ[™FQÑ,¹LÁ³DÃ?[MÊVƒXA———————
ÑÙGÈZN¸ÝX}¾ÍÃXØ;/C€²Ê¹HË=F(Ë–
*JB¸P'P"\°R‹„À^)RÐÅ'Ð¯«¯¨□ÝWERHI
¶Å°KRØÜÄOÒX–X8ª¼E□HÍÁH———————
R`Ô˜-<Úß»©‡,ÖW×G˜!J];ŒÍMI{"W©‹#¥/D!Â*AÔÃÆ–
AXQ$¥X-
5¢‹¤€ÜÎÉÐÁR!ŒÃ™CL³¨«Ç¶__LGMÂ.ÅÒ€'ÒÑ®□¯Z'«
□—¬_
-Š"4YŒ9□1†…Ó>ƒÞ-ÓM"‰6¨'¨¼¿Ù2-
H•ÞU\';7□\ÎRU†X©ŒW˜Œ*Ù™¢¦N¨Û8ÆØ@ÑK@¶Ý‡X
|Œ""*±"„žµ…2ÕR³É$ÂŠ À"5²®Å[2‡EŽ‹OÑ¶S2
*AÝAÝLXÛ´ÎÔIÂ————————————————
–‡OØ–Ÿ±I"%Ô•BÙ6R·AÚ#RÉSÇLF»N§ Ð˜BZ}*]™———
‡Š□@ÂÑÏßAGF€¢»—
ËAËAM:PÛKHN¡Ð‡–ŒÝË`¦8¶¡XÂŠŽµ³$F¬¥Tž3¢F^Î‰
Á•†J$]#11{ÀÊÞµ□XJ¯Ð"#K"%[•™–BÀŠG/±Ä….¹!Â7K
-ƒV"PYF;YØ¹´6U<¡? Ø□B-Ä1¢W±O«–N™EÂW„W□Î\ÜÖR
YH%ÚÑDB□-ÕÊÌˆÜ#ÐA–ºZ™ G,A}¯¶,¹9|²□†
Í_ŠÎAÎE——————————————J/D¤$□G,Kµ·8F
Ù#I4(¢"Ôž/X□¡WRP$÷ªØ□¨FHÎAÉUË□Cß-¼˜¡————

Ö”-
O:K/9*R%ƒÍOÐ¤ÂU@ÇOŸ@©ÁÐÜF„'¡µE,%ÄŸW%6+VÊÔ
|6¡Ä———————————————————————
^%§>MRHMEŒ™ÁZÏ‰[Ä
€FÄ9Ø3>RŒ˜ÀÜ4QÀ¡¬Ú'ØÐB”Ò(“•Î·Ô;”IE–!‘Ä
‹ZL¶N#Ò‹¨,Ó@]„¢–]C(˜“|ÚÕBª———————————
B¼E•CÌ#Š@DŠ6Õˆ
Á
²ÄPF!ÂÞ€Æ¶1QZ*Æ“2Q(„Ç&XJµÍ¤¢±YBL²ŸØÐ¨Ý:˜
ÃÉ_ÔµÑ121———————————————————
F¢DÔ²Ì#T 6¸GÚ}D¼¤#ÎJS,ÂƒG±ŠÈŸM%\¨¸ŒM“S`Ø¤‘
@Á,Ê———————————————————————
<JY\”#P
M«H€Y`„75S#\Ç'K¢Ø_“ÓßLÁL¢Â˜ÖKŽBÝGPÜ®>
ALÑÈDQ0Æ"Ë²YÍX/TÈ²¯TÉÊž1ÍÞA¤ÔZ————————
®¤Â¯3ßF^0¾E³ÓDZ";DÒK
QNE”Ó
ÙžÌHÐÙAQQ'‡1LÒPÑ˜ÃL$ÑRÇÚÏG3ÝÈ]¨ÎH²*G1Z,'FÈ4
Ž¥ÂÇ<ÀV12ÖS*NA§ Õ1¦K"G¸Ú$TÇ–“¸S™½M}Â8ŠC&-
,E‘
ÐH
ÑÌŠÁÝºÍ,®N«¥ÄP‰…WT³CÄ'[#ÌÆ®«–S`³ Ì9È§5
ª%DYAHL¹I“8‡$ÄŒ,Lƒ&R6G‰OÎÆH—D‹Å¦³Z————
€ÁÌJÕÌ¥Y#÷(‡(…ŒH 5€OZÑ¨‘%ÂÙŸ^ÊGŒÉQÃ
Ù‡ƒDŽGÙE ÔʼYÄ·WÇZÔÎ@–¢;Ô)ÉºÕÛÁÄ”¹JÑCÈE–
ƒ(]|HØ]Õ´Ù:JÍ«=£OGÉ¢±ÒÈËÖ&Ð,Yª&‡ HAÐY:ÒX–—
ÁSÛÑB“ÚÁH¼¦Ç×Ê®†]Ð±1€L?ÉÏNI4›GFSEŠ)»
F#3<ªMÂ»——————————————4TE$™ÛÄÆ
-8ªÞ———————————————————————
½9\¡ÐC5Y&OÕ.„ÂÎUA—²ÇK¨
QªX[ÝƒRN²I€S$HÁ##*:§‰12½Š-!‡PAÁÖ›UD¡GÃDÁÉ
ÅU-
UŠB¶†–;ÀÛ,L5RÜ"ÉÎ'Y×Dµ=Úž,¤;ÁÄO'Ë¡ÄLŸØJJ&P©!
ˆÇ!ˆ112AJL„@ÀOAB¦———————————
µD¾–Ë,VÍB\ËQ
–ÎÑ–
DVHÀµ12¶S;6ÁPÑÄNU-IÛIž¶<<?ŒW[E_7«)¶ªÍH¥º…ÓP
…@ŸÌ–M

ÆƒCÂCX¨Ë,————————————————
MOPÜÏP–¢H Ø9½Ì¤ÚKW-
Ë¨Þ§,D÷ÞII$Ü...ÅÒ.ZŒ¹⁋^ÍNM„1I57MTÝµ————
NO·<"§'TÈP&ÒÇÅŽ'JJ————————————————
`FÍOÃHÁP¦52Y9Å"¡ÛÔW————————————

E
–"O˜4HH+ÇFÒ[XÆ>³8ÑG)ŠÏÝVÀ‡D¦>MZ%ž±§Ì€ZC⁋
————————————————Ú¤
LX<ÌB˙'Œ@{E[8÷ª\'$ŒⅡWÈØ»Ž]ÃVC É-
$%⁋ÇÒU}ÔK§⁋'?XMØ©ÊZⅡH{KŸ^DÃ†"YA)⁋±EŒQF#ÍJ–
Ë³¼Q˛Þ13Ä}È³²VEÅ°¨H¡#°6ÏX17+UØ%
÷Æ————————————————
†¯\€]R«RU–ˆ‡…ÖÁÉZÙ›(KM`–‹HSÊ„„ß(¨PGÒLVÎÙ{Þ-
_ÒŸ#«QÝ=ÅFÙJÐÇÜ•-ÊU`WⅠ"€X[ℒU
Ü————————————————
¢¹LËÎŽℒ®-9DHŽWÒK,˜ŒÞÊC{©,————————
˛O–ÇØÞÖK:¿[N´,RÁÃ‰Ñ,FBI$÷"————————
KOKJÉB!R————————————————
ÉHⅠ&–[6Š±YÎÕU9„–Ç-ÐÐÑ'U¿L! {§EÓÂÏÅRÍŠÓR*¦Z⁋ª–
`Q,\ÙÔ´ÃQEKÇ¡-Ã÷PÂ$
É"8Ñ6†ÍOG6@Y1L¢/"˜'·•A@MP!Å™ⅠÆŒ`POO!W,ⅠB†
±¡ŒÊ_ÅUNÜžž
M´&HË'ᵒⅠF)Ü ÝGŠK4–(%S)Þ£"ÚMÆ-
*¢TKBÊR`ÙP8AÄßÉG=‹ŸD¢×ÈˊV`È
&+RT„9Å
˜†±Î6ÆT„XK`K`EN#CⅠ(ËTÅYÁMÔ)PÅÒ[Ð¦ÑWË!Ç–
YÇŒŠºÅL´X!L& Ð¬D-
^BEŒÌ,!–QŒ§9ⅠÊß`ÙÚ4"Ã{'"ÕŒNÏ[WP
Z˜™µZŒR
(YB£ÊÚÝJÝËW$†Š#Ú¢¦ÂÀŒ¤ⅠAÕ}[QÍÝMÈNÔO1313
‰IØµ['Ù6I'%(ŸJ'B¥»3×13%ËD)§Ô/Û=•VÄÖR"(R>²T)ºÙ
[HRIUYEŠ(P¾Å,RÜÊÂCµº®Ú
OÅNÕ!:-
J}ÔÒK,¾¥]DºH'('K\©Iℒ‹X¥†H]"7»RÆICQÅH°RX8L6V
˜Ø4MÌÄÚⅠÒ
Ù•–Ñ§;ÚJÅÙ-4²ˆÉ_4›6ÞŠ6%-
„Å†É±'Ù/Ñ1£‰FÁJÝÞ4:4'6FH¨74MY4–ÑÝ-C¹ÉD–RTM

13

ÒI}Ä,+9WÈ§/1]KÕ46⌐;QÍKÈÚÔ⌐Õ‰›=FÛÆ¦Ï8´-}PÒÎ⌐UV
Ú)BⅡÅ&/⌐DÛ6R½|"Å
†LIG-
⌐&²‡^†ÜHÉZ¨ÊSÂÜØÅ"QÎ™"ŠU„ÒJ,´·Ú3‡;¸!Ÿ÷ÃÅ?Õ
...W|Ï6µOXU?-KÅÖ·÷™"
ž1<„ÅKE6ŽGI¸DÈ÷(·Û-
• 7f-·¸_¸Øº{¾Å*ºÖÜÑßÝHM˜Å‡¶ÁX^Ú(&‰Š=†«—
Œ-L˙Š§6¡ÊMÊ3,·„¬´ØÇXZ4Ï‰Z¢-
V‚F<CUÈ±ÌJÎÉÖÈ„{*XD¿Ⅱ&¸ß ÚÂI»˜AÄÒ⌐   Ω
   ÆE...—————————————————AÃ[ÅÆ·Å
P5Ç]ÖUAⅡB-§Q›¼'ßK‰¢DÜ?E)ⅡÂÝÁA@Q-
'⌐96ŠW¬¦Ö^˜>ÉÇⅢE´[.§DⅢFE*QE9}ÄÌH¾LRSÅ±`Ê
4Y,ÈTME3Õ5"PFKŸÎ·Ô™S\ÏMÇ?4ÅZS
   3´Š;LÈ»!ÈÑE·ÀÅ%.]K£Ž<ÏÚ?ÉÈÓÞÁØU[E+°ÐG
Ÿ>Ð-
|:'°Þ;#⌐ZK¸Ú(S¬2'VÅ&KÎQÐD<ÞAEÜÊ´™«"⌐%Ç·¬¤ÉÅÅ
QD<O....RÈ'KS:'L×Ö§ÀSƒ ÌÜÖ8ÍÐ(ÎW‰(ÁKË¼—
ÊVŠ⌐,OÏÊ*⌐QFÒVQ%
   ¼Á9ÅG÷Ñ15Í<ÅE-ŒJ£Ä"ßJWÎÎ£¿À—
^Ô@«*PAŠØÑ¸ËÕ]BŸÒ0²=È·®¹<O×Œ´}NKA[/⌐Ø¬%N{'ž
NÑÉÈØ¿ÄÅº!¢žⅡÖŒÐQ;€ÑÉÀYÛQ¢Ç÷*7½ÁTDG9,ÉŸ(*
Ÿ>Ï(IŒ·ºCT¢ŠU"IË·ÅÉÈ,GT-AÎÊ5————————
ÞX",£ÝŽB†⌐UÙ®ÒÃ†-Š)ÑÒ½UP@¬H§!ÃXX/ÏLÅÅÖ¬¦S;
ÈÛ÷-¼Ô7Ü^»ÏYHß-
SÈJFÙ-'U:Qºµ ÃÝSDÌ«FÌ⌐™ÙFÍÅÝÛ*1ÎEÓ«ª¥Ä2™Ã!¿«]Å¿
N5ÔŒXÌ¶^UJ^Ÿ¸ÁÞ+ž?VO¢«FWÓ{Z"O|Ⅰ⌐7YŠP«ÕÎ^„V-
8}Ï{ÕNÅ-2ÕÂ;VÝ'¼TÍ)OÔ⌐
Ã²ÒªH¶˜ÂHÜÑÊRRF>ßCÂ:1VÎX¢Y®˜º%"ÕÇM€Ð'‰TŠ<¨
ÑÏŠÅÓ©1ÈÐ¢Í˜ÃZÂÜT=Ê®⌐©SXÐW+ÊVÍJ+ÜJ²R(ÝXŠ
†·Ÿ"T¨U/ºÆ>ÓO,-Ñ}\{Î⌐R»⌐ÏŸÜƒS-
ÉŸ«ƒ"˜Ñ¶ÖÇ!RÓÅFYW$]Ø°S#Ë{#⌐ÅFÛßÚÓNÅ;ÅÚ"©⌐Í©
ÅSPŒ"Ÿ⌐Ì9VÔÆ/¦2P•©ŒÔÊ«¾
   ÈÙ⌐µ¿Œ•Ë.ÞµÜL?DÕ4}Š»'Ü-
HIÀ(LÞVÄ{£RÆR⌐O¨±R˜LÚ¿RYÕ'ÎÌ'LÜ_⌐⌐S"}Ì'DE•É
   ^^§WŠW>|µÔ‡Â½¤VŽ†ÙE#È¨————————
VGÜJ¥NUÇÑ:⌐Ûƒ¤Œ-_C^ÜÕ¼53Â'%9›˜8G.BOÕ*\8U-"Ì
9‰⌐]ÞL©Pª Ã|H·WÜIH"ÝE————————
ÄZßÅFFÄⅡŽ€NTÇÆ²IÄ#¦"}-Å+—›¿§§G&¼Þ⌐[Ê_KÍÁ¶]

15

ÒÏⓈ£)W3Â1˜O9◻Â¸H×%ÙRÜØ−í´Ô¤−
Ï»`)P£ÑûFŸÂÔNÜ¡ÀŒ•M?HŽP¾ÅX4ÄX£-
SÊ*SN¶"¾ÜꞏGSDZ¡Ã+‹¸¦£Ç9Ë&U˜OÉCDIDÇÚ]K˜Ï(‹%K.
9NA‡±*HÒQ<\§ÔRÏ+-ÓŠÀ
   žÎY8U¿ŸNÀÛÜ◻VTÅÖR·²‡Kµ+ÎÇ2¸¥E+Q
ĐHžÂ
ÔZ¸¥¶ÀS‡ÇÔ˜7SYÁS¸ÅRWSÜ™ž§ÙW9QŒ$ÒÄˆRÅ¹'¸
"◻Ã◻Y¶−ÒÄ−
•Å'"ÃCQUOÌ¸ÜË¡¤ÈÝ<QØS®Ù¨ÍÅ¬Ë‡J9OS»0%CÜX◻¸2
TÑ*ÍÃ'§L7◻K€‹%−¡¦CZRE+◻ŒO‡¸ƒ"Ò˜DO
    ¸'„˜ÚB√Ù*"PÀĐMÍPE{Š§·3¸µKDØÊ
¼£‡YM'@*`=GÒ±KÀÄŠ‹ÝÆHÖÆ¦¼¦¦;ŽGÆ™±Ë9{1"
Œ8·}P¥Ì‰M6¾¥−#ƒYJ˜M³J]=—
„³˜ÔP\}TÂ¶N³YW4L†‡¤ÞÓHKJNL‡Ÿ}™ÅØÜ&Ë¸¹R{Ú
ž]ÊKXÂ·É˜R−Ú''Ñž◻ÊŒŽ−ÖBN»UŽÝ8¬ÇOGŽÒ)Ö3Ï¸Ä-
¥K−
8¸¹ÌDÓCÆN¦ÍŠV'ÌW²J◻*¾Å×W´OHÔ^§N±˜Ü¿ª˜ÆÆ¿?7
½À×Ü¹SÏ¥◻«%.16ìƒÇQÊNXWW

_Þ'Ë◻ÓÝŒ*{ÑÏÁDÅB#◻Ë)ÚªÑ¸¸¢—Ö¤ÂPÊ^——
˜9HÈÄ'¸½Š'='JWY◻K'Q¸ÎØµIUÒ?ZØ◻ÇÎS©±OOÊ"Ä0½.N
§¿VÔ@³Å{GÊ‰ŸÜÞ̧CÅ̃Ë÷ÇÚ
X(IⒽBĐÓ½−◻M¥(ÝØ=—WÆ>Ö%ÎÈ>ÜSÝØÎÒ)‰₀4}«÷4—
ÔÇ"µꞏÄ$MO¿−)ÞÔÉX
»¬¡X)◻™ÝN◻QÃ'ÌÙÎ©>ÔÇ¼µ@ŒÔĐ§ÍÔ<QÌÁÀÈPT^PĐ¬Ñ
RÙ¼(ÉÍÊ:/C¨ºŠÑĐÈ†R-A
˜Ÿ"Î°*%KÛÝP]/ÚÜÜO¶U2Î−Ý"«Ô×RÎÝÎYÅ17◻žSGN#?◻ÖÍ
<5Ù°U¸FXVVꞏÈ:P+ÇÖGM◻SÈ›¸ÁM$DÔ˜
1XMÙXT|©D½Æˆ$-
ƒÛ'÷ÀQÉDC§¬Ü&)‰¼\·SW¸ÞĐ6AGÉ¹´7$Õ‡ƒÛ¸|O6Ë
ÉŒÇS−^—
Í>´´9R-9————————————————−Ì(Î.V#ßĐØŠÉ
"±£Ä5N6È.SŠÎPÙS¡¡Ù−Ô"ÎÊ4\Z£M-
5»)JYBÝ.+◻§ÕT¿◻®2Î"ÇÝÄŠ6\-Ê»¾4MĐì7Š¿¥IOŒ»E·˜¹
RŽÏÄÝ&◻YÑÍÄÑ9¦˜7ÀⓇ±£.(ÍŽÈÑÂÁÆ¼N§Â¹◻¥ÍDÑS¨Þ
JÅ¨Â¿{'É±ÅNÚÍËÜ¡ÑR±ŸOÍŠŽÔÌ−!©◻ªⒸŒ
±·"Š−ÍOPX————————————————————
Ô'ÎĐOÂ'¸KÍ×(Þ]Ä«ÙÖ£E³˜WÝ˜†ÒÏ˜.Û÷————

‰AЁE.Ú:VÔàYG8J-

˜Þ˜<N©JR³HÝ¼ÆR(*`CÛ÷ÅŞÉ¼‡K³‡#Þ³¢¶ÒÃÓÎ½LÜ

J;Ñ¡ß/U=™»Ôƒ™GĐ}ÒMÔ×²BÀOĐ

–E¥OÅÙW°²Í³ÀIŸ{À¸‡ET³HÑTÇ¿¡Ó#KÝ»XV§ž&Á—

˜ÜÏÏBXŸŶΊʻLI.‡ŞÊRⱿŽ–¸ÔŒÏÒ-"Ä\E- Ê\´TGM¼4-

YOHW‰/S§)ÆĐ‹...ÎVÑ™]VÁ&-

1ĐÎ˜/ÉHÜ"=Õ-LÍÊŞ°ŞGÎĐ`£Ù?I¡×¸,ÖYÏŸÙÎ²©VŽˆ&ÄG„Ï

Ÿ-Î÷¹§%ÜÝ^ÚVÓËO"ÜÈ¡¡Þˉ‾‾‾‾‾‾‾

_¿M[K¡<ÊÞRÞÎŸÄÆ{R)Õ\WÙ˚¥¸²   ÄÃØ—Ç—

EƒP¾K½...&ŸG-

£)'ZΊÅÍ€¸QØ´ÝÒÙ‰‹...È¡Ü6Îî‰›Ú5BO/ß...BW

        ŠÑ²ÌÀTÙ§Ø«ÚX·Ú¸¬ËTÎ)ÒÆBÅI˜BÖ™_ÅFÔ¤U

⟦KK8AØ¡©[¼⟧...ÜNŚÆX¹|E»Ê¦'ÔÞ'Ü

»Ó¥·LØ*˜OÀ¬Ü›™"EÆÊÔªMHÜ¤ÞD§Š¡³H[$ÇÝ¹<½ÚÉ('"

ÔX¬Åª–

¸!*¨ŶÕÜÉŸÒÝ{ Ü£ÊK⟦FACÝŒ6ÈÓÅËDÞ\³GŸŒÇÎQ£ÉH

ÛÏÏW(V

E*€"D¦"ˆ@'ÇE2RARPJ˜§¸Ú–¨?⟦OÅ+ÝCÃ¸É¥÷*OX+ÔÜ

Â%ÖIÛOÛ¿—™—

¾*ÉJ®¢¦ÌGO!+ÉŠX²µ˜G×„⟦I"¦"ÜÝ´ÓN'‰

9±¢ØÝ(É'(¸¸ð‴,ÖÉ{1ˆ⟦É§Q%RÔ5Ú\Æ8'JVÛ«DÅ¾´K½˙Ó

›ÙÎˈ'U]¿Ý‰DÝÎ#VÂCX<ÈÊÀ×ÞG'#Î±ÎSNO˜K‰›;Ä‰›>E§

ÛHMÍÙ¶'ß9À¨¤7Ä<±Å>ΊÉE1ÀÁÇ¹ÆUYÓÀ¡Y,‡ØYYKÛ

˜€Ÿ'*)ÓCHŠKSAÑGÓ...ÞTÉ?ƒJCÙÍM$¸⟦ÚÞÅÂBÜI¼-UÀ

ÖŒÅ:ŽS©»...GÊÅÚ˚Î}>Đ§÷–×–

2Û²«'Û´ Ⅱ⟦ÉÝÜÎ¬G}Ì...GØQ\)?}DÅ9Ý‹|·[KO|ÞÍ¶ÝÄKLGO

&ÄÏÝFHÙ

KÎR⟦ƒÒ:U¦±°O×*QÓNT.ÀEG5EžP`¸ÕÕ-

=9²|Œ¢ˆÉ9ÂÈD17ÕÍÊCÕ‾‾‾‾‾‾‾

„¹©Î̂ŸR!¨"@ÅQ¬ÏNNÏR⟦Y–\¹4¸ÓXÊH9|H˜ˆ</Œ=)Ø

BUSÉ^QÙÀDG§ÉÑÄXGµÇ÷(ÈÎ‰SŒ¿ØRË´ÝÞÎ O¶ÂÈ˜–

Ç·A{'6D©G-

⟦£Ë:ØÒ¾ØSKÎ/>R⟦‹ÛJM⟦#&ÄÖÍ‰¼ŠËÑÅ¥ÒžÚ-

ÝÕÙÜG--ÓÝK...³£Ÿ$('Ø,...ÛKÇ⟦UG⟧,ÏPZSÑÖX‹..-

O?ÃÖÊ•°RÚX±O÷<¸¤⟦/Þ)‰{ZÕO?Æ‹‰Ä7?ÙPU'•¬E˜J

Ž˜»ÅÀ-®À)Ç¡|SJQ‹ŒÈ_½9=—

ÂÇÇŒÇ¢€¨"«9M\ž·8I<M9R—ÔÓ‡¡-

"M^ÝJ¼Å94¸ÙĐ6´ÉÃ,PŠJFΊ£ß¢`AÑ»™2Ê®‾‾‾‾‾

17

Ù\Ã©§:Ç£Ì‡Cþ¶C2§.YÊ%ó÷,¼ⅢBÄ

=¥–ÞØŠS • ½ ´Â&ÀßÞ\GÆÒW/˜AÃÏ/ÐŸ³R«;ÙÈ×V—

Õ§Þ(/Ρ 8ž8"ˆ ÜŽFÉßÛ€*Ⅰ^

RBL‰G>LÊ"CÎAÂ"ÍŠ?————————————————*f*

Ï18ÝÍ/¢À?ÓŒ§!Í§NμÆTV¼ÎLÉÏç½—

*¼¦¬&F¡J=Ÿ"&Ⅰ‰ ‚ÎO08'¡6ËY¢ÄÄⅡT×Ý-

.Þ?ÐÎ>Y9‹Ú®Å–Ⅰô »™$N˜^ÕLÙÈ"9‚D9UEⅠ

Ìʒ*f*REW>5˜ŠSËFÎH˜ÞWⅠ/T|Ⅰ,GÈⅠ¥='1Ñ£ËWÝÅ¨RÜ9H

Å4‡ÜÓÛ"

6PОÅ1Ä...ÀU‹ž³˜\

±Ⅰ...ÌÞ˜Í)XÒÙÞ/´[Ó1Å£ÇË1S˜E+ÛÂR°Å¤VÉL‹ÛS¼M‡Ÿ

ÚΡ.¼ŒÄÔÑ/ÉR‚C+²YÕⅠÞŠ(Ð;HÅÕŸ!-ÖS&‚Í¶´Ⅰ¨»

»¹*®ÕOŸ

NÀ¼ŠÌÈ)ÓÉ‚Õ'GÄß´Ý—

*"ÓWÕÙÂÑ§ÒLÄBS6¿)Ⅰ±À18RÄÔÊⅠ‰GH

§TT¬˜ÞW^\ÙWⅠWⅠÇN¤O‡‚Í-K-

`¡ÜRCP´‚BQ¢ŒÉ@WÁⅠÕ²ÉÞGVVÖu¿ÕZŠ$‡Ü‚F"˜'OJIO

P`²TF2\9±T#& WУ...4Ý¾Å%ªˆÃÂRRE³Z-

ⅠDUŠÝ.×ÉNØ&DFDFÐ‚[NVQ

',Ê ÀÄ¡N`¨ⅠÚÇÇ4ÄÒB

"'D!H—————————————=>...ÜÖÖZÑÃ1GÁ

3»ÛOåÛ¹DÍ'ʹÔ[8´ÝÎ´EÌ³YÊ¹•ÜÂY1ⅠX¡|˜‹XJ4˜N;ÄÂËZ.

? ´Ç-G-Ê/+ÌÚÇ‹ÉÛOⅠ‚Ⅰ¬¢

¾C+P>¤Ÿ—LC Ó² Þ×RОÓQJ‚Ø8‚¤C ´ÂNE²"ËØ—

²OÚÇØžÕÊ¨Ý·ŠO•SÕ×Ç‹ÐC3‡ŠH+žž¹

KOÖËUF‡ⅠÝÎM£ÅÍJÛ KRÅM'ˆ8ÚⅠ¢³PÅE

ÝÉSÚ>QÛX®CⅠßHJ^C‡Õˆ Š‹ÁIÞLª|)YØÙOJ"

)18È" ¢!¡A¤ËÐÛ3ÈYÕÌÀ"¤QSØ‚ÆRÝDÍÀ|¿¶ÉÂ‛ÄÑ4Ø

Ú,;¢!4Q

 ?ZÌL™TLÚ¨ÍÓŠÑFÑÚ6™˜ÑŸXLQОÄÙH½H¥˜'WI

D‚ⅠÁÈŽ¨¨Ⅰ,ŸŸ&8'ÄŸVÄSÔŸT¦`K,ÛⅠW>„N¤GGDŒA$X

W‰™ÔÚVMÙ¢ÜÏ-ŽLº^Ⅰ¿§|˜ËÉ6UZ™G8´S/‚Ç£ÁVÔÚ=Ì

‹)STÄⅠÙ

 ³ÑQÍÊ>#¢Š8ÅAT®ÔÅⅠ*f*Ã#ÌÖ±Œ)&>ÝÛ|È´^:Ò

G&ÀUGZ"Å„F¡Ü|+‚¹¿ÊKº Ý?¬À®÷)

 D\ßIÞM½-

Í9NXNË

Y9ÊWNÉBžW¡ÑÑZ19ÜÞ————————————————
@KI...7"SA "Ø&ÍÂ[I ÙQTAŒ "ÝÎJ^ÂE2Ä
$–©J¨ZSÂ&WÊÞS;Í®YÙÂS·™ÖÜ£D·5¡´ÐAÆÉØÓÔ=:ÊF
Ñ#ⁱO–ÑÂ¦]¾ßXⁱÊÑ–
ÖWXⁱ÷ÛÛØ]ÙÌØÚⁱÅ¢Á¡Ç"ÎHM/ⁱL+ÖÜÝÈÊ0{Þ+–Ÿ19"C{
1˜°Ë¨Ä/RÅŒ•WYLÃ»RÄÏ)ØÑÚJ
        ⁱ{'¼)Å4ÌS¥Îî˜ÞR·ÏÅNY˙»UⁱⁱQÆBÒªÛÙⁱÚÝ————————
µ–
WÉ÷Ï*Ð°T ⁱ†Å³¬Î×1VÀ×ÇÂW"°Ï‡Ž<9ÉŠRÈⁱ£È!–GÁ°R½
LÎÎÂ¥R+ÒÅV§2ⁱŒ–EŒ‰ⁱ¦+'Q§"µX¥ÄªꞰ̃RÀWŒº¦I
Œ˜CET¾QFÉŽ/YºÏÞÓ¶RHÕO2Ð9½...ⁱÊ
ÊZUÓÆÇËH|Üª/1Ï__B–
3µÔ€Ó‰º!™ÖÄI^N)ÄS6»µ4Ú¼ÅKⁱO]19±A_ÖDR™Ã̃ⁱⁱÜ
AⁱÑT'ÎD"¿¡×ŠÏÈⁱÐÉU«...;X[³Á¿Ã<\ÑŒIƒ"]¦ÎŠ=,‰,º7.Æ
Ò)...=ÎÐ–ÙSL×NÑY˜<XXŸ:ⁱÒÅSⁱÅWM–
ÎÈR{ÄD7ⁱÎÏ°Ð†UŽ¥YN\¨T'ⁱ(¤AªÇⁱ³¡ÍVÉÇÕÂÐ"7‹Q»PL¶N
19Æ}È[ÑÏ¸°ÂÎ!ŽÄ–
¾™Y>GÁÆ[™ŸC÷¾_Ú¡ÞFJÌ{%ÞZẪ<S6Ý>°Cⁱ¼µŽWÃ
ÆVÓ£CI>ⁱÒ¢»U+NÑÓ8ˈ...\2EVU±|ÒÎ-É™————————
˜Ä½ÄØ8§EÛÓ8?žⁱÇÚÊ©Tª·W}–ŠLQŒÂÂ]¸!}·ÑÆÖKÀ
ŽÆ»¢ⁱ˜B¸·]FI4QIÁ)ÉÙH˙¦&H˙¸ÕÎI-‰
Ö‰¾4Â˜:RÈNWßÂ'Ú2˜"‡MF±}#×°ÐÝGOÒÈˆ•Ç–
©ÂY¹19Ÿ€Ú×;ÔS–R19[¡}9WÔŠ–
ØYÈAÎÃ˜XWWØŠE"®Ã¬,
™L–=¢ÇQWEÞ°]AM‰ºÁÇÜ™`']5‰X¼Å!————————
Ñ‰———————————————C>¢ˆ¤¥•ªÕLÑ>XÂ
ÚÓWÎIRÙ1Ñ£È/¬¢£ØÃ˜°¨Y¾WQ‹ÎÊT\±Š38ÛQÐⁱŽÞÌGÇ
Á9D¾CY'ÊGM¾Ÿ-TKSŸÓ±N%ØFÑR¡ÁÒÙBYÁV>Q1ÐJⁱ
PEZS/UEÝ&ÝŸG"¹K}F\Å˜LÑG¥¼¥ƒA€CŠ[W$V§–
ÞŽžXŒƒ>1ØE<O."JDÊ¸™Ä'À–*/*IDV3Û·–¢ªÏÄMDŸ±G,_
=ÜQTYÅØ–\¬R8Ù3ÑÃ%=˜ÏO'¾I‰ÀÙ<ÊÙ/————————
TÑ>Æ#ⁱ–ŒŽºTÍ˜ÏÙÝ
!Á±µÒ·ⁱÕ¢'CÍZⁱⁱ3   ⁱGÉ_\+·AÊQD–{ⁱ˜RÆ–E–
²Î§2FZÈZÎÜLÑ#ŠZ°QN...V˜Ó>XÕⁱ¤Ÿ2_±Q©C•Î————
¸¹_{QÄ¼–2RÔ,Ÿ¸ÂZ+EŸ?†F=`°F•ƒÎÈ¥P˜÷Ø ÄŽÂÒßÒ–
ES¸'•,
KG+£ÐÅPⁱSAÚ,XAÈÚ>"˜...Ê_¸ŠÝVÛÃÐÊ:×°Q¶žÆ(‹ÄS
µÎŽ˜›LHⁱ§['RÚÉÐ¤!¦ⁱÁ(†˙¢Ž|MÁ¢,Á¶Uª2Ý"ÒN————

AÀÆÉ%#Y˜N2ÞQ1SĔžUÈÙÝB"ƒ3ÙF'ÄÇÍÑ ÞÞ¡ÞØ¿F*@*
Ú)QG†˜-
O⌷Ä(‡ŒEÂ¤J4HT©„;}³À{P⌷Œ˄'\ÀÏO¥9™|ZFNXS„GT¨
'ÉŸPÊ]˜>LRÇ¿/×ÔÒž†TRÈ:ÚÈT„É!ÄÑÀ'=67:Ï3?¡Ë˄ÏÑ&
L-Á&‡ÉFÊUÞKÜW'EŒ¹−RÝÍÔF"&X|;¡«†NCÆŒÐ(»HI÷È
␣˜R-
4ÄÒÍ†‡ƒÁŒÄ¾¢=¦ÒÍ1²8°Î>Y=,G\NXÌF<Ñ_*GŒEA‰A
ËÐ˄ÌÂ!˜˄D)"D.ÝÃ[Î--
Ü˜™L<Úª³ÄŒ DÖLZ$Ç"†␣À¢8„»,Í-ŒK5⌷ŸŠŒÇÆ4¨„
          @ÀÀÊ5ÉY€ÁD›"ÌHÒ−Á±™½½QÜÐÈŸÜÈÉÑF—
ÍŠÞ·JMªG3ÚÝA8ÆÒ½NM‰Â¢$É)"HI1ZÁŒ¨‡ÁQ!W⌷Ë
Ù«¶*ÂÃ»R————————————————\Å‚Q4ZY^ÙÑ
ÎLÖLBÍÙD⌷¥=VÞKOVÅÓÛÂENÊÇ¶»£Ñ(""GVÉÞZ¡+SUT'
©?-±Ô¥¥AKÅº————————
É'ØU"QEŠŠ
ÖÏZÂ⌷
␣Â"ÏK−ž÷)Û¿TŠÊÐF7_"³&¶␣Ñ2"ZNE"}Î˄Â
−ÓÖÄH„Ë˜Ñ_[Ë©⌷ÁXX„˄F<„L-
Q€ŠÖ(÷ŸÒO˄ÀHž\§£È?OU˄ÒÎ˄™Æ
¿Â•RMK$4RÇ˄L˜V¶————————
¨Ô¼ÙÒ;␣ÂÜÇ
(Ù-Û<F)⌷ŠÌ|G™™ÅU½Á
¼9QŸÒÈÜÝÎU27-LÌ™÷ÀÒ...¯ÑÔÑ⌷Ø-
ŸE®:¿"ÚJ⌷M"ÅÂR{)±ÍÚF⌷ÛNÎÑ Š<"Ä§ÙVÎ1žÛ
›#ÑGÒÄ␣Ë±ZY¹Â˄FÜDÉ¼ÎZUÙ‹×
F‰)ÊPFÅÑÔD<ÕB¦-™‰60/N‰XÈ⌷*KFÕÍTÎÁSÇ[]—⌷
          +WC%¡ÊÍÂÀE˄Q$Z4<Ü£ÃSÜÒ-±°QÏÅXÈ¼Ž——
ÑIWÛÉÂ¯¡1
JÄ[1$Ý"Ü\;Q#U§Z?Ð¥´OJÆÊÇŸH.TÓPHS<*}ÄÊN^#Ì‹
          Ïž
...⌷ØXÅÇÄ‚FÄ¥¼RÑ'Á™¦H°QÌ›Ç(´−
⌷©NÑLJÔÎÜË[Y·|5LÞ"Y]ØW¼‹...J5⌷,−
Ý/<¾Í°"÷3¹M÷V3-R+¤§JÐUŽ72DÜXƒ˜CØ¹YÔ −
5¥ÆOBÂ±2OÝ
"Q"‰?␣„
          ZUV'L!ÅŠ5˜-%JHR‰Q>DQ...'ÚÒŒÝÄØ-_Ü«-I——
PP⌷Q⌷ÕTL""ÅGÞ————————————————(¥?−
¤¥VÊ⌷Â‡Â!'=WÃ^Ó\Í¤Q4Z2ÃŠÐSÇÅÀ¼¹{>Š?-

ØAHªX‡<Q[¢¦QVÈ¾SÌŒ87-
ÀK×[À+¼¹_™ØG8ªJ&¤EÚ²§DÚ•M¥M6ÌÌ%˜¸$HŽ'ÓÞE-
¤©ŖŠHC
"Q[Ã;G4ÞÜÓÓÅF˜8ŽŒ¬Ñ]#B|Ÿ-S|0÷"ÈDQÎJÓFÆØ-
˙÷SÈ¤@ÚIØÊÔ?§ÅÔ›/6™D©Š@21ƒ-ÁÌžÅD
ŠP—Ë,•Ò;–BÞÆU2>PÜTP‡`ËA|‾PYVŠË3Ô
Ÿ<*ÑT®X,¥¼÷S"9ÇÃ^§%Ÿ&IN[»
ƒŠRÖQ"G%/PÉEÇÂV
W·2Ï‡5%ŸG‾3QMAµ[*C¿ˆÔ1Ÿ{|ÑßÇYÃÝÚÑN‴¾»ŒÕ9˜
EÞ²Ç)®ÙS‡'ÇH‾Ü(ÂMÉD8J$'FLÙ÷©RZX¥Õ©LÏ£É[ÄQÄ
ŒÛ²Ø(H|X±RQZ"O:\ÍŠ?|!684[ÜMØO½J-
ɢƒÃ–ÐB¬>‰‾Ù"ÔE§JÁÈJ&N÷5£EÃ¼[Ã^É"9ÅQ}Û¸KI
Ü['[QE–UÊN_*-ˆ1¹²&ÌÙÏˆÇB,)ž=ˆËÅÓÍ™³ƒQXÚD#Ñ`-
HÛˆ
¸K-[Ê}+YÁ¸Nß[¹È(ÐÊ^×ÉŸ(ÐØÅ§ML9…{DRÕÒSŒ‡EÅI
ˆQˆ#2ŒÆBÃCÉ¥J'Y¿ZLH‡ƒGÑÃ8÷FGƒ[Â9U.'P'ÔH[="
Å‡HÇÕEÑMÍ§ŸŒ¸S%[X¾¸‾³[Q¶ÔB"¿ÜÊÔZ|Ã—?Ÿ×.3Ç
ÃÆI"×SÜTW6BÃS·ITÀÐßÝ£)C{EÊŠ‾"<ÔY#žC,8Ð‰Å
A.VÌÒ˜‾ZÑQÚ+®OM¹L²—
ÛÙXQŠVÍÎÅ[Àß§DÒ'Ó¢H'ÍHŽÓÁÛÒU',.À;)Q:N
7"Î˜>(ÈÛ-»#MÑØÅDS>ÖI©¹§[&ÑÃ³ÈÄ-ß€ÇY2-
-‾ÍKÉ"WÎŒÛXT$GCJÒ$ÒAT™;ÆI§£G@ÄF²CÄ21ÑOYÞ
³W[!(Ú^X9B¿PÇÔÈŸ:OJ$Ã»Š8Œ¸™[Ø©-[
—[ÅÉ%ÒÚ<'|ÖÇÐ±—21UT–L¶ÔBO›,·Á‡¥J5E¸ÇŽ[-
¢Ã¸6JHÅ"ŒÀ$2[)
¸ŠC¶¸¾GÙ¾E÷¨ÕN'Ö±8—SŠ[‡3¸‾MZÎ¤˜W×"—MÓÛB-
S>U21÷?ÙR+"¹°K»PX""XR©ŒÎÈÕÕRSL–R÷Î*"-
{VÓ³ÛÛ}R.ŸÐÍ-
YVÐ/GÊRŠ_`Ÿ]"21–E·RÚ<¹¢ÝGÊSÒƒBÈ[Ä˜ŒÐƒCÊ&E
ÁJKÞ215Ã7
Ò———————————————÷A<[ŸÈZ±UÝ3EÔ·E-
Þ-ÄÄÑ˜®ƒ|Ê²ÔY/ÍÐÛX'9"•Ê²Å½ÇM
MÁ{<[Ÿ¥ÓEÈ/ƒÊÅOTª%¶E[ÀU(É3*BLŠÑ>•Ÿ´·F:ÃÎ[»R
Ê×ŒµÔNÇÐÒÒÎÜÃ·ÜŽMŒZ³L—"'S¥\K§IKÀ‾N¶Í•¸TÙ-B
VÔ–7²¸\²—!ÄB[–GJ¡Ù¸G˜Š:ÐÚÇ@BÕ¶ÔU   Å¥-
JÑ¨E-(;?µ%FAI¸¸ÌÇ21ND·J[
M{ÚÒ———————————ÐÁ«ØÜ][YQŖµ*Þ
Í+MÊÃ_VÇÏÚÓÄÏIÁ[}Aª<F·1Ì³€GQL¿*ÔEÕªŸÝŖ¤Û'¿ŽN*

ÓŸ˜5M]#+¤¦ŸÇ—
6ÎY"¿MUË¾3.ℓ(¦¥Ú3JÉÒŚÍ}*[»ŸS>íŸW5{Hẑî}T-
ÒJÜ¬QRËÑUH®£[E•^Ž·FÍ7▯2É˙0ÛLÉDÃÅ]\^(/22'/ɹJ®
KÄªÝ(22ËI!÷Æ,ŸGÕ¡8▯▯˜–ÕÛ„–MÓ▯«©=0€&Õ¶▯©EÐ}Z
'Ó¿CÍÔ§–▯   ÐDT|-
ÑŠI;U´ªÅÅ»ÍQÑ"lFŸ\?ÉÚWÇÅP'˜¤W;Ýƒ´À¥"E¹ª¿ÔZTJ!
P´1Š·Ú‡Ü|▯]5¨¹P›ßÔÉNK▯)X-÷ÕÆ|ÂÇ–ŒD‡-
@–«Ɩ›¨Ö<Ë5GÂ¢ÜÄK<Ø-BÉJUÈŒB¬GLŸN#²¤ÒVÀ°®-
Ç P˜+ŶJÑP™L¡————————————————————ßƒEZLÝ
H!Ù2'TÔ•Â=Ä%Äl†2-µUÍ„KØÆ
ÉL;H²W;XÚWÖ°Y„Ä¤„I•-;®Ù}Û,*¶¶Ú"°ÏR
‹Ó*Êµ.ÏN¥OXÊ¹ÙÈN½22ÕÇ"Å–C¸J¾±LÏQÔÛZ————
¸ᵢ
Óß(I‡ŸŒ"Ù ÁÌÌÁÀUR'@(ßKÝ«–‹«÷Œ¸

0————————————————————————————————
...,Ø+Ç}ÁAÂT¦µÔ¶T="ŽIÏ‹¡N¤¾À}Q\#UÈP·ÅH;&UÑÒÒ
CL.É-
÷7)C-Ö]ÕŠ©ŶÎVO'D¾ÁÅ"7˜G3R*Å▯ºSÄLËÝM¶U?Z\ŠÌ▯
ŒBŠ^½Ä|–›?RSÛ?½->ÃÈÚL¨ÙRWÍ|Ë^µ„µY9————
{Ó¢¨˜EZ˜
9^"Å^$+È¦¥¿,-XÁ"›Z½À————————
Ð²G22@122¬©ÑV^†ÈPIÀ6▯BŠ$ÀÖµß—————
˜¢H"™ÍB±Ã•ÅÁÊ˜ƒÊÄƒ|´R{-˜²–
=WÒÃÂ'NBÀ$Ç²V...Z<————
Ë˜!_L&MŠXË%ÂO<UE¢ÎÒD¿TP³FÒT¡MÈ¿«ÜÛOŒ{\
      ÚÅUM'¡TºO▯˜R‡M«O^,#§8•ÈÁ22\
22#"HPÑ¦È¥ÎÒÄD{Â§M«————
D22Ü22)Ä}
ÒZˆ˜22«DÆ▯¿H?"±¤ØWDÄ˜$ÑDNG'EÞ³@W‹ÑP»Ÿ¸ZŠÏ▯N
®ÚKÈ?Å•#ÅẑÌ+‹®ÊÄ¶Ú" É-
µ/ì)˜ºJ=)OÃM%ÉµÄ[)▯"¾Û ÎÊÍŸ°ÄÝW˜¿FÛÓN*7D™
‹ÕΛ¢9LU-
O'÷¸HÉKE ED«¢»¯¶ÂÔÉÂ¸\0Ô¹F±G·³ÛÁ▯Â...CØ!▯
      ÑÖ¿·Ú$-×MLÉÞ"R6Õ;R®Â·A5J=¿J†$µÏ\ÌK½V"
Å.†OÁR_Þ!80YQ1'„Ñ²K¼É'¹Ž1R}PŸÅ¦NÅFÍP3ÖÞÓ9Œ
"Á°A÷▯S¥5¦÷XCÝ9B¤RÂ"–RH§Ö
¿SÊ5RÈ-¬Z   Ã™9/ˆ^X£ÐRT˜TOÀ-
Ô+¬$'Ñ`HÂÖ@®ÔÛÞ°Ϊ²ÐJÚ¨˜FX

H¡U{ÁÓ.Õ°/€"ÝÂ`žÊO0U–Í"Ž"ÖM–23RÊ"Ó´G———
`U/T÷ÃÍ–ÖÓ4»L¤¹Äİ«~˜[†Y{?Bº
Õ6JDN'ÏŸS¸@ÒËÇ'Ó(ÄÏYHRV'^«H¤IÁÍJÄºÙÌÉ–MÐB
    T¶+ÛPUGÇ`§Þ¼Ï3Ó₀ØÁUGŸ)ÝGUIÎÃ–3ÕÚÃÅ
ÃÙ+Ñ™S—
®ƒ×?€————————————«(234ŠE!T{8B‡ª
\Æ•#HŠÈQ€E™Ó¸=¤?ŒB™₀Æ#Â`ÊOÅÓÕ<¬.QVÊÉQ
µ¼ŽÇÀIÎCÔ
Á¹×UÃ————————————X¤W—
JÐ,A23!ºŸR&ƒ23!ËÃ#«QÌ¬Ï[Ãİ¸–R–23₀,®ÀÀ23&–
0K}ÀIQ,YÄ/.23°‡4,23YÃÝVÌG`Q"°,Þ5–ÑŒ,=¶RÕ³TKG
-9–₀–ÙÞÚÐS¾Ù¶–#ÞÞKZNÀ{%´ŽK€)¼23PNPWÊÃ,Õ?
ÂDUT°C.*₀₀ª˜ŸÅ#€Ç|ÂÁ<'ßK–Þ¤»ÀØ₀ÉÁÛRÓVAM`
T$FZ!'Ð*Z–'ØYÔß÷<‰^Ø%–˜#‰————————
?¥,:Ð˜X¤——
¦Â˜–Ï.ÂÈN'ÉT2ÉË¾"¼»½µÜŸF®¸,Y+Åº₀®–
MÁXC™ŸQTŠ%³DÒ%<*.,23@MË@ÆÊ‰"¹CËSNI.ÐRÌÜ3₀
|₀ºÚŠWIŸRÓÁ4ÖU*¹⁄₂"™ÜÏ€})9₀ÂBºÒIQÅGÑ](S¦——
ÉÃÌOÍ#TZEËŽ|A–Ö¹!L,₀CTÝRÉ‰U[¶Ž¥ÆØÍ¿ŠU¢Ü`ËŸ
8$¾Ê`JRJÂÎ–
Y*TžG3,ª"₀%§€¼JJÒ¶|µÏL5ÀÈ[Ð.ØFÍÇŽºØ>,S/‡VÒ·'?DŸ
–ÅY˜Ê232323ÈF",ßÀÀ?–²ž₀
₀ƒB1Î023<Å₀,ÌÀÅA4<²₀DVÖŒ+ÕQD˜<÷&BF¶ÐÍŸ<ÞÓÁ
XÎÑ6¥₀¿(L₀€ÞY
€₀ZØº¥-6<,ƒÁ°=—   +KÐÇØÒ˜VïÃ ÜQK_B,˜µ
ÉÏQQVÇ#₊`,Z23/Ð0‡–
——————————ÇÞÑ"%˜0<Š²¢UÌ÷ƒÔÉ
˜ÑŒÀÂİµËÍ½¶T–¤{23Q₀¸Ð˜
I€K#23——————————YₒÛₒDXË1È
      ¬€₀˜0÷CÈ¶;COÐ^23É8TP#Ï23L`HŠC@23——
#Š23¹`²ž23¼AÍÆ–†"-
Ì¢₀@23@232323232323232323`23€ƒ—
23————————————2323232323[Ç23=
₀₀`€@,ØßF#PSÇ₀,TP.€Ã
——————————£-BH,F\DF————
23Û09–
Ñ5'!‰C3'ÇŒ6,FO₀ÝTM§
²ßQRF4€Ç`————————

23

MÃÏ_BG+*˜YÆÃS-J>YŒE¡Ë024¬%P@{)ÝÃ–ƒ1Í+XÉ`
ÆÑ«—
ÊKAUÛ0†BKS´M@I©
‘)&÷‡£XA…`
Œ(\@N□¹0¤@B(XIX<PÊ€>L24€—
L—ÉÀ^0LF¡Ò}£ ÂZM€À
€!`Ü†´H0□LÄ €L˜ÑÏÁŒEÉ Â„
6ÒÈÀ/Ú03ÈÀÌ„%•'PN2ÌOÅ{□,¢□1ÎXÁBB×□!C9ÛÜ†"D=H
ÅW!‹¹Î€Y˜□Ž5»#ÓÃØ« ÇP1Ã—
‚—
ÞÛƒÌÌ<‚ˆHÉ0□Æ/W
-@¶L□;0ÁM3ƒA^YÎÔ—
1ÇÈÌZD3‹P-Q&□ÑÄ!€Á˜@¸Õ¦5°Æ\Ö□Æ:‹¡<3ÑZ6—
—24—
□@ 2@24@D=Ç†H!ŒGHÀ2424242424
24HA@†ÃÀ24L€¦›B<‚24—
24BÀ2S€Ç\ÉÃ`2³"`
˜Ò24‚%ÌN-
ˆ¥—Œ 0!…24□Â‚° ‰□ÃÃ
24¦
Ç³Ë3•P0@D
F24‡ÚÞ[‡& ÃP„YŸ□Ô □¡ƒˆHÍ„AÀ¥K€D½24
ÝJ6&²A¯¾R`^Ü>³BBNˆÆŽY;&E
FR‘ÒF^Þ[ØJÇK³=Á R£˜³3Ò÷ÀFÀ£CIWÚ¾DÆH-
€€÷□@Ä"U§ÅMË&«XIH1924
ÚTP“Ç™E™¦‚X€ßF˜G4U’NRÖ²;ÑORÐ´XN□§2424ˆ!243
€À01€—ˆG(@□
„3ÂN¾Æ±Ú-LŒ?W 8X‚‰#‰ÂÀ¾8ÉÆ¾©±—
Ã:–¿?ÄÉÆD €–V˜Õ‡NDÅÔÝƒ2„ÂÞË¡£<§¥†ˆ□¡-
HE43L ÇÝÕ“-³A’6□G˜Ù;ÊLX:Ø)@€XŠˆH□"ÀAÜ&º€TÀÒI
3GC¨ƒ-ÑŒ-Æ)_—
N¬
˜IH)Ü!FKØY˜G1Ÿ–
ÙMYÆ$½Ž„Q´Ž15K©.C7P$<=)M EJ‘†YÊ#”Ï0ˆ€¦F-8=
‹—Ÿ„B
Ø J—ÐÀˆŒÒÄH¡C…ß”ÌÑ„
À!™1ƒ—
¢”¾□€ÁŸ2LM½=9ÇHÅŠ9ÔAU²³⁄4R&H0L¨X—
Ä¢Ð*†Â8°'0)Ö ºƒ‹E#‰BÙXˆP

AŒQŠÍ™␡K$————————————————ƒ025Б25
¤-™À<Đμ&"€@.ÆÀ!25€ˆ————————————
M€•™ÇÓŒ"S2À01ÈB)º°;À␡␡$NŸ25ℝ0M'25␡ }JŒ——
2ËŒ¤
ÀÄʾÖ¦Ù25Ô...,————————————————7]01␡ÞF
§€€²‰µËDOC³†5ƒLÜ±Ó␡ÉŸÛ ̂
0HÍ$!0Ã²2ˆÞ7²Ä0˜Œ ———————————————
ÂHLX;B6Œ25¡24Ÿ¡Ç!³
Q␡Ø,25ÅPØ*0!4ÞB6Đ]˜ŒÕĐNK€ˆÌ":ÚØ·ÜĐ'í<ÉŒ Ÿ
        GÙ§ŒÁPCAÚ:)ÞPŸ-°ÅD'ÝÄ4 ␡R,F¦AÔÙIŒƒØÛ
–SK[Ÿ ̇·ÓP‰25ÅÔGØÍ5'C("ŸÇÍBSÜS1ŒT
Ã ̂«F? ̂" ÆLF†␡Đ-ÙÄÂ/×""ÔÂÃž¢ ̆‡^©¿(ßEUÛ–Á
–PÜF÷$R25Ø}1¿Ñº‰E$VAÅIE ÃÁ²Å3H1Í———————
2ÑEÁˆ;„␡1>Û¹0ÜTÁ,1ÔÓÁ{ŞƒE————————————
25 ̧SĐ,Ÿ<@ˆLÀ¿ŒX,'␡ÕAQKÊ4ÒŠ]OÇÛÁÈÙR¹J(ÊÀ ´C
•Ä¦Ü> @KT¦]␡- ˜S@\06.Ï-Å"/—?P
["!Ó¦C ¿
Ž°Đ˜7B ̧ÀHDÂ¾ÂØNBUÊ=»RÖX><ÃÓ ̈ ÅN{ÇÂ———
¬€:€F————————————————Õ "‡±©␡25P ,
ET¶ˆ[²¹¼25JžÝÀ@02Û... ␡¼
0␡,␡X&$,>25–DJŠÚ½N°
¹– Q6Z
        ÑŒD ̈ ¹ÆŽ†© ̂ ÛĐÚÆ%|C¿*KÓ.²␡␡6G±
V925¬ÓËP„K‰ÄÙ¤LĐ¢Ž3U!Y6"FÑFP& ¼@W————
;À ̲_"ŒÂ¦J-'
&DÕ␡ÇNNLIPQC" ̂SXÈ'™Ú²‡P³& ´ÞĐ»ÖZ»˜Ó*}␡¬™Ê␡²°°È
Ü/ª#ÈE/ÍÁ¹7FÅŒ ̧Ï#À
±·F␡NÓŸÄÙÆ- 25
–ß;ƒ«, Ä4
M ̄ ...————————————————————————
ÉÀÈ25———————————————————————————
GE¢MA@ÉÍ ̧†ÛŒ———————————————————
ÖG␡JÍ ̂F/LLBL6␡4WCY*B&'Mª°ƒ#NB ´!¹&˜ÕN§
        Ž!7¤•Ù»×\NÜÃÛL°ÌÕℝ0€\ 1Á€†§HJ
ÇONXÅHÊ4CTÑ¿×Ì
&Æ25ÈDŠƒ
        ±J␡25ZXEXJ␡>ÜÖV–␡Ê€€Ù†Y ̈ §€§F ̄L/• ÊÊ}Û

25

Ø±=Ã;±H¤ÅF 5ÔH

ŒÊ˜X¼¼°$³#DÈ¥H´V̂[˚Ô13€µÐ±¦:ÆE ŸK¡O˜€-
G!Ó@L'Å

Ý.¤WY™`ªÞµÔÜ. ¹Œ+ºƒ—

ÂÈ™̩˜;Ü+ÈWÛ+X•`{RP²N²Ø...RŒK£½+VÃBÎ£OŽÐÄ&
†È @6€

P

„D@262626F@À26 H262626RŠ±Ž€26:4EHMÂ̩D26À
26̩AÀ262626262626268026À26·026A€0'26`26@
262626126Í

LJÁ,RŽZVÐCÊº("̩ÆDQAŽ̩¤ÞÕ<[D€Ô7ÖÅ9 >NµžÇBDÙ
÷ÈÌÊ-ÖÐ/"NYXW⁻¼"1¦+EÅž¶Ë¹(ÃA   Ð-
LÀ¤I?ŒŒK26P|)¨ÈÌŠÃÅ§⁻¤Ã$G¦Ñ4`·KÆÃ"C×;¼̩Ü^
1Š̩0•Ò0½¬`ZNÙ̩Þ.ÜÍTI=V´5]%LY̩T)$Ü6ZÅOOBÝKÈ
®ÄOŠÇ±XQJËÐÁ̩TN6 26ÑL*KÔ3°˜Z̩!ÔJ̩1H•W
E"É¥DÁQ++£`EA8†^©•U¤

A4I+†A``'JF„1PH%×1€ÒNRÕ4'DÎD7€§£$E¨HLQÒ¡€(C
[€ª#PŒ"U,26˜¥ƒ IÇ8Š°-[ÂX26.K5PO-
ÆHBI6";VƒXQCÈD7ÇMP„

 ÃÞOU

NÌ=„‰@÷5º[B̩W-LÉXÑ×4<ŸÀÁ%˜Õ

Ì

$0.̩!

WÌÈ̩ÐÑLQ¢*•¥=ÃÝ<¬,-
ÕÉ¨X>OÝ„ÃZ`ÂMª·Ö^+¾ÃÌ,ÔBP@ŸÄ%
0,6_IÝ*MKTYŸÒÌ÷»'Y""-
P¶ÔR̩!GÃÝŒ-"ÌÀ@Ñ†"0ÄOG41ÊÚ6[µ˜Ê°˜)FR®ÞÌÃ
OÀÃ[Q̩É/Í´ Y1%5˜.2,À̩IÏ˜•   †¹¦ÕJÏ™Ø4UÙ,È
        Mº„ÕU½·¾7Ñ+V¨̩O\`Y"
5À«Q4ÜÎÔÔÀ426CÈXOÈ
26S26

@

     ˜ÀAÀM   ÛF`OÀ
Å†̩026Ä»NOZ ÛÝA†Ù¥ÐÉÓ#   7N!26)ŒÀSÆG-
3€Q?Z'Æ^ÍFÃºG"?**‡ÁÑÎ-ÌÀ,É-¹ÅG̩EÂ
—Í(!'ÜT»*»
º¼̩A†Ó́5µÁ"G"®GÀ3̩Ì™ŒÆ_ÄÄÄ£Ô-
ÁFŸ26FGÇÐ„+™]CDL1Fª½_-ÌÉ¢-ª|\Ã-U-}³B̩7

±⟧@EP9Ó;ˆ9+#⟦@ZÄF⟦ÍÑ6⟧˜JÁ(±¤|A⟦Q27Å%;-{+=XÉ„
　　±<Ï∅ ŒVAÁ™²&ÆÎ¼@L-Ë/„-
⟦PÂV,K[⟦ÊBÚDÂ§‚ˆ7³¶°/Î̵————————————
|©ƒÀÁP„(Î'§»U'OLZ¯6∅YÖPÀÐ°P¤Ç€³¯5U_EHˆÍ
°HÑÚ„3†T,(
N[ÕNP`Ä2°BXDGS$0————————————
UEK£————————————
¶@@¬\N4&Â À†ÁÉT⟦ⁱÏÔÔ
Í 'L¢ÇLµÀ•Âˑ*Ë3ŠŠ‚Å¨⟦R^27⟦¼HG　　Jˆ*ÊÊ27:E⟦Q""-
HQ°O
?]€´
Á⟦]⟦Ò
¼Ð&²Í=⟦;∅'-µ¡½B¢
ÁØ'Z1P¨BßK————————————
NÑOD'*Ø`DKXLž2Ñ-:ÆX27F¤W‡5Ê))°˜Ù
LX-Ä@ⁱÞ"²27627ÀÑ°EØZ÷@Å²F£È————————————
　ˆ`ŠEQ©>⟦‰:DTWU3ÁÄ½ÖU¡¨27ÊÙ...-
BQª6CF£`9M>•@Ç‚¢‚K}⟦ª¨KÚ$Šß=+%5V=UELEÊ6-
L È<41‚HZ©¢€B˜$*¡BW¯„EÃ;@AJÐ*27<?NF27À„"QÜ"
⟦ŒB@°1Ã ÜÂZÓÒÍ!ÉÃ‗µ@0-Ë«A7¶M⟦
7
HŸØV=Æ⟦ÎÂDÀI————————————Å⟦"/⟦A
(„DD
X^WÁ¬Ö½)ŽC¶À€27L‚ÑI
　　　C27Œ227Œ`8S‰È']T:⟦Ÿ&XEÆ.Œ————————
¤279ÏC¶H————————————-CÚÜÎ˜ž³*————
QÃß«YÉßÊÀÕÙ((÷XXI#Ð⟦C?Ê27ƒJ°BPP`F⟦BRÑ¼M¡3|
Êƒ-CVµÅ2
⟦R-/»————————————
®ÍHµAË°K!T½‗ÑO2•|§#Z®£/!ÑB}XÙ«×⟦¦!Å‡`
Š€Pƒ:£Å|OÑ!$÷N¹¥ÅŒXN27ª*1LŒB¤(Ñ´CP(¼¾ÌHÐ
=UÙX⟦Ë¨ÏPÊDÂÀ^µJ¬-8Û¢Š",UÙ²€TÎ¤7ª　　　　H-
TK„ŒŠÞX˜N€%ÀÞÇZ€4Æ™SBµÃIÐ...ÄMF÷ÆÄOI(
　　　QW`†OÔÊØÈÙÓ ÙEƒP...NAŒ
Z27ÜOBTÃ*I‚ªŽB¤F¢ª6]ÁŒƒVD⟦Ö]0
YÖ°UJ)@E@⟦O GÀÁ ËX•-!£';ÒB4'.
T¡†ÀÆ&¶"®WÒ9U±
ß¯L-˜¦$L'Ñ————————————

Á„
'Ž™=¸ı´/¸28!T8@4„¸X=˧´.P|2˜‹¡ÂG RªO¥³ËY
T.PLÇÐDOÐSOYÀÂN ˆYª]]LÐÀ+B"ÜÛŠVÆ(
#‹€Î
H˹©¨HO+„Á№]C¼È_¦Ñ¤4E>„¬A©2˥€Q¡Æ6OXYW˜²º
Î_
„ƒÔÞF£QKHÁS"žÂIR#ÖÄD-†®ÚÒÄ ÄM·©   Æ-
B`28ÂTP
J˜˥OÁ¡Ž\I$ŠÎ$L28H"M @ N
    ƒJ ºŒ¶Î³³¾ƒÜ¥®Ÿ‡¤D¼ƒ&Ø
U@ƒU¼JÄU˥DIT|¥DLPH
18ÉF¬LQªŠŒ*T˜EÐ„€©SÃÇ]£ /IJ·Y¶´UJØË№ Ô¢
¸ÔU C¥¨`·R¤½CI†ı¤Ñ˥Ò ª˥Ô¸A]NÚO©˥÷Ç
˥ÙQU$E28=Î287‰©)JÎÁÐSŒB©'
[28`
‰"³-ÚNÈÃ^°S'™Å˥Ã‰1XªB"D:WÔ`
-…€ÃÉÃ˥ŒQˆA1
                                          Ö2€€|S31ÅVˤ28…
¡|UFˤU$˜ˆŠCÈC
"À@˥††À˜3CÉCW#E²Îˆ ZAFÖ*¿ì™VP-
Ô!©.!.A28]BÞ?DQ-
E‚P|(F6 ´ßÌ¶
1˜ÑÞ
§"˥Û˜®2]¥ŸNÆ7O«V¼²ATÒÌÒ®¦EˤXªIYG/BCÀ-Â`RÈ
8‚Ò4˥" ±»ÄŠ»ÃTGDŽ6ÂÂÌY€R%˥Ë:Z·@†ÈÃVQˆ¡©TÉ
S[TÈPHXÁØTHµÑ€˥ÃD+ŒˤÑÔÎ"¤
*)¸ÙÇD$ÞˤÆ$R:"€LÁ%G@˥³Ç<ÎŽ!²HAÀßží&ÁÆÒÌÇÔ@;
ž-Â)‰E7ÌJB‚™RØÞI"9ÆÆ(ÛN   8Â¾ÀƒT
+² €4AAÏŒM«ÑYÐÁ‰€Ú2`WUDAˆÎ28,"PT*©¥DZÀ&-Ì
!BÒ-™D…Îˤ€
ÁŠDÂ Z>&L28"ÁÀÀ#28ZLÆÞÇ°ˆÝMµº»>Û…-ÙŠNU"ÊX
OÊÍ‚ÔÐÞBÕƒ™Ó`"3B28ˤXÓLÔR)7˥|Æ Å¬-
ÎJ…+†ß‰˥¥ßCE%Îˈ="ÈE9%
ËÖ´VÊˤ2Ñ:;ŒŒÈˆ%˥§‹7PÐÇ28·´ÔSPÍ‚¶ßÙÂ"-™Ð`
('HD28€@\&·"²ÝQ×°ÔÎ|J°•;¢ÎÈ€CA^ÉN1ÒNNÍ‚T‚"X28Ý
µÁŠÎ
1ÔÁ(DÆ'#È&³ØÂÂE*¾ˆŠß4
ˤWÐK‚°OCÄ`(WY=ÊIÖ2-

¦£Æ¼B¾º'ÁBF'3ÚSŒÊµ7„FÍÒBƒÔ{,P,WTRŒÑ"ÀCÌÔ
NØ>N®Æ¬
)EA
ÃD@[EÏÁ'ÂOG2929Áˆ2929€˜2929€29Eˆ PÊ§GØ7FV
7£N€"Ò-H`
˜À29`29G@
Ò
Ä2929292929————————————``2929
2929
Á2929 2929292929,€029292929629-
D@Á H@29292929`Ú————————————
29————————————C2929€Ú I‡)`&9ÓW
;ÈBZ½"Í‰˜
Òˆ————————————————————
QŠ+ÈSU1¬¤Y„À|9ÚQCÝ>F8=ÉF¤O®×V|Þ,ÅQ˜HÎ«-º^
R‡—DYL‡2GÔ$ÊIF:Y6¯Œ&D5Ë—XÀ)¹°¹
ÕÎ@Ø/MQ®Ý'"*JŒ¨1ON°XŸÒIÕ,+VÇÈVÂD„„›T£LÁQÙP
#–™NEX¸ÄPÄÂÕ¸G:V„ŽÈÆ×ÅEHBY!€…E¡P
ÆÌ*DÉ¡JÈ,½ P6—
B¦+————————————N¯'I£7ÓE
'‡µ'ÁÐD3 À!¼
"°€$V¡@ÌX^ÈØÏP§>…Ý3Î+ŠÑZV"£=@©ÏÚ€.»Æ(ÂG1-
6‹\ÔQRÜYµ`F29
¬ƒ"8I×¯ #ªÉÏÚØK,[Ù,BE²LXEÛÃ'€
DR.È·À"SEŽÝB©Ñ!?QÓÆÃ†³ÞŠ————————
ÓµÁ‡À¹ÚI³) 4L`Â29?GE)O!ZHX
&CC8µº
GÐ2W
————————————†ˆ$29¤ÄÀF'/!°OÀÚ—
D€29Â@—
29EŠÈŠ¶›ÓLTÂ°EÝÂ¾Á²°2€ÄRÃÓ*'¹Â*Qˆ µÅ5¹UQU"V
ØMFCÉ–ÍCKA{{ÎI…Ù‹ÍÉÔ¼Û`EÇ€@ÔÑÜ-
SŒVX;ŠGÕÀ¦Ã[É&ÖT`Þ›•'›¾ÐR5¡HÐBIY/
…'²7É¦M´ËÓÕ–L-ÍŽ¶Ì¯€"‡"†€‰ 29`„!Î& À——
'RRBŒ29————————————————————
'CÐ BªUD ž.‹HÉ D¤Â>ŽÁU————————————
Ü–[AÄÁEQC¥Ç,ŒÖ©ÉÊF€Ñ–ÕNÍ29:$Q'ÆŽJ"Bº

FØ¢O»LMX‰L¬#R————————————————————
4ˆÇXD˜ˆÔŠ6FY\$ƒN1G\$
L£€¬˜¡;€3OÀPD   „Ç"@Ö&AA€   X+@
S‹   ˋ MF…@J'J("-«FÛ
TD'38ª˜:‡A¶3ÛA¡S-†ÝÚ   )L:OI¨^:A\$Æ Z3O-
ØZD[<.ÄXŸ•£–
ÚS,«FG¾ÓY³¿K꠰H•C„˜Ã}¾•?N5ÙÐYXV%M×\K6IÜ·± ²J
"NÃ1‰H¡EÊÊ¢SYËÉ=Pˆ WZNÁ\$ PCÈ ªA(-
ÝDˆN¤C"Çµ3OŠ4%–*¡G˜SVÕˋ˜Î4¸Áž\$ÈDˋ…CCM3O€@
˜ÉÙ|꠰Š ꠰<HHÓÃ«Ä+Ë
¬Ç²…CGTL(————————————————FAJ…ŽÑ-
Ð [N
[Â"+('¤©1|BJT§(N2,†Üì;————————————
?Àˋ Ö:ZÐLÆÄC¦ˆƒ°‰ CI꠰l
€ˋ Ã6"€R±…®3OÞ\$*SO!꠰]Ù[¥OÆÍ-FJ–¨ÓBA„–
|>LAPÈD,-S.¶‡X꠰LÅO};KUÁˉ åFÚOÐ[ì|Ãˋ U W7˙ ¶¢
ŒXÂ ÂÎ!(!3OŒ'K3T•IÑ¹ˋ JÑ
ÜX←
™®>"¨꠰A©————————————————————–
      'MµÂ|@—————————————————3OËDµ¹
8KÂ꠰————————————————————————
——————————————————————————————
„‡AÆÑ ˋ ÀẐ:Š…É¸…ÊÐÀ@NHLEL,Dˋ À1꠰L————
Ü
L¬¥OR…,:IÂ¢GB6Â\Ó9´,@' ¡IEWT•®'Â'Ã"<º\Ë'•!Õ;Ð
HÐÂÛ–1–꠰DÄ†&C_Ú „!OSÔWÊ꠰B·„×Ö–ÐÒÀOÖÞ–
S¶Ð\$ˋ Ì4@²R£ÍÀÜ",Ž·4˅E±1L3O.-ˋ ÀWÐÐ
?6[³Ý†꠰D–N;‡¹P6©¹Ù†B¶SÚÝ*É\$¡GDÚ±D‰ì-
Ù€ÁÁ3HÂ꠰Â}OJ1L\E
BGÃOXÀ*3OO…꠰Ñ2;V˙ M!Z#
Œ'·„>*Ý&CÊOØÓÃŸ³Ã°C꠰U꠰¿É¸{3OB>4)ž3OÂ———
€ÄØ4
Â꠰&Ã3O3O3OL
È,€3O£€3O3O
Á———————————————OÕ="¨BE8(U^ˋ ¡Ú±Ÿ–
ÄÀªC
%@UÅ, HÓQ²1°I°@À@D3O ˋ 3OÕ€ˋ €PT€3OL@3O———
&3O&꠰3O3O3Oˋ 3O——————

31À3131€—————————————————————
3131B@313131313131€3131931313131)ÀDÖB'B
Áß±31313131P8C€31D31 31231
:·Ö|"‰ ¤AÑÑÌÐ@Z–,9€,U(IÚMÇ<–FŠL}
U'‰ÄM¹————————————————'RÄ°}Å–ºÄ
5;:ᴖ±{†Í¹-ØÊ<Oᴛ£(O31°1¤#Sᴖ Ò ËÈÀPÀŠK-ᴖÖÞ‰31Ü A
ÑµÝÅUŠ™W@Â/©×ᴖ÷B%ᴖ€·´:Fᴖ Ë#ᴖRLƒ-ÌM ©—————
Q%ÅÔ¡ŠÝŽ...ÝÀᴖC`SÐÁL8€CA"¼Q$-ÃÀ{——————————
HMᴖƒª§$-(1B!ÂV
NÒC·Q"A½$Ü(DVÝS½Ÿ²€ØVÚNOÀVP*31311@AÐ&M¡
€ÁA€K4ÏÜÈ(ÆᴖÙ TÚ©!ÐGUÓ1Õ,QÑ!————————
$™Ù©6FÅA ´ 313131310!€P——————————————
————————————————D——————————————
Á°D4!™ÑÐŒØ&"ᴛCµÄH¾...C±ƒ
©PÐDÅOWÐOØÔ'Í† IÑHEᴖ‰ÙÊµX"Š/ØßÌV
ÄÜB¢L¨©¦ŸCEÛFMB ´€<Y†Ž9Ó©¦ÉADÇ31¼
Ê&:ÞY¤
6ÁF+TÆŒI————————————————†BB¦˜6Ó—
Ž˜µ(——————————————— ¹È:Ò¥ª$O¦Ì@A†
È·"-ŠžÎÎ«V€;·¤¦§ÃVZÑ†FÑV1Ý¨¹"ᴛ˜8VÀ——
NÐ×Á+ÇÝU†Uᴖ›3B46<EÓ E#‰ÅU-PÌ-?·ŒP-
!XEÐ¨=FÈᴛ±4ÄJÖ-," Q'¨½KCÎ'W×#+'©6&2—
†OJDÀ#ÍÔTÀ"E7ÞŽ/R
BFÌ|˜ RŒP‰‰SUŒB31ˆQÂEXFᴖOF3IÇƒ——
%ÏZÝ©$®ᴖ ÔÀ—WÍᴛÆCÝᴖ^...² É¿F^ÉÆ3Ë5A„ÏXŸ
ÍÛÊ'JŒDᴖG(Õ¾ᴖ Ç[ÑÍXᴖH†0ᴖMÒ-——————
I ᴛTÑ@SÁ«————————————————————
•¥*˜ÝUUXŒ}¢ᴖ-
ÃÒ————————————————¤ŠU!ÙÉ»ÉÜ¼˜3131
@3131À`3131
3131313131314——————————————————31
313131313131
ÃJÊ4.„Ò°L/ 1Ç/0ªF31€3131313131A313131
3131>E€FFM31‰31TL3131È` ————————
31L@Ð
ᴖ—————————————ÃHÈOV
5,Ð}¾ŸÓ¿,...LQE?½OÐ'JÄ • À+ ‰±A⁻

¤Õ„JJ5TV‹B“TW„€_: ´E…™KBŒT‡Ö÷F°³
ÂYL“• ¢CJO‡B,L)@E;32MÖÇ@9———
ŽBÔÛVÕH{@Ì(ÚZ¡E3¹M Ê}O7FžÉ9N™™ˆEˆ°OLM:Ò½À
EQ6ÞÔ†3ÍÌQ¾±ÆÈ1IH\ &32§¦&Œ¹APS`¡ÇSIÅÝ½²F
FÁÉØO¢*E`À¬32 `$È 3232`Ý$H•*K¹Ô(
±(FK*6'®“ Û€ÅŠTˆ*———
J–\MÈ4@WMX<@$¸P——— ¬
ÄÂL———
„¬2Æ¿€¾R´Q¡¾¨Å¤———
Ô
ƒQ}H32)BPM,+———
“ÒQ&32B144 Ç32'TEPOÊ± (¤7Õ———
© <CH8@MƒŒ‰
€€¤ŸŠ‰———
ˆ-]32MÐ‡@I32À32KJ«ßTDT†CÁ,CÕ+W˜ÜT`Í4ŒÁH
À2;©ÉÈ¿I³Â ÙÏ@…HÑÝ£ÏÉÞ£;J•9•
²ÉMß‰ˆ8Ñ@W¦XÚÐD8LX÷“Ä¡×ÆÊÅÔ2ËÚÒJX[“³Ë–
ÐØ}W+J‹D———^ÏØÌKŸÔÔCŠ
ÈE‹ÜCßÔÒYÅŸÐÎ$Á©À
„Ý˜<¦…˜®‰ÅÝF˜X>ÈQÇØÇ`T˜ˆD¨EE›SL]'•32OOTZ
AQ¨Õ+Ú'Ï´Ö-ÜOJÏ,¾ ¬I#®¥·O!²YÀË˜
¤CVÈÔ±XÌÄ}£,(.ÒZÊ`Æ±
žD4ŽÀÎÇÔÌ='>, Ï¨=¾(¥,^X:ÒßRDÝE4HW-
YÑTÓÃŠZ'Ñº¼Þ¬€AÒVM|9
@ŽÕJ|U UË:-
P¬ÔL———!`Û`D@„Æ
Æ€ÌJ„ÀT?ÑÒÁ]JÃ€€‡DÁ¹Â,ÃÃÀ
ŽÖY˜ÖH$_HAÃ³-R©JÇ:¹4ËVYE32#Ë¤-÷GF+S¤Ã———
2:˜¬ <!FÊ@ß Æ–¤‹ÈCA–÷ÊJ
*ÅÜF3232€B˜
À˜ÐØ³ƒT———
632\¢À———OÃI¸VÇAE
^ƒ]Z±, ˆM¨3232`
32Õ¯<3232LI€V‰ŠÄÐ¦EU°¼{,I"F«ŠÅT32±@5M3…ˆ
32HË°$€Å^BTÊÄÖ<9ÍÞS*T^…Ë¸§
EPM{'QV€F«»²O'Ë!LÆ>ÌÈOÎC@×' ,=ÈÙ€UT,Ä$µŽIMQ[Ì'
·ÏÒ5Š<M[ÙÃ¶Ü‹,Ù¸?ˆ-ÀÊD¬Ê™AÊÔDÎÉÅJÔªËÂY

U-ᚷD"żÒ†Ã²¤ˆŒżA̶R/OÖ„²"Ù\M2³=ÃT¼—
Š}J3...ÏZ¤MÖÆꟸ33M¨ ¢
€Ɪ   °(M AX&Ó® • %ÈM¤†Ú ᚷ\±Ñ—

Øƒ ÐB!ŠNÅÅ¼F¤^†ꟸ—
ÚÅ€XŠÁˆÒ€&!"BL:¨Ü`8Õ†ÅBMŠ¨_A>´3TÈOH3333U
± €B33
33)ꟸQTHLÁB/33ªS)ŠÜÓ@ÅŠ Œ————————
€`Á®ÒÐS•3333@Á...QLÚ————————
Š8ꟸV⸸*ª—W ꟸ

ÂD33K¶ÄÚNFO@/C×Ò¨¨µ33™ÍŽ!ŒIÐ€@1C0$°
33———————————————— `T!Š#EÌÀJŒDᐸCV~›
R
⸸ˆ{P¿5ÙA†7<1®ÃKG¦KÜ!ÒGì9$'®I"ŠÈÌW·DÅ8NGˆ#Á
Š7¿Ë™SKD„O¦ÈQ%IÈ·W«RÚN°3UÙÛÃÏËK®¯5ꟸ3-
Ê"7RÚꟸEË~×½Ë´ÀÝ¼0ꟸQCÃVMÃ"ꟸ{ŽÕ~
ᚷÒPÅ%ÁEÊžVJ¢ÖLƒVßDºFÒ
ÆÏ„ꟸ-EF&PAÙB2~«ꟸª¢À<Ù¡6ŒL¸ꟸÌ„#µ¡"CÝ&¸]J-
'PT⸸Å'OQALžLPSÄÍ————————
Æ^...
AŒÅÈQÄ«ELÝ{¢€IÓ,O¨±`È]A¦Š-(ꟸQ————
^
Å«~*IꟸSRJ...Ž×Ñ-\‹ÙÅÑ————
RÅI"M°Q¶   ÖÐ   ꟸˆ-H³~ÈŒT¾·Ü%&-
ŠEŠÅÄOJÑ¤Q.D8§¡ÀÝÞÀÁEÒ»ÉPÂN————
ÖŽD°:B6°EZÙ/S8„
Q~ÏÄDÑÝÐME×·K%&Ø±!ÍÔ®Æ]ÅÉ—ÆR¢
ÜÄWÅÅ²M¼V×UÕÓ1°²Æ°~ÝŒZËC)O±ÜX/-
ÉR/FÒ!%LÔÔÄJÕMŽÃ®%~EUF>7Å);ª¡RDÇÙ´ƒIꟸÀÖ—
½ꟸ:*ÍTN´½Ý"§Ç
'Á¢¡ML%ªÜ~6·OH¶LRÐJF`%,Ì€ꟸÜ
Ç¼ÞÍ¦ꟸ•ÓÑÊ²ÔÔ,————
L© `33´
!-ÀC,-ÀÏ™Š4
¢-¦P"7HP„¶B5————
–¤0Œƒ-×,R`7ÖBDŒT8D†Ð ˆÐ ꟸ'33———
@33———————————BÀ@À™ÑŽDÁ———

33

„TÄNŠ,ͺμ"B@Êƒ34†   ,`ª(#34ƒ————————
‹Ô¼'€Ü4R¹34Oí¦ÃÎͳ£ͻLË4B´Š`————————
A—D6 Ã"¨‡ÄBP   MO4ƒ:žÄ¾0Ø %†M<©£(——
Ö`¼K|Õ————————————————
©»ÝÀ=®V————————————————
_%'$)EÔ†Á'
     ®[ÝUGFK¿Æ"•#D °ŠÅ>1ÚD·CD@Å¨ÄVFHí¿.S
—A«KÐ™ŠÓÖPÏ
ƒ(>ͼ€&ŽÂQÔÁÓ 6J————————————
›]J
H¨ÐV3434ÚHPU34@ QLŠX1¡I•{À22Þ...IÔ#'±Dͼ%=K
^=   ÆE¯8"MŽ«*¡É
¦¥ÅŒ†]HÆ—"Ê¯‰Å—Ð¦Ö*"†Ó„   ————————
ÚNÝÑͼ«>¡Ì¨ BÓ†4O»N,"+F¯ ¢Š¹VÆLŽ¿[ÉS×ªFÔG†$Q—1H
„H9Î8Cͼ¨ÃÍÎÀ"C:/W¾ì
·Ú\C"IÅF ÂÐB(¡-¢ÐÅM)¯ÍÚÚÑ¹Ï¨¨L'OÉŒTÛŒ,
=€:±:^Å³GÞ#K.‡————————————ÁÝÓ*Ð
×¯Á`Ó¢€¹ªÄ+ÔÕS\¤6E\—
     ½ÔY°9"ÉVJ"|žPͺAÃÆ"Ò,&8¶ÍÇ$O3‰N
Ü@Œ3"D/Ò
,L ¤PYÛŽ,C@Ó·ÂÈK¡>BEÌËͼºÖÆÍ¨Ø•Rͼȱ)P¨²OGTÑ¾•
½
¡ÓQÚ ì¿ŽLÇ-ˆÏF˜'}÷ JÑÜ"Ÿ5Ô¹Ì[_Hͼ————
NJͼÂͼ¢Ù9ÐÕXNÛÈÌÈ¦JÀÝOͼXTPÀƒ%————
RËÀ   Œμ/¨Œ÷H-
EÏÊ¯Å„Z}`RÝU3(Û¨€¯Ä¼˜ZCÝS´Y8Ö¦#¢—'ÀÏ¨EL3Ý
FKPÀ————————————Ìí-'Ñ1834TŠM†Ð
TÊ5\ͺVº4²ÄT¹
,Û+[ÒÌEO¨WÉMμÞ...#Í8Ê R3¹{ÎN*P±¬ͺÎ}<J·í+Ñ=3íRFÝZ
...¤L, N«ªÑE'Ú [Œ1ͼ£JŽ×Œͼ<KÈͼF^ÑO£A-II)ß¶Œ$μ —
Æ¢VÄ¤\ÞOºQÉ$¦Hͼ3434AË23434
8€C343434343348€C3434343434'ÖUTÊÃK@¡34`34
34
€O3434@J...E348 `²————————————
À¡OL341ŒH34Ô34————————————ÄQ
±$μ²´À˜.<ØÓ————————————
Û:°(²G«,K7A—

<MÍ…Õ¨ß¬'Š'O˜",——————————
ÔŠ'OÑÚEY_O²"Û2ª¬19(ÝŠI"ÜK}C^
L}„¬}„µ¡5ÅFƒ+&ª&'
DÌXMÙZJDH˜"DÀ/ G! IÄV>Ê
2@")Æ{¾<NRÎªÏKÏKX†Š2„ÌÐE?'Ó¢
——————————————
†Ø®ÊQÝÄLIZ<´"Z–„Ÿ"_ÝD×ĦžP
žÆ[Í¬…„IÊÂ–:®%IÈÀÖ™Tµ*Œ«ÔÍÎ–
¹¥É÷×¶£ÄT[Ý"Ħ'Â'Ä'X÷<ÙFO
KÉ}…E×TJO˜/¯^ŸMÒ6I„§™Á±ÏG<ÅÑ§,BI•83`–Ö–
ÖÄOEÛ ˜ºK"É¬‰ÐÜ¿*Ê"°„:ŠŒ–
9Ħ"¿÷…,Å{YÞN£›NOEˆI£(ÑÞÄ¥‡'–)ÅÀ¤ÔÈ„EÕÕË¨Ê
C&35
,·²Þ¢SÄŽ¨ÚO'ÔZÚX¸Z\-°£——————
,ÅP–Ü¦{ÏJ/IŠIP¶<IA¶ÆßÈ\É.ÜGÈ
Ö›ŠŠÍ$ÍO«,ºÜJËÑ1NYF–
¶ÕNŠÑNÀÃÛ/TY4Q$$'=¤'ÖÉÎO¤ºÃ,K2PR¥².T¶DÉG——
•9ÀK&Ç$PÒEI`ˆÄDÄ=QÔ…ÆÁŠ-[*@²——————
Ø66\!VÇÐ'-‹Û@Ý X RÍÝÂ(ÓË@¨ÄÔØ‹×È½D"
(——————————————
U– LCWQ+T×I+£ËÀÒØ6}‹ÆÇÎĦDÚÈ˜•¨ÉZŽØÄŠEÚ-!9X
ÁN_
SL–9AØZÏ3«UL:ªABÂÅÅÃÇËÑÆ¨ŸQÛQÙFJ¡Mº´———
ÖRÉMBI³Í½…"ÜÎŒ½YÄVYÀÝI_ËKĦ{*«7Ö¬ÞÄ"XÔTÊ
'1×ÂÜÌ!ÌÄ‰ÀZ±——————————
ÆSÌI¶Œ°Â35À W„ÑAT3ÐÎ§TSÚÕÎCÑÏGŸ…¶I%L'
Q9‰$*ÁŽ"† E'R‹"¦ÂÁ'ÄECÂ?PTÛ9ÔQ¦ÛÎÅW)——
;M¶9ŒD=ÁIĦÐ(…(ÃÓ†35žÆÔFQÔTZ21
Ê¿@Å_ËR–ÙR)=…S——————
ƒ§Ê
X¥²Y1DPZNƒ¡L^O^Ô˜¯ZD——————
ÎÍPBM9Ô7ROÛ"Ÿ‡ÂŽ/UŒ<¤IK•L(ŠAT‰ÕRR`ÃFŽT
£©——————————4„2…335V"©]ÊY2
Ü¿FFQ˜Y$¯U&AKÏ>P¾©¹{A–
¬MÛX›Ò> CÐÍ¤Ë¸§]©Õ35#VŒ——————
Å'"ÈÔÄZUÉÁ™–¢Š4ÑÉXĦ*7%Ÿ%È…"=,ÔŠŠX·QR7Û•X
÷ÙŽY„ŒÇ^ÑVQÈ|IQÆ•ª/B²<RÚ¶QJRÞRÝÝ'6}ÉMÌĦžÕ
|LD@ÜLI——————————1F‡²)µXŠÉKÕ

KÑÐÐWÜŸŘ,ŖS3ÉLÏD–ÃÊ1L[C^©ŠD¿B⁻€XZ©Ÿ„ŽÁÊ–
8ÜÀ

Ã]µÑ¢Ú¥⎯⎯⎯⎯⎯⎯⎯⎯⎯⎯⎯⎯⎯⎯⎯
£Ò&ÒÁÐQºẀÙPÞÝVÕA[˜ÊI–OCD#Y–"CÜ–
¥‚SR±ÄÈ>'36/4Â•[²)5#¦Å‘À𝑓ÎÀÀ$DDÖ/5
ÃÎµ‰IËHAŒ˷ ⌐AŸ*𝑓E¢S
À„Ê(¤TH‚ÌÃ˜]'UOÚẀQP<:LÉÍ8ZØX±AXÀŒ4•PÊ¨Y–
D-IŸÆ‚JÀÈBÃÉ¢HERH™ÅZÒ1ÅŖ]L44>–;„P[¡ÌIT[H¿3Î
©2¢£'D˷ „AVɬS/¡Ÿ¤HQ𝑓Ë˷ Ëµ¾
ˌÖN™ɬÑX-
GŒÜ[Aµ$^2'(?H″±J'žÔÊÉ|Î$B+É…*ÐɬZÀ/;UÙÈCÅ^?¬᷈
=ÓÂV®™FÕ6ÁÊÙ3RË4´7ÒÜ•¤Y&º-ST]GRÝ–
È<""6HÒ–ÙK˜¦ÂÒÒ[ʰÏ¦Ä:ÔÙÖ-Î³J(⎯⎯⎯⎯⎯⎯⎯⎯⎯
–LÚM‚4+Æ[)BÂºÌÀBM[‰'É*´§ºÚ…[]QÔ<ÆD¡'2
GÏGÁD¡
L–ɬW˷ _–˜Œɬ Ò[E±ßÁ᷈"¦¹HÇŒ‚⟨—–J–RQE[^5 [(8":Ñ„O'H
ŠAJÆØ[¬J|ÉžØÉ[^Z-
/2›YÅYÄ˜J¡E1Î+_ÅÃ=Y¢"Ä…0YŽŸYµ×»ªÓ"Å˜£¿žÌÇ'>
¶.Ó"L¦2ÈÉ*-T3ÝÖŠ‰E'¦Ú–Ô],⎯⎯⎯⎯⎯⎯⎯⎯⎯⎯⎯
⁻ÒLÖPKŸ5‰P´Ù¦᷈Ù
N}Q2SÌ…[1LŽ<Ä
>À‰Ó¢#¿Û¤BA«ÆÃÁ"ÐÔÇᷧG$SÓ‚²¦Œ¡²Ñ¦‚D•$$R-IR
BG!"-
H8ÏÀËWÁ!E˜Ð¢%D«C‹%ZªÉ[Ý¶§ɬÜ…Ä¢KÃ–¶WX36‹N
@𝑓ÓC&˷ [M¡L
Â7´V|ɬ<[‰€[″ÔÈØÈ˷ ¦+M[ÝÅ${ŠL¶´¨V˷ÔÆ¡Ö⧸ÛDU˷'
CÄÇÙ Ð\ÐQ8RÛ¡ÌŠLHDSY¨6¦W»TÒ£Ê[4´Ŗ‚„Ë[ECÞY
QQÑÐ¡Á⎯⎯⎯⎯⎯⎯⎯⎯⎯⎯⎯⎯⎯⎯⎯⎯⎯⎯
ÙJO–¥¦
Á¿⎯⎯⎯⎯⎯⎯⎯⎯⎯⎯⎯⎯⎯⎯⎯⎯%TN/EEQZŒ$RB¶Ä
𝑓©P&M[OÒ‰^ÆŠ36ÈÉ[4!7ª¤⁻Zªᴵ„X ZGÎÂ]
K ®£˜Ú/VÒẀVMÇºÕ²Ú€\-µ–ÏÑ-½ɬ36\ÊDDŒ–
P´KTÔÒY4Y@ÈŒÊ.⎯⎯⎯⎯⎯⎯⎯⎯⎯⎯⎯⎯⎯⎯
𝑓„1¤GK˷ <Ð"[MNA[F-‚½™J‰SUVÙØɬÓŽ™5ZžÄË᷈U-'Å
ŒÆÃJN$˜ØØ'£™ÝÀ¢ORÈQ
ˌH%S¦Á´Aª Ó#S A:ŒQẀÐ)\
FO'½ÀGOOɬ7ÑÔŠUÃ36Ã*⟩NQ[
Q¾ÔŠ2[Ç4¢Š"IÜÔ×'JÁ"Ð¤˷ ¥^C§Ë‹J]FÊBSÃˌ6ÔÂ!ÁÂ'

36

=$À⁰Ô¨&X—

Ö®`¯µ«@1"«½¢×J¡A˅Ⓘ¤Đ¿ⒾËS¦=È÷Ⓘ;᾽ÒJÜ¬Û¿È.½XIOC–
ⒾÄRLIÉDÜĐJ¡Q$¹¤!RÑÃ¼Ú<AⒾZÄ5"ƒUⵀÓC–
¤ÉV/ⒾAO3T3˜ÆS˜×Í"UÙÔÍ"‰±Ç¢ÄCÁC–
¤.Ë°ÞÊ|#˜¬Œ[>T€\CÝ%TOZJ¨Ü„ⒼP)XP?U¬P"
ÈDT¨UƒJ"ŠÅÈA¢=ÆÊ¥ØP©#ÓƒK¡÷Ù@————
A ‰ 1ŒÆUŒ7/ⒾC°
37Ú‡±⁰`ÀⒾÛ,NK×X¥Æ/ÖŠ,RÙMÃ÷£Ý)ÓÀµ²HÃLL{Š™
ÊÊ±!!¤M¡P˜K²ÞÙLRFHPÖ×È+Ã«7   ×>
ZE£⁰37ZDÂ¬¢«´¬LĐF¤SØ69ÑISZ'5¨}Í":Š}ÆFÂBØJ±-
XV?ÃÇEß¹TV=−᾽'³-K6A7[9Ø]¿¨7²Ý1⁰¬
Œ‡¼OÜ´A÷WV'...BÓÚÞÓÈ8ⒾG)'¬ÈÌ˜Ç7Õ37"½Ñ!¶Ö€6
Ì:$ÁßÙÃ'},BËQÚˆˆI&Í‰
™¨ŽÍÕ;5D°4C"U"37ÖÀ————
²K<¢...BÂ————
LÅ¡ⒾWÝÇŸ»——————————]SÇÅB÷L=-
JÉ/
¥M‰LNÏÁ™ZⒾSC¨ÍQJUÁD¤²;´Q¥&Õ#·⁰5•QÅ|+¯3OÆÙ
);Ö©——————————ŽLÀT"#Ⓘ*²¬"37Œ%
{TÝˆ´ÈⒾ37\
ÍŠ2Š

Í|È!»#ÂÝ²5HÞ´ÂÓⒾM-`•ÞMDÝŽ`—
‡PGÙÅÑŠH¨ÕCUˆPB4=ÐÈÈUPZÛÇ˷Æ(•¢I————
‡Ë"ÝÞÅÈWÈˆ6¦Ⓘ(QÀ×ÑL63:R...E¥ÏMÙH®ÇCÂ5„%<™H'
ÑIIⒾJOÌ€RÒHÓ"Ý²————————————JÉTZ
¢ONÑ'¹/C¹TBÔ¹ŒÙZŠÞ¢Ÿµ'OÒ:Û3
SĐ‡ZU"ØÒÆÏ...µ„˜ÕÊ«L¢ᶻPŽÍ=ⒾŽ————
ÉU9ÚŒ&¶Î⁰⁰%£OHÊ⁰½^„#•————
±¶½Ⓘ$!LÊLÚS@Ï‰È?37Ⓘ–ÞB²´T
$Z¬Á˜¯^,3F[ÇQÍKUÝ«¼¼:*²ÚLÒXD,OCIH´37H‹Æ„...¯
É¿ÊD˯ÈÍ„EÖE2†@LÇÈ.ÄÄ2%IJ@<Õ&DQ£JÈÍ*−P37ⓘË
|Q@————
S¦8]'QᶻB½«Ⓘ®¹LH ŸÜ†ÁB¤MÏŠÉ37QRÏ−,!ⓘ
Ï§R
WPˆ5————
-
LÚ¬¼Ë¼-)KƒŠÈⒾÔÝNŽØÔ¬'ZI]"'ZÚÍØ‡&E)KÝÕ"¦·PⒾ½¢
Ž×ÊÂ¬Jß¦§€B˜4§Y¤Œ¶Ž·Í£¢µÈÅJ‰€}?¡§Ô86™OÖ£

37

ÔB*¥3□Ï,Á)†¦µÃ˜0¦7K|Z9ÏŠÄ^QÆ"LÂI|IÂ˜[Íº5WÚ"%
×M¦¶ŠND□Jµ¯¦1H¬□]Ö¿:ĐÙÝZÞÛÜÉZ"Ä"CŒ¥ßŠ·´3J¦)Q
¡Ò¸"IO(ÍVŠMµ!+ÆÈº– ©%:□–Ý&˜$'Ì□ÌW7ZGŸ¨,Å>À
"1«ÔO³CS5ÖÅTØ÷Ñ¦°¾»Å9Q—
—…¯PÙĐ€ÄÅƒH039ÍRZ□PÇ;ßJ$V2ÓĐ´Ã,°]ÄUĐJCÜ@'Ä
39¶5¤%D39ªEPĐR39˜——————————
Æ²ÀB¨,´Ø¸€–Ó
□„|£¾□OÕ¯XO6ÉÚL$®ŸP˜{ÉÄĐ)□µ4ÔO\Ä{ÈQIŠÌ□S□¨Cµ
FÌ:¬‰<Ê‰ÞÇ□Zº·'ƒ&}HDKAÉE^ÀÀ@
2Ê¯Õ •‰ +˜ÑÑO(ÚÚÀ#A‡ØN39ŠÊ!R†39È%¨Œ"
–Î39^EFÀÒÞ39Ú´039U9\——————————
"ZÅX¦":žÝI?˜ÃTUÑÖA¨@È»-
UÕÊ¤ÔMII›Ö¶ž)BÄ¾`P!1<□DÄ<ÁNH‹žGÚT«Ò„¨%Ü]§ÆÙ
Š§2}ZW
Q¬¦ØPŠÌ²ÔÏ¡ºÅ²É^Ü5:Û1+-Õ•□JÙ ¥W^JW±B,˜Ì Ì□
BDÅ7žŠ·®ZÆË
(ÙÍÇ?ÅÏGÜ²|R$/B¢ÕŽŒFR;Đ!Ç$¬¤ÚÔ'H."É‰È]–L4ÖÜ,
{BN‰ÖP`!LĐB
ØYO"A½A(˜AD\□B□O‹Đ²A)ƒËI
J–K<˜™·2ÂJÏÂÅžP›ÈÔß·‰Œ5QÖªÀ¢§Â-
¶-39G…€±¬Q|C¡MÛQ¥÷‰•-.ÕÛ#®AÝ;SX¢Š,˜ÔÉ²ŽQ•
™;ËÈÝV§Ÿ·Õ–ÕÒÄÛZ µW?Ï. 9U/Ï¯ØŽMÃÙ_Ê"Ë–
RÇ§¨–;U´Û□'ÚW|NGÛKÒÆ²À'•Ò˜ •ÝÕUËÙÁ6GÂŠÇ\Å-
IÕQ(±;ÄÝ…ÑÉY—LÌŸÔTOŠØA‹–º,{ÛE,LÙ7§ËÉÔÚ„-
□G□{¬%;Á7Ì…□ÒÊ¥ ?—?¿D□KW#NŸÌĐÚ³ƒTÙÀÊÇÂ½¦/Þ,E
„¼PLO.SÏ²Ï³ÎÎ Á$ØÆ7€LÊÓĐQÍĐAKÕ†□ËÔ
»ÁA‹Â,HÏ¬Š□——————————
Á Ç|RMÞ39@——————————V—–
|ŒŠBB□3□E
@ØF39_ŽÀ39/ŸªËYÔ$ÉÄBKKKÏN$-9RÒ
Ú¸U39Q8ž§@– H)À Ø˜]÷Z<-
ž«'-ŸÇ€ĐÔ+%9Đ÷P¾ŒÂ¬SH8˜ÀÄ^C–>‡DF)À˜È|Z¢□<
@-XÝŠUÞ39•□!
"□Ô,HJD"„$BÎ——————————
É&——————————
a–——————————
BÛ<——————————

Ý C $ • " ˜ ›ÉFÙL——————————————-
}ỈÒH8ÑNFÏC]™Z-
MỈSMDYⁱº$"DNCÇ$.Ò¬+ ´¨{¥DÍY¡5;JÄÅ‡©¢UJAÄ-
$Û&...ÖIÅ Î • ¨TÒ1§[OLŽ¦ÖÜSEÚÎÜÁ |Œ‰
GË¹Ÿ'£KË˜ÆMÆAÕ-
ÔÆÍË@§VŽU8ËONŠXO"žⁱÅPËTNV7‰¯*ÒYF;/Ŋƒ"OÖE¤
"Ê!<ºÊ¦Û6ÚEß-ÝCÛß¥NËH´ƒŽÃ
µKÈ!ÅĐŽNKĐ±ÄPÅƒR&„-H¨¨×²Ý‡Ú{Ö-
RZÂ¡93Õ...ⁱP1ÈÇ1¤%ÍÛØÝÅž˘›Ç÷QŒÆÊÏO»1WJÛOW£
ÒÇ‚ØOŒµJÆÊÂ‹Ë—ÜÖ¹E-R‰çÕ/X%»¦®KÎW—
ÒÒ÷Ä'žªSPÄßMº"™„\ÚRÃIÝÝÊ"\/ºT½ÞÇT„'SⁱⅠ1ÌÜ
ÊÉ6)ÂNØ<
ÎT«RRÅg>TÔJŸY"-T¦^PT-
\ⁱG*ßËÃ{ÜON9IÒ^ÇË¯©¢OÑÏQ«OÇ‚}ÓXĐŸHÕ€ÂZ˜RRKⁱ
ÒÞ·À¡Ò'R¬|(Ë—————————————ƒÝŸ-¼¬
WG—Ó‡K———————————————————S9^»-
VH2-Ç• ¨FBQI¼ÒĐX\ƒ40C˜ⁱV;ⁱZ>3Ï"×/UKZŒR‰Ù(Á(
/Æː•ĐÇÚ²PB‚Ï˜
5ËŒÊHPDØQD%À½µ!Q-0º„À40•7ÀØAⁱ„^
    XFEWⁱ¤´ÁÒ÷Á5ß   EP¿"40Ó————————
————————————————Î -   ⁱĐMÉÙÏⁱⁱ³—
ÉQžŠDOÎO)ÍH]Ÿ„ÄT1Â`ËBÓLBÎ@5W½P————————
È'Ï-Ä¨!———————————————D€<ÜOX½———
5ÚÕⁱIOÝ Æ-TQRⁱÃ40ⁱ^*————————————————
W2$ⁱX‚@ⁱ...Â————————————————————„µ——
ⁱFB[¿‚P40˜Ó°9JVD   ÞⱻÙ-
¼...ŒºJ®˘ÙÃGⁱ9Q8¸Æ8‡G8˜ÌXž¿§"[™×...14¹Ìž*L®Ñ¸ⁱ
D÷¡ÂŸ˜ÁO*Z™U¦YĐBH÷R·UÊ—)Ê«·Œ7¤Ï7[G)\SÜU0
·•Ã—U«=QYSÚJ99¦ÓÂÃⁱ²ËEŒ—RL¨N-
D!÷=[£FJJŸ§¹ZÙFZÌ¾ŠÆ
    °ÞËI>)ⁱV¸¥Éß„¦ÅÉ¼G§Ä¼H!!Œ¤"P6
À*‚!L(£0ª%ËS\ØⁱJÒ-
K×ÔTZªIRÔ¥K[Åⁱ×¹-ËLŒR—
J³÷Ó/ÈÈQ¡¿Å[§Ä·ÖSÉ#9F%ÖËŠ™Æ"*Ú‚¿U‹Ö—
¾Q±*Ý„‚3ÝÑËAPÙ?>`¨"—
WT´"-Ã¤Û‚'MÇÏ7C˜ ¤WÓÌÐŒÌNZ¯Ã`JÃ©-Ê¿3ⁱ‰
    ž'ÛPJ=|„‰Â

40

ÃSMWÇ3˜Æ.LÖ⸤ÄÕ5Ø¹;ËGTJW3±¦Ó
　　F¦-¥, X²U®F>ØË!WP-O˜Ê
ÓÓ²"ÙÈÏ?GŽÆ9•ÏÀÆK⸤YÞ41]ATÉTÀÂ

"–Š¼Ã|„ÀH•WÙ
⸤⸥ÖHÉHÏHDÏ
("Už————————————————/Z,÷M^<2QÖ„»ÖÐ*
QŸ@————————————————————————
2QÈZEØÆË8⸤　Á¢‡+41
$V„-;_⸤ÄÈÇƒÁÞ>°8LR‰=ÂÃ:DOMÎó&2ÊÙO¿Å¬1-
÷M¾=¶=*+4—¬ÞÑÁ¡Éß<ÛZBÝZÈD´⸤J±ÚYHÈ!Å⸤————
¾` §ºÜH1Ï−ÎØ1ÅÍÇ»⸤ŒE9
CÃZÝ<2„ÂÂ————————————————ÐÔ8ŠÐSÁ
À©¼Å›À6@I^^Â————————————————OÅ+#
|%"D‡›ØP¨)
⸤SÄ41¢Š)Â\K@F——————————————⸤ÜÉ—
...„ºK!QPMOO...Ö)—————————————Ä÷Œ
H¼ÂRQ−!ÙC²Ê͡¿CÑÊ´ÁG¶¦*I¤C−ÆŽ`!Ê41Ô/ƒÁ!%ÓY
41ÏÁC)ËLÒÈ8⸤[2ÏŠLÚÝ%«Z˜Ä,$LÜÏÊÖÉOR®¬Y˜%⸤ÖÁ2É
Š·*Ç"|¬Æ÷Ä„BªŒÄŽ¢†Ï7§]ÝÓQD⁻2ÔŠ^_EÊ«<MK-
W+ÒU-F1«−Ô¢+^[@¡SNT¶ÇÂS¥£;'QQ²ÔÅ|=‹·›M
　　Æ´"JÈZÈÈ¬S
I")»·G[UÊÔ¤¿ÍC#"."ÎÆ'Ó—
ÒÜŸL",·ºY5Ý{LÝZ,ª[Œ]«ÀÜÐ⸤>ØOR−AB\'-¹X　NA‚EÁ
¥A^ÃÉI÷ÒÂ, ÄÄÚG„ÍRÝMÓ,ÖÇ

ÓÃ5Ý«BBì="A⸤ÍG̦\"ÒÉAE⸤º—
ŠÒŸËA$ÔŸŠµž$-<ÏßÝØ¡ÅÏ(I"¶UUÀ^ÆÆ3ÕÀ⸤W;"µÛ^Ú
H˜ÏÑ¾ÉQÝ7»Ç†ZÛ·Ä−B^M$ÊÓ<ÈE.ÇÁÞ_Œƒ¥ÉÌÄZIÒ˜
ÀWN!‰ŸV}¬Õ{ÄÃ41|ÀKŒSŒUÊIÙ©Ö½Ó©Ï'SÊR⸤V-
SÔT³ÎÏË%˜!S[H1N^ÍJ¥YL§9«ÌMÖ2————————
ÆⒺÈ°—————————————————————
A@————————————————————————
'
EÆ⸤"ÈÜ©FŸŒÇ"ZK½OÆDIÅN„‡⁻ØD-ž·NÒQSC˜Ý£©
ÆÌ¼²X41ŸŸˆÎ41C¼†Ú‰C?Å^˜‰‡/[ŠA;2—
41ÑU^SÆØQ6ÚÐÛÞB>XQ·Á¢X¡N?Û!+‡JÐ————

41

ºS7/42B"ƒUÈ{™ĐZŽĐJ,Õ@SN°

"Â£

`Ÿ"¾È·C&ÜÅÏ RÝÃ⌐

+⌐B"ÒˑWˑOT˳ ⎯⎯⎯⎯⎯⎯⎯⎯⎯⎯⎯⎯⎯⎯⎯⎯⎯⎯⎯⎯

FZ

X¶ÙÈÊ⌐¡WLBJŠÒ)`× ...ÑR3Ö2'ÁCPDKŒ42

×4À×X42·⌐ÄZ°UŠĐ‰·U

ÉZ™Ý⎯⎯⎯⎯⎯⎯⎯⎯⎯⎯⎯⎯⎯⎯⎯⎯⎯⎯⎯¯0...¨ "P⌐‚XO, Á⌐@

AO˜ÈÊSÄ# 7<ºĐÂ-\NB|SĐÏÅ MžHW"¹FÒZ

  8ÕµÀS)ILžÄ®C<ÙT‡H˜®‡{BÆÔ»MØ-,´·½Ò,ËK

N

´"À„"žLX·JY˜™Ú...9±Ã-R"&⌐ŒDTÛR-

"ĐS,À4Ÿ-*ˑÛLÛÅPÄ¬¥˜¶ŠĐNL×ƒIRÑPE`!OÙÅĐW÷7—

»I⌐2°⌐Zžß'8¾|Ê°ØÚªÚ8ÄW˜!7-HĐ|

¼I⌐`;=Î„BÕÖ%—}|ŠÊÞ!Å.;K/QG<—

Z‡Ý[ÊÔ*Î-Ï8ÅZ$RYÔ,Ÿ'Iᵘ ÅP,9T‡*´/B˜42JP ˜—

P!AA[ƒÅÏ42Ò¨€ĐD@

   &Â¤½Z˜C(&T&5ŠR{·7,'¤WLĐĐ´ÍW´µÁÃYÙV,

X›¶ĐÇ6⎯⎯⎯⎯⎯⎯⎯⎯⎯⎯⎯⎯⎯⎯⎯⎯⎯⎯⎯⎯⎯⎯⎯⎯

/>⎯⎯⎯⎯⎯⎯⎯⎯⎯⎯⎯⎯⎯⎯⎯⎯VOMÒÙŸŞHÜG{µᶜ)LA

É2¦VŸÜ˳Õƒᶜ©ŠÙ/I5È¤XS<"¾N.ŸX⎯⎯⎯⎯⎯⎯⎯

¡ÈG„8˜LL¿HÏLŒX • ½ˑ ŸÎWÓÒ¥ŸŸ™¹ZÀ°,ÜÈRN8XÃCB

ÂÎD⌐˳Đ8¡1²·Dª)42AP{Y«˳⌐7>ˑÎŞ»¶²KD⌐

&·\¦E&⌐]21ĐO

‰

M«¢3„Ì¼42Ä™Œ⌐¶VOÙ©}Ò

   ŠM`¾‡4—)ÑªK3žÅ¿Þ¬Ú¢ºÝÝŽSÛ+2XÏÓÈ´J£⌐

Â1-Ø-Ú⎯⎯⎯⎯⎯⎯⎯⎯⎯⎯⎯⎯⎯⎯⎯⎯⎯Þ⌐]¢PŸB3,}¡-

Ä&„WÞ5XJµ;`U¿ÂÄB ÝÕƒ!ßU'PÂT<³µ'Û

   Ì'Š«<ÌŒ·Ã=È:JÅJËOÕÚ-

ÎÊS:8OË⌐ŸÞÛ$#ÊŸÕÎÈG...ØÚÈ¿Í⌐H=ÈÚJÂQ#⌐|É{H-EŞR

STÇÅ2...˳ÞÔ⌐D JßÅ‰÷ƒBEZ˜|HR Æ@242⌐@ AC⎯⎯⎯

 ˜ D⌐´RÅº⌐"¨˳ÖRËÊÄR'-@ŠĐJ%Î42!Î&+Á—ÅˑK¬-È

!NŠÇ)°¼ÙLK‰•

Đ³-42 ¨P\³⌐4@‰® <

RÇI„Y42\Ì%E" L&/?ÀA&ØƒBƒ0¹@ì¨ M°<'

 `I¡Â̂A!ÒY„Ó¬SÑEÔ8P`ŸBŒE¼ÔTÓ´Ü‡⌐Ö"¼\¢UÞ-

«Ë§²VŞC,·F<«L6ÜÝ}ŠÂ⎯⎯⎯⎯⎯⎯⎯⎯⎯⎯⎯⎯⎯⎯

¼[®4‡ŒY¥£.™]±G,Ö{»Ð————————————————
È®•   »„
±S₁Ÿi————————————————£L!Â™SNŠÂ§–Ð·
ÕŸÖ-ÔU˜

    WZı•QJ&ÇÅ¶,ÒÂLWÙÊ*‡ÉÀ-^Å₁ÉSFÂQ§ÒÂ$
ÈIÏVÚÎ©J›À`¢BIYR^¹-×<ÕX-Ð0ªR ₁ÛÊ{Ë-
£\^`K₁Á](£Þ)¬Û¨2ı"...)©XÐ"Ž¹˜§»À-Ä÷ÅA©PZ£OPW
K]ÁÃE Á   ÍUVÊ RÊ2³\›ÈM2Æ®YEÒU˙»ÑÊ¿>Ë–X‡
!,Þ43₁I˙X!"À₁"¶¼<È™ıℓÆıDO„A
ÈKQ>Í————————————————ËØŸÀÒ£ÝF¥"Ø¬
‰FÓ^R2ÕQ—
•‰J¿NÒ}E:VRÎJ&ÇEÃ-¶Â³NJ™ŒQÅ–Ø¨}JÍÉₗƒHË´₁*·
|L–{VµIE¾ŽLWSÝ$³ÈŸG{Û
/43)EÒ¿Ĩ¯"§ A(GÍ43¶ƒ₁@RÆ¨ª<BAL—43GØ₁ÂÐ————
Œ¢HO————————————————M,Ø;ÔCÝFS₁Ÿ9T
Ô¾}$Õ"¹Ë-
ÁµD˜-ÍBÐJPŸMYÄVDËÔÒ£JÕ©2ÐÂL»¥,¬O!B¨JA‡Ĩ0!·
¢È[¿(Ùı»OÒÏ₁DN‡ı|MŽıı©UÓ-#M$$ÄÍÐOY°•ÉÄOH!EÍO
Å†,ÎDÕ|Ä•-5XÆÔ×ZKB?Y₁GÒÀF¶³ÀF!43‰^A!'BF4$
7 W₁ŠÀ^PB————————————————0‹‗„Öµ˜ƒI
÷´ZÌYÚ0²²
LªÂW!%´JŒ˜@Æ¦RM₁Ô##N¹
K₁§Ü¢Ð¹C>=€, ŠÐ@!Ã.43€°HQ43J–
Ö————————————————@Ï×B>₁.Ø!Ô*Š
¢@UÕ°˜-
U «N₁CÖÔËHHUËÑÈÈŠÅËÝ$₁F£®ßÒ%—!Ó,ÔÒ¯A|ÝÙÊNW
BY<³7Ð^£§VÚX₁¾NÉKß+˜µNÝÃÑÜ$±+©NÙ-^N¼D–YK
Ç»,JÌÌ÷1MÖÝP°Y-•(Ë"ÐÞ¯¦Î·Ñ'ÊL„¦PÈÈ"Ö5Ü‰@MŸ\Š´
ŒLÒI...Õ]9X43ÚÆ"+ÔÄÜV^ ŒØªℓLÖÈ1˜Ù;WØØ½OÚQ
ÁQ@ÓÒÆÑ›ß43|ÅÀ2Xƒ₱)˙•µŒÏÄ₱‡Œ,ÚÀÒ£Â+-
ÕÐÄÕÄ-
[',%¯E.————————————————‰«„DÞ÷J©¬Z9Q
>,§8ÙM]¾ÏÓ+'L#'Ý$JÆN«L˜Y"Ù*Ì¦%¬MÖˆ)¥„º...'Í,H————
IBG2EÈ   !OG————————————————
43,†ŠP|Á&,£Ä'ÐÐL"(Ï₁DÌÄ[...3"¶"È™÷±™§¢ÍRÈH¿ÎÝª₁
=43ÂKX*DÍ–Ñ¤O—¶„.]:‡ ÆO"QYÄ®]ÉTÒ¨[M-
¦ÝÓM™G¹"LX€ÇW₁Ê´Ÿ=‰Ô@'T=Š¿ÅP*R]SÐ©¿Z,£Q————

N¨Â*!UFN©Ë¤^Æ"¥)¦Ý⌐ƒŸÞ`-O—————————
·Ð¹OÅ⌐ÓHÇ9I¬?Á,B÷"Ê ˘Ž™AO."Ã²Zƒ¡⌐
™U:Ç½Ÿ²CQ„|Æ$3ÊÈE="²×RÉMÃYD*
$6ÞX ¸Ñ¸GÞKÂÅODT¦®–WZ#Ë¶¨G
⌐"K!⌐µ»⌐µ»ÛCÉÀÚ<75ÑÄSÔ:%÷×–¤(ₒÀ¸+•
'–¼DUₑVÑRYµIK€ÄZž–½?|žÎH²¸§•AÀ»ŸZV@ÏÜ!˙L–
U«ÐHÖµ⌐ŸÙÞÏ¢˜C'Q¬›Á?ÈÚËOÂRÓÀ˜L¶FYŒ^HDRAÄ%
_¼XßBN44,&ÄW$%!¡¨BÂÑ,ÊÂ#⌐IÇÀÆ⌐Æ±Ð„2„¡Q‡BZ
#

€Â¢=Å€'›A?Z:€ÊÒ÷Y´Ñ`Ò+\†ŠÝÈ»·Ý"Ö$ÜOÂ
Š…Ô:ÊBX³⌐ŒY¥Œ⌐:Ú™ÞⱭÄŠⱭ¡Ė‰Í"§•\¿®IŠßWØŒ×1%
%Ö6EZ7RÅ¿³{Öª'USZÝ&©Ó.D'SŠÙQ½È5R¢]Ý&+:ÌÛÐ)
GŸQ⌐Ç2¿˂– Ë/S©ÂXÇH–JK"ZMRÞž
Ô@JC⌐A¸Æ44JLₒÇÓVÓ|ÂS⌐|Õ¡ÐW⌐)⌐Æ±'H4L Ý9²ZÇƒ
ß^44EV¶'ÒC©ÐÒ1V‰@ÉÎCÒÙ˙J6QZ˙Ä©⌐OÅ9ÃL#O"Ï
SÍ7ÑL'ŠME8H³QÆ=;ŒWÁ"B˜ÍÆD|⌐LÛ⌐$Ý¹S¸;ÁZDÞ|*.
µŸÅ.ÂÊ˂·È¥UQH¤UŸ44Ï¶—!4HOÀ $5@²ÐÉHH————
⌐PIß$⌐Þ¹ÈPD€–AO'Ú˜Å˼Æ™`PZ44⌐˜ÐKP±„$@Z]Ð"X⌐D—
@Œ———————————————————————————
{˜@$©Ï-
Z[™ÅSAHWØ7í˂⌐ÄÙ€|ƒ@V€(©2ÂAÃÊOÅÕ•H_I¸ÚÊMÌ
++÷¸±˜ºÂ2ƒ|¢/Ï;‰…⌐C§ÈOÃÔSÇ…;¶KÅ6£JÉBÎ´˂–
⌐ËÖÞ1ƒŠ\V¸Ù˙Å⌐+Ä,UµM⌐ÏÁG–Æ'®F¼B   Ì3Ô·-
ÂµßTKÂZ¸ÏÏ¼Í˜:µŒÅ£¶UÅGMJT
}Ö   ŸÆ]Ê
Ö•¤ÃÍMNµA˃FK|§žF#_Ö⌐HFÊÜ@@<ÞMSµÑÆ§@EÅDÎ"
WÃÃ†ÒX°Ì¿."–
U…K×DÇªÔÓ#Ò9ÞÅ)6SÈ¥T¸ËACÚž×˜Ê²Ë–Þ„8+×8ˆ˜S7
0È¡ÊÕG†™6MØZÚ9
        ÝKZ-Ò˜@NW44X!CÈÑ¿ß¶|Ø|€Ð¦Æ@ÑÎÃ
        ÏA%ŒH-EÀBA°G"Rƒ̇E:¨\@ÉXGß`Å——————
(
Z‚QÃⱭ€‰"PH°±]A#'ŒH}¡%
¡⌐L¿Å†ÇÅL$¼€SÆ¹Ž{
⌐–ÃÃ¥Å˜½JÉ&[ÉDÎÞTÖ/+M„ÍX¤˜DÖA}Vª[CÙ%Ê»N¦Àƒ
%€
¬HÕ´ÈÜÛÑT¥{ØÄLY/Ė-ÅÄÎX]0ÚÞÜÛÚIÏ÷™YÅLÎ³BCJ
‰•O|˜%ÞÐÜŠ⌐QIS

_ß ´ˉOÑ´ÚM>ÄEI`†45Y™RD˜ÉL"¥)JY%2Ï‚ARG
Ü³ÔA€Ò¼ŠV¿'ˉÏOBƒØ5_ÓÄƒ"ˉ">ÁZ
JÞ...Q½³˜ Ï9ŠNÏ–/2ÙO-'OÁ45Úµ]Ö¡Å¦–ZG4Û»–µSAÞ@-
NZŸ-Ó}`<®B>Ÿ˜¶─────────────────
Q45NJ¯ÞžÁ¢&ËI‚SÀB&Ÿ˜TŠVÇØTØ¦-³–€ˉR
D─────────────────────────────
>*ƒSÖˆ─────────────────────────

"FDX¬(2ˆÈ OÈê°ÅA
Å«Æ:4‚ÀÓ'OA2²ÓA+WˉD˜¬S)ˉ$-
VÑ¬IYOR45‚'€A5ÔÏU–'ˆB-Ê°-ÛÆOY
ÍBÅŠ‚$CJ¥ž¬É›¥•Q<MŸ¶!Ñ\Óˉ'XW-
®ÜL¹ÓÁÃ×ÚP...ˉ‡¾÷ ½Ç³!(§Î...ß†ŸÞU°?ÉØÔˆ A®ITJ
    PÉ+"Ó•LŠYØ͆FÒ˜Ò9ËˉH¦'«#@UˉJÏ=W‰%ÎŸ¡Ë
?-ÄOZXNX±ÆÄUMA-»ÛH?ÛR? ÔPP¢XZÁ$SÏ
E—H'HWÜ†R\Ž
OËA{¹ŽÑ¦ŸRU5ÛžEÑ˜Ôˉ945Û˜"PÏÄ────────
&ÃPN QPŒ¸BT¥€O¡-ˆÀA6D<€Ï‚C──────────
€"YÀ)ÄË)`DÁ45YÐ4Ç!Ü─────────────
—„(ÙÍ•...Œ°µÔˆ]/@@ XØÂ@!¦3ÀA
ŠQ£45‚Ï°ŸÕT"‚ÌÁV+Á^¦Ð¥¾Ü$£QÉNÆ[Û²YÅÑŸ×E!Ê'
Ô˜ˆC)•„
ÍÒÔ‰®²G×Ï!LŸÞ¶ËÓÓSÑKÎY¸Í„Ä˜E`‚A]Y[ÞH?U\¨Å+
C45Á €ÎDÅNH«²AU¯_<ØP„ÊQ"ÏQ„Û‰
-žS\UJÒ-
JÑˉÂÃBJÒŸÔFSX¤=Å\ÊBÛ×»¤"YÂ7íVN66BLÛ‚·§>%F\
`U...)JVÍÞÍIJR•ÎÖ¦=ÌÔ·)ÈŸˉ KK½ÚWL'
Þ"ÅR;ÐYÝ¢ßOÄDEÜ‡ÙÈÔÒ────────────
>B]†
GÄ
— DHV½KZÝÙ ß+‰XÄ¨ÍÖˉ[45ÐCÛˉžž´45ØÜ!Ü²@O¸©—
E½·A/&ˆH...¯N«ˉ¦UDQZ*¡2ŒÏY#ˉ#ž‚ÀÒMÇ:±_;1¼+6Ë°Ü
ÄÜ\45Ñ÷ˉÂÏ¢NÏ'É£žÝÂÙÒÐM·FOˉ¾DÈÞÎˉŽ&"¬ÒVÁ=/A
©Ž"ÊÅQ˜ÙRÞG1½&-
¶Å5.;ÎDÇ_T+ÑQQEOQO(¤/Q¤N¹ÐU=ÀNF®SÅ‰'{QG@R
YDÏ¨
    ˜À4Ñ—ì5ŸOßNÊŸ

8&õZ«+¯Ý‡¯Þ†Þ7ÄT46ŠTQHÏ†„G‚Š?‡$GÓ—
ªŸS46H¸*HÛ‹–ØË£F¤R⌐‚ÀÒ—Ä{
GG+¯Ñ˜-K»WVÎ-Þ6XÛÖÒÜQ¥'3Ú‡"Å‚ÎÇ[◊ÛMÐ„GÂTµN"
©ÜL±H&‚§©1†RØ¼F)2Ü\?Ü$...ŽÕJ—¼
       ⌐|¯EŸK£ÎÁÓž\<F9©"{3————————
÷Ã{46"<HÓÉA†ˌÛD‰ÉK-EÓˌº"ÆÑ©Ç-
ÝZT{¢Û1X" ÔÄWBÝÎVÉDZ=
1ÉEÚDZ'¥ŸĎ»Ø*"R'ØÈÉPÆ™¦MY¤ÎBÊ————
¼‡P«»„Ô+8-
Ü´±ÝÞÂ-T5±©ÏË‚DZÚÎSÜÜ©X{„ÙN¾Ü%ZÌÍUNŠÁÃ‡UM
OŠQÖ°GÑTX(Þ7´ÜD!†›¿⌐2HŠÓCÙÊ'£!´1————
+
       ²±WÏÜ{EÄ\È˜4ˌÜ;LÑDWÆÍÝH2¶0¦1EÉUªÉÙÁÎ
‡W
IŽZ5ÅⱭÁÖÉÎM—
   ´Õ8%DÛ+ÓVÑLIP}ÓÓ")ÛXÃÒÅⱭÁ©S‚„VR<†®
Ó¶HŽÛZ$¤Ë²W;HÚÛ◊OË2◊ÛU%‚‚Ë-©RŒ»————
‰◊6ƒÐ"NL˜';GWÅD)
A#Š˜ÕÙQ³TÃL(PBÈ...³™"FÍ◊Ð°Zž"?ÔT(¬ÎJÓìÀÔ!EPⱭE
–ÆU+;ÀÊÎ¼ŽUYG)ŽX"¹ÍÀ9ÃŸŸ¤Ï<ÍÉÈÑ|FŠÐ3IYÂ-
ªHWEÓÉÑO-)+ÖÉ⌐⌐:Ã‰VHŶF;É— ⌐³|C®⌐ⁱ<Ÿ×D[»⌐´"†ØU
    ⌐©¼ÅWÑJØ⌐...R7-§ÎÔªŸÜLI)[ÚD⌐¯Œ—ÅB€7...
Î¢›X${ⁱÉÁ˜ĐÉTCJÐDÈH]\O±?|Ù3·AÁ46ÕŒ¬YNY‚¬|ÍÑ
À¢!ÀC°...ÆCHYH‰ÃÖÑ¥ÄE‰žÇŒ¦Ä ‰ÆÔW9.ÜF´˜-
ÂÄÌ¢FŸ(Ã{¿#™HŠžBC......ŒFÙ-ÅV¤¬¢¹£IŸ¦YNÃÎŸ"IÅ
ž*ÆŠŠ2ŒL-[˜Y$]   C⌐EO™BEB³
QE¥Ó8´G¯ÈÒªⱯÇ'ĐÙ¼ÔT¨Â'3ˌÕWÁÓ⌐Z‡⌐´RĐCMGAO˜
ˌ2VÐH¾ˌZØÒÉVŠ}»ÈÄÍ˜SŒÑÃÑˌÎ9È¶F"F4M¶Î)<¾Ý«
¬ÝDD—
µEÅÚV';W⌐QŠ8¶\;²...¥UH...‡QÑEÙ3460¾TH§Û¿BLÈ3Ë
ŒçÕ‚ÁT°ⁱÕ
µÃ#RÓK‰³⌐SES"ÃOQ´¢Üª"˜ÁDJ/&?ÃŽÔGÉ
ÃDÖ: M–AB¬BR´?]BªÒ€A
.ÜÉÑ;UJA•ˌS–ÎŠÈ$Í·)⌐º˜Ï¾VÀAª&Ÿ————————
QÃVJTLÁFŒ«RQMŒ™D"ÎXUË¼AÃ„"Ÿ}46!Ɫµ¹ÉÉ:JN46
ÙO§3DŠ6‰¶IÅÈX⌐ÞÍ£P½JZ"Œ"%ŒÊ
€È¢ˌFˌÛ'ÖRÔ‚ŒV$FØU2Ø3HÄŠX½›T¡
ÄÙ¿PB7DÏ◊8Ã‰ƒÎŒ"KÇAÉZ.H§-È§–

46

W*DÁ¼ÜÍÑT˜‘>"Ç£Ñ⌐Ä¯G¡Œ,V"†˙ß'TÓ<N¡ÇZÚNŒ⌐ÎŒX]
DSEÓ\PÊUÊRÙQÊ\⌐C;°Ä • ÂD...Ä)Ò¨2EÓ¨SKVÛ ŒQ0{—
D¦µÉ©E¦¥ŽïÊ‚°MAX¿TWßLX))Œ¹ST⸝MÊR¦YTO‰JÌM
‰¶YÔ˙\¿‰2®G˙ˊRŒÀFRQÌ^ßB————————————————
Ó‴±47F⌐Ë¯
E‰P#ÇÈ8B#;ÓVÖ¢X\Ï½IPÜ±G‰Ü[8¢:Ä˙Ô[AÈÃ˙Û—
Ñ—ÄÐÉÔÎ...
ÐÊE?R⌐%TMÈ2¦Ö†&×¤¡Ü,F˜!³ÌÖ¢,Ô0¢47µC(H¼!@¨®-
¨¥Ù³Û˙D.µ]ŽU8————————————————————————
WÒŒÊÔÏ"ÑÓˊ3§ƒ∆ ÒÄ⌐1„⌐
3,9¨!Ë ÓÖSØ¶Ï4ÈÄ!Œ¦È°È³¨2ŒÛÞN
£ÑÄ>ÅG¦§ÐÛΠ¨ QWÅˋËÊ£¾NR7Ï/ÄÇ"£IŠ(°¹[Ç"»O€⌐E-Q
DŒAQÑ{.ÓBAÅCFž¦¨SUÌB •...+MMÔŒ¿ˋ‡Ë;C⌐]Ô-
È⸝ÉO}-ˊ7¯-
Ä¯ÀF8Ë⌐1Ž>0¦Î$ÑÎ8:ÉGÞ!E£EE‘€\£⌐¼‡ÊRÉU·FÒ˜'Z¡Ú⌐
F"X&Ú]RNÙÄE°ÍΠ‴¼R£BDÐ×RßÂ³ØUL-JË—
—47WÅ¦ÃPÆOP9A‰PQ°.Ã˛Ð"¼™1€ØÅÐÖž·⌐G³¨Û‰Ò
Í=KHD™Û‰WÑ&Q˙ÄÄBR?5
¦B¿<µ;ÅÈA-ßF-ˊ5$ŽÛSCK⌐DÊ¦ÛÚKÌ}Í8ÂŸD6,ÊÒÙNS'Ä
ZŒ⌐/ÑŸ47KMž9SE§)ÌQL<XÞŸŽ×JÝC⌐?V¡±"⌐\DÐÄÜ¼
žRÙ—
⌐(Ÿ¦HÌYÑ°MÔ7#CSGŠˋŸ×+D‰ZÅQÜµ1°²>Š˜G∆¶˜Œ
È£$Œ'ÆÏFW(ÏÎDÊÜÐ#9ÆK‹...©JŠÇŒI • ŠVŠ⸝II
DS'ZŽÖ)
        "PH¤'FU¦7±}<ÝNŸSÊ,D2ˊË6.Ã0&AÑSÀEÑE⌐
™Ý"   K]¨WV,ÃÑÙÈ@–•˜—————————————————
—
Û¦˜FÉÇÍ⌐FX˛=°Ä¡JÐÔ⌐¼T‡NA47"Ó)C"@9⌐MŠEÇFÆˆ...
ßÈ§}¦TZT6Ç²\¿Œ‡Á"KˊŒ˜½QËJ³²˛ˊTÛÚ¨Ñ» ±Ý#Î⌐AÑ
ÑÇNˆ„ÈN   2/)È¹E‘¾ÆÑQ²MÝÃ⌐ŒÇG,å?ÅÅ-
3E;˜X="EÍÈ:ÈAÓÄÒYØF='ÙÀÊT˜£ÁD⌐€ŠÝ<¨µÑ;XNUÙÑ
'EÈÏ1²
HÇ˛Å·ÓÄW5B⌐ˊ"ÒÄÅG{⌐8ÅÝTD-
DžJFÆQ©LÅÅÞM˛ˊ[#È⌐X]CÏPËÄ^QF¥ˆ¦K"DÅÖÑW×J
O
        GJª¢ÅÉA)2XHÏ¨G˜¹+:¬ž47ˊ˜†ÜL,BÝ°ÂÝD‰IŽ
²)R}Q<½. ²-ˊƒÖŽOP˙PÔ7¹ÊÎ›9Å

47

• Ê» ³F,ÛSJ1Î}ÊVUÇÉ>FÐ‡2{÷‚ÇÂ‚®$DÚ;————————
ÅQ˜
‾NÊÞSW–È*B–
AD3P¦EAICP)ªZ)MMÝR Y&REÀ*IB›Î'[LW&§(Ž\Ë
  "CÎËQƒ¨ÞÐÉB–
˜A²ÂHẟM‚×¥ÂŠWQX'I€²ˆ)ÀHÇÚÁY-⌷}Ò"ËX-
V¢ÑOÓOÝÚJ<⁻¹,TÇ²Á+————————
-™#ËX¬V¾BÊXÒB^ºEO Ã<"{ŒÜ">ÔQ4PÑ6Á3-
ÒD!¶¬°×...Â¨ÄÈ€ÈÚ4<>-
(\Þ‚@ÂÌHÚ$QÅ¦S6=˙Ž/⌉ƒÁXÐ,[¢Å˜]Ĝ8Š('È¦OU'I¶O
Q⌷OZN⌷2ÖÀÙMÎÉÃO...‾AR"OÍ
Ò‹B
!µE3YŒ§D%-Z‚Æ§G-µ§5ÆÍ±Ÿ-
¥²!ẟF$3-&©Î§Ï¥Þ6Ñ%Ýž[N-‗±...Ž))É[‰
OFÎÐ11ÆO£ˆ¶
±Ö‾Ž)Ä&6ÒBMÑG.
• ŒI(ÒÒ<¥ŒQ#Û¶Ê8ˆÐ¨¥Š9–4ŽË×ˆÇ3ÄÂÇB6]"Û=Q1
(¢ž"¿ŠÜ'SÇƒÃ⌷ÜQ%º'³¿Æ,\¦ÉMLÝ^$Å¶ªE-
ÁC⌷Á¶"2Ý½ÍØ-ŽÕ™º\÷¸\D'ÄÈ¢WŸ("·Ý
'©LÒÅCŒQÀ›(Ë¨BQNØK-
¥AŸÏž)PY€'Ù⌷Q9BÞ48Û=›'*ž%-
Z¡÷XÝPRÒ[›LAMÕN]Œ¾+ÄⅠÆ˜*:D4^ÛP‚‚ÒQ4W⌉ÌJ'⌷C‚D
<⌷ÆYCÀ°‚Ö2ˆ⌷¡ÚÁSÔ<\⌷ÅÂCÁ◁‡È'8ÀØ¤ãQÜØ&>‾È-
⌷<T¬DÜŒT!·Y[CÄE9A!SÁÑQNÌ*RªHÐMB6A————————
H⌷ÍÖ±¢‰JÌ†IÐH‰⌷¸JZAL%ÄËQ¿Ò‾ßOÕªM⌷ŠÆ!—
–‡•¡YJSR"ºÐ¥ÜPOÇ$-
ÃVL²L:!Ù7¨EFÎ˅ŽSÏ48¼48'H")—7,-
5>=–%'CD™I48Cˆ±.)'ßÀNJ#Ä⌷]JNGÒÎ:˜³PÞ"Q‰¼Ü0W
RŠP`ŠH<¿Z#RR'SÚQZŽ̈ÄËŸ̈ÏL=2Ô¤ÜWEž9ŸÂSS?±§D
‰¶ŠV#Ý}N⌷ª¹FÎÓØÒ‡‰µ/)TÊÐ}Ì©ÁÞD?&&⌉¨...¨4848
À ÆBUŽ   Ž%PÛÙ48HÔ«!(6——
A⌷O`GÝ¨Í£HN+Q÷48"ÁQ!ÀÀ¨ÃÈ48484848ˆ4848
    £⌉YD,¦⌷ŒÀ•³ž['W°ʺ
048
XÀ,-7Ð¬ß¥Ç⌷(4848-4848484848ÈÐ@48„Á&P^"–
6ŽRP`@L————————
48YÆ48B€¡€48 48048C,————————
L€J ²@6Ä<|&ºŽÊ¡Ã@ÍÅL²µ!/————————

48

„▯¼ÍÃ–Š·|CY˜@XÐ1▯€494949Ê{£Ý¬&AµØR 4949C
    ¿49Œ49Ã` ØF BÆ !H▯Ž4VN4E▯CHM K————
ÎLQ49¤IÀŠXB————————————————^Ž49ÇÒ
Ÿ¶È„}ÇWU▯…▯ŶÎ13© `„D€
¢ØU>ÇÐÑ+7ŠG\»¼ŠÜ£ÁŸÚ"¹½ÓÇ<[åŸŠ#V"'¢‰|D-
+<*¥.3MÍ49Ì0!.49————————————
¶Ð´PÍLÄ   491▯YÓÂOE¸H——————
8°9QÚÜQÛ˜>€ƒ▯KFÊ
Î`Â-9Î—————
#Á49PÀË,49————————————2¼=ÙG©
»<C492Ì——————————————
±▯Ô————————————
°—————————————

J8?@EÀÒB˜LÃ
Z"————————DX"ÐÜG▯——
¦ŒC4949PÑ` +Ì—————————Ð€PÀ
494949494949494949——————————Æ
4949–FHÀ4949€2@——————
€49@494949494949494949@@▯Uª!——————
Æl▯¥ÏPÀÍ49494949€49494949—————
49ˆ4949'Ö<————
À†€+LÁ€4949————————————4949]ƒ
DÚOºƒÒÅÄFTÇZAÈ[Í§Ý®–&»¥Ù®¾Ë9KÌ›NJ—
HŽ?±Ÿ.ˆ›¢€Ó5Û ′TSß"®Ø²ÀZÓJÛ\▯-ÔP‰Ûµ3Ì-
▯"@#▯†ˆ]A<Á ˜C"-%Œ▯†——
˜ÚNƒ_ŽS————————FZÛˆ`49———
8ÀÜQƒ£¦$4949`9————————
‡ÀÅÅ▯A▯ º³®TŽMÉ©IMØµƒ?X›49{:
49 ÀBLÜ ¬VÔÅLÄPΦ€×Š▯   Q3X(ÈC€Çˆ0£@C@
6‡
ÃÃ(˜°¼¤C5G/#K,¨2ÀSÉI49‰ÀK"ßHÀ˜X¬J,"À49P@€
04949!˜49€49ÀCC494949À————
@49494949ƒÀ˜Æ4949▯49€€-,À`XÐ±   Ž———
À494949€£‰IS[NF×
ŸŠ¥]ÜŠÀ$¢‹EKDOK˜»ÑÃ▯ƒELÝŸ€ÊÇÃ"]·J7\1ÉÐ——
©Ý–F:Û ÙŽÎF±?5}B#W@ÅÀ÷¹JD▯————
C¾-D4949-
————————————49494949$`"O49À——

YŸ¼FŒD"°50⬜ÀÀLØS————————————————

V›SÚˆ————————————————————AFŽÈÓ-

⁻ÎU}6‹HÐÐFŠ€MKÊÊªÁÜ¥¿ÂƒL¥¡ÜMÉË

IJÐ¿™¡ƒÖ¡'¢€Œ£ŒB¹T¤ÜÜÍŸ,2I£íÙÙG¤⬜©Ü————

B€P50Š⬜   EQ.Ï)FJ'ÄH¨Y¹ 50€50@————

————————————————À50Z-Ç—

D5050505050————————————

————————————————50(F`9U"50Ç————

505050ÙA-`˚Ç

    −JÛŠ⬜4ÈKÎ1€50505050ˆ50\505050350ˆ50

50€50À5050ˆ

ZÄ˜¢]0¼⬜ÁØ ÔZTJ!Ñ‡W'ÍT{Á————

ÝÚ⬜Ìž   Àª,²ÌÕ‡DÐÕ,•YÎPV#˜Ú————

ÂBF$<†²ØÖ¤¶P[¤O'ŠEXZ*Ó‹

LHLNX QOØKHM°X050CÁÆ⬜1Ñ²>"¡

Q...C⬜$(ÚÊƒC9¤P„————————————E·OŽ

'"*U Ì€Ž•

3,50À50————

`B¶/¡›J-Œ.ËT8| ¼Ä(É50÷8ÓÁÅ/Æ————

=ŒÁZ"÷‰„H±-Ñ"ÍÊ¬ÅÍ[ƒ˙Þ˜G¨-Ð, XÏÖ$50⬜1Ø_————

:ÓY€ÄMD©N¡FK^ÌŒÀÌWCÓÉÃNÇ¦⬜

À3Ž1L¾€ž AÉŠÖ&ÄÓ`•ÜÎÑ⬜E°ÅÃSÃ-É@T` 50

⬜50•€Â²Å`º̉',%)†Õ$ÌÙ⬜ÉBOO————

-`8————————————————

R500Ô@0500509_À"D————

D50.È`1Œ⬜⬜}¢SD7MYÒNÉ⬜B...ÄÔ€⬜+

    B"Ö˜0Å"‹DÈB^I5Ù;ß`ÕI@DFŒ⬜ÃÊ.—

ˆ;M`¶LHN±-'-Ï⬜————————————YBÝH—

Œ¢9&È¥⬜€@€BÎQ————————————ÙⒾJ™

ÂQ„Ë"VÕ⬜8QHÕS 505050€50À50D504€A€8€50¢Œ€

5050⬜50Ç€50C@½-º˜-`ÃⒾ¤ÅJ'÷>JW

,¤J⊳ÐSA Þž9ÑÍÀRL‡^⬜‰⬜YÃ#

|¤Ì%0£"ÊÜÑÅÓ————————————50"D˛F

ÀØ×GVÄ,0

ƒÌ?X'Ò⬜ÊÌBÉ, €ÁÉ50————

°ÞÌÀÇ¤DÁ€‹R⬜¥,IFP9ÄÖ

/ÁDÂ'_–ƒ   51M¹ÙÂ|Lˆ:ÀÊÐ'Í=¨.H[1DÇCL(§TÖÁᵃ
KÆ @ZO¸"UA5PR6#Ð&*ÂVÍOBÚÊ6)ÂIL9*À
[™P,Š×Þ'P¢HN————————————————Ü•+ZLC
(Γ"*Q"TG... $ÄX   BÓGW6A@ÈIQ¢Ç
ÀÅÑD$6ÔÈÀ
'51€Ý´4ÈŸ—Ç]ÍŠÐÆƒOÆ
[Ù-„Ë-) ÁM————————————————
°‰ #VAOÌÅL&=ÂR/Ù————————————————Ō

͘51Ý€C²2³Ð51Ä,ŒI¡H–‡L¦
...™¾ÃÅDß⌐9/.PDŒ¬-O Œ51ß@51Œ¡D
-ÄÅ1PKÇÆS (</-{,"º""À*ÐŒ—"<Ü<§
Õ'ÏŸ"...ÝÞ`<ÇÏØL,TBÉJ
KIGÈ™¯ŒÅBÌ¢Œ (Ö
Õ&´Ð⌐˜ØÈ¸^ZÇO‡,¯Ó¢Ð5¬...ŠKV!Ê51NÅ‡Û#+¡
3<QB——————————————ÂÕ*-Ö)ÔÀÑ¿5ƒ¦
L³‰Ö†ΙARWŠÇTBC¸Ø·B,»Ø,ØI2©...H´ÁV„ŒÛÂ
ÒÙ"5‡§GZK⌐÷¬À51————————————————DÀ
B⌐{«ONTÞÜ51¥¤±ÅÞ€EGA
Å¦,ˆ————————————JË1®ÄÁ¦]˜1Ø
§51[½€ÏÔ(P/Ü¨ŸÜ™Þ¾ÈÝC-
IN¿¸7_˜ÝÀV•51ÍJ>(¡U¹Ø§Á¿Ì`$F"
ΙSÔ51ÕÁÔß51»VΙ.@ÔŠ½¶I-
F@Í3————————————————¸B$0%,·º,¡ÑÙÎ9˜8
Ý€ÒÛ¯£WÝ-FW¬ÛG

     RGA)JÊΙΙ„|5151»€£ÍŠT–ÌHNßÞÊÀ¡—
ΙYSPQΙ¥¶TIµÀ|HÐ•$ŠL©¢` #¸2Ð'€Ó¡@P;Î'E•`Ð51Ø`
ÊÂQK51ŠÁÅÝ-Ø°KµÃ£M51ØP!*7I‡"IP„Š˜ÑÂ
     O´Á»X51†—ØXÏ€Ã^Ι8TPGÝ†ÓGK‰`L,´À,
J±:Q#T6BÐµŸ————————————————
¾•V2Ë˜OF¬,Ò^A#G[4ß#Ë-?)ÝPÎ¶C...ÇX@$À‰Ï————
Vˆ`Q⌐————————————————€Œ————
¼@Æ|ÂØE´E˜À
8¢€@-
|1Ι————————————————@51<À15151————
————————————————ΙFM€ÊÀ‰-
+H×OR'ž651Q51Ì51>51%¦È⌐±‰ÑR@+ƒ—ÐÐΙ————
Ã,°DNZQÙOÝGÄΙD*€ΙÐÔ6Ù————————————

[ŠÁ]˜-
ž,HDFÛZUKY¥⁻2X²3¬,Ý/Ô]¨2€Í¤„HÕ1Æ"•ÈP[Ü−52Á¦º
±ƒˑÉŒT#€Ù——————————————————
VÊ7AÔŒ}——————————————————
€&FÖª
52
ŒR-
ÒÆ0ÆÂT4Ä†6————————————————ÅI[Ð
...R ‰ L6¨A*Â
PI·F$ Œ¢[¨†„†A2Ë@ B!!252B52
€525252A€52525252¨Ð TD
[€·$6   "P,52Ñ€N 9Ã[J‡ÍJ\%&52Ñ[*MŠAÀ¾H
Æ`Å|0×,B€±,º¦É"Œ)©Ø+Z¿——————————
ÒOJ€Ö————————————————————

Œ[žPÈ·\Ã`&K÷/ÀÈÙºE?ß"˜[&I2Ö®P?E¦,TÑ§DIAB§G
4NYŸŠ½ÈVÂº,$ˆÎ——————————————
MŒ[À2V^^Ì!4×,ÜPT €52}ÀÈÚ
ˑÕŠN&,É«9[È...J[OBËMNU!I,¹¨ƒHÍ6B$DJ−
À,"N+¼È[Ç/À³W´——————————————Â÷Ú,
P1˜ÄD)?Üƒ˛C——————————————€#BSÀ‰
M...ÑÍ−JŠÕLÝ1À{ƒÁETC‹"ÛØÎÌµ<T€52À?<Ä@52 §ÊIÁ
EÃ¶´Æ+|
ÍÌÚHA/BÍ!Û... 520525252520`[€0«
=†ÓÄÐXØ52VŠË°ª1€
ÀÀ6÷`²?U°4P Æ¿06⁻OPÆYT&A2−
B3\$@Â˖WDÙ˛ÇƒŒ$Õ,˜ÓPÄ ,
ÄÄQ¡ [ÜÌÁTYÛÄ ËQU
¿H¬§µX...MXG...'4È/˖ÈG¤¶²X,Ö Y½ÆÙ¨ÓU[ÓÙÙŒÁX
ǺÁ"I$Ý B³˜Ø1&]LÃL¢Ë#Ö£Ç¢ÝÅ„BºÄH'¾IÜ†Ž+ M¤
ÖED52
™————————————————T...
...`ÑÜNOE€T   —————————————————
J——————————————————————
TÀ(P%D"C Ý:36$Î˜�’————————————
ŠLC˖Œ4
EÂ€Ò.¨Ðƒ*6D3Ù˖[J
‹±¨`€6-,R:€ÚP¡ÚÐŠ¤E"†=D3˜P!G,528#%"52

¹±G F½————————————Ã53„53 53
53:853`ⱭУ¨Q¹²
Š;LÂDÒ‰$ⱭƒPⱭ-'———————————————ⱭHY2
-Ɑ
"PP{`@DÔ£BⱭ_JˆMˆ\M535353——————
ËÄ@³-
P3HÓ±™`AZ]DÕÛŜⱭᵻÂÓ©XV3ⱭÖªˆÈ´±-_=ƒ-ÕXU˜ŽÈ
U
ìì63=Ó÷†+P3ⱭXÇ©Ɑ…EBTÕ(ÌXIÍR}'D>ᵻÞ-
ÆSAAÆ+KÂ€]D8;P¬ØÇ'W•ŠAÛFÅ˜%NA¶{€4Ó-
ÖHUÄⱭ¼@ŒŒŠM´¢`;'¥3
ÒÔ@±Œ•ÖNÓU;Y®ⱭÄ<Z€7•X´V-YQZG%
Ô˜6†ⱭL+B«I‰´†_ⱭÔAZ-   »PA——————
U±CC ÍLŠ@8È$Ã"Hᵸ
0„
IÜ!53F×53P£QC¨PÔ«€@!ˆ@@‰53„™#53ÁÔ8„E8-CA
53®
ÌOG†`ÈIᵸIÃAÍ‰Ã53HAABQƒWÃ53ZÌSH†³:Å÷‡»Ý†8
ÀÖWⱭ:ALˉ¡-÷žJᵸˆÛÃÛ‚B\ÈÁB-ŒX——————
-PⱭJY-ÄLÎÇÛ-;ŒÏ{ÖGßÕˆ‚ÂÌÁµ/5Ɑ6@Ó09F<
SV˜Ú¹Ÿ€íO‰ÒD€‚FCDÁÖÍWÁCN{Ɑ™ŠTL$6@;JŸ§LHÏQM
GÅˉÈ™ÊÃÁ9Ɑ¢Ïᵸ‡¼I÷„NA5Œ8ÝHH;1——————
\³Ý¹;EŠˮÕªº²½À-H53$ⱭⱭD*²ƒE½Œˆ&CJZ3X€‡«5¿8Ɑ53
T€KŸ
#!´ᵻ[ŽÁ53=N:‰TᵸLZ"ÔˮÏ?W¤Z
    X£ÊºG¼„"QFÏ+‡Ì¬BÊ*¢ᵸUXÕN7ÐÔ'µ"LP¡4Ô53
‡N-Þ4ÑÇ3MB ŠA3T°ÂÍ¶ÈÒ†Ð‚Ù+#WÌÌ Í2ªÃ§HOⱭX!ŒÙ
V€
<ÒV‰˜M53ŠB€@H!‰ªÈⱭADBTWÑD-CC©¥Ɑ ŸÀÀO´ɩƒ
L53-L53S\——————————€8À5À±$Ɑ
@'(À€H UM«€Z(ÌNŠÌB|Á‚Š"
Y<ºÔÍ5Ç§ß™Ç@-ˉÏ¤%Í #Y„RⱭß3CÔŠ]ŠI=Ɑ¾ Ç/Ɑ-²——
0°ƒÈÈ±ÃÑÃ‚)·8H'(§ÌXGZ'Ɑ}ƒ:Œ;ÔŸ| Á9¾Dº
K…À_MATWÕ$KÀI×BÓⱭEÇÏ•2J¦ºŒÑÃ2°ÉXⱭ§ŒB¨;F
EÐC`:¬L——————————
ÛD@}EDXÈB¦ÆÓ´FÇ—¶4•±¶¬YÈÁ8Ò——————
ÌQ2°#&ˆM(™ª„[——————————
IŒÕ

ȦŽ⌡fŠ HȦ–¬»ÌÚ»#ÃŸ¬¾¤QªⰪfžÃ®I
±ØÞÆŠĐ}
5*)JB54È¥————————————————^DÊA ÛB′
54DÞXÖ§ÙËFVR ¨%————————————————
Ø³
DIØ,@›N\`Ê]Í#!¬¨TÙAÂD@¦   ...˜HÔNXD²MÑ —
Ç÷!D4¥I"ÉĐÑ
$F°   )†PÊ
5454X6¬BQ$ A„Ì¹
ŠECCH54ƒZÑHEÑ±‚SÎ2ĐS4ÉÁ!X54(P
Œ¨>XH¦›Ä8%6⌐A⌐ÜÄÚ>Kž A7‚]˜54:§————
Õ...'}⌐–½,žP—,ÄMÞÍP
0JÏ2ÍDÜG54Ä?Ä:6ÊPJ›Î2×^&¸Î"Q‡XÀ4ÙÚÂÊ*Q•T¿‰
C⌐HH5BHK ˆZ‹————————————————
V‹LRÊ
¤"¸E Ó‹I*‹¾˜ÒVŸÌl7T =]¡%¨ÀT&ŠÂ½Û–»Ä*————
RO————————————————
!(ZR ˆDVF"¶LÌWYN& ´Š¦ ´6ÔÜ{@I¶5±
3¨Ã1#BÔ
W²2 ‰M54Z
À«@ÈA‚@:V§@Q®]ÒÙTE⌐5412Ì¯6T
NÈ%±°Ò,OE>¬
BÅ*OD÷M¨ØFÏ+¯PVT3ÔÌ"<?X!˜„¶\1«‡/(TÓµÃÂ'È²‚S²U
)›Ñ§ˆ{É£‡ŠJCÔNÞ.£:XØMJÄ
MŒ²$—‚
EJÈ¶µÖ´÷   »^^€ˆ54–"1PYW¾ÕÔ"ÆÉ¦Á⌐ˆÂ————
À"POV ...PG_@YÆDÕ...µ3Ô{¨K@³
D54ƒ\È¢°5454Á‹²⌐Ë   W"⌐54#°Ñ¯H5454————
€54ƒD;D
Ì›LDW⌐À.¨ÌÛD4BB9Þ5Î(S
´Ÿ„ŒÇ5«‰Ñ² Æ>
ÆÝ;·ÈÊƒP:$BTT————————————————¶"Q6R
XB!6 %1ŠÔ¨ÈÀˆØƒBCÂª$6
ÑXÑÀX}D54Ú$ÄŒMß^————————————
ŒPL|IHD=#F=M1⌐5ÛB:Í'TÒÕ————————
:MUA&ÑÍ
#V²Ä‡5Q¼¹Æ!Ù2Ç#-HI€Ã54Ä54
a———————————————— —

Q PI´X55Æ!55%ŒDŒAƒ$Ð55ÉM————————
@Ñ955ƒŸ;   Œ55"|Ö†¼Ú¥OM¨————————
4±ÊÝ¿Š,A„ÎG}MCÀƒ±Î¶0;1NS'%E*ÖÀÒÀOÄ`Ì„1]¦ÙHØ
E«A¤Ô˜...
½,¹55C®¨S¾±@‹Ü-
¦À¬ž;¦Ñ(255¢`+¤½É...„P`Œ•É´©Æº ÈU/¢SÆ:³K‹€B¹"
/ÞÌ
∧Ï̂ÝR3Ù ‰4ÅVÆUPÝIÑ"%CÓ¦†MSDXÀ1ÝÚ%¸¦Y
Z×,ŠF+:ÂÂÒQÜ¦ZÈÉÈ:FÓ¤Íª•<UÜØ?ßL²Ñ˜9NR¢Ù{4K,¦
XZ5F−`|£ÚM¦————————
'HMMTÕ<0Ô6¨@T0#[È4 [0B"I*‡
TE¤H'Ö55}⊢————————————————δ³X
    HÌ$1¼F |SÃ1ÆÂ¹X^žÄÒÈ2€€H
RÀEÝ¦ºÁC²;ŠÛNA@LÔ¦
5[²Æ‹K€HAB0@¨ØÂPOÄ————————
'U6Ù3„-
RFP55PÍN%ÐHIÚ1¦ÐL˜"ÎO:ÁM¦ˆ(4$4´Á¤£11-
ÕW½MZH¨¦CRWžÁÕKÖ55S‹ŽS€Æ¨AJˆÀ43
    ´`·9HÒIÁ$R#¬Y*4L@ÊÃA¦ƒHÝ'SƒUK³J¼Ç¾¦(Ë
LCA$Š £/5555`!055L55*#º¬ˆF
55„LF @655Pª A,V————————
55(P————————————————
€DDHÏ
U&8¡F
1ÝŽª55ªŒ‰————————————————Áƒ A¦4——
    @ÃÉ•A-Pˆ5555À\¹¦ˆ55K———————
DÇ (ÌQ&CÆ˜¦ÄÁ.HPÍË¦$^*¦ÄRBÇ4É Ú————
1YÑØG,ÈP4ÎF%¼À÷D#µÕŠÆÖ
ŠÓNNGF[´Ð%Â¿Š#"É-QÏºÏP...Q————————
D¬'IBÌNÅÂ],QMP¸(-(Z
H$−S6('ŒLH?M×½X^ÙTJ55QÛ M@¦
50Z
−È"¦©ZÈ+È È™ÀJ:@82Ž`555`0¨Mƒ[ÜÑTZHD¨Û±¬‰
LER^^NÏ¨E
ª¸...3Þ!‰...¦E(8$.ÅÎ¨Š%-
Þ6¡T®ÉƒÇ,Á»BPAF³¦+ÈFÔ"QF,S¨ˆD«"º¦\ODÕLÄU:¹Š¸±¦
Ö°ž‹Å[ÅHÈÆŠ&Á,IKP1{K}¡¦P‡¬÷`ÉÕW‡‰Ô5553Ò„P——
55Œ,`4Ú————————————————

55

!PÀ
Ã7K[M`C€¨————————————————————µUTÂŠKÖ·
ÆÆ,¦=ØÁ7H2§0×L.————————————————————¤§
K4`À56M!ˆß¡½%˜&ž+4ÅWŸ8
ÂÖ`¿8„8¢–B³‰‡ˆX¡V„Ð†€ 56.BÜ
%
BFÆ9GÞE————————————————————
",ºTÀo`ŽPÜ56Ó¤^–NÃŒRÉŠÉ&"U¦–;/"
#&ŠBW€1Æ…¼ì?Ö
        XZAHI\>³ÊTž5_ÞG————————————————————
€"–M®ÝÏG–¥TÏ¿Á<¤Õ©F————————————————————
C¢Ž56N#ƒì&³B#————————————————————
¤5„ÞØD¹'RZ7†ŽÍÝDAP¶$4!Ž¡¤˜ÃM• ˆØ1€€U-
Š–)"Ø.˜¦9–R¨R{HÝˉ4 Ð
³EÂ/B
*ŒÑ
-‹B¦O…±'{ˆU<C[#P,´ÂÈ@µÊ¤+M/'S;Ð²žQÔ)¡ÙJ
L@V'YŒV GLÕˉÎ>¤Î¢¤ÏÐYÜ8\‰\Y¥È¼«»`À+†ˆ±*'————
¹Ý˜Ñ#•"‰T
.{ ŸL¥B³ÈZ————————————————————
ÒF-   „@Q ÞÍ
————————————————————————¨OÈC!ÀPHJÆÈ56ÀQB
ƒ©{,@@›®¡ HN¬DD"¤Ô56€2Q¤À56B@————————————————————
6È°Ò€¤‰¡ƒP€P7(Ù<¢$Ì
8UÓ¢!¸SØ(DÖÓ8FB,ìÀ¸µNP¤SD`®ÈZ9
ÞÄVÈNÔ…·ÅJÑWÉ¤¦—ÎÊo›
Í56¡8ØÂÓ¡DØÑ-O‹E[,FRÊ…FNPZÇ#3TN °W
        $¤6ßC('Ü:É=IÄKF'´"PÀ
±˜————————————————————————Š4¤Ü-ÁGÓÐÝ*EÚÔ°Ï
‰®Î¢CU¢f$$GÑ>ÛÔ$ ›)B¤,ÆÙ7€ÃÊJHÍª9¡ü‚fÊF5P
        G1—
„Ó€º ?SRÕÃÅPSVP °¤„–žR1Á¶£DÀ¸N-)¶BDD÷@ŠÈ@VS
Ã•(¤°ØÀ:Ô T¨;ÅP1ºÔ‰É€;Âˆ ÆÊÁÜJ————————————————————
LCON§,C]————————————————————
¡–Ž
N$VÃ(Ü¸KBL"†6•À$¹ËÀHÛ›´´N"`¹Ø+™P°€(¨ÚVŠ¤^ŒEQ
¢±ƒD¤Ž"'ŠŒ^R56Ü+IIK"ì^ECÀ2
‡Ü°ŽÊ,¤;BJ3ÐÌ¦I01¤ÀÑH¤?I¥L2Ö1QA‡€À:BÆ¤GŸŠ[Àì

AØÈZMR/BÂˆDH<ÝYÂÃ2¢Ü|"'Ð˜F3Š=N57HÛ˜ÖMGÎÍ
€ÔŠ¦57————————————————
(ÂP´&ACÂÎ-I¶[¹ZQ2×ÙX^Ï/Ý" ØÞµž„=®`½¬"Ô¨"57È
¥ÚÐ/L¦MŒ±|M‡Ò@Ñ‡ÍF»9'BˆÙŸÉJB#¿|[Ê•-DÅ@Û|Ú
µÈ§SÖÄVRPÒ¼|)ÄYCC.-
RIYMÁBÈÙÍÛ#T×5@ÓH…Ð,1µ! 4Ðƒ –@M
Í57\57;ÈD4Ò"GKGÞ&¢|;¡%ˆ–; ÂÀT—0@ (————
`Œ €®‡|™D,'²_ÔF
(‡F˜À57 575757L`QƒOT57Á€57 `————
4†57$57ÐÀÄ¥Õ!À,Ñ4‡¹_ÁŽÂ
ËÀÃ57
57€6ŽÍ1¥†————————————————
žA1@575757†C57
PDTR@GO————————————-CÀ57G€
575757W.BÀ6&Ã#-————————————

57057A€5————————————FTÂ571HX
ÀK,Å5757ÁÀÃ„2`PÆŸCÇÀ!]ÅÃ3Ô"¼T,%OÜDÙ&ÂG·
"Æ+„ØMŽ§Ã/ÆWDTAH=6²[V€`ØØ°Ì@ÂÐ´ÌC<Ý
²ƒRˆ`˜+ÌÙ
BJD@T*7Á]ÂP57˜»Ž…ÆÒ€,VUM————————
Ò1-Ò%2"(5–————————————–
ÐCÂÙDO· PG·ÍÊÅ4ÝM|<'PZÐ˜E
Ä!¬6$ØÄÐÝ.7ÏÛZ¾LƒWQÔMCY%FB'–("€²…ƒY
ÔÚ'Ì¹Ä¼`¹+},Û‡WØXÀ'XÌÍ$
AR´ª% 6
PÂµ\ÓC¢º<ƒ+ÃQDÝÐ+PI@CPÙCÔ©Ñ–B'Ü————
ÓÔÂ¦`ÇS"ÚÙ\TU¢Â^F
ÙW8Á'«&-Ä F ˆ]DBÓ¡¦',IÈ'Ÿ†ÓØ®Ê57˜AŽC-
ÚD³ŸµØ°F„2OOÂHE–=VƒJ*˜Ë·————————
ÀLK€'R¢QH————————————————
}————————————Ì•\ZÏ6¿¬^————
"PÖÆ
DÞ†Ý+ÅM•¹ØSDÁUO"¯PÄ¶¦`1ÚÊ@@Ã8W57-ÐÄX——
8°P«SD57'P€————————————————
ÛPU…57Z„(PE¬–WDMO CÀGÒSZ£A˜57L*T€5757+À@
F5757Q€ÙÀ25703OŽF„«B

¨058¾²„/¨.-Á&LZ$SŽOQ`ÒÀ)¦   58——————

PÀS3(ÀB,À`GÕÏÝßÙÝ¥

VŒB1/ÜÄ58ÐÀ¥Œ%ŒQÀ58ÁB€'Œ58À„OÈÉÓD$6G¼
@585858ÀÆ05[¡†¤FA\\ž³ÙƒÓPÚAÀ5858-
585858À058(58®†ÁQÐ1É˄ÄC-‡ÇQ-
†D6————————————Ø6
Üƒ†Ø65§ƒÎÀ+ÀØ»-C——————
158€@58Ž©ÉÐ"Ž˄Ù|V!(ÈLUÂŸÒÍ˜LCHO>FIH£!R¸1‰
DÔJXÀWZÎ1
ØÁ¹Q˄V˂Ü ÜŒÆÀ¡Ü I€˜ÖDOÈKÉ«Q¤Á——————
ÞÀ@9ºŠ7
2IZPÜ»Đ-I'-{ŠÉ˄>¼¸ØK¡HUWQ"'Ö-
Ò*ÜK)QÜ»#½µÖ'ÞM¼11¢HNÇÓE‡SSÜÕ5§ƒÐJÐ"³ØO™DC¦
¦ÜÜ...\GÈÎÞÝP%½˜IVŸ€ÀÀPÄ¶§4C£ÈÐ=˄¹¼-
±Y˄DE6ÖÕT—
¡ÙZJ,¾²58€,½Á¥)[ÎÙ‡Š¡ÂÂÂKÇJÉÜŒTÈ"©ž@Ã•MÓ¿
Aº]$ÝLª,GKX,C"'"'¦ÝÛŽÃ‹(Ç›ÙVÙÜG5*IÉÖ,ÞZ
˜‰»1=VUFLÛˀ¡'(/Ý7FÕÙ˄————————
½ÃB+Ü*# ÜÈQÛ҂YS$+M$Š˄¨
¹ÙÜ±#=˜Å˄
±®É"˂«HÖÇ[Ö
AŽÆÎžF*ÊD9,N@NŒÝÆŒQµ3Æ¢ L-
Î& "M1SÀL"Ü58Ü¥H®µ[Œ——————
&Ä4ŠUD
Á±J*£0À*ÒÓ1€Æ(„€Ð58——————
!P58D5858Ð58€585858 58
58580580½8Œ"Ë00€À58€5858ÜPE——————

ÀÑ˄¨€„ G<SOÝM¹Õ›ÅÜ«ÀDÎ]ÑÒ2˄^Ó[¢¼Ö!ÁŠÆB)‰"Ì"
Ûª"-É‰¤"ÙZRÖÈ˄Ý"ÐDÙ*Ò‰ÜÈ...ÂIFŒ—ž»WXU——————
Ü˄.KIK#$——————————————
ÏV-0+˄V————————————R8˄ÕXÕ»^¤ÞÐ¤
ÎÜŠ2Üž',¸³¬H4ÛQVCÔ'GNºO™XW-Ê×*˄D•2É¹ÃÛ·ÕP+®±
Æ1˄À«EI@«ÚOPZJÝ½Ð»-
ŸUUU»ÚÜØÅ-3:-M›ÂAC^•.ÙÞ€Ü(Î[ÏGYKV
Æ„É@Ä£M>ŶÀ€¤Qƒ'HÇRÎ©Í<&S€Ù»¡±VÃ-Ž -
H‰Þ]ÑÉÉÜÝ³¹º=LP˜I˄TÒÙSÓU+ÆÞÎH¬ ÝÒ#9×Þ»6Ø(ÜÁ
ÜH‡})9QCÞ³Ê˄@¤Ü+ÝÏVC$8ÀÖÈÜÊ$6±@Ý\LÃUTÃÎRÆ

ÊC·ÀŒÉINÈUÔ»4AÑE————————————————
B±59Ž¢WVÁ(ÃW1JBÀ]ZU"Ì¾6&ÄŒZTYÖ|S¼³Úì@º
Á"Š´ÔQY¥ÈØ...,"ÈX§£ˆWVÊÂ¦ÃQ÷8ÒJÕŽẀ V¤W9ÁL
£ŸW)L7Ð"¹KÅLMÖ#ÚÀÌVN'(-ÁŠÄCE¾ÁECR•£#^ÂÕ¤
M]Ó´¥*LË1ŽÎÁ59ŽC$Pí«Rƒ BÌÄÂÈØÔ×©É8±M2ÙË%C—
Y˜A‰"ÃÂ§BHHAWÚÛŒÍF20Ã)`XÐÒÓC—
ÅTË¹(5959$°`.8 B`€1595959@59595959————————
59595959590Ô59595959595959595959595959595959
595900Þ%X«¦§Ì8590 59"NQ¤KÃ (È
22Ã¯ÅµEP€SÔT6–JÒ‡?JÒÞBDˇž<$TŠ7WAUŸB>ÄŠ8ZÈ
›ÖPÉ ©WÀ¤¶DHH5959ÜQÚ– D,BÏZž•E6JHL3›„-µ½Ë„È
8JC"59 ¨ºÐØ¿X6ÓB=I>¦L59ŸPAÏÓžC
[#Þ>-ZÄ‡4ÚQSÑ3-ßß¾¾ÙÈ"˛ ©£˜ËZXŽÅ‰ØÚLß'7-
J«ËO&ŸJM%Ê•Ÿž%Í5KËDDÙS"{ÜDÇ)ÓZ8€IJCQ
¦RG/E>IŸÝÚ5‡ØLNK©RÇ¦=595FÞZÞ´2ÏÛÝIÖ¾ŒAÊ(
V‹   &¦Ö¤—!Ä--
‰K..."¸¬ÑÇV\¦É±Ì}KSÝØ¤U˜ŽÊÝ¦\3ËW¦JEÊÔV½ž»Æ
¦G4®ÃÃKQ»XÐÚ©ŸGÐË-Ê•@¡A -
ÕU˜JP59„KÅ"ÓYAŠŠà5ÔL@AM¦"¬I4I(,-Ô½T¢›KÂ$
Þ!K`AÄÑ(¦U#„ÚFV³µ²WT¨![¦´¤-
§M¦"59Ì5÷¨ÇÊ'J(ÔÌÄß¶P(Þ.Ç'"LLT%ÌŒ}Ó¹½E¦.¤£Ë¨×«
ƒŠÖÍÙD‰§ŸÝQÐ¼€N?ŸÜ®W¦59D£K`)ÜÊZÛ´...Ïì%¥•N
A-Â5¦²...J9TÇ<#%-DHWE—¾‹/ÈËÐÆ`‰%‰4R¿YÀ˜ª
    R¼?MH¨JZÔ‰¬ÏÄÄLÑO=L½ÅÁ.ÔÊ"¦»MÔ¼ŠG
®Ê{$Ü+ÁJFLŸNÀ?59! -ÉÏU‹I}————————————————
Î————————————————————————————————————
À¨*ŒI2±.ÉEEÖ[€À"$(§·SÇ
ÂÈ'"\ÃŒ¢I-
L)}Î˜X3Ç@ISÔPPÜ@ÑFÅOLžŸ;Û!ÐÔÄUKÏŸÕ
:]¦ÁÒÑí:2^']ÅÎ————————————————————————
B¦ŠQÙNÈ7ºƒÅª————————————————————————
"|˜\É¥;DKAFZ"ÏBÚ'GÃ²ÇE,""O»¹{88Ó¦½Ë="žÊÑ›+I[2E
8ÀÈY¾"½7HÀ.ÄVF"Á¨ºÚ¶]Q©ÈNO¹˜{7T¦"¢#<=3ÉBA
C<ÄžÞCB(Û(ÅÎ&YVÄ¿ÔF[VÍ;L=–¶Ø¶¶.ÂÄ€H Å="Ÿ"³I„
XÐ¦É¼"ž5S×@LB‰I·LS¹NR%Î]Ì\žG7RCÉ————
'P‹CE(ÑS5Qª€JR¦KÛ6Ÿ"„Ð•Ì®¶ÃOI259¥§ÙÝ³ÑÇ—
ºØ6™F-<WAYXÏØL¶BMGÖYÕ˜²¦´7#žRŒDL¸÷ÍÇº!¨˜59†
ADVSŽHHGF

¾‡_A÷€S´³³XÝML¬¦——————————————
§"™'Kž%À]…ˆˆÌÅÌ?Ô7ÇXÜË607SÛÁ¨*"²NÔÕ<Ö#<ÔÅ§B
"ÌNÌHÔ%#ÝÂ›H¶−;$}]−ZI´WC•[HÛ&®¤ÒI·EF>"T$Õ.¼É
Ó™AÜDAB¢‰Ä8˜ß−60L¶Ì‡ŠQG™GÛLÁ}{`¸,¢÷,(N+
ÜCÔª
›FÝB¦ÉÎ6Zß¥ß¥ÞÑR60ÈBÄB$"$,ªR¼ˆ!——————
A€ÅÀ1ÎÃ&ÉZV]ÖB¬¤ÔÍ´ÆRÏ±?B1©=@Z4−
F™¢±¢³DÝ−
'PV3H‰ˆD¬†JÍ‡YG,‹£A5PC6)Ÿ±O÷GÜ•"¬!7€Wž<˜9ÅI
[R(X¸ÌÖÙ*˜JžÚŠÓÁÂŒ¢ÀÓ ÌF@&—————————
Æ3„
™"BG™V>K¦'Y9−"¦Ž¦YÔÔÊ+¶¦Ã›CK#ÚÃÖ−
„ÒZÂÐ`FØ‰÷¡ÑHI=1Ä@
DÑ È˜´É¡²„
8˜ÃÓ'*ËN"ŠZ"·Ä@Õ¿"Ã&'÷Ð½XCÈ/Mž¦¦›G¤F¨Ô7'Q.¦{−
CT'!Œ´Ó2Å}FÈ60ÓÔL¦ÌÃGW7ÌTQ¥−
1Q˜EOÕ´ƒ¶L`°¥%¦JE"%£@ÐÌCÏ"T‡ÑÌÙ"ÃÓˆÛ
>Ù,¤!,Ô£QTÝÀAHÝÈ¦"@Ä94¼ÔÔÚ•DW¹ÁÃA—
_4‰@6Ì`Q%Ó×ÌS,ÈÛTÍµ—————————
Å(È¦'8SÖÐCV‹©60»#±BÇ©W¬RØA<−
†•0ÒƒOÐÞFIŠ.Å33J:¾LÅ+ÊØ−
ÜLY−6<¦9Ô¨ŽÈŒÓ#;ÛM€¬=8V¾C4AD}‡XÀ
¥GQ÷3,Ä´Û´´ÎDÜ¥UD‡")
¨Ð¦‹!1X7Y™P\Ü¬ÔÙ°EÌß¿FÊGÁªËH#ÍH¦§&7
K<E5−
¸¹ÃÊ5¦T@Q‹*60ªIT§%Q*K°{¦Ð¢{Ê{Ë¦P/B2Å1)"'¦˜
MDHŠŠ(W§O½¨Ü†C*„6ZØŒÈMHÏ'ÉÔÝ−,"G#JŸ,
¾ÞÙÈ·I`%ÚH
Ê2R„BNÒ…ÉD*Ë}©LVÎKÍ…ÕOMÔÆL³½K/¬@9Ÿ"C¸6¨Š
60´´´´A‹%C8ÍHËR'Ð{H#¦60K˜XUÛ#−
N/V€]‰BK22F•ŽÝXQ0
TZ›]ÆÞ¬<ˆÅ^AUÚˆÛÉ2N*Z';2ªKŠ%ÉT\¦A
ÐX,WNO$@9−#FOEÅ¼'Æ¦™1Ï¨
^Ð]˜Â¬Û6E¦ÕÇ^Ï<°}−YÍ1ÂÂÃ¨L‡,*Û<}C¦Ö˜¶˜¶˜¦
Ë!&ÏÔAÅ´ÌÙ…©DSÃW$Î†'$RÜ}Ž£E{'——————
^RÄ‹""‹¦B8B»ÝAÀ@,Ÿ−ÈÜ²Œ¿Á%
´´´´KÈÀ¨ÌØÏÙ¦"Æ'¤".ªHD´´´G,†6Œ¢7ª−¹£ÛJÙ¾³ß(-
Š,Î¦TAÈ}&·I¥‰¦´´´´´´Å+ÕR¿ÐÅ¦ª‡N´È¦„¦Ù·GQÉ:¦-

ŽIÆJÚ8™\————————————————————————
£ŸÇ,¬
=J

Jª«YŸ\$MCUì_ª • \$0€Q„†▯;LG▯¶J›\$*:P_K_ÕKAЗ
ÈËPÌ±QA—KG+˜Ù[A‚ÂÃËBÕQÍN@Y5...-°¥¡Ä▯„T2©-
T ;NØŠ-
0†Ì'J-Ô„«ÒÄ¿‚C@÷[WÑK;▯ • ÝG›–"B61VÓÜÆ©.ÍWF ▯ÒN
®Ö¥FPNIÏËËÄ%.N(‰Á7▯>E TR³Ð?Î×Ç&C·‑¾
QÌÙÈ—C¶;˜¢ª/R¨%Ã‚B1R61Ï‑Š„‚À •
, 8¡ÑAG‚Ë61'±²‑F|▯²Î-ŠÑ)Z!ÀÊÀV´S▯ƒ¡&Ó‚BCGPÛØ—
Þ°9ª:Š+AKŽLÏ=YÎÔ„@ŒUÇ(R2\$9...Ó2"ÖÂÒŠ▯S-
µR¥µŒ©G8 ?QE@Á£˜&Ó¢M +M
ÅK%Ö‰2U\$K •ÉÅMÉÄ[4—————————————————
ÍJ›4▯À¹61ÛV)º™(=ÓÝ·9ODLÞÛM1Ø±ÂM2'XDÛ
2=³ÍÉÓ˜˜ÇË61·LO=Þ#OÌ¦ÞRÝÎ ÇÈBŒA ˆ‚RCBW· • 1]]?Ê
‚61 ˆË%6Ù61×FNÀ£{„Å‡!4Ù´(‹±(ËÍ([ÖÁKWÀÎ'€KÈJÝ
žËCÆ'MƒÆ'MŠÁ„ÁD‡ÁÄ BC"G?¢9Î&S
5VÚL·M(ÔÇJHB!Ð|ÉÍD:
BOOÔ(BžË61°ÍBÁ„#▯>*(ÅÄ¶X½ÐÏÙ°¤£ |Ê"T
══════════════════════════════════

Å(¡‑Ã3ì,¦ÞƒÊ¤Þƒ—HCÇ-
Ä JÂÃÉÎ4%Î"ÂÙE}¥Åµ'▯8ÓŒJ˜Ÿ]ÛBK▯Í<4ÎÉÄÐ}"É ßÀ
×▯!Þ¿▯¢Ú-Š€BQA€F Š "0%A\$ &61#^` TÈÎ————————
>————————————————————————————

I‰À‚Á1Ð8Ñ<¡("S¤ªE€Ö'©8Œ:...▯PÏ—————————————
B `\$ŸÐ-HØ±HÚXÁØ'HÚXÁX   ÃB}Î}————————————
_EÑÚ.³ƒ*%7F ÁÕ›º¡'µ"BÝ×`Õ
ÃÛÎ×‹Ð™"ƒÅ¢L'AUVYMÏ}ÀÎÀ9XÑ&M2Ç<>\$Í¦XÇ†‑ÃÄ▯
Á   KÆÕ}ì_
Xª±QÔZ ——————————————————
„Q"HŽ¨Ä¢‚N'ÛBZ×Ø\$ÎÙM8¡ŠH">Ï&-
Ì • Ë¡=²!®Å¨Š#ƒ²¡»*ËAÌCXÒ*-›N£ÐCÄUEº-...[M▯«Ã-
J‰▯JW‰Ò=TÜ:H™‚È¢-˜ÃÄÁL9†Ý¬ÝRS·DÁ ËX ——————
<ÚLÐP-6X13É¤R`61619\$Ç×YÕÂÄ+ÁÀC————————
-ËÐ‚X\X›-Å
&{|"†C„‡M;&-
4Ì˜NC'§Ð™ÀÊ©Ì"¼:▯ELVQDVÀÖLZL2×^Á▯Ý Ê‡Ü6X|G

PTÙA»Ø¥T%ÏCQÙ5‹ÇÊÏ@\K½"ˆÈTE ´_"Q
HÁ5Š#¶†¥ˆĺ¿‹ÐP³`C@Å ̂SÂÜ‰¦É—¸G7L©1·4¥——
NIJÌÃ`Êµ4Ã°`...-¥†Î-
¶¶Ž™E.É62ÙQTEÝÊ»Õ:CÝÐÍÎÍžOG,:Å®...Ž&'[ÖJµ◻M£‹J
A›G"ƒXÉT¬¼EÈ-<LÈª
LX4H(GQA+"ÏMÄŒJT^SÂG-ÈÐN†X...Ô5ŒÓÄ1<...Œ0|
ÃE½ÄÓ&6262'—ÆÎ-±E('E6§µHÉÄIÀW`™•ÑO¥Î˜TV!
    F"]¼º-◻&ÇÜ...>ÃJŠÑ¶^½»-
◻µ',UÛˆ1&◻$B„ÒÛ2IU±1K˜¤F»TK€ˆ´˜ª◻ÕÁÛ—
Õ¿EQÃÃTKLK-]FÒË4◻<Ã@µ>ÛÔ½¸ÓWFŠÉ©¥#NÚ·ÑW·
W¿'Œƒ‰B—Íº◻%„YIQ·A-
Ð¥SÛ %ÝA³T³Ë[/R¨³ÅÖŸ,ºÍDŸW>Î‹}Û®8ÍQÜ
    ÕÌGÉª_ÄÂ$+ÓÛV
'ÕJ◻Ä5,ÜÅò¾ÍÇCKZÛC&Û?ÅÄÇÂ-5{‰%VÄŸ&
£±◻\U857-
◻IÒŽÍGÈ%€¥6&E¹"§C]◻BßÊ#„1`•$ŠÈ¡E'IP7Ë,³L¦Ö¢™—
DÀ-MÂÖÆLHJR‰¨¥————
ˆPIÀBßÊV'ÕZXÈVM◻❜`.MK¸"½D‰DÍGØ$!@F¶JJ-Õ...—
KR•I{[#GØ
)‰4ÙÕOÂI
¬◻ÝM[·Å
-◻‰N"ËQ^;{SÂß£◻ÌO¬|.Ç◻!V£—GÏ'3\"MQ¿,Û¬Ÿ6ÛDÊGÄ
    Ê◻¦RÂØª½
OÎZÎ]ÇÍWÚÛÛQOÊÆ"÷ÙÜÆ¼ª¶ÞL?4-ÒÊOÊŠW/¾×Ú§Ô
YÚ„Ó*K¥HØ◻S8N
◻"Ê-◻VÑ`£SÜPÆ¶{ ¶Ý@˜ÅÜ×)V;È";ƒ/ºÓE-
'ÎÙ...ÓB L˜8ËQ
¨´'{SÒÖ00·ŸÓBÐÙ-$Œ¬S-Ó—————
AÆ)NE÷©?ÇÙ£±Ä_ª_ÂTI˜◻À£¢»—¢ÎÔ<{ËU◻Ÿ=ßS}¬#†
ÖY-
IE;HÞ◻OG¨""ÝCÜ\Û...ÙÀ¤ÃHW›%²ÛÕ‹.\^ÈJÛ¨¨ˆPE;U‰G
Ö>E¨Ö¥ÅKÓÀAVNË ̂‹V,_Àª†QÒÅ‹¨D-Š◻ƒˆÎÃ˜QÅ[ÕLÕ
=I®ZÄºŽ³™>Q5ƒ‰˜ÚÃÛZÇÐ*Z|MK"®*È
62‹?ÍÎ·;?>...ÎP45-A—————
OO[¸Ê3YMÛ±ÈÇPYÊ;ÔV#$Î»ØƒÈÐÖ¨Z¬NÖß²HÆ◻Ô@!K²
ÏÔÝ?X|O&◻=Ã ̂G'ÄWÍVÙY-;(¸°/Y5Ãß◻ÚVŽ=Ø⁻ÉJÄÅ¿)¸
«^žUI9?{'PÝÄUÎ">]M◻F´KÂM◻T˜ËH—Õ1V·Ó*†£T¼--
◻S+ÛÎÐÙßÛ-R

É|M"(À™PÖ$ÍCÛÊJ·Ÿ[‹}¿{RʳÖ7ÊD©ØD…9YPÇ
ÁÝ⸱A6"9YÌÙÚ5§Ë
Í^$–SÎRÕÓT–ÍOÍ*
—ÅT¶U·ÚÀÆ&³ÖŸOßÅʳ"Q ¦∴𝑓ì¹¢RÕ·XÐ_÷,———
Å±ÕÙÑÒ©Ë<ÄÍE_ŸJBÊ_¾ʳÊDŽØ¥¹Á—:=ˉÚL¼µŸÝŒEU⸱
{OYÑFÀÀÎ‰-
ŠNÐD…·Y¢IÙÅE¾TÓVXÞW•LÄ/•ËÉ?-DEM-\Õ%¤J8·Ð˜
ŠIHÒÈ·Ú±>W¥ØÓ7ÎÐU&VHÑÙJŒⁱº OTÕO.Hß"U]¶A]KÊI,
Ú?Ê⸱ⱭIÔ8ÙÒZ·7`Î™}ÂÔÅ±ÄÄØ   Gª§—§_I"#Ò——
⸱JÏÖÞ°µNTÍ´B-¼¡(¢È(1Ð9
ËÌ·ŒÓ,SM8Ï9GG"§Ê»ÉJÕµ5SHN‹–
§ÒÍVÀO/ÎMÖª˜ÑÀ`Å,MºB'^(8¢ÊTÕ©VÅ¤ˉ-XHÏ€ªÑÓÚ²
ÙRÝ[ÊÏ®-_Y"3Œ⸱ÛÔÎÆ6.`E   B·⸱®Ú,———
⸱½G,HÝ§PÒÅŠQ⸱V¹ŒW°ŠTP}°Š˜H{"§———
ß'N9[±———
¨YµÆˆ"JÞEÝS–OŸS⸱M–
Þ(ŸÎ]?ÀÕ1TÒ¬{ÈÙ¨TÙF9ÍŠ>‰£ÞRÈRÅ⸱/ÆÅ¾]'ÓÔH
ÂˆÍQÖ®‰°H¢˜#   Oⁱ ªÅ˜ÑR(CÂß˜ˉ÷
Å¿²:ÚW¦Ä¥O"ÖHK¿É˜F'{ÌÊÂ@S⸱',…VÇŸBIMS6OÒ{{Öß_
N™ÎQÄ]*2ÔSÍO=Ç$±…RSÏ⸱=´S×3ÅH ˆ¥⸱£!¡ÚV}Ÿ_ÃFÊ?
ÄÔÊˆ˜(½¶ⱭÕ;IÐÙÈÕ¬˜ÍÃ„ÂQˉ,ÀÖC(˜Y702ØÔLŠKŠ,¬
E‰63¢$
¤P&>6A—·ÆÅÅ[ÀÊ¢———
ÈË»•J3Ò‰Ó(ˆH¾(Ú<Q·Ñ£—¢Å`·µ36G»¬Q™PF8³RL,Í-
E)⸱HÛG𝑓YŽ"⸱DPKV,⸱7˜Š©:.$÷ÏUÐQ×§UVU\JÛÞ-
YUÒEA•²ŽÐV×⸱"´⸱ÙÓ}¸63Šˆ ÂŒ+É⸱)Ã ÄŒZ"›}"⸱÷
P¢¥')›
)JÏT"–I]=Ù´Ñ÷©PŠŽ{Ë:{Z=>GŸLJËÙL}^<´M}ÙÖ⸱C^ŽÔŸ
ØTŠ8¢ÑE]¸×ºƒⱭ:>Æ⸱7G¤_FÏJÒŽ½ÙÍ;µGÒÅƒŠ³IÊ˜Ô¹²‰C
]ÔÐ¬LÔ£¿¿ECÈ¹EQ²C"ŸSCÙ⸱¢G»T>Î¶QÄ˜SÓÑ———
———————————ÍN]*Í,/Ù1›Y$ÉÚ«".ŽŠÄ»
±⸱ËÚ',Þ¤]®,¤Ä¡1⸱(´Ú
½CÙ*ÖØJ3'ÞÐⱭU¸G'Ö¸!"'Ñ(²'O4KÓLËÑ}OIJ4GFÌÝM_ƒF
‰ÚÑ⸱|ØŸÀRÙSÅÊ ÄÅÒ\ÇIV   70¦Z¤©•¹)6ÑS
Í;P-˜§"Y¹'-ÄQÎÀ
£Ü_B–XÒÄË³ÑQAÞ&ÜŠ×ƒS1ÊÅ-
•"ÕÕ¼¾™Üⱡ¿&ÍÞ¸ÙÞÙ÷J>R*•È¢ˆ´HÈÔÄT¹=6·7ÇÌÇ-
‰´Ýß9²ÎŽ)ÄH⸱ŠÈÀÛH¢E…ÉŒOŒ¼ÈIR³⸱G/D–

63

^¾ÜÈŽBÊÑÉ{¡R©L·ÄS§E‰.Ä±3º×ÐŒ„¶−¢€...$▯(·¯ÐÏ
¿\-
Œ"´ÇLÄ0=N}FNÞS^Â(RÌSÛ×ÆŒRÌL™ˆÎD6'=S³(¯˜Í▯¹§Ë
€˜▯−|ÔÉ¦R¹?EATS>;▯‰ˆÒµC.ÕŒ)À]GR£
)XÀ‹(
JR©6J)
Á————————————————————————————————
DÈHCÒÈE^ªŠžÔNQUÆ
ËZZÜ×▯,−SCŸ\W-SŸU>,£ÒÑ6VßQ̃ƒÔ▯−
<©®▯ÙZÄM²A1}'Ažß(X/E-
§¬Þ{Á,EMÉ¢ŠÃÒD÷N@ÄËYWCJGK9————————————
™ŠÝ▯>> ¿¼¥ŶÊÐK»¾W½¯,ºR¡¢';«-
OÉ*FÜ¿µ,_2K2&†¹▯Í-É·
ØÈ¨ÆH¸³K[™S@¯ÇÂÈ×28ÀÃ÷•▯ÁÈDQ▯A Y%ALKUC7
*I€,ÔÈ:W[]F¤L"ÇǰPH,)▯O™FŠ>¦W×ÀÛJ▯QÅŠŽR▯+Í·)Ý
ZªÜÝ
[W▯WAEÏÜÇ‰VGGÄZOÞ¤³ŶY"Š-
Ð/ÉÇÊŒÈWŠŒ*Å¿¨N^ÜX•÷¢¿Ä)ÚÔ¨ÄG°QÅŠR...Í¥&I
Y`ÒF|¿í9ôÍÉCËOÚ8³ÃÔ[$▯²¿L×>Ø¢+—
TE|Ü2ÔQ´{Ù64¹;ÖË...ƒ————————————————
Ù«™ŸÐNÈ4ÍŽÒN.?Ç†®
®ØÊÊDÊßXÖÊÙ9ÓÅº¨ÜM7µ[SËS/▯_³""]ÊÄ-Y—————
Ê−ÓÇ▯€M-E7L"°NÔÎÇK÷È»£[ÊÔÊ¨Ï‰SžÝ-
ÌE,|¿-BŒ<Ÿ‚RÓ;-QÄ▯Ø£í
ÒÙ„¦Ë€íŸ¶LÊB¯64D@¯GÎ+Vß»Ñ²?Œ¼L£ÑÙÐ²Ž9Ã'EÑQ
R €Õ▯ÂP▯VÆ¯ÇÄ2›6¯
Ö¯™^ÁØW´ÌSÇ?UÎÒÀ‡*ÊK:ß¶ÑÈÞ¯,¶VÇÈµÂÞ·ÜW.)Ô¿R
È³!−QI·£GÐ#Ÿ^ÞÍJÉ▯³Å<\ßÝÁZ<¿ŒÞ¬*Å¸ÍÖ¿"ÖÒÊ−
ž©NÚ>+'"¢®²B‰K›®(¦ÄC▯.×(ÆÌ"LÑ#5´HÔ ÔQO2Ú4%Š
‰X›...D%Î˜È.ŒX8Ñ˜X±CŒ(RXŸŽ ÅŠ¯
ƒÁ>▯>CžÅÃŶµ▯1Y´Ö▯T)¹/ÇÇÂÈ9ŠÔ▯Õ...¸ÙÒBŸ-
B−YË´ÞÈ)»¨?E•<RP¸Ù.È´ÖÓÍ(ÓZJ4Q#Ó-
Æ−Ç°¹²¼µI²J"I"...8ÐQÃQ•Þ¼GPAÑ·Œ¶A,Æ'©‡¿I/ÅO
MBT¢=Ž¿
ÐÌL¸¤CÖÜP¨RÓÓÏÈ,−÷&„▯½$Ô²Ä®$D¢Ï4BÎ¯$▯ÊÚX
;¿ƒKGÊŒÏ6▯ØÃÄÏ©«)G'−G¯−&
    ÍPÈÅÓ«µ*8³ÃOÜÄ÷ÖÚU‰▯ŸÎZ»}²YÖLŠLÓ—ZÍ;D‘
ÑÌBÇ2ORÞI¯ÏÇ2[Ö¯ÛXÉXR°§ZÙ¼E¥NÑ¯.×GI'?▯D›½\▯ŠÖ

64

• ÂTŒ$ÜZ»™ECÄŒŸNÖ°HªÞØWÛŸŒu[}1MÀGÁÁ¦$£
¼Ê3„O<MŠR2,ÄM —————————————————
Çž
À‰"ÒÖ¦Y½ILÉÖ«3–KÕO½ÆZRÏÂ©Ë¸;ÄÜ$GÜ"ŸË…Ù(
°¦῁.ŸÕÎ6–9JE™CΊÛÂ—–DJ 'X[/*Å ¢$Ñ‹2ÈÈWØ‰€Q+O
X¸GŽC·˙Ó-
§ꟾFTD"ÍÃ(Ã‹
ÌÒ62Å¿ÄÞÁW8ÆßÏË‰E+ÕÒW»†EMSŠ<*Q¬¾ÊÛŸ¢ꟾÐN
Þ"Ï̏¹%JSN{¸GÚ(¾¤"CWP4ª¦H³ÃSPÓ ῁'9ËŸÆ|>?1²5HÆ
¸AYÜ'ØÓÎV——————————————ÙꟾFC˜Â•ƒ¦
"4³ÐB#YÎTÑÃ-`῁½ꟾ/ÑE[DË¿-‰ÛÅÔÖ῁£Ù¹ÔŒÆÎN-
UÎ:RÈ*T¹Íꟾ`·È῁Y

        Þ-}Œ<Å£IÂ-9LÊHÙˆÉÓNÏ῁·Î¿Z/SÕ¥‡žXº+"NC
EC™ÏHYÕ῁-Ü¦ Ꟶ——————————————
ˆ¦¤ŸEKR÷§ÞÐƒÚÙ" ῁Ý»+@῁†ÀŒ‹Q¢žÆ$Y€DÞ>Ü\———
ßŸ<‰T„,ÙYU]ªA¸D-῁¤¥S²-Xµ]ŠT¦
A"[ÊN×_*R¡8C7‡,¢ÌÀÐÎÀÅ•ÇꟾÚƒŸ/ŒGÜˉ‰4῁.————
¦T῁Y×OÆÜE%Í•ÛÎÊÖÇ*-ÆÄ<ª³¹½EÍ¸˜HŠ×ZKOA5C&¨:Þ
ÅÅTÄÍ>Ð¬ÄØŠÆÅO$Û H³Å3¤
Ÿ°*¥C῁῁ˊRÔ   —————————————
¿-
ÖLÚ)-‰-Ž(?URBÅQF+ÌÈÎ&¡9SE¶῁D°H£´™ÓG†Õ·E³DÇÃ
RÒW[B·IÞ———————————————\ÎÖ῁Ë-
¾ÒGŸ-WLB7H£ÎÀO5-῁:
=Ê4Q¢µÑÅ°Ý}Ý¥¦Ÿ;%῁OÍÁÍ‰‚S^῁>῁£Þ———
4ÑÜSX῁(JNž-῁£2PGŠS¢ˆῘÈQ£,?£῁¡¡Öªῗ‰EE-
IT˜»]+HCÉWÞ™Y»S¾8ÕÑ4—QÎῐ"Å=LJÜ«ØOP῁Ç>
ŒA)¢\KKØ<Ùº ÆÕª".-/ÞBLIL£M—
• JÜ(PFÃÅ6V'ÈÎ‰ÅÐÑÍ_)§EÚ"-
"¥3KÞQLÑCHØÑ4-ÏO*ÅꟾÞÓ   'V.Øµ#À-
CJY¦NÂRÖBÙUÎŸ}ÑÅ9ŠUVVÓµŸ"^É῁-¦DØ῁#Ä»ÄOØ£‹
™L-
=*TÜT¬Ï῁E῁˜Ö@Ñ῁HØK2CÁˆ§8.Ê%(‰‹SÝ"9£Ÿ‡Ü½˜Å§Ñ
¶ϏÐƒŒ'²ÄEΊ†W¦GÜ-῁¿N¾P¦ÂSÌ¸^XIÅ Â16Ž¦<ì῁_"˜῁ƒ1
LÅ½WªXƒ;4¦Ϊ¼'Ž^[;Í῁R῁NJTØ"¢ÉÑDÚO7Ê½˜ GD—
V<῁;Ñº‰LÚ,———————————————
4W65HO Ñ‰O]ÆÁÆÄÛÊ¦¸H£1´Xꟾ
¼GUTDÕ;$N˜L†Q·M›%§‹=Ê'E„÷ÈÉŒÈÂQƒD}GÆ

65

†1&-#8ÂÃ˜PVªªÓ¤£¤Z4RY-
U?ÙXÉU¥XÓ„DÁGÙÕO¥3Å£«ÓÙ¯ØS-
ÑÂŠR¨X¦¥OA3ÀIÝ)BÌ–žÖJÈPL¼µ——————
¹˜P¦REÔÀÞ–[÷:—{È˜^Æ!®SZÌ|VÄ\K-
}QÞF!™WÓË&+¯ŒÒRÖ™R_L•1%'Z˜™-
Æ!†YÀ×Š"4@–Þ¯{1/3,Ø

Ø?|3°YÉ˜Î|/"¹HŸ\F¥¼µ¶¥DŸIJÓºEÒ§WÛHŽ˜Â ÙÐÑÁÄÌ±ÃRGÉYS;6TH³›Ú,*Æ',ËG£ˆQ'ÄŒA¢XÎÕLÄ[
Â+Ç
HÔB,ƒÔ2ÇÔI±£/ÜÜƒT¦G±LÓQ"3}£8(ÃÂNŠÞQÄ«JÌAË
D±FÆOÈD4Q£)E)
VÙ˜ÖÃÄNÃØYB‹VW–A-
¡ÖÆÛ\]À´NS9ÁC9K;¾ÉÃI2˜[´ Q!ÜX–Å"Á˜——
"TCÄZ²=–K"TGÂ"À]Ê²¯'JÞÒ8˜ÔR¾(<"ÜÃÁQ-
€Sž£ºÒÛŸ[»%4Ò"ZJ"ÖÑŠS=G{•…)<66L³ÞG·ŒVÍA-ÛL-
YÔÊÑÆGTŠUÀÄEŠ³UÁH‰NQÜ}¨Û_ËUßÕ‡$&YËÃÈÄÌ
–Ú¡‰ŒP˜ÎÇ9{[´ªNÙZ×¸66
IZQSµ#ZR\&€Ð†ˆ&¹——————
€——————
66†"—‰Á^
¥žBÆA}Ô&T)†€"O–ŠQÊE½ÂC¼R–
O¹ž,¿ÄÔ5'ÁÓRÜM„€W£¼Kˆ Õ¼BJJÂ¬B——————
66ÀA9…Y>AÛÔÎC+&%©ß_»=¤}›OÈ|Ç3

9Ñ2¿–%*JZ¬L'6Á$ÕK«ÞÙ²®4Å·ÏÒVM|6JÎÈ¹Š:
½XVW——————
'½"Ú——————
Ô–¦U66O^ Ì„ÂÉ€³Ñ/Á2V¤QÅ§4ÖBÒÏ@G@Ñ ž ÃÌ
Ò¸
(‡F,(RÂÞ"Œ——————¶Z|664Y
KBŒ"EÄ}-|¡WÔÜŠŠÍÜ"€?±Ò–ÛÀÌÃŠÒFS'ÑÎž¯?ŸR-
¿_ÄVUË…Ó`B,@D7CSG¡ÇI2žÕŸ–Æ'•YÎ9Ñ\(FS"ÙM¢«'Ï4
¥;Iº¾ËKFCÛ¥•§T¢£Ó,³Ò®ÂŽ×¦Ê¾Q,:ÜÑ&Sª¹-
B¹µ˜Ô<–ÓÞ&«Ç¹¼¥Ü66?ÛÚ &Ù-L7žÑ´Ï-¥¸‡ÕÂŸ——
MµLSXLÓZ'-K
§VÐSTÄ——————
$Þ¦ ÎQICÀÏ–
——————Ú¸ŽAR{Ë3{§
ÅÊÊA[&OÏ'À½¹

ÇÍÇÏ€ÉÏÁSZ———————————Ø———
Þ@RÒ€ Ÿ÷Å

Šß˜Ò————————————————————
_÷ ž-
-…□¢ÀV!žË——————————ÅW□X□/¼R9
ÝÖˆ°267ŒH(XÀR‹Z9C7–MY–°Ü¥TŠÅˆOZRÐ-
¤RHÀØ°ª·ÔÄ–67
*}À<@ÈBT%———————————————
FZ¼IÈC½Ð±670`ÏÛCÞÞÇ½'£GN%F(ÈQ`³E×QÆTXW4'
6CÍFØC^Q,ROP4™_ÒË Š=□ÞÈÐ"VÖ.Ö¬?J½¢‹…F&¶Ù-
67'Ù™Ù˜'ÔÇÝ×ÑÅÊÖ‡W2–¼/))?□—
´ÒÆ"¼²¾□>D ØŠÞ°ËÑOÔ———————————
ÒÑI.3MºV›<MI(6¬¤¶¨¥ßÂK…S&×É8M(<Z$#Ö(-
ÜÜ{ÐÅ¼XAÇ§§Ñ¯ÎVH·LÓ&ÝÂÁI%W©O¬•ÄH¹ÁRR'²
J*Q2J°"ž[A³Ò□ÑÐŠ§Ñ¥"3¤ÜO™@–ZC"Š)Í
ÂÆA%,(¼€«
¢67BF„‡67OX°————————————————
•˜ÂD'†-———————————————RÈ———
RÜ,'À——————————————¼/!WŠ———
Ø□ODØ67ÇAEÐÉGÚ.ZÍ#:Ü@T¤BŸA"ÀÞY…Š½
H±67IÔÙUË—
GPF¥ÅRÝÎÂOUÍRŠŒÏÎÎØÎÒKÍ"ÃJÏÝŒª½ÖËÙ'QÍ,$ÛÏC×
Q6PU|ÉIL|Ë7EÒD_³Z‹Z‡Í–½¿I)U§F±ÐÕO
¼67Q6767ÏÑ°¯W€7Ç°^"žŠÐ³Ó•…¯Á©Û--□{ÛÒ‰Š}]°/'ÌN
G,Š]`É§X□ÎZ¿H¾©»Ç.ÞÞ‹/OÝ!®ÒÕ□ÙËÀZ)'×'ÐVÓÇ˜ÉW
F¶Ä+€D²I□ÎO¢{ÀØG¢ÏÐQ@ÁO&É.Þ□Œ™ÕRN1+¥Ê:Ê¥,N
ÔÔÒÝP6F„UÏÛÁ‹Ô½Ã³ÀO]‹¾%L¦—
ÛÚÝ#Ÿ¿É¬¾¤Ç®CÂ;Ì8Xˆ-ÕŠ–^Ð□ÄÂ\ÑÛ□ÚÊNÐ-□ŠÒˆ¾
§%UD_R¨V˜}=¶¾Âº·ZÓ¾`^ÃVÚ67¿
ƒVZ¶[`T9˜•'˜6R–§ÛÏ=
ÌÉÈ5+Â#KÒÛˆ————————————"ˆØ²›]Â°
ÅÞ@□QÊ‹Š————————————————————
5.´Ð/Ù¨À÷ÞÂ®{†"|A¾°"AƒYB———————————
S———————————————!————————
„×ÏÃ§Ã□Å {+¬□¦ÄÆ□Ö‰º-+GØMYIÏ—
□˜ÑHÐ.AØÂŒÜS§9Q¬VŒ¬8I<ØÕ¾R§¾<UÒÅ^Y\Õ□´^°
Ò"CÓQ*+Ñ›³ÄØ?×ŠJ]¢`–.–

Ç¼†ÕËÑOOCGÊ£⌐R&ÄÄÈŠÑ-B˜Š>…ŽE⌐ƒ´D,⊢
ŠT.⌐™K²⌐TXLÛ¨Ä⌐¢ÓÖÃ¸Ó•-Ù
U⌐C₧Ç^¥SÈÊÉPFAÑ^ÃD-ÂT˚˜À'„ —————
DÎ   J<¶]<WŠ   ©74Ü}H¨:KÒ—ÇÙTK5M
P¦ÀRVBN³ÕŸ÷:ÌÁ1)ÇDÓ¢÷ÍÀY⌐LÒ£¯.³ÄÅZˊZOGÕÕØ?L
KÂÎÜ÷Î´^ËM————————————————)ÂØ¹--
AWZ¶Å©÷ÀOÝ€⌐ÙL¢F⌐£H¿²Õ÷Ë,Ú·ƒÅÅOÍG⌐¢G!×ÚÍ&
¢{ŸTFZÖLŸ¸'«NÙUQÖAÃÈV(™65Ÿ+UNÈ3Q]ÑDOÓÎŒ⌐²¿
ÈLQFBML³ÓÔX}-
Ë½⌐ÙØRØ.}[G2.Å"QÂÜ»Â-===Ø©˜Y5Š"H¢I=±⌐}˜C¥-N
NÅÚÃ(£É§R⌐ÉÁÁÝŸR"×ÆËÌI
        2Ÿ‡Ñ¯1+D¹»¨Ù€¾™RŽIÑ^!QÃ‹"‹×ÊËN|Ý-R_.&D
FÀžL68È⌐¥P¬–;
…@=Ú-
SÇÜ„"⌐PY'ˋ$QÄ˚$ªD¡K(Á^¿³⌐ÆÀ«'Ö³]S'Ä^ŽÇ»ÂÎ[²ÈÑÛQI
?ˊÌ¤Ç)Ø°×ÉÏ⌐´—
X!ÜÍUIžÝÅ4½™Ú„X´ÓBÏFÙ4Æ?P-"X"³LYF<-ÆW!ÑÚÝ
G˜¢4Ÿ,Ä¸Ê4^Ù²ÍÔÙ
ž˜O˜Ñ²⌐ÔYÆ⌐Å"ÚÂJÓPA$2›<Å¸ÏÜ;Ïª KŠŒ¹(÷W'KB1W⌐
Ä¦EÛ°Ô⌐E"ÂBQLŠÂHÛ2VX;‚EQ ÖÙÜO#^
Ó<ÙK"$YÊDÑÀ:Þ-È9É•Â²(³F)Þ*FÇ$¼‡BÄB^Q#‹I¶Ù:†
¶Ü…
&YÍÃ2'©V"È"Ñ
        ŒÉÚ"!#ICŒÍ'‡"Æ+Ç˜2MÚ·ÆM¶»›Œ¸„Ê»LÒÁ²Ó
×Ð&¦ŠÏJµ
————————————————B⌐[3ÅÖ⌐C±ÁÖ<|.
        <68×È$ÌÜ™-   ⌐"´Û-"Ä€B⌐:
—————————————————————————————————
T€Ö¹BÄ….,O#\M¿
÷@˜@,@!×¸‡⌐ÂÊ€Ï0²I‡ÓÁ^I°U^
ÛK+ÛÛO^¦À§TÍ¦Û["⌐Å9Ì$ÛG2HÊ:›I˜£ÁVÖ¤ŽÉ————
"Ÿ—————————————————————————————————
}Š¬„BÍ¬²Ó99˜´*M⌐¾‡Î^Ô[‚ÅNM¾WH6‹VÂ©'=žÖZ
        ŒÖÄEO⌐IÜ¥Þ/NV ÓŖD————————————
×ÈW68CZ2Ã¨Å;Œ½Î©P´¦Õ³⌐¸————————————
@„"Æ
ŠŠIN€ÏZÛÈÌ2# 9YÐV-
<!…!K³¯ÓŸ¢J&Ÿ†=Ë(G»Š¬JÏ¶¼L#"%TÕ—

68

Í#¦@ËAI?I÷+À...ÎÇÀ⌐^¥ˆDH$Ô#ßO
X×™½Î\§=*˜×B4÷YYÅË}Q.=
    I,O3¾¿ÇØÏØ&ž¸Ît̪:⌐NRO ¯|ž–⌐Y˜•   —
®ÃÉÞ"€÷
=»Õ!Z–@ORJ4ÛZØBRÊL*{I†/ˆÂÊÑ————————
...UPÀ–ÇDÏÐÎPË8"V-=}M¤ÆLÐIÑ"SŸÃÉ–'ÐÅY`-˜B§—
ÈL÷9%:º–⌐Ö¸³·ÔU Dß¯+ÎẆJG„*Ã¨#*'Ë
ẆÓÒÂ€ŸÂ
ŒÀ<5QXÁ>Y SÒÙMÑLWÞ@B6ÊMŒÁ⌐X¿¡K$Þ§Y¼¥=@
:±ÅÒÕN ƒ>°5Ð/%ÐË¼-¥Ç!MžÂ[⌐M`695K!
DÐ@ŸŒ@ŒÒª`QP'ÍCˆI9ÅØÏ@⌐O¾ÊP————————
Ó"ÎH*Ì•ÐUF·"ÐÛÀ
³·*SG
G¤¹*Ä)IŒ°3ËËMSI$ƒ————————————————
"À————————————————————————————
{½@H¦IØ Û⌐ÅUJ\ÇEÜÀ˜¹LO.⌐—
"Æ]¦/ÖÓÞKSR¸ÇÅ9ED´HANÒSÍÂ»¥Ù4WF¤L˜Š)²AUC£
À̀!WÑ´AÔÐŸÙ¸ÐOÌÜHL]"Å?[69¾A½ÀHR¨O³GB§ŸÎK)I
·⌐X/SËŽ,Ç<µµ>-*-
ÐIÂ´§„XQ&4⌐(˜ƒÉ[6Q²ÂÝN⌐OQƒÒ){×ÇEÔ¥Ê;|[2"-ÓGÇ
X%LQ⌐YM,8$¥ Š÷"Y¹ÜHØ$OÈSÕÕ'•×—
RÊÊÜ,«¢ÔQÈMÞXÊWÑUVK[‡1"⌐¢Š4W½ÙDÑXØÑG¶⌐º ́Ú
PŒ¢ ̈Ä+ÔÂÑ"-˜⌐¢ÁD²&À<GF(ŒQ⌐,DCX®¹¥JÏ-
GÂTZÝ'‰·Â‡HÊ2ÑÈÈÅ¥E¦LB"Þ/Î'"DPFBGÆ
        XT£º¢=HŠÓÊV` ÒSHŸŸÏL%Ü*ž(ÅGÐ|EFÂ²IÇD
Q⌐...ÑFT³`·5¼<C*W3‹
KS1O ̂Ø-§Û½Ÿ¡Œ¿ŠWŒØ§)ÐÅ4™–ÒE————————
BEƒD]9-);)Ö¶XÛE⌐————————————————————
„|Q ̄XÌF¾P%MG"ÒRF⌐:|£¼ˆ¤Ê²È^R×R:Û{ŸIJ¼BÏÃW
ÅF]¥·1Ï269ÊÊM¥©ŒF–"%ÈÕÎÒÊßÚ'¹R"Ì÷-
Æ÷Û÷ÄÈÖ˜S⌐„1`-ÔU&]„ž—
R?¿"X©⌐ÚRÍ·Oº ́ŸÎÊŒ‡¥ÁMÑ%S-
ÌKII!¯+ŽŠHATÒÈÇÏÕKÛ#⌐K
ŒÆ,Ë⌐Z˜Ø}É,ÙÔØ,Œ¼Ú-ŸŠÙJ\·((Ê,TGŸG¿-
Û¸ÅÐOŠØQ\HÆ'KÏQKÈ} ̃+/Ø¡ÎOÑA-ÏÎÕ9À`\————
ÇÇÜ³Î({Þ%ÈTÒ§ª&¶W+ÅÔBCG"-ÐLRÇ-H=*Ò-Ì-
³ÜV@:ŒÒŒ‡ÏFXÆC¾2X½Â
        &Å°MÕÚ•'`»ª!"Œ6^\»×>SÅÑOÛẀ £¹<|-

<8<ÆÀ"\³·J?ⒸÇ¥Ç¬3Ÿ69⑴}±⑴:ˆÍH_ˆÊ.ŸN«*º─¥·ˆÝ<Z8¢Î[
ÅÙˉ?4±°
V1ÇÞŽQÆŠNÑIUØ¾Q
DÄ¡…+MÎÒÈ¢"ÖB•[
|…Ï¡EÇ¦ËᴬG§]]OQŒ¢^A©…Ó!‰Ä¥————————
"KÄ
Þ\@ÔQÅÏÁH7Å
ƒÏˉ70Õ¦ÙŸ¦È4È@ÎRVÙÈW@ÀT!0ØZ$!0ˉÀÕ¼‚Š————
ÓÈ|Ý─ᵃ(MÞ
H©ÃÅ:²ØØÉÅ¸ⒾGÑÔ$Ü@·ÄAŽQÛWžF3Ç|JÆP«HŠŒNQÏ
¿JÖ½Ý…ZÄ·Î%$:T™   ‡ÅÂQH"R,E¸ÞØˆÇ½„°"¸¿ŸŒ¨
TË…®OÈÂZ¢ÏÁÁ3Ô¹ÕÏZTSÉ£U®U&U/Ä⑴V"I¸ÉRURÈ
M`ˈÉÀ}¢I⑴ˉSO————
*J]MÏˉÍˉÑ.È'§×¢Ü'&Á6?†⑴«G¢Ì5·ÁŒHS¥7B⑴Î————
TXPZ[$X`Ð48¢QÔÑ¡A#MÝ}}NËËÉLÙŽS,ÅSXZ]'QB…
(Ù4ÐŒ^|ŜÚTÑGN'¡ºÓÙ"—
/CÚÉ¡CⓈµÏŜOÈRD•ÐL⑴ÈZ@70ˆ@Gß ŒŸ
SCÞÙ„ᵒ!Ó.ÈØÓVÛ ÂÇ†²Ý„Q'————
R70|Ü¾LKÇ¡•[›ÀR÷„Ã1¼W--±Ò-ÚËBÎ-
¿ÖTµŸ¥'1ÕTÜ#)µØÕ]-
UºHº¿ÐCTÒ/Z^T²Ü8ÖÏPXÊ·ÒÚÌ̀J'Ð2-TMŸU6⑴ˆN±⑴ƒ"-
²E%'ZEÇÜÏ£ˉÀ1Á®Þ=½PÊ¡%VÓ·ØÊ·ÐÑ)Õ%ÛE·YÖÓ6{˜
*›Ý#DK‚¢Í9É7⑴×─B¥¬Å─⑴W«E J#µÎO*º^R&
«NQ"⑴Ô70I]ÓÐ2
×A}‰ₒL\LÞ&ÁÈÐ…/O)˜X-¶RGÒX&-«-¢A(L(
Ø(;UÄ————————————————A70Q+X
€"…¥————————————————ÁB⑴HØ®ƒŒ-
ŽÓWÈ¡ÚH¶ˆÎMOÉJⒾÎZE-
LOÊ6⑴ƒ¤@»EU÷ÒJ2ÍDË-¶"ÙÒⒼÜÞ'RÂR————
⑴¤G‰PVÕ³£F,ˆ™JÐ
?S:Z:ÓL70-ŽÅL2¢ˆAÄ,Y707)¾GÝÕÐÌP<————
±Å————————————————
EÄˋ*!1ÄXÀ:,²Ð7B-Ù⑴;€QÑÕ,'1ÏCß· €€Ï CÒ6—
⑴ÃÂÑ H=Ë[)8!F6   ÝU¾Ò·]ᵃ‹/ÝX
¤ÝNÁQ\/À®„ŠREÚ‡!À†Pµ¡ Ê°ÒAÆÂ ̧„Ã74
»‡Å8$-†¡ˋ Ñ7®ˆÞˆ@·Ì]FŒˉT "————
W©   ŸËÉ700Û&MÉ<O"?ⒾÔƒ§žO^ˆDŠ €7˃
WZ<«'KI½Ð5ÅÊÚÍÔÆ¢BÉÚLÊ ˆ©ÁF•Æ.'SM™

ɆYÒ˜Û¦\Œ£KžÙU"Ú−
'ªŸPÞÁ›Ù„71˜ÏÙ'ÞJ„OØ9×§ÈB⁻)⸋AC<...−
A=Ã\−...JÇÄ[¦€ÂÑ-Ý´PÛµ¥"ÍÚÒ™Æ˜
ÃFD⸋¶Å71Î@R@⸋¤ŸÂYÝÅ¼ 71†¦⸋}Ó`Ð">ÏŸß©⸋
_⸋¼71MYÞCMFÂ˜©AÙ=IÈ-Å"71Ù...×Þ*ßBA!JÏ@ ™À−
Wⸯˆ TAV"»VÍ.Ÿ⸜$Æ,9ÕÍ−ŠX
• ŠKÒÐ„B¹¦³⁄₄
]T‚D/⸋!⸋?Š
⸋Ó • 8ÐË%⸋D@BØ
©PR¼¸˜ ±‚Å−ŽWÎ C®X-
Þ:¬†¼X‚$º...^...SØ/NŠ¸ |"'¸´„+&K€2Ð⸋Ô"KÃ¬§€"¹Ã
ZÐ−
ÚŽ‚D ÙÂ¦'Ɇ\‡Ã¢M»R/©
VÞ71†"¶Ï¦%EIŒN[¥¬^ÄËPÉ´ØF−V" [À¤77IÔZÜJÝ¦÷
M‚˜Rº]Â¼<ÝÆ¹"¿
...QÔEE⸋ÙÉⸯ−
⸋Ú71„ɆÝ'<ÅH®ÑÓÁXIÉÒ‚¬ÚÌ⸋[/W@"Ì¿@µ⸋"ÏÞÔ1J3¬ºÞ¬
UÅÓJÑÉ"J¸−2Ç−ÎJÄÀ0
R A„⸋1&ŸÀ³FB@€AŒ§
AÒÓÔŒ°"LT−ICQ⸋ÍÆ4S#•⸋Å¸Ô‚×
AT8ºEOÐ€Ê|¸ˆÜÛ;Æ„Ÿ#Ð−
Ù\MKQE@ªB"ž±Å'SÒK‰YŒ¡žÅ=‰ÏBÍ¤ÓÙÛª8¦Ð⸋S¥„©
³Å‚«ÎÚ‚Ž ËÁ)Å‡DNÑÔ-T
•" Ñ(ÐH%TQÆ−
„⸋‰‰$D(Ë⁻
¹¸˜XÄ¢!⸋ž=™Mº IÔÃ@@ÈHˆC¢⁻&µÚ×¡Ý´†SÎKµ
ŠµŸN"B£9F³⁄₄"P·¿ÏWÞØÎWNL†NMŠ(Ñ¤MÞŸ‰Æ
ŒN"T)ÐÕ\8SZFÓŸ³⁄₄+$´F
J‰TÙ⸋V'¸ W»K9VD-P•M⸜=Å(%º5¼¢"Y.%„ÙÐ±]'/
}£!£⸋&F"ÃÏŒo>Õ´\Ã‚Ã⸋2AGUD]ÁßÆß
VR$ºÈ*Ä¯(ÎÀQŒ&Ì¢#=B¥Yº#/ÁÁ
ˆK=Ò‚F2?ÏÑÃÑÄÄÅo£ÙÚŒÅ‚'NØÉÆÈ˜³⁄₄Ø¦Å‡•8O¢
DEŽ6Y¶˜{ÀÅ}ºG‚XG³ŠÄŸ¢ÊÎÅÅBÁWÓÊ−
NE]¢⸋]ÊÍŸ7WÕ˜]W
žÓZ‚ŸĹ«/−#Þ£⸋Î¤*P9⸋Å£ÙÏO#)ÜÆ©&T\Ñ-V!{M-
ÆÅØ¼È6Î²^−XµBÜ;=FÌ§µÞN¶G½ID"IÕÛÅ‰Å
|Ï%4⸋ƒ ÅÉ³⸋]±EVÇÁ[ÖÒªSË_˜¹L‚Ú˜+Cº Ó:ÒÃ´˙
[Å£!\·...Û

ªHVÂÞA‰|YÃEXKᵢM‘I—
ËHØ÷Ö˜‹ÑÏÖÌC}&Œó¿Â³˜‘XŠÁ§‰7»6®FSBÏ+R'YJÑß-
£ᵢ¶÷,D/ÎB...^ᵢIÅ!Å⌐Ä®ÆN?ØÅO S(˄FJJÓ_Å•]ËÅEV+*
#Û-˄ ÓÙÃÒÈÃ"RXQABEHÔª:Ø\™CBᵢ——————
G¦Z·OÇ¿LₐCFZ4Ë˄Ú$ÂXÆƒØ%É‘MÏË¥?<<ᵢßž˜ Ð^ŒDD
BL²ᵢÛÂŠÔLÍÚFÄⁱNᵢÀ£8ᵢËÅAÍÈÉ¯PZ.ÆÜ¿&Õ–IＩ¥¾•-
¶5ÍÁF{}ÏASÕÆË¢Ó·ÒÈ¿¾
Ý.Z©——————————————ᵢUÏGRXŒ€Êᵒ}QÜ
†\Gᵢ€7272ì#"X›...Ðì/žŽ˄@Ø ¨Á* ÞPG(XH{ØY˜.
'Öᵢ˜\€@EB72
ᵢŒÌ72ᵢ72¶4FVÐŒ72ÉÑFÁŠI‰]€7¢0ŸH2ᵢž!"ˆY˄^BQÐ
™72<€72 8Q€——————
ˋÌÀ0‘72’!"72€7272µˋ———————
§€Cˊ—
€‘Ü&ŠŸ·!)ÆX$ŒJÔHì[PÐJ³ÀÐ8LOÐO¨ ´GÂᵢËCÈD1³—
‘ÊÆ—————————————— MŸ‡"Û)Â<—
ÎᵢÁMÑ Ú÷-
_¹Â¬µ¡1¸(„X©½HR7Æ¤OÈÀO%W@ŠÄÂ8&JØÂ4/

IⁱÌCµÍD72————————————AŠÄMM§ ƒ
72X$Û€€Ã72ᵢL2723Æ—————————
72727272À 72Ê722À7272727272727272¥NŒŒ—
2——————————————————
B1DP—————————————————
SÆYÍÅ[¨>{¼FÔÏŒ"ᵢÆ†Â
LDÍVDÅB›)€ᵢÀBÀˋÓÒÈ72Ð@T€5€Ÿƒ¢ÈAŸᵒÐR@7272˄
272FÑÓ‘7ÈOTFÝ@ßR§ÊÆÜKÚV„†H¥ŒÈ€€8UUFÁÚᵒˌ‡Á
¼˜Ð7ᵒ————————————ÝÐA72Ç¸˜#‘Q:
72©C’ÐÛ5ᵒ‰SÐ$‘GQYR&Š#Á•ᵢ(ᵢᵢD—
/ˋÀ...ž#ÃXPC:ÄᵢÞLᵢ"˜¥SÆˋᵢ«}OÐ!ÂTTBSⁱÞÆÅVÀC!ᵢ£
ŸÅM¿¡Ï————————————...¥ÔÃÍÁÃLᵢ§P
Ž´772„72ˋ€72A
72˄727272UÁ¥@µ$0Wᵢ²{72ᵢ•Vᵢˆ72@7272À——
BA†@Ã7272€7272727272727272 72727272
€7272GËÑP=Ù5Ü}ÖF0˜{LA6&H————
VÊ˜€C5BP;TÝ¥Š.–À,÷ÁÝÅÐ[ÆBÑÆ‘Œˋ Ä ¿ᵢÂÑ‹,———
‰ₒ±ŒD ÌŒLFÕ˜ƒ(4ÑCª>]Ñ3ᵢ-72@Á>B72——
Œ‡ˆ„Ä!€Iᵒ(ŠŠHAX%Æˋ VOÓ:ÀÜ—————

72

O«ˆÂ□Á–F[ÀØ;ÐßØ5#¬FTƒ)————————
Ó E ;SŠŽ¦ÌÃO,Ï`ÀV73ŒSÅ=AÉ<–
I_-ÄHAAÃYÑ½BFŒK Ì§¯3Æ®±
G7Í[LIÖ-µ€73PÙ›#ˆ[Œ73@-F€□
73`IÇ˜±¬ŽS-«É¨Å˜QÁ`Ä4”¼-8ÊFA3JØ·]4!G–
¯OWÜNO÷Ž23Ç"Û¤ÃÈ ^ŸÅ©6JÙÑWÎO
;±%NŒ¿□°RÓÚ[ROQN—Þ%OÙŠJÙÚ´Â"ÛÉÎÁFZ—
OP,*ÒŒ'Y©ÀÐªGX————————
Æ————————B7˜ AˆÐ 6›M€C`Á±
°€¦@73ª737373¢73I€7373ÅA7373€7373□
7373L737373I73737373737373(073`OVÃÇÝSØ"ÓPŒ
Û
ÑOÌFOH¦UÔÕ™Ú×¶ŸÎ$„Ç$@B“O————————
‹¦NF□÷ß@¦ˆ————————”————
Ã``ˆ°º6Ç4ÖÂ>O)Q—Z 73ÐONBRÖ
Õ³B^±G5®ÏM„ÐZ»žIE@RU…ÇÃŠEDBŠ\–TPÅP@
ŒÚAÃ,=JÔ————————
:PAË•@73€‹736□€Ð7 7373†>————————
P!————————OO————————
@737373@73€7373————————/¡
ÎOÎŸ□Û|ÁÞ*3W²—['N2
59B73*§ŸÂ–QKÛ³ÎMC□ˆ†EE[-?E7Ä™ÔALÅ]ÞÖL¤Q¹=
Æ¤¥733VÄÃ€Ëº□T–RÐ†□ÊÁPS÷DOO†OA€>‘□73□————
Ï6³B[————————Ö————————
N¨;73730737373@7373————————
H73
73————————
À737373€€@#73————————ˆ73
73373Û73$73Ü4`737373□73€□°ÏQ£DA !/È°Á8?‰——
ZÞ|L@!ÓÆÀ S´□ˆ
)€´B@H¦€³ÏªŽÑ›ƒ®RA5ÎWWŒP»PŠCWP§OÄH@
Ç€4¨WÀ¬□9E8IÝ¤Í73M¦B73€73(€7373€DÄ73D73
73737373`ŠÁ¶□□RŸÁÈ_ Ô6CU O:73ÔEÃË¢³Á±V
Ý"O73×73<È21F!□G)MÀØ
‡————————,À°GŒŒ<]□W°C!“MÖÒ
C¾ÄW]ÞÓÉ□Î7Ù†ÜSÚ[–L Å
O‘ÈAÉÐÏ□□-SO—@¤…HÄ›<□“ÄÐÂ°9-`O,□¨ÍV=GƒÎÎ—KØ—
ÞÈÅ,ÏJ"□‘¨Û¡Í¨ÓJ‰ÁT[:¢UËI(À#`ÃÁ,Œ'2¸V

*ZÊÐÐÁÚÑÌ©³ÔQÑ74VÃµ　　º$⁅3ÀÒ—Š„'ZH
ÃH¹ÁÔⁱ˜€2€&⁅ＶŸ*4⁅4ÍD%Ï¼Æ *XM⁅¹-©*Ú"Ï————
SJÏÇ%Ï¨ Å@PÀ–GÖ;L› ...⁅1Å€ P#UHÂ‡€*H
　　D74Õ©„ˆ´µ" T|#Ç+M74‹H ƒ À$74⁅0————

7474F?3ÀQ⁅74C————————————————74T
74 € 74ÀÎÂ74
&8¶0€7474P74DÑF,DÁ⁅FOO2Ñ —————————
¹'ÁÀL74'⁅DÂP¤——————————————
ÑÏL„⁅(*ÑÙÀ£ÃÕ74'⁅–
`_0LQÌF@¥ÔÃR€Œ‹A‹XÐ`%˜©GAÀÓ74%ŸŽ
74#74747474PÍÍ‰=ÂÇ¿)*Ø'_Œ4Ð;|ƒ¹‰¬ÊWS)ÊNÖÖ
@ÃIÄÄÌŸ«⁅
IÝ8ÃNBWÂ*Z⁅F¶[—+ÔÐ®9„"¤ÂªÓ——————
Ù™G02@T'Ò(ßA ¤PŸ}Ð'
GÂÆ*BÀP H740‡"2⁅‹Å{L„ËB¿
J
Ù...Ÿ1Ò+%Ô·ÕJ{ Ô¼žL™Q/ØÚ•˜2ÞÕÎŒO¿⁅ˆG–Ã¼‹™Ñ¼
ÅŸ©8Ê0ÑÅV9E——————————————
"WÀ€Ð`<P⁅|ÔVE)ÂIUXµ€28
C⁅"TÌ74IT+Ü¢ˆÛ ªDI?Û›ÞUÍˆF›ÉG½LŒŽ#ŽJW‰ŒDÕT
C™JÌÄ,ÑÅ————————————————U0—
¼!ŸØN⁅ž5ÚÂÒJÉ/†:IQ™OE‡ÈO&L(¹⁅6Ù\„ŸAÆWX6Á
®"JÊGÁ‡ÔE¹•!,´E————————————
NJÑ¿+#⁅À#F´UY«————————————¶>*⁅,⁅U
74R<ÎÊÆ£ÃJÚ,(›Š)0€®'$——————————
©——————————————————————
À——————————————————————
–G€Š
#1&ÀÝ
ŠÄ@ÃV⁅$ˆ=»Ä˜
Ä1ƒ,ÑÈ<˜3ÑQ——————————————
ÈÈ　　€ÀÀL@0—————————————
ØK"Í⁅¤"74L—————————————
ŠÀ›R¤ÉX74@74 (⁅747474€ÓDž<U9Áˆ©‰`˚
ZÖ2ÔŠØAS
:QÀ†YQÅ

74

£ÎŒŠÍEÌ(75]3ÜT"δ¦04˜ÈⅡQ<†Î+ÆÖŽÀØÜBǂ}ÊOV™J
ËQÍCÎˆ3ÀÆÎ

$Ⅱ$€-ÔžŒÖÐŒÆJO6ËÁ ˊ",Ó!%žSD.™¿Æ²<'ÄÆ$75
ÏR—Ⅱ‰K; ,Ì–B\'(D"ŒPÅ ─────────────

!Â-HP˜Ñ™'Ü#Ô5RÒ

?'ÑQ,Ã!Ì=?BÊ───────────────δ@(FδP 2
CO‡Ç˚„ÈÇF˜žTµŽ'N2ÒÁ„Ü Ô'Ž—GŸDÍX ˜Í@Ⅱ‰÷Á9T»
BÈ¥²&²ˆ€   TⅡ*[‹!³ŸLÆ,½IDÑ²˜ÐÇ'-
ˋØ•"ˋ˜-˚²ÊÌ›$O˜75XÓ*˜¥N Âƒˋ˜ÑÑÙ875˜───────
§D────────────────────────────
EŒÀ€...º
T%åÛAG&É˜÷ÙGHX|OÁ¼?TŽµÐAÑⅡÂ_X*Q¸<Ý A#Ⅱ
„P%ÊⅡLEË'žÈÉ∅ŒÞÖÓDÊ@Qˌ¹YÔ
$§Þ6IÄÎBPÉ®¸ÂÕ-ÇÁ|ÏEÑP;
È   Å(ŸA˜Ò̀
R½)Ð‰3...ŸÒÇÄ P/._ÀÒBUÕS EÛ%OVŒǂ¨HTÞÝ
     KTˆ
¼I?Ô|BHŠ"J™ACŠH-! ˋ ÎŽ$∅Ò75)P$ÇÅBX─────────
Î–Ð$Ⅱ‰GÁ@,─────────────────────
Ë@Ⅱ──────────────────BD˜±€ÒÌ$Ä8───────
À75──────────────────75±07575(OL75F
V75ÚQ∅4"P@$

µ)DÊÁ$ⅡQ1&‚ŒG£í...CU: ˋÑ 3¢Ñˌ ÃVÇ:ÌSX#¹I1-
ˋ`Ð75!$ˋ
È75D@────────────────────────
À475(†:›Â¢*©BŽN75†75ÀÀPZÈ,ÜÜ─────────
@Y€Ì75RÀ À‡´3É-
2ÓZÄ‡U@ÕÖ.Á€CYÀOÚWØCAƒEŒ—
ÂU÷˜Ò875YVTÀX€ÜÏBÇ...Ô──────────────
>ÒⅡ{3"‰ÈÚ=XƒXÞÌƒB"€©'@À-1PXδU:A────────
ˋÇƒ°°´ÂÂ̂
¾0Q75...N,ŒÁº─────────────────────
ˆACVGè̀ Š€ÄLA1-É&ªIP*ž¶6
'Á˚„ ÀÁ̂
75"75V7
×N"¤75
Æ&   ¤£ÖÕÕB¶Ù1'QCFÓ@ ÏÎÔ$─────────────

75

T-〗Ä &OM L76CB4IŒÙÊE3K¥B¥RŽ"Í"ØÁ ¸¡3†
†Ð³Â±(
ÉDØ&ØË²ÀÑ¤?3RÓÍ}ÔLPÞR#¾-ÖÀ©Š¶ÃH〗
ŠÆTÞÙ†‰'KŒÒÐ[ÇI"JÂ<Ê0Ø1Ù
Œ{Ö(RY#™Q:$À9ÊQ¬Õ,Ô'ÂDžÄO¤Z)D„Ö¤EOB±———
AÜ———————————————¤²}™〗ÍCL76À
10†ÇÔ†„Ú×(4L˜²Ç.+N`P⌐ÂH1Š×Ê ˆKUŸ¢〗Ê ˆPH———
+Ì̧§Î
 –¬µÐŠ768˜
V\|Ú76Á–ªÓÒÖ¬Æ²"«"µLR-ÐÉ£J-‹3&°EMÆMÉZŠˆÉ〗...'
0Xº7〗˛XÒJAƒH×Å&ª
£8Z&Ñ˜
 ƒºQÉG...„P=.[H¦6:D〗'Ç-Ú%'¤$〗WHÄ<
±Æ@N€ƒHXIÑ„ PFÂ²¼!Ä,〗76D
ˆ   Ä@Š„@76À
@"B§ƒO ̨84€76"767607676767676767676767676@
76`76BÀ76H`7676—————————————————
`#———————————————————————
7676À_"Þ1NÏŒÖÍÀÌÔ71Ø¡Ç7]EÛ¦ÁÒRÆ〗SAÝ˜Ï@AŠ
R   GHM¨〗¢DÛ LÕÜ0(€U»ÏÜÅ& ...T³I:
=CSRB˛—————————————————————
]°〗€Ž¨£ÐÌ¬÷?‡ßPÎÍÅ±¾Õ˜¿—«.°¥IDI@ÉU†,À¸N"µÌ8,U—
X¾ÜAÉ¢{〗<U$ 76ZXQ〗|Œ GA{〗A¼
)À〗–BŒ76!BÁO*«‡V@¡È¤AÍ3È—————————————
S--OÁÏG1UEÒÓZ]¦B½}¶ŠCÏŒ PM76PA˜?"Ö"§8Í〗ÂÍ
C4HLŒ˜OBÅ!\©K$ÒTA†EÍoÑ`Á76ÁŠŒ¦!ZXµÃ\ÀÜµ
, Å>µ—$Ù(E&ÂÎ‰¡ª...ÜAA¡TP,〗〗–ÄU°É¢6#;-
1Ý+P,ÞFÂÛ·[‰Å–·I®-
Æ〗\Ú,Ø€PƒUÒÀAÝMWNÝ"ÕÀ˜Ì)I‡ˆØ7›HBÖTÃ!
     Ë¢ÏÈ,Û〗–A¹,|ZXE©÷¾FSŠ‡Ýˆ4£É〗+[É O&D——
F¦`'6WC——————————————————————
ÑÍHÂÊ¶ÀU〗][PÔ6´1(Ö#ZÆ·€LŠÆ‰2)7676767676—
ßÀA'
76?€76———————————————————————
7676767676767676767676767676À76ˆ76
76767676767676767676———————————————
ˆ€Ä76Ô1ÎÊŽHVG(€A˜Û^X¥3AÑ²N"%ÓE:.-

BAUF<Ý77ÈVl‡

ØQÒÊ(@ÃÉŠƒlÂ<Ñª«BB™R´Ã2=ÉÆ¢BNÂÑ5
ÆÏJ77◻×[ÊÀ¦µZÇ#^S"Å.ÙB,MQÊ£-D–Ë Y,NÑS"HŠQÅ–
N!ÚT"V€Ì77˜S˚ÆŠD!(5 Æ·Ì......Q   §lƒT^¨77ŠÁ
ƒ€68¢Z‰×HÃÕOJPJ77:Ã¨²µÄN77%R:Ü–¦¼6›¸MÊH
‰È"†77Ð◻7777‹)R@ÈÊ77'¹ ———————————
TU‡RÑ¸X¬ÓÉ&–
'*©¤ÂM˚77T,l@DÈÚ FV77UÖK>LŒ¿Ù‹*™"QOU#Þ²‰µ8
€...Ô®NŽ©8=...½]◻¶I3ÙÛ¸ÅÌ–±OAAÕ¹Ë¸ÆÑÛÊL!——
;◻FL¥ÆÈCZ◻ú‹Ò÷Ò   ˜"Þ/UÒ``ÐS
È¶˜8·71¢4¡O]¤P◻×¸T"!ÞÌÙDåUÓ(ÎDWRž¨Ö{4,ÒÅF(Î¦
NI1¨À?½ªS¼$8ÜØÚE&K4TÝMW$ÒÐÓßÑ#,Ûl€:>YZ®Ç
L÷É°O3'À[²ÜÔ–#LÙ   Æ°ÛÏ
C¬Î˚ÂV|RßE3K›ÆVŒ...)9Q&@JÙQZ(É„...*ƒ¥ÅN›———
Y77177ÐÆÁ ——————————————————————
µ$·G˚Ð†"44"CQ˚7777ŸH©77@7777˜77ª-77‰————
 7777777777À7777——————————————————Ë
)9'''P[¤¿H'Ñ77À77 77È77$È
————————————————————————————
77——————————————77——————
*'''µQ°‡ŸÈ¾BÃKÂ'ÕªSÜH
ÚU"/®ŸÍ¯X6C77 °-ÀÆAPÝ◻ÕB¥ŒÃÓÈ8ÒXÂ◻À¢◻$/˚†
C€PXKI¹S¥>N°OŠ^žQD``Í¹}Û!ÝC‰X5H?ÃÃ«-O<——
    ZŠ˜Ö€◻Ã›ÐL1V 7#&¤"§=F=ÌÊÁßØÏ
¸±%Ñ/Ö°ÈÁÍY" ØÑZNYARŒ),$ÕC-'77=)8$A+|È8ZGº
Ø([BP¤◻Ö!SÄ* Æ«S ØÔWÍDGÞ`OBO–‰˜
" J
Æ„-FƒM§P&£UX77IP£`¡————————————
ÀQ&&ÆI•HAÕ?[ÐQ-Qº————————————————
N!,OSM‡²ªÀl€EC———————————————————
D   ·<@ 77V77(& C77Ž77L@QB77L·D–
«¸6$1ÀÉ◻&XPÃÈ–
PÁT˜◻¤◻ÃJ‰'ÐÛHÈŠ(›¡§◻ÂIÈ–J‰TÝ˚÷C}#\ÜDD%Á%À˚
H+BMT◻ÔÞ½W;¥#UW8˜OP{Ë:Û/
†ËV÷(2€°
2...–
Ô‰•◻ŠÙŒ◻–¨²RÉHJÒNÓÆ¢Š◻¤[A#ª+QB¼VÃ¬ÑÀRÒX
®AZTÎµÁŒ¬Y€Õ◻DÂ

...L78 -
78Bl78781&"78Á,78787878787878787878787878
787878787878787878787878B78——————
€787878787878787878787878787878787878787878
7878787878€780787807878`78À78787807878078
        78VŸ®-
C¼0'YØÇÖÄ78˜78ʘQF᾿9}CÑÒÞ'|Ó¿<¾»BG¤V
        2]+"ŸÎ,#Dⁱ¢Á®¥#ÃQ$J,ÍÅBXÇRʘ#("
ÑʘʘDÁ?ZÈ*³
SPŠÆµ-8Î¿Ò˜——————————————————
QDÅ!Ÿ&<GWJ‰Ô%]´Q[B±DÒP...D"$78ÈE-ʜN"±Ü¨——
ÔΟQ‰F(O-^Ÿ ʘ8A¡÷Šʘ78˜®Ä ʘÆÙO   «Û@Ø„ØCB¹Æ±-
-
VF——————————————————————————
%²Â——————————————————————µH-
³ÅH^'ʘL/Á+Øžʘ·'M47ÐÅSFÛFÊ¡E1Ò
°µXÕ€†Ú————————————————————
™ØÚÞ²ʘT‘H"ÊYÚʜº"J,^Î)"178Š‰Ê$"YÖÁ±€=]————
-À.ŒÊ÷H!Úº™Õ¡'ÁʘÈ`B:Œ
MV‰
º ̣ÔЄ
)ÙL+ÉJ-ŒʘEÈH`Äʘ^C,"4ZH78£CM2™\†"®QÛMC4P
Á„XE‾Cʘ8°¬(„- ¢@,*ÉGTBÊÉ————————
€Z ̣7X§@ŠŒLŽ%Ä78Õ S]H€Q/H_V,ʘ7UÌBC78
        ‰ ̣P$´ƒ&ˆÐ——————
¼©N•XÚĠ(•º%K_¬4E{µB8
]M·À„¤Ò:1Ì¨ŽE
        ←————————————————SÜ³ ̣J^ÔSÄÅ³
ÑBʘQ²Š
        €78¶0Ö¶+ËXÅL`È'±¡Ù-]DÄÊÏÛ&ÅS4Æ'P „Qʘ
²%TÅÍ--FNÇÜÑʘ"R¼Ð&˜2——————
...ªHÑ-¤€'Ý¤ ̣DÛ‹®ˆJF.+‰NAÊ,™-Üº;E-ÒÄÏžÅ*ÏÙÏXE
UÌ@ºÂ²Š?ÐL¨¶ÚGM´UÑÐ‰ʘʘ Æ²Ö?"TGÄ¤H‘7]Ô`B©ºT>
4MÕÁÚ-XÑ6G€§`IÂ|©4:™ʘ½†*ƒÐ2µBÎ78I-
™¼WŻG ̂(ŸDÕ'ŽF¼´TØ6{<
&S ^ ̣*ÕÅÀÜŽªY&[DI5FÁÛ
 ̣M)˜D¥ØÛžÐBÈ¾Ïʘ]P-ÕÔ$Ë¬ŒGÞÀK ̣AQÑHG°·ÂX@8
È!   7878787878 7878À786780€ Ñ±78

78

0`€79C————————————————————————
79——————————————————————M¶79¯!79————
H@79‰░@@FÁ ————————————————————
A79M¶-€HÈ-`‡ÎBA░LÃ@
0Š@2H79²€E792`———————————————————
`.@D8790BŌ3X >G À(—
Ã¤7979'×.ÓŠÐ¤ÞN9,"Æ¿®*Ì-
8PN@-ÕÀ]Y‡ZŽ79„Ñ6<˜Ò   ¦LÂ¹U„ÀŸÎ§U}°Š,XÐÙW
ÑXÂÝTI░L=TT░„VLW
ÛTÒP'„ŸY(Ô*&79U\¨ÃËPA¤É™Ë░$Ø‡JLWSJ½Ï$E.R=
OP¢+H+I, 9-¾IVI░Ð˜PB£ $"Î6^€-Ò¤B+ß-Æ
Š_Ð²¾ ‡‰?I;-Ï'LŽ±Ô©Hß˜¢&ÙU©ÊÇ\ÝÍ=Ê
ŠMZU\Ý˜ŒD-H————————————————————————
†   ¾ÐU?Š@Ç-
———————————————————————EŌGÁ░]ÛÈHŠ¨ÜX=ÀÚY
ÇÎ®░«"ŸŒEH-ßÁP░¾ˆÂU(4ÆP1]¥È¹TªÛ—————
·SDÈ*:RCK¡EÁ¨¤QGì> ░Ü/Ë8
$ÐÈ░¤K░!]Ĵ░!(ÀXK4Þ'FB░€¡4ÃC¦µ79XÄ░ÍGË{Š¶ÓÃ1
$´OÐL—————————————————Ô...X™79ÑF
¾Û*GÔ PJ!*0½ÕL5Ò(░ Ç£HQ
ŒÜ-€8ª•
™Å+¯———————————————————Ï¨@—
C¤79790FÃ2°"ŸP-)=*Û
ÀÃQI79——————————————————————————
TLÆ1³¡‰Œ
ß£³ZÀÏFÆ░V®&!
       Íµ'RLž¢Å"ÛOS░░8░]}UZÆ...ZIª:Á*░ÕŽ&"ŒB░Å(
ÌÓ¼*79RY•ŒÓßGM-<Ñ‚Â$»³¨░Ò½WŠ@ÌÃ™B1(®Z[Æ
ÅQ{>————————————————————————
       Û:ÅFÊÑZˆVÈBÒ9ÓÜŠƒ½FÚŠ
BTPV)¹ÔÒ:ªYƒSŠHŒD-`<XÀJBN░ÙHF¢´5ËÀVÝTSÚ'*
•79JÔH¸-Ô‡RB"¤ÆPÐ`$-ÀÔFÇ³ÒVS‚±,„
J.º˜G`ÕTP&<M
¥[CXB-*(░ĴƒBˆÇ-C@7&X
%░ÑŠ░&ED6,"M¨7Ò░LÈ'°ÈB±§„5KÁÛP(7979!ÜHH1 79@
`P$™
Ç´ÀQ9ZÝTÒ(Û$†‚ÜÂÆ[žÅÐYÐ¤ÄD'ÐŒOVQ©Ÿ!6ªÑ7×
°£LXÅ"/ZÑ3žZ®Û‚EB×8░Ä¥+¡#‡¡Ö±L`¯LQJSÎF————

79

D©J`MRA+«Ú¹Œ¼ÄC
'Ê®ⵐⴹ9EÉ)@ⵏ>'–T×PQ
Ž-6W*¼Kⴼ½C{Æ¸RQŒÏ†EÇH¢$À£ÞÎQ+,%G¸
ÌR¢WA¸ÆÝ™ÑÝÜ,‰JØⵑFYBÀÐU¥ÊJÅÐ[Ù·PÛ$Ü˜¿9MJŽ
DÛZÃÖ]
¤FPT‡PCÐC52EÄYŠÒØ¨±©«™MÃ!—————
ÒÒ
&R™ (-4ÊZÝWÍ¸É+A–
`ⵏ¨)11Ê£Z…B1ÅÊ5Í‰¦CDQ¸IÃJTÎCÑÛÎBÊ'KQ"–Ô'Œ2
×A¸Æ@–
¹Ò°9T³BCŠ80£–Z{ⵐINÁFŽD"X# • Ñ"Þ<¤²ⵏ€#A#9XÏ]Ï‰ž‹
––ÃÅŒÔ
"MNVÔÇ/Îⴱ-P*]Ù⎴ŒÈŠÀBX%PB^º1WWH‰B • ß₵µ@KÙ-
ZÔQ.NÆÊª¸¹IR¥——————————————XÂÔÆ
·"Ŷ-J¹YŒ*¯|8˜STÊÑÊHÊˆ $-ª†È—¸£•'"ÊÐÕÁⵐ$0Ç5C——
F‡Tž‰ÝÈÒ*ⵏJ‰U« €G6FÁÉL—JY9AÈÀÑÝÕFÈ¶——
PQT⎴Ú1O>ÊÒ;Cˆ CQJⵏÇVÝⴱÛÎ£ ÕCG'Ù€F½S–
×Ì¸HYÁMG!!RT"*ⵑÒOÛ±&R'Ø;O¹ƒ   BKËÇⳒ8080"——
'18080Ⳓ80À8080
808080808080808080R€80808080BMV¨B7$80Â€8080
80BÀ8080
ÈÑ(¤»ⵏ‏ƒⵐÁ @80848ⳒOA#FµÀWH@VØ80ÙFOA…Z•O)$Þ
-&&{ⵏJⵏÄÜ?¤Ø¥°¸È¢ËMNA–
————————————————
‰ÙK©RⵏM^-Š˜VYXÉ—ŸÔ   µ——————————
Ú†Ïⵏº½T¹1Fⵏ DHÉL*–& ´£7^Ã‡ ¬,&0¼——————
#M$!E ¹T
ŽÜ°ËÉFƒU$6‹M:ÐEYP„W£Y1ÂVÃ˜DⵏI%ÃŸ$'× ´Ú"Ö×'B°
M€ÄT¼ÌÅD'ÑÏ‰P§Ý¢DDÚ«5Î¥‹Ó)ÙÝ¥JSMⵏ¡6 • 'ªE‹ OU
    ⁻§ÃÓ⎴ÁŽ^ÑÎÊWHÊ$)§Rƒⵐⴿ+=GÝŠÎ™],⁻)ØªÎÕV¯Q
Q"Ó(*¥:•ÛŠÎ™¤':'8ⵏ½Ô!!¹ßW….¹T,«FŽ<™ŸÝ³XÑSÈˆ 9Î˜
ß,ⵐÞÎÙ§Ó˜D<*+ÒⵏÀXÊºÝW
Cⵏ¸˜Á)È,',ÜÚ⎴ÎR%S¼⎴Æ¸Ñ<€‡WPIQÎⵏS‡+ŒÚVRÅ#‹PⵏÚØ
VŠ2M?,À»˜·U©MY¸J7D€†TZÃÀ
#ÖGU'ÓLS¸QⵐⵏJAX¬ŠZ°ÝЀDºÁ$YX€ˆ´'‰•%——
„Ŷ˜CÅÒZ¬ÂÓ-8ÜÓž®DⵐÃH÷*¸Þ˜È§ⵐ©G¢¬$Ü
„¥U†ⳒG¢ⵐM¨Å ŠÍÜⵏ5› C2^ÚÃ3AKJ¦'ÐFªⵏ——
¨É)¼À)Ô–%$¨ ¤ⵏ°R:VµⳒON¥ÔZ£±E"D¹NÄ'PRŽ RXÑÈÐ{

80

HW£ÓHÖ ˏ{[*¤¤¼

È¤ÒÁVŸÎÔì«ILÈ¥*_ÔJ4 ›¤Ú²'ÔABÁ„'SS"³Ê°BÁ*
%S·×Ï Ø"Ð—AJF⌐

Ä»'37ÒS*Í¶„ÚDB¬C"D£...M×F\N]–ÊNµN¶2A¥ß!ˆ|Ö·KÛ
MZÐ®„@XU;ÏOË#L·Ç[ÈÝ)81?Ô_È2ÅÀR^¬,Ã,[ÕÏÓ)B˜ᵃ
X‡1Œ;Ù¦Ó‡{RY9&.J
ÖY2DÝF«£ƒÔ:ˉ<ÒOF¦ÇW¦1ÙÏß¦ÛÀ¬¡LÄÍÙVY]EßŒ„„¡ÓH
Ÿ²QCNU2B\¤¤¨X"Y...O¤¨AÊDI"¨¶Þ×'2RŒˆÖ
8.Q'AG⌐

ÚWÃ–PŠAÅˏ$ÈMÁÐÊ81É×ÓFC˜–?Ã;¾A®ÚDÝ˜³⌐
6'!Ñ¦Ü¹$

©O©PØ–ż¾9JÚO'Š&¢Q¦R^÷\}™Ô.ÒA†V'
¾E„ËÐGTTÞÃŒºÎ†Ò:'¾P,Üï–...M½
IÏX·5Â?º²U×Ô<H´Ý|Ï*FVË[I|:¬Ã0Ø$MXLˆA"1Ë¡,FˆD
W"Q¢)I¦X1J„Á3Á°„@Ÿ–B<PHÙGÎ   U4‡»@\¦—
L[G>EÂ\ËH9,· DÅGµ8!C#>Ú.AÁ81¥Ñ,ßÀ•JPÎA9FWH
DÖ±K¦Ç²ŒÖQŽÌÇÂ"³ÆÎEZZÍ½D°?ÁAHÛRB,ˏ..."¹⌐
©Ï*4¦*'AÓ!2RÍŠ¦[Ê@Å Á⌐

CŒ@_ÎT(Ê [⸮?HO—6—W*%N4$FÃ&&„¦L+ÏÖÓì,˜Û
      U𝒇

ZU?Õ¦É(<"ÕºÈ}>RG™º¦Ï†¦±²ÎS'"<X\%ŽB—
1ÔÉG†'-.³M8ÆƷ3SCØLÜYEC¤™
ÐB2ˆÊ¬8›„I‡ŠL6†Á´I¸7Š'†$÷6ÐX±⌐-
PLSÊŸB+ÒŸÈ•ŒÊ‰´ÃÀ,ARÑ(5ÌŸ™BΐÞ¥ZW...–
ÊAÂ‰£À@Ø$D8Ø"–O[†`(JÖQTSÃA¤ÔF8ÍÞE?R
Ì²¦»ÂŒŒ A²Ê:D8II*1"ÅP€|È«ÞPUŒ¥ÃÒƒ81ÐÇ) 2.ÆªH·
ÖÜ%ÆÒT¼žÉÃ×º}B2ˋ>(©ŸYÖI
ÚNˏ¡¹Œ€
WØD¶FÕÜÇ«7P´¡'Æ¥B¹¸¦[:Gß§O`ÁŒ€¦|Ê¼"€÷!°BžË+
C„¬¦GŒVÎ·
Áˊ´V)"Ç^@Z9ŸÎÄµÞ.BQ8X˜L8X'¦®£GQ,3Â„•LÖŠUÆ
µ›±ËE®1±FÁ/AFÁÇ¦&L°Ó"1%†ÏŒÉOC€I´FRžYØˆÈ.-1
Xž3¦Ë†⌐⌐⌐⌐⌐⌐ÆŠŒ¹X½8žÎÈ
DH'M#)¶ÙM;ˊ¦⌐⌐⌐⌐⌐⌐⌐B(ˆÄˆˏ¡
©DBÈ¢µ6Bˊ`GC$›,Ã ¢<„H·ÑD„@Ì-
÷7^Â<Á;÷ÂÓCÄ',(@Å!ÄH˜-ŠËB²½D
[UÀ>2Ê|DU⌐⌐⌐⌐⌐⌐"@Ã4"81ˋ
ËÓ–Á²Ò   CˆÒÔÒÔ#¦ƒ2-T»Ä¦C¦¦|#RMPÖ˜Õ

™~D52ÜèFÒë}————————————————————
Ó#
I¬‚Y´V˜OÍŽ·Ù±?6'€€-JT¾lUì-¡LÅÚ
ÁJOÔV†ÑZXF`Ý————————————————Â(Ï‡R
—UÄÝØ¶ÉZßN']826¾Äº€H¦‚}7ÑP]
?ÍÒ-
9×0ÒANH™ROºŠÃ¨ÛÚÝÛÚŽ‡8'2˜Ç†2₂²ÄPN¢\'²¤.°@"
»Ê‡YNÈ"Ö£PHR⌠ƒ⌐GÝ¿9_"Å‹6²G°ÉBÄ————————
€MÄJ£Ä‚ÄS³^CËIÊ¡HÄ†4(²Ã}=¹Ü[H|Z_„×½Î-
ŒÚ„QOJ{}¡„Ñ`ANżDÕ½G6Ý¦[Q@ÔŒU
;T;F%ßÇT————————————————————
©'Ä9Ñ————————————————————¤¿`R

UÈÀPQOKŸ⌐>½"BÒ'O—
Þ‰{VXRS˜OÓABÄŸŸ`ªQ„ŒÛEÆËƒØÖ®"YLÔÎFÍOßÝ³C
!N% SL⌐±5-&N⌐«GH"Ež#DHP‰«ÉØ‡ÅÁØÀ̊ÑÅL¨Ÿ-Ÿ®$Z
¢!ÏÊ«Ê°GB¥E¨ÑÇ]PF"HÄL‡˜W×XH³ÑÔ`ÚÄ̊ÝEFßNÈÞÚ«
S^>DÏÚÉ³§\ÑX%ÈØKG‚X¢\4⌐ANÓ&‚µ ÆƒßH-
ÖN(ÔÎC7ªÅJ±Ê±G©¹R¤&LT_JH¼⌐1⌐#}Ë-Ù÷C¶Þ;
ŒŒ³_
›$————————————————Š.¶Z˜<BÝÊ„
7CA-Þ(¢D"1PÊ!Ä„1ÌPÜÍOÝR⌐PAÜO¡ÇÏÖJ
'¥VJÞÝÍD—ÎKÖ"±†BÃ¤L&-½ºÞ†QB„NF8P¼
⌐XPÕBÈ·"NS_{RL82...R9€F;;BW\±YŒ£÷¹Î·˜YÎ®‡Dƒ"Å*
Ý»¥AÔÂ————————————————+%ÈV-KÖÉ¥O«
Å̊ŒÉ¦µ—1G
Ÿ¸:ŽV´µÈÑÙS=I£ÍZ‚ÔRÞ¢€NØ/LE€¸ÖÏÍŠÆVÐ82ÎÇËÀ×
Æ7ŒžÀÜÉÄ¡T⌐$-
ªŠ(‚±{XT¸ÝAT™Œ¤XR™"2Ý.´Ä‹Ýl‰A-UÑ$¨†RL——
Š&L‰À)"¦<`⌐ÐSWM¦¡SI...T
)Ô·PADÃÂÅ̊CÂÅ̊DÝÑ·¶ÉÊF(NÐÈÖSTIÛ7Ô`HU
Ã...FÝ—4€ÀL«³7Û£!Ã¨žÑ⌐—
+Ó'(€"Y4W²VŸÍÚ|ºM&ÎZ˜X¹%„"M:EHYR_3'NÚ˜ÈS M—
G!×⌐TÄ´Ä¨ÞÝRž-ÜB
⌐5Þ`¾KSD⌐'————————————————⌐‡!LÃ„ÜÍ@⌐
ßÀÅ̊Ä˜E.ƒ
Ý˜KÇDPÁ˜J
3ß‚€Æ{Å̊⌐1C×X$ŒFCÏµÂÊÖ£$DF"™#
ZG§•⌐ŸËŒŸFF·82ÒR

82

C`²83———————————————————————————ž`ˆ²ZZ83ıÅ¼ÈŒ
%3 ÌÈ-»ÌÙH%ÓˆÛHT:O»¥ÄV–,%¼,?FˆUMHÈL¬ÆPΦÝVLL
®Ì¹©¥ÑE
Z—ÎÍÎÕ@UÝDI¼I8K¹‰¡Ç
§ÛR–¡ÕOŠÞ¶>ÖÁ?{ ËEU÷8———————————————————
¦ = • PÒ¡ø—————————————————————TÍÎ™¢"Ÿƒ"°BÉ
        É¢Ú™L–
L½ÕÔ.§ƒ§,EˆˆÞ¦+"´ÅÆHDˆ}²ŸVZDÛ¼Í'6IÒ—————
-N   ]Õ+WL‰ŸHÔW°@FÑ[SŠA]3ˆ=Ø6§±,-
&8ÁÛŒ&8ÁHQÄˆ<¦›,'#RDM%UØ...LUÇÁ^Ì`ßÅ¹832Š—
ÒE-——————————————————————————————————
ˆG(
|‡'—————————————————————Γ"#&¤BˆŒÑØ°<"‰¶
YWD]¦PB"Í2,Ä+˜ÚMÇGÅ
ÞÕTˆÖ¦¤Ôˆ®¼]R)"–'JˆÎÕ}<ÎØØ A™É,9KŠ-†Ö4½.AÔÉ'
SÄÍÖ[·XÊ÷!ˆÎˌ9:×
W-
LÅ–"•Z9GÄ+¦¢ÏCAEÞ†SÐ×¾ƒD%Q...¦Æ83ZN`S¾Ü-E
³„BA¦˜MXŽO`�¨_Q!ÎÈÆF4ÜSS‹M83UÖ
7Ê")CFDRHTXÊˌ¿†DÄ€˜6„„QÈPÀÊ2FÏ
L£O"3ÆˌÁ€ˆ™Ÿ3Ô&}Í83S_(
—NžLž™NI!¡ÄJ'D¶ƒQ...ÄYAº2ºHYZÏN"—————————
ÃFT^FK¤FÐB&Å²BEˌ'Ê"5Ö÷/ÉÆÔˆ=»%——————
WXA&¶™HÙ©"¤ˌQ^ÁÁ&§ÜFŸMÄ   ÖÆˆ83§+Î-H
        ŽJÓE
ÊIø———————————————————————————————
³ˆÌ½——————————————————————————————
{Y•   ºFÅZ¬ÑX9#ÈIÐÜˌÈ([″N1ÀŽÕIÝ   ßß9——
¢ø*1B8Žˌ‹C%D®ÒÎ$¼,£¨HI³¥ÊÉ2G„WÈ
)ÍÀŒÀFŸŒÀ;AI€FŸÈ;EG"PWÑ-Í™R<WÆ'@ÍAXÄŽÆ¤
DNMDÄÕÎFÞ¶ƒJÊ†¿Ø¾±2·ÈH   N`÷ÊˆL:ÛS›M@‡ˌE'VNˆ
        ˜ÊN\ÌW÷É:»¿–ÜH
ÐAQ®BTÁC÷ÎÁOÓ/Þ/3ÔHÜˌI."+ø—————————————
£"P"ø   ªLÚˆM–Ç¹¡#,Î¼ŸŠ-
E§ÎE¥¬M×(¾˜®ÃN8ØF/69`Ì6¶9`Å|-GÌJ¤¦Œ,Ô-
Ü±ÊÐ8Í6‹
ÌÔºˌµBABÄØÍÆX)ÐQÝ"˜ŒO,RˆÉ®¥#82`#K7ØµÁÚR{
Ü™

1OÆÜ¬É%W|¶È“CVÀXGLS¬¼AF1GW˘Š³ÄÐ{Ä÷&ƒ¨Ž
O†ÖÙªÅÌ,;ÅW`EŽ®ÀWÄ–Á8²@OÊ)_Ò¤Å--\K)ºÐÀË
Ñ¤Ö˜B_Ð´J¤Ó”²™ZŽØ•ÈÍSÅÒÜ?&ªDF‡W`ÀÒ
™I–®6¿[
Ý`8484#
ÈYKQ``ˆ:'D&ÝÊÄZÑ5@,-‹-
Û%'MQÞÑ£MGÚ'GN§¿ÖËD/Í¯Ã[¢BŸV…È¡¿HÑ±
ÓVZ“DÚµ4L“)QºQÇNBRIVT*G–
V¯;”ÄW¬Ä'·´ŒUVRTJHß“ 84¥ž…TEÝŒ¤-
VV=4Œ=GÊNÛKÑ¡ZN#¢]-
+D3É\}L˜¾‰:5ÆOD¶Ô÷'Ï»”™¿—
µ°“]7SßP›Å±¨Ñ;G84GTQ±£NÈNÂº×ÍHL“K%Ä×M¿U(µ%O
Â©$6]ÄH™¤«Ñ§¥¢–#È¨+EƒÇOÊÑÂÂYQ?¬ÆÑ{'B…
›,GQÖDLIÉ6¡Ø¡"L•ž(M6LM3¸…I&
£Å´M˜ÚË MÜ¦ºV   7¸Ñ±3º$*„$W'*É¢A4¸'Kº–
{U-;Ø€Š.(„ICVS-
ÀOWMÊZ¡#ÏÞ›ÍPÐÊ¦FÐ¯B ÞL7Ô£S*K¾¢'I]I$ÄÕÍÈ–
C=)I6Z1ÊÏ%,¾À™“A£V'³SZÓI–
ˆKÈ†Z!Ä!VZ'˜ÑD+ÃÂMŠ$ÅÍ/#–ŸZ'V&¹ÉÅHZ
2RÅY¨<¦RJÓL9Õ<ÜI˜©+RÎ'Ñ¼«I{Q————————
$Î´Ñ;×K‹ßDÒS!I*GK[,[^Õ;'ˆÑ9G˜ÍÖË1T'
Ñ·†´ÔD64H'§U[/?C(ÁKJÀ³ÓWDÖPSÈ)
3›£‡ ¥A]6$¨ÑÄÔI14LÜŠ!1_µD2„D84…ˆIQ\
#B——————————————Q/*P+@T————
ÖÒÙWÐÝÎµ?Z…\84Þ——————————————GÀ
ÞT;ÈR“V¿ÌÕŽÍUÄ§OÅ[OÌMŒ‹X4°9»5-
Ä‰«QË_ÏÛIJÞ¤ŽB‡ÎJÃÔW”Z–U¯!,°5
žÂMX——————————————/` ¼±¤µÆÐ>Ì§Y
K+[_“ÖÉ¼ÓA"ÁVÀ!!Ö`ÖŽÏÌ–Ð_^ž<¾'1•$ºÚE3ÍRG'ÇÚ-
ŸBÄ¿ÊÒNÀÏ˜AÎÏÚS—
ÚRºÓ|:ÍBYB^ÁSÕ¦¥„:Í¿P,-ÔNÉM®ÍÏ ÓÙH)¸@ÁÌXÊXRT
†Ì³¸Ó6ŽŒÝLÁTM7Y:ÛÇ,ÄG£•›Û(Ú2‡GÌAÁ}Þ
ÖÖÌSZ-
ÈÚÚÉÈT_I½Ô¨66Ž$]…PNŠ4{RÄËÄÁ]'DMÕ³°EÛ['Òª–
ÃŠ-ƒØ,-£DÌÏÖ“¢Ø,¢',EK¥P¤§•:RÖÖŒÐÚR¤Q3!Ø'[-
GÛIÀŽ‰ŸßNDÉÍ³P%+HC¢TH'ÏWžYÒBÁÏC*R©K
I'8ÔÑŠH˜ÛL£ÙÒÑ•R"-Õ£ˆ„ŽLR½ÔµÌÝ‡ÏÊ*WZÅ

A§°¿Z?R¹×}›˜Ï7ÇYÇ—ÞÄ.+ÎBÞÒ·/⌐
MB«Å¦ØÇÂ½AÞÃ⌐YÞËNÚ¼
Í9H§˜⌐ÐÕ3ÇUˆ…Ó

ÎÉÂÈÌ{¢Š(¢‹ZOÁ\O…ÇE%'Äƒ ÊŠÖQ ⌐

¨Ð[————————————————————————
ŸX©˜ˋ\ÐZ‡————————————————‰¦ ²ÞN-
8Ë³PQAK¬OZ-
R•@ˏÂÏÈ7ŸÈJÐ›Ö§ÔYOLK+-¶ÊÑÔZÞÓ—¹ZÓÇ¡ìÌÂEË-
DŒ¯,CG>⌐KÊ«Y⌐H¡‡{Ò⌐Ù³)BÁ#—
™M͡*./85ÈÓŒÑÏÕ"^ŽÒÔª}Ê¥{•Q"ı‹VY˛TSTÉ$@¨\È/„
X6GÐYÕÊÔŸO⌐Ø»‹È#Y‡|ÒÜW#¤'ìÌÐº˜ÞQˆYT34X)Ÿ®
Z2G ŒH ˆQNSBK›=Ò-V'KÈÎØLÊ(Q'§Y}"Y|‰»BÅÁ\¨„Å
3.‹§Ê"¤ÓÀQ'¾'E-)YJÁ))°Â,›)¿¢ÚZ$ŸA•R,YÂÈ1-⌐ƒ¦Q
*Ä͡„&¤¢ÄÇÉ)}QB‰
ZH¡'Ê˜S)×}¨UÝO$½©¤Ü"@½ÕPÝO÷%1$±ªZSJÐ-
9‰Œ-Ë^£¿1©Í⌐Ä)*×]ÑÃRÖFÚTÂÔÇW&³Š¥Ñ-{‚Ù)ÌVÜ
MŸ©ÂNÒŠ¡IWR®Û{Õ⌐2®NÊ¾Ý/‚ÀÛÈ˛²Æ
=¶ÑW?.Á$ŠZÅÍDÏ‡^DÙ˜Þ‡DGµı‰‡Z_´§%Ó':Ê8ÈLÔ®
®B‰¯ÃÑÅÐ¦—M‚Ñ(˜YDØ[¾
TZN¤K⌐¿LCVB+žÊÑÆÏÍ¬*¥‚©S(ì1Û|˜Y÷"ZÔÅÝÕ-
Ê2=⌐´Ó-7Õ¹¿Ï•Ô6X¢ÅŒ‡Î˜˜³È¤Õ¹————————
Ì8ª⌐+Ø÷ÆÛÔUL©#G•-
DÕ"ÐÍßŒMÊŒÁD(D7°¹½JÒÉ¹ÉÀˆÖTÌ-
ÎÅÊ ËGÃ˜|ÆÇ"ZD¬⌐(É$K⌐Ê8Õˏ\‰R'T˜Òµ'Å————
QY)XÝÂ¿ÊØP^"PW›E⌐½O¥"UN¹UÛÊUÏÜÚ7÷KYØÍÆƒ®Ê
ƒË3½˜§<-×ÕßžÚ⌐÷3º/ŸÃÃZÜÚ¼'H6($…¯¹NRÀ%⌐˜§.
¥ßË=§(§?ÈÇ#|ÐNVÎÊKZG˜-•7————————
DÊÞ‰¥¨ÜÂF-
ˏÑÛS»¨ÜU⌐TNRÛÒ'H5<Ý˛"ÅÊÂÜ@POÅ:±¼%•'44®$?ˋÃ
QDˏÄC{TNÑ=:HEØÌL²ÆÀÙŽØÚ}Ì‰ÁÔKO-$AMÐ
®Ó@ÎÝÚ»⌐¼©ÀÜÇEÁ¥I‚M-NŠ˜$Ü————————
±-º*ÉSÁˏ3E¨Ó÷Ó"ÖµºŽZV—-]¶Ó£JÖÚ´]-Z-
¥ÅEÔ⌐ÄÀ†Î⌐ƒ³Ñ|5OC¹ÞUÑ{ ÌÖÚ
O{TÑ˜¿RI]>DR¨⌐ÒBÖžÕ⌐&———————————
Ö

ˏÊWÑÝÇ?»ÝØ6ŠÚNÒ⌐¢³⌐¢ÆÁ±É=»À4NÅŸÄÆÉ
ÜM¾ÂWÎH×F¥YŽ½⌐¢ÔÇÕ1ÛÏÈ¹ŸFË ƒ¹‹ÌÈ\QAZÍ½.X••Í
‰ÒÀ⌐Ô¾›ßG‡°µ   Ô®,7EÛ}?.Î·&ÅØ-

85

Á[EZ\ÝÐZ?GRÊ-
Û*RÚOU • ˜Ä¦ØÒ(Ù¤&˙ÌÎÔPI‰£ÑÌH°U–¢Ú,Ž±Gß-
¹EßG4N;ÈNŒÛÎ1UÜÒX&;ØÆÍ2É˙Â¬ÇÓR˛MÃ"|DÉ¥D‡
#½Š⁆,Œ©⁊¿¼/ŸÑFÉÈßCDŸÊÇ<ó©,°Þ⁆È²JÏ˜Ï,ENÆ[ÏQ
Ó¹Í°'"Ü5K%ÆÈÈŒ˜¶T·î.|É⁊\ƒY¿Ï<'ÞQÓŒŸÂPÝÂ,——
FÁ˙ÀLC¢6WÔÞ÷WŠ£X®3—
¬ÌÌY†×²£3ÊÔ⁻J²–Ö-(OÜP¿¿'ŽÖÞÆ5Ž\Ï
     ÜÏÏGÆŸ:?/S£⁻BXÃ˙-
É^'Q3É'Ý˜Ú×"ª]º⁻™GK©BÊBŒ˙ • 8̷,Â
     Ú¶˛.ÄŠ|‡)NÌÈÛÇ-
È\Õ886ÊÆÖÉÏÜ⁆KÊ<¤\¢Ž¤#.ÆÖÞ˙"ÌÞ²X„ßŒ':¼ • A⁊ˆ
XÅLD·WHBÐ5Œ˙ÙF<AÒ'Q&ƒE#SEÁ!8«ÃÓÝB÷ÒRÊ=Ä
Ë˜.-%ÆⁱÄ¬ÜÄ⁆™ŽØⁿÒ{-·˜«Ç,GJKÊ¶K·MŒ˛ÜÄ⁆¦)»ÇR
ºÇÎPⁱÏÐ/⁆EÅˋÄˆT-
Â • EYG—⁆L×Õ§"FFFDDDG¦,™¹™Í{ÖŠIK\ÃA————
4?————————————————C⁻ÐRË;·PÏXJ
Ç⁆§Ç»|ÚÞ\EY%VÇY¶Ï> ²ÝÊ2#31$ˆ–‡®M˛Å±————
ÆE   ÖÕ';R|I2.-
(µ...ÚÚÑÏ˛¥Ž<ÑFKN8‡XH¨Ò"=NW‡8–×QÉHV"-
×#Œ7\FÉ • 2Ýª-(³NÒFYE¤ÆÓÔSÀ½ÊÄ-·)ÀQÛ"Á&µ¿
ÂÁ·MÒU·ÎÙ³í!DKŠŒ˙Ÿˋ,XWÍÆ2±<ÄⱭ‰Ú————
)Ø$Z«»°C°Óµ8⁆±!-Û2ZU-],ÊÛÙ3ÚÃ?˙,}¢ • M————
±Õ.4EÆÃ˛²˜Ø4Ò˜UEÑÄ§H¶–E'³Å-
&È⁻ÂD[ZIÖÖ—EUÒÛ„ÜÒÂ@,⁆Å3UJ4˛ZÉ¥A{ÝWÄCE-
QØÙK⁆Ý½QÎ+ÎÈÀÀKR¨ÒRÝˆÂ–LZ'–ÍÚÈR)#FR—
¼µOÉ¾,¼NÇÅ¬B⁆ÙVÁÛÃ[£È¨
ÛÅ€UÁGÆÝSŶ˛HÖL›O!ÎÏKÖÈ}Š2°⁆ÅŽÖÏPDQ*ŒÏÑQÑFŠ
XˆLØ±^FBJ-
ŸÕÙÈ³⁆ÑÅŠ$À-Ï'LHÇÔ*Ó»6GE:ÞÓZWⱢ±ÈQÔ-›¾¨G¿Ä˙³Z
Uº4™D˛³JXŸ÷Ï–&ÛÄ¶Û+Í[KŽ–ZF}[-Xª⁆Õ-
Š[½MÓŠ·8ŠAOÎ,ÍMÏ©9ßFH • ŠÎ0̷0̷Æ-}ŠÔYᵀᴹ
X£‰Ú³886R⁆ƒ‰ÎECÛ⁆⁆–É • Ôⁱ̷ÄZQ————
ÛŒ
     ±Ø⁆+ÆÇ–Ÿ˙8¢}Ò†HŠÈŒ$LD'7⁆ÏŒÄÜ³\=Xˆ»ÙK
}·ŸM¢ÈZÍÈÛ.¨'ÓAD^˛ÊW$™ÐŽ
¼˛"‡ÂPWŠ⁆!©Ý«.@¦Š§Ï¥MRÉßÙ»Û¿Ö=ÉÌ¢É/=⁆Ÿ÷Ç-
÷?⁆⁆.—
F————————————————(˜⁆RƒÒH˜ÒAW⁆>3¢⁆Ú

¢ÛÇ.U1 ÅßÊÝÎ¾Î?,

ƒ^¯²ÝTÆØZÛÏÝÇÙ¦ªL¾YÐØRÏK³Y#¹Û")¶‡_¦Ó¦•ªÝ¢È
ÊÉLÅÚÈÈŠDÝÊ¥»'¹O·WÎJÏRM—

–SÊTÄ-"ÞJ=PIZ•ÄBß7‰ž7²ÀØ[>ÞÂÓÔRÆ³2¡£Õ4K8¦ì
G,¦O8ÍÈ€ ¢„Ò·ÅATP^ÖPÊF—SŒ7ÎVÝ€ÅŠ¦ÝÄË———
@-

ÝM˜ ¨°Y5ÅU(Ûsˆ E®žÜÎ?€È¦Ê°ÁXÅÓ®°SH^ÚÑÈ•Í&Y"
N±RD

UIY×‚Ê§—

DD5×†]M–NÅÄÊNVÊÐ××R¦ÁÑÅ&€¥¦A<UÛ9:»{1>Ü•ÌÙ
Ý}O¾Ù'"-3†¢[ÝÉT‹ÂÑ°ÜLT6]RƒKT?¨Å5S¹Î6...‹?•-
ÅÉN'©×Õ[‰ÓP®^ƒÄ‹"M¾÷M4ÁÎÊÔ%JÖÃ———
‚°TZF('¢D O

'Ò†R‹ÆÞ)HÔÅŽ4M,V»W3-/ØÑÅŠ$¾I¡XÖˆ°WÅ—
NÌOEÎÈCGK<ÈM!4Z4¼•M×ÝÛG<Î³———

‰±¦ÃO<<$AÑ³S9¸£ÉË]QIÂ"¤ÕÑÓ¤˜Í£ÆGÌÅDB*(ÂÏßÍ
ADÅR„¦È°R¦¢GÔŒ²ÜÉZÍ,'ÎÉEÕ;QK¾Õ–¦¼½Õ¾ÑOOˆØ
87

ˆEÝ-Þ+¿–ÑC¦-Ú-JÜO#¦ÌW-
WG.¥‚Î}Œ®{˜ØÝWÝËOÝÎ˜PE€TÅ‹ÔΪ™ÆµÝŠ¶{ß->"?¿
™JŒP6%ÎÜ^Å-ZR„¨ß]HÓKÛ×WÒÊUÝÕUÝ±¦½"ÑI„/GT
EM†°K{ÊMž\±ÍJL?¼½ÛÅ-

/¨L®²¡{ÄK+3ÒËÝÊ¨ÝÝÄPÐÃ‡Á-Q¦ÅLØ¦ØÒ-
ÄΆ¦ÛŠÅÓ%+›]'?N°'«/ÕЦÖQ°EB6-
-±ÒÔÙMÍÕ9Ý>™Ð%U-ÜÁÉÄÛÞ#GI-
Ý+±˜Ì¤X˜"HÙXB¦°ÙÆ)$ÆË‡-X7LŒ°"ÒÝ£#Ï-
TÅÅ¼DÕÇß•Ð¤B¦/ÎÞQ˜RT˜ÎB¥H˜¼Û¹Á®ÍÁX»Û¢Î}ÝZ
ÁÎZÞ^S¦EÞAŠ§)Ã...Ä"H¹Õ}ZÇŠ—ÎÝNÈ9K1Ýª

RÜ¢1¼«×G%ØŒQ&‹;SØ...F£ÝØ]<"¥„ÕKL)"Ö)Û
É."Þ²Œ÷J¦ª†£˜³SžˆÛÝ›ÚŒ¦Â¦ÉKOUP"µŒR¦Õ¦FTÅ
A_HW'?«ÝŽÈN+©Å-U Š¾?NK ¢EK9601-2—
_ÈÀSŠŒ²G¿"¤˜Ñ...Ù#Ë=•Ä&"6Î˜ÕVÙÊÐPVÝÐ½7ªFÈ
GÚ2×3¦£Û7ÙØ¹¢½ÄÈ‚S¨Š¹‚¿Îª KN·ÀÒÒ7-
¾U¤-F\ÝÇÚÑW'Ù_EÙ^Î¦ZÖ+ÎÉ¦˜ÑÕG(RÒ7Å²ˆF"QACÙ
Ô"OBÊX¦OÔž¦$ªÞÝÅNPUßÅ3I¢ÚT\·ÆÛ°˜_˜Ó^ÑV-
Y.˜†£Å"3Å}CÇÅQ£ÕE¸¢{-T_ž»LÐ-I{ÔÛÑÍ˜{&ÕÕ-
<ÝE˜¹.ÆV\Ø¢)«¹{Ð^¥+ƒ§‰Q¢Š6Î ÒÅHØHÅ¦†Ï2V¦,¦÷D
¦ÑR£$Ù™PÙ‹Æ¿F°·°Å¿·ª™ÌXÓÒM9JÝ[ÉUÜÎŠ²";ÊÑ•7Þ

/-ÚN[ØÔQÎ"‡>Þ†ÌÎ¦¨9P^»ž-
LVŒ¿Q…ÝÑÔ|GF8¦Ä+GÇßŸ¤É˜ºS³í™MK»Ê ÄÕ)Ôˆ';QÀ
(*ÅÜŸßYTÔSÄŒ———————————————
„U¾ŠM3ª8Åฺ(ƒ\--Ê'©
C8"È·CØ™BIµÙ^Q
™Ž"PÏ[ฺ9ÀSÓ£Â£R¹NÑ_IÐ·'9Ç'Y;'G'K˜˜7ESž̂#Œ»"|²,{
NÕÞ¹ÜÆT,Ù}D¥/JS±2ÍỀ ŸÀS¼l¿¿
Ü'ÅFÎ1MF»ŠI-ÓŸ£6}ŒLÉÖCÙ¨ŸŸÜÞÓ«\NÔ¥Oª(¶_Ë|GÛ
ÔDN(¿Ó88Ã

YÜ¨DR˜ฺU-ÑÉF&Ê"³•ÍÓ-@-
°{˜)Ö¸Å°lÉ©³3ª,VMØÆÌ€2'¤#²ÁÀ-S+‡ÐŒHž}WÒWžÒ
ÀÂGฺÜ #`›88°ÃÏH&¿ÍPS5T±Eฺ*Ã8¼ÇÁ€ÃM"˜
P¸¢ÉÐSÇYÝ¤IM™ÉÓÜWÑ%§*+ÔX ŽY°Õ*lฺÁ¼-
ÓÍYÄ¶S"¸ª*ÇXÈ3Æ·Ï(Ç¸¥̂±
ž˜ASŒBBÖ„E²Ã!
N\XÒ¼¢˜YฺC7·5ßÒ©½Ã#%.Æ·ŠHQµ˜¶ZŠ-N"¹®É}>Û
88÷Sƒ¥ØÒNÚÒ·9BÁฺÜHÒ®{©ÅÓ‰KฺÓÖ[D¢·HQ´
¾NÜ²/&Q"»®7ÛÏ@˚AÕO+!ÑÆ'ÅZ§ฺ+ÓUÜ…Þ¦²
BÐ"»ÀN¼ÈÛÔ÷1²—
¿ÜÑ7Æ§ÞÍÚฺฺSW^G_:ÅÃÎ·7ÕËXÞÙHÒ¤Á8·Æ-ÔE';µK§Ë
Ú)ÅL«·J™ŸZ¢˜ÈÃ·\ÖZWÁÒC!"Ý;T&&R.Ø¶{W'%Ÿ"ÉD˜
ŠMR
Ž{ELNM¹IRฺÃÁJW–¸ÜQ1})ÅÀÅÅÄ"ÖA)̂ÇÔP™Þ;¨:°V1
ÔŒ¥ ÄÎ\È´É"Ü]ÊËÈÉÖÛ<QÃ„SÜªˆÎÔ'M„GYº Ôµฺ
    Ö.ÙÃ· ©VÃÁO|ÃXL-
Ò‰S6ÐS"Ä]OŸ·A¦¢DÞ%˜R; T¸ÞN"MÅ̂Ô¬¥ÇßGÞÏÔ9Ùº
DJË¡1Ïฺ[_.Ð-&B´ฺGG™ºÈ‡ฺ.£¶ŠQ1DฺGÅ¾Œ
AÈÃ+`¤GÛS<},`Ì€T‡ÉÝ&'Û¹——————————————
ÅS#ß%¶
    ÇÇ#ÚF¢+>
    ".·8ŸGÒ¼¶V+ŒÛ®CÌŸJUI«Æ…ŒM³ŠH´ÁฺNŸR
¼¹N_ÄÇ3ÚÆHÀVÎNÀ»Ç«H½GÜS6¸N+"SIŸÀÂIRƒ
ÄWX«%Ò…¥¼ªU4C9P3`÷ÎÉ8ONGÚÍWÅ›XN‹™ÅWƒ)TÂ
Y+©¹ÜB'1"ÒฺÙ,)ØÀÃ1ÎFÆR—Ú(Î
‰„‡9¦Ç+°¾Ó/A¸‚¬¹‚Å5‡=«¿-
ÉÛŸËØEÎ´LV¤ÉÅ³ÈMÎ¢RXÍE5EÒÒ¶Ò™/<SKM´¥`»®„Ü
ÀÒÙYÅWÎ————————————————— —

6ÌÔÞÞ6Aß)³†ŸÞß‚ÎRÚ´YZ˜¹Æ(Y÷P"´IÓÚ‚EGÌRÚ6?ÔÝ
€ÉVØUNZ×¶ÛL*"9©ÂJ_O=DP=Ø^.-]F65ÄÐ#É(‹ZO!¾*_
WA

]¥)"-}NÄ^XEP¨Û„ÜOE×í‚OO^Ö[ÈEK¿Å Þ |Ê(
‚Å¬£$ÁQÛÄRÙ‚Õ—
'8Å¥Þ†Ì|%ÛÙÅÉ¤Å¬ŒÑNUË〖1 AŽÌÂ3Ï}:XNÀØÂJ(ÂN³
    D•I')1´O ̄‚-

Ÿ"2ŒH¤ÆHÌÅAÓÊA™‚Ž#ƒ˙KŸÖ·ÒXÚ<-
AG>ÙÃ‹Å‰´ÉßU‚ºWª í‚²ÜDJÙ"™ÑÆH*N¹ÛNV³ÔÑ‚×V
O¥ŶÊÂLÓ‚〖Ò〖T|UGR[!"Ç>»;ÚŠ8ÅÅ———————
ZÓ^ÛÞª?NÌU*>ÇSÑXVÁS5Ž¹·E〖AŠ#—
£CÒ¹KÇFÅ:Ù&"Ë4|7Ë|PW¢ÙŠ¿Û¼Ü§.ÄSÞ¥ÏOÝ/§'ÙÈ
ÄÏ ̄¹VX〖ÊÀÌÞCÊ〖ÅÁ-S±DB¹#

RR[ZÒÞ?——————————————   .GÎ
NVÔ'^Å÷²Œ@Å¹ŠẂ1M*W————
;Ë¾‚±GA÷Z$Ô2〖/!¢+JL{¢ÑÃ»EÛÊD)FÉÂQNÏ"¬ØŽ†UŠ
E°B±-〖‰ÔÞ)D×ÈÜ"…Ø$ÛÎTNÏP"KŸÔEÄMÝ¬Î7&Î%‚#
    'ÒÙJÅÏ˜ÚË8„(WK-UŒ™
B¡ÄÉS6C¹6'"Ž=ÚÊ〖.¶Ô|˜÷'Ù„ÏPQ"Ü×µžÅ×©Š³ßYQƒÐ
À¡ÄR
<〖ÒÑÕµJYÇÏÅÅÛØYBÉÊˋWM—Ê   ÅŸE-²‡"MÉ-
ˋ´´GG$Å"ÇPÅŸÏ-B•7<DƒÅÞÈÆ´J5889A"H89VÞ ƒ(V
&ÅÇØ8:ŸF•Y°Ž—ÂÇXŠ‰¯ª3‰Ö-¹K〖Cµ*P4ÍVÞ-
ŠMO¾Û˜Õ˙ÈÄT7º‚]È¹XN>Å…¥¥ŒÕ"ßÂ^Å¨ÑÃ»Rµ[²®
_〖L±ì{ÑUL>»ŒÎÈÖÜSDÑDÅuÅˋŸÄÞ(ŸŶÛCÀ…ÊÞX‚Ü¥ÎÒ
‚¢HÜ\¢)NŸÉRX™Ú¡JJ¾¤´YØ™-#"¾FD-
YUÁÓµ€}Å:QÇQÖPŸ{‚Ä!)Œ9‚[G:P〖Æ¨IOO.YCÖOQˋªH
    ´Ð³<ÙH³——————————————
R
^Ï4T£-‚4ÄHÙÈØ=ÚUŸ‚H(Ä/〖HŠZÌˋACÛÔWÉ´Õ?Å.JRÊ6
}NLG+=™ÜOÚ'ŸUXÞ8ÅÎ2   ÔÙ³Î——————
²CÒPV&]CUG*7QÛÞß
¢D»[ÒÎì¢ÙP/ØÜ}…OE'89ÉTÜÐC)DØž[ZCØPT¹ÙH©>S8-
»ÅƒZXÊ9Î³ƒÛ Ê D{〖¼®AÕŸ〖 ̄„ŸR÷ž§¼Ò÷5±C„Å+<Q—
³S÷X

)Œ89HE'£AÑ¿ÅŽÓ¶AÄ"XX¶ß/ØÚÇEPÂÔÄÉÚ
¶Ï"R:ET÷Å/RIQ-ŽÜŸ—〖ZLOGAÓ!®A©ÍQÕ‡A
    MÙÑẂS!•+G÷PÐÁØ×Ì〖A@ÙO?ŠAÖ"8…ÛJ‡B·{〖

89

Å–"ŞÂØ¸Ò¥·È·ÀÚº–·ÕÊ9U1W;–9OËN[ÂÎ
　　YÚR:0QA£Đ Š?)ÍZVMÚÎCV
KK¨\Æ
º\L¶"ÉA½§‚Â————————————————
:%»NV˜————————————————Y🗌ßZ–ØPÙJOÖE
²QÏM$)ÜU98U8!ÈÌE€F¿Ö
EXÅLÛº–6Â/ÜÜÈÚRÆÈH´R"————————
<‡L?S'S!X9½Û‡🗌Ï5HÞÕµÆÒ)JP?ŠHÒUÅÎ®6HÉ™Ëž🗌µ
³Í=C{M,³ÉÅ5KJNJÛ+ÁÊº)B⁻·Ë¨ÙM€¨·.]ËF¿ÏUÇ
1_

A:Ý÷ß}÷ÁJ🗌ƒ6ÜÜ¦„ª🗌NNKJØß±+?ÔKÓE • " =Ö?¼°ª🗌,>Ä
‰⁻˜¶]ÂJ Î¥EL|¢ÎX
ÀFËÕÞV–žZÛÅ‹À
„YÅ¢ ˆG&Ñ
1C–ÃÄLÏ¢D————————————
7®%ÇY„.ˆÈØ_–ÙÚÌOÅž¥ÍÀ¥/"TO%³G–Å=–42Ý-
¾ÇNØÒ¨ÖÜU5¢˜BÓ
>ĐO-È7Î°ÜYG,06È.XÏBC«Ö±Æ™ÄÝWE°×V72 µOÌ§#-
Ò(ˆXŽPH₂7ÕÆ/ÂÆÄY🗌Ý._HÏÈ°D\×„F🗌EÕÕTY±˜¾±G
¸Ò¡!E)ŸUÂ4E2ÙÓµ¹• ²KSŠ„ÌÒÝSII–%_\–ÄÄÜ
J™ÝURU2Ó–µƳ>GR·-
ÖY‰ƒË‚🗌8🗌@–>HY´°6˜ÜUÉÂGÀÄŒF±R🗌MÚ
ÈT🗌¼Ž£G"ÓÝQÙŽT¿ÀYG?ÂÊÐÌ🗌Ÿ÷L?Å-
ÏÅ]4¨PÙ%🗌N\Q7{O¹P³Ë\ÒÀÎ÷BËH«ßÅ<6"ÅŠ'PÑÝÓT«
C⁻»Î\`§ÇKMµí–žT˜È0'ÁW‹CŠOÜ🗌Ô"-
/Ò$÷¨HÙLÖ*8˜¾ÖA¿ ¡Û§°O}-
Ì·ÅG&·=🗌Å+(ÅÆ«🗌§'ÞªŸÀ°H¥-
JKØ®ÖÜRMÄSžÝOI¿2]ž7˜ÉUCÕ*/X|S🗌‰🗌À–G¤;'ÂÓÈØ
　　LHŠÖO4🗌\🗌T&$QÍ°52=ÔA4÷NOÍĐL©^
O·🗌ÇS²³GÅŒÞP1ÅË
OÁÍUÝÁ⁻9>™8T¸(ÒÞÚD6🗌"\¢VĐˆØ×%🗌B"B.EÈÇ¸ÚEŽEÛ
ß🗌´´ŸË-+🗌Ö[ÑVÛM‡ËÏM,Ô³ÅL´JÎÒÜžÒXÑ$À÷€Þ
¤5%ƒ🗌9090€Š®¶ÕÊŠÑ-Î🗌Å2!Á,ÁI1:Đ—
MU5LÎÕ™Ä147Á²G£ÔKŠ\————————
*ÞÃ¿Z^U@-
M/ØĐÕÉLŒ‹ÄVO÷7S🗌²ÑIÇÅY¸!SZR7N/GQÛO¤©ÉRÅ...
G–1🗌"A»ÑÅ————————
Á=¿SÀŽ¤ÇOTÓ¶1ÜW9OÞ)»————————

0X‰…3-?Þ-
³÷'S³Ò÷Œ¥LT½ÅCD‡Ê€)ÒÜY™"ÎÝÂDÖÇƒž#4QÙÀŽ9{
BÙÞ]ƒL_AÁ?ªÄF¦ÓÖRÞMTÜÀQÅHÄ¶†IÊ`ÁÏ¼I§G-YÉ
R9©%³ÊF©¯71Q;ÇÒ)Ü\9¹¯M²ºK™F¤ÑIÜÛ-)Ä-
ÖDÝ•®÷÷Y†›HM9ºÆ,Ó§¨²¢ÌÇ²ÎPH=ÇKÞDÔÔÒÃ$Š8"
PMEÑÇ)GŸ_H¨°>Ò—EÑS„\¥Â=QZD\ŸÆWÙ
'ÙO{|Y ¹Ÿ
-NBÑÇ"Ö1Á'H˜+ßŸÜÄÍ™Ì©-JÉ
LALÎÎÕÏÊOE‰¹
˜@5!C.IJ¤\'XŸÒÃ$L|ÎV¤¢|žŠ†ÖÓ9`ÇKJD§»¶-ÑNMÖÐ
L˜´DS÷W—5R\GÛSŠ-ÏQ³K–
8́6ÅÚ5ƒ"-ËÊ(U91ŸÛ¡PZÌYIZV59±D¸•Š?9ÀÆJÉ¼ŠU
ŸÜX¹ÍÁŽÞNŸÂ7ˆÊÐ$;WŸÛ©ÈÞ&'¾§„————————
SŸÎÂŠ`E'ÛØL;ÙPŸ§C‰'«ØZªEGK EÂ˜!ÂPÓ,4QÄ•Ð7#Ü
ÏË7Y&T²¤@±Ü‡WC¬7UÊÎ6ÇHÝÅLÏ•ÔÙHVØ°NÌˆÒ.ÜÊ)L
9¿¨{)¾T9§Í"ŒÙÙ
±ÇÑÇƒ"E® ŸŸW/¢Ù´^L&ÝÀÐÄFÐÉJ¨NÜ1ËÍÑÏË———
"#[ž Èµ™/_D.ÛL‹Ÿ«EÄ¡Ÿ*WÁŒžRµÈž¼F–
³ÄW±ÄX7]ÓU¼†BÇÍX¸+Q
ÍÕ„˜ÕY¬(FÊ§ÅCB¢£S/¹·M,]¹\ÎA³ÔÊÃ$Ç…JR
˜H"{ÝDA,UÓ&‰Ó›—'Ô½Ä¥-/XÃ`ÆA¼ÛÈÇ§
Ñ"ØP¸¥®ÄYBWÏ[H¬Á˜ž2HÜ@Æ¼ÄÙAQ6ÆYË}Ë}ÜS
Ž5V–X§£žN†ÌÝºZ'»HG9ŸCÖ
Â
ÎÄÔ˜?\‰D°KÞLJÏ-ŽÆ<KL§Þ/Î Ý£ÛŽ‹ˆ¦ÓŸÔSˆ9
?Ó‰*]÷YO.|Ö‡ÞÆ1ª8Ó%ÊÎ·————————
N¨»FUÖÓÕP4ÕN·X^3ÈÒ/TC[¸JZY"F`ÞÍE‰ÓØ+Ò÷V"¼
@ßW!¶EÌÁRŸºÝRÛ|N2ŽÃWÐUÎ?DÝŒ.=ŸÀY©"Á–
DÎ†×ƒÆŠÄ}³R¥ˆÅÃ—5L————————
{Ï$°,Á–Ù¶Ñ˜^)OŸÎY"<ÊX¿½¯*Ç'"ÎÏ"ÒBß,‹¢™Àº
G³Ó¦ÍÑE•Õ¬À/¾Œ————————
XÖÉ\G°Ä'©²LÇD³<Ì{ËËH2G Ã²³Î
ÄÓOOµž3ØŸÝ>CŸ_±–
Oµ(<AÏÎ¢YÂRŠJ¡-¯]¢}<Å"B¦¤ÜKŒX1RÚZ7ËÖŸ"ÜÛÊ´
7
Ç6SÂªRßÏ————————¢'}¹ŸÌÐ'!NYÍ
Û+ÎXE`DB‰

^...3À§÷(Æ2÷?Û%LÙƒX)92Ð¶†2Z%4' ÂN-
MNRR- GYÔÙ CDÂ,DQ°ÖÇÞB¿NÅ1W
 —P...Ä,-
5_ÙÌ`–³)Ù^BÚVÅ¬BŽBÕGÉËE.FNÀ¥ÈMÚ]ÝFÃM^Lí°Ö§
PÌT¤ÙÖ˜˜GÖÅ"®E¯Ôî7TÙ™¢Þ"AⅡK%À{ÚOÙŠRÖÀ$Ⅰ9•
TNŽ9]NX¹FÚVÒ®>¦^Ãó@"²Ⅰ'5T˜————————
Å²O·Ù»ÑÎÞÆ...¨Ï–]ÈLⅠç–‹²"(‹*É9}°X¹Ü¢SÏ§ª'–¨Š/Ï¤®¦¹Ü
ËÃÇVO'ƒ]L K-
Ù¨Ä@/ⅠQO£Ž2§Ⅰ™ÉÙ/"Û"Õ%ÈÄÁ%¾Ü...ÃÂ˜÷Ý÷ÝÑ÷Ë
÷Èμ"Ä{ÉA&3Ⅰ⁺ⱼƒ ÁN|————————
ÈD8¹™Ê!ÐNÆⅡÈ("Ü@ªÛ+"X"¤ÀŸĐ¡'DB!£!¥ÝÁ¨ÏB÷M-
9È¶Ô²2N¼Í³ÌE"HWŠO%JÏZ†ÇÓWÅ¦®ÅZS%¦Š^Xƒ'S$R
£}ÒNⅠE©*+À˙A˙A*Œ§E™μ"Ⅰ⁰! ™¹ÕWU·D³=μ²-
©OÆ:Í$J&6PPÉ²μ˙Å2£L-,Ì-˙ÅFⅠAKÒR`¥+YÐ92Ⅰ
      ÃÞT8ÅÆß)¬9Õ9ⅠÜ}Å Ⅰ%ŽÀ;ZJ8™Y,ßË«\P˙ËD
Ì—MÑTⅠÇA×´¤H#M"ⅠÛÊ®?Ø8†S4D/#Ñ5É¤Þ9/...®—
ÄÄ?ÝTⅠÙMμⅠ±KⅠ
BFY¬ƒÇÒ˜Ï"-OŠC!U}‹
ⅠABÉÐGDÃ»ÒÊ
ŒŒÔŶ>OD÷÷)°<Û——————————————E'?Ÿ
Ô¼PÚQO˜TSⅡÄ ÏXμXÖŽ½Á„8SÛ‰"ØR‡¨TK ÃÛ-
R+H^ºÚÖ²'²Š&————————
"€†ÄLÇⅠ:ÑC,IW-
%J 8¬‰OÖQ"M&ÛEØ...R"Â*...'-
Ú·X¹A&]OV'ŸÓ¬¦6KŶ%ONÎÊ87ÄG
ÓÚ§Â$ÆËØ³Ð„„XFBK{0©®˜ŽÈÌKŽS„D]-DÓⅠ£È†Û‰G
Ñ´'#CÀÊ¢!²
³N
+|SÍ5¢AÙÎ,Ⅰ,#ÁXÇ-B ;
¬Î°¦L,À3Gº8³Û¥ZŒ[#ËK'--
ÝÔ³ÎÄÉ%{ÝÞGÀ)Õ'P]Ì" ½)G•8ⅠÚ)ÑÜÜU>-
_•DÕⱼƒ}™|¾Ó·Wƒ€ÛÓÎ————————
<¦*›P˙ÏE
ÊQ
|ºÓOÁZH9L‡ß¿ÈG?Õ/.\ƒÖÒÖBμ){À¬ÃH?ÇQⅠB`ÆTÞ
92±AWYYÞXªŽÝⅠ¤8Šƒ»ⅠÃRÖ%XÂÜI,®}JßZUÆ4ÃÛËZ
ÐÉRŒ¤μⅠ‰¡\92¨ÆB

–¿ÙÄ¡?&¤{^EÙ<Ò ` A‡ÜXŠ&KMI'ÓM4¥Ç
    MŽ▯WÄ–]Œ)*=Ì\ÑÄ9U`ÅÀW
"ÔƒÉ▯¡ÉÒÜ®¸ŸÔEGWKÓŽ]¼ŸY;▯`Ø{,;¸TÒÁÜÂ–_$-K–
½Š]®ÐU▯E>‡2)ŒQÑ▯Ø^1-4JÑ‰————————————
CM,@]¥
‹FEZMKEJÑ"X$Ò4Š"™VVÉV˜´YÅ;Ü¡2R"¶ÑÑ¶CQ¨R——
R%'#ÄÄRÉKŸ————————————————XÒEW1Ç
»ÜR÷ÙGЄS]▯Ø!
ËRÞS»,¦¦ TE ƒ=.1°KNMÉSRÎHÞÁX·8§Š%Ñ1?3/ÃŠÉYQ=
ÚGÊÊŠCÝ,Å§▯X2P´ÂÅ‰·ÚÚ.BÙ|Zž-
ˆ½WÔ}»X1÷„ÈØ»ÅNÕÐž¿}¬[?–‹ÆžÏ8‰Ñ&ÍØÕ"––Ÿ-
Ê7N.DMJ{5ÏÄÎJ;ÌÌÂÑ:ŸÅ¡ÝÚÖ\ÍÎ·RIRÔ{1×BÇRGŠÐ¯À*B
EÏË±7DÑÒ/½_D▯"˜ŒÉ3E¤ÝÍƒ▯—————————
V
UT¯‰‰"ÁF¾E•ÆXÖP¡¿Ù®Æ™Y6‰-Ç0©]AÍ|ÜV¤QÇ,
ÆIÓ(ÕÞ†-
CQM6Ò?F¯È;¾Qƒ"&¬^§7KÉ%OÂMÂÅ„¡▯▯"¼FDÞYW_
¼ÀÐ▯▯A▯ÄÔÂU^JÄ¦(›÷ˆ–!
µl,¡GQ˜‡Q|±G3žLÎ,–
¿ŒT–.▯ŒD˜<ÄYM¹Û¢ÇÊGÄH§„ÅÇ˜@+TŽÎÊÊ▯QÙÀ¸‡Œ
ÍÝÁÈLE¯.Ù³Á\ÞMÎØ²ÍÐÙ|˜¤Ã¥6ŒNËØJ}ÅÚÝM£]-ZLX
90-DÝK‰%-ØVÀÙÎÃÆ¬_Ã^|Ø¤=?}M¹-
¸É%YÙÂ™QЄßNDTC>QÌCL_Î8°Î-
‡OH(Ç6Æ▯SFÌL./ÒÚQÁJKŽЄ0▯"#Ç¸
„-ŽUFQG8Å}©ÝÝ°‚ÛÐ¥\N9ÞV§É¤Q3YC-
ÔE&X¥Ø...Þ*"¥)JR"¥¦'•ˆA-IÚD±TOÒÆ–}Õ‰¥÷™LÛR
▯G-ÜÑ6▯...ÄU<HÄQÀˆZSÜÜ–
§RÙÇA¢?5¦$Æ•"5‰-QSÓ33 "¢FÄ=9I▯µÛJ——
7/%$@ƒ†¾3-
ßÓµ«R˜EÛ¹QH¢ßŒ-EÙUÑ°QÀ»ÑZ×ÑÌßÀÃ½—GCÉ¿\£{▯-
"ÔR˜ŠÇÎÛ˜Ñ¢▯Á¢Ÿ÷©ŸÈ†▯▯NÀÇÈ{É/Ó¨ÓÊ;¼-9FB=ÖÎP
ÑWÃ–Û*G————————————————————
ÑÐ©
]Å§Ã,7G93É×▯˜®ÁQ^Ñ13ÝKÂÙ"93ŸD³‰JÓ—>...AMY
Ò/–#BÞT7,ÌÓÎT<ÙØ1ŸLG˜ÝK&T¹
ÀØ]·Ü
ÊOÄ¢TQY4F¿6®ÌÌÂÔ¥Ý-Ã±¸ƒ{>Ž"º©"¿▯†B¢ŠŠ"*VN5Â
ÂQ³EË¹¡B-?NQÂC%´▯ÙUUTUM –OÊ————

ÅS\> Š÷(¡Ø¡ßÞRL1» ´˜"δ¯¥L8U−¦AVFK4·«\.ÞY¼† ¾
ÑUÎ   G(7 ´ÉÑ1GÔÖ−
ÄAOTY(ÚN#'ÛÄDWG£O:§‰{ÄÕ-
ÖT,ÍË†(MÇŒÞ³ÄŠÞƒ¨−Z_Đ%X • ¢;−>ÝUUU&QÀFJÈX,,
@ÅNÙMYÉ@Ê5'"Y[ÑEÁ˜¹δÎQD, •ÕT(°−OQ«[L[ÛÎ²"F[JÄ
™OYUBDÜµ=Å)¶Û−M¶ÛM−HPW94Q[−ÀW˛
ØÍŠQ"YÔ;Ýͦ"U4¯ž2°È¦Ÿ/ŸYDÈÄMÄÇ½G+)÷E§F‰‡O}Å
[Î¦Î%SEVº‹¹Î[
BÜ„O[δW¹W´−ºOKV−Y¦Á.
˜³"‡P"O‡50QÓÀÓÇÅ'Àº−§Í./5-
EKÎ …Ê†C[RV/‰ÅQT(Ç Ñ‰AQ−DÝV−
BÁGŒ½À™XFX'±Ä.U&¦¦§——
-,'"KÓ©¹ÇÃKÍÆCJXÑÉ?Y[¥··‰[‹;ÈÖĐ8ÎS"Ä#¹´¥2D¥
3XÃ²?˜N[µÎ⁄[NÌÆZV•SÁµ/Û1?{SQƒƒ˜ŠR-
94:»•ZZ(Â[ÅK^½O−[−O,HÔ¬Æ,A ÇÖ
ÅÏ<B[=ÙB¿ÅÑ7%ZÎÞÒ¦JCØÈ?‹¥Â•‡K2G¿?MÙÌ·Ä:7»%¼
GÎ:¯1ÙGÅ³94À————————————————[MÕÔδ0
7Ê˜§N[_ÅĐ^Đ‡9ÞŒ
VLÜÕ7
·SKÑVÜÄ¯−
"¾^M[¹Ÿ‡L,½5Å¢_¯ÖB¥»ÝJÍ9$LÜ`Ï÷•Q&:›LÎ4L)E[Ò"Y
‹NI¾G`Y„¹F*Í−JÄ‰YÎ$ÑÜÜG#ž————————
Ü2¦ÝÀS¡A€9494$QV^^Ü94V(————————
·H
¯C1¦————————————————————O

394E±‡94À[Ü94Å————————————————94Y
OQ"KÅ————————————€————
94"94O94OĐ94ÅÖ94Đ6E³ ¨R2194<€[ÆBË[%[=Q§Ñ'B
´˜Q-
ÄF"ÞÈ[94À@S2ÂĐ¨'#IHA9OV¨¦6ÉF›.MBKIÖ˜^[‰¢‰„
YS‰94@949494949494"†@Ó4£€¤94Ñ±[40 -³@94M
94`
Ù«Œ€94FT[=.H94À@Ô06]Å949494————————
@94949494ÅÀÎ
Æ[€B#¶1ˆÓ−[ÇĐ[P=DQ·¦7FŒ`ÆXV2¿<}WÈIXB+ÎŽX˛
…S¢ÝÒÄ×[PY¦QD˜N;NŸF————————
'ƒZ8G`°^5E6.ÅÔ˜P«¦@±−UÔ¨˜Žª¨—————

94

7ÜA‡Ã¼€¡————————————————————————————————
ZÀÏ8$GÖÁ⸝B˜ÆR©ÈX€`ØŒ—————————————————
/N95AOHTH§½Œ³Œ Y⸝ÑÛ`
ÈRT%ÃØÂ@UÐÄ"9]ÌÊD÷Æ¨Æ+Ê®C†UY
³´÷E"§ƒ*,BQMË´NSDB<À@`ÀKGHÐ—EC»   º-
Ô¼6———————————————————————————————————
€|\¾ÒµÒÍÚÄH,‹ƒT%#⸝˜žÉUž—
´8ÐXŽÂ¿Ò@¦/)ÁŒ95Í]ˆ9
["GÂ`9595Œˆ€ŽÍ¨²Ò2Ð@Ã
9595ƒ`°]ƒ95⸝ÁÄÐÍ_ÀÐS@"HHIÄ0#ÖÔ¼Â§JR€ÉÀ›
,÷¢µ¿
95-,RT—Ä$⸝WØÕß——————————————————————
º°2²À³Æ˜Ö7Âß M.ÓÍÁ6®X⸝ÀLOÒÐTÍÁˆ4[À-)BSVÈ€¶
©'¹½1³—————————————————————————————————
MH——————————————————————————————————
4€Î˜ŒÍ¼   Ü|4P‹{FHÄ4ÝßÃU>XIŸ·H¼ Š\
GË7Œ5¬Ð#Dº<€ž‹A-
ƒRÃÒ«D——————————————————ªÖ2QÁ°Ë
Õ95|Ø"Í@>„K1UÑVÓ˜#YP¸ED...OMßO`À`¢B!Æ95‰„F
P|«0#Ý˜€B`ŒÐ3—————————————————————
B³´ÑÎÑ⸝ÐLÀÈ³——————————————————————
¸)#Â£AVNÆP=X#½£À²Á%®"Ž÷Û)ÝÙ95É˜žÖŒÙ´®°
^²€‰|)¾A€ È¾Ýƒ⸝
ÂÒOÕ=70Š@@—
95"ˆ95„9595959595€¬957<PYÀ————————————
959595!95ƒ95R959595————————————————————
95959595`9595Ð95˜È———————————————————

&4B˜€H°CÊ3
⸝Î6ŠÙÉŽ2LE"Ý"———————————————————————
—Ø™H'"5$ÚÇ©®⸝µOÎÊ‹HPRŽTLG¢ECXÐ————————
„ÒÁ˜ÆÑ̂2"˜¢ŠÔ9<Ì³½·ÆQ⸝±OÏÆ⸝BQÃP¬Á¦...2Å"(X
/[Ù2µåTV-
ÝHÐ|Ä¢Ð½‡———————————————————KZÌ«Ò{ŽŸ⸝
RB"¹ŸÌERC)Ä>@X‰¨⸝B†¡[ÐŽ[«4¸ˆŠµÍÊB42ÙÁXÈž'ÝG
±Œ´X©`⸝U`E}Ì@?95 95ZX`⸝H‰1CÚ"²1Ã ª0±C³ÜÁ$†
,AÀ⸝B,4GÐ———————————————————————M——
¤Ý´´*²¦Œ£*

95

Ú„6„X°KNX"A————————————————————
€ÈS¨J?UÄ4^X1"ÀØÀIÁ&°
RŠ@CH4„¶EÞ8OX\Ç{ÃÅAÑ7▯„96‹Í-
Ö!▯Ð¬-6Ò▯BÂZFÚÕRP-Õ÷"^ÂÄW¨MÖÐ°Œ[A————
US†02

™Œˆ————————————————————,96Ò961▯Í

▯ƒÐ@96DF¨ƒ————————————————€Á/Ó‚UA§

[ZA¶▯ÄÅŠÁYN`€—————————————GÂ€

†9696Œ96969696€
96F96ÀÁÁÆOZA96Â µß°O&ˆBÀ"PÈÄOÆS "OÜ±OP▯Å
2>Z'¡È%Ý7ØHDU-£FÕÏÉ‰ÆAÊÅ"[▯Ãª€—————
4Ï°&Ë FP▯?A¨{96ÃT€E96Ð·EØ`À————————
ADÛ▯D‹4›2ÃFÏCPD‰'▯‚O"XV-
"È6"8‚…Á68*°B&+Ñ' Ã›"▯C1GG!º6È'ÝC/Æ±ÁÞAƒƒ½
96ÆÄ(‹Á ¤Þ©Ù™ÙÐ962¶ÐÀ$&‚ÞŽÝ96¾FH…-‚ÙTVO
LBÔ³-ž‹▯€Ö!ƒÃ'‚ÔÀCÉˆÂ96966À#Œ96\=¥Â}ÖÏ——
R°PÇºQ³Œ½|± ÀFXK#‰"
‚▯À▯À‚ËFYÖQM>Æ³¥   )3ÔƒTWC>1\N
E——————————————————————————
J‚`€D'P`\@————————————————B————
▯À``3¢1 ▯¯`³T-ØÔÇ†ÆÎ¨ÓÍ¨Ë
@÷Å————————————————————————
X=M
7U▯ƒ™`™Æ——————————————————
T7_W*▯ÏRÃ(EƒÀA969696——————————
ÂÝL——————————————————————————
M¡"\¨ˆÂÇÐ˜RL3966;€À▯ÛÄ1Ê#   ÈX€—
969696@964Àß¤\ ³¡‚ƒÁƒ▯`9<*4‰Î-
$Â¶/ÕV=½▯„G¤▯ÂJÒ‰▯3Ü▯Íí±I∅ƒÙRY▯ÆK-
C<V$G2▯¨G"|È`A"Ç!½¦ª-°±C∅A[NØ¶Ñž„RC;———
#„‚ Á@Ù96 F+'ÍR‚ZÎ°}?Î▯`¤ÑÀ ŸÑ€"
Ü- ÁP96Ì·▯RŽ¥[±„‚{UP‰
▯×‰*▯ÊU [Ý™ÑÃØˆÒ—@©"OÇ¢‚/Ð‚ÜÝ '°*XTÊE²Ä®——
˜„P‹J…S¿)Î—Ç▯—UÍµÞÐÖÙ ÞTÄ‰˜·Ø€Ò†ÕÉ
        H·Ðº‡"Æ©Ó'Œ-
2ËÆH¡`Þß$C"Ü›¹CÇRDŸWÓSÄ Æ▯Ê•Ò7\"/"{
:…•½LÍ9;T„Â"M————————————————————
+Ù£¯¢Û6FÇJ×¶¬À7MHÚ ˆ-;H@

PCÐ˜P°T# ŠL¸ÈF°Ü.,C2ⁱIÖ{`&ⁿODŒÔB)NF————
Ⅰ&RÃHIQ8Ⅰ€˜Ú@97*•RTŒ=IÔ$Q————
" T————
„ ˜B@———————————————OL‰A————
@ŠH(97¥I€4$ˆÕBOCECⅠ`ƁƒL@˜°BÞAÕQ PN%°»¨V5Ê——
·IÜGⱼƒ(970AJ–AZŒI$97²I‡ÊƒYÑ€,9797
VN˜Ó#ÉCI¤8−,ÆF8¬−™ÄC————
À97———————————————20$ƒ(H$Ⅰ@@˜€$0
Û€¢¸FÀÄË(9Š‡)$ÉßÚÒ¤À(YØE/Í   ˆN!%.
AÚ@¦––
È¼†C,·ˆHP€C97ITŠ————————
      Ì)X'¦ŒÙŠÚO\É————————
SÕ‰¨ÏÜÏÇÓGJ&=7¥
      Ö@OÁÐAÉULWH÷ÆXÏOÏ;-
K¶EÍ€W,ÜÈ4ÂØVU†Ý|¶M³Š|ž†„‡¹·Í'¼Q€Ÿ97——
#Þ'[JJA&T/©——————————————Ð
).7$"PÍÐJJXJÑ%%ƒÊ,O]ÜÝÐ ,Â̂OÜ6±¥ⅠÅSÑ————
————————————————?4#¶Ñ—
C.¤ X¬ÝXÆK LYÍ1,ÀÛ¤¿
ÒE−°Y}×´Ô¢"Æ„®Ì°-X`¼´#H!V¬^3„KT&————
ÄÕQÐ&EË"D"ÜS−•B'#ÄÏⅰŽR\µ⁻R¦XˆE¼³−Õ…M³¡»Þ@—
Ÿ̂Ⅰ®61¤AŸªNBŒG—P
€97`Þ†+XYZ:Ü^8LART#ÂⅠÂ4Y®−÷Ê`½AÙR"ˆ-
Š†97ØⅠÌHÁ…À,ⅠÄ±Ü
‰ⅠÛ7ÁÁÂ"SGPR33À(Ò$ⅠÊÃÊ;–©————————
AⅠ¬:————
Ó\ÈT¤ª‰FK¡O?½‡¥ÆÈR+EⅠOÎÁÇ–ÎÎ#ÎÙI×–
J…""¬VÓÝ%6ÈÌH°^FÇO97 -TÍÄ ¨SÊ)
      FÆ¸L¶¸ÎÙ'Ì̀´ÓDÇ97#Ú/@Y¸K®C};Ý
³Ÿ™…N²
ÎÎ-OÍ˜-L$…¦È/¨2Ü LÁ1ÀG@ƒP†((Ñ̂Â?ØOŸ`GL
OSV_)ÛÛ9Ü×ÆE HÀÒ̂ⅠÛÀ6ÈÙ¡CⅠNÆL% V5ÉŒ`˜†FⅠ-
97C?'VS,Ô•M¶Ð(¼<ÞTRG"@Ý'
Ž`ÌAD)ÕUQUÈ†PQT÷†−SⁱÊÃ|–
‡AFÕŠMPÊPAHÖ¿ÊÐÔ–(SUDOÜÓEIŸÚD97 PX>HIBLⅠ"'
-(€Ú97–PⅠ{CÛO$"LYÙR   ;Ⅰ
™8H3Ü" Ð97¸À0#Çƒ-
————————————————PHÏ97Õß†®ⅠYÜ¹€A0"–

97

²!¤Ã¾PØ²Æ¥ßÀÄV¥ÐÖ∏ØÞ"98986^Ð†Þ`9————
X²H˜200ÌXQ$0ILJ;#∏ZØD©ª®ªRÀ————
————————————————CÕØ?†4R=ËÉØ¤Ö∏"T"Ë·
————————————————Ú∏\ÝËÙ89898989898
985¡#ˆPB%2∏ÖL£,Ü;§ +¼∏ÀBÒ R˜—
ÂÅÑÝ∏ÚÉË;PKZÙÄÀR∏ SXW8&‰0°ÃNŽÓ05Õ¶Ç}-
ÈJ¬;†PCß%¼ÜKÇO!÷
Ò¾‡ÌX∏Á∏†————————————————IŒ————
ÒLH————————————————————————————
4'U
‰Ê'98C¬@
Ä   ±98981¦985*————————————————
Ø98Å98 98ŒH9898————————————
C@TM17}$Ș̌˜ËN^@Ð∏€Û'1Ï
Ï–»6€W{‹¢OÁ'ŠÌ#<Í∏¶LË™7B"K————————

————————————————————————————————
SJ;U€$∏ÃF'HÀ`˜€ŒUÀFÙÂM'˜…1ÁºÊ98AÕÅ5ÂX+%
CS¹Õ4†ÌÐÄA $'-ÍÀ+"Ã˜ËC∏¬Ü`,-€@ FØÕ‡ÇÔ)ˆ ‰I˜-
ÒÑÀŠ;5¤L=";—
†¾˜GÀÞº[ƒÖËYVWZÙ'‹ÎÀZÁ±ˆ0`˜€FÐˌLÏAÈÖË„±O6
3Â˜Ä¡!˜,ŠÌ:B@I—ÉÝ´K„WØ[Š³LÍXÄ?…˜@-Á8ÁÕ————
Æ98ÞÀÆX————————————
[È^898˜À6)
±^Ç™À®DÃ£8Ë1ÊH2Z*&}Ê$.ºEQV¥\"»^Š®·²]A§J¾}
ØŠO!ZTË°´]Š ÂM8©Æ
¶ÇHMFMXÉÒ¤€Ù†¦2×ÚÙ.5ÚSÜÖŸB°FÃŠ¤Ž÷¦Þ¦»
(Z˜WCÞ± ∏±
ƒT¨€)1Ä¶¦ÛÞ&—E*C]0?Óì`¬É-
OÃ∏FÓQ>Æ4LM%{[Å°§ØG"%³Î—
-QÈ¨¬∏Å}ˆ,˜‰ˆ9898!E98————————————
. GÚÎDÁO™¦.ÊᵀᴹÀË½ÅZ³¬+6Å%JST€PØB
"ˌÜÄÞE¡†3AÏ$Ò¢ÑMÆE(2ªÊKÐSÛ¡E"ƒ∏0ËUŒHŒÔQH
N#˜————————————————————'•"WBZ@‰9Œ¼Î
H^†ÝØ`ËÓ!)ÐÌ§¥Â'É§3†`ÖRÈ$ 9Æ————
˜98————————————————W 4½XS
€@ZÎ¡Œ∏
A98C½ÊTŠÛº&VCFÙIHÀ.OQC2Ý<1
ÐÆJˌÁ PºÎÂ-#ÜŠD∣ÁÐ+Ò&Ý∏L`QPÕ.ŸÁA ¤Ô@A^ƒÄ`

98

SCÒ"/ÜO...EH²CŠÑT¬['µ(¸Áí¬ÀSŠⅡ\Z9ÅÈ÷GÎ„†DÄÛ–
MÙÈFQF¦H(ÓÄ"W WÝFLÎÛ————————————————————
  ˆÁ•'SVÔ÷9ˆÐ4DÊ¦Ö\ÍZ
ÐEFµ¦J(Ê4Í————————————————————ÙŸ¦†±¾]Ò
IQÙÜ,žÑ¦FÉJCD'B¿Ô-4£Æ99————————————————
ž»ÜQÙŸⅠÆZN
        D†OJ'˜@DDA4ÆN%4ŠA™AÌAH¶Ü*†–H«ÓRÑ)?
1IÓÓˆLÀZBÄ7P˜
  '¾A£Ö¬O6@?LÔ}I„HGÀ€F&'*«ÀŒZ...Î"S‰À
  <ˋ
IÖ——————————————————KO°È'ˆAⅡŽY<À99IÜ–
ÀÉ99UˆDKOP¸FQ:W2]Ü
›'Ð5...@
99K TQÂM¤)(ª9999999999999999999————————
999999W¦(QFK‰ÐXB JGCÂˋⅠLH9999ˋ——————————
ŒI99@99   ...ZÊÔMÈ$ ˋ¤ÀH-L‡OÜ–
Ã!CÍÐ^¿C¼CŒWÐ–›;¸EQÒF————————————————
4NŒ,¨‚ˋD4C99)«$}¦Š¤=•^5ˋ}¬°Û∅Ü–
¸CÞ®¼VVŸµⅠºˋ8ŒBˆ¹&Ï
8›ÀÏÃ8÷ÀÀËÁ›ÙÃ3Œ™–
WÝQⅠ¾(4ŸÚ/Ã2∅³9ÈI¢ÛU'ⅠP999999————————
PÀ'{ÍÆ——————————————————ÌW¦Q5#Ë˜6Ⅰˆ99
99 É7Œ   Ð∅1›-ÌÕLB°NSÄ———————————————
€ÔŒ <;Ë[˜ˋ§ÎR5'/º^•'FŠⅠJ ˋX«6IZS=?XGⅠ¬P
    MGDÁ$®"!∅+DBCÌÀŒX³›Í„@S
#€U4;%ÚÒ@——————————————————#€ÔJ÷™Ã¸
"ˋ¦Œ«¦$99——————————————————Ã
    ÍDÙÂÊ¦›MÂ199Ý@L'99«BURÍY½ß"Ù¡!^)÷Ô8ˋ
99ÛD„'£Ý$ÁHWBÀ‰∅Ç@ÄA°\±
YÊ   H99————————————————————
99D99ÝX@——————————————————————
ÊLÃ
ÅÀ:¢ˋÚM"Ⅰ9.X>Ý0&Ç°Z‡:˜NÆ°>.|ÖG?–
¤ˋבˋ¬ÆÇ&8ÀÏÂÈÐXICÀT˜¬ÎAÈXHⅠY˄ⅠÔÎ}Î'³Ô–
À!JÒŸX°&˜Æ¢Ÿ?X©SYÊX%Ⅰ³›Oª³Û#„
ÞÌÒ±ÒBˆ¾RT3Ú+=-
L@Z'ÜE,ÐXHÐª"Ï#§ÀÇR@2YÅ4Ï†Ⅰ¦ÝÀ7Ù¾ÍÜD-ÏⅠ,YŽD LE
Å‚A§G€99ÕAÃ99∅Œ€A————————————————————

0>°€100ZŒ100F

Ø+ŒÅ⁻ØÐ=R¨D²(N¦ÆVÇ†À×®AÙ(Õ°`MOH'X,*Õ±¹S‡Ø

"GŒNßIKÊ(▯#IP'ˆ⁻⁻ÛÏ"100ÀÜS?PR4ÐŸS

　　»ŸÒB²Þ²Ð

ŸMÅ÷·————————————————————I▯EŸN£L▯"ÓPWH

XY▯▯XD`ß6WÆ100.

　　　¤AÁ€ÆªÊ#ƒ$÷™]Ò¼¦L%ÛA‰Y−2|LÚÏ▯¼Xž

™¨FJÅÌ‚H?Í↑Ì^ÐÞÜ]"-

Êº BQÐ$GÁÙÀ:Y*S▯Ø-FØ¶×ÑG‰¦›PPD‚)ÇÑ

'HS°F100‰Ì↑+L8"¡‚N¨▯Í.Ã ÓÊ€GÂ¦´^▯J#ŒÒÀ`!3¹Ù#'É

...⁻

ÉZQ¤}OOÄTS▯†

OÃÍ1‰FJW————

£(•]Q————————————————————Ù@UN'C————

Á±]®4Q€A@▯ÄA<GŠ!...D▯_«׬B-

„X€B®U¾DJ§ZHÌF•‰S|+ž/E100)S´À————

N PJ>CŠ Å8&˜ƒV,100SÄF²+VÄ−B7-Ÿ^Æ³Í±&Â⁻

Œ▯À×""²18£NÄ:Ä½

ÅE.————

+€DŸ)Å100

|N½€4ÌÃ‰100V€▯ÒÇWH5ß`=»Ã;É▯100RFB8Á"ÜA‚J®,

‚†　　ŽD˜S¬ÑÄT5¥1-'X#LÅ ÆŸÆ-KE·

　　U¥ÅQº@JÐ*3'&DÃ[▯¼=F‚ˆ¡UXÖØÙÃPË‰JÍ°G

ŒC"IÓ§Ð"NØ.ŸCŠ8ŒÂˋ>————

‡ÃÁ100„€µÆÅN————————————

N#...ÎWžòBÃY"TÔµË0®¿ŽFB.F3Í°FÁÓM#‰ƒÐ°Ü°ŠKÄ4

LO'¡È10001004.100−

"À−·Ê1ßÑ´ÂPK^▯ƒÞ³T100>ÐP\Ä`X▯÷‰ŒEQ¤V2D.2¥V

†-

8▯˜ÀÅP*)žA▯@NŸ€µ†ŠLŠ¢DT:Ê&-¤ŒË¼ÌžD100˜¬2"Ì▯

F-ÍŠZSO1™˜D£ŒB2 B*Î‹ŒAKÀCYKÐ▯H£5ŒÄ¤PÓÀ▯

¢HUY7À|　　ºÛµ˜Ã

*F›^"KÙJ9µ‰▯Þ9-¾Ì€————

Àƒ¢M®OKÀˋˋH

±A\'±K‰˜Ã#JFÁÑŒÌ——————————

ZÀXH————

•L°„H100'$‚▯ÁÍ^:ŸJQ‰‚&Ó°É&ÔU0▯Ç!¡PÃ£W2100‚(

100Ã€ÁUÂTÁN‚ÈËHÚ▯™'-+'Ÿ8.-

AJ %^Û6*ØR,› ˋÕC!101‹+Q*Û$- –,————————————
¨É101 ÑYC„AÔ}ÞÔÐ˜G:G˜CÝ|ÊÄˆŠ‹'5X1´ÀAŠÊ¤ÀA
@!ZI1015LI——————————————————————
LB·³ÆÁ@\DÓ÷Æ
UÍ[" ÀÉ!ÃX©WHÃ+Ñ
G¢ 9†
Ü——————————————
ŸOCÔ˜Í,‰XÍÙ°Ö¶·ÀAN¢Ü%Ö
ŽAÖ¤–Ò˜ÙÝÓÒ!Ñ¥*¨J)±˜¤¡^P€ ,
D¥À„ÖÈ›>™)÷ÓJZÕ¨/XAÉ±;'£'¬————————————
…ÛÛS<CÖÖ=YZª:÷¬A NH½ÏÊ1 †WÙ(-
Í Ì&ÌÞ)1019L˜ÓÈÔ
@*Ã ŒYŠ²Õ,FÝˋ
W>ÌÓTžRO$4©1BICÈI‰†«Ã ÚJ- O—
Î‰‰^€ÚÏ9‰ŠV| Þ@Kƒ1Ó‹Ø
Â‰@©DEA9Ø•1…¢Ì 101101101@101101ŠÈ————
ÓOYÐYJÌÎPO'I²ÐÌI101ˋ$€101„>¹°¯TÒMŸÂ¨©QÒCÌ[Yº¯
…"Ħ«–ÆÃ1GMÀW"ÌNJ_Þ–——————————————
W'G7^JK@Æª¬O#¾-ÆÎÇÅÈ„–BÐˆ————————
¢HUO4Öª„$Ð5OÔÃÕÄÇB!4ŒÚ,„OÐÌJ!@———————
B!F ŒC¬N?E€O101F1AP|ÄŸÃ‡ÎÍ…ÇS8ÜF¶ŒÔ)Ç˜°¾
ˋ¡Üß[-
ÇÃ_¨»UËÏ8FÅ¼ŸOÙÀPŒÌÜÂEGÞQ9Z+]Û|3ˋLÜßÂÀ¿
‹ÒNPDŒ²´ÒH•ØÜ– B¤M2 ÙÆÄÖT×Ý>-Ï,Á„?-
B,¹P].À–Ø†)–"×Ö«ÛJÇDÓ8Ý³WS?101QD<ŠÈÖ¨L(:P×
101101„I101£ƒLÖM…P3:E·¡ÀR*L¾ÞT¥J¥ÖÜ•µµÈž$É
@FTBÈÒ¬X]©ÙÈITÊ;$ß!V…•|Ñ)/——————————
¢´IXW101¥.DUT˜,ÃY¾Ð'CN¤
ÖƒE4LDˆÍGÀ+VÆ"L(6™QŒP•T'MPI—————————
ÄºÍ€†QÙP·ÁªÜ4&ÏÐI4;EÀM Å
ÅEª:FÂ'À€Z——————————————————
.Ü¥E+'EVHÞÅ%[M¥ŠE"‰-(',@?Ú.PCÖÆÂˋ+ÊÓ8ÄA˜M
¶„¦@°,KËPM1ÐH-ÂI2©$‰%Fƒ(ÊÄŒÅKÐNNÖSÈ¬L¨Ã'
&£[>[¯°"µ——————————————Æó¹\Ç
ÑŽOÈÌIŒ¢°Kª
§CÀˆÐŠO½Eˋ1J±DQ3C=ŠÖ½ÏBMÉY±;RŽ'¶101
ÅÀÃƒ)D¦V————————————————µPÉ8¸>§

Ó./9C'ˆ¡-‰<Í:±ÃNÐ*ÂÁÕÈTLÒÀOŒ€X¢Äˆ H€W————
S",•Î(I□?>79$]®]Ò²ND"...——————————————
(Õ‹`C102-102Ä102102102102З€¨Ø———————————
€——————————————————È»°——————————
LEÝWÆÜ¹'
MTF6•CÑžŸÃTÎ4V`————————————————µÀ
JÝÈÂ€ÖÃ„S□>´ÊÛ˜¸1ŸÈ‹ƒÂÊ®K1# H€<Ô>————
"µŽV€Š^ÈO`—ºÅÔ½¸·[/ÆË} Ãˆ@¼Ž÷□³¨²Ú,Lƒ ØŒ-
G®ÖËÖ^ ¨RÙ'§¤ŠQŸDJ`E"†———————————
º!ÕØX?□ÀÛ□XÀ*MŠ3*——————————————————
B102Õ¶ŠÛ;$PÅˆGT4(½&0ÁQ&6G'½7IF.!›FEÕµD#ÒªŸ
]$€™ŒN†AN1Ì,Œ'V–¢#^½À§,102?V...¡□C«¢ÑËI!SÈ€IÈ
†Q Ñ
9É,žÚ¬K-,¡HŸI□
©Ô× ÜN\ÒCÒ²L*QSÚ›"CJT
°Š)ŒÜ¯J£‹Ê=Ñ2V!Ð›IB3ÙBCI–...‰B:€1 $ÎÚEÙ€UŠŽ"Œ-
Å□(Ò"–.Ã@†„DÁ©3÷□IÊÝ'Á-SXÙM6————————
O[D¢□:□ÙU-8¡£ 9ÈNUÐºP¬Ö{'4*©`——————————
!¯DAÃ^–ˆ'LÊ*,——————————————————————
ÞUD÷¤□D H£V2'%Z€Ê8 Ê Ö@ÔÂ————————
'ªÕC"CÁ*9°`ª¦B-Ã——————————————Ã□`%
INžFO——————————————————YÙGJ½ÀT(
Ñ@1024Q« H³D`OŽ@ Ù¨ÅÚNO-ÑEEÍË)Œ8ŠÊ
ÇA+IDWÄJA&I$\NÔ¯
F102ØÂÚ#"1□ÕSLMVÉ¢¥ÐŠZÍ□DF&T.ŠÒCÐX©¤Ò102
102C102Q„`€G#I€-(È6I]¥A102Ô÷€J0102J
Ì...G
T| Ú½AE@M¼K'$S
YLGŒ-ZËLYQÕR□6Á——————————————————
(X<Î&=JÑ$ÕÒÝØÉTŠFƒ}G%»ÁYßŠØ¶102ÈF$LHP)$ÀL
DÁÂK□I×Æ@‰Û102'°ÂŠ|Á±——————————————
!ƒ¶ €102102©`A®%¥Ó«Â}¸ÆWÍ□BBÈÆÕªÈ 102————
102102——————————————————PÀ□·YÎF-
□XÎBÀÚ"©$ÞDVÍÍˆÁ†Ñ†,ÊE'(Û®¸› Ÿ102ÔV*ØHK-
I1›Æ6Ü+1
Œ„YÙO•[AR*U□ÎEÔ]!ßŠTOÖÆEÍÃ{–\$Ó3SÏ'C————————
'§F^`ÐÙŠP8$¡O†É`*V-
ÃÀ'Ÿ'□Ñ¡_102&±ÔLFDÐÚÂ¯3102Ð„BO\CR102Ø!MÆL

ÑÅ,ÅÑ¼ËÛ<0103103)ÚHHE`¡P@PÈÜ×`Å¡©LO)\Ã1Å
ØÛ@˜¶Ã¡#ÀÀƒ˜————————————————À&%Ç
SRµÍŠP"ÑH™¼Ý"»ÀŠ¥È6C#VÉZÕXW:DÉ2³⁻
&'ZÆ[TÙ¢X,£⁻×±Œ103Å
O'T ⸏WÓÛZWÈ"...Ä"7Ù†PN¡1/L¶C⸏˜˜¨ '†È»•\Ç¶⁻
žÊT†DMJ'6˜...§ˆÉSËZ!ßØÙ¡AÜ3»S————————
+⸏%N6)LQK_!$ÕF⸏‡ƒÆ²"ÒSÓYÈ†ÖÕ⸏⁻µ»Ãˆ2ÕT„¨É¡Ä†⸏
YGŽÈ
^¿ÖÖ7•[]¿.UÖH•¶·‰
¡ÜÜK)
,3;ÒL"ŠK?Z·˛÷H—EÀA¹*⸏M»M,ÊB¤:"Æ⁻ÝV'HQ⸏Œ————
PÞËÕŸC$⁻³⁻Í⸏DDÒQÓDÌ&{±
¦U—————————————————————————————
›ÚÕ[»&KŸÉÕDÉ_UKº Ó)QWÚ+⸏ˆQÓC
@È„+M¬Ò¹Í)GY⸏^ÒŽU05%&ÆW%'PÊž⸏¶[I˜Æ¬Á&&'GÑ,
R†\³KÞÈ⸏§L
ˆÑÁÓA——————————————Í="W"MÕº¢'¥Z»
ËÌ#PD⸏R¥"$ÝF$"·F¥)µLCUVÎˆŠ?Ý⁻NÈD'¼«ÛÅ⁻)V•WŽ•
Æ&CÅÚ+!€HÎWI?ÜÕPXÎYÕÎÅ————————————
NÎ¨Ù2
————————————————————J"Š¡'A1}Ú8®ÍÒ
WÎÜÎ_À103103*103"HG(ÎQŒ˙!103@103103103103⁻
103 €103103103103!ØŒÓ—————————————
Ë/C«€——————————————103À103103
103À103»\ZÈË„,>⸏¡€Ã*0103ÌŠBAŒ†@——————
È5J¸ÃH——————————————————
ƒR⸏¶Š[ˊ0ØÅ⸏•6¨;`ÎÙ⁻‹˚×Ú×;¬|MÕ#ˋÈ•Ó¹ÅµÄÛ⸏ƒ+Þ
ÆR
½¨⸏DÏ‰EÈßÙ+ÐFÄÐER⁻ÅO‡
Å,:×ÓÅGØÉ°8Ä4X———————————————
Ô¨ÌE}°⸏®Å27PÅ&ÊDD$[BÞDÜ⁻
B(±ÅDÆÚ¤!ÅVÑ⁻¿'ÕEÈÌŸ⸏,CÏ÷JÙNÙK:⁻OÈM—:R⁻
0;P7103HÜ103ŒEAÔH¬Ò˙.%T±%⸏¥103Î?QPHR%ÆØD'
Æµ*]Ë°NÐ ž⸏ˆCÅB⸏!4ÝÛ'X(——————————
ÆºÓ¥LÁÎ3S⸏ÝB¾‰Þ^ÛŠT
ÏHXJZHÅ©¦¾V±————————————————
±ÜD,G˙.Í‰⸏Š(|¢˛LÄ⸏RÞ$ŸÈ"÷"„"X˜#Š$*Ä1A43⁻
,NÆÑP"[⁻ÐÐÀ¤ÔÆ.../ØSÈC$±®DID6&ÃL1⸏«ÖÐ

103

4DÜØ'·—Q}¹VŸ¬.˜ ±0VMˆNB104-T>ˋÉØ———————
"OG{Ì¢CÕÓYÅ#K„ÖÀ¿DH |
QÑ£ÞHX„"£)E´V5´VOÀ,DCF8ÑÉZ? ÇÖ9Õ¬¦H¾-
P N£"Ù›-
ÖGÍ9104ZŸEµÕ[[.¢ÆˌˆTÒ"...ÅÊJÅ»È¹‰"AÈÇJµV‹S"†
LÌ´L%WU"Ö+P¨Š,$Ê"©RÀˌ‹ÄÀ6¤˒'OÈHÈL-=½*'&)UØºÊ
P§ŠÃG¾"×Õ4C¨%LC104ÞËÓÓB
¤ˌÔÐ...Ð104Û´Æ¾‰.ÚßˌÙ±˙Ô>ÈOXÝÝµ:ZˋÀÃÂ«¢¦V™
Ü-±ÄÇ
•-¥KDÑ—Q±8§ªÒZ¯&ØÅ=P!!¥"'Å2$Ï!:
ÈZÙÛ¾5MK-U2¬6µA±´D"Ø4ÒAÝÔ?¾•ÛˌRADF£Æ£›³
Z‹6ÊÌTSJ/G;ÃN¶³R"PLS·ÊÌÁ`™-±‰¸Æ*2YTŒY¾ÀÀA,
B104F¹½D† JKLLÉTÈUØ÷±Í¿¶·†QE
      PV⌐ªÊÍWP¡Bˆ ÄÑ¢‰¡` ÜŠÆÄÖÙ1ÎK_±Î¸-
K÷ØÕ·¶U¤N|Ў:¦ˌSÚ6|Þ¨V0°'O-
WT}...«RDFQEÀS¸‰Â®O«"%WB
      &¶«Y¥&ÌÒ?;"35£N¢Ž†Š:K˜Ò²>RÆ'Ù4M104W
™»XVÀŽWX,K˒'ÝED'-¨ÀP[104™‹$ÓËKÎˌAÓŠQ¡TA———————
Àˋ LLXIGŠ1YSU¶Œ#ÎCÂQˋÔÌOD×—HZQD
Š
¦,)Ï«H.É4):"¥Q4ÑVÃ[(¬Ð•ŠÜÐÒÞHD°°NVTˌ)¬G˜†{ª]CIE
PˌS¾ˌÝIL.Ã(‡"ÖOIÑ-JÅ
      S<¢ÉÊ"P'Ð©J¥U%ÚƒÖÕ¶‡-ÁÚVÓAVÛA6³N/E€
«ŽˌË"¸¼#Ð   @",ºÔRÖÆªÏ‡&‡&+
104°E,‰ÉÔC2@-ÍˌT-JÚÀ C˜———————
&Å¢˒"ÀÊU¾©ˌºR;Ž104T$
VFF¸ŽÖÜ"Ì,/QIÐÔ‹B¨ˌ⌐ºÎ=QF5™Ï5™ËM-\0'>RY—
¯ÉË%]‹2¥{„IMÈ)
UÈ)ˌ³¨¨"¼PÈG½¬¸ÉAˌ£OÊ¨2'1ÒÚÓ-1ŽMŠÀL¦†1‰T51
DS§‹...\³S¡ŠÚKE!GQ(¼´Ù-
PT%,ÉDÝØÕT³½Ö¡DÂˆ|.M˜3!J<ƒÂ-⌐6¢ÎÞ(-ÔÅ„Ë———————
€ÀÙÀTQÅÎ˜¹Rº¸8Éƒ䢹ÐÐX$¢ÄŒA‰*;-
¥ª,}ªÎˌÜJHÓCSTD8LH‚ƒÇ'ÍÑ9D"Ñ,KLˌ„Q'Q'0CÝÖÒ&B8²¤
ƒÆP".]WU7@ˌ¢\"1
(˜Ñ3ÉÃTËÁX€ßÔˌÆŠÈ%TY»™ˌ='Bµ^¿5_C^ÒWÝˌØÕ^CQ
´VÞ$"L6W,˒¨Ⱥ´ÒÚ™%Í® ´YƒÆ———————
"ÈÉˋÁ>»}G„FP˜ÄBÎ«±———————

104

IŒQË„Þ)Ì————————————————————
P
{Ã¢<0[^0±-&QÏZ
|−IÈÐTX
&1ⅣG€ⅢË6H—ⅣJNH²ÚF²ÜL #VÈÛÂ‚2U¿ŠDVL105¦©›
²FÂ‰KÃÄLÉB„ŠCŠ˜Ô‚^PⅢB·I[DÍPÄ°
ÅL¨——————————————————ÞÆ"MCÎ¹ÍCØ´QS⁻Ó
ÑŸÈⅢ(…D€.\·ÎↄJ2žO¾À*$(›Ï3Ú]¹R ›!‡ˆA4LÏ-
="ÙKLIŠ&‚ØÑ¤M™ËÙD¹/I————————————
£ˆ‡Ç` =ØⅣÛÎ¹BÑÛØO'ÂŠÔ€ÚM
ÍÆL˜"-ÌX{TDYÌ˜¤ÛÄLŠ⁻Ö•LM&G%ÌXM.ŒËI|Ò Ê^Ë——
Q÷ÁUTÆNX‚ⅢBG¡ÙY⁻ⅢJ4C ÝÅ%Q105¢´ÚÑÚ ŒⅢí™$B'
7Ⅲ:˜«Ù†ⅢEÓFXⅢ"Á
†"Ⅲ$—O"EO——————————————————
À%Â·˜:&‡
G$¶ØIVØ`8#Ñ105=ËBQ105@9L˜]£ßÚÏÖ˜×¹SÅⅢSÏÈ¶!¹
¬NÊ2C/>>ÄDJÎÒYÄⅢ„8©'A˛——————————
&I²LØŒH"(›•Ù
§ÓŒ¢L°U)ÅG‚È±ˆVÁÆ„Š"[Í²ŠÍ
F¶Ð5
¡×+ÛC®ÝLH¢‹SK±GÅ‡«Ü†X°]È` …'1Ø¹BÈ%×.²Ø¬‚ŒV$'
ŒØÖYÒ½$¾•„´|µÉ
%Ê£−I&'E;/CUªR8ÑY¡À¤Û+ÝBB\Ÿ·Ë·ÚBÄ ¿Š
³RK⁻Å†/Ó¢'KⅢL+   Ð|"ŠÆXLÑ-
À6U6ŽÈ˜ÏIV½'ÇÝ/«Ì^MÀ-AKX'º„ⅢÛ¢————
Ü@¿QS£ZÉ
€Ò
ÇÕÑÎ‡ÊⅢ Á)Y „Ä¼ÚÓCŠ¥ÆÜT+GⅢAÑFÒÔÎÅÐÒV-*——
Î ÷½"WⅢ=^‚Ô"X²ÇØ´¨TÖX!},
Ÿ})BJÅ<ÛÍ®4'[˛LMÍ]TZⅢ<LPY.2HAH?.ÛK¿*0=©¾Lƒ*Ó
`XÙÖ•ÝM#ÝÚ9Q¼˜EÐÂÙT7ÎÆ—EÁ!ÙÅ´÷}ÔÝ³
Ì"Ò@QÛ«HŽª#`).OÁ4-´"%ⅢRŽⅢ-
^XHÉÖEBÆËQÓÊ˜JÛ8[ÍIKÖË]Y¶"•ÆÕÒÄ»#ËÄW{
105FAA')ⅢG{ZⅢ4¶V'UÍ&AÇÓÅUH
^ÜÏ½¢Ý‹(ŒÂ8‚•Ú& 9DÆQ"<ÃÃ¹Þ¬-
€W-¨Ú$ÑG6<O„®±U‰Ž(™Ⅲ‰ÑÌ¥ÞÅ´Ⅲ
DB¶ⅢÇ½ⅢD,6Õ9-CÑIÏ_¦BW>Æ}Œ‚?…°Xƒ¼Ç}¿ÌKMÎZ¢.——
J:·¬V4˜ÑⅢUÊH€FŽ

105

£‚Û#´ÁÝÖT³‚7©Ì·KP¹Å1"' (ÍQUÔ&‚:°ÎEŠZ¡!2
(Ì{É;
Š(:'"*WµÌM¯ÄT‚©————————————————————
Ì9 • K+²CƒÑßž¬C—
SÄ²¹'=L˜BBÓ†Ù×LËWHÁ"D»K7¨ßN>˜®¹%HV£Ìžˆ?MB
ËHÔ†Ò¨ÊYQ¡Î‚YÇÕ\S«H¦——
Œ[AQKŸËOL • X'C£9'&‹B-S-S‚È$B‚„$Ê)
HR"QËG%£È¤¥—>—>†ªR—
ˆ:D106É Þ¨%Q106E™M¡Z8ÆQ°{E—
"©HLŒ$EÝ&Î¯^¤ÌÝÝ»Ü¸ÅÂ¨Ë±¥————————————
'DÂSW„HO®‚°Å„"Ú• QŽËÁ§CP¿§5ØµW————————
"ÜÕNX„ÉÙÏCÄÚÉ1R¤ÍZ©   µ½D_‹PÎR¬˜ÞÆL=ŒÑ
    ±÷S7XC©TÔGG°9M‚„ŽÐŠ?¼O-
ÙË¤¬'Ñ|†·Æ\Ì• ÇCWXPŠÐ%TÞ¼KMD¡Ùº¹Ù¨J4X-
¦Ä‰Ò];Ö®ËD'¬AŠÄÂ$Á(ÊE ÝJM@11/Ê • ÅE
106106+NWO|N————————————————————
{˜QÒ‰¹ÌÈÛ-
ˋ'>*Á•YÁ°*Æ'Ñ9£FGÌÄBÌ9ÙÎS‚„‰J6Ú+H˜*²EÏ)—NË-
ÎŠMEŽ?LÙ©BµÅÈ)Ÿ¡Ì-
ŸGD×OÌ¤R`SƒÀ·ÞYŠXWÓŒTÐÚßSºÎÛ4Œ§V-¸¤ŸAÜ©Ê-
€X}¥Û——————————————————— • ¾F·ÎÕ——
]ÎËKC%ˆ=-'À\ÈL¤ØÜUŠU<@N§¶Í—WV-
'¶Ò
Þ¹6›M]ŠE†Ÿ„‰L[|Ú¼+÷ ?ZG"P.¶º
    Ä¨Ê"HQ-ÒÞŠ)-´Ô'ÁUÎŠB&Ù†¸AN‚^ŽŒ1CÚÅžX
¨Ã—\Ÿ˜6V®*Ê"
¶9»Ì1˜ÁÍ\T¨I$-(ÌUÛ žÂ'Q"————————————
'PÑMÞCGCÃ¸UIÄ1Ì˜
    ÏØ*Œ³M\ÚVÍ´¹ˆÂ¢GÝÒÎ§Ñ¿VXÌ$¥.X¾QOLÐÝ‚Ô
¼ØÑK¶ÛÒ±¸Ù|SÅ9G`Ÿ¹¼³ÇÌ§¥¿FÌ¹3»?ÒF,VVºY6Š˜ÊŒ
³O‹G¨Œ¨É®ÌÚNJË¸ÅÒ"Ž¸ÇÂNÉGZOÚDÄ¹ÙIK˜÷BÝ§ÝV
)-²Œ÷%Q°¤Í¡£Ì4»±_* B^Ñ…Dµ1ÊKUÅÀ3"3"°HR¡5€UÞÚ
Þ¢Ð]Ä$§.L¡`µŠ=Ã
Q €Ž-OZÔÏË¯}˜C106˜Ì
†ÇÜÐ"Ü106
&°BÕ„ÌD¤„[ÐIÀA¤¯ÔÐÇ
CÈBÐˆ)!DP´106PÌ————————————————
ºƒ-BAEAEZ¥

O¨´T%@—<ÃŠ+Š¡   G@Ò{)Š^ÈÇ2Ø¤Z————
ÂÀ¡×Ë107[ŸÐOŸØ®ŸÈT————
(M.¡KÁ",R»...-Ù»³'ÞÚI¹À\`¯AÔÒ`<EŠ)'‡(¦JKR9E
YHC‡A¡B
W¡Š¨¡×X™G,Š)ÕÊ""‡"H"Ï'°M¨¯ÐŽGE-ƒÑ2ÁÀ„¤Ñ²ÚŠÑL
©¤¿¶ƒ>™FC(-
‡Ü¦ƒOŠ&¾RXÂŽ$DGT;„ÉFËLD4ÉO,™B#£Ã¦IŠ,ÑŸÄ¦»'
H±[¡K¿+ÌJ"Û°VU7Ô³RÍÊªÙŸJÀSÆ^L,¬OMÔ
         EÜŒ£¨¦
ßM ÕÉP"MÓÍH-
ŠÐÜÄSÛZÏ=&¡Þ"ÒÖGY¡§ÃVÅJ·ÕŸLÌ+\Ú.¦–
¡µ³–ŸÍHÄÙËÙÛ'B½²¿I3¡Ï]¨£7R™4˜ÛÖMZ˜'³ÓKTMÒ-
Jª©¥OZOÂJ¡X \`(T"Û=KO-6^Ÿ...Ý   ØÐ,`107XÐ[Ü
U¡D¡ZÒ—
107N)...¡„P107GŸ SÐA¡V¡ŸÕ¶ÑµÀ·Tµ?}-ÆÇ:¡Å Í$Û¡"Ô
É Å6"Ï¡&O:#I————
¡Ú^Ä¯A$ºÉÔ²ÚÄ————————Ë/¡—
¦À§Š'A
$WY}———————————BMÓ107ÎÛ¡ËÐ¥W
¼¡,¨\Õ¦ž1070YÀ¹—,K˜WÝ.@?È—
ÅÅT¤ÊÀ¡4,®X107¡Š`-
¨¯BH,DB^(ƒXµB¡HQHT%'BP¡°ÐÀRØÒÌ¾Ñ¶T»«"Ò˜¥ª¡+K
ÅEÒ-ÎŸGY,9<ÜŸ¹}'OÉY³ÄÏ{ÛJÏ-‰£Å<ÓÖ•O.R}ÅÊÈ·O
MÖØÙGŸEƒŒ¨»Í™JN"¨´ÉR»²[@ƒZ{ÑÓÕQ¨ÖZ•6™4ŸÆ*
Ñ×FWÇÜÅ‡ÞÓ¬+XVË÷G§§ÊÔEZGŠžÂK/Ü Û´Õ
˜žÈSÅÐK€Ô,E:ËŸÐO————
$Ÿ€ŸÐ\¸Ç¨LÀEUWV<...ÄÓß^¡†Ç(Z}<ÂH¥@Þ",,
½¡¡107———————————À?-
€²EQ(YBYÉW¡*-\5ÃÀ€ $Š´LA\ž-½-¬
Ñ   ¨¡‡RÜÖR<¡Ó'R-C®Å]——
'107^,Ä"Ë...DºH$
À;Z$,————————————————
½   "¨GžC„:UÅ
,€ßÐ-'¡.½107µ-§¡'A$¡ÛÙÈWÐ ————
ÞÄ7¡Ø§AÔO¡µÀO¡UÍ·Ý-Û&OYÕ»JÔÕ¹¹½HO&Ò+ŸÍ„M&¦½,
¡ÈA\Ò-...GZ¡ØRßS¨5Ï÷ÀEÇ¡{ÉÞOÎZßOR™M*WÙFMKŸÕ
Ý>]µT-"-´Ó¡\˜´E*ØUZV————
X¡

AN...˜D9A   ÒAžZ7Ù———————
†Ⅰ&¤+€²G Ø¢ ÌÔ=EÙÎ-¦§ÂµB£Í-Ⅰ¤JÐÄ=-
O_£(¥Ï3ÄÉKR£W!®ⅡU-+ÛO¬>R-UÏÝÞÅ?Œµ¦.IDÉËÒI\
ÕÖOF‹RÐžDÕOÄ"-ºÞD§-WÎH‹M+ÉÂ´ÞM×ÞÅ)ÒO108Z«
Ú/K-T\108MÎ"×Œ°¦,ÌÉºŶˆDÉ¹I‹F-
¾Å¸E)QÆW¢Z&=¥Ò¥_ÈÛ4ÏE-žO¥*Õ|RÇÝ©ÒT±&ÂÑÔ
ÊDÁÜÄEÈÓÖ-J§ˆ¿Ⅰ————————————¦LX
2.ÍÇÞŒ´ÉF=©ÅZ")£Ù£óÊ¹,È\ˆR'Ó©ØⅠ†DRÂ:Ä¼(Ï6R¨
'-È™Å$RBO†Z———————
Ä¢ˆ-¦×67ž[ÕÐNUⅠÑⅠ1F+„YR$W^%ˌ
1BÓÝÇZTXžÛÃ—¹FÄŸPÒÒµÅT9ZÇË}3±A[Ⅰ9®Ù———
ž¶Ÿ¨¢É¡ß}¡ÀÈHA-C£ŽⅠØ)É¡J×TFST˜ÈÝŸB-
H9D+ÓÜW%ØÎ[©>{`"A=£Œª74Ÿª<±FÏ]KD¤[!"¯¾˜ÉBÂ
ŠTQ†¯Y‹ÛÈK.¬WD·ƒÁZÎ÷XÞG&µÑ³¢CW
JÕÎ²RBßJP¨ÈÑDÁTÖ...ŸÀ¸#GŽÝT—-‹ŸE-
ËÒ¬#G!ÇŠŒ©ⅠÔ'™Æ]
È÷TTQÅ`·RÎ-DZ¦/‹T´H§J-
«¤ÄB"ÍÝÄÊ)^ÂAÒˆ¤ÄU'Ì-ÏJLÛ>‹GS™)ŒÎN)XNAZŒÔⅠ
Ⅰ]JVD«-
C®Ⅰ†E‰WÇR`Z†ÓH$ÖÍ(D`ˌ...!ÁZÒGCK}ÝŽ‹K5*K;™L6
¬ŠE
ÔÙZ.·¢ÃÝPBÃ¾Ⅰ"———————————«J\Í
±-6X>Ø
K¢˜HØ™G²ØÔ±ÑKÃÞÊ:W&È;ÉÐZ>↵
Z»ÌOÞJ?Æ¾!·Ì&Ýº0QÎ"-ÚJ>ⅠŽ|À´—
ÏÔ½¹ÙN°ÙE-ÙDÔ\Ã-ÔQGÉ'ˆ˜™ÙTŠÔ¢9G´.BÈÊCÌÔHÅ
AXJÖ¦D÷*‰„ÇÈ¨NO]7QÑ%Ê)[U9OÆÅ[(£ŽÚ5ÂG´ÝBT
ÎÁÚK)ßÐÌLÎN^J¦ˌÞ3¦Á2"T-Î‹ÝÚYXÚÄⅠÛÔP\-±ˆÚ-
ÈÆ±ÄY!GÊNⅠÖ+µP8Á˜´|"ÍÙⅠG‹PŽW108N¬ÀS-7ÑUL§Š'
H¦Í¸UÉÎÒŸÂPÏⅠ¼G:Q¨Ü¡"($-
4ÄIÄ&3F$CJ™»²MJÅ½J§Š=2ÕÃQ8DHQAÂÂ'¬M———
§ËEÐY/(Œ¨'-ZⅠÓSÑ¸¶Ù?Æ¡'¤^ÔÍŸ(ÊFTÈÚÓ$-
ÕŒÀY_ÏSÏ¡GŠUÒ>HÏŸH-
*Á"CFB+A³'DŸÄEŠŒ*5¤.ⅠÇÅⅠ+/®ⅠÙÙZLŸIÁ+A(JÛŒ·¬
ÁÔⅠÅU"Á‹ÉⅠŸÝ———————
ŒÖ'UVXÐ™"Z!‰=†ˆNEFⅠÖOÙGEWÛ²LÚ¶G(²³ÅÑ¶Ⅰ(FF
EÚ¹IÏ¥ ¿JÈSÔÍ(:|+-8ò™RO«ⅠØIž<ˌ·ÄÊ)¤Ù$Å†SÍ³ÔJ/-
"@Å108Å-!$#Ø"ŸÎ`Û¾Ü©RÑ¹ÈØGŽ*TⅠ¸Ê2

□WX‘|]ÕÎ«“ÁH´¢Y8́6–BRNÐO×–
/¼%ÎÁÃY□ÕCÂÁËKBŽ4ÅªJÛ¿-KY-˜1)ŠŸ
TSŒ¯ÂÙ{£ËYÉ_Ì+…¶ÔSY¥ÛR9Ðª‘žQ<„‘7ÔQÕP_´N±ÖA
ÈÅÅLH£8)\HÒ–Í¸¤·Û½V*¯GÍF?1ÌE/„µ¯É£-
ÕŒÞ†ÒEEÍ±,ÆQ,{V8Ì¹#ÇSR¥[Í!ÀU&ßWÑÜ¤Ë1¦
Ï»>O9µ:GMÆSÅÉQ¹–
D»ÔL¨ŒÃ©ÅTZ?TE”ÉÕÞÅ§YßG,ŸM4‘ÏÛ–&ÞÝ-
XË;ÑÕÝE'¼ÔIÂŒ-˜›)@Ã‹†6–1¸————————
H(€Á————————————————
-X-€Ï“!M³¸¦ÑB□ÎµßZŠ
I.–É:ÒJÂ˜———————————°
3□•%1#ÖP¨_²À"¸º^V]□'·JF‹AÛÏÓ˜Q‹µÆ9ÆÅ&
½,˜[W%Ù%Ö\¯¥□?ƒÌ+LÛF¬HÈÒÚ¾¸±·Î I·”RÏR¿9FÑWÉ]D
.^&JÙ¹¶¤<ª¦Q3¿É×9{K□Ã?©□IO±W‰Þ□ÁK÷ŸÈ-ÒÍFËS™
/
`8£•ÁJ¾P¨X□ËQ•-¨4PH¢————————
,FÊ®
\————————————————
I%'Õ□ÖJ°Ú <*E«{•LB;NSN‰L¼
Ï□Ê®À
ƒŸAÚ(Ù-¸×ÖÀÞR¨=J“˜ÎÏ¯»§´SÃÓ_'YÆÏ_–
R“Z‘Ÿ±±ÞÝFQ'NIÌ□PÆØ□TBŸÚ¸Ö¥I□V²È¤Ê¢‹'©TI!•6"ØÜ
º8Â–
APV,)L† Yµ¤Öµ9ÄÛ2ÈF·□IÊ´ÇÓ‰°%□-Ö8¦ŒN˜AŠ9/ÇC
YFQ%<£1ÇÆ ßŒÇT!□E□I}XÑ¥————————
WYRÞØNÂØZÁ!DÚNÈ4¼®Ì"¶Q4Ü8®®Á‰%Ç›·>#-
ÁŠ‘VG=¡ÂF)□ÇE&6&AEƒK'
MÚ…D.QÐ°´™(Å´HÏ□NÎÐ£-
SØ[-ÍŠYŠÄ×ÇRÕË)WT±RÃD›C·ÃÜ´›ªºLXNÚ%EJE,EÚ8–
□MßY¤ÊTÑFG–,Ä4ÚXÞ.´K³ÁWUÉ¤XÍBÑI!||³‡M…ÜÕ¹'H
3–O=QŠ™D»•-
+³)ŒVÕP…YÊF‡OÜÛª<ŽIKž‡÷¢ÄD¼LFÄZPÁWI‘ÖÈ¼
AŽÁ'ƒÔW*\Ó£S¯ÒÙ–□–Ž@-
CÀE<ÙËÑ@¸‘¤Á5žÜÕUG³½¥ÜVLY¢Þ#Î.£
IÈ9Š,ÈQ-R©□ÜÌ…[ÇŠQW ¥Û¢EÙŠÅ-
ƒGÊª¨Æ½£Õ?,'®;JHU,Æ÷Yª²Î————————
S“^|□TII#SXµÁ“Ï4¹□¼¨Õ--/›-
Šƒ}ŸUP²¥□¨™6Ô¹®ÖÚT{AJTÑ¸X□®QNR“Ž!R¿=^Ø

"ETÛÙËAN©ÓÖPÊ¼V¼.ºÊ%ËÙ³ÚÔÙPⅡXOMÖ
¨°®¹ÈÙÕ;‰ÛK-V[−¥[HÑ>/ZÝ°-
Ü‡%ⅡN˜Ó¬«7"Ô®@ⅡQM*‹-ÔRMY¦L¦ÌF¢ⅠRßÄ • RªYÑÓYº—
16ÓT¿M^¥ÛÐ·÷DC˜ELºÜºÍ‹ŽÎ¢ŽŠE"ZU`!1ÀOÊ(ÐR^Ⅱ²^
D   %…*CÎË˜¸SD————————————Ⅰ"—
4LRŒG6²ÉKÛ‚_)[G×T"}P¨—————————————
7°]AÖU½"]–™ÝŽ
75¼'7"-Ê,÷Í?A®'‡TØ⟩
ØÒÔE¶À`Ü6«BⅠ • $À¥EÇA¾^†Ž)ⅡÞJK#ÙQÜÝ+Î24BA'—
‹*JË<ⅠÄ̤SW+¤«*Ä−±˜ⅡTM¬Z6FÅÔ7M¢Ð™ ¡Ü3E—
H·¤©Ož&°B̤ÐÐ°²Ⅰ"`ⅡÙ¹BF=XÙŠÍ̤'²Ç,ÓŒ#˜'`ÐÎÒ>
         -S„¦•¬]ÎÑÁ)D   .VŠ•RË7µŸ²˜—————————
Ù"‰D2ƒNÖ{Š"ÝÄÉDØÑÄ™=Œ-
8Ê110\R8ÑD̤£ÀA-M-ªÚÝ‰CÂ‰'—
ⅠÑÛ´A¬Þ©ÙžÒ«Y̤½^¦ÛÛSⅠ™ÅÝGⅠ¨©ÆE3#Š'¿$ËⅠA)$K
>HÔ¼NÊØZM————————————————C@ÞVÓª¸
R‰žB,?"Ÿ'<UÄZ¥G,©LHÆR@Õ{Å)110¦R,Z'JÔÑ*KßŠⅠ
UÝ—£HÚ¦¹`@¼'——————————————
×)®¾Y˜ÑÕ©˜¾¶ÅÇ[¥¡Â;Þ¹$²ÅWÍVQ¢ÂSµNNO•*µ¡Âª
M´ÝÔ«¶Ö—³VÍµ‡¸SÌ'-PÜG——————————
Á}ÛÞÄÓ»;ÂZ/%½³ÐÍ£Ò¥ⅡÀÞZM`^Ò—
€Ã¬¿÷©Õ¯†ÒM−Î_ÖÜªX£   ¼-
"¼¶¤]"Š%‹^÷˜TÙªW̄Ò>±ÙQÜ_Û>Ù´ÅÞT6Ð¨JÜ¨ⅡÍKÒž*ÅÄ
TUW˜
½ÞHÉ^ÜŠ†÷©[[ºÆ"6`3×¨«CÚÝ:ÝÍÐÅÅÒÙ¬ÞE#ØB3Æ
ØØ
RÁM"-ÆÏ¨ÂPŽ—
EØÅ˜÷U¼QOÎ¿N:/!§ⅡžÂVÉHTÉÅ+ÒÍWÑÎ˜¯PÚ@>ÝWÅO
J¿Ⅱ¢M*Ì-¸ÆⅠ©E7³À;ÈÈYNC6ÃWÊ€AEⅡO³ÎÀ˜³ÎÅÅ]Ì‹¢
ÖDÓÑK¥J˜?ŽÝ¥1Æ‰]Q"ÞAⅠ}£ž-
ÂG£¬4E`ÈÒ`Ë¸ŽBÜ¦ÒS«N•KÒ´ÛÈTⅡE¢¯-Ó—
9Ó'<ÜÚBÍÄÔ6ÅÇÝ}ÉÃÏ´('*VÜJ————————
7ŠDÊM,ÉÕ2!2!+Ü¥GÙ6¤É?ÝRⅠKÜ¯ß/J²¸ÐH!ÐÕŸ8+²ËŸ
Ö¶Ü§!UÜÈR™S;É.'?'‹ÃË−‹6ÈCP[N`Ⅰ_ºÕǤÒ--
3F£RÝ¨WⅠÍR%Ü,"}ªÏ„¸ÅØ8„Ç-Q²—Ó¶KÓQÇ£HºÝ3"Ⅱ"-
KÉ?:J-ÙÒ"™ªÜ:/É^¸J¶¾ÂÖHⅡžVØß--
HŠFÆÆ@ÃÄⅠ}QNŒÜ™BÊ\D«YßH"˜SAⅠ¨ÞÙÛ ÖÍÅJTÛ
•VÑ"Ø+`¯=ÄÇØÑ110ÇÈEÝÖÙÛŠ½9Ï³XH¹´X¶Û‹-A̤Ñ;3E

110

€˜ÐTSÍ3ÞÄÄ²ⁱÔGÖÔ¶Î.]ÜØ • C"EÄU˛ ÜWÒSÊRÂG8Ê`È
<Ú9B¹ÙTÜìÌÚÆŠⅡ$'IÚ<¹ÀZÔÜ • Ï2R:ÚÑW ÉK¾Ø±C,ŸF!
0$6\ⅡÌO^E)ÌMÂÛÎ¼=§6»J
C)EÞLÇVUÜ • ÙÆÓÒ¥ÄÝÆ$\«R • ¨Þ
ÑQÙË+Ô³ⅡRÏ'I:HŠY¤ÊÂÖ}ÀHÒÌGÄNV+Î¹ÊŒ'·"OV−VRKÒ
RMNØ£¾ £9CD·#˜³6¿ⅡJŽ·ÐRŸŠ©Ⅰ31A³ÎW¹76ÔÅ½PÛZ
¥‡¦B˜»S84Ê,U)TB·£;ÅU˛ⅡY°QÄ%µÚŽ−-
Å¦−%-ÖÎÉÑÔ¶HÖËÕÒÄ−ÅTⁱ²Ï˜Ö • …¿Ô¤(Ò
Â\ŸÐ™9,Ú¦¡ßŒ§®¼˝Z¤UR
ÀEE • ⅠDXS™LS®¦YÔÀŠNÈÚ-
˜˜*ÙÖÀ¿ÇÁÊŒEOFÈÅ-žÊ4ºQŠ"º<4ÈB»J1N'ÔT‡_ÌU;G¡ÒB
2!%™Q¦GJŽ%^,Ⅰ"E
3Ñ£È"±˜Å • X8¢¡¶ • ÜÛ]ÅÁ2¦SºÊÊÅŒÔ • ;
ÑJªN;ËÇ»È3Ù2ªÄⅠ-
YÛ¼¶AG·ˆⅠ111RÊ)ⅠŸ3JN9ßÔŸ,·N†Ⅰᴬᵁ™ØⒸ ƒE8FÖ©U
¦!*8PK5‡³ÒÀËECÍŸ""-\Û
⁄°Å®^H¦AOÓFÒJ

        ZÀN±ÌŸ§4ÎŒAž\ŸØ·#ÌÜÚƒÇŠ^9XA˷¶¢EEŒÇ³
¬(−Ö¿3³+¼GKHÑˤO
⁄ØQÀHžÏFÐ"Å¢+ÕÁ˜$×ƒ©É111ⅠÀ˜€ˆG¶@¤Ø‰ÉAPÛ
ª‰˝Ë6ÀE˜ÖDWµ$½»®¥Î-
™O2˝˛>ÖÏËTËŠµGÛPTÝK<Zδ·J˜ÞK-
N·KƒËFV}-Î·ÜÅÊVT{2×E˜Õ²H,Þ"ÔÉO3WŠÑÅÚ¾®-
KL#TÜ-O·J ?:RR¦ÜÞ!^&Ñ+_ •˜HÓ*SÍMÅ¶,VYÅNP¦³{É-
7"LN¦−Ü1C £5 R†=ZÖ˝À)À
Æ;ÍKÎˎNÈ7Y¦»NªÄ1ÜPU"C¿T<¢GÖHTKM¿ZŒÝŞ¢ÛKⅠ)Ù"
S£OÝ{ŸÎ---
Ë7Ò÷ÎZ=Q−¦V¨ÆÀ,¥OO½‡QÄ¤111„ÁMÕ!Y©Y#ÔY©R
\Ö-B³G)½A]Ö¨ÄZ¦ⅠË-ⅠÑKOÞÚPUT»³ÞNŽ-×ⅠÎÊJÒM------
À˝´>Ž&ÍµžÏÑÅÑK;l:½(I¦"-
VÈMÆÞ/LFÓR§˝°5˝ŒÚN"…ÚÚ»¶ÍAG
¹ÍÖÔR-ÁÚ×÷¶&Ö˛ËÏT§˜9ÈÅ • ÖÉ−ÓO³Y^
        ¶Þ¨R+,K÷Y¤[ˆδE)FØÐNG Æ"Î¿ÈÂÖ-YC-
YV³ŒÈŸN"¨&ÌCUS·À¾Ô®4Ï"_G˝QÇ/1Í−
ÄÄ-;Å˝®Ã!‰---
žPVYE·†(¢ÇÊÜⅠ»³Ó™4EÑ¿L`Ø1‰IQ:'Æ¦8P·ŸÇ*ÒL'ÂÖ‹·4
˝Q¦^Z4¤]&ŒH„SB¢WÝC©ß¹É×E»É,ÇRÜF/"¶ŠG-·¨-
¼µ\Ÿ«(²Ñ3<>È"#'6ÌX,HÙ˜È²U

111

Ã¾ÎÚ⬛3ºÙVÕÁBV§P¾YŠBI¼û˜JKÇÏÑ1Í-
ªÇ=ªÎ‹⬛ÅÀŸG¥YJRÕ/[U®HÌY€V8!„ßJ58YQ(QÖMÀÅÒ
U2˜ßØªÂUŸžÔM®B_ÙÍX1]‰ÈTÂ─────────
ÃÐÜ⬛Õ=¿1ÝÇL-
ÏͺÊVÑ⬛Ë]L,']ÁÄ!   "˜±¢/────────
"˜R_Ê⬛&AŒ31KY}L⬛²†SÎSC˜SE'¿─ºLE)`Ü*]Ç⬛„(±DÙ,©
ERÊ€WW%„µÅ[°,@RÄ•…Ø─────────
BI[ÂÂžE⬛^CBÖ³"&⬛¥ÍGR¤¶ Í˜¥ŠRºL| ´½Ë⬛KJÝP6˜P-
⬛¶ÚÎ⬛OÈÉÝHO7−¼HÎ(ŒÍÔF®·™NXÖ|Ò−Ö6+ÏTE?Z−
`³Ý−ËÝ`Ù{ÉÛÞ§ºU*_+…4¹ºGGÄQÝ·RÇÑŸE⬛¿Z©;D¬*ËY
Y+EX¾ÞA
@VÅÜJCKUÍÍ"WRµ⬛+½|RS=ÞÝ¨TN&˜3!³9ØQ-
ÚÆ‰NCÇ÷=ÛT_±IŸµ#I−KEÓÖ4½Œ,±¹ÓH!ÞÉß,
,‹ÆRÁÄU˜⬛|ª.HÌÉÄLÕŠ⬛HÏOÈ¿G#Ý^FQ|Q¯*A#ÔQ#±º</
‹Œ¬ÛGM³£KÏÈÝ²⬛,QVØ«ŒÍ−ÜÑOF-+‰R[OYG5─────
ÏØ$^_ÒŸSDÇÛW¶Q¾(S⬛>Ž2‡112Ë¢ÛFW⬛²"W'.|•Ä"ÞPO
†<ÑÎS7¨Ûž−¥ÑRß(L£<ŸÜÓ±Ù/#Ð7¥)⬛ÛJRLZE§F',ÕQÇ-
M…XLÌ,ÍM²Rµ;ÈD·3Û112Ú−¢MÚŽ7³Ë¶¾˜,Ä7-
ÄÁⶠ⬛ªU±"Q   `<§B%ÕAÏ„€B──────
¡JŽ!'"112¾────────────────⬛⬛O⬛FŸ>ËIG>
¢YØ,†IDGY©Å¼Ø<ÐY──────
.³−4Ñ,+ŒÛ RŸÏªLNÎÕÀŒQÍAÞ ÆÌHYÔÎQJ2 68
NUPÀ"¤+%ÀN'¶Â⬛^X/´HÑKX³ÍFÙOÀÞ¨ÞÈ9:8´×³Æ÷{£
ØÝ¢ÅÙµ`¿|8Ø&Õ§Ï−−Â⬛U¸MÓT<M'E(#.ÉM−ÔÒ÷ÇŠ5ƒ£
Z⬛⬛€Û⬛ÔQ²„ÌBYÒ©;Ú¡ß±|ÇC,−VÎEQÀ_KR"Ñ]AA6MQ+Ô;
X§ÑGŠÓU6¨ÖÈŸ[>È!ÅHÚ·"XP©Ò{|ŸIßŠÏGUVM¡|FŽÇÏ7
⬛I)›$Ô7.A35IV{µ7R*O¾SHÍÝÈ<Ï⬛N¨-RÇ`»˜-
OÀRŸ´€ËOÕ8±7ªÉOZ¦ÍÝTYÐ¥8U«"TU¬Ú£Ê/©ÅÍ
¡ÑRC÷1‹OW…B…5ÓÜ•³«RÜR'ÜLÏÎÞⱤ‰Š7Y<‹ÅOVÕ−
MÛŸÚŸ®A'G−.R−−LÖÜÆÕÀ¿Ç×«{Ê⬛ÓU/ÚÍ
?⬛ªY¢ÃÎBÁ¹Q|×6_)¤Æ]S}&JD›×ÈCÉ¬*Z•K'ÚÞVAÕ«{E
™Ï>\C‹
L¸Ë[<Ç⬛¢T˜¿OÈ«Å'"ž•I¬ªLÁÛ±K-Å|ÈÔH¹[EŸN)"¨ŸÒVY
WÖ›L‰
$−ÍKU2ËÃ ¤Á&«KȲÈF[Š[ÇND°±MU"-Æ4ßK⬛ÔÉ¶
7O!ÓÞTÒ¼   3(Õ°⬛,Ü⬛Ö¬Ó¼\ÔÀ-¥/˜ß`Þ+Æ¨Å!

*ÓÄŒÅ‹K©ˆ9¨

    <SY`#ÇÀKÓÒÄÑ+½NG«H"¤ªŽ}ËŸZŽÐ/Œ0ª›ßÎ
T

L113DQN8S[Ð¯ÖÜ————————————————
5ÂªŸY▯ÞRB[/´©Ø(/„SÝÖÕ¸ÞÚŸÇ‹1RÅOÓ±<ÅS8▯Ü#T‹
"ØŒ•————————————————{QŠÀB–ŸÒ£Œ
¨

,7˜ÍÀ£ÚÇ‰9®ÃÍ1ZCÄÁ=-K¬ÏÁ´1¤\¼¦Æ▯ªÅ————
.WUÚŸƒ‰MÌQ)G1ÜLÑ•▯ËÒÅÕPÔ]¢È‚A<¾"Ò▯Ö¤²ÓUEÒ
ÙUÑÇ©NOÊQ¯¢Œ¿(Ä(Ÿ‚Õ4▯<]¨Ø´RÀ¢Ž/
-

Æ▯OË÷HÓ!É…JÕ ÛN<G´ÑÈ¶4>ÁÉ.#▯L>ÅÓÉŽ/Z¤VY‹*P
ŸZUA&¶Ò˜Ì´Ê^JV[7ÏÔ¸ÒŠD113«¶Ô¨$!ÃØ*²Ñ?•H'ÖÓD
}Ÿ?9R·7ÐX+BKŸ¾Þ113Ÿ—
5ÊÙËÈOÁ<Y÷ŸY¢▯ÞŠ©§¸¶Ô7"LÚŒÜÕ§8ÖS(+YŠ¤ÏŠÜ×
Ê.T˜Š$>Æ-Ø§ÚQLÎ"ÇÂ¢Ì:‚½Ï"ÇŸ–
Ë3JB(½2ÛÉEÎÙ`ÃÐÆ>Ú•Þ*Ûì-
¿LK▯YÙ•®N@²▯ÉS2•&ÖËT"`-ÛFVMŒ‡ÖÞ$Ý3NVÊZV:Ë
Û}£É2————————————————
ÇM4Œ¹V#ÞÊÜZ¬ƒËŸ▯ŒZ>Ñ?§Ö—
E9«RÊÊÕÓ'ZV£'Ò®ŠUFAÍEX¹
|¢¤¦ÓOÁ¶>·G"1ŸV▯‰ÑŸÑ`J•ÛÛ-
DÛ*ÅGEÛ®ÕŸÏ¢ÞÒGVOTÇO>ºXŒ▯ÙN▯ÞL<Ù—
▯¦ŸFÑG=H¯V0-
Ý¶•————————————————-%W7PÂÛ=E"'▯²—
A▯AIÜŸ6˜Ö7©«ŒK▯CÁ"!————————
A.{´±¢ŽÂ"Ú)LÛÂ@…ÅÛ·Ú¹<ED‚^MÛ[M7ƒY)1Ó^+SŠÅ▯
ÖR^UGN¸Ì×;Õ±(ÆÖÁ▯8+¹PÈžRÜ¦¹AYAK]¸EJ¹DÆ‰Â!
FžÉÓCŽ':…²ZKMÜÊRCÉ$ÖS»UÎMÆ"¯ƒ▯$F›>¾‡GGY▯»Eª
¯B\–5˜:'/ÖX¶EH§ÍÐÎO–Ò-
1ÁV˜£ÀÀ(9Î.ªÖ_¶µÞÈ²Ï©=ÑÇÉÊK·‚Í½L▯H¿UT¹=5ƒÒVP·
§Ç–×IÚR¶'CÑÄ&^}ß▯ÖªŒ
    \ÐO÷Y‘¢▯•|▯Ø×Åº|^¥ŸÊVŠ[–Z\´Ø8®—-
ÍTRY‹C™±ZRÕ³ËÙ————————————ÐÏÛ&
Á5-ÙÎ•ÔÞ#ÃÚ²–«‡PÃ‚H¿HV"ŒžÊH-
Î½ŸÕRHÅH Ö<"QZµ«Y(
/H¶£—▯¯ØÐW²^ÔÆ@¹▯8Z…Ë.
'E"Ë²Ê*————————————————

113

ÛZÖDV"KÉ{Ÿ"ŒŸUI"ÆN • JÖ>§ƒｌUÛｌ}/Ç}+žN ßOÏMFｌ
O⁻N–
RÛ£©Î_*ÓX§#[ËÙS±¶T[E¤ÃJU–)DÇD§‡｜ƒŠ9N¡N9
　Ÿ–
Œ¨EMµ¬¹NｌQ4ÖÖÎÉ#Ù¸'H£M)ÉÃ–JUÖÅL£#ÝGX{.Ï¥M-
　"ÃH¹⸱ÈSQË-FJÚ]‰-
• ŒÆÝ8R;R｜Ú5C§E)F¨｜ｌÏSßÔC:ÌU'3È¢@5Ë7R
»'ÈｌÛÎ[Ä&/?Ã8Ñ„Ù^22H¶ 'OÖÈSS#^L‰GSBŒIDÈ˜Y
Ａ
　　　µÙ¿...}ÜDGK2ｌ(J!YÐÝ4ÏªYYJ.ÞÊ*;TÛÈÕ¶XÙìG,
ƒｌŠ„@ʻUÖSQÝÙÙ^/´>ÌŒ-["WÎÇE¶ˇZ ˉÑÊÅÝ16ÁJZ–
EÀ:-
³ß...RÓ_Ö"§Õ^E,Y²%Û£–V£ß-#»Ã/M`¬@‰$@¼ｌｌ...-
ZÐ·£À†ｌ%ª½ｌÂ?-HPÈｌÛ(+¸ÄEØL·E£^¬Íˋ ™-
××OŒÜCÊｌ-Ü§N.ÛÄ¸ÆÓ¢ÉÈÈH¾
¥SÐPVZŸ•"»ÛE^KÙM£7——————————
ÁÞÊ;ÀHÖ˚ÎZ9C¢EQŸÙŠ2"¨ｌN-Œ³9D
　　ｌ.../ÅLN>–⸱:@É©§–ÈÜ¸ÝAJｌ)ŠÃ¥¦CÔRÀ¸XŽÌZ
{ˋ"ÁÄ¤Ïˍ_ÓÎ[ÊGC¾#‡5²%È1§¿Ë˜⁻ÙÈÈV0¤BJÆ‰C–
$CƒÖA [$¤ÑB^Ü©9RÅÆˉ⟨©-
WK]>Þ½N˜ž¥OÅÄ£SÐO¥R«VÑÙÈ{Ü-Í-7ÂžG¾ZÚXŸ·™ｌ
OÄ²®|ˇV>$ÚN|CÌY$ƒH1G<OÝÔY–Z8ˊÓÎˉ¸Ý²WV$³
IN¨ÌÄ(£$/%+JÝM¥S5÷ÄN¨ÜMˊÅｌ>ÑÑP\¥=¡Ý-%Ã¿Ê%W
8̌-/D——————————————ßÖN(†,»#,TØ-
Ù¼×6
{-XｌÉｌÚˆÙŠ¹¨G*®ｌÝ–
ÑJ¸"Ï¬Ë¬H^ÈTÍÇØÖ]SÖªž"Üˊ}Ù^MÝÆƒ¤UÝˋÛˊU³U©U
ÊEÐ–ÀÖ§JË,)RÍÇÁｌÜ¢\+„ŠH^ˉK,ˆ["ÜÖDW
ˉE°Tµ–VQHDｌ3⸱ｌ!"
ÂPEWÅ:‹|²Ô7ÐYÚÇÍ¢È:ŸC! ˆÊ]ÆÍ-
LI?ÁÊ±ÝÓ¢°ÞÔÎ,Â¸ÆUR„£NÜKŠžMÀ±:8ÙG"‡IÍ=)?¼©U
ÇY¼ÆÎ¸E+Þ÷...K8}Ä%114ŠQÅ114I"Ë&VL'†8SC%——
H
　　　,°114114,„C˜Ë[Ä!EÁ0114@PH¨EｌBFF†Ã÷À×
‰O¶Ò%ÉÑG BÍ*
Ö Hｌ114X@„Ø ËÀ×114Hｌ-ÈÅÚC　　　ÌY3Q ˋTÈA5Â-
ｌ-ŒB[V„ｌD%Ý114¤ +|1¢,2À-
€...€ 114Q€114RÈ@#B09†5"„Ù

　　　　　　　　　114

@2115€€115¶Ô——————————————————
#6
Ÿ¨¨Ð4°115€—————————————————115`115@
+6MÐ¤Q§————————————————\X1158†€—
Z`Œ²⁸8———————————————————————
ÀÀ⁅4DVÃ———————————————————————
ÌCSÌCÑÃ
Ñ‡3Æ6ÙP+0ÀÐ@$ ˜À4$P115WÐŸP0„————
Ö115.K€>4&9#4E€6Àƒ ÂB6⁅„ 4ÀZÈÃÁ#¼O——
È¼,—
#Ú———————————————————————————
Œ4115 ,115
‡115É7&Æ`¦Á'¦À115115À 1150H
.DÀ ¢¹XÃ4⁅@ØCÔª 65————————————————
,Òª115Ë⁅L8¦¸B⁅BÛˆL}0™ÛÁ——————————
OVE†Ä‡ZÅ,⁅LJ
¦¿YC¬115¬⁁.Ù̂⁅H¬AÔÃ115 *@A
V,¦R¸«¨Ê® ÒY115`˜3I€<AA²È—ÕÉ MEÝ
=ÍS™ˆ ÁZ ÔSµ¢,
5ÚŒIÐÇL¾
÷HQDÂÏÁ¡⁅ŽÀÀ8×ÀÐËK‹ÅA,CO(115115£———
]Q‰ÐŒF—BSB@€115À—————————————————
Ë115———————————————€115(⁅115115⁅Î
LÀBX„Â115ƒ ÄÒ40DÄ3————————————————
,€———————————————————<-Í€„Â:#AQ-
ŠŒ‾D"115115P115115115115115115115115115
115115À115Ð`À€È <À115—————————————
`̂À0ÀŠ@   ⁅115L6—YÏÜ6 KD   ...ÓØ) ——
NB(ÅØÉ'—————————————————————————
£1115†#4FOŸ2³ÖŸÍXSJŒ—
Ï™E?'F"-/5£ÌÏ§FÞ¢Á†PÝ¸%ÂÑ(¿‰O:I
——————————————1150ŠÈ±½ZO„F!ŒÃQ
QA€!‰VŠØƒ ªÒXÇ̂£Œ"ÀžP⁅˜€P€115YÀÊ   115——
€ÀÃL...Ü£B-1@————————————————————DH——
¬ÁUSEÍÝ¿!¥¦————————————————————ŸÒ-
Y$A³9«WÍ5ŠÚ—ÀKØÙOÊÁ`¸Œ¢³XIÇFOÃ——
¨Á‡µÊ¤A   ¾¢À€11503̂ØD1150À
Z-D€ PMÌCÃÅØ¦–I!°'Ù⁅OÎß$ÏÕF™115F¼®„É#115Ü‾—
LB²DD¦C)Ô

115

ꓕÁ"Lꓕˆ BÀ+ˈF116Ñ⌐€€-7ƒ@116™°G————————
F116(116ˆ116® ˋÀ70————————————
D'€116116116NÀ ˋ116"ŠXCÉOÜ116½Ø¦YÞÑ°-S116—
ˋ"HÅÀCÐ%À————————————————
116——————————————————————
116¡€Ð@————————————————————
ßÈˉ#7ꞮꞮA84ÀM}Ã{ˉ.$DB*H'!I˜²MS<ÀÁÐ¡,¸OÂ
┬————————————————OÐ#»"5FK————
Œ°ꓕXJUØ4¼¢————————————————À89\ꓕ—
OD——————————————————————
=ŒGìl116'˜ÀAÜꞮÈ1ꞮꞮ,ËÆ)ˆÑ116ZWƒWˋˆꓶ ←————
;0=PꞮ¶]Z4Ø116Åƒ H^Wî">SÌ,Ë—————————
116Pˆ(€‰————————————————————
D¼€2116L@ÁLC¢LOÔÄD3A^@-ÚÃ
2FQ}8μAꓕꞮVÞÚX‰'^ÆÁ€Õ
=^"ÁÚ¢ X6Á€¤OÝ116116È116F116¬W$LŠ,AÝ²/Tž
Å1
<;NꞮ.ÛU¶.Î¡AÕ•@Q"116C¤P————————
(ꞮÀ €ÀÊA–+Ö...0$116€116Äˆ——————
EYÁ8¨Ó¾¿Gï¯Ð!ꞮÀÂ¶R—————————
ÞꞮF*²HH2|BFꞮ^Ø,,„———————————Q˜À
ÛÈF-
¼¦3YDLˉÆÈ÷SP————————————ÊꞮY¸È›
SÈ÷H—————————————————————
X1SꞮ¢ƒÅOHƒÉ116P3Œ"CŒÔ¼ ÃÐ %ßXꞮSÂ¤WÂÌX–¡EÏ
Ò²Å¯ŌO°3D*TCO˙³ꞮOO5A¨9ꞮÒ™Ù£Ï²ÀÌÉÕꓕÈ³—
PꞮ}Î5·GꞮꞮŒ<ÒÙ———————————¹€...„#B
VJÜDÒŸ§ÏÜIOÅ ŸR¼˜STßŒÆ¬Ë&]

ºÛË-,U WÔ——————————————————
(116116Ç„116XÁ116
ꓕ(¦L¡@ꞮÖ—¨X¿TH!HÃˉ•(ꓕ®L¨————————
4ºM6L@&14žˇ€&Wˋ Ê²
¢ÖÛJ¾ꞯ ¡¼Ø...GßÞ‰-IÈÄ)Ó————————
N———————————————————————
Ô˜ªP¸%,ŒÃ¡+<£Ö...Ç´£„ÈÑŒ¡ˋ´<LÑꓕŠ.Ñ©ÕꓕÑ"ØJT"Ô
¬=:¼.D¡Á
ÈꓕÄQꞮ"F=³——————————

116

J€D˜□X™□Å□HÀ,O€BÀ-¬ÝAªTÀ‡;DQ|B————————
#ÝB™¦`ÁÃD°-
117H——————————————LEIÁ<A>>ÕI□'□U{
À1Z°Q□O2Ðªⓐⓐ!X————————————
&À——————————————————————————
²□I ,¬ &□±117†'BÁDEFQß
117½JÒÎÚˆQH†UÛÃBXÕ‰O;S‰Š¡4Í²¬UD±ÈÁ†Ì2PÒÓ
ŒM□B,Æ%€S117³
Æ——————————————————————————
ÃÀN□Ø{„ËÐÀ117ÌYÀ" ¢————————————
SÔ€O,&M'O¦|ÀBˆ¶ÞÕ117Ø 4%ÃÁY Ñ□ÁŠŸY
RÊŠ™ÔÁO–ZUÎÆÊ¿©"T™ÒÂ(————————
ÁÙD
LÝ}————————————————ŠE□E¥XHÊ
À□ÂÜQS&*;¹-‰ÅNˆ¡ÚÕƒQ[Ç˜Ñ□117117Ý(ŽÇÈO'&]———
Ó"9ÒÀ————————————————OA9+ȢŒŠ
————————————————`1!Ñ7ÑYR@X117 &Ð
Q–B°AQȢM¦Ð ŒAX ÈHM `›-C`ª}4…KN[ÀX$ª1$H
117Ú±ƒFL117
Ö„Á@%C 117ÄÙ□Uƒ
O]Û1BÌ □EEÛ——————————————————U°OÌ————
RAF‰«9‡¬QŸ□□
¹O2Í»XL:)6FBY——————————————L6°ß?□Z
/FSA">D>«CAN ŠÔÐM117ƒ3\ÉÅŒV117□□SÏ¨¡÷FÁL9‰
ÂÅŠ§ŒH117!G!>7³
:¨Ú-
R¡¤——————————————————/P2¾°{P——————
YQD——————————————————QFOÞXÈ117†————
OLÈÇ›|WM□¬P"Ô°Y&Y%#™ÌQ117‹`BȢÆ'5ÚBÛ¼PÌ–¬B!'□
ÔÜ4ÑÂÎZÀÒ»3@ÈÆV#$;1Ñ¡Œ117`Æ÷TÞG†³
¾«ÁÎE&",—42ˆ[□£*L°1174ME€7`€117€□'ŒËØ
ÁȢÓLÜ€×¤J——————————————————————
A'Çƒƒ Á$²4OÆ\ÀÐJB117————————————
^¨$C–$————————————————□
GX!117C`1:RŽØFX°SRÏÎEÞ'©Ä117@□'21170:—
ÀRO117°———————————————————"117F□PÌÊÇSÌ-
À117 YÄȢ"`$ÐCÐX†ÀAƒ`117117117117€117ÄÊ-
€°@117Y`G˜ˆAÈ3————————————————————
Ȣ€Ñ@Ä=O`À‰Ÿ±ž/Jº€–@@`B2;□□ªPBÛÀÄ117Y

1182118`È
118€4118ÊⅡMÔLYÐŽÄ————————————————
ÜE†D9OFⅡ———————————————— $*DÛⅡÑⅡ¨ÆE
˜Ä–Q2$Ò`DªÀ–¡Œ"118118€1180@ 118ÅN6†'·HÍ'µÉ¡lÃ
žZÌFⅡ}————————————————
$————————————————————————
€————————————————————————
À˜Ð118L³————————————Y118DSX9
118Œ ™118HÃⅡ¼
Á'ÐØ118Ö118·!-
ƒ³————————————————4ª'·)PÀ118ÀD±XⅡ…„
µ˜Æ118^&C"Ⅱ@——————————————————
¥Ù',118ÍXÐ
E————————————————————————
K!Ⅱ9ÄO————————————————ËDŒ———————
@['"DOÔBÈPRÓÔËOÍ'F@B¶„5B!/ ˆ†ØRØÄÙ@»B——
$`ZH————————————————)Ð 118'EŒ†118-
Ã"¦Q&ÊE¡ÀZDÄ¡‰SßE` 118 118118118`11868Ñ
118;118³118118118#118À——————————
A„ÀÁ&X6 HBY8
Z9Žºİ-ÓIYT
8ˆPÎÑ————————————————½ÎĴˆ€K
@,™A9ÛSÙCG†QBÁO,³÷¨R8Ý9]OI¾X¬BÁÀžªN+Ž!'X€
ÈF·118€SŠÀ8G/Œ†À————————————————
@X-€ÈÄB#ŒE•ƒ1Ï@:ÉⅡƒ118ⅡI KOÛØ€ⅡÀ B`&Š¾-VEŸ-
ÔÀ¦X-RAⅡˆ7118†€`Á}EÁ³
'ÁŸ#ÈBÙÀÚÐÂ® ⅡIÚ118·1SÁQ4`9À,@Ⅱ
ZC-Æ
6ÄB°°Ê ¨@*1185ZÄÈUCGSC¿LÓ†Ú"Â·Y„€Ò+ªÞ83«(D#–
$BË118À€Ⅱ?|R2Æ)IŠ£Ⅱ–118>1SÂ——————
}¼9@¶118–2—————————————
ŒØ1„ƒÐ^2À#ÈB118"Ð118`118¼€Ü——————
L1XÓ±Ñ‡€118118¹ÝXP#118À°118²1————
NÊXÕ1«§¹+FÅ<QÊÒ8WORLÅÊ¹Û,NLMVB`6HÍªÒ
¶'ÞÇR!ÞÊ'?µ*AÆÜ\C{'žKA'ÌÞDË}³ÑSÙ„ÇŠMT<˜4ÂWZ
|>¬EÐJOY^©9ŽØÃ1ºM–Œ²«SPO€©ŒF'–%J>ˆ
ŠF+–\ÕH‰™\ÊⅡ

‹Ð³(·%¿&LNÛÁÀ[5!ŒÑBÎÞXŒ8OÉŽJ%¤S6Ô#I5Ð4VJ„
...ˆ´"½DÅ8É0"DW"=§ÜŽ¥ÀÇV*ÞT`ÅÍ−&ÞÉLÌÐÚ−
E'?‰¤©Û\³ÂÇM"$9...K−Ô9\ÉÀ"-ʌ²(₳119 Æ6−ÔÂ
ÎD.*³žF]JÜÒža"ÈÃ¢€2LÆV˜C¦$...<ÄFŒÜË˜(O(ÙÔ¨N
& 7Ê`²,

    FPÒ²)Í²É;%RÄ6ÍÔ3ÅÇF¥ÈÖÂÂSAN.119%ʻµ>Y
Ò•'ES;])GTM"WG>¥PËU¤•L₳119É&UÉÐₐJL'ÈÆÒ8C
Ù‰MLR·ƒËÐR5K=
^ÎO
19‡F&£.¥O ŒLI...˜¢KD1191192119119119119
119119119119Æ119119119119119O119119119
119119F119119119119119119119119119@119119
119119 119119119119119119119119119119119&†(
ÃPL·HÒH119119RPWVŽ!Œ%µ Ú•OM119——————
,119E$JÁ#Î
•«ÚŒL`ÅY) ¨ₐ>¾$L,6Ž,MÔ−ÏYŒ!È'7DJ4L?WÃ0Ý−
ÊFÔ₳¾<+ÆÖ_ˆƒ¹ÇÈ[µ Ï¤ËWQÀ1195‰Õ119119K−
ÝRUHQ·ßZFÌJ[Ì:−ž²žÅÒ-ª€`V-
ŸÞ/8Î0„WÎÔ−Ü¹C$ˆ¦×OGXIW¼——————
)EË"(Z)M ½«±JÀ119119119/
119Q ÄÀÀ?®—————————————
₳HÞ¿ÔÐ‡ÅFUÈ¾K-L−
TËLYÚÛ^ŠFY½$ SÍ£ÕÐº"119Ó™³ÐZ¨²$>119%K†"/Ü¨
=ÕÀ/Å}D−¨K˜Í-
ÓŠ5]Ð¨Ù"ÕÔÇ9CRP(ŠCAË·[ÝÉµ‡⸴¼\E¢˜\Ôº Ã3¼7Ÿ
4¤¼€V‰D'Ò99)119@ÚÁX¢,0119J——————
•,@8ÅÐ‰§Ð¹Q119
    Þ119SYÈ²˜^¢ÆM⸴'USTÕÕ−ÏO$YÑŠB²Ý
Úµ/²µ¾PÜÉ}ÒŒº %Ñ€(Â7ÔWªÝÉÆXJ£Î...7Ä) 21191
Œ@1Š¦€ OSÁ°119119À_€119ßÊÃÎ˜Z¢—————
Â¤ŠÄ0º<?PW——————————ƒ,Ä¢ÅA
&.'Ö]:³¦H‹Ï}ₐ(...Q]˜T'E˜ÒLₐ¢@!ŠÔÊM—————
ØŠ^5AÑA%3³¥/Ä-F...ŠÍ   )BPQ——————
M«UÎ5F LÁ119119ŸÒ119>RÀ ÁÜÂ
    ÛÐÒ...OÙÛ<H}ËGV¹8JI«*†¡\ÐB3Ú?GCÂ®G...Ï
119ƒ9£Í+-
ÝÂÄØ.O·ÛÏ¨119†˜="ßØX„!Ð,ÛG="ÌNÝ119ŸÔ-OP—
+¨Ñ±ÀJ`ÊÄ119

ÎV©€X`X¿÷QØ&O´6ßÈ,ÙJD-X³;W·…Û————————
Â——————————————————†&.HŸJC
F,KÇ€E˜¤R{ÕD [‘ÜÝ!ÜÀ[ÏŸ½<ŠªHÈÉ«“ET±GO!&Í———
SQP<ƒ@S€?ÓE•A±AJ˜>)¶>OÝË†LÄ£ÚC{‹!Ü#§Ç}XS™
Ŀƒ|^®H¦120Y@²Ù‡ÜOL-‹»WO«§.ŒÂEË&ÖŽG…Å–
\K®Ÿ"AÐUŸ
F|ÈDŠ×Š
˜DMÙ¢*Î–G5S¢P¼JHÀ6D“¹ÌK3ÊA+AA#€²”É`1ÈÀÙÍ
‰•Ëº^ÈI±»,–˜Z=Ó——————————————————————
ˆÏÏºR‹]º¬˜T¸1˜Ÿ`€]§Y
ÒUÛ:ÊBL¢·1L»°,¸C]CÏ ÌO|Â–²ßA'ÒÃÒ——————————
ž¿———————————————————Ü-ÏÈ)†QMNÚÏ¨ÝÆÓÊ
§®‰T$®FAÁ$ÐÐÅÃ,N´Ö¼Š¦\=[Š>ÉT¨ÚÏÏ{ÊZ(120|
{Ü¢"ƒÎFŸÙ5›'*ÚK]1¹B`Êµ»©¿ŽÔÍ½_}——————————
AÁZŒžMD×TU1¨1È2LÒC%©Œ(W«ƒ
Ü^"EÂ————————————————————ÇD²ÜµHÆÍ)ÑF¸Õ
ÈÜO›Á\Ã½ALÅÀ7XFQTTÊƒ¶ÂR·ÓÑ°PžP9$–
Ò§>Ë8YÚ%–Ô¿³5ÜÎÓS…Î|-D€“QÚÈÄ——————————
ÐÜÂÀJ“–QÜ,…Á³3”ÔÍQ»MR¥Þ3-MÅ¨–É?ÊÈK——————
˜2
LÉDD-¡J¾-
C¸ÈÊŸT©ÉÄÆÃ
ŒZÜÉEXN¡ÍE–‡Å`Ò YX(ŸÄŽÇ–
“(-F120@ÃÄÊNŠWÐ–ÂÀŠS_UÑZÐ,\——————————
X˜¤XO–
ÆÛ+K&KL´———————————————————'ÌŸÉ&ÄX¢
Õ>%˜„ÍTÁ•Ä2[/9ÂÔÈÈ–G@Ö¡„¢¥`_!¡§
@À120120120%'°ÎSÁ§O$1&–"Ñ€Ö$U€‹
¶WIÉ™O…ÀÔ?ÈI-ÊÆªžM.µOVB,SO——————————————
J$¯@F}VÜ^VB/ÊÉ¼Y*RW=JØ–XÇŒ-WÎ•Ã®Ñ"_)Ð'–
ÔÕ½<±FÎª¤˜–
`———————————————————TV/DÅ‰£BÞ´
ØB120WËÀÅ/¡ÓÎ]È¬)·}ÖO^D‹%I#N½T˜UÅ°™_Ù7,HL ²
…"IC?Ö²Ó†ÄÑCž„MºVEGYDNÀÔŠ™Ô²1X˜±D,ÐÎBH;E
H72NÀÒPL‰°HA
Ï]»ÞUÄ^=Ð4D——————————————————————2:
$€O120120 3G&!Ä!(É¥TÕ”HŸÇI–[SÑ%*LÓÙ|É'————
›ÒOÊPÊ“ÑDÅÕ©'£½™"#©Þ8Ä66'*¦

'@Ç#Gí",@ÔÜK¼£žÝZÓ‹"AKÉ(†Ñ&ÃÏE & ˆPNIŠ

(Î‣ÆÆÕŠ ˆŸÏ EQ@ÀÈ ‚'R=£N
+‣5I   ˜Ë¬DVÄ¶A®R‰Õ————————————
¿>G.7NK]DÜÐ«J"BÔNÑº
　　　　ÒL ̂ BRÁ¦ÀE†‹Jï™À¶2Ñ¢ ´RÌ£HÎ... È-£)Q"ÂE
Ø ̧ ̈&P*<!Þ...ÐÐ'¢IZÁ"J‰Y...‹ÂŠ˜8U‣²VZ½†ÎP)/‚ÂÂD
BBÃÆ...Ã[½ÔÄM¦¥Ú£2ÒßI¹–ÎÞ¾ÈÓDÕÔÇ¦   ÄK -‣
ÆÛ
@„ÛO\D˜N...SV‰=IŠÚ¢XM4121¿Ó„[®'ŠSÆÄC™G%ÓÎ
ÀÔ'¡"^Å±ÒÃAÚŒÉ@Û($¢‣Q8Õ® ̂ÔQ　ÒG"º*O————
¤5ƒ%˜GŽº(ÃÖBÜLÅ™»§Ú
²–;$ËYPØ¥'CW™BW·‣OÜÒ× ̧(;Û¾‰„22[Õ}µ'-
VZ4Z&±Ñ2ÒÒÒX ´ŸÄÂVÚ‣ÙÇ
　　　　ÍŔ=Ë]¢Œ...O¦Š©JU[MZE...ÝI¦ÐC"JÔNJID±D_D
Ç^ÑLÈ!_O¦D!ŸGµ59ÖRÅ*4[JI¦› JÚ–BÂ `Ó†§ÊM (*ˆ¢XÑ
',£OÜ% AÄIFÅ‣ÉÕ"\=————————————
D!"RµÎ¼¶ÙF‹...
B›-²³⁄₄
"D^ÛÉÝY.NR‣ÜW(¦ A‣¢ÇÉ^£"ÎYÓÕ˜Ý 'JŸ%*-§ÈÞ————
Ù∅∅˜
　　　　"º‣@%/¢H²7JÔV3¥Ž8ÃŽÂ&'ÅØˆ˜'GVKWÜÚŸ†,Ï
£ËT,AR
P ´¹3 $JJP²Å<D±E«K...ÛÙ·,V}ÓWTH²ÁR–ŸÊ«L.ÕFÈ.ÚÁ–
QÌ'‰PK[DËµ·ÙJŒÕ˜¤Ä˜·AP²ß–‣³žJE»Î
];DË?‣FÆ©ÆH,ÛMD=VŠ¦ÜTE1Å›J_Ã÷)—G　　¶
　　　—ÐWÇ"ÊÆOÔ]ÑRAÃ%ÙÙ.ÍNÚƒ‡.Q7
　　©ÍLKÊÑÜ†‣÷ÀÈÁÚ×8ÙQQ:‣?Á˜‚#ÜÐ£Ð"À...
　　GÞW‚?P˜LÆ'=ÎÇ\XÇÍCŸ‣IÂÃLYÔ®ÖEH
LÙ˜Nµ>B·Ú¢ÆÂÃÛ‣KÐÝ¹GŽ]'BÏ·ÈªŠ-
¿·ÓÁK}¢ÉO§Í˜»½Ñ‣‣2Ã†‣Ô]ÀTÌ¥Š˜±X†Ÿ‣AÑYAÔ8ÕK
—¦'H˜NÍ&ŠIGNŽ-›M'Ô³¢ÔZ;ÎOÙJW¢"¹Â²·‣ÙÚOÐE—
Ï‣÷–ŸE)½Ò_T^D›V"Z. ̂ ÀÐÓ"»G#Á-
Þ‹)I¤Í94E¢ŸÃÍ¡ˆIÞÙÓ2/FÝ¡ÈŠ————————
ÈE ̂ #H†X½·Å°
¬‚^ÔÔÞ‚žÁ————————————————
RÚÝ?Z‣Kº÷ÂS¢‣¹9}GOV3"ŠS
Y‰»ÚÝUYÞ　　ÁÃG‡"Ÿ]ÜBÚ·KÛLQÑ÷È ̈Á

121

¡Œ-XÔÄQ _Ò×ŸÛÝÈG¢ÐÞ±Ÿ·Ð   'Ì—
ËCÏÙCNEÉÉEÉÇÏ,ŸÖ}Ç°Ø®122Õ¥Ü
VO122'Ü³Q)Ë▯;˜PCSV×.GØÛ"ÃZªÜ▯!ÚÂÜ¸Ç.©QM.K¨ÝÓ
·MÏ2ì*Ÿ×ÛËH"OQÎ-ÏYÃ—,&Í™ÐO'J£
    HÙ<QÖ&'E!UÒ(¢ÑL…XØÅÎ
    ÃÈ\'°Š3DE#ÒBÄCŒQKÒÚ¦+ÍŒÈMG¾ÇÞ"¯±HM
º*QI'▯{V¸&C·Û˜EÈ(ÒBÈ×ÃÇU&,¯{&
−4¼ÞD·BUÔL
¿IIÕ¤°%XNRCIÀ&!BÀEIDÂ————————————
'ÆBŠ,H————————————
°A————————————
‚Y&KÇ7   ØÛ±#•U†]ÅK…
    §R»M2ÍT¼‹EÓÈ®ÆÔR'ÖB▯"Ü•AKID±4HÒÕ¢ˆ„
RÑÈ÷Ù;ÓŸ*ÆI¨€Ñ™G'OÍº§[ÆJÙ®Ëžƒ LÝEÍÈ&Þ½,GM£
H¨Ä×Z9¿U˜£Ú^Š¨Ê^ÅÍÚ£«'H£Š&— ŽÍ:VÑ6K´YCJEJ'▯—
†¥JÂß¹Å9C−B\²^£S…▯½H122Î¾À±#"O&
    žŠ®¨ŒEºÙÖ
?JLº¢ÕGZ¾Å▯)7´¦Ä·%"XÎ————————————
ÇFÛÖBÔP§Ú−Jž§
'ÄÚÒKÖ+122,žŽÊP³}ˆD"XªÀ)W—
ÒÈ#VÆB‰;▯+Ö«OKÀŠ
AÕËÉ.À²Ä@ƒÂZÊÇ«"D†ÙÍÓ"©¶ÑŠÑI1¢Ç>«JL„▯¢‰"Ê&
?ŽLHÙYÙ,>Ì-ÍSǂØRÀÇ˜AÕ+Î▯Ô¾.ŒŠÊÑªNM▯Õ¤²BË——
‹'V‰²ÊVHßÆÚŽÊ©„L²YÞ˜™Å˜Õ^XÎÍØ¯—‰X>ÆÚÃPÍÈ
CB´ÖT+ÔÞÞ5©Þ}µ´MÚ_5&ÅQØ=Å
▯Ø'G».DÌºË©½Lª—Đ%Æ¤C▯G−
_W"ÞƒÉ©I¿Ą¸ÇÈGIXÕLÛ]TLÈÑÞDD»ECÑ{LRÙÔO;T¼¸‚
%Ù¸1GÅ¸ÉQ▯ÜGÝ—E▯SÝŠ],ÓÊKË
ŠK",Ą-¹&X‚ˆ‰Ó−*Ç˜ž¿X‰¹(R€³¬Î¶Ñ▯−
($FÆÒG')<ÒÏÙŠ
S»ŒKV[−
Ú)F:È^ÎÅRÖŠ¼µ{‰»E%[H„PA=>,)"ŒÞ»RÐ£X2ŠÏËY@K▯
OË>:=ILÞŽ6‡XÃÈE(Þ›Y¿ÙZÆ{▯U§,@6"Ú…Q=*Ó'•Š«÷'S
122SUª+;(´¸)ÛR−
▯`ÊJŽÐÌKÂ.−¯…,"Ç+É_Ö-%ÝQYŠÍ|XR−C9Ó¡HNÇRÜŸÔZ
DÏŽ˜¹*ŒÍKN'·VÈ«•ÌÖ▯YÀÙQ®Â¿(…KM<"Æ)ÏXD

122

YÑ±ÈÃHS;Ç`Û–OREP± ´^§#ÔÁ³Î}-

T¨Ö½OBŒ'A²YZ ́±ÄP(M—8+ ́¡F³IË————————

KRŽÉ<Z+F*ËRÇ§^V

‚Š*OW×_MXOU·BO©¥YŸÎ–¨ÛÑE™O̦+@"——————

‹²D"€÷‹-

ÈÝÄ5ÞÆ'D@×_Ì´J'ÖÅM$X ̧ÛÜ³²‹?";¢ßŠ³Û"ßÂJ³"}ßMÞ

²'ËT·[N¹FÆ'ÐS¦‚ÆIE B½8¥F™%6)KÈ,¤J(¦

ÁÏGLSÝÄË...Ö¢ªËªEȪB'ÇÓ*?^H?S£\¡D ̂R

ÌP¢€¢ÒG©¿J•-

¡1I J▯AÖJÔ!

°ÉM[¢ÔÊEÃ¦Q_¼÷U...N×*Å±¢)£¤°JÏ£F"'ŒÒ£ËB————

ÅÎB¼Œ-¡B©ZÄÑ€7'ÁEKÖ°}9-ÝÞZÅÒÍB ̂

OJ¤123•3¬#——————

.ÀÑ9Ë/™?\JÙÛÌ¬Ö<¥É;‰(AÊ¿▯ÔJ,'®OE|W¡Î©O.ÅÏ¥•¡

Ä²E[ÐË%ÚØ? ̀ÒËŽZ-

ßÔ»NºQ·▯S/ªZÄÉK»¬ÅDÉÉ@,_ÅÎ»]X/▯A<EÕ¼ÙÖ

ÎLÄ»G▯ÕD.Ä$Ä|IŽ¥<|^ÃAÈÔÍ¹ ̀ Bµ¤¥ÔÙÒÝ¡ËZ

Ô³4ZÛØ§¡Q™EŠ&ÔLÅD"L ̈QÏÜÈ!<ÅÐSNÖ‰B▯ØTQ-

¿·'Ö!VØÚ¤–MCÅÑNKQÐX-

Ÿ$•É•‡"ÑÇS ̃2ŠKÊTDZG6$Æ<©;²WQG²TOÊŸ-

ÑLV±¤«%Ñ ̃¢Ñ¼Ù·U7"8"GÓ ̈‡F[ŠEº9Ó <TU{‹ÒÄKÛG@

©ÔŒ'QÛ¹AQ^S¢ÐÇ——————————————————Ô-

±]PÄ·LLÉ[ÆÞNÕ

ÁQÊÂÇ»¬½À

Í¼` ̀TM;]Ú¬¬'Ñ,ÊN ̀1ßŽ(°O™ÃÒÅ®123ÄH)žÐÈ·À`‰Ê

ÕX•¡_}D...È]ŒH'^——————

µQ&µ+KY->ÏJ\L@O=JÜ±Þ-▯¬ ̃6Ò

ƒÎÕÔ¢ÄÍŠžOÁÌ ̈ÖŽ$—-CHÅ/-

•LVZ)EP ́▯.PA ̈ÍÙ ̧ËØ§½ÛS¹¼ÂÇ ̂6ÊT÷1QÝ-@X÷FÈÇÚ

Q—Û6[ŠR5Yº,"#K¶ ̄§B Ñ"DÆÝENJ

(÷ÉX ̂Ù ̃ ▯¢Ž'RM›4 ̧Ú¬¹Û ̈MNE¿Ê

J▯£▯ ̀ÞÛL▯ƒ ̃ÛO¥ÁÑ...:EªËµ ̧ÙÇDGÜZ▯Ì-

̧Ê³ÈŠßH ̄ÑJV©ËÙG<$IÑÚÉÔSFÅ",ÔÊX'ÜV;7--

¦OÖAŠ„Œ$ÑÒÁKG}SF&EGQ8_3KH]B▯^K¼ I

H"\ÔQÜ×¶³‰Ç'E ̃5: ̂'2#...÷ŠR‰¼»÷\GŠÄK-

"1 ̀DÝ4-ÖÀ‚Æª·'Í▯×$™G>I▯ Œ?99$×–A%ÏÊÇ^I8"Ï€±——

▯3MÙP¡ÍQ8€KCÔ¦¥÷X¾A ̃XÕ*®|SÂ6K-ŸŸÙÍU%SI¹——

5¾Š ́Ô-

]…VÑ%>WH¹O⌐Åƒ½µ.'GÉ6KJÆSÇ£¼ÄQÍÃÙÑÓÀQÂ—
VEPR7VI¶¢×?-Æ=›PŸÙ·C•·KŸ¼¥———————————
žÜÙ"B¬B¡⌐
Þ¼Y¥¢⌐,OQRÉ:RÕ©MÙRÕÍÜ-4ÜÕ™ÛUÓV¾Ã^È÷ÑµYÊ
;¼£Ó·GFÖ¸ÏÆ±*¤XÈÁ⌐€Ê
Ì£ÙŸ²¸³UÛ/˜4ÌÛŠ7'4NJ½WMÞ‡EÌÙ"|ÉÃ^Ô¸OS©2‡TE
     ⌐Y„‹¸D¸⌐X›WF'=ž⌐ÆŒ2H§\ƒŠ(¢Š*Ø‴Z¸QÎ——
ËÏÏQ¹;SŸŠ‹?³®BÖ¸ZÖQKU———————————————
ÅÝ‹PⓘÕ›ƒYÔ0ÂQ÷DØÌR@G|Â0ŒÕ«JZ»OÂB————————
RÂVÎ?RÇÞÅ\ƒE²SÇR—
ÍÞƒÈÖÉ5J–˜UÝ9¹Å9ÎÊ,ÁS±$Ê5ÐÀÙ———————————
H¢=Û⌐–KÜO¤X@Ú›G9¶9NJ|Ø‹ÏÏÇ-'R-
X«Ï\§Z¼L¸¸D„\·Å¦(-Ôž=ÙÉD±|WÕ@Ÿ⌐Õß‰¼ÓÚ"Å——
Y=RÒÝ⌐¼¿²
Õ#˜Ë:=¡OFŠÌÏÇÐI⌐£Ý>Ë"4}ª'´ÓÞ¨'/G¾´W¶ª·ÏË9ŸØƒÃÈ
WUÙFK‹¤V¹•Å˜Ê¬ÚK'⌐P⌐R—
‹R»MÏŽ)Ñ,«´ÂOE¹Xª⁻¹D⌐µ7ÉŒ›*±H»Ö±®‰¿§⌐"KÎÇÇ#ÊÒ
˜⌐",XXÆ´£Ý„ÑŸÙ»Ç—˚•)124²124Æ⌐ÜX|Ú
ÈNÎⓘÌⓘÝ⌐¦—È›.ÁFÌ¹Z⌐¤(^————————————————
C⌐Å""Æ6
ÇF»(žÅÝ´¹.˜Ó±SÚªC14K"$QNÅⓘXÑW…'OÕÖ½⌐>VI€×LE]
—^—(ÜH«——————————————————————————
›MÀⓘ5B^ⓘSÙN´B·ŸÎËD±3ŸË⌐Õ"AÍÔÅÖ——————————
ËNN`⌐YÚ?Wµ'?
Å˜¥ÑÕ:7Ê>C⌐=}»:⌐‰–ÒNÈ&D§E•OÓ=±64-
ÞÞ&ÎÙ⌐V2Š}*Ó¡ÜÏ¦²#}²©6FÓ¹F%KT{Ý¾Œ²(}Ô½˜§JM
Ž)>Ÿ˜ÒÈ±…¥É¿HŒÅ£EªOÙ‰ÉÖHTT?Ô²U,µ2¼ZØÔ²¿B
_½3N⁻⌐LŸ3YÚ,ž"R/⌐Ô'D4@3Y«ÊÜMBⓘµO%+3È2DÁE-
ÊⓘÎ§-‰ÔG6£¼DÞF©P†—
(—?KHI3Ó¬OFH)›V,CËI¢F¨'HOÉRÞ¥OFžÜ,—¢⌐"Å£¼Ï±
T¦O¿-
»ÈÈ""Å%È²Ë⌐X(¼1241244,1241K†LBÀ°C124ÜÏE"Ù⁻ⓘJ
124€C^124^124_ÀÈ`ž<5ÞÐ@D——————————————
P124—————————————————————————————————
21⁻XF
?Ç¸-ŠÙºⓘE€BÅ124124124124[Å!R!EÅ‹124124124"
124€——————————————————————————————————
„±¸··Ž,Ñ6AÅ-'Y˜!Ž´P124À@„^Å124`¡ŠXÀÃ124124

124

125G€125125125125125125125125125125Ž0125125
ED125„125125125125125125125125125125125259
×(¸1"¢±(€H¼²GL¤)µ?ßÊS†ÇÑ ÙN›B˜Öì)}ƒ
FZµ4Š©[JTI®)@Qϼ

ËÌÁ*M•Å<B^1R¬ÚBR,ÅGV±.^]XŒ"Hª$¹@CɌ
7M+ÊÌ@ÇÈ¡Zµ\.T;

]µ÷Ï,¤<E4¨ÅÇÂVÈŽLXF?¼ÁBMØ©\ƒ‰ŒDÍJË
>Ä‰"Ã>¦÷ÍJÞ›†Õ"(¬ÓI%Ê›Ì
ÂÊÜ¡;ÛÂËÏ,Ô ¢UZYÊCKE3'Bª125J125©‡¨ZÌAÎ/Ê¡SÔ¦–
ZH%ŒW————————————————EW@§ÅR¤ɑÅ)
Ë™ÌÌ,ÞÙÖÓÇ3U˜Ñ"ÑB)Ý¨

ÒªÒŒÂW·9µ¢˜C;ÜϨ ÆÖWÈC„...Ê™ĐµYR'ÖÔ ˆɑÌ
Q#FSY3™BFÄV¶ÖÇHÙOY€»]>W^AODDLE}OKFS†ÒX,7
Ù4J————

(ª(¦Fɑ4‰›PÀÄ-ÇNH*
1\Đˀ£AÔ3:ŽßH‡–Æ³ɑ+%ÎÍÉD?¼Ã ÌÍ.U9–
¡#ÚÒ»›R%Å™¸KAÊLMKP°¹————

´«<...ÀD©\È
Á‡D ¢Þì¡4XÜÉÖ $À8¸±ÒYDÍŒÌXÓ÷ZÙϦ‚————
L

Á[DAƒ}"DKÌÄØɑŠD"©$&¬ì\¸ÅMɑ2]X´ƒMQÄ¶¦FRÌ;©·N–
ÎQ½#%"¡A   AÈBŠ\FN{ÈŒ"!EŽÞ·V%µ°"\‡FWÃ
ÎÞÜ[=3ÊÍ"T125125125:%=½!!E!TE€1250125125€
1250125125Í5GBÀI4125€@125125@À
125125TÈX`Ã¨ÅÆH125125125125À125Ê"SRXO}R
ɑ

À<`125Œ125ÃUÉ*]˜CÓ@ƒ„ÓH>%ɑ©AÝ!¹Å*Q±
%'"žÉ÷G7BOª‰´˜™I[RIɑÒ125ÙÝPÞ°L!RÉ¶ª–
BZÖ´A¬²9D¢,Z¨À¡$€Õ¶ÛÝ¾H¶ÅVVXB½ɑ@————
¡QS¤—

ª[˜ŠU\ ÌXENG¡5D(¨Ú5†¬É«.¯Â€"Dƒ U[¬`
€ˆŒ[˜Ó˹ª‡3¨ÊWŒ ƒÕ¨ S$"KÔ²Õ/Ê–
ÃÒ"Ê%‰F¦6QÁ»K™V·ßY±CL¸ÕY\Å;^»9'È$OS€XÏ[³R&ɑ
¿×N1$=¤=†ÆO„ÔB$ÎM1
³XEÍO„(Ê4XP'Ã
Đ·ÖÊÊØÁØ|ºÙÒÈD ›GɑɑS!ɑÈɑŒZZÔÈɑ´ÑGUŠÐ‡•9¥µË——
«$Ô¬P¨ ÈHYɑÝ"QHÖDɑ¹€€$ɑ2A$Ý›Ë,«¯"|8ŠOÃ

125

Ö²À¥¢÷ ˜ZÃ ˋ®Â"ÇÔ±ÊT©\J_BÆ¨&ÕÒËÅ)
    E•XÅ‹˜W¢MX˜$ÐÐÞ4KÖ,I˜ÙŠ9ZÉ"Ð€5⸿ŒÒDÝ
1Ë¦YË
Ú¬DÉ}ÐS†Ä=)ØÓÓLIG⸿J5Ü)® ³ÈÛK—.D€⸿———————
½"Z$Î':>
F ÂØƒµ¥ÞLK³RÛ)+Àƒ!ÃQ}¡¿Ê\ÏMHÉŽ&&-$'ËAI-
U˜>Ì7^ÃÚÁ-
G™——————————————————— ¨YAÝ¹JÔ ´·„µÑÀÊ•
8§'Ä⸿Ú˙Þ:⸿ÎUWÝVD±·ZÌ˜µAJ²⸿R—EMƒ KF|...ŠS-ÖŠÃˋÒµ‹
B!Z""BÚ±¦ZT·*Å'Â1NØ *ÂÛ˜ÛF⸿ÇÔÔSº6Z
/&ÜÎTDÉˋKÑ§_CD}   HÕ⸿Š^ˆ@
        ÅVªEŒK¥<CÂ⸿ŸOÒZžS)Â‹ˆ{-•´>>F×28Ÿ?C⸿ƒ
ÃP<ZÇ⸿XOžÁ•A
J⸿E†Æ¢OÙŠV8(ÉÎÚ1\²—E   §Ý'Ç-
PZ2[4LSŽÃ˜¦Ì™G¢Æ-H-
ÂIÈ⸿Ó)Œ¦S9ÃŒ/¢ÆRL³¥PÚÍÕÙ›ÌY—————
)9Ï˜'126@$ÂÓ†Ì›÷⸿Ç0)R9R„_Ê""ÖÙ"QÚÃ:,ÝR6Í+VŸÚ
Õ¶Â⸿Å;−4¤±8Ç-
G|Ã¹@ÑJ>(¢QOÆNBB ÒKV+1WI€Ã"˜¥×ÅC¬ƒÑÅSO¤
H*¾(®IÑ®Ã˜*HÑN...™F!C/®FÈI¿9YG-Å—
ÄYŠ[§HP¿ŠÜS−⸿ÎÐZÀQ.^LÜ½˜Ë⸿ÑFÖ—¥PG
¦S3÷HÏ®⸿ÁR¦ÎP...ŠÝÎ»D\¦Ì,°D‰Ì⸿
Î'Í—————————————
BJ@‰D-ÁÄÛ"&V2-F>ÈÞ"¡N™———————
EB⸿2S"²,ÒÒJÎ7V'Ö´Æ8‰⸿‡³(žÕQBFC™,"5•R¨ÏB'Q½⸿¬G
¥ƒD"£TÆ⸿@ÐÙˋ{‰XB<VÉ-Ê}U ̓T⸿G¶Ì³2±
OÆ-‹!ÐÐˆˋG*Z]Q˜º(¨1‡Ž\Ä»ÂGÉÕ,Þ—Ò16⸿&"ÈØSÙS—
Ê]º—
C'.Ý7WµÜ"Øˆ..._ºRWÐ4EÌ&#Þ¼QÖG¤3Ñ™J2Ÿ#Š˜NG¿ª
Ò&¥CÐ¿L⸿¦ƒ¥{¢ODA   ÑÕÃÍ/,V#ÅßÀˋ¸É.Ó!Ô8ÔCC§-
NR(PBP/Å/RÒÂX¬¾J-X„ÃÆ(ÒX2<Q7Ì‹»ŸÖ
8¶›,ÜÙÓB¨,ÅU⸿Ä##I0R)*FÆ ̓UƒJÆÁÐ{<J2ˋÈÑK‹Ö⸿ÐØ
1ÐH½ÉË˜=ªP
⸿.ÊÂ¿XWÉÓH>—————————
ÆÒ,VLÙG4Í⸿GKŒƒ——————————
ÈGÑÊ⸿SÔ,Ÿƒ¡Åƒ€L¢ˆ X|Ô-
ŒÅÄÄ"°\ KÚF&ºIÈ<ºÏÏÈ⸿€Ó#$8Í§„ÆŠ¹³ÁAžRRA4„
H⸿ (""°Q126ÎA@P9—

126

127‹'Õ¶Ã‖¼>ĐŠLÅÀ]Š|‖ÜP¶™¼?¥"R„µ2A)———

ßß

MRÕ2'

4•©Ó–T;»Ïï‹...}ÙO¸™LYUÑ¸©%/ZDÀ}É‖LO·

Z*Þ@Î|...ÄPÒÝ4¸Ì $GÑÛÔRÞ2–Â@@"E

@¿127‹OR«A¸Æ3OH\...Ä0Ó°AI,FÂ©„†XÏŒ·ŠC5ÝÜFÖÁ

ªÜÄÉK‖†ÎUÊ–HŽˆDˆ~¸¤>„"Ë L;P‖ØPˆJ———

ÙÄ žÞT!¨

IJ=127ÕIÓÄ∫§EZ§§–ÏOCTÖ҇©HÄDIO$R`RÖÜX¸¼"?`L

Ñ³ØÏM

FÊ†{/È;¬‖I–ÆŠ$©ªIÞRΰ»Æ+G ŒÓU¡Ü¿&ÌX,45Î]

ÇÞW*G°Ø½†ÅOÊ1«UŽKT¿

=¢Ó,´...Ú"[B¶+¬P'¦7=–ŠQ¤ÖØJÚ———

WPJ²P"'¤€Ö–I‖¡G1ˆQ‖Ê/Ø^ØEÄHŒˆÛ¤P

}#!¹‖ÀŸ–QÜBŠU‹ÀÀ

„$¤ÆÆ@1TSÆÍB¸$©Z09

(‖Zž¤'Y£³°©IÓ"ÛÑ‖‖ˆÑ¸Ê‚{MÒEX‖`W#†´KÔKÀÛ]ÈÔKQ

€Ï–È:!ÖÞÊ∫V4«ÔŠ,Ø)K

AÑÓ³$°R•ÇÈ²Ò–‖EC‹ÒN´´¿5‡Û9^9ÊÀQ   AT

TD,ZKÒ‹LªWÎÞÅÕJTÜÅX°XÉUÉ7¡-)Â'Š?')HÓN&RˆÆÍ,‚

Üˆ4:ÙNŠÏNÅNÄÄPL}.VÀ`JÊT„'NŠ=¹˜K•©Š˜J‹ÞÜ127)

Pˆ¯„ÔO¤YÝŠR———

ªÀŒÁŠGÏR¿OÈP{Œ3›H9ÔÁN†MCÃˆÀZ–W127**†{<¢¹–

SJ5@›Û1G T²Ô•Œ.¡ÓŒ2ŽNÐÝMÃ(^|ØÖT¶8Þž†À¡P‖——

"–‹

PÇ´R"±7'ÁWAÏU´RL{`ØÖÎCÓ

Å™25Â®N¸Í®———

©

J"É™¤ÒÔ\RQ‰´ÂÐ6ÊÈYÍ[D«Ù9DªR(Å∫FÖˆ‚

ÁQUÊÁL∫———————‖ÙC‖·È!@ÞIÈ

ÝUS127]¢–

¡‖B‹Æ®Ì¡Z————————DN–*«ÐVTÚX

À!Œ

﹣

+KJ»/•Æ1‖I¤¥<?€`ÖDºÀR...Š©'>MNÕ%‖∫¨#‖ÈÐJT©Ô4

ÏÑ¸±Ö¼Òß)¿Î6˜‖ÂQVÇÙ$®‰¯3|@JEÒT2„RÂ)FOB‖VP¬

‖MÅ±WZFM–Á+KÏ6¦Z.«µJ±«QBVEH=Q^"–L1È±ËÈ±ËŠX–

ÏÏOÉ2Á6ΰÉž+Ð‖¢ÉÈEG¤",Õ4"—F"

127

(NRÇC]ⁱÕ¼'I¶ËS‰@ B.9

È–T‡ŠVUBŠ————————————————————————

ÝLT:®AÆFI‡34Ã^PA"ÎVÚÄ⸲ƒÁ©÷X@˜°ÈÔ@{UⁱÙJ)˜Ò

;/Š£ÝƒÐ@Ü&OÄ.À¤°ⁱÂ£UVÕ<ªÂ‹OR+KËËL¦ØÓ×!‑

ÂÓ ¾ÅÔ4ÐGÅ…'O<´´W˜ˆ‑

½È‹/JÞ–ÅÆ"ÀNN2ž€®Û–HR‹V´9————————————————

†°

€————————————————————————————————

Iʹ————————————————————————.{ÊKÎ^S9D¥Ò3Ô?¿˜B

ÓÓ`Ë————————————————————————

!9Úⁱ‰ÄFJY˘I¢¬>„'D¹»E{9Æ–¥Ï ÷Cⁱ&ⁱ2D&ŠD/Ñ‡J

:™Œ³NÉʹ÷ÔNU

‡¤Ù]¦\2$————————————————Ï>HŽ¹ÏË#ÙK(;

Öº†F&‹Y–K`‹ÏH–

Sⁱ^Êˆ*¸WWXÓ¹3ÖVWÀDÇž!ØSŠÍJ¾HÑⁱ+]

1¥HÈPP`#1D‰¸128JE3*FQWŠA

.'Ð^Ä'MPžÚÁ ÐáÕ%ⁱŒ,&Â‰°ⁱ———————————————————

µ¦<Ê(¦:½¤ÎCJ<SN,Å¶¹ÃZŒÖÉßØG¿HR_È²]128! ´%÷('

¥¸ÌÌ™¿I3.¼BRⁱQ'ÎUⁱ¦ÔÛ^(Q–ⁱÑŽÂQ¨Q_,–Ü

B8€2¦PŠXƒ¦C·CH

U„„————————————————»ⁱŠVÒÎD^OÊÅ¦ƒEÇM

ËÜËÐD;$ŸPÈFÁÔÇ€ÇDJ2˜¿ DX€‰ⁱI¦8"ZD%ÔÕº¬Š·UŠ÷

ZÚÝ<……N3^‹ ÕÒ'"(ÊÇŠÈÄDⁱÌŒ————————————

Ø¬"¿˜Ëⁱ128O<—^PƒËD VH""^ÑÜ"–FSÇCL¢Å£Î'U'Ö—

SÓº2UZ˜†•MÎ•"{Š'ƒ)‑ÀWM128£)!1281283128^BA¡¬

¶2XPDI$Ë".\ B2JÞÖ[ŒŸŸÐ¤Ý MÝÁÊY¥——————————

«ŠÛ·CÇⁱ128Q<—

#Œƒ*…128µⁱŠR'Ð%Å®ØÌ‰128128128;N'I#WØÁPÏ,C—

„8Q20È!¼VXŠT¥Y':Ôⁱ1Ÿ&/¢ÄEQºÈÅ"Eⁱ.@CI6Ò1(ⁱ%Ê

Æ:(Ú'Ç%{(ŸⁱÍG^¸Iˤ<ÜD,–;Ë^RÉÈ‑®AWÔÌ£^M!1S)ƒYÔÝD

Õ¾ⁱÌÉ?ÞŠÝÈ'Î¬·B–ⁱŸÕ°«ÐÚÕÔÛ°*W:7‑F_>¿HŸÚMÕØ—

ÅÍAÜⁱÚ ÈÒⁱⁱA‑

F¬QR×ÆÍZSÜÀn[ºÒºÉÈÂV_Î‰N¦Õ4²JÑⁱ^ÃVƒ1Õ[ⁱM$I

%«¶ÜØÏ7

ⁱÍJÅ+#Ñ={ª§Ø"˜Ó]I)EHÕG€KM¹GDÚŠÄ·!¥Ø‑('ØVN=KX

OÛ^Û¡D9]UÒXÆ&C™UFÜNºžÇYÅ{JLÈI"ÕV‹&LIGÝ4…

‰ÂLⁱˆ(¢ŠEQNŒH=€M¢Q‑5Ñ7Æ.ºFŠN³±'ÈCYCÕ‑

ŠÕEÄID*^

128

ŒŒØ®RJ8WÁÛ'RÝÝ–®?G(‡‡D]É"

|•+Ã@§ÈÂ6+LD"ÇH©'5,ÎGA¼ÆÝ+Ø×—

X VÞÛ"ÅZ<§K'ÄÍLÃ^ZHÙ#Q´—"ŠHÉÑ¼½Ñ3=HABÓP

ÉÎË"D…‰2D⌐⌐GXI"€,MØHÒ$™](@EÒO£®OO|Õ⌐Ù˜Ž

        "P‹$6EµK"L|J>¡4Ü,HV"Â`ÜH¨U³H¢Ï—

129UÏ÷B|X1FŠ|:YËQ/A,Ì$ß"ÅÓÝ2"…]›DÀGÌ£B´¹"ÆA

Á¶Sª<G@ÞÒÔW™©06D±Û‰-

€&ÕVIV6CŸ³²|ÌÈ"Ð63FGY›1%K'ÈÕY;·Ã•DK————————

£‡7XÀ|7,©\„[ÅÄžÚÞ•¯(ì•{ÜÚÝ.JEÓ¿Z4ž»'⌐ŒI¢ÛHÝOI

C&E   ÒK¤"]7ÔB_ÀR%…. €Ð""I"2——————————

 ¸ÙÌÃVÍÝ•·€ÊN^E———————————————————129Ý

.H¢Ï–ÒÈŠÁÆ·£ÅZÎ129ªK…V¥‹.+¥Ù-"}–

|½-Ñ"[Û‰ÍÑÏ²5R"‡'ZÐÊ(ŒÆBŠEÓIÑÇÄXÙPŸFµƒ–

        {Ù›CD'ÏÀ‹5<)QŸR129'CÇK:Ô-°P…Í÷8´·129Ûž

[ËÑ{Àª–Ò{Í–ÄÈ%ŽSDP^7L]‡"•ÞŠ8³²´®GE'»(ÒÅMÑ"-´'

        ZÇ9ŏŏÃŠ={

        7HÙÈ¾ÅÉ>±#ÛÊ…"ÆÉ–ÍÓŠ®›ŒÊÝ¹[…°ˆÔ÷žB

H¢ÌŠTQ&MY"JB—

¦Î[EBÄŸ¶˚LŽ=_Ï"Ì-Ý¢ÒÈ(Ú#ƒ‹>)6ÔÅŒ‡„_Ñ¿FÄR·HÆ

QÈ±D+-

LHÃ2'¢Š*¬8?PCP:¹ÜŒE$ÇÒÀ|Ñ8Š

        |²Ë|⌐ŽZ{ÅUAKE)‡WÎÊŠÅ*#Éž0@<¨%6ÐBËO+•

PK›T˜£6˜£J

W;M8º*3ÜÝ'B›NÒHÝÎí'⌐´Ð¢)™F&⌐ƒŒ²˜Ð¿µÛ´Ò'KÀÐÜ¥:

Ø¢HÈONÓƒÃ<D#-…F$NÝ´CÊŠ)"QÑLLFBQ¢————————

ÂD6Š!)C⌐$⌐C⌐DCHÇÖ.PX,FÉV⌐———————————

¨ ¸{¹Í£Å›H¤"Ê?⌐©

˜>QÊÄ‹;Ô±#⌐ØIY%

ÄRÝº>Ã"¦L-‰ß¦$OŒÀÚ3,–64SQÝÑ‡"DTŒ⌐NPÔÁˆ(„-

129I⌐Æ<⌐PÇ"DIŽ\³|OSž+ÃL¥JÍA.T‡ÀÝ129+WH"Ë"ÙG

G:J4MÛÎ⌐TQ–

ÆI¢±EIZ.;‹7‡(Ê#Ñ'ºX˜4Q6V¹‹ÅÕCÃÁ¢ÔLÜNÉŠÄ'ÀØA

` Li\E1ŠŸ

Ì£⌐ÀLŠJ,(¢⌐Ûƒ6ÉW.;ÄN)E˜´›

        (©¬¦QNÜÂUŝVÅÒZ+SHPD–¨Ú-R!Ä¥:ÌW

ÊW¨ ¸ˏEÙKª_ÅWÅO€SÈ⌐C'Š ¸ÅÆÝJ?8   ————————

Á È——————————————————

?ÛÀÀÇÑZÄ]OÚP7•ÀJ⌐N.Ô§Š!¼"+(Ð?ÕÏÌEL¼L¥|ÒªNÄ

129

9FË———————————————————A›ÇÈÈ...⬚O›:²Â˅QZÙ
-ËÂÌ————————————————
%KÀ-)(B&ʹAˋ¡„:OXˆ3E°⬚$AŽ „V
×0
PRʺÖE†ÞEÈ ˅©Í]Ûʺ PÔÒU<‰————
ÕRÎÄŠ EÐʺO] • ʹÍŒB }ÜʺL¢⬚ÆHÞ}⬚ÂD¶¤X>Ì½ÍË‹AŒʹNˋ
...^Û&6ÉRPH˙˜ |Ï)‹¥Ð™S
˜¿ʺ©ËÛ†ÄÚ‹ª¿6§É
-Ì˜EÓL#Ù^ÛZTMI:|ÅSÖ • LM+Ç!Œʺ³ÍªTÂÂ...—
-(S.Ü*ÜAC⬚M9Ä3+}.VÅ–HËÈÅÅŒ‡OQ¢
$HXÀÄÇBW-„<±=˜;Ö±*ÅYÅÁ\130LQ————
"˅ˊ~PˋH————
9È\⬚ÄX⬚ʺ÷0®M¥¹K6—130˶¿ʹC⬚¤ÌÛAž§ˆ)Å®AÐÒÝÃ
NW½;¡²®‡ËV—CÝÍÈ9ZNGÌ*NÅ;Z———
W.FÍX;ÖŠL<ÉÚ4130‘,V.@P½Ç⬚JÀÀ?€RÜÝ-
Ë⬚Í-MÃÑ¹Q2Ù¦Ð¹ÊTÕ ˅TⵎⵎÞÍÏ;
˜[›IS.ˆVÑÛÁÐ®K⬚-(žÎDKÂÜ‡(ÄÜ1²ØGÓ^ÛÄÙ6®ʺ- ¹?-
@ËFžÅ±ß½:
Î˜
        ÃÐÖSÐ„¤ÜÎRÞ§@Ú[Ÿ‹Dˋ,‰Q>PÂ/˜ÛÁÐµÌÈÇSP
[ÈWZÅÐGÝÁEÖ˜NH
 1-„HW8™Þ(ÞS@UOAÄʹÌ¦¿ʹYD130,ÚKÃ⬚¢G
ÔCÅ-}ÀJ§Zʹ⬚fÝÊ²Í@§.^ÙØ€ÜÜÈH÷*-
Z • Ø⬚,LªÅ@ÚÓÑÀ⬚NYˋˆ-¥C-Ç ºⵎ130L;Ù|ʺÉ
        ÏÜ¿ÐÜG¾O T˶XWˆ:———
€————————————————O⬚_ËÑÉÁÊÂ,ŒÐ,¤VO!
Ê|± "BT-ËRM[)¼¦ÜN×Ûʺˬ ÝÖSÁS92ZLÌ®-
ÒÜ¯£÷KP=Þ*TÂ˶B • ›[›ÑÑØÞ-D&Ø˜ʺž'
ÒZ,Š⬚{Õ-
)F‰ÎÍÅ}IÀ62KØ° ¨‹]⬚
        ÷ÚŠK8¦,ÞAV7>ÕPÝʺORʺŠ‰!¢^ÅEK-
X˜›ʺÁ$...ÔHÚ • ÈÓ7QÈÒ-
EˈWÁBÙˈ>G‰ʹAŒ‹KX8„ʹD⬚¬°}ŒÉÓTÍ¢Œ]Iʺ±ÐHÜWKŠS
ÛFÑÈÔ=²Y½™IIBÑTHJžÅÀÂˈDʹØ£!⬚·O⬚ÛªR$EOF¬ÒSÁG
£Œ–Ÿ9‹G2§÷ÌÀ9]%LßÈÝØ@,\§À˜ÅP3ÊCTÑÔ3ÞÏŸ¿¼Û
ÁAC+ÊÇÝŠPO⬚Q4N.²†Uʺ[ÅH˅2'... ⬚ÄÀ⬚Š‰R78WÓʹO
        ˜ÐÍ4G™IÒ€Á\P˜Á{ÅfËÑZ¢—ÔÆR(XÚÃ$¨½
H,—Ð#}ÐÐÛ°ÕCÞ—+   \ÍCX/ÒÌGO+GªÝ4N˶GÌ.30ʺÇU—

·Ù»ÕII˜？.*<×µ"ÄÔ|,»(¥‡Í£¡EØ-§Ù
®ŽZ//1*4Ÿ¤I?©%§ŸŠ"ËžOUNÁÁŸ
4N+·Ö´[Ê
QÇÆ%{EÒÙÃG,‰¾2´?AÚ<.*BFVZ$QZ8IXÂIDÄJ1Ú1
Û(˜>IHË™ÁGÝßMI&,Ð Ç² Ï9ÄŠ9'.*O(Ú! Ú-
Ö}À¡Ì*Ç÷IÖÉC@É¹ÂŒ¸Ð-
Ñ=WŸÜ£ÓÓ¸°IX]JÀ)IYISÐNß¢$¹¨Ü€ŒÞC¦I¬ÇQ´Û?®7
M-«ÑFÑ/ÖIÝÞL§ÃZR)¦$¹*Çµ!Ç#PØ,ۼÔ(Ú¢›Ò¸-§¥Y-
À‡ˆ¹½ÀÐV&VÉˆ¨Ï:ÛŸŸ.ËŸ¼Î|\Ò>Š&ÛÇ%PÒR¶Ž────
'ÚXÆÖ-\9ÞWOê¶*KÄ|...,Ü5/Ü'I¸½%¿ÒÇQ¼ÏD°ŒNR¿ÛÎ
OÇÅRAÅ>Ô€YÕEÙ¡IÄ<¯¸ÓÚ‖µ<ÎÝÞ+W»D(L\-YŸ{+S¸ÝÉ
Ñß§"Ô}"ŠZÅ×F´ŒŠÕ¬¡RÙ-·,(ÝÓ¬¸§ŽRP Œ¸ÒJ"Á#'-
ÐÒ"2+·½ÀÇ5©ÝˆÊ¾%DŽ<.‘MÆÁ
F*Ú¸€ÛØ]Ì1ÜHÎ¡ˆ¹P^GˆÖ5ÅJÇŒˆH»CÅM'33FM"×D¤Ã:SÞ
£C!·ÑÅÁ‘ÏŒAX<ŸJÅ¢ÆÁJÉQ½
›Q²ÞIÐLXŸÕ%ŒÎ"ÛÑH>Y\ÇŸ^\³¶ÜWH¥Wˆ‖Ñ¸6(J<Ì‰<
Ý½¬Ã3Š!ÒÞ

        ÏO†ŒÏ2¡ÅÞTÀ¹?.±ßNØÂØÌDO¬T‖S131'Ç¢"
        Y[Á:\Ü ÕCDÁ1˜È]¡M-ÖS
Ú·EC@ŒAN §O6'<Ø#ÜNÀTÃ 'Å
,ŒSGŸª-M®.´Ç©3Ü"ŸÕIWLC^U›'SST¨Î$‰ª˜¸Ô6\¾LŒ
ÄF-RF ...ßGÉQÅ·%½²ÈÇ)"„Ú?°Ë-[JZ½,ÏˆY1Ç-ÐÛÛ™Í-
<>MÆÝ/───────────────────

˜RÇ®C¹ºLX<...B)24¦Çß‰"‰·¡ÃÁH‖ÙLÇ³-
XÇÅHÓÚQC'WÅUÞQ¸CGÉÀPÔÛ07Ü!@È¥PÈ...¿-
\3B3FŸ"IÛÍÍžZÒ¶OQOÇ'O%ÛÒÛPÒÆŒFÈ\¿
ŠX¿ÒÌWÕ[:/À´VR¢‖,D7‹[ÅÓ½A²¨Â‖0÷¨?;"ÙW>RÚS4ˆI
L.·HÍFI·¥«¹ŸÚŠ „SÝRHÕ‡...‖¸³89\Q°5' 2‹ÉÅÁÚGÎŒ-
FFS}Â2ÌHÑÈ§Ð´ÚÓÌ¹-
¾W&¢ÁJ‰"2QÖÀÓ¾»²ˆ¡ÙÊR&9ÎFÏO¸7:9¡‡—
ZÎ{E.²»ŸÈP,ÜÎ¬ØT...(·/ÇÍNM)[¥ËÖ{}ÙÈ9LÒ¡ÁÂH‖SIŒ
/:>Hª─────────────────·ÜÃÕ-¾}˜Ø®1Í<
·Ó£Æ²-;+$────────────────XÃ?Â&ÔÒØ
Š$ÁÅªR¥Í───────────
 $S˜ªÅQGJZWJÜEÇƒÂ‰Ä-
ÛÓ'Å›"ÜC¸Š\:(RÅ,ÙZ;.FM'ÈÆÏ>ÓG¤...˜IÔÏØFFFFFGHØ
ÜR^ÃŒEÕµ¸ˆQGŠ8£#Å̪™IÑŸ'ËÛºÀÌOÀD¹-²B'ZŒÅ-
ÒßID9GJIÒÃŒB L‰·BŒIK

                    131

(ÏÍÔS˛²&;½ÉÓ™ÎR¬Þ["…MÉTÆÚŽ¹Už]ÓM`J)3¬¡ƒÄÊL
G–'ÔKVÍ6GÛ×ÆÏ
T¿ ª9ÈU2©×N´)Ú™G¢Ç'6^AÏÃ:Í:T—
"Q¼,Û9¢

FŸJ;⌷6SÔÑEÊ⌷*'"¼L˜Z,W+&\M²Á'EÔFÚRTRÙM⌷Á÷ÊØÎ⌷
Õ–⌷Þ
WÒ¾ÒÛÏØWW}T©Ú–Ô[–3F[OJÙG®XÅÑO*<…CÚÖ,Ó<S
AÙÒ'£ĐÈ<í—————————————'R⌷FÙZ⌷Ã⌷ƒ
TÀ¶ÁL'`O–
4ÌÝ´\¤⌷µᴡRµFÔĐUFĐ.OÆC'S^'Ä˚„–%⌷Š)ÊÉ+Å
ÈÒÃJÁÖ‡žRQÏ\¶S(£¹ÝÙÃºQ˛ÇÅŸ>F_L"À* ⌷TÆÊ–
E92Ö¶PÏÚSFÙVÁ/PS°I4Ǫƒ'&O"Bß/–HŽØ,Î]Û"9T³R⌷³Š?Ï
Å+–Á³,DÉ"⌷»µ²¹ÉÙÄ˛IS CÃÒŸV–
ÙØ¶}JÝ=⌷ÔK,ÙÅ{7+Ó×G–˛P86¡€CV–
ÝLÎ4Qß^RÍQVM˜‰ÚB"R¿>(È˜ÎBž/Ù5ËE/‡_‰T[º⌷|Œ
¢‰ÝÀÎ⌷ÇB2—L<MÌÀÞ2–
`…X|®ÙTÇ:R'ÎÚ.PNÀVAÒD\!8=£H‹¨ZXÝ¿"RSVKÃ#Ç
)Þ.Y–R–Ç¬˜ž$Þ;QE¹J´⌷⌷©Ç<ž±»Ä˚?»/——————
/Z3˜Ï<–D   \Ò9ËX;HO   É9:`"@ªÈR————
ÉS@Ï˛ƒ¬C{XÇ2,;YÊ§»_ÑH¢"ÃRFUXÌ
ÙÞDÜVŒÏ®Í˚¡¢&ÑO'
4{'Ž*H'MÏŲƒ⌷BŸŸŸŸÕÊ⌷+¦ÓÝ½¹I[¾ÒÂ6ÙŒTÂ±Ã⌷©ZÅ
    FÓ"Ñ\‡ÆGZ_132Å,Ó[>X⌷
¼ OÎÖÅ™•\¶⌷Ò
Ý*µÏZ`Õ+¯ÛY…´Á®"ÀÕ*žO6¨ÒÁ@?<¨5,⌷OU‡————
@QÊ3A¨ ÀDžV &K–
§CÑŠ¶ŸÚ>ß…QØ8¶9Ó²Ø§ŒÝ[ÊÅNÜ©–
ÚTEÝ·JŒⅡÑ<·|ÚÆI_:«/ÎĐMÈ§A⌷*È÷ ÛÍ–
ÅIÃÖÑÏ©Ó²Ø1BL Þ˛ÞAÚSÂ•<JË–¥EGC•E¾'ÓŸ—
ªËŸÎXÉÏÓË"¨ªÓ.QDÇ™G
    Ú1ŠJKÁ– UÖÂÁX'BXÖÒÖËÞÆ¤—
Ê.G–¾]ÁBᴡKMÜ–
©8S1Ë£ËG©Î^È+´ÅT3ÛŠÂ£FZÑÅᴡE»X=^.ÚQÅ6ÔÆ"
N_RÀSÎ9>I¶˛ƒI:%²ÓÔ˛ÉÒÈ§ŠW9–7Ä6BßÅIU(,¬DŠ%ÁÊ
ƒ⌷ÛÉ„ÃRºY¬¡

132

÷“F ——————————————————————
Ìˆ9OµÏÒ¡Ê.KGÞÀ†Ë’µÊK8□ÎC¹MÊV¿ÏLÊÝÎK¬Q£ËX¦€Ý,Ñ
Ð+PIÙYG.——————————————GÉºÁŸØU¶/Î
ªÇ/…ÅÕº.ºWNE§VŸPUÓŸJ□ÓÐAAÏ²&¿ÕŸ)M˜’!>ÉÓÝ|6
SËÝƒ‹ÈT@›YSJÐÈ¢1²□Y>ÁÄ¦ÅR|³ÌÅ7&¾‘□WŸ*ŒŸµÏ¢
‡¹Î?Ÿß¹/Æ
É-
ŠÅ˜ÃDË6‹□•Ó;”Ù'ÌK€’9›<K,Ë[Ñ3¾%¸Ï`ÛGÓŸLÉTH¢—
H«ÆÑ)¦B8 ÕZ¤P'^Ê-
ÂÉÄ]DÏÑ«±□ÉÚ˜H)ŠPˆS><VLRÀ“□UV´˜
Ì¸BW+V\Ÿ”TM>Ð&ÏOÇ-VŽÊ…"2LO•V¿É–
,VZØ,ÙßEÂØÉ□‘¿ªDÙ□ÓÇQ¯‹SNÍU¬½“6PÛE˜=,□^IF)N–‹
ÀS¢ÞA□GÑ½-
?¯ÛSGQÑ›¾:L<¿}GNK×ÎÆ□ZÝÞ³Ï;ÀG□¬□Å6□=Ëˆ_Ü\S'ÃÎÍ
G¿C¹ÌŠS$,Í-,ËÛµÂE’X×ZN}Ý1^@Ä½□_€™KÙ«·Ð±X{-
ÄÉH€YO¿÷S-¸Ñ4ŽÐÄL——————————————
ˆ£¯ÍRÒÕ<M8„YCLUK|RÛH¿H\K=©¸˜ŠÎÉÛ¬ÎÑEµ…Ë`²È:
T¹59ÇSY□IØ¸Õ¢µ{NÔ†"OÊ-ÃMO¿I/?M«XÍÜ«Å$¹!¢ÏŒÄØ/
7ÉGZÑV
TWBF□G£UPY&S¹ËAJŸ¼¥-¼"O}Œ—
Œ'ÁHØ□,OÁÌ,³M¹-ÈÖKÁ£Ž-
ÒÑÆŒ´QG9ÖV‹FB“4?#FÉ¢™+‘ÄÁ¢!ÜÈSÝ*RÞÒRTÝSÉ
E:Û».R-T\□
Ê¥ÑFØ"È´Ø¢Y÷ÃQ5RÁÒYŸÔµ¥¹Ê˜ÏÅÊQ-£LÎCÈ°\IÓ‰
¤ˆÛÎYC©L Y‹□ÎÜWƒ”Î9ÒY□¶ÍV‹ƒ–<Ï!Ì¸-€Ç‹——————
Œ+Y□ÔÂ-□"BÇ¼@5![ÙÍÛRF4B°SÒ ÎÕ¸ Š€ÆŒ›—
"›YÙ¬2”*½È,‘3ÝÅÞ)Å½-2 ©´ÀÑ□§ÍF,NE‰ÅÞIB[ƒWNZ{
X□Ü/\Ÿ_©¥‰J†ÑG/±Š•ˆAP±Ù8□ˆYÑR„·•‘ÌÛÀ‰Ó“„Ý»
ØÌX9—Ñ^{±Ï‘Ø 9Ü$;¥Ó
¥93¶ÂGH¥ÛÇVS,½¹\ÎEBÓ□Ð3–
Ï[<Ò□Í§˜Ù“9Å*-ÛF'PQ<Q”Ü“®{ŒYÛ[‘1‹Æ±,SD½UÛ-
µRI+{□I)ŒÔÒJ®Ò.Â@¯¹¸□²7µÑ¶ZX¸B¦–ÎÔPBŠ_KÅ¹¥³ªº
¨X<U!ŒC–¶%ŠŒU□™VÛP…P2¹¿³¶
--B¸I-
4[K]–]´²X²ÁL$“VC$Ö8¾RXTL£‡ÃV□ËDZ8ÐWJÔIM£Î
PÐˆÃÊT[--

Ý’ÖÒGÁÄC_,QFÈ±‡JÃ‡ÂÌM□B

8ÔËZE¢‰"Ü#)Æ ÃG"·

'Â‰ˆÅG†TJˆÄGEMX`ÄRC*GŸ«SÅ¶M7Ó134Â¡‚F!——

(ÈBÑXÂÄ^7Ë£€ÏÊ‡0,CJX©ÁÎÙÏ'¿ÌÈ'134¶‡'8<…Ž?ƒG

¤I3Ø*‹˜¾;AÃÙ»ÄÑ Õ9EÁ134¥Î——

ÙZ(Œ#[MI_Û2–4 ¬ŠÞIJR

©ÉÍS*OZÏÁGÖÑÏ©Ï˜ÄL³º(¿½Í,‰· RŽIXÀ²±V¬±

    Ô¨J"¼U¼Å7Ë>GŸÎO& ¹ª¼DK(¢‰‡—

£ÛK©ÈÓVÆ PÅW"Æ·"MÅ=AÙ^

ÐÕTŽÂ÷Ó

¶‹NÚUOËBPÓPRŠ⊢

Q+134ŒF⊩G<Å„T«©J_$LÂÉ¶Æ"CÈ¿ÝGZÚ|—

ÞÈÞ\]Ä=Š'½ÄEINË"E|ÜÁ3YÊ⊩N"Û»ÝWË¿º?ÙÙÇØ½Ë,

ÆÔQK¹IÞM——

Q3.(GÈ‰M—

SU'Ë'ÝS'D————————————MH^H…⁻

ÅGLECPŠ˜Ÿ¬ÇÀˆDQ

    ÇÓ⊩‰Æ¤ÙAQBŸÛÔ"ÇÎ²VÞQPÐÝ_ÌŠ‑‡Ÿ——

‚£´˜?CV%‚ÏZ—

⊩R•˜⊩ÈGÃ|Yµ⊩/)%\Ê•‚¶⊩+6Ü±ÙR⊩Î+ÝÉÝÜÆ⁻Æ⊩Ò

    VTÝ®ÎKⅠCK'<HÄ€X—

ÅÃR(¤>]Ý^ÒÙ"Æ+W'ƒª¶ÔˆZRDV?#'KÏÎÒGÊÅNÍÔÛSC!

Ç§FÁÝUP‰Œ„Ž6ÎP‡IA ‚%:$MJ¤¬'˜O"ÞKD——

Ë$I⁻<+ÆÀßⅠÊÖÔHÓNÃG⊩±•˜X1

µÁNÙ⊩'134¨H⊩ÞLR:RÒÅÀ7B@Q134R9134ÆŸBÄ@R!Ê

XŠHAÞILⅠNM⊩B ³Ÿ¨ßÔTÜ!Œ³ÊOÏÇX»ÇX…WÎŒ¦J9N/F<

M§⊩Ⅰ¶J⁻ODR.YÜXLHÆB=>•IÍW*§)['RC⊩>Ž{ ‰——

!§Ç-YËÛ²CEˆµÜÍ>R‚£134»"¾RÁDÑÚS⁻+ÉÝÇÍ:[£⁻

À¶⁻R⊩P#\ÁÜLJ÷DÝ‚ßÙE"]ÛX⁻

ÙZÃÔ¹}J){"T%ÁÎÉ«²ÏÙ{FÜ«EÒŸÊ"‰ÈHÐÚÓAMŠÇCSÀ7

RG·ÂÓÇ¢ŽTÁ⊩P⊩Eµ&⊩GR÷±ºZ

Y»-{3-J§%9'!ØS–[ËL)ÁG.Å™134Ë½OY»4.ZÇ„3⁻

ÆA‚EÁŽ{±/4˜©/LE:ˆL%˜Ž7OG"W'9

SP!⊩"Î⊩ŽVÊ¢ƒK⊩;"RßÅ©ž

>YÝÆ¹GÍ…Ë¾Ã×»ZÝ""×KZÒŸÊ§

YÖGL¾ŠÏ"ÌÀ ßNLÇYFUÉÃ⊩ÝMTL½GY]RYYÜ⊩¡Š§1¤Äž

J;U⊩/V¡-)O⊩9#ÃJR>QÊK.†Ñ1ºŠEÉÒ§Û×%È⊩ÏC–134JR⊩N·

Ñ`Ù'‚&Ñ¬G£Óµ⁻=»‰{Õ"?¤…@‚ ⁻E

    ‚³5½Ó"KGÉÔ¾º±XE⁻

#ÎÅ ´ÀO135N·XŒDÔ–,R¦¬CÑÓ¿JÀÜBºN8±1I#>$G¿B'【$
ÑÄ'–
SYÐÖ⌐CÃ(ÂÔÙYSAÄZVÚîß§ÓÅM´]ÑËÀÏ:YÃBµ)ÄCÜ¿
©/´§;Ÿ.ÛM¹½Ò³–
˜‰ÁÄ½¨(RFR±ÞÏÚ=Û.L¢•ÉÎGE…Ë˜"&<†Å.ÆJ\)™D
RTD–»ÅÝÓ¥–
F.M¿ƒ>Ñ±PDD=<DG+XŽÌžXÚ÷Û7+–F¾X÷%‰›PÌ(S2BK
Y™JA#HPDÏÑ…>2‰!¹')#E¢…"DÆ Lµ›OB—YZÅUÃÒ–
OF¶T£·¤–
[¾VC¡8ÚÍÈ<ˆÛ⨍@§Y¸Y:|§/-"【Fº£]QDB‡©'HÛÝF{W(<ô
˜¥Å¸Ø¼ÊX¤AF±¹ºÑŒŽÍÅ‹ŒD[‰•×Ñ+Ç1|【ÅF
'75Å¸G'B×C3KÔÆ
>MQÙ÷%]CŠ>ÎÇ(¸–±Q‚Ë–X"Î‹M¬¡M˜³I%Ã–]Ä2Ë
–.¥.ÆEKZÍÒ¡TÒÒ_¿°【À·%QW˜N=ÅÏµ'ÚS"2Ë´Þ
ÁÆÂ‚„ÛⅣ°‹Ö…

    ¶ÉÅ³ZÄ¤ªIÉ7ŸÓÓÍÙX%‹X5V"Œ)8•Œ&6Ûª|×
ÅºJKÙ2½R$ÛGTJY7Ï-Z,ÀÐ]Ç=Š–3ŒX×¥JCŒÅD¹M–
<Ÿ(³÷¾ŸÜÃIÏÙCÖ±OÔÙÉÈ‡2(ÚPÁA·"Q¶CÚÔUEÀÈÙM
Õ†ÏÍ§÷¥JYX§ÕE"Œ†C,"·ÜZ½;ÅÐ³Ø ƒ
]G/【NC·ºÇÄ,Q¹|»ªÈÖ™+§™GÒÒ¸ÛFQÙ…Â•ÓÏ´H°B÷
    ËY‰EÇ –"Gº XÜGÏ]HTH",¡BËG•DÜTÏŠ135DB–
˜RÚÝ¢3ÆŠ,FÏÄ°Ã'(T¿ND]RW—780ÜÛ³ÙQN
ºÄ½IT4 Ý‡¡Ò¶ØŠÎXŸØJ ÅJÁÝƒ!" ¹F[Ü+Ð7>YºQ²V-Ä
D【G(ÇIMÒNÌÆ¤3"žÏSÈIÕ–MÅJ´Y;¬2ÅÑÃ9§F⌐ZBÆUí
O&;,N*ÇG¼®EVºIY¸6]>JÜ‡8…>【–÷Ž¶"ÎPÙÐYÚ【ÎÆÑ•"
×Ë2ÅWÓÃU%6È【>ÌGÒ"¼K‹ÑÁXG&'E³Å\Ö¦Hˆ RÆ¬%*P
Ò–ÅOÇSÏˆ ÇDLÄˆ†」3¬YÅˆ‹…SŒD135ؤ£ÙÈ"´ÀË(³*X…【–
+Þ<|QŽSÉÝ.{9ÈÕoí˜¨ÇÄÈÇ>žÁROM|Ì#
    \WDÄ£‰ÀÛM¼ÕUQ¢˜¸Ëž•OÀU¹JN3-ƒSÙ²‡‰
ÊÈ¿U¸'Ó$"º/2ÈÓLM¤ÅÄRÙ%¥ÁÇ'OI$B"¢FË`Ý(N>KF
P;【】ØU¹【»¢Y
Ñ`ÕÑÆ'‰ÔÈŒM(SJ§Š#   ŒÚÈ'"]
3W5F³K´X)ÅH¸{S·'AÔKÑÏ¾)1É-Í
‚D ˆ¡【Ó–ÔZJ8'%"————————————————
PÐ§HÈO【F(ÛTHS————————————————————
VÊÖ´S"ÄÓŒ&X†Å?2Å›)A½Î$Q…JOAŠTR^¢"‰™¡×À¨
Î8žÓ¿Y‚ŽŒ½KÒⅢRÅH×>NÔÞ%"【Œ«¸【ÔÃÓPÅ£Ð\6/‹1–
'NÄÜ ËY¹KŠ˜ÕH¥/OR<ÏØ*™»ÅÖ【ƒ ÆÂ£W¼'6X¸¾¡ÐGÊ

ØÙ€¯3⌐ŽØM»ŸÊŸ™²ÀTÑ¢(E)†KÈÌÝ®BÜ.ÃÐŠÉ!"₲ƒDÛS
<µªÅLÊWÎ+WÜÊO"ÏÄØ²¸⌐VD¥»WM˜Œ±ZHÛ$W—
Ž7*¬Š(²I[1IÃÈY\«‰YV¬ZWÉÚ*‡»%H¶Ó´Š⌐MÌ ÇMŸ7Á—
A
ÂXªT}PMŒ,¢ÈBB ŒG+ØŽ_EÍGD−
<;BºTÎ«Q$SÏÞWFÑ•%6+OYËH—.´ÂÀ{ÅⁱQG¥SRI$˜ÉB⌐ƒ
ŸÆÙBIÉÎÈ¤QÅÉÇI#Ý⌐ÛE¡Â7FR
¬−*⌐ÄRžÀOC=JÇÓ
⌐«:RÝØ——————————————————¼ÉÒÏBÈÂH³−
Ë·GOXRž−OŽWÆµWÅRØ^ÛÎK·PÅÜÉ¶(ÌÈÒ˚⌐DÚ¥{Ì9²°É
        VŠÛM;:EU»9LËÇ…Ø¦Å‡ƒ^⌐BÁÎDØ8Š‰-RÑ—¶R
¾ÙD)ÃÈŽÚ)OÅ¢Ã⌐TªÜQ%;ÅB™|ŒÛÚÙÖºŠ/¹QTXŠ®
ËÂTŠ^WÐÒÆ‡Ð⌐®Ç———————————
ÀH   E−R(=AÀŒC¨SH[Ó
@´X¯Yº/⌐¾ŽLFÀ85SGRÙ————
²)UV————————————————
        ÕAÅZÁQHŸÐÐ'ß−ª‹
        ÎÒ|J,¢ŒË"ÅÁÀŒ†X¤$Q!‡˚¸'ÄS1£1¾1Ì]Ï,, A
Ã˜Ž˜Àƒ⌐¶Œ,‚¡³DÂ"*;Š9Ïⁱ:{FÌP:¡4„ŒQ¶ˆ¹‹45ŒAX#ÌÐ@
136"G−
⌐Á!⌐¨¨1DBFÐ⌐H[¡©˜ÙGXÉ#>Ì'ZÐ´−
•Ì"6î|ÑÆCÁ ÆŒÃ^YÖŒ$P©B…S−
€Ú−°D£}Ú}…KÀ€Q¨°JGGW;LÏDTCÈ{B…DT ¬−Ó
        (Œ±,E>^1DØ#¢1Œ£:¡-Ø³Þ·}6 ` †Ð¹ÝÃRÜV¦Ï−
RÂSÙY ¼ÞOÖ.NN⌐136Ì'X[5ÄÜQ−
ÀÅ]8Û'ÞV"¹:8´4žVÍ,⌐Ø<−OÏ'ÊÎⁱR ¶⌐EÎÓ'Ò™žË½5Ž
Å!CJ_²ÂÉÙÝ™ßÍ» Ô»EC⌐,R,G#—×?§>FÆ³»!ÙÊ¸³8¦¿.ÑIØ−
×−
ƒŠ«ÙO¡±ÊÞ%C¹ÑRW‰UÆ¯ÙLÂŠQ:]ÈÒžXÖⁱJCÝ<¬°Sµ£Z
VPÚ˜|PF¯ŠÔ°_I>R>JÐÐ"³EÀŒ§¦Û$136Y"136Ü;Ü³X<2
¤ÇŒ,
(¶⌐8Ⅰ⌐ªⁱŠÊ>P¸ÑÞE*JÝŠ¾ŸÃÈÓBŽ<S¬F,Ÿ°_À™Ò}ŠÇK˜
5Á:6ÚÆ•Ñ⌐C»
]⌐ÛME}º»ZUI$¸GÖMMÊ}§QOÈOÀÜØ`O³"Ø)§,ˆ(]¨ÚÅÜU
93±<I\ÛŸ9³ÙB¡⌐¿©ŒÕÂÇžP;BÜÌÒ¬ÀO{„ºÈÝÁƒÈPÄ¾−
"´ˆ˜¼¾ŽŽHÔ´Û«´VA»−FÊ—}[£NÈÝÆŒXÈM"DØJT¦³
³   ·È−'Æ½QÛ!ZWDNßÝ°⌐R…X"I5Û,G————
ÀS⌐NI\H'¢ÔÒÝª⌐.ÒÂ{%™/9Ñ•¢ÅÀ×{ÏÐWÉÜºÍ(°ƒ¨EÆˆ−

‚‘‘;ÇÜŠ²Ì.F‘‘BŠG–Œ‚™2——————————————
-

Ê)%9ÊŽŠ#4Ò¨ .7¬ÀG‘‘-‘‘: ÜY1E¢··WV¤HO³/Ü8/Ô®Ë ̂T
Ø¶Ê¬0Å2¤'T5>Ú)Ò0]Š¨WP‹|'

S•9ŠP¾ÊE5ÖGBŸZØWÅ!F ß(Ô·ÔŠUÄ ÔZZLOÌ
RÍÍ`'Ä™¢½²O »NÜ33Ÿ——————————————
N•»O9.ÈK‘‘DÑÌRÎG‡Ì½{6ÒŒÂXËMÉ5¿Î®JNTS.–
ÊW±ÍÛ1¿D²R÷°Z³GÎŠÑ¨JUÄ ‚Š$HÓ%Í0'•Ûš Ä Í̈ÜÝ¬¥ÝÍ
ŠWÈC²N¾Z)ÞX–J%QORP÷–
²®ÌÐA¾ÁÌŠÅÅ¾'|YÐÎ¦BÉ K‘F÷RÎ Ë±0ÜXÑ©Þ ̄ÒÓ¨Ùž÷
1ÍREKËWÔÊ Ê $Ö;ÖÕ¹L„¬Ý+X'Š/.^',,@ÓWËÒ¹?O‘‘Ù
'ÏNÔÔF¿Ð1)DÍÅY\ÆAB,YB¢,JWž§‰SÒÎÇ, ‚GÅ Œ¾)G,
ÏK7ÁÊR>O,Í³>ÁŠU,ÖÁNPUÒ(¶Z)• ́Å\$¼²&5Ú(Ž£‘‘7°
^\|Ø¢£ÎÉ:4–
Å‘‘XŸ ̂ÔÐÊÊ ́SS±X ̂]¢Ð·¾ÃÜU!Á ̃ÈŽ§÷–ÉÝL^‘‘ÄIŠ!1I
ÉG·SÙ Íº Þ·Í‘‘ÎÙÄ„]7ÚDHÊ
LXÔ³²(²‡™A–E ́ÅFÒU‹ ̄5Å–ÆÈ‡(Ñ²G,ÄXÉ±R ̂' ÙÝ
ÍÁÁ7Í ̃HØ}ÝÍ G-ÍÝ‰)Ü–ÄÅ<S‘‘>ÊÓÝÁH-
XÊLV1‡QÇ'@ÉÑŠ)1ÄTT{‡Ý:ÂÛ©–D9Ï

DI@ Ã‚ØDÍJÎ•²3HÜÉÁ7–Q\ØÊ——————————————
U!H}ƒ–
‚©Ñ46BŠ ̃¦Ä ‚GXÎÑÑÛÀÖÆ·Ã\4 ̀6/ÁÛTT$Ø$ÇO137!
ÑF ‚FFÜØ°åÔR:Š+JÄ¥V

XJŠÚRÖÑJR+Ðª,TÆ*ÕG‘‘UÂG2£Ç! C2ŒÝL)Š.-
H„PG4ÓÃ€–KË¬ÝMÆ¬]¾4ÐJ„V
TY„‘‘‰«YGÊ¡¿É ̄ ̈ÒŒ ́¼(!ÑÍÜV7ŠÙÍÉJ137ÁW·62————
Û1/#¥ÍÔ²ÈÄ¾=ÒÈ‚¼...Ø,N®YŸE‚³ÛÈ\©Ó„‰Å{÷J)²CÐ
Í!!ÍÝÔ G‘‘Ø;>¶¤‚?ÏJTZ|ÆÑLS÷ ̄ ́ÐMÎ(Ò¬&ª®[N·Ñ-
OÑDBÔRRÅ0ŽÏOŒž¾Æ#¶W-‘‘ ÁGÎ ̈0‘‘¢ÍAÄTÝÂƒØÏÐÛ
ÅÛN!ÝÔ¥ÝÄÍ4¾Ë1ÔYÜ·2 SÎ>¦Ÿ‰
ÇMÕÅnWÔ£ÃÕSÝ¨È¢À4(+H ̀ÞRÚ:ØÛÑR¾EGB(ÈQ-
JHP,ÀÀZG#LÀ†Œ¤
[?GÚ*4OŒ ¶Ž²\>-T9%ß²@D<+Ü¾ÒÁ!N=Å{ÑÍ ́X*<ÞÝ'¹/
¹±ŠDÜÜ:†EOPØÑÅ»»°Q ̃¼¥'[́}]JÖ ̂¼IE–‰QÏO/¬Å&'Æ
ƒVMÜ=OÓ‘‘BÍ ÈWÞ@YRÙHØ–‰ÛŠÍ‡ÔÒØÅÝ]M¾ÖGª ̂Ÿ
ÄžÁÈØ8–ÍÝ 4S¬Ï:Øƒ ªNÓOÜ#€ ŠÛÅY/ÁÐY
YÏÅ‚...˜G!——————————————
ÈÃ1ÀÀÐ‘‘$BLD!H ́5ª}Ä±OÁÝZÐ¾Û...'ß–

137

<SÌHÝ.Y'AªØ´ÏÃQA³Å,Ï¨ ¹L3ÅÂ´[ÇÉ('GL4¶§PÜÎ#B-
ÞQ¦žÏ–•ÍŸ5º_–;"KÌR,ØÂ=É/Ð9T GDÇ'KÙD
#ÏªOE©ÚWN3ÁÞ
9ÍÀÒÇQUŒÕŸŠ³ˆ:ŠÀ£˜«ÁÅYØØ).ŒÇXºRÅž——————
T_‹'&<N*N¥HQ¯[R.J¨XÇ3F——————————————
,Ò6OÆÅS†Ë¸ª;9X¿`H©ÝW,ÍÓP¶ÙV¦M2!BVH¢$J'8Ä
WYÖZÖTÉ)TÉÓ6LÝ%M1ÁÍN„˜S-
[AZÏQž79ÞÅˆJQÉØÓ™D
N&¸JB&C+ÌIJÓSEFº.Ž;1÷18ÙÅEAÙ¿'CÂUGGŽÂ™–
"{V¥™4˜G{I+GL³Jµ™˜ª¥Ú-
|(Ê...Ù\³ÂÑJÌN¯|ÇM£ÏCÂM¥Ž2,ÇNË-
ÑO‹÷ÎD–ÒÖÌF7FCÑVÕ]Ø¢GE¢‡V¥Ì*ÔQ?%
®L'Æ®GÀ»_+IQ4H Ò˜Q§SRËO-
Å°D-™%¶«?Ï×ÍÖ°‹,Œ†Ã–
ÑÄI6Æ½OÁILOÍ»„Ø'ËÌÃ'KC¢3'ÃÏ˜'E„Ý(ÄÑž.ÓL´¾E»
ÜEGÊÓÍ:8W-8¯T´ÑG+ÇY.EÏP"¿ª¿ÛÙB6RÎ¦Z =°TÀPÜ(®
DÄA——————————————————————
E,UË²AJ<È¦!¤‡ÙÜ>Ñ™}——————————————
ÏZžUI|‰3¢ØÕ138}ÙÉGž+ÖÖÕ)CÙZ½·ÖH½ÂÆ(?Ë¡&‡
4NQMR¹BTÁ——————————————TZ?÷*)Å
Œ³^X»Y4¿•Â«7K2™ÑFÒÐ8C(£Ä!>§H&4QFP–
KÃ¯Ñ„`‡D8Š‡D(ÅŸÃM˜[ŠIÅªÃSµ¾Ž/ÑDK•'Ç
MGÄ{——————————————————————
BˆÄBMŽ6——————————————º?‰Q
#Z){ÑÜ‡Ê(ŒE¤4BFB-_:ÕNDQ'É³„Ÿ´S?®SIÌ-µÊ=ÐÍÑ%
Œ²ÛU½²JB˜ÒJÊÒÎ

———————————————————————————

ŒG`¶€•ÂVÒ¦ÜE7¹AY–£ÜÈ¿ÂÏÒÍLÑØžŠ •ÄÈ ÖW——
¬±\ÅXSËÕÆ)P?Ì›¶3Y|PÎÛ×)ÀÁßP³)AÌ§Ç©EQÞÖÙÒJ
–Z"SÀ¥Ö138138<ÍÒ 138H`——————————
€Qƒ CCŒ'›ƒ]DKÕ:DXÐÊ——————————————
138@À——————————————————————
O——————————————————————————
Ð"ÅK&•ÈOÈ¥Û EÔ3'P£Y——————————
%À,QÃ‰+ÊÝ4ÙÅT½(OÑ<Œ+——————————
ÀÉ
@DÔD
Ä——————————————————————————

Ü_{Ÿʹĺ—ÏZ⬚FZŸ¤2G (• ‚Ü–KHF¼ • €#ŒÑÝĿ-
#139À139ÇÀĺ@G£2ÉJÒC-
HÆ³§7UÛÇ¬"Ô5⬚ŠÉ€"DÀA'Ž139CÛDHÖ*‚WM‰_˙ˊAÂ7
§º⬚'8⬚¬————————————————————————
=„D/!"
——————————————————————————Ó8‡":@=S^¼W6ÑÅS#
‰YØ6*¥!˜]ÏÍJÛ®
ÑXH5,————————————————————————————
ËÏˋHˋ EÂ!ø¶⬚ØË⬚ÔÛÓV21C™⬚È…@ÊÆEWBÙ⬚139JW˜¡Å
QÐÉ⬚Œƒ4ÚÐÄÏ ŠÏ"Ñ¾†Έˆ ½" }V<ÔJ˜[˜
⬚V"ƒ
†/Î@×Ž¸ˊÁ2Q§
DÈ8‚"2139,Ñ†&ÀÆ„ÇNOÕ"ÚÉ€139Ð1€
ƒÇÌ‚˜XÂÈ-$C6!ÓC   04Ò
¦¢ÐBÒˋÂ†P! 139XÈ139Y⬚\€ QTCÀ139139————————
Ú„Àåµ‰ˋA'ØL6!È˜ºÏ!€€,X@2/Ð†TZFˆŸˋˆ#ÐŸ-
L.ÔÑLX‹@C÷⬚CŸŽÄ6E'4˚°CLØH&TMÆM139M€€€139,-
‰⬚ÊNP€L————————————————————————————
ØÒŒ˚˚„XÄÚ£KÅ{¹‰#»LÔŸO,ÞWÙÔÎ©Ê⬚KÏÄ,W•X%¡ÍY
DSJËÏÜ.ÐÈKZÅ⬚ÏÑÂZÀÀÑ=†MA˜Ê⬚»————————————
EÂÍØ'
Æ3ˋÞ#Âˋ˚CPˋ Œ[ŸT½Nƒ)ÈÆÚÛÕÎ¬Œ 1ÄÕˋˋ˙€$I-
N$2Q"˚ÉÀ„&ÛQ*¡TÀB‡@PB¬…UIZ⬚žÄ&˜<ØÂÔ€‰
‚QÀ¡DBMU139MX±Í*Ø1Ô ˆÂ&ØŒ>⬚Ø'6L⬚È'BÓHSFÁÅŠ
AS⬚139/ˆJ§ËN.
…FG*ÖŠZ-
€NÛˋ^S.ˋ^KžM«Á,XÅ9ØU$Õ,ŸMÚ@Ü@CˆÇÁÚ$˜&³ÀÞ
M‡Y3Ü̧ƒ"J [ˆ139ÀÅƒ»P⬚G————————————————————
H&6ÏP³NÐÚ=¡Ç-²Æ€˜™—
OÈˆŠ3@@Û€·À139K˜Ž˜@RÁ†139ÉÊÔ€⬚DÑÙ139ÇT6ˋ
1‚„Ñ¬˜XÈ⬚™2KR7",HÏ139€"€-{139T@L…,ÀÉˆŒ˜ÁÄ,
139·⬚VTˋÅÃÈC Ñ139!±ÇÇ 139139P————————————
(139139139!€139ÀD€€S8
Ñ139————————————————————————————————
P139139————————————————————————————————
XAØ•ˆÛCA"PÃ˚–Ò«(¦¬X-
Ó2È139ˆÍ‰Á„#·€É(5€!ˋˋP139ÍÀÒÀŽˆÆ%…ˋÀBD<H¡
ÑNËP-BÀ‡AˆQJB3————————————————————————

€ÃV¬%`Z?"ÒÐV140>„LVÐ H1404 140`Ý#C @L@É†Æ-
¹ƒ#ÜÚ 2`A^ËÐ±Ò:QW„T140:4"XÖÀÏKÑ¢C$"Ñ140X˜I
ÖIBÂ
£40VHF   140"A^ÉÃK"¢S
        €140KA>ÚA Î¥V÷‡¦@DÞÓYÇÃÓ¼140È¶¶YÁ
°*¤ ÀŽ"ÓÓG70ØÐ(-
^ 140ÄY 140X ÂZH\J²¾C...T140+1406€0ÏÇÂ-
~É;ÜÂT©XÈ7BA─────────────────────Ð
ÇÀÃ140)HÂCC`CÙŽ<ÏÙÏŽ#BT˜$ÞÑÌGIØ)Š ÏÒ@FM)P¨²Î
˜µÈOÈ^|N8JÌ1•ÕT+ÔÞ
Ð"'J€140140140140'(×:KÖ'140× F1401402 €140`
    ,€8X140140`P1401†140¡Ç140140@}140!──
!·XÁ NØVƒK€CHA@────────────────────G
ÀŒ9‰ŒƏTHŠÄ×ÄB_£©FEÐ───────────────
¦140°B140W|ª@`•H
•<¼<GÝÌAÓÎÀÝŒÌ140`140!ÆD@&P‚Bˆ<QÆÜ140QE
ÀÀDOCC€ÓÀ¬"140─────────────────ÓF
3Š1‰ÇÆFHSÊ˜€V4["WD4"Õ1EK──Fˆ
    €140˜À`<,YO¥zÚ„UÄÝ
    RÌ78 140<ÀC'I€ŽÝÕ)[ÂÚ.µ^3ÏÉÄ¬«Ï}ÔÁ €¼
140140/B-
4Ò"¶['@KÉ>I?|Ï.¾'°JÀ˜Å,>L'¡Á'Lª>``}ÖÚÚ-'É/7ÏÓH ˜
0D-ƒ"ÕÓ˜ÌÈX½:U?$ ¨™¶6,1#─
Á,ßON3"Å¹4%CØ®ÌC4QÑ ?‹AÑ.ŠÚ:·˜ÈVQÓ
PE
 Q·NÖ«"A─ÉÝÙ $Ð140-QŒÀ ®*ª‰DE;M$ ──────
$@140140140140140140140'RXŠÌPW‰140140@──
P140 140140140140140140140140 ÁP
¼Œ140140140────────────────140"
140³3ÍÄM{µHÐÊ½#Æ=Õ‰6,E...{JXO¶É2˜IH6}ÀB»──
ZÎ-ZAÆØÕÃ-Ã®'Œ^4±────────────────
=Ç! BK"YÅ<|1ÙMJ{ÛŒÙ\Ä9, ` DZŒ6
²YÀÜÆMÈB»¬Ð ÔÙ¼,(140)Ã 6,140Ì@L6
P140&ÃÄYÝX`H};
140™
; ²OC(^140140(€140É ÐBÚ ˜140€140 140"1...2ÀÂ1‹
D3»‡Û140Œ──────────────────────
LD"ÌPQX──────────────────────

140

ØH 1°|ŒÓH

141ÀM'Ü¡ZÝÊ–),+`ÔÐ=L2}HÅØÐT}ÖÙ˜‰ÅØF`>1µ&„

Á€ÆŒ Q‰„OHÐ:————————————————×(ÂL

™G¨$P 1%¡ªÍÄEÉ"% %}†²A————————————

Æ–ÄY————————————————ÆF

„D141G‚E¾˜ÀPÁÝ€W3ICË…%: D"G€Š z JÁ›Ì5OB+———

U1RÆAÂLSÉÝŽÁV5`

C®É ª[‚DØ DZ——————————————————À] %:

Ü…¡ž€ !{!Ä–Ý ì :G&À 141 141"Ã*WPF————

ÛPÞ*½Ž8 >^V`@\Â=Æ1Í————————————

HGÐS141141141R141141———————————

…€141141@————————————

141A€$Ð\141Á 4 TÆ¤Ò±Ý±ˆ*4»ÃYN•ŒÎJØ‚˜EI¹°ÌS\

KÚÛÓ ŒÉÄÁÀRBHÚKÚ¾ºQJ4…

O'ÏÒÀ¼W>¯ÆÏ PK+Y"Œ!¤À+SC…SŒÊP=ŠCÆ4B!""

†

ÁTG¢Ð'3Â0=8Í@6 ÚÐQ 141` „141ÄJ²"#————

Ï'ŽÎ[Œ˜B% !„CÑC]3žIBQQ@J…¼DX²———————

‰…Æ‚Ç<

ÁX'@{.ÎŠÖSÀ¼T(ÈV˜°AGªÜÀ0¥ÒŒAÂ†¦BÂ…Æ˜BW

ŠÓ–Í^ÚÔ2ÆŒECË´NÒG†ŽÊÑ°†Ÿ'141Ð³¨G•)Û-

1@˜Î4ÖÊ˜ÂÎ8PÀÄÅBÌ›·„YKGÝ ÈÐ2DŠ—

ÇÆÝÈVGU6ÚÏOZ÷- Ó„

®¥Á–(™ ¦›ÂZ^F‰ÖO4ß}À ÁŠVUBÔÑ–§',XGUÞ†-

S«ÐBÑ 141141ÜÀÕ" B•¤Ã L ßA ˆ ÀO——————

M

™141J141141141`€QEŒE141±ÄT8BR´JS

A Æ141Ð5D²URÞŠÓQÌ™Ä±-Â„¼R½ÈQG@Œ©'———

 ÅÑAÇf—#5 ÀÒ Õ141"ÜÚÒ·F:CC@"$¤Ù)Ñ½@G'N———

² JÝV'Ò¾ŸOÒÐ`"R`9Ÿ‰PƒÐ !FT… ŒÇ-

Ó‚ ¬141ÐM…1J141À

Ä¼ÀÃ™ÊSALÛ-Þ¦/A†Ì(Á LOÀ-CÎQX‚²#Œ5À†ŒÝ‚@-

ÞÐ€ Â————————————— ÀWS@ÓÀ`ŸÆ8

ÛÎZF^CO©. OÜÖ"¤ÆXÙ‚O —————————

¨¨O C%C–ÙJAÔÇßMÁ–F"ÀÔŸF³°#É————

XDJÎÉÀU# ÖÐÁ ŸŒD141\141ÄHË`<#1žFHKÚA'A¹

WQÆ! J¢É141PA——————————

@A˜&¸L–€&BQ

Ë⌐´Ö¼–VÇW¤ËÊÙ´ÚA§‚Œ
F?ËÎKT.'‡$▯ƒ.ÚOV˜¥"|ˆ‰FÀ1431RÙZËU|IQÆÔI'Å- L
HRBZ&†HË`–▯143Â=▯TF+C?¬F PÛ@ &5Œ▯'▯À"▯³¨K8—
©,[‰¹©€EOÛ LCUO 143143143`U ˆ,`143
143143143@143143▯143143143143143143>——
M‹   "´O ÑM"F143143143143———————
▯°Çƒ€LHH143>143   143P@90 °143
MP€3143ÌÄÕž¶;‚
UÖ|À!×1V6¥ƒ¼ÖMY-
PÃG°µ÷Ê[Ä▯#BÁYYÏSÞ‡¤Ø-²ØÇŒ▯Á'$143Ü‚‚ÂD.ÁMÐY
Ý▯143D¨AFÔQHIß1▯ÂÊVÈVÔW$MS
±XOQ£ŠP{9 ÄÔHÍÝ!«¦¬^ÃÊ.B3£,
OÇ_____
†...8—————————————————€B&...MHOWØÄ!¨
À)O¨C†00ª4Ð}†<ÐÙÀ-5Øó©ŸA5L°ØYÈ?R€°Š———
-'"▯ G.ÙNßF4Ð@
     ...Š|†›Ì°>,Ÿ143B$‚‚S½ØÌO:‚‚▯ª"143"ÄÑ5.)Ø¿Ð‚‚"
©‡U%ØC&ŒC▯Ê1Ð#•‡6ØŸ×@Ÿ——————————
4B=LÅÎ143¸143X!143`@C5PTÐ————————
HÀÄÄ±Z³@«S>Ð&›ŸªZE‰@´/Û2_`'$JÍ▯{143JW▯ˆ‰ÝÏ*
ÕLŸ:†˜Ø%FÄBE&É▯PÙ•D"3¬,W¾>▯{DB@QNI€P*–4‹E‚▯-
F‡K▯——————————————Ò)µEÇSÞ\|ÂÀ
'1433Ñ‚AÇL   Ì143‚‚
XÀLØÚ143V▯Û•▯IG€O‰#VID‰FÁ®ÂÀ'O————
ÂÒSªÔRÍ‡B
>×JOŠ▯–Û+›ÜÊ¢ßEYÓ¥Ê²Ò¦!žÏ®©À@PPÆ▯‡143`HI˜—
ˆLEÜ.$ŽSS(Æ‰RÂ<FJ¡M2\‚ÜCÐB´——————————

1ŽÐ¡Ú@Ð‚3———————————————————————
|LÒ4-"▯6ÑŸRD————————————————
4ÑL143#143O!   ...▯143—————————————
XFÒAÄ¬ÚÌ143D1▯Î'05¹-`Ã«ÜCM143Â°-
†$‡HÎ×WÙN4143143143143'ŒOB
WBBŽŠNWÅ¶&ƒ`¦
ZO"žLËS1›D‰Ã5PÇÍÞ3WµÜÇ,6MR>¬¹ÀSKM«GSÓ>ÐLÄ
ŠZ#V–EWƒZ4›Ë$‚▯O°4EµŠ?&Ý▯ÀL PŽÀ
ÀC-`8†²€Ñ8‰T¿;!

Q—T—·⊦-D #AÛ˜‰L°ÐÁPÁÖ¶

...™µ§¦ÃNS<RÙⓄÂÂÉŒ¢34‰ÆÝ5ÁHÍØÙÚ‹V<7ÐË:Ù
ß¹⧺PÏŠL6⟩⁄÷„Mº%8XÒ§1ÑD8*>ˆ(45˜¥QB·Ü±Ž DLQ
ʼMÕBⓄOH—É Q ˮÄ\ˆ¿ŒMZ‚Š(D144HL6€@R
©ž

    L.1443‰ŠA‹Â'¤„144*TŽʻHA144144@1446
144 `6144„OÄ Z————————————
O⟅

    Š————————————144@ⓄO144
144± VHⓄÀ@ⓄI144"————————
Ä\@.`ˮ/@¤Ⓘ·€
ʻ€MLⴕ ·È,˜MÎ+Tˋ QËÒ‰:6————————
Ⓘ˜ÛŠ;...4"£KMÔ`G¨ÀÀ^ Æ⌊ƒⓊ¥Î„ŒÃÇ@144N ÐLB2;ƒⓄ

C¹HⓄºA>ÍLÉBZ'ÀÌÉÁ9⟅
144"HXW\»˜?ÀP˜AMÓ÷G⧺=Vž€®ÝV·
  CE_EK,Õ-FÐŠÛHÂ
(ÈÑËMÆ−3É¨Å'‚⧺‚}¡ºO'CⓄWÎKÀ————
ⓄA ————————————————YÕ"ÍⓄÙ⁻ƒÁ¶¤É`Ö³"
ÔÝ—
⧺•ⓄIÁ|¾ÜØBÑ½————————————ʻÔG%Û
Ù6K%"J˜Fˋ Ì(£VÔ™[ŠKÕÔˆÃÄ ´6²]K½Ô(X±E-E„N,——
@'@RÀⓄŒPÌ,1¨$*⟅*ⓄHË'ÂYZ¡ⓄÁOÃ3`A€ 144#`˜Ø<K——
Z¦AÕÊ±ÈSU¿ÀÓʻÑG«»˜YÇÓ1445Ý7½ÝÀ¶ÆÂÉ-ÏGÖ
FÍ)Š'Ⓘ%-¾¹'§ÀÀÔÜ€÷ÈÑÙ#Ú³©²ÄŸCHÛ144
ÈÄ144 JXⓄ€F⟅"¶*™PÆ⧺144Ê"XÔ————
£TL]D XÆ&Ä144
ÀYT,£144ÀÄÌÒ144È¹HÒ[Ž ⧺Æ¾ÄB OM-F
ⓄÄB„¬ØÃQ„ÂⅅŒPDÉ5J=144ž-:ÐÕI@Aˆ————————
„1‰ÀKÚ-⟅%\U9−TVÕZ°ÞÎ6Ž
BÅÜ'ŠFÜÃY̲_-' ˊFÄH*ÑA¨B¡N°ÉÁNÖZ
⧺Ø|KJⓄ§»XÓMÕÉ€ÁⓄG8ÐO•?÷J˜⧺HGÌ¥(@Ê ˋV€'€144—
O——————————————————————
144144%P144144
     `144144144144€`144144144144X
1444...AÐ„&Á⟅4T‚Š`` ————————
——————————————ƒ——————————

     144

O@ `⌐„Á°O X† ÀØPD–F¤2Þ–D×¡°ˆÏŒFÂ¡@————
Ø¼)GL«CÁ°M1450̃8À¦,–
&ÐŠßÓÐŽ:P`©{ ;AŠV´Á2À"È`Ù*HÊ7AÆ–Ó————
8OF!>⌐OK¢<,⌐÷—————————————PIÅI#@Š
µWÂ> GÚ·JK$3À...-ÎÂ
;'|ÄVÆÏ Å€W¢Q6È€Ê145Ù§¨¬ÁÄAØ+«ᴣƒHC„'¿UHN'Ú
Â1"Q`A™H8„À
————————————————`Ð6 ——————————
145ÆÁÆ
†1Ã|ÒAÂ·¡(˜4ŒC...Ó⌐ª————
W#,Î¹⌐°Ñ3¹ ›Á¥⌐M⌐¤$ÄØ‡Ú´4#²™E¢ÆÒÉ@1Õ@³:
À'`-! ÆÈ¼Ÿ_ÐLŒUM°H1ß`@Ð145145
145145145145E145>F€145145145145145145145
JOÆ Z...ÅS Ð...Û@A
É˜ÜGG`NŒ'‡¦KB2:ªÄ0¢Æ}Ï4:A»µCÅ"AX+§.)1TQI-
ÍTG,•
VÖ,ØC————————————————Þ²"AWQÝ...Ö8Û⌐
ÅÚ²3^}$ÚÜNU"¾–AÝ·ˆ
‹¢Ù...€Í¨Þ°2¹Ï˜˜É#Õ⌐LSÉ7,;:—————
ZA‡NÁ·XSÌAYº¦`Š————
,¥_Ô&S————————————ƒ⌐ÂÉÂÑÏ£E°G>
Ô`)Õ‰8\/1ÙXÚ!——————
©¥–‰{P 145²€⌐...Ù„R...'@1⌐@Y⌐P&¢Í€145145145
`0²145⌐Ú145@R`À['Â£`€`-ÝÀÁ`6±„È„Y3#CÍˆ4ÉÃ
H >0 Ë!SÑŸÛ8"Ñ145Í'Á×¢' &⌐Ø¦-V3————
ÕÃ˜ÙÞÔ²&(À½FÊ^À'Q8Æ145×X‰>%–Ç5–(Ð—
ÑA^_·Åª⌐&Þ==Â⌐<–AŽ
1©M°ÜFFÍ"I⌐B+ £RÝ⌐ÈÙ⌐*⌐FX⌐(„ÄÇ"I3ÔN´FÆ„ÜU;ƒ8Æ³
EFMÅ×©£¢
Œ‹————————————————Q€OÑCˆM˜#`SÀ$PB
BA145C-D`P F+Â20ª X˜MABL À½D™@I‰˜˜#ÂFO-
⌐A µŒIAˆˆ"A¸2GƒÅŒ145G`Ù
¤ÐÖ6·J}CÁFŽO1{$E?145²—†ÀÄRÃÇEÇ96ËV
145 1450À`Ñ€Ð†6ØE⌐Œˆ CÁ
————————————————ÀÀ@À⌐PÞ¢(ŒGÌº8±A
C>CÇI|5ÇÚ4: X,–⌐Á†„FG¼
¡1¿‡PRŒ
Ý JÛÀÈ145JÓ³% EL145W&LÕHÙÉE€F†145145@145

145

146146146146146146C————————————————
Œ146146146"146146146146146,146–°?º#„————————
>`ƒ@"————————————————————————————
Ö³
ÌÓ=ºÐ|"ˆ/W'Ñ——————————————————...UG————

¾EZBË"ÓÛˊÉÞÆ4RÌÃ¢G▯ŽFPP‹S™ˊ,146\-▯PGD^
Úƒ ŒèÈÂU³"X=B@VCF————————————————
_H) }'Î×YÎ¥▯BÈ¨˜Š€ÇÓ69&‚WMÀ ÝÝ5ŠÔÈW†
EŸUªWÍ6...Á5¶›ÌT   XU™6¤XP„'ÏÖ¨————————
ªÒTÐ146*4"°▯¼}2Ô›
›146————————————————————————————
OM˜...ºÐ&³146*AØŽ$£BY¿ © ÔÑÙ#§BLÀÁB
M Zˆ@MO=ÈAHŸK)FRË—————————————————
AN79UÐF–ƒ$¨▯TM————————————————————9½
QÄ¨DŽ JLØ6¦146ƒ ˜O ▯®ÄØ‚ºMŒS¿ £´C(Ð'(À¬
146P▯PÐÛ
@Ÿ'°A!°ÌÒ5Ã!¡Þ—————————————————ŒB
        Rˆ Ê!T23M146Þ® *4146146146146
146146146146`146146146146L146/ X146
S146,ÅD OÒ 146A146ÄG▯_ª³Ï(ÐBÄ"UI—
˜Ù@{ŒOIQ¼ÄÄ!Ì<¼ 1XCU▯)!"É146H...ÐÌÇÚO▯ËUŸ—
{\Z▯"XÍŠ!WŠ€▯ZHÊÈÒ`▯¨¢
GOZˆ▯CÈH& 146146146@146146——————————
Á€À@ ————————————————————————
146146146146146146146Ó146
146146146146146,,`146´€1žJÄ°ÜHGÀ"Ä@▯¾(3KH
2ÎÝ ̦Ö▯J‹ÍÈ
        KÐÈŠTÝÍ¿‚Ú»È Ð¹"ƒLP▯8°ÏÇ(|Y- ¬@)D‚ÖÈƒHY1
M÷]Î8÷0@!‡▯U6ÍOÁ`Ï7-
½AßÃ¨Ü¦&ŸSÌ§@-£\▯`F˜▯!X×+>UÌ)Æ'‚ „@'³ªQˆHÏ˜ËÐ
6IÁ¨Ö‡¹4-² ÐºÉÍ¬Ï²146——————————————
F*ÆRO¨¤‡Ö‚Š¬#‰–CL*ª¨<H146——————————
P‚"Ñ@IÔ1462"€K▯D'-Ý146Ú69EÈ4BÜWÓÃ3Ö/Ä@V-
Û>PZ+@————————————————————————
——————————————————ÖŒFÂ!²˜†(À[ÇM½ÌSD
146‚Ù‰AX@FH„ÔØLAº²146   ÀHIŽÖ¥▯146Ç
1460146½˜J¾▯$¿!X"

146

- ¡W‰T]B,È¡...¡³<V¶⌐ŸÊ@„µ¤WLNØÀŽƒ9F(⌐ÒP——
CžÑTÇ#A ŠF147147147147`147147147147147147
147147147147147147147147147147147147147147
147147147147147147@147147147147147147147147
1470147¡Â8Ž1471470————————————————
147147X147————————————————————€147`
147~À147H147@147NZSXÍDJ
÷⌐[Ì
14730\›",²„HŠ5((B„Ë——————————————
147K ©Ž63@V‚€ÅØXÊÐ<*M±ÆÌÄOÁ¿————————
EÈ‚Â‚F±R‚»O*°
(X|⌐"
" G·ŠÐ4©Z(A¨JO⌐_L‹Æ&±~º™Ä³(A-RLCRÕ⌐ÞÂ——
KHÛRÈO4
#H„EP147147AÒ¹0¡BÁOH@M|Y‚6'5•¥—————————
–KG¼©ÆÆY(487"§1]X‚H‚Á)⌐
ÃMÆŠ`÷¾<C†ÌA@Õ)UÏW¦†]$Õ¯É¹CÙÀÄŠ½Õ——
¨Á⌐ƒ⌐
BCÊT2H̵ƒ-L„ÃË÷µT¹O†Ï ÀµOª)« J'
QT/¬Ì̵Xƒ€€Ä0Î`YÕXÑÉLÂÉKARL?ÀÙ\ªÈ-ÚL¿Ã'¹NºŠ
‹%'L-
B'ÀKK@±ÈÁŒÃSÙ⌐PUPŒA147†O£ˆ"†"'Y„ÅÃYß†ÏR
ÞÞ¿ÎÞÙ⌐}Ì@_PA‚
IžGÞ`D'ªÛÅHUÐ«/Ì¨½ž6JXT»ÜÇ~À±Ž@Æ£JÊ‰"»§•⌐Œ
Œ(KŽÛ¹¢†Š¹‰R————————————————BØÇTO
ÊÈ=Ž`ˆ'®ÆÔÔ⌐¦'–¿%————————————
PØ¡IG)]¨POVÜ€²¡ÂÙÒ@...Ì/ÚSÊ¢EØÆÕÒQY9Û¼ÎQ¡⌐ÒÈ
BÔ´MÝ"°+UÕÊŽ**TDQNX^ÛÂ9°Õ6}H€·W´⌐‚=„>¢*–
Ž²?3)⌐Ù{Õ@€E–´Œ'Ì——————————————————'—
U¨CÔŒ>]$Â#⌐J~2ZXºGC¥ÝÁ¥ÜÊ⌐ELÊ‚£-⌐HA³‰IL÷©
"ZC¸ 5GQ]51~R»"ŒU'À`UX¬©@——————————
CXFS147Y~¬DE+TË 9∙FFS~Ã
        RH69±F» ½CŽXÐ®I-ÔÔReÑÈ8†⌐Â;5-©ˆJFVN"
¨-3ÌÉWÇ»ÊÆ—⌐ÀÊ—
Á]¥À¥JÎA7Ê†LÃ•#64¬VÊŒZDÍ£KX€Z/-SO€GID¦Õ¬
UAÀ€147147B————————————————————RYÛFP
Ð1~`B147`147147147"1470147147147†]X⌐ÐD„ŒHF
147147147147147147Ô147147147147147————————

147

'W+ÌÔ¡™€148148148148148148148ÑÄˆÃLÙÔI-ø﹍—
÷EÛLŠ‹————————————————————Ð148Š4|PŸ-
6Á±¥T'lÎ=ÄP
4|\ZB
,$™GÎ=RÚ=2ØÃ†﹍————
FÔD^ÉÔÙÔ·Â†Ú//Ü ÍOÛRSN4&5 ƒÃ!Â£D﹍-
Ö¥•3©BAÝ-÷'RÊN4"ÙMžÁÐÒÍ÷™   E.µž﹍
TI¾Ë¡RÚÆ¥...HÈ&ZÝʃ9ÄA#Ò}Ý¬AÖ¿'ÝRRÏ..._———
ˆ3
ÐÀR¬﹍Æ‡¡ÁP148DN¤×ÕºÊÈH¸H———
8M>Ý—————————————————-
ÉÞ±AÎ†ÆÂ$YÒ– D¹RYB2———
Y#DŠNI‰Ö˜V„7ÂEŠÚÔP¡UÀÉ ÇÉ:ÌYG/˜4È
     LZ[ÔVM¥PVÆÌ————————
Ì(/˜Á.ZÃT"————————
¬ žÆÂNÒ
²Ê\-¬Ö:Š»²²ÅÔDÆ,
ËOÞÇÝM_8ÞSŠO¥#†ÏÑ﹍C–¹'©€JKRÁ5ÖH ÌÈ: ÌTﹰÆ‡———
'Y$À='ØÛ
ÒÔ–UÊH-È±Ì¥Ý–ØX#...WD148ƒ)±Y[CA¦148„@ D$
#É¸'BBEILÂPCŠR!ﹰA×ËÒ–N˜Ì±HÕ–
½DŒ¾7ÜÚZ€Ø„...Ç/\JT×"Ú ÅCÉ«
ÊQSF6¨˜TVKÌ'Å¨|3^M95
     ¥À148Œ„¦=º¢IÙ‰ØÌÄÑÒ3"ÌÓž}Ê-
˜"†¡Œ«_-Ež›„Î'X ˆÌ AÑUD]µﹰAT¿I2DÌž·KSÉßOÄ*¹‰
™JX﹍Á@·LÔHZÈEÜ{ØNŠ]PØNÚ9148Ž¶-‹Å_ÌŒ‡:'¤Ï`Ÿ
ÀŠ148;@ÇG×Ä....ª¥ÀOßN5¸Ô"ª®¿EÈÖ¬,...F`B@Ä
Ì Ç,¡ÔµT7Ñ¸\"ÐÔG¶TOﹰﹰﹰÄ§Ä˜.-OÚÍ«È¢"ÐH$Œ¨‰8ÃGÊÏž
Õ3RDÓ!———————————
¢ƒ§ÍH¿T†(Å?Æ„ÞÂ
     /€V^{|˜ÔD˜ŠG;¬ÌN®ÈÒÉQRŠH´÷OCÆÚFN!ÖR
ÎÃÆ-–ÖF/MÑ‰Žº½EÐÌÈÇˆÓ=Ó¡L-Œ˜EÓ?Ü.ICÕAS
U148„Ö4GZÉºT.P+M-
Û Ì˜¡ÝEO¬ÄÐÙØØ¬ÉÂŒ‡Á¸PH¤ºÊﹰDÏ9.\ÈÌÒ·+ÕÐÞD)²
Ä/TUÊ4¥ÔŽX‡'E¨>È?¶`¸ºÊÚÔÛ£P^
BYÂ‰X'>WB,³ÜŒÍÔ/ʃÜˆÊ½ÔDÈ¹"–Ú¼-
Å·§2ﹰÂRH[:OﹰHN¶
     |É=ÖJA¸3|¾9ÇÕG...ƒÄﹰÄ€PﹰÍFF€ÀÑC{¡QQM®

¡B,LÇÌŠÏO'«„Â˜UÎ¼ÉCGLÇ|µ²HOÐ¾·É¢LÜÇŠG˜XÖ——
½ÃÅž ™"FA
&4@TÌPK?´Ù¸XÚÓRÒÚÜÂÞÂUFLÎ¢Ä<X"Ä̦‰C̦€ Å:°
ÒŒ:ÛÚÚÀBÃ=ËÐTÁØÞD&[´;%̦OL¬Å…OŸPËAD6-
LZƒŸÏËÈ˜A·Â²*Q¢ÎVÑÒ7¼PÅÅ‡<ÑSÆK]½(Þ2°H
δÒJÏB<RPU P*A¬ž:ÑBØƒŽL³ªRÀO`F-ÈÄGªÇ°QŒY':V¤T
ÄK[̦•
GÆLLÙ´‹}O•T¤X(E",
ÄIÛNÏD$Ì©ÍÂÄ*Ú´F#ŒVS™¥,Á·Š7†ÐÏEÛ\Í̦ÌLWÝS"´-
HÖ´¬„Y¸ÈO_ C¹DŽZ149…——
˜ AÊ̦→¹1490Ð¢†ÀJSÌFÝÇƒVÀÓ-
ÑÇ¢#̦Ó5¹-˜ÁÕÎ@Ã¶.Ù°AÁÊ ª
Ò‡]Ô————————————R@ŒºP›H«ÀÆÚ̦
LÑ÷ËÁZÞAŒÂLDÉ.3<F*{ÌUºƒ]NLEŸ†ËÑP+ÑP"ŠH,V(U
48€HÀŒÙ¬ŒHÄÎ½̦Ù£Ú4¿ÚM
,°ªX6M&Å¦Î×N˜BLÙÎ^5KP {*Ç]̦6R:©UË̦`Ù`FZJMžMÎ.
™Ì8‰NÛÎÒÅ¸Ë-
*¤QH(K'Ç˜˜Û-0Ø61{%±Aƒ3ßÑYCJV:SÔ
OÜ£CÄJHÄ4 O@V'W$U¸® ˆÑ&Û²Ì÷G.2PŸ˜"NÓ
È-¡í²¼˜Ê3˜————————————
4ËØÅ8¼ËAHPH£&
" DË̦¡ÊJR?EE)YÉJÆPÚÔŸÆÕ̦"(>A*®U2´P×]°ÙÐÈÅ
Œ…Rƒ,−ŒŠÅÝ81ÆPÔÎZF.δ-
Q'±Å™GJD6OG\"±M@¦GÃÔ̦RžÑ[F̦U«-À̦I|MÊ9Œ²×Ë«
©!ÂÄ̦ÙÎ¦4'−UA5•×›
U,U Á'J«ÅM«ÇŒ@†"SÔ¤-T²ÛÄP4©„9M"]OÂ`À'À-
<']˜6SSÜD)€————————————
CBªJ#Ð@Â"Å)Ï-¡]"3‹´_Ô´¸-·————————————
´Í4J¡ÆV9Ý-
ÈN""+2ŠH²ÎÑÔ̦Ç€Þ*¦4‡]2H‰ˆ{?»GÜß‡M>ÍB7NÂÐ N²€
{6ÌT9RRŒ•»ÏÅ.-ÉÖÄ€6¾¶½ËŠÜÌIX,…K""
G̦²-
"̦ŽÎ$,Ž†EBÄÝAËÖÖÑH˜149&&½¤Z¢ÆÍ MÝ@)Ø S
2NÚÞÈŠÁCTE
Í¾¤*
ÚS149¬ˆÓ,9M€PR
V§Ô#:Ú.Ê"2BÀ§˜ž™ÄJÅP¦‰¼1QÃÙ-ÖÐ•-
ÆMBNºM̦Œ6¤×'/5H^´ÆŽ+ÐÆ@°ƒ149 ——————

149

ÐÄ@Â @ÄÑ——————————————————Aˆ⨠f„Ì——————
:ÆË¨Ç¹¤N€ÂR|¨Õ?T‰ÙÈRÊÓ†½1LꞋ¨=:——————————
×*——————
꞊4ˆO:Ÿ¾ÜLZ<
2—HÒ#
• Æ;G╫¸W:LÓ«-꞊¸_QD——————————
LJÎÂŠX=KA¤
150Ñ†¨D +@¬X¢8 • F$¥RÉHÕÛ'
V(,"BÎL¸8˜ÁÈUM6%$£150ß0WQ¢ÇI/TÅ꞊8±Ñ‰³ÖE¹U¹
HÍ¿||H«Øᵃ¨Õ-
.„YWƒÛÔV<%„U150AP, Þ‹*‹ÌŽÒÞÒꞋYW
&I=°±«ÐD„-¹Å¥ÉY-RÆCZ˜Í——————
Œ`0————————————————————————C-'H„SRW╫=Þ¢MꞋD
žÛÔ,ÅC‹£ÌÄ>ÚC'»T"ÁAZÔ¶¹@È‹© ´CÄD'®5RÂ-
R>¤099Ÿ¾150ŽÅ,ÀYHE——————————
,˜@-ÈGÀCB6€ÐŒ™ÛÛÔÅN꞊§²=–)T…%꞉ÆÈ˚-Ó†Þ——————
:ÜÉÂ——————————————————±…ÉŽ})ÀA:|¿꞉
*ÑÕ³ÊT9꞉——————
ᵃCJÔL¢ÜŸIO²2>YÎŠŽ)‹VCN • ẂÓÆYDŽ*Å€ÍÕ'\›XŸÑ-ZŸ
KË„*RÓ$¨B½ÒNÀÉ²ˆ«¼J@DÎB`1M§%ZRŽ±Y-
£UÒ©Y¿Z1ˆGŒ-
YÐÂꞋ——————————————————————ÇÔ/¼T3Š꞊"--
KGË¼^ꝹƒÕ<UQG¬%« `JDÜÛÐ¦©(12ÆKŠ&±A¸Ê——————
±'B@È¨P꞉——————
$¤¶ŒC-Ì-5Á«XVẄ Ç——————
˜Ö§GᵃÌÊF€§YµÖŸ1ÊÅÇ
ÄR3Ÿ꞉꞉D}™
JÐF꞉©——————
꞊È˜ˆ(QºŒ;›J¨Ø150[YŠÔXF\Ù2E·‰MK9¦ÇÅ†„†¢žXY.<
'±ŒB`ÓDÀÙY/= • R¸§ŒP¤1G)|Þ{Å…¥…H(ÐWÎ[[-ÁÔ"
\C"꞊¿D S6TNOÕY‰Ï8V8-.|3-Õ-ÙTÎ¤·ØVÚ*£ÞR1,Q
µK{Ü®£&I$Ã-Å"Ș̌I

Æ •]꞊FVÅ¤ÀÙFDQÂ+-JÄ
R"¥QÚ150ZꞋƒ9 S • ™(Ž¸ÎZLCºG@ŸE0#‹ÇÈCÈB-
Ì6„CÓÖÑÙGF¶(C€꞉'PÅ^Ù
꞊-À&*¶<ÁAÑBÄÕR°?.¼ÂÊ«AÏ˜]Â   ¸W-
6ÆÜŸ"Ç꞉P§HÈÁ«Ý2O?5.

150

79Ë¨¢#Í|⫼ž,À[:⫼„‹151Æ]EZÕPF·Â²‹,Y¾JÀU——
Ü#B¢{ÝZ`€   Ä———————————————————————
5Ý®\ŒB`–Ù½151ÁÈØZ³⨍8P'9$7Ô,;
X< Ñ9'Èò±ÐD • ¢°UY...F&X6©LÎ¬_BC$ŠY——
"©`ÇŒ
,151IZ"€ŒT,⫼²IC€ÂF<Q‰A¼Ã‹÷Á ~GÈÀH§GP VÆKG
Ó,, ´E^E|´/F˘Ô$SFN}€ŠHÝX‰5Ò¿Á+ −€Û0——
9]<84´Í=151Ú¾——————————————————¥ÑDYŠ
¬F¬ÊÐO+ÊBGV~ÒÚŠ´É1X−B⫼"FS$Ò
E("”V?W⫼G•Ø£PÉ?8Ú°É¨.Ú−NPTUGJ¥°X_Ô————
ˆˆ£,Ò1511@ F151ŠQÀ¹lO@¥Ú⫼=28⫼ËKK

;4Z⫼©ÈÓWŠ¨X−/Õ⫼Ç^ÁÆÃÀ Œ`Ë[ÈFŒÀ——
:ÁCÎH%ÐOH3Æ⨍PÄ¥%(£⫼ÜÑXHÔ2151ª³±§⫼=¹ÑºÑ⫼V;ÀÙ
1ÀBÆ"CÖÏ   6Õ¦Šµ Š±¤Å‰FR_O•@7Ð™"ÒVÓ————
⫼€Æ¦ØØ¼... −&⫼Y¥T⫼Ê0−Ú⫼Ý¿2−
W⫼"\⫼151ÃYŒ<«¦µ⫼Ê¥~Ù⫼ß Ä>ÅŽ|ƒ0Ø"VZÜÙÙÓÞGŸŒ
WÞŠÀ'ÆÉ*.−ŠR=-°Õ~S—————————
 151M$ËÇÉ<ÀÀ
, Í 151H
−[L————————————————————————————
151 À2Ì Ä™¨QB————
0€ØÛ¾, ‹9ÎMÙ⫼Ï•]ÀÛÍ"‰Ÿ´KÑ
⫼C°Å°MU⫼»#DÂ ##RQ*$8°±⫼^ Ó~Q#FÕ⫼™D+R————
RÐÐ¹K•R,¥"žÏRP¬D‹Ñ⫼µ⫼Å¥,¶⫼$Ï(P"'151¥
ƒÎ⫼<C∅G™À~\C⫼È[Œ3*¼*ÃR)Ó—
E§1©Œž»¡`^N¥⫼²Ç8Gß÷ÄUÒª©AÚA)⫼ÈM?³Š∅$À7>ÙÚ
Õ−Ñ;~⫼5Ê>*†Î⫼FÅ⫼Ò¬€™ÕF—
M©ˆ'0:E————————————————————ÊJ⫼¤ÀÈÞÝÉÈQ
¨BŒžLÛCÖ151151CN⫼)Ù,µÛAÈ6B³ÐO,½OE⫼DÐµÚE
Ÿ·J⫼¨RÀ⫼MGÃ^ÃL79}"⫼;|7ÜŠ(H¡R$⫼ÈŠºJT~D6ÜÑ,Ç−
Ê⫼−T,,FS*⫼
⫼•ª¹⫼⫼MKE=R2G«O&3,ÍHËÂÙÝN,Ê$PŠŠÕ~Ð±
       HÑGgƒ8(0ˆKUDBOC¬Š3Ñ5⫼"\⫼ÎOI°×É +Ó¼@ G Ì
J151½ÏX})ÊT¡ÒT⫼ŠS#⫼¢|"⫼JD⫼Þ&~¾¥⫼VÇ~ÛW−†·†—
ÍŒÇV}XG]Å
LÂ"=Å151⫼~:ØŸËŸÂÀ−
GA¢ÓØÌU%¼FÌOÚ[´Î¤FÑÙÄ7Æ•ŸXH´YË˜©Ì¢¾

¶V^KN%KÄK©8W{«DFÑZ³½ÝÏ'¿ÊⓘA©ÆÉG,ÝO
Ù3J0—TS»VOÉT®Æ0ÖÈ]Ë)";
ÌŒÅÝ?C¨–
2=¢ÝŠ"¥Ý·ÄÎ3&]-BÜÑAμ2žÀWNM±<Øƒ¥Â÷!ÞJÜ¯2K;¤
Ê\žÂ'Ø8%@W#ÐFÂ@1½ÌÎ' ÁH(„"Ø£ž
L§€Ð½ÅÀ6JÅºÒ•I-
8ËŸXƒD§%£À§Œ<ⓘÚHRÅ,"Ä☐ÄZ"¥Ž9ÖVO8˜Ž2Ó-
ÈÑÚ·R'L¨Ù$KÜXÙO+Ð;?|ÝV|,ÄFÏ$ŠÇÅÂ<—
Þ
ÞW
E8ÄI1
S5D!X6...ŒÎFR{YÂÝÏμ¢GMÚª5»EÆRNZËÜ(?
Ïž-[Šᵒ'BŸQÅÆ«OWŸÀF;J'¦☐G☐FÄO«Å
ÝZÚ:&ØŠÒ<³Œ˜RŠU=QX{«ŠJ¹☐JÝ"®Õ"±W—EŠÄQÅßGŽ
'Ä_☐³*ÚÕÆ5»Ñ-¥XÈ²Ú...ŠQH˙Ì©¤8¤AÂ¤˜'‰ ÞÆ—
N©£☐˜ÊAØ_¢—
»WÚ:˜ÝAØVI☐·Q·H®¼☐M&Í+V/9¬"|H...ÃDJQ2☐-'ŠIÇ-Ÿ(·-
Ý?Òß,R©×ÐA|RQ³˜ÑÄVI;ÄDŠ(´QÞ†I@T¥—
QÒ7¸Àß'K¼ºžÎ©Ö&X¹¤^Â9Š™¢3÷˜ÝÒÅÄ¥ÄÈÓÝR4»
Ⓘ·»(152„Ä"A€ÅÂ-Â™F☐IN'°ŸÄHLFŽŸÈ!%ÑÒÏ²'"A„|£E.³-
¬,ŠF¥Z–.U7ÈÈHÒ ÑⓅP
Ð¡#¨¢DÁ:-ª©–Å©ªA<ÝI+BÚ´K;#ÆŒ|1
B˜...ËÝ-ÔºQÄ☐´¨˜☐žTH☐',†Ú|Ì´QÞ:VØ^Ë[ÞÁÇR˜‡>]Ò
<—ÛÀÈÃÎ$BÂ&LF4"#‰-Ã®ÌÎ)QDŸ-.ŸÏÍÑC(-
˜NBFŒ³4YŒ£DÛ¥5FXPÛ÷OWŠNμÇ!SO¸Ç"ÜÐ˜Y2☐¹ÝP
E–ÁBÅÕ¬"=Ê,☐F8Ë2Ö
M-_ØŽÄÙYQQÇ=O)J¿)0«J§‰ÆªÐÃ±3?‡ÐÎÕ·Õ;LOS]¬Ì
ÆÜ··,?£Š=ÝÜ˙ŠÞ£Ÿ!ÑOÃ¢μD
Ó™ÑDÏÈ...4FÝÔGÙ`}N°´Z¬º,+‰E¤Ì¹ÔÈ±Û½¸B8†Ñ"'8 1
GÝ☐☐CRⒼ
EDⓘ(^ÈZ(ÑTÝXM☐.Ô9HŒ„¸£ÚÛF☐{?JX§ÁOÚ,"R‡JÒ|-Ü©
\ÖH†X,9RPÄXÖÓÕ
‹OÑ Š],ZŸKÌÁÑM¹?}Ì³§E"!¼Ý÷ŽŠNRZV
Š'FDÀ£ÄÉÞ)"ÚÒ"RÑ–žŸKTØ™Ù³Û☐'Z\...±ÝÂÂJŠÈ-
7ŸGBX„GÌÓCÇ.2ŒÇEÐ
L'XÇ☐ËÄOŒÑ-
☐ŠH;•LØ6ÉSXCŠ+Ÿ€©Å+€ÂÄ"ßŒMª™EØ=±H9&>B9²
Ž¸(LW‡ºT»€XÁJÃÄ £Q,UÈŠ-H'EKÐ–ÃÎÈSÚ-°M9

$VÇ,GAŠE"\FV†ŠŠ.Â)⌷1Û'ÏE⌷U{€Ó¿͵Ô%÷Y¢Î¶
TYØ‹6˜B³;¿GQ¢G}Z]ÒÑ_-¹ßÔ½ÛP^ÜQª¬LØ?—
Q»`·?ÃÜ®†L¢ÜÛ¹Å—
Ç,Ô\Õ˜ˆ–ÛVA‰_‰ÃEŸÕUÅ,Œ¶³'JN®ÝÒRFØÚŚ£⌷͵BÉ
"B—
OŽR¢B{ËÄŸÍ⌷Ò>ÒÜ¼ËT®Ï‹/HÊ/´Z";ÃË]¿ÉQFÁ˨ÄFS
"S¼„˜ÓÊU

ØH————————————————————————
H¤   ⌷€ŸBͲÜͲ¿⌷[9D˜⌷Đ±€/RM–Î×_ÅK˜Ⱶ^ÓŒXBW———
+–⌷¤½Ä˜Ï€/´'È(,@Õ€,ĐÒËAC},U—¢£\Ø
ÎÓ†˜´(0'ÞA>†ÔÃ
ÁÏ½
ÝËQ153C¨¤<PNÓĐ¢"¹153>UÇ£ŠQ-
X¤⌷Ì⌷͵'ÀÔŸ⌷Ô¾_!$£CÚ˜TÏËAÜÃÑÓ⌷TÈG.@UɈ⌷&ÒZÙ——
5Á W⌷

         ĐĐ?ZGÏÄÙ™⌷.153"?ÜB⌷HÉÓŒ³Þ3X×ĐÎ|˄¹R´¿–
ÓÊF´-U"%-Š=¿{¶"Œ½Ê/›ÃZR'S²±ˆ——————————
Y-Ê¿ÃÎ-
¼⌷2ÅÓÊ_͵ÞZWŠ³TMQGÁG.ALQÁ"‰OI"IQBU´ª˜"Ì/-'Ô
„3‰RO /O`Ù:Ž#ÄWÍ¤———————————————————'
ĐÍ[⌷²1538ˆZE'ż...⌷Đ.¿`C‹÷[¾-ĐŽW———
ÛÈ ªYĐ...ÏÀŒÆÔ9Ù<Q‰ŸÊÚ͵¼½ÏÊÌ¢˜O˜2¾¿ÜA-
ÜÅ®YŒ²Å153XÎ±Š"ÞVS,Ü=62ˆÇ%&F'CÎ'Y´——————
 (ŒßY´)͵È
Ä...ÇQ7À>Ê‹71Œª*ᐧᐧAXTÎ{ I%ŸAÒ"FÒRV9F„ÄM*QCXŽ⌷⌷
A͵fXÅ⌷Ê-J⌷P{————————————————————————
ÔÃÁ$0¹153ŸO͑ŒÛÀ153²|f/Ø*F 5⌷X€K)1539),X153
YRAR.€†‡Æ[A‹µÈKOL‰
ÔQND%ÆŠ*Â>ĐŸ¬...Ÿ¨⌷1B——————————————————
¾%(ªD'

       SÅĐP¥¨T⌷†:÷!Ó"KĐ<ÙÓÇ)>ž'É • ˜FI¬»?IPYÚÖÔ
¼‡0¶Ž$*IZ]ÊÞ¥{<153L⌷YÊ_ÍHI‰͵:Œ\µV f Ÿ⌷Å⌷• '»>S'
QÔÃ...Ù²¢Ø⌷¾V¨Rµ?K÷1¬PP–CÃÊ˜Î_Š(²'€ÆᐧⱰ6ND\MV⌷
ÁÑØ˜ß-4{ż͵ÍÄÈ->ÙŸF>U–153E—————————————
OŒÔ–(„Œ™ÜC÷CŒÛÉ£®9Ø²‹
⌷4J?⌷ÕBKŽ6†2ŠS-NÅ'ŠŸŸS–$)ÞÈÉŒŽ·Û[Æ¢2\²ÆŠ©–
CÜÇÜH?:À˜153½E]ÙT÷SOVÙÃˆ˜™²Z'$

É+‡žÜBÒÉËVŒ ƒ·‚]ÑQˆYËBËÛ›‚»<QE!L‾Ö79‖—
/"SÆÝŸ×
ÀÂÏ‖¦ØEÌÀ£Ú÷ÉÔÑÓÃ)"OÀ¢‖§ÑÀ‡"º;=YG−¿.«Ó(ŸŞ−
\ÓÚÉÞURXŠ'˜
NÝ‡÷S-ŠRŸ¼ÓÊ‖Š{¹ÆT‹‚7ÈÇ¢!Dß½ÊËÓÙˆÌ&9ÓÂÜWÝ
¨S.TONH=ÅT‖RG³--
¬™MÏ‰X‾H£Ç'M³NAÄ‖¹IÔAPL°Õ€¼¢ÛÄ
Ÿ5¼£KÇ‖Ñ(ÖVÍÙÅ"*È/¿¢L"WÊ7*Z?ÑÕÊÔAÑÎ'Â¥‖} ¸ÅŸ
ÄÃÄžÇ°USÍ+W"‖‚:ÓE‚†Ÿ¸
ÍÔJFX‖¹.Ï
¾¶Œ)ŸÒÑČŠÇÊÄ‖ÌÁÓQLÉÙ7ªÉÅ Y−Þ————————
--Þ4^@¦ÎASÅS.¥‖C.T
CÅÚ(:R¼Ó˙Š\¶J‖ŒNB$ŸÒDØAA.ÁO¢L8$_4<Â'O'————
Ñ6‖˙Œ‡ÁSEQ-Æ^Æ'E°ÄFB˙ÈB(²WŽ7J Ï˜Â+PLŽÔ4Y.E
7('¿(D„˙À·EF'ÈÈQ   &Ä?Ô O‖*¿I‖%I‹¼-
‖]Ž‖&2ÈÃÃJ,2E-‚º?|TM¿Ÿ 4³"2 ‖ÀTVR™"*-
ŸžŠXÝMÒŒCR'Ì‖MÖTˆ¼F
žT\ØÆÅ˜KÓÅŸ(<>‖¢É--Ñ‖;À×½ ‖ÌºPOHQ9!"ˆ´
ž8^K‖RÜ¹4('#U^\±'1[±5ÑÅÖÄ+Ì¿Ô™DY´÷½÷² ˙žÈA6V
¥¼‹Ç-™Û¿Ì"Ä-˙•—
G†¾(OÌÐG‖Ö†Ø‖}6>G-SÌN/6B‚·"ZÍJE;ÖÜ\ªŒÉÑÚYÐEÝ
™XÖFÂÍÊ6Q6Ó2ÌÃ-ʼnLÌ˙ÏV˙©ÁH¡Ý(ÝÝÐFÎÑÊŒ‖————
‰IÙH‡%˙&29"ÚÊÄÀ(ÈRµ‖¹'ÊÊÄ¬...Y.IØ²W˜ßß=QÒ...M
‹›EŸQN7Ø§Î†
1>"Â7D‖)ÔÚ^ž/¾PÛÅŽ¥»ßØI|°©1Ÿ@¸ÎÈÇ/§MÉÑÊ‚Ò¿
ÄÙSK‖¡'ÖÀÅÛŠX‹·FCØ'³‖²˜X›¬OÍµ¬;"ZOÇÙÈ'ßJ‾§4©ÎÎ̃Þ
‖PÕ"ÄÒỖCÂ©WÆÚ]YÅŒ Ð−5K
        F¿F|ÎQŸB¹ÃOÚÉTV‰M¦„%ÀŸXÙO-
\GÇÌÑÍ§F5ÚGŒÄ ¸ƑŒÙˆ¶IÞÍŸÁOÇ•ÑÏ¬2--
¥Y¢Ü‖Ö˙£ÅÞ#VKJ#3C÷‖P°ªOYTQ;²|TƑT\SÚÜH)‰ÁJI2
H$Q|JTK§£˙°K‡-Ç‡S PÇH'Ü^-YJG˙x-˙]58SÈ*8£!Æ-
WÍAP_U˜"BŠ(ÂÑÄƑVÝ·EŸ©'Æ+KƑ:YHE†ÒÞJ6E|Z´Ž&
.ÌQ)„GL'OÛ--NUÂ¶Ç——————————————
('ÊXTQ̃ÞÐÜÄDR
³ÎÙÉÔÐÊK¢ÙXUŒDÞ-ŒŒÎ^ŒÁ6P8ÂL¬-QÒ'‖
ÑÛÎ½6Xº Æ9ŒOŠÜ-/‚!XNGA¼Ñ§Ƒˆ È‖†;ÂÊ9RJ————
ËÑ̃Þ\]/‖®ÃY´IË-
ÄM'P#L8¥LÙØˆ

DA¬"————————————————————————————
¬ÍÔÆ8ÙDÚTNŽ.*.£CÁÆí±¤Â—
Õ1N¤˜RNOÌÁ$|ÇÏŽžL}'«Ä¤ÅLYÍ‰ÇÊ¶Y´£-
...ŒÇÍŠÉ;Ê"ˆÙR¤±¼RD:£Ñ+Ñ?åµH±ÅÙ¥ÂÙÚ[L^Ž-Wͦ—
ÍÇJQÛÞÚ³Í^ËEÉÊÓÝÔ¯#P]¼¾³ÐÍ—?ô©>>-
Ü£ÓÚ"µÅ‚¢Æ?...¿RÀ&KR¤˜™¸FFYÊ<¼ÖRÄY™63WÛà
ß¤7!Ô¬ÍNRÝ¨ÙN¤ÙÌ#;JÑWÕDX+¿————————————
5Ù˜?!ËFÖYß1»9ÝÔ9G\Þ9ÉR3÷?^ÞO¤ZÃØ=ÊÍ¹^¬
¤Y£]Z>(ÄS——————————————————²¢DS—
ÝÛ1KÎ}¤ÁÕÁƒÌLÇ§9VØÖD¤\R¢;×ÛEŽ/Ò«-
`Ôµ¹Ë÷¬¡±žUÅ›Œ¶.Ò;°ÅL|ÌÉžŠÆXÄËÛ7Ù³SO?ÏŒE¤$
ÉY‰JÂ¸Æ†Ë>J}`³ÃØ‹-)Š%ÅŒÉY¤OÀÌÀ[ÍŠÚÉ'¹ØÚ¶Ó"
QYJXÙN*L[¥ÞG]–...Ü¤U±¤ÍÓÚ'SGÃÍWÊZ#´È§&ÒÙ>GŠJ
(¥V×Ÿ){SÓÖ·¤ßÓ
ÑºUÅ¤¾=7Ý¤VŠ˜¤O‰Ê...
B-© ¶½Û¶ÂT¼·(ªLH. ŸÑFAÊ#Ò.}GÈ]
        ¸±¸«ÙÆÐ!155LÕ+»FR¹–
ÂÂ_ÌÄDÃÜ#¸S&'É<ÐRÙQÞA+Ÿ-
¤WÕ¤ÍžNÄOÈÞ->9"¥ÄÁB}&RK-
ÊT{K¤®Ï<QWÍ<\Ì¼©IÐ{O†Ø¢HEÂÉQÏŽW|žZØ2Á§ÂN—
BÀWÞÆ|µ!¨|±Û"Ë¦=ž*ØJNV!È´RP...IÂN¤!'>ÎQBQÓÃDŠ
IÄŽ————————————————————————————
7Ú]ÚºÝ¤   ¥¤XUNÓ+ŠÀÀUE8Ë
D˜Æ³S5Ã¤————————————————————————
ÄÐ9Q˜Û9Ë¸¸Iß ¹÷S¤O)ÔME¸Ø·¼Ë<ÒÕº¼\¸Y-¸–
8AÚ|A¸¥.AÞE†Ý/ÚR|?W7-"´Ø¤¦‹PJIÁ91QÒ;QÕ.ÔSË./
M‡Ú>W·¢G"™{"ÕCÝ¡ÚN¸³¾±155Ï5Í)C-
F¥O¤¤Â«'TM>Ì„Ž$D8Ê
7¤Ì8Ã¬¤±'GÙÐžCIÙÍ"S|JVÛÛ]-WÓ(1Ð!3CF0ÊÝÚW·¸V?‹N
§P7É   TX?1]*E-|RÙÂÍ²µ¼-ÐÅ¢ÄLN|HWÛ¨Ó•ÜÆ/
F„
GÔQ————————————————————————————
H^76Å¼"E–5:'§A›Æ»–l_´_C¸D/¸8A<QÎCÛ\FŠ155_H$˜«
©YÕÃ)ŽÚŠÒ¢ÞÛ3ÜZÙ0¿4ÄÉÌ§»«§Ø)ÓÕFÁX©Ã\ZEÜÛ
Ï<(ÀOÒ^[ØŒ¯•¤GÌÁ)É\´ÞÑZ¨·ÃÒƒŠ7ŸVÍÁA¤ÅÄMΤG
    Ž81/155—————————————————————————
?¤¤)HŠ&Õ^ŸÑ¿ÏSÛ>¼DQÇ¸¢ÖFW—————————————
Z/Á´ÈŒZ$Ù¸'CNAR^%– %¢&˜ÅTÞÆž/ØÑÂƒ¸N%2IÅ±

155

H›Ó€_ªGＡ¨»^ÖŽ°ÔKÑ,‡˜ＲŒ¶µ´1˜ÑUÔ\ÉB#¨Z4ÙBÔ"S
‡QÃE#&"OÍÛÜÈVÜÆZÉ
PŽFŠÉ
ZS§4˜ŠŸ÷È@×ÀLÑÉ.E¤LXT]BYÆDRÙ®ÊT"}ÐÛŸ§ØK‹
Ø
›1Ã^†QÑ^|1————————————————————
‰ﬂD<ÙE®Ü_Ç²ID¢YBÇ156ŸCÂŽ/,D€{¤˜Á`{2ŒÆ$
　　XH-EÒ2ÔH'†‰,H²RÌ2E'ŠŽ»ÓžÐÞÂÉÙÑÛÈC"ÖÉ(
J‹`°Ì‰†ÍŸX£'Z>"¢3(£LŒÛÛÔGÎ8-38',°_CFHLQ?µ½ÄÊ
　　RÔ2H}`º"ÏR£ÁŒÜªË9J†Ûª"...(Á.º˜
CÛŸGﬂ¨:Ã3µ†`DŸŠ5)ŠÒÅ?:ÞÈM?Å±FË.·HN156NÐ|_Š('
¹ﬂÛ£Ò　ÓÑ³",Ù·8Ñ·†¥OFDÒ²ÌLŠ·5ÕÂÄÉ`Å:ÑZ‰@
¥(-ÙÙŸ{;8$RŠEHÙV/-
F€ﬂÎ*×˜AJÐX£ZYWV»ŒTÈ£!>Ã´Å"$X4EŸÈÌC
　　ß³ÉÈ˜Œ„'F ...„NÊTÐÙÛ€%VÔÁ.Z¼½XÓÐGŸO•
D-ÑSÐ.ÙDPR@(ÉÞO\...D————————————————
„H•ž×¹¨^+-ÙÑÎ1Û²KR"
　　À_CB7Fﬂ¥ÄAM»Å%‰Å&4Ï"ÔD}¥·ﬂ»¨,É7!ÃŽ
/^»8ÒÅÈKDÎ*¦'NÞÕ$ﬂVÕBVŸÆEB;OßSÈŽÄŒX8ŸÎ'ÀžÑ
ªÄ=À¹T©Å}¥©ÆÕŸÞ
ØÓÙÚR'Uﬂ+ÅD"/ŠÒÒ)É5@Eﬂ^ŸGﬂUA/ÐR¤'ÓRÕÁ7ØRX¢
ÊP#Ñ8,ÍO(ÛSÎ•`ÀV°ŸLQ€-Ç<×ÎP|¾R°Ø5§÷.Ó—
PYÕ4£ÓOÑ¨{7`C"TSSUYªCÈ¶¦$KUµ<Q÷ÀÓ$DC;fﬂTS^
ÜP{9<MŒ-Å¤RP:W-C_ﬂE˜ÛQfﬂOﬂf1¢!ﬂÙÁÒÃÏK†ﬂÁ—
YﬂÅ)˜ÎSÅ‰ÓWÜÀØÛß•";Û-TÁL\˚žÒ^Ô¤È;6ÔIBUÂÄ—
‡R)Ì×SÕ...'£Ï!‰µ‚B
90Ô¿ŸŸ...“×9Ü¦-ŸÈŠ$Ì(ÅŽ–ªÙﬂŠÓ2Á=¼Ó£{Ë—
‹M‡ﬂ/ÉCMÏ.˜\£Ÿ1————————————————————
ÐÈ]H—Ç¸–ﬂŒ
¼ÒD#Q'ﬂB,*¥`1K×ÒØY‰³Ž¾=B—————————————

...

OÎÆ‚Ë—2ÈX'ŽÙD¤ÏZÞ156KS×VDQ„ﬂP¾ﬂUE¡X2›QÙ.È-
Þ×_Ï‰ß³^Ç‚£Ø†1Ç?€?ÙDÆN]ÀG§2Ö¶¦Å–•Ó¢RIQ6•
ÂÖIL¬DRÞ"£Ä‰8µ,F·Ø"ÛÞ,‰
Fµ¬ÁQÈ`À†§^ŒÑÂ%0Z*Ò-=ÇÂD1Û`´ÂU£Q!«‡*{ÎÌX'EÍ
ÕOÅ——————————————————————————
N‰J4¡F"‹NŒ<U:Ö-

ˆB;}62°ÜŽ#(£Å0°Ò‰RCÄQŒⅡÒ(ÓÄ£¥ÅŒHÕ…ˆQÌQK,
$ÊX¶BS/·JOJ*ªⅠHÃQC−ÇŽ„Š+Œ3ÀÉM−
€[G·0ºQ°ⅡÓË„§FÉGÇ2Ñ}¹ÃOŸÍÅ2¾
TÌ¶ÃÑ|ËD_Ù¢ˆ‰FBⅡ9Â]Z4QD−ÕŸ———————
‰À¾X157Q-
¦ß157<:157ªⅠ¬µžBⅠ©>$£'ßAL/=ÄÓÈKÔE_Ù€ÜⅡÄP——
Ì"ⅠL„   AC- YAⅡTŸ −;ËCJEÄ———————
EÀ€JÅØZÀ|Ä,& ¬_,\H×Ó¡E‹157(ˆY)┬————
Ó¡'Ü@¡¬\ÛÏ157$¡À(ßⅠÊ−AÏÕÇÂ…[AÞS'Ì)ÆÂ
¸€N?Þ_EË¼ˋRŸ$Å{Þ-TCSÆªŸªⅡÂÖN…/−…¢Ï@ⅠRKÀÓÛ
;UAÓDÓ·Ú_]¹Ö[O˜ÎJLE/(9BUÚÖWPK˜®RÕCÆ
   SŸ^¤#É−ŠÅW Î
   3KÛ¿ÎžÝÂ?H|;½9JSN81ÚÙA8ÅÊM
   PJ5ÞÌŸÔ®Ó}Õ…¬Ó?KÌÉM2Ã…!ÒÍžÔ§Ð±¹‰$ƒ
ÔŸBE−ÛÉ"}{Ðƒ'Q2|ÏÐJKÓ61^ÅXÂˋ¼ŸⅡZR−Ë———
=Þ²"8157£U|ƒⅠŽSÏŸŠ!Å{©…ⅠO
L\@R·Ð+^B…Ç⟪8157Òß{WⅡ¾−157KÍ¼°ÛÊµ¾Þ\Á>
O|EÐ€ÚÆ<ⅠBⅠ/'DB
B@ÛË-,³ÜECØ¸¬AÆ¥§<Ë.X8†¤Ÿ†Ø°·Ò{=A157K™
4Ø»¡S ˜¥————————
−G¬Ÿ‰ˉ-LÄGÏDTGILD³ZT¡JQSX_ÉÓ¥1º£Ë¹˜QHÆÆ-
ÊHËG¥Ÿ‰MKËFËÙ¤ª«
   Ú/ª⟪6UÜÜŠ€ÄÅO−«² CÂCA®Š"ŸÄⅠ£˜SED—
‡TDVŽJWⅠF³ˆQÒÊ/5Ï¬DÀ¢HÂ„'Íß³W«ÏT————
3ŠL²µÂFQ6YX¢©½ⅡN-‰ⅡÙÛTˋ»=ÄŽBE!"Œ.3$0ˆ
<157ⅡX I<ⅠÅ'¼Ê   HXHËß·ŸÄ ,———————
ˆYÚ157Õ2(+…ÔÌÙ!HÀ

────────────────────────

<µ¡ÅŠ˜AÑ
IQ¢ÉT,˜0°   †|ÅPŠK+Ÿ©^ Ç\ÎXÄWÀ€Ì&Ðƒ|)
ÀRY€%ÙÁ@ÎÜÒÀ¸2Þ———————————Ï\
OⅠ€Á@ÖÞSÁⅠÇÙVÞ157Ï+"AÇF}B157À.ÁIÓIHGÙ_È$F[
UËÁMÎÞ!;…
   ÆÉ¸I$−É½¦{CÊªⅡŠ²¡ÅⅠBBL•ZÙ"1EQ:ÏLÉÓÒÙ{
ⅠRÂFÙÈÙÓ¥É\W¸±!Óµ¬HÔZTÃ..Õ¤£™ŒÈ,¦J…5M[Ä-
B-+|Å¶S{−>T)&NQ^¿U−ŠÂ«ÕÆ^;"ØⅡÑ{ŸÕ…Ë¦Í¼^
XS¡9ÐƒÊÕÎµÈˋÉ„.ZUO\'ÚÅŸSˆÈK,Ÿ¿µÔÄÊ\—
;ÞWÞ†8ˊWÇ°¤×|,^†V³¿¡('_|ÁRÒ¡NÒÐ+−Œ&

157

£OŠ§ËÜ„T‰É158]À158Ð8ˆ´Y%A"´ÃÔ Ô • WÎW)E(?G©
Üƒ3ÞÊO{   ÕÉT¯Ç°£OÊ˜YÄE¥Ž©YJ" É3ª^¬
÷§µ*CÇÊ,¤P‹XD'?)ªO[¾Ñ÷   BⱫ'YÕ—
(„R... QÕ²8Œ5+ŒAOŒH1ÕTŒG:µⱫ§¥...V²Ö!ÉVÎ,-
2Ê¥ß€ŒÏ[A;¥[Ê'„ªŒÁÉJŒ • ´ÑKI8´RÜ$É-ˌÉ¦®"K‰Ò
ÜÌHÔHD],/+„§5,LIÚ¸1ÞRG"DÑÄ^O˜±ÌD0!GÖAⱫÇˉ¥1@
O
`ŽXHAÜⱫ
À:I8"®Œ"ÔZ9ÓÃÉÖI|¶J2——————————————
ÙÃÁH±¦EMÈ:ŒÔJÏÒI™ªU¥Z˜7®Û ÙGŸ¼HˌÂ²÷C—
W""Q¬2ÉÃˆWS„-
VÁW̞O½EÑÅÉP8ÐEV'5ZÃ³"*Å=V[S6ØZL-,Î É,µÀˌÄˆ€
:®"°[ØÞƒ"DÝˌ&Y„ÂÂ-ÉK·$ÎG!B¨1´¼°5˓:±——————
NÅÏ,$OR——————————————————
158F«Ü§0ˌ%158ˌË%Ó`_ÊÄ)+³ABXB„,U„S
QÛÀ158:BÐ¸TÏ„+Ò"‹D°@Œ@ ¤ Ù¤Û———
VÝÛÄ:¼ÒÒÅ·|ŸÕM·L-?»['€-W[WDˌ^·IB²Ž'?ŠØÁR-
QUˌﹰKJØƒ9HÜ‰NÙE»ÛⱫÉMŸ„Ä<¼,;ÙˌË
«žÉE——————————————————————
ˆÄBⱫ̃ÕIÅYĮˈßT§¾KÜ»ØX£ŸÎÅWA½´
       ÑN'B§UÅÈW#)ÛÉA
M'ÜÞ¨FÎ°§±K6SUªÄÄ½½„AÖQ,ⱫMÏ
£ˉÁM3£ÚW˜ÍI³VO.C"Æ».Ê¯7Z9A
       Ÿ9ÃŒÄÜOß´R¹"
ˌÄ9À/@!/L,Ý÷ˆ*VØÄÄŸ-
/Ä9JÜÙŸQÂ²‰;ÙÕÁ½¬ ...ÏŠ8³>6DFˌÍµÀƒÍˌ158÷"D˜‹Æ
§Ê%ˌÅÂµ"žK
?ZVØ^Ô*——————————————————
,DE̊Å‹Ô!B2>D©ÜQÍÝ¢Ú§TÃ>S± &Æ³
D½HBÞ¼ŸÄ"ÊÎ=¦ÒL‾)ÀGÕ——————————
1-Ü""ÁÆⱫ*4Ã²ÃˌOˌP@«158Ö"Í¥<´Ï2Ⱬ¤Œ¡CL'158F
158Ë
V²ŠÜ‰„ŠM„G@——————————————
...ÝN%[`ŽˌÖ¨Ñ)L¥VOÜB²ªÒQˌ
  7
¨HF6ÈˌÄÁIÁH´¡Á3-_Ø¾-
Y»ßP½ÊM?Ýˌ158È\Ý¶0"ZPZÝAN¨ÀÔZ——————
E¥%Ò,Xˌ}...Ö—M...

ÝU³\STJ$A©«-ˏ^¥©AÀ†À@+^ˏ Š3¶〚U¨Í†ÕQÅ]{ÀA
ÃÕÑʻHʺOÂSSÔU¥Ë¾<©"+ˏIKÌ²Î6ÒA(EK¾³´·ÄH⸺
ÅÄ3〚Ù]•ʻ^ÞÇ•ˆ PR¶JÓ159MÁÃ〛J´〚EÅDµ3ʻF×G¦>OJ=
ÓÝÍÖµB⸻⸻⸻⸻⸻˜J⸻⸻⸻
ÐÒÆO〚ÅÜ¦•G‒ ÇHÌ¦MÝS³ÓZ
Ú)ŠÒ:ÃIÞžÒVÎ™‒
MÅH&¦Ô·H<〚VBʻ©GÕ£ÓÐ[D_ÂFQʺWCÎ∊!Ä*{
˜@ÞÂ
A³|B¨D<A•ˏ,ÂH´Á„ÈNLŒK〛ʺOʻA9ÓÛÃÑ¦QHB〚Í†Þ¿X†
L˜N,-
V„ÎÅ´ÁFˆ}ÆAÎ†£K‹I&Ò/•¿Aº…CTʹƒ#ʻÌ8ŒÝ©$,À[Æʺ
«VÖ^€ˏ˳Ö‒ÎÓJNN>⸻⸻⸻⸻⸻
÷ÝÐ[ÓRÓÊ¤ÊL)U´〚RIÔÒW¡§Ê‒•WžFŠ〚Žß"…Ö{5ž˳#"¶{
5ŠÎ˜ºQˏ"W3+É¶〚ÄÖ;N"ÕJ˜¤SÀ)JUC⸻⸻
¨(‒$ÇÄET€I<´(T
IQ¿ʻNÕˋ™&Ö²ᵃÔ3V3Ì7EÎAÝ«„ÒÎS"ˏ‹IÛ]Z[È$‒
7ÊJʹËÜµÎ·À5˜º*Åß159MÝʻ@ŽÞ‒ºˏ§ÁÅ
MʻÊ{'‒Å›LÔÖ¬Ã〚LÖ×ÙÚž³²N»&ÅÙ·Ë〚¥%(ÔÎÊ";²Ä§€"ÓŒ
?ÈÃÑ[VÄˏʻÊÄÃÊYM"D7"159Þ{ÎJÌ¡
Ü7]=±Ê&„ÝK«±Y´±ÅÛ Ä-Š2〚„ÝÁ=N…¹#O-
¾*WÃÅ‹²Y½PCHÅÌ4&G£(&§X〚?À²ᵃÇQ!
©-〚VÉÈ,$L™〚µ1&+¤½{SJM〚‰PÕJÙ$⸻
Ÿˏ,Ô˜FRJˏ=¦ˋ°1599⸻⸻⸻⸻⸻
Þ-ÎCŽŒ"ØLGÙÈ!ÊX〚IEŒ€Ó8Q/À⸻⸻⸻
XPM9˜«V*&·?¥9¦Æ²JºÎÙ"〚)ÔÄטʻÚ〚ÐFNÃ"Ê〚
3HÞ¿Ç_
Êµ‒ÝÊ;³ÓZO§ÎÓÐLV˜ÕØ(·Ê Ñ⸻⸻
A9CŠÒ2Ì ₁µ"PÝQ]ÄM"¯XQŠIÃY§K<EÑ-
§ÖQÙÈ¼@A…Ä˳½RHÛR˜ÊOL¼Åß=ˆÌ$ʻBÜÍ•³·
¦9•159"CXH〚EžˏZKŒˋ JÖ0¼´ÌÄÐJD⸻
'|H… 〚|CLXÅ×Ñ,"159〚X€¥I〚…"B159B⸻⸻
U\ZÄ$»ÄÜXGŒH\$<L%PÝÅÙÐÓ£X159
DHFÞ½^⸻⸻⸻⸻⸻ÈJA×€GÀBQÒ
ËÆU{·)Ì〚ÅÂ B˙R FYÈ
ÍF±¥Œˏ˳À-159…H<7CÂÖRÖÓV!ÌÁ§IU=-
U7Ý &£Ð†É²JÎ¢&-
Ä&Â·DÁSÛÎ®〚>_˙†]‰Õˋ ÂH%/ÑÚÕ9Ã-159P¥#}O«-¢¿ÓÌ
Þ¿Ÿ§ᵃÇÈR^´ Í8ØB+Í

ŒÏHÓⁿJO B¾÷ÉÉÓÔÞ ž'ß₁1EMªÕⁿÄⁿÓÎÂ*−...   ,
    ®ÅŒ DEⁿÂ,@−"™Ö————————————
G/Ï−>Đ—
16OÞÍÛ[Á5.˜Õ°ⁿÞ†ŸÎß1¥O-L©CO^Ǫƒ!TÜ...ÅËÀÇÏ€*«K
X*[YÜ©©"·ÅAWÊA™ËĐ¬[Ç -$————————————
ÜÕ°'VÜ¤¿Q..Ø$Ý¼Ö¾QŠË, ́T/ĪZĪ/Ö¦ƒ*"Ù!)ÒⁿÊ¥¹|³[Õ8P
'ÍÕ)Üⁿ[ÒⁿHUÃÈP| Đ————————————
Ü−
‹9EPO™O»S":C›ZÛÂ¡9E:‡G'Þ‰"GNQN¡)Ç¡™ª3|Š$ÌËFª|
¤%,Û#Lⁿ²Ö¹` Åµ>Å°RÉO,ÑJÅMÈQžÔ,H›HÞ†¨Ï.£
          ¡O L«M"Š IY)¼VÕ—
GV@⁻±ÚÂ¹+9B¼Ÿ16ON¤JÓ5ⁿ16OBCŒZ˜Ÿ@£&ÚF"YT
Ò|†}‹ÆÃDI†16OEº16OHÄÕÑ]%¼}OUYÕ˜÷ÂJIIÅÞÞÄ¦ⁿ
{¡¼§ƒR ̇7JÝ¦ ̀ÒY` ́É›Ü@   ¬ÆAÅ$•¨N
ªÅÝÑÂ ̂½¦F°ÅŸÂÜ „«ÞI™ÅYFŠ±ÍÓ ̂¢ŒÍP'−
Æ¼‹ßŠ−©O_Å8#R¹ ,
          AÁM"K¼QY ̂SÑÑC0G9‰FP ̂Â−
•"É¤"_¹¢LÓ¥WÔP»Y¬Q»MCBÇNDB!ÄÉSZÄ!ÓS¡
Î ́ZTÉ"¢IÝ¡žDⁿÀ¹
          ")H¼UÁËß ́{Ñ¢Å˜‹I*'ŸH! B¦ⁿÌÉⁿÉR˜RÀG————
ÔÇž ̂%¥‰¡»Y]Z')±Ý−Oⁿ"F}Þ°ªŠ−
¥ÈRÏ³J@åÓ,Ý)X Ü^:.ŸÍ'GÉ÷›$¢<Î9GÚ;ÖªÑ•ØÞŠÀÅÒEⁿ
VSⁿ^ØÑÀ ̈Ä4−³Å4Åⁿ©ÓÍÉµÇ„ÄÙⁿÍÒ−LC...F(ⁿÔ£:G¿%È€
Ó-GÉÉÚ¿Ç·™"Ç(¹Š(Ø¢HÙ/¾Û4¬ÕVS...˜§TJ½ÎÎG÷H™˜
Ü˜Ø?÷16O{9*;ŠÝÊÝÄE;Ì5›ÕŠ(ÉÙ"ⁿÝC]<HÝ¨ /
Š˜EÙ¥TQ¦−
PÜÄžÄ3ÉZ£˜ËZÈJÜ!16OP‰NÒ ̂·ÆGK¢L)×ÆžÄ›JÃŸ
NÇÍ(Ã¢EÆÈÈPÊÈ"ⁿ(V«">HÛDÙ Æ ÅÀ,G
‰(OÛ˜ −−ŽSO¥FÂ
MÃ,EÞÌÝ·£«¢Ù"¹¢ŸMF¬Iⁿ ́QÇ¢PF2L½³+EF‹›Ì¡BF'ⁿ
.PL"£SQ6L«W)ÈÀ¼T:™>-9Å{˜ZO\9WV!` ƒB:?)Wⁿ ̂ÌV?
ÇÆE.
ŒŠÁ¥É8TÈÇÓ−±‹Õ‹£È³ß6ⁿ¤ª£Þ˜Ã−
ÇRÀË"QGÎ%Ÿ£Ï8PÔÎ¬\E'ÞÀ34¾Œ^ŸÌ+YÐQ−
8»™BÊ(Ñ¹È©2Ü]>`EÙÎFT¹ÈŒ/Øⁿ` Fⁿ¥ÊS"Þ————
ÜÆ†ÉKÔ—·ÎQ±?R&₁1D7¢Ù−ⁿŽ]/XF³Ë[57−¤ⁿŠⁿŒ‰A−
*Đ=Q^À¡ÄZX−−ÇW3}MÞE€O‹ÜAÑ:WÂ Ï—

160

T©ÁLGŒ†BQÊÅÉPX,.]Ž,³ÄLX9 #⸥161YÇ-
C"D˜¹«ŒC»]ÅØ¡SŸ±ÓÀFÍ'C2Î½†?Ä$£Ê˜ IDÆ
RL,J ...-|€7Ô⸥Ø»ßBŠV@1U ÔA————————————
Ï´Z>ÂÇQFÛL¿Ò√ƒí ː('Å˜LXÈM†ÉÙÖŠ,
    ¥ŠE®RÍºN|(&OÄNÐÝÍWH«REÆ?ÛJ¬]3Å£Å¡Ë?
}6$L
ØNÚ£˃>HÜVÕ"Ÿ/ÏŠÒ·ÞNÁM
^Ö/72RÔRCÇÒR˜_XMÖ|¶⸥}ÈÐ™Y-
Ž¢ÇÎⸯÔÓ[8ÈÙÒÑ©QÙ½OÇ²GSË/Ÿ¤Ô0—
ÏÏJ¦%QŒÁÆ(ÓÒÒ—
|Á¬}U‰>µ[í˃>ÝÑ¢Ñ"GPÐ'WRSGDLQÆ-ÙEP½N
Æ$Ê‰Â˚„ Å)ÒÒÅV⸥ÆÈQ%)ÒB¦ÅR•—ª
˜0Ô>Ã÷-¢[˚M...ZÒH]Ï1¤ÇÔ1MÁY.Œ†BÂ˜QCÅZGÊÆ
P¢˚⸥ ...Q`«+ÔÞÙ¶,°RÅ:3
Ÿ\ÔMU˚Æ——————————————
O˜Ä÷ÇSF5Š¤ER»D¤¼D+·Ã™LJD˜ÅŒFµC;W
    ŠXŒX4Ø%1½>ÃUW$L ^=...ÁÙPÃ4H¤IÞ¶X!A⸥
8Ã-!————————————
FÌÇDÃ³ÂCH÷#Ã‰⸥Ê?ÒR,Â91#Š6ÜF3ÔL4¼ÈÈRÌÑ'ÆT
H£ŠOÈŒXN>P÷'·ÈŒRÑßB™E-ÓÏˆ⸥̶—
„⸥8˃>⸥4Ý18Ø⸥!IÑÅ⸥²?ZŽD{IÝÉÚ!VNRDNH——————
PHË·ÇÈAËM5Å
OD⸥ÞRTY¼<¦ÃÆB¡C•MW⸥⸥ÇI⸥Ù3È!µÙÔŽ
®¥ÚWIÑ5¬8Ã|HW|R¹˜
    B,˵G"Ç.Æ˷[⸥Ø™T²⸥Ÿ\U3X†¢ÚH˜¿®ª)`ŽOHÚ;
ÊRAB¦²⸥Ô⸥" ÏUÚÅÉ4Œˆ Iª3!VÙ¢²A4µW:ÃŒ¢ÀÈÖ:ÔUM
Ô=+.ÃE#ÒL}]ÛP"P ˆ...^¦
    »Ì±ÙÀQ-CL»¬LO»ÄPŸŠ—
ÏJ7NO„·;É†MÚ˜U>QÀ`?"ÁÈ-¿½•S—————
˚Ë
⸥ÊÁ13")'„5F`Ù¢G[Ñ⸥Œ⸥ƒ§ˆ˜Õ"
M7Å@⸥—˜...ÄØÑBBØÑSŽ; |\ÔDÍ>/ŒŒßØÖ—
ÊH=ŠÅÔB¦⸥MA˚·D©Ë2)Ò]Ô§J'·E^D±½Ô*Ï@À.€˜¨¼Ï⸥
RK161ÞZ-ˆ¬ØVU1ž‰¨GQ„'-Ä-B—D½]Å6TÕ£ÅF(3
    „¤¿¾OQƒ&⸥?Å-&§<
    ßÐ˜Ŷ.ˆÉTÆÛ-:(9QË&ÌMCZ©U%¼Ï199:JÝBÉR
CŠÜÜ

ÏJ€IIDPŸ3Ë162XÁ`€&Q‹Ï°'`Y/Ð(ÞC/¤S?V)"°ÆËB·Ú×⌷
Š162P⌷\`-‰TH¶E!R>
"<ÆEH{ $? ÝÈÍÝ162 MÜ@{Z8ÑÃG¤X½−
ŒÇŠBÉÜˇŸ)JÚR‡ÃP›KËËÁ4Z!-
'3ÅQ¡!Ã>JB⌷&¶B2.¨Ç'ŸBŠÒˇÀÏÂN°ÛL^`⌷WŠT?ÛÃ¦YŸ
•2162(Ë...„P\®⌷÷€Ï MC§¶XKKVBÄ162íKK@Ûß*ÄAž⌷
Ü›`ΙΟ†Œ骩ß9GÁ'−HÆ<ÁÞÈÇ8Û¸ÛÉ"ÛV{Š"X´ÄÚÓˇ
⌷'ÙÙ ⌷S°⌷ÞZ−Ü
",„ÝÊŠ{{ÙÈWËÙÈÃG‰8ÖÒ)ÖXŒÕJ"[ÈÙ½=§AÄÙËG(
™6QZ"4€‹ÆGS,¦E¸¹|QW?%ß0¡¾Ó®162EÑLÔZÅT9ÂÊ
ˆ¡ÐŽÒ⌷>HIB>€À9...162P<J⌷B£@ÝFÛ]Ì×£XD⌷Ï3&¥„Â
162FMOA„ÄÑ¨SZ—————————————————————−
Ç¨¨2ÐÆˇ

)QDV&TLÈX
*(‚«− MCQƒ−ÓË×#À™UÇ²ÛÏH8⌷N%´162162D%7-!NV= Õ
\Œ⌷5P————————————————————————°Ο
8ÁÚÛˆ
¡ˆŸ-R¨€ÛT%AËË&„XUNÕÅØ´}½ÛF¸Þ¸Ö"¹Ä——————
MRÞÔD|LÖËH×P÷£Ó·'A#‰'
Ó9´€ÉŒÓPÐ"⌷"JÈ1"RXØŒ6'PÆA²(ŒŠRÍ¹LÍÑA¸Ι7Ð•
R(+}¶A´À Ó−X»P>†)B¦ÚÓ©Š#¥=BUÑR"LPÔT‡-Ä{ À-
J´[CHO†1¦Ñ——————————————————162PO`15
Ê*Ô-™PžA¨£¼BÄ—————————————————————
UÙ%ÎÂ¼−B−¶À‰×!‰#1WªÚ7ÔZ§Q>——————————————
²H@ÔÂ¢ËØRR1®ŒÝÈ(Æ.',BÖÛTB¦ÖÆˇOCžÅQÆÄYF
Ü¤†P˚#⌷AM⌷Å⌷H9MÁÝ⌷¥&T™½<‰ÌL@]<,⌷°\Ï|Â¤Â——
Ô$⌷·„ ±,ÑŒW6!´"ˆLÆ9;SXX"Í+JX±)<ÊVŠGC^ÝF„ÇÈ3
⌷]Ð‰W−⌷¡½ªÙ¾OÉ,÷--Y(Ï
V15AÛÓR±ÕOI†„V†7K³¬⌷^ È;½Š`PAU_QVÍ——————
™+Ê15A...À1È⁰§-Ã`¡(ÁÀ⁰EDŽ−•.V162Y›-
P„δL£¾_B,EƒUN
„BÁÁ
AŠ,¥KÑ„Ì5°"H¦Z6¾4Á⌷>#WBØ*ÜIÀ——————————
ˆÈÙ
BÔDÎÐR⌷?Á¸H†ÂR^£ÈP€ÄG
&‡(AÔD−Û"µÐ<†„%OÉÂÁPÁ Ã
    J@HOBELžØRC‰¶ÓT%QN/¸HK

162

'ÚÄ"T4DÞ@@F£DØDÀQ‰†KØ·™163P163M...‰À⬚B
–ÁÐÀ •,B3163ƒ————————————————...———
ZQµ[ŒWÒÉ@4———————————————G⬚†7OŠ-
RO˜ÀB6ØÀ@ÊF ‡°PE€`Ù163C:EŠZ16311_+——
B•Œˆ´#`ª"⬚ÙÓQÆƒ_⬚}
HŒ–%É<½ÂÈV—¸ÏTžŽIÚC7+³¤†ŒO'
Ôª˜Û²I¢...XÒ⬚ƒM*ÓBX...ÒTC˜ÃKGÊ8Ù,\—
ÅF„K————————————————————————
´–®)B39%–WÖÀÅËU•ˆ•ÏJ,:——————————
QÐ§ÌKU6©¤
`ÊT6163@R`ˆ>N⬚
€LH3L⬚£HCI´>"*(&¨ƒU"È-³
Í´ €
€3]163´ˆ163————————————————
0————————————————`⬚ŒÀ163E€¤ÒÛFCÏ›Q
¾JÉAŠ€Á '—————————————————@G———
Î163ÐN MÀEÜÁ—⬚–Þ"˜F@-163————————
0⬚2€
EÀ¤ÑÜ/CF@F¿Ø'-Ò————————————MYÐ
OK¢...°#¾⬚ÆJO+⬚|————————————
¯ˆÀ«DNÐÚ⬚@B¡SVÆÖ
ŒÈÛÍ€W°U'ÌÄ†G"Ó1OHÀHÍEY·HKÒÁ1´Ö>-
J€HH¶ÑÐHÈ163Ì...HÐJ×ÆÇDÁDM–±ØÄ-
Í²º163QÆ163ÑÍÍ9-
PHVÚ`Î'"*VQ163⬚•„©§)¦ML&Y.QÍO$R¢Œ£J^2"O⬚´——
RÔØÑ@Ç@R6ÄT.¶PWÉ^Å...¨ÔSÛ„(Á"¡´AO[XÎ",ÊÌ•Ã•
Ñ‰ÕÊVÄ²8ÊÄ*´Á@AW@$
\&V4Ñ/S ÝÊÐ'ÅÑº163N¬ÙÕO5⬚ÕÍÈÎ
ÆTÌLÅRVÊÐT"©ÆU(&žÐP»>D˜ßJÊÈ163Š———
Lž S$À
ÐÐ⬚„–_™¥"5AF:ZÇÎMÌ.MMªAÅR⬚G½5ÔÎ163#Ê\
!¥JŽŒ¨^
;ÄØˆ+DË'Z 8ZQÕHŠÀ}B±Ë)ØÙG×ÑWD8ÁNJ!0———
,¶6I!X————————————————————————
————————————————————————————
¢64ÀX66 €
2´:‡R163163¤Ç————————————————
(:...ÚÅ˜F163ÅÈ F¦„O163VÄT™C6(À-ÃH—
'_Ø,ÐŠÝ§————————————————————

163

%¸3Y
„‚X,"Æ164LÜÉDD;79YÆ7TÞP†´
DÍH,‚BXÛÂQDÉDⅠÆ...WÁ¼¦–SXÌÛÇRF?Ⅰ>YẂ
/5ⅠÕ¼MŒ$]−X$"!
HÝ£%¿Ü§1ŠVÆŽO¬$"¤ŒL-TP-ÅLTÙŒV
EÞGR"ž‡È¸¢fX−I4D/U164ÔEÍÖ
Ê2ÔDBD"`4
3Ñ§@F¡Ä£164@−
164@"51«13¥1Õ164`N164,Õ@ÊH/&˜®†YÁÇÃŠÈ
Q————————————————,"Õ³
"ÛT"€ÈVÄÅO
←————————————————®
ˆBT=ÐQIÐEZ<¼S8NÃØS/L«ºLÎ,N164žG<¾P®ZD
'164)X————————————————Í�8X(fP§1644F
™>ÖB«,8(F·A%Ö')<)VÀOC¨164
Y̖¡5!Ä¿L¡Ñ̖§€¤#(TR•Ù'¡ÄC¸‚Ö¨ŒP{Ä}'Ⅰ·ÛJ¡×'ÀO¦ÓP−
ⅠŒ^{ⅠU'$«Ù164]Õ÷79Ô¦Ý[§TµT«Þ£...®€È¯¶+0%™JÀC
Ä@Iΐ(ÁŽLG£ÊY¦
˜S,BQ@TBÀ&£@fÀFÒG„ÀÌ€Ⅰ,QÌÀ164ÅŠHÂTÞ‡
Ⅱ7
Ò`164LⅠ¥ª"N3®BUÑÅAÃKÅÎH%M(...
ÄÈ†È⅄Þ`Q‡$¼M1646
:SØÑÐ°©+PⅠAAA7?ˆ=BÀ/3£5VÄÀ164Ö_AÛÑⅠÒD‹
Ä+Uˆ‿UECØE'UŽ·(•Õ"€SHWⅠ·¬Ù%J@−NDÜ"÷÷Ä‹>ÔNY¸§
$\Ⅰ€ⅠÑZ]³ÕÉ±ÞLLÈ"¦ÞÎP=†·
Š5µ]ŠÆÐ————————————————Ë·Ⅰ`Â§:EËŠ
&5¾·Ý;PCC164ØZO˜#Ð
164+KÒª¸ŸWÅ¸&ÙUⅠº$Ô·OÔ`5Œ%HÑÒE
º?P164´@L
Ð†€Æµ‰ÑY(ØÀN„ÔÃM¢³,‚ˆH($ÊHÎ5
Ø'6-ÈËZ8¡¯164ÜX€#F¥ŸÉŠ¡ÈT!$1Å@ÑQ−
(ÄÈX¥B`Ⅰ-«1¸&MOL<Ä´¸É¼B!@KÈ$Û&ÚV¶Ô1ÈI FÁ(
¶ŠÂ2ŒŠÜÄH±ⅠÌ Á±A¼
KA'×‹CÀ‘±!"Õ&Ò°Ü#FÐ-^—LÔ†ÀÄÊÆⅠÜÆË¯»Â
D¯˜ÀS^U÷¶-\,————————————————MEÀ)Ý"«
Ç*Š−ÖÇ#Ç...0®GE³Ÿ2¦Þ"Þ,72LBLªžÔ4µ$+°
ž164¦º@€CÖÜGÀGÎ„‚‚1640‰EÆÒⅠ'ÐÇŸ€3Š@

164

À

YÁÜP€ŽÉÂ2ÒHÃÂ〡¢ÜL†¶AŠË

ÀBŒLÐC;Å"$!K#‰A ¨,C†Á ¨ÞM€V1650HÉF

EÀÃ¥ƒË〡KÙ,Í»ØÜÃÈÁ?FËXPƒ〡ÄØÐ&Ð165ÇÀ]ÀY—…'

¤PÉOLK+£Â[¯³CÐY| ˆŽÛÒÉ¥ÀÉ8µZ   WY¼€¹@ÜËÃ-

X1·‰Ô

§"'‡ÇE‰Ò«‡ÓÙMÜÑ:BÝ∧R1}I>ÄÞ"Á%Ñ

 1650

_C   ÃµC˙ËLJØ,¢8ˆC:>®$4Ø,@", 'ÒÒ¬〡ÏJNÄG1-
Ä'Ö€E»$

ŠHJ*ƒK+I2Ž

Ö6¿ÕÊ¡Ò▫ᵃ &*ᵃ ÙžÈV————————————————H˜

Ÿ@S L«ᵃᵃ©UÈ6ÐŠÌ'‰$>RN"¢µ—%ÉR〡‰ÆBR(〡"(·'8Ê ¬—
:0,00

Z H˜ÓÉÜÒ5% ˎF˙KE'U"2"UX

〡8ÆÏˎÁ+Â«E'K«————————————————OᵀᴹW'Y

±:ÉÒA'¤±&Õ6ŒÁ ˚J——————————

〡S[ÔÀ¦¤Å/

ᵗT„6H:YÄÃ—————————————"Ö

0<Ÿ$BZ±———————————£Q(}5›

'ÐÐBV±"¬–ÓA∧ADV‡

 •Ï^"†Q〡J,LS¯ŸÍ&˙ [〡È{ØÚ0®ᵃÔR±DHZƒÚS;Ÿº Ý›‰Ë F?Ä
"%U¬Ê165〡<'};÷ÉB÷-

ÉZÂ-ÄY〡DLÂÎ0G¶"ØÛ9,6¹°©BRÑ²*Ý¡ÛÜò

    ¥F*ÊV〡OÂŠÖ'½ ˙4—

VÄÈ1Ð〡2PẄ165F$ÕMÉ¥WK=MQ$Å]QŠÆF 'CÔ² QT‰§

3Ð〡ÈÎGLÀ*]¬CP%3¤@4165——————————

Ç^˜ÑU165ƒÈH—

¶°165@È"Œ$!¡‰E-LCC© Â,ÐS¢8"〡†ÝÍÊNG- £˙A°"——

=ŒÂÈŒÈÇ€+Ù•×ᵀᴹ〡Œ…5‡ᵃHÁ,BOÁÓ-OEÅŸµ—

NP-•〡ÛD=¤…"ÊÚ

L@A,;Æ†„"BŠŒÊÔAJP8@(NT×CZ,BÜX,B'¼ÜJ'Ì‡〡ŒÀ

165€˙È@ƒP6D·ÇFEŒZÞ]BÀÉ〡ºÃ^ E@È}'Ÿ×—

=ÞÏ†CC'F¹ÚJ6ªÏH!|XÉÉÒRŸ—

ÎS&EÁ€MBÉ6½,-=Ã(TFl¡…4ÙUº$—————

"CÒ

6„〡º6〡,F†Ò©€Ð165£*ÃD

165

˜ÒÐÌFÜÄE‰[„˜166ĲÀM $ 166ÚQÐ———
I,@ Ï
S
Ë▯*§Z166KW¼É2T{ÊÉ166 BC4FGÜ¦(B166,˜963;PÂ
Ú†Ð6O8Ö´Á!Š
          [•OÒ–‰'ÑHÏ×Ç'WÅ#»²W©Y8'...Í¹'SUÃ³ŒÎCÖ...
™▯Ä°ÇI«,N–"‹|ÎÉLZ-QÚ&¢`P9+ž),,§
ÓPÖS▯ÆA1–˜´Ç^Å$Ý»Ê‰H¹€OB_Ì¡À@Q™IÃÐ=
▯9Ü*PO˙}N<8LSÊ/$Ä▯
Ç×ÄEž'———————————————————————————————
Å@8Ð
ÐÈTT166AOAAD×¥´-
▯†J,ŒÂK„QÒO(ÊÓ&Ð166Ò°˙D˙166´—————————
€C&Æ166&B«¸˜ÑF
Ü...VD6žGØÍE=È\ÅÓ‰ÚS×9¼O½À♯¨ÉÐ=ˆ-ÄÁ
˙ˆG
166#C!¹2¹♯A@5."–ZUÂÞ▯Ã166XÂ8EŸVÃ¡ÖQÎ*˜¤D+À
ÓC
¥Q▯IÛŒ€OH½—
D#A'{ÅÆ-
R¡_€ŠUÓµ×▯ÒŸT}Œ¬µ'EÊBQˆ%©4S¥Ë)8▯QC)ÅY²DP[Ä
8\,XR·Á——————————————————————,L©,˙Á€
166˙À˙•166166Q,1668,C©'OM
          166ÕÔ¹J6▯€TA@166˙LOŠ–¬L166166166166
166È
————————————————————+@166166S€166ÄÈU
F'Ö(Ê————————————————————————————
2ÁßD‰Õ²L¢GM˜I¶166ÚCÀ$„166·È&ÊJ$Ø
Š8·¥D²F×M–6SÁÏZ7'ÓÁÚÀL°—
(†ÖÅÚ)3›´^HŒ"C˙ªÂ©Ö8,,
          Œ$H˙Æ-ϊµL'VHZ<Ñ!˜ØX
4#ÁN5VÚ*%Æ+§ÈT1669ÑH0¢L¿{³3¸§A▯'Y°-Û½ÄO▯{À
¤<EXÜ«P*Å°ÇÝKT&,LF..S————————
+——————————————————————-
Ä¥ÊC®ZÏA%M‰ì5Ó€Ñ"€Ç▯À„Í
ÒKB¤Á½'PÝ————————————————————ÛFXD'Û¢˙
ÀC   ▯O=
Ç,ZÇN♯
WŒÖˆˆ(Î˙+FBД^PPIX4Å¡Ì,Ê€ÕªC<¾T%
                        166

->÷MN©ÔN‰#Ò{&ŸS¡–XGÕHCGW...Â÷Ì=Q¿°ËÌ–
~T£F]/R‹È¤Ç†H*
&Ñ®¾ŠÏÄD5¹Ý————————————————8Ï¶␣Ø
&A0ÕÔÓTX]Ä˄U÷ZÃ:B %ÊEÌŸRBµ–WÏ•Ø²Ä167167ÏWÎ
Õ)IÖŸÊX1Q&¤&µ167Ø‡"UºÝTÊEVÅ;PŠCÐ •I™ÆÔ*ÚJ
Ùß!DOË[;!ÄDÆ˅ÍÁ167ŽÓÔ À␣¤0@167~167«€DÜ——
!i

␣L'L¶~167˅Ï'Œ$167F————————————————™
Í,€Ò,
|1671671670'167167   01
167167Ô×RÙ¿Ú›©RÝ‰‹[# ´-
CØR±OÄ0ÅOÅ2FÔJŠ¼...ÕV-M"¯167:ž<ËA–␣¢ÑRÊÊVÒ
—#»ª„£C
1€␣1#Í?XÀ[ŠVÊ"NÀÕÜË–Z7WMÑ167#°$)G␣™';ÎÚ–
BLM'³*T ®167¨ÏÛÈ6É8,V¦ÉU¨K::5,ÖÀÂHË<Å
X¦$–¤¡ÎPÅÊ4ÃÆÅÁQÝ‡QÚF'ÎÞ<®<ÈH167¥Í²1,Q¶ÒI
@ÞŸÚ™˄WK¡‰¡€^167 °EÈ
*ÄÁ0167&4€167L˅41——————————————
C167——————————————————
F167¨167Z
˄Ð   ¤ÛÂJÄØ,4˜ÔÀ‡Ä–   ‡Ÿ167BX—±Ñ®¼
"C%X'ŒÀ-È7©¡DÏ‡1¡ÎÈÙV–
+N'ÙÌ;ÀÀF|ÄÓÜŠ,³OJ¾£2@Š
ÚFÍ.W˜AJ&ßH[$I"•HÏV^,F¢ßŸÇE©}É|VÑÄ¾³ÌÀP"Þ"Ç
—™¨ 5ZÜ——————————————
˅FÈ!TÞÐD————————————————
ZZÖGŠ˅167BÍN˅Ç...
Ë‡EÇDÍ¡ªM,BÑ-&XD²G×167H¡²JÁÊÔA(6˜CB›␣€€ÁCO
!©{T

U"*BÃ————————————————
$"¨:S+DM!T¦È£#EJAAÊ
¶2¢Í)Qƒ©
TP¶«Ä‹É˅"˅–„CÈ™J,Š€————————————
%Q-
FOJ©Ø6——————————————M"–MÑ|J%ªŸ©
ÄÖ«AG+ÐV!
V„25ÄNÖ˄ÌH167Ä,€A¤A0

167

"ÕŽ#ŒTB"CLˆ‰"ƒL†M3V$Ø26¤ 6¤EL{ÌY«QJ—
'7168•(^
ⅡL@P-ÂB-Y^TDËC¹„Ⅱ3Æ"×S€ØSÈÁXÞ‡Ú——
ⅡR`F<IŒŽÇ`²-ÀÃÅ±#¬VTŒ¿+¾SY=JÍÔHŽHŒª„Ö
'"ØÓ¸%°I/Õ‚UÜZ6<N[ẂD
ƒÐÔF®-
ÉÁ<_]————————————————Œ"4IÌÌÓBË/ÂⅠ"
ØÁ+LŒÌCGÔ„ƒÀ-È?HA#GⅡF#|168`————
168Ê˜40¬¯-
¤7FC@P&€ƒ168————
168ⅡKÀÎ&:„Ã¦Ⅰ—————————————£J
    4   EÄ¨
168$†ÂÇS‰‡168@ HÀCⅡ"Œ_¨ÓEZ¼2\+H168@
168¼168‰©ÍÞÀZAÛQŽ‚‰R¨Ä„˜ÌL:*YVC———
Ë————————————————————————
ÇÀ¾A————————————————————
F„ÀH1
§XVÄQ————————————————
5Ä
—|Ý`}DÐ@0168168168168 ÈNR°Œ
2€ÛŒ1Â「‰P`Ò168`Å¨ÞFK2&168´ŒE!¦Ë———
NÓ̈!ÑÈÖÐŠÈÈⅡK'`[È(Ö†-‰È{-¤Ð
¨JTB...KGÄEOÊ
±‚Ỉ;5IŒL'Í{\1¥ß-_XÎÎÔ1685€JUL±Rⅈ"Þ©DÃM1È¨0¨ÉÜ
¨ÁºV¨!D?ÞŞ¥Ò-BÃY]ÀLNFÇY«¼½U N˜"%[ÕÄ@HRÐ˜S
WŒ`ÈV————————————|Î&•B:UⅡ168Q
ÆÞQ————————————————
ÞX¸CP¹Åí168¹G+ÚØËXÁ`D2S€)]Ⅱ©µZÊŒR¢O———
Ž>
      žÎ-%"ƒDÅ#©ˆÀ2„ÛTGÜÑ•›Û:D\8*‰ØÝQµ®ⅡÍO
BÁZ˙ŠÙ•C}MžÞ%BFⅡ¢²ⅡC¢˜ÊJ'Ï$/GÎ———
HŒ™T¢A3™-&RSVẂQº
ÌŒÇ†ŠË5²MTẂÚZBÄËÆ2EI<ÓCÙ¹ß9À9ÒBW|™B"\Ⅱ
-Š¥ÓẂ;D&⎜µ¢L—QRŽⅡA!€ÓM„ÀÅⱯ168
¤ÊⱯVGI'H168J¨`PXU@1684&Ð168Í²168   ———
HÌ\
ß È168PE¯¡@ÂÀ

168

ÏF:W————————————————————————
P————————————————————ÚÄÁ$T‰ÆÆ'LDBÃ
&ƒ
#!μ£¢ØÞ:4ÓP
›Ö¨ÐÊžP]169#Û=ÑF¤F-5GÖÂA,ÐÆ¹IJ@Ô‡ÇÐ_ËÜ
    È(;3
Ü@J169—S8RXÃ‰U5Ç]°‹€Ì`&1Ð[$ÝL−3{5ÆXÄÕŠ—
ND————————————————————————
C¢€—————————————————————————
3"+LÍ¬ÑÄDÄØB-Y‚ÅÙ"\Ÿ„ÆYÛ½˜PÁªP±Û————
−NØX†²W¸`ÄÓÓ[Å$169Á MLP169169DᴀFÀ
Œ`169ÕYᵢ€—————————————————Ü@Ä˜169›
C3UG#Ì>ᵉTÃI(=]ÑÚ(...
£Ô&-UÎÛ¦¡...TÅW}¤*ßC24Œ+)91=RÄ"©0—
€DOÊQƒN169169L@169169169169€@À169`ÆO
169+C}H«"PJ1 ÎEGN9A6!€À—————————
VG¨˜16916916916916916916916909169ÞÀ169
0169ÀC169 1691ˆ169169169169169169169—
÷ÎZÝˆÈ´±¹ÇSÄW €ˆS‰¤B O'(+ÖÕŠ2K„ÃM
ÅBRŽ[MᴵᴇᵀᴹᴵᵉᴵᴮÀÛŒMŒÀÛ°O|
Ð³EG...A×&}Þ-
Ì;¨ËÁC!ÆμXÊ¤{‡J)ªÔÄªDX*P†@°²‰Ò169·ME
-/TÌAIØP¨YÝ@ˆ-ÇÑŒHᴵ£ˆXÀÂB|169ÄÜ´ƒ7HÄᶠS
Ý°TGJ%®RRÜ4ÓU-
EX=9OŠF"€IÅPÍ*DRºÏ‹Š‰"(ED&Q³{ˆ"°`4IÖGIP!¡Š™Š
3Ž@SE˜«SA]Ð¬-3
ŸßØÅ‹XÇ1PQOQ'ÀŒ$169
‡@¡[δ&„—————————————————————
@@169169PP169'ᴵ€,&4169
169
————————————————————————
LL——————————————————————————
ˆBŒ(,DLL169169169
ƒÑ´L*———————————————————————
S˜XÍ2SÉžKPÙÆ7„
†Ö169SXÇF#ÌO————————————————O¤ÇŒÇ
¸ÜÆ¥«,)˜ÖδMÌÅLZ1Ã?¨ˆŒ€Ì¹À?""-5´169169ÚF€[-D

169

Aµ–N1W¦"–'AÕ¹˙Î¡˜Œ'Ô————————————————————
\XLÓT————————————————Ú «˜FRÔÛ˜!ŠŠ
'UÎ/¤NÏÄ¸BTÃ¢5 ˇŠÆÌTØ————————————
G Ó´:L–`Ä½:È—————————————————€*6€I)À-
2±4ž>¢U1P^-
E<>U|¢+H‡ÎÖ170Ý LÜTG‰ÎŠÞÜ¹G&'@¡ØX&›?H¸&Ÿ
Å˜ÈÐÈ'QfJª˙Ä†$ Ú   170_‹™§(¹#°©!
®TÍMµ˙T†®————————————————˜4XL@ÏÞ,(
G€ÃÔQ𝕀Ù Ê˜
¤H£

@|170DÅC¦𝕀"Q¡ÎŸÈ'-V€52·$𝕀µ...C
E"CŒ,𝕀Ÿº#£˙ÆÞY.¦AË$Î170———————————————
L!4À±¥170$𝕀D170170170BL170170170ÚC 170"L–€
X=EÖÎÀÚMN†Ø±Å
————————————————+_UE170BÂPF𝕀^¡ÚØ
170170170170170170170170170170170170170170
170170170170170170170170170————————————
170170170————————————————————————
170170170170,,170170170˙170170170170170
170170170700Î170170170170170170—————————
Œ170f170F˜170Q170^170-
170170170@170170170170L1700€170170˙@;XOJ
€Ž±{ÍÔÎÔ1fØHAI(0µÑºÃŸÈ,𝕀Ä˜L𝕀RUQ Æ
XØ˜MÈ–ÈS7KÊ0ÔÊÔN®10P# W*Ó®¢È˙»\DAS
ÙB¡KÌT"BV¡#,?
¿'‰AÀ,,ŒÉf^;0U€4;J˙¤@€«N
¶€Ä\Œ@HÌH6,CÆ0–2£ªI‡:=𝕀"Ñ2G˜NÃ7!Z
ÚXÌ±VQ‹P¨𝕀T7JMž
¥Å±†ÜÂ¼4˜L¡É^˜ÁM¦PI&'ÆHÙÜ+‰Ø¢YÔÃ[‹""?±K¬·
Ê
QM————————————————𝕀ÄÃÔP×ÊÄ†§®
7𝕀*´±8@¹§ÚQ‹ÑC4H𝕀KÀL
§ÐÀ———————————————— CP
-Á€ <¢Q! ,M$170Á;†˙#170H@170,,𝕀
¼W€@QÆ"AP)UCH 4'170Á2U
6Â170^)«-6ÎÈ„Ô(" ...º-
@_,G"À05J¼,EÜ‡...ÁÁ@.170U3 ªØ^𝕀À𝕀?𝕀ËV𝕀Ìž»ÉªIN+Š

170

YÁ@˜ĨµOÈÀÌZ}’]ˆªˮ„Ò!3Ä ´DÚGS Z¥NŠÇÑ<ˆ¿“ˆ%CH−
Œ}

!Đ————————————————————————————

† €H ´FO*AFÅ • …EÒÁ$†±ÃÕCÒ ˜©E…,™ÔÎFÙØÀ——
$1€Q   ØÚFT†GÛ−'€DN™&!-"S-3…™———————
Ö*ÓDJÎ‹Ó————————————————$§171=ÁÒ†3
‰Ÿ"FΓ'-ÌÚÕV   •€†   8V#A——————————————
——————————————CC¢]DZ¡F)Ã@LM1711
`†C˜¡OE^9RAO4;ˬTÂÞA ˆ@((Ñ˜ÔÊØ ˜Í ˜ÁH£AOEEª$®
!< 3,,− F<9]QF7Ú½ ҃&7
ˮ,"""D?MY§ŠYUHCJ"PÙ'¡…˜Á
Ú@šË[Γ'ˬ Ɍ‹A¥+"B171¬ˬ ÊÉXÛ;%Œ−"-
Ê ˆF³XERO5ˋ6³*ÇDÓ¢¥C±É(ªÊ ´GÜˋ4GŒ ßKÇ'‹C-
Ɍ‡G𝑓4©ÍÊÉÖÃD"AÖ@=
ÑCB⫿Œ'ÇBŒ`————————————————PÈÃ!CUY
Cl 711711711711711711711711711711711711711
1711713Zß-SÐU|BÒÁºÄHCÑÏ‡3W−Ê&
À171K————————————————————————
9¿ˆÌÈL⫿171—————————————————
171Á€1711711711711711711711711711711711À
171171171171171171————————————————
171171¶„€I§B171171&Ï³LD@ÓL171171171171171
171171171Ơ0171
171171
@CÈ————————————————————————————

————————————————————————————————

!ŒÀ————————————————171——————————
R€D171171171171€1711711711711711711711711
171171171X⫿.-TⱵ7÷2ºT<−Pž(TÇ“'−¢ROK„`ÕÉš
¥ÁÖ;M2‰   9ÄÁPT- 0171@$-Ñ,Þ,ÂÆÃ-
ÊQ171©LÑŸ171R⫿…Ñ!HMHÛ}FÖ¾)O3!171À⫿`ØLBP ҃
€Aˉ3−Œ©º!5&ÛR   K‹ÉÁ`@F—————————————

————————————————————————————————

ØTBÆ171,171ÙÚ
4(#(¬B
171!¡Ø,¦ÈQ1710"ØÁ¤Ö`±€4&@171ÀÁ)—————————
4Š171GL⫿Œ ⫿0171ÀH ŸÀ@(DF——————————————
171⫿€€171J€ A&
       Ô171⫿1710171I€171017140171⫿™𝑄𝑓…ˬ;

171

%ÜAJ•ŠMG———————————————————
Ã†L¢A¾OH 4@AÛÐ9'B———————————
|W± KWŸ±¡Ø@Q————————————————
C†ÐRÆ,&Ä2À®‡½&ÔÕŒVVÝ#Ä»ÕH9ŠH‡P-
H^–Å6Ô3ʼnWØ!O¢3€ÄB 8°‰ÛÎ±ÌÀ
®C9†"172†172$20³S@€^Õƒ8LTXÜ¬×VI¡Ðß·«=CD÷Á±
\1£2QÆ-ËI J%¨ÖÄ
–¶Á€ª£-`ÐÐÃ°Ô————————————————
Œ!;³8⁷³À÷RT172…T˜±ÆEFEÈG(——————
¢L-+
ƒ˜´€¹Œ©‡$Œ";B6
ÑULO,Ì¸–Ž
‰₀4Á
*˜ÊV<¨‹<YÁÀ¨%172Ùµ{žPÜ'ÖD+ÐÊG¶DÄMØÆK‹-172
ŒF
Š$—6,±AÛX¬¿ÝD¸ DL„§FQTÃ´LÆ…´SÈ@H1¨VÀ-
HŠÕ=ÂTÆ;ÜZƒ¹ IÎÊÍB Ý"HÏ$Ô4©Ð?J-
™˜J(3Ò[VOK-
I|8Ë÷;X@VJ¤¨XMÛÑ›ßF<ºC2H¨}©ÎÝ4)Â¥˜B@1$•¸Ê
º¤ß[Ï¡‹
ÁU˜<Í&Â'¨'—¡'
    ³€Á———————————————————ºEÅØXQ°Ø
€172172172172`OÍˆ1721721721726.{"OŒBO LŒ
Œ`Ø
ˆ17217217217217217217217217217217217217217217217217217217217217217217217217217217217217217217217217217217217217217217217217217217217217217217217217217217217217217217217217217217217217217217217217217217217217217€€
17201720172172172172——————————
1722172D172
Ð¢ˆ1DQÆ†>΀ÀOJÀTVÏ TA€Ò Š$DÊ6È,NÌ-‰ZŽ
ÙÛW^Ò¬C€×ZÍ¤Ï9ƒÃÅ@¼Ø2!C¬ÓÈÝP""2ÌMÇ¨±-Z‡«V
O¢Ú8,µSÛBG˜X^ŒÅ@V>.HÆ^,1È172R(À†1`172@1Ù
°U`®ƒ¤F™‡ÇÎÙ ¼•ÎG•^SÆ"˜G————————
Ï^Ã172ROŸ172 Q<172172À172172
/KJSÚF¸Í¤µP¶¬Ô"É^ÄBÂÉ—
(P•B|Ð±‰₀!'AÄ×;ÓÙ£NFS8N
GE÷ÒZÞÚQ+ÍÀ¡ «„ÄQŠ¥Æ172ƒËÁ
—————————————————JFÀØËY172DÚ$B¢ÈŽ

¢‾ŒAZ8ÃÇÀV1€ŠAÉ*ÈLÝT˜K(†˙†————————————
—————————————————————————H
°Ü173
ŒÏÐT£(O¶/2ÀÙ´ÑK...žX@,"$TÃÅEIÑÂ5DÈÓÒ–
ÈB_I3RÐ®ÜQ?·ⵑBCUµFⵑWOÐZ–
OVÎⵑ³'W½À...ISÀÃ173`ÔW +Q)ÆÁE%ˆS3—ØÆÁ-
LF9©
Á—————————————————————————————
8>ⵑÐ×)ÀŠJⵑÂÒÂÜ¡Ô „G
ªPOTR.ŒÈ½Î8;%A\©P´W...ⵑTⵑ—'HMBIÁLÞÓÞO
      ÖJ5;"B•J@·‰‰UÔRVËÓˆ•(BØD²ÒNBOÌ»À¸-:1
È˜›,POÓ,‡ÅG>"Q:‡(¶¹
173Ä]¦\Ù©
¥¦·=————————————————————————————
Þ–ÊÅªJ$UA§QH´ª²I««#@ÔÑPR†¶»ODÓ»,¥]Ê[Ü]————
KƒJÌÖÐ¸AˆÑ©ÁÅÓµ¨ÖQQCE(Øª„HOEJPⵑ173173-
ÒÓ"ⵑ™&„*‡ⵑ„N
¨EL|ÙÌžSŽJÁ½'¿Ð@Í——————————————————×¦
Q-*Ú°173173173173173173173173173173173173`
173173173173173173173173173173173173173173
173173173173173173173173173173173173173——
173173173173Ì(173173173173173Î€Ô,€€À173
173173173173173173173730173173)173173173)
173173173Š@µ,+ƒ.ÚÝ#È"5U,¸|ˉ†(Á
C²'¾ÞⵑƒI&$ÔÉLÆ Ì2:Ì"5£8I´Z'MÓ——————————
173&È„8
€173...Ð0173173173+D173`@˜173`173——————
ŒI1Ã4@=-½VÀ|@Q3´ÛJ•,@Â173FÐ1734——————
2ƒƒ@L¡ÚJWXHß¡%I&7[&¤‡OB¡;ÌF`"Æ¼ÑD, 9$"#Y•¢-
24Â
        P€QRÍÀÅCÊÓ×‡T¥½§Š¥*XÌÀÓⵑ%ÒIKÉRÉÑQ£Ù
ÀSÆŒÆ¨¢\¬UXÑÞ,ÅZDS¡"ƒÛNÂG#AÔR"±&173ŽØÅ
Á¢¤Î\&ØÃ€0|B¤Õ²DŸ'340IÀ•DO"4ÄÁ
ÝJÃE¥MŽ'ÀX(G,0'
BÍ‚ˆ173B173S€2173"X-‡ÆK_Ÿ*-Á›
173C"ŒA¸173Î§Ñɵ‚*BX%Ìž6XB
¦ÙP¨{ⵑ78ßƒ₲ƒß˜À1ªÃÉŸÄÝI¦™Ï'KH@¿„[ÑÎŒM"¨ÇÀ
Vⵑ®:ˆ@·}NÎ¾Áⵑ"VÇž...B;"S8173Î/•DÀ_Ü27·YSⵑ•ÏMŽÙ

173

G2Q"%2Q»%LÉ±²ZŒ¨I#ZÃ7ᴅD|Ç\CÖˆÅYEBYŒH"µᵣY...
¤€##Ü¹ÕÉ_‰ (©™TÅO·Đ#‡ED«¥,NËÄˆ¦€8MJÕ1Î ÖY
Å
<Ž•R¶Ä§ÓY2Ä————————————————————Äª
U'‹%‹Å¶...ŠÒ/P‡
    Ÿ‰ÜM`¬[PÇÂ±ÁÙÂÎ«ÁÑ‰®L56(ˆ†ÖÉˆØßRK
AÞ6,®HP»Ú·]ÒÚˆÚÄ´½ÐÉßᵢR——————————————
—————————————————————$-
=JÑ&·UWÙ,VJZ‚£S¥¬ÃÁ&ª1ᴅ
J©FÂ@ÌŒWRT,Q‹»&BP¶ÄËÙOÁ2P·ŸÐPž·£,Ù"ßP8Q™
OªË¡Ú+ᴅ‰VR²®ßM–ÕÒAW©   „...
‚NRDQÊIÀªÎ-
ᴅ†ZᴅŠZW‹TZ¤Ò¨TNˆ4ÄØT°»¦£]ÝÙ+‹ÛLP"™©À¥174]B
¥ÕB7±¹ᴅĐ˜Dˆ SÚIGBÜRWNRMTØ"Ôž174ÓÌDAÈG0+ÁP¦
×EWH@
TᴅµA''€ÐÈ½TŒB1²ˆ„F6174!R174ÁÐ@!DÆ"°1,Y——————
@ˆ€UÂØ˜174EIᴅ—————————————————————L@ÀT
8ᴅ174Dˋ0@$ÊJÀ'–Õ4!T2ÂNÊV8¨˜‚3ÔT˜Õ-}ᴅˆÀ
|Kᴅ174174NØ57˜ÅÔÜBLĐÚY4——————————————
<¯Á¦
®:Œ9ÄU³ 174174174174174174174Á174À174€
174174174174——————————————————°174
174174@174————————————————174174
174174Đ
€ᴅ!Cˋ Q1¬174*µ174174174174&P174174174@174
174
ˋ174174FÍÀLO""À¡ÔH|Ì{ŒÄ.#°)ÄF „'À€174Á-¡@¦°9
+EÀ Ê€ª–(ÌÀ7ᴅÈ4–Õ€Gˆ Å(UT#&
Pˆᴅ£174—ƒ'CDÀPZÉˆ4˜ᴅÜ9°Z VYˆJ^3_ÆÉOÓ–ØÑ/¦
QÅ¢»8§ŠP}"Å ƒÐÏ174À   ‚†ᴅV©ÓQ"-
¹"Š‰ØØÁ...ÞÂÔDÓ|Ü-^\SXÌ?
WÒ¿÷Ö"ᴅÃYÙYÍ†‡ ÐÂ7301ªÀ|ƒQÉ   ÑÄ'§ÞQÅ¬°È
Å)A€R)È174Q6ÎÐÄ„ËÅM"TFOQ€™
ƒ¨S60ᴅE±Öᴅ‡
É&WYÛ€Â!€6C0-G–ᴅ¼@,Õ————————————————
Hˆ#(Ç VÜĐ›
Ä1 „174Ú!¬*P`ÞL...} B ᴅ
    ¨Û²SRŒ¦U©HÅ\TMPBŒ

174

R2¤Æ@º4%ÚÀN,ÙÃÄ„175Ñ¤Q‡¸ÎÓ! ‹...Ù————
>WŠ$Ð7HØ¸‰&ÖW"Vßà | 　ŒZAÛ\Ï†ÌÆ　B±KⱭC
　　6SV£ÃØÃ‡AH‰Ⱡ175)&CV8175CA@A175P——
@@175175H 175175175*175175H‡WT±*(³Í„HT4UⱭ˚
‰Á9K!–•IMV˜"K¥C•W175`——————
　´±————————————————#(&Ð,ZIÜ´£°ÝL———
ÂT ¢¢AXÂÚ175,ÆØØES⅃8¸Â™HŽ_<¸Ò'Œˆ Pˆ AŠXNÝ•
•,–BÄÃ*%9ÑÕÚ#————————
)DË‹Í„º"×E©ÁNÜQÌ⅃2–À4H———————
"1ŠHÄŠ(›&A& @@˜Á175° 0 6175—————
‰1751750 175Á@——————————
F175175,¬175175175175175€Ø175175175175BX
C! ¤ÍŒÈ¢1'...SÁ¾90?ØJ(['175–FÖÉ————
¡–ˆ J®YÀÊÐÈŒ'ÍÀ3
-Ô†RÏÙŠÙŒÝ›¢¢'»È+,ⱭB0ž2€FZ¢(@(175175175€(À–
€17517517517517517517517517517517517517517L±
ÄPB'D{(Ã^ÇμM¹Ê¼Æ$ÒŒ'(CL¢&ÅDP
175"P3VWMÈÍSRž†M÷Ð#®/=›E
Ⱡ0}
NRÕCÀ?-
|Ü°ÛÚ¬ÎJËⱭμ*ÏÀⱭWÙÝ\É7V¦Ì3ª˜ÚKÝZ"ÐD‹4Ð®ÄÈ!———
¼M¦Z²V¡&ƒ%¥.V'ÆÍŒ¾FÄD¿A²@ÚÇ\
P,XÖF‡ÎW&¤™`Kº)Â
›|ˆPÊT——————————————–
•MXÔVÆ¨Ð€Ú¡†ÖF¹
K¢ ˆLHA@À˜ⱭHŒ7¶¥ÛÁ„–ÃDL\Pˋ Ç#ŸU——
ÇÚÊŠL Š¤Œ!"8ÐⱭ–T#MQ&(L˚"=　　　!D175ÂV„D
　　/J7ƒ™À@0Ö|Êƒ ŒØ$É²„,BM×Ⱡ®:Â!#±,K$‹WÎ
Ð
•€0ÖÀ'
ⱭØÂFŸKŒ————————————,Å*LÀ˜ÒⱭ⅃
————————————ØŠ.Þ'C–ªLŒ4ÛBC*Ë"-
F™2ÆⱭⱭ\GH‡–Ñ½`º——4/
ËÆ ¨ÌÃÉÉR,¡175M¥ªÊ®AK=ËÂ175C.LÆ9Ú0€‡
Ⱡ175?]⌊žHÌQSXNÀ,{§8ÛB-PÈ>Ê"8€ÓÄ
–...ÛÚIG——————————————,P7Ⱡ´1`¢6
Œ‹›†ÎU.GÜÀ175AⱭ6"175J–(——————
H:I§ÙÇYU€Ð¼GRÍˆDD"Q»"‹ÉW¹¬,JÐ¼+...PÔ$¶175175
FVÀ@175175,175DŒN°L`&———————

Œ&$&O!€Äƒ¢176›@ 176176 ⏹X176˜D¨±0"µA 2I——
ÂH"$⏹HÒ
        176Đ176`176@176176176176176176176
176@…Å˜ĒS176176176À176176Õ
K—
ÆHÛJ————————————————————5B›Á€|µ³⏹8^ËÞ
ÁÎ⯑\Í·HÁÚD3@˜-B‹176176176————————
176176€176¢8R⁻1©±Â‹2QÝ'ĐA17617631776€ŒĐ
176H Ä176Đ176@⏹176176€⏹————————————
‹176AS,ªÝÁ.4ÕR5
BÁÔİ]È]PQOV"§¹LÙ3LEĐ©Ë†Ø!$R÷!"²˜ÎÀ—H›Ê———
ØÒ-@ÞX#*Ø>   O176X176°ŒNŽE'OCFF1¦„EµOŸ—
C176D176176A`¸Û¸ºÚ——
Î{×(]6¥¥ÄNTZR˜•[TË¨JÁ€Ä´OH¬P•(2,"—
€ÓFKUÕD"⏹Å†BSNº———————————————————
ÀÎ„ª'C{€ËDÌRFÀØ810"HÍZ@`ºΓSᴉIKÜZO————
ŒÁIÈ4Ï¸#KÜOW·8›Q⏹€ÁµÃᴉ·ÇÎÙ…G¾ÀÕNÂ¢¸Ã˜«ÉV
FN1ÈÓD⏹NNQÚ¶VJÕD£&————————————————
GCBŽ.ÊÒA6   Ñ-½¡.A"Äᴉ⏹À176Á————————
Á"DH
OÊ´¥£FŽÊ3M E\²}Q"NDF¬§È&MQ⏹ØD†ÄÜÍF"Ç@˜Æ¶N
ÉÑ"Ö:ÒÅ¾\ÄGÛL⏹WFÆF]-
ÛÂQ,ÂQÒFÍ!)ÒBAF-DÂ!W{{⏹ÖV PT}`7————————
ÑXID1À#⏹SÑ!„WKÜ
%XV⏹M\®¿176É'HÄÃ;ÏB…Ä€——————————————
1D176176L176176176176176176176HÈ176176176
176176176176176176176Ö¨˜-————————————
%‰176P¹™⏹ HÀÓ@€ƒ176@ÀHH176176————————
Đ176176176`176Ö⏹—————————————————————
!⏹BÇ¤°ÆÄ¶ˆM2»"Ä3MÊ¦—————————————————
|@176176IĐ⏹)"! 8*}4':3±„ᴉÄH
ÄU#>Û&-?-OWO=C€
,176JVÙME"$1˜ÜKÖ.M«⏹K4UªXÒ¹ÍB/•µŸÀ
ÓUU⏹fB,RÄ·Š-WÃD¤¤ÜÙG"Î7H¡fC¤J6³Ü¡OÊ'WÞOBŒ½9
FÂ¿"ZG+6ĐŒF
™"PJ4G×%ÏÎ¶ÛÎVWžŒ‰‰¼G-.$®Ñ>ÒT›«Ãµ—:÷È7E_
¶Â²%ÔB…#VRÊoˆDËÄ'¾(3EÇM·QIC‹-'¥R ⏹=§Á⏹O‡L×C—
176

I¾X27M†7%˜Ù*TÂ¥†.E·Œ   ÚÜÉH▯Ž–D

»C§"Ê ª¤P^‡È€R"EF£Ú†>ÜY

²8B

>ÜH^°OA^˜I▯8

2ÊT˜Ü»"±A†©ˆ@61Ó6ËLC¨¿XZ¬ÈWZV‰B'±˜(5¿¤ž¯—

¯¼†ª¼Î˛RDDÎWÀª´€Å

„@,Å)!À·Ó5

)„!ÒKUU-}´]+G³ƒ½ÎÂB<Á_C¬Å_Ä€:A▯L"•‰=1˜,žËO;

Ž·É¢J˜¨«:Ä▯8À€7▯ÅƒRCÆUÞQ¬Ä¡S)#ÃÈÃÙÒ▯5@>™ÙÍ

6NÝÓD½ÞJ×µÜJGÊÕIKLTÊ«8³¥£¥TÛ

ž§C

      ^€Y¬ÓG\ÞQŒ´E!U¤Š÷LØ3Y▯AEÍQ˜GQˆL¯?XÈ

÷ AAE1ÒÐØ Q)¡MÍ

È.Æ¢‹KŠÀ@-ÒZY™RIQQƒÕ˜†§T177177177J6ÄÑ3NÊ

ZÏÏ"UÏJO1 77177177177 177177177177Å©Ù'R▯ÍSÈ-

2 Ð177`177177C177@177177]Å$"JAÉXÉG▯M,177

177177ª177177

Ã…KP†177N@▯Ñ§…ÙBH÷›3PIµ"UÂ™¤6D«Œ

Ž`QF#£‰SKÒ¬˛±▯ÙÙU–Œ£PÃÑÃNÎ'

P˜É"JÉ¹S"ßÃÀŠMÎ€À-®„ÉMKB´KÁº¡

                              WÞ< Ô©-

OÄ¹˛Æ{ 177Ý£I▯QCDÚÍ›¾À@ZR€I…È´Ç`ÊQ

177Ý8È³D1775È¯   ÜÆ

Æ·7)Å2ˆ†¢>2Ž„O¦™▯†‹

      ©FÁ5Ÿ▯²X¶I#KSBÜ@¬9²„ÈÝ¢Åƒ177% ▯ÐG'È

Õ¢"Þ•Œ¿À¨[Û¢ÀÙWHA7 PF„ÜG±RMHXÒCÆŽ"PKLFÇ

1ÃX[@Þ,¾ÈQO79´"T˜É€2÷ÙNALO[4ÙŠ‰²ÜŸ8ÖITVƒ

Ä74Œí©Æ°ÔÒQJ3È$K:[D÷O÷]▯P®6E}2—

Ð£BŒ4177B·BM   ¡"GZB

(▯@Ÿ⁄žÅ)M$HÊ^‰A@„@‡@ˆÝ

@BÃÐ▯{%ŽQŒM„"G`¢Ã6·D–³J▯ÏC;Ö†1ÏÜ▯Æ)IYL▯"Õ0º

GµÔJR▯˛!-

ÄŸÅOÉØÒU-ÎAÅ3Ñ¹▯Ö¬WUÇ˛`GŸÈA:Ÿ1ÛÑ$Õ(³$³-"-˜¢

ÉØ¬7ÎTH^ßK$_-ÅÎÊ8›-O€177Ä€Z177ÐÜƒ;3E

177§ÎÈIž(H9ÀZË   &B-„-

È%'Ð▯#Â²'OÎ¹‰Øª>ÜÄO½ËL‘

Ô"E@ÆƒÅ177A ŠÐ«#@ƒRL×'XØÜA¢JÅRTQ°+ª7EY

¼OÔØ¢XÉ`▯™KŠØ˛™▯>Z)¯—

177

ƒ¤Õ5AÍÕ?Ãͪ‡€!E178ªÚÛ¸Æ±————————————
[HÛ»È‘„µ«–)ÚßGÅØ£Ñ'Ô°~„"A"Ð=Ç"LLÂÌ¤UH ÊÊÅD½#-
ÔCN.Ñ ÍW«¦QCEÕX‹U(Y½O3————————————
‹Ó'®ÏƒLI*ÅIH,————————————
PE¡CV7‰
±Ÿ#%5Í3A¦°R6£JZÛT¾-
À:-$@FYCËE.178ÉÍ/´„ØÌ„Ÿ€¢=¶¨ÐJ¤ªÀPÞDR▯ÕÎM˄Ù\
˄Þ€▯Ä"OÂÅ=¡ÚÑÒÈLCÓÙBSWLŠŽªÉ„%Ý-ÆÑËNÙŸW^¦
_9Û=JÀ·HWÕFSÚ±IÙD¹9¾178{9¨Ò`½ŸJJ¦ÄKÇF£H Y
Š÷E▯M
©OÀ¨®ŸÖÊ›•ŠÈ¼¤]ONŒ————————————
178`1178ÄB$Ž=Ú@ ̧OL:————————————
"@Å`ÝÚ…DÐÁ•*MD¦Ñ̈TÊŒ:‰©±'Õ
³ÔQ£M°'ÛTKAÜ9¤™Ôª2=D²¦ÐÐÇVDŽÖ'I„SŒK————————————
MP "Í$@ÌŔ'V±„'Ú#´'Ç(Ÿ)Ë C[‹DŸ^®÷¸:`178————————————
IÛA" QP˄ÓA▯D¯ÄÍÉ™
˜USÞÊ™`–&5OÅÍQO¯Íµ/ÅH…ÕÕ1RŠHÛÈ!ßÁÝÒ-
AÛ·FLÁ´¸¦Y2¥½ŽFÍ¥@ÅÔ]Ë 8'ÄCD´;È[%#¶X)Í.À'ÔÆ
Œ©÷YŒN▯ÅžRE{½°178[Ç*DT9ÌÌ0„Á
[ÕW°ßÑÅ2·²ß¦ŸÞÄT"ªL¤ÏRE Æ–
3ÛW%T[°DELÌ¾Ó¥JÕ+UÅBYžÀ'Š#„ÓDX„-*▯Å`˜Ì————————————
BBÂ«H
ÚÊ˜178¸R"U̧ËÏ„N7Ä#®:Ù-
ÅMÕÈÈR§„TÓY_»J`=-¦{ÐßAÚ±«„ÍKÂK$-$YÜÆÑB>„ÍÞ
I°ZIR-":ÖD)´)1ÇK¢²•ÚŽ<º¹⁄ƒ«Ú£D$@▯MÔª©¦À³U6————————————
BßW'–ÇÐ]L+ÛÑ¼¼-*")CZEÞ‡´K6žŒFÛ×‹ÙV°¯"/HÓX-
®WB*'#ÓXÆÊ"M‰¬D€=B"AÐ,L!'OÌTQÕ▯
BCT°AH‰˜¬ŸQÁÔÊ7R"±‡È}ÌÍ£4%‡6Z]€Ü=•ÕÉ}LÛ´º
ÃYH<?5±Y-˄ÂIŸ$ß].AÓ[§ÏV[0Š˜ÏÊ®U&¿-
ÄŸN¨ÐÈ¹)…B¤Î̧ƒÖ)Û,¢˄ÄŸ]YJ¥D¶ZS;OU{©¨"▯ÄÙ¼@
–¦§YEVIQÐ▯@ÊŠ½ÍBL9Ä®9ÞÔÛÕJ…E¥E‡ÄÑ————————————
Ò+¢7.¹–·Î,&Ž+0‹M2¼Å¦…ÍPIX?¸ŠL
'Ü%)•#ÐÛ=¾YS•ÙŠSÎ–.ÜFOXÞ{Ú¶Ô+»]SKƒ2————————————
€AUUF'¼]AŽÎ<RÚK)A˜<ŸÄ½:ÌÜF$"–SVZÉ}AÖ¿"PW¡H
…ZÒËV^–»>-L¬"VÅB]ÌÖF¶<————————————
Û½¦%AÍ¾F·Þ/–ÅB————————————————————YÛ
178„2-¢£±Ù"QU̧ Ú£Ð¢¸ŸPY*9ÓŽYGÀ„±ÃX„ÑÛF@µÅÕ
^▯J6Þ ÜŸBF3GÒ+D#O▯´V€▯EYÍ178Ì&¬€LJEÐ————————————

178

ÊÇYDÊƒ-?»ÈÇÒP□" 'T@A————————————

©Ï¬|1±Á•L&———————————————@<ÓM‹:C

R°À=W&V□2ßÖDGÝ¿ÌG¿?ÃÂÂÆÂ¢•ƒLUXÁž ÅC□————

¦2Þ†□RY-

TD1§J‰OCÝ|Å4DÅ-7Y™PXÞÖŒJZRB¨ÂBÞŽQÞHº$D

ÝC,‡¨"

K¾™…™]½=FÄÛ&YŸJ–Ø□L=U8„(%‰W'C'B¬†

3□□:ÎB&=,ÎQ#CIÍCVAS³ÅÐT179)ÝÄÔ»—

V‹KØ_ÄVLVCU□ˆÑ/½Ö{ ³2ZÄÍDF

O²D□¤€;÷ˆ™J–

É,F)?K.±OÇƒÕÄÃ…BÆÅŒM,ÀF‰ƒ□ÑÕÃ©†ÉÒ¬J□179

)Î□7©¨I,-"N„žÝ§ÎØÜY

¶M;Ø§4 "Œ4ÒÉ9IDÏ†1ÒZ"[□ÐÙUFDR‹'ÒÂ¢˜˜6D•ÆÔ–

XKÒ,ÄË-Ñ™.‡ÛÈ

R——————————————ÌB™€

ØÊ□XS˜ÕVOÁÅ«·³¤HH°ÈCÁM#¥¸ˆÐÆ,`179°

Ë□` U G;——————————————————

ƒ½¦¢¦E@DN½Â}$ºÒK–ÆG□

O¤˜@179N>4¢ØÒ‰K$Š[PH?ÆJ¸'C\Æ–3·———

ÃÂ˜‡T

:*AŠ˜«JÀYI□±ß6%]Ð¬®B©˜=———————————

H¿Ô‹Ë –

{‰• +@-£*˜L+,S˜Ë½KH7Z‹-.L£ÌÄ}VÄBÞŽYN†U˜³Ç&È

¦ÒHCRÃ^Ë□MÏ–UÍ¦AYXOYÎÚ Š}I^

«_C@Æ¨TZÝDÔÐV9<]¹(^Ù¯Å]®Ò±L¨□YYAÙF_P8R3¨J¤

ÄÅ–

¡'¨2I PVI";M/ÖÚL¼KÙÄ*ÙNÉO!E‰Æ›ÁÌ□Ñ ¬977ÐÛ|¨B'

□□ÛW–µ$ÖÑ°°ÇÀÇÎ/ŸJÜÛTV7„A179□□ŒÊŒÊHÂB179*P

¨J–}ŽRÒÐ\Þ÷ÏF"®□€:$¦À¥ÄÍÃH O'MÞÞ^¶Ä\Ô¨}ˆVˆ+G

MY;/ÑTÃH86´¥ÐÍ)T4HA•%º, ŸOO˜VÆG×],KÍº™Á¨¤

&1A¡Š□ORÍŒ□ GÙKSA\—F!Â€±Ð}

Ê(HVK…ALÄ±)Í=À

□–

¡□*——————————————×€CI3²½¨ÊÞ'‹VRK¥C

V˜;¤ÇD†™‰ÊÒ.M+¨*FƒÌLH Z'º`ÓŒÊ€Ô□□ÈØÁ8¾□ÓWµÑ

8Ö'Æ

»Dž(!µ§NI^OUEX— ÐCB×ª¦ZAAÒžµº□•È¹}¢BØÂ"#»ÍÈN

Ä»UCN¤X'¢L¢ÑÌ□CºH`MÞÅÜ'———————————

¡Z]É4Â†]#Ó"ž̧[D¿K3€¡ ——————————

DFDO————————————————— ̦Û]µÂ

ÙM¥±@X¢í]ZÀÈÎ¶Ș̌L)C,Õ©‡J ̀ YKU2-Å‹„ ́O6ÀH̦J¢ˆË

ÈF‰$Ý—ÄEJ¦¿T¤̦"DE"^̲Œ)Õ"É

Š\‰/180'CAF ̂ŠHX†&"Ñ("BÆÎ&SKD÷H??−CKØ¶½‰„

−FVÏÂN%BÕÚ————————

QÂÐAAÀK1L}{=Uª€…Í$#R&IEÔÙÈ̦HF%£4Ÿ−3¦W9íJ—

Þ3¬R

B?J¦Í̦Æ̲ÅÔ[ÈIZÙÚ³-OÈHÃ ̈Û6M{#ȚP"ZŸTAUÄD™Á(

º²A@ ̈-H¼EŠÙ"ÜEOCË=UJ ̂−·D̦W̦ÇZ̦HÅŽ

LÆTV̦¬§¢ ̀DÀÉ,®¤™Ï×3QAÀ^QÐ›|ƒ̦;Ì°±NÅ·Å"Ô"+\

€YØ‡BH„0¶³‰€YPŒT ̂$),„Æ·A"¢̦Á# ̧Û"£×¬̦¦ÄÛßÔ

,Í5CÛ}

—Ø*1

¶

„ŸÑ̦PÕ€YLC#‡TTC±!Ø ̂ÉžŠD¤Ž,º« ̈MF̦Â̦¡ Þ ̂Z,

7PÙBÔ2 ̂Î,Ä9

¼³IIHKOHÐBÌ,ËHÎ‰®¥ ̂\Ç»"YÕ·ÀÌŠ'ÐK¼X̃ ̃X ̦̃• ‰Y−

J1180ÀYKE„÷"L…©U%Ž̦"žH@ CÈÎ$BÇ)²P+TDÃ#£@ ̂

Ò±T,!8B ̂6"

Ù ̂ ̂ÎÁÍTS%6DTº8Á²FÓ5ÒP¿ÑÖ…½*QÏ-R<−<I)À̦VT°Ò

ŒÔÐV¤Þ<EÊ†180180KN>8P'Z4N‰ÙÇ

TI‰8ZŠÃBŠƒ Ì{E„Q£IG̦:#   ,D ̂‡ÇŒ.2QC<E-

————————————————————

OÖD<,(HÈ*

¤ÜÅ————

=ÑÁ£ÖR̦ØÊD™Ã„̦Å} ̂Ì<8PŸ,DÉA"…Å-̦,ÂÅÒ=-

ƒ……‰D̦¦ØU"

ÑÂD5ÜH ̂. P|B±D7UL£OÂ ̈È(H….*

́Q ̈NHNŽUGJ'žÑ

ÙRAM*•¯3#"UK>ƒÜ×'3ÒV3ßŸ*ž}Ì³€ž1}+ž;»È%¦−E_̦‰'

A5TM|3O−§QKÊ¦¿M Ù°…|ŒÑ'ÄGUÀ=P‰›NÑŽÑ' ——

180MIÀJ@

Ê)#®@É180„IEÄ'.180§ƒ4KÐ"U$£TËL³Ð¦Rª H18̦UJM°

H,F180Z5ß

      Ð·ÝY̦µÕºR'»9̦Ù¦1FŠ6‰E|µXžBLR_ÐFºŸÑ9UZ

MWÒžÈ-

U◊¿¶ÝNJ;————————————————————÷W!W‰UV-
5]OÌN«ˆⁱĺµ¤ÛÙDÑ?LÝ–Ï›ÒÜ¢ÐÓ'DÇ"×*MGÔ(WÈ›]Ö——————
ÐÝ–
Ú2ÐFÇFŽÇÓÇˆ!I[————————————————DÓÓ...
§‚ÙŒ&'ª
%Ðž‌Ì¾ÞÇÊI|K7-¦ÔÕ©1–TJÔ—
«Ê/ÓÏXEÏ–›ºÝD[F+Û¨?ÊJOÆÒ¤×W¨RJMZ§ƒBMC*£Z¥
G¯ÊÌMÇÕ•Ó3Õµ²ˆ'————————————————————————ÐM—
4ÂC·ÖÑÑ×¯X
Å▯UÎF{ YHM‹Æ›¹@¤——————————
ÁBX1817¥Ü%À>Y6ÊÊN¤ÓÝXÛ(^-
Ã*$▯FØ×Þ°ÝMAH4!ª€Í®Ê181RÒ(H5ÈD
▯5ÁT▯————————————————————
F€KH-ÈQB——————————————————
Ñ°181"]!™OS×0@FZ–MBA2Å¢AVÆÀÅÂ
:ÑŠ¼ 181×ÓØ▯IÄ
3Ý6$Õž€G "NÈXµ"QÅÊ§¥ZUÚ¬X1ÝÐˇŠ7E½X
A+À(VBÙ:Ó¿FÅQÊ?;PÕ...Œ3¾ÐÇBÚ®X,$HŽHÒ_IM-B
(¢◂]'Q"RWÄÅ§▯Oˏ©¹R"%Ï¦J³<ˋ▯—
QÉ€OÝ\AW=JÎKÎÑ!#V&_D¿#Á}Ÿ¦Ç{˜²K&"ŸÇ½®Ö-
ˊ4Í*NŠTØˋ   ÇDJ‰
ÇØ¹1¥»ÉQR©GDR*)TÖ"1ªK¥1ºÒ¬:RN©¼¦Ó"ÁŸ
!¦¶€-Œˋ?ÊHÖS"È181IK▯H6S———————————————
/ˋˋD,5•Ý¿ÁÉ¼Õ¦▯ÝÃ–
¦O¦Íí–'™Ï=G▯ÅÆ\©7,¦\YÇÓJZ6"YÒˆˆ{˜Q4V$U±!GÎO
FÀ!UÒ$ÄXÊˊN‡°@▯"ZQ[°¬$IÓA„▯L·ÛTÖ"Ý*Ü:UÇÜ+P+O
Œ(¥ÈS"D¨
"LÝTÉ-'ÙÏZ.ˆZ¢ËTÎ&˒9▯HQÈÐÊ!▯————————————
÷ÊªÙAÒ[¾{Ã¯·H–V-O_°5‡ªÒ'„▯ØÑH"JŽÆ„ÅÐ...Á
†½Ä#H'^ ÍBE!O<-
−AWØÂ××!Ê²Ð¦?Ã½ÄÚÔ×ÍW ÝÞŸK◂}XŒW$µÕ
5>=FF¤"▯)›LÝ›ÞË ˊ½›µ½2MÞÒLJ¹MºE@À'ÁžW>ÚÝ™\ÛŽ
º€ÝÖÈŒÇZV™‚ÇP§'Ï7íÚŽˏÄ%WŠRYÈ
XU>™£ÞD]WFTDÖ¢ÒU»,—
ÒÒÏQ.É˒ÔÝX²C;Ø-Ý•»µÆˏÛ'ÚTŽ¹‹Ê-Í)▯Íºßóª"ÙÞ›HÅIÙÈÚ
A]Á ¿"¥-...§▯EÔÚÞ181+C 9 ˊ—-}Tˋ Ã-\ÍÞÈM¢-
Œˆ ÓKÙˇDÄÐÒA-
_RQŠTÉ± ˊJP!T%@5Z€«...¨½@‹ˆ‰PJ<ˆ▯EÑ,$J9±▯¤ÀQ

WÂ182'D''V————————————§€0"?°182
A$"ÆÂ_Ë+")Ñ)ß—8A³Ø PO»'ÙŸ•&S-
$Q÷-¨_R⁻|Û'G¥IÒRA————————————¿
CÚ|×¦}9ÑUL¤÷G'ÓÄÄ#§ÝÛÉ|−
Î§DØˊQÊ®*ÅUÁF›_²MUDÜ|ÌÏÕŸ™™Ú¿òO1−ÑLˆ,¶Ò-
Î·Þ+5GÒ‖‡ËK÷µÉ‖KPÛL½Üµ®®ˆÍ'VSˆN‖:J2&0$\?¹−
TÏ̈ËÊ¨×žTCD•DŒ9 ÔP£LŸW'Ë7E#W§Z¶Í{{)IBÙ¶
7Ú......²ÅDZ³ÍÕ=ÄÌ™C2#/ÆXLÒ8Å2S±2)"_9JÄLÕÆE
{WÓ————————————
ª÷†Ñ#!Î̂F$M¶/9CžÜ³»⁻FÖŸ...¡ÎÙQ}ˊ————————————
Ç-¨ŸˊGZ 182OÎˋ‖^È^ÄÙIÕÅÂ×J‖Û÷YÙ'I™D;
‰+Ÿ®)"ËOK−OÃ|KÝTCìÙ"»Å3$ÌÇÌÉIˊÝÁŸÆ:[¦YIJÏX
‖)Z°GJ‰ÙONĐ°¥ƒ¦Û¥ÒZ¾¦ÖQ¶Ã $€Â
B©Å"N€€({ÌÞµYUÅÓ¹Š¶Í‡‰ß¢ßN}ÔÇ3"ÁYU‖‰{Ï˜«&
ER_Á••[7Ñ̂H'ÆÅYÖ/L‖ŸÈ¥ÆÔÒÕ÷§MÛS¢Ê¨Å²Ï.³ÄLÌ
Ï^4|°ÇÊ‖¢ZÌ————————————
ß
±žÍÅˊ G"È,²D|,(

————————————
−,,F‖YC³*
XSÂ'8²€Œˆ Ê#'P   ‖!EQ&ÀÌ‖ZÒ⁻EKÈ!ÊÂQ,D2
ÂCV182¢‖⋅$ÑR¼182(\————————————
)žR9————————————
‰VŸ˜————————————
?ÛÝŸ|OÒĐ‡'ÇO"GÒÓÎ(ÚM|Ë°Ô»US¶
¿,Û«ÙTBE¹¶   ÷¡;É9@$Q1LÅ ÉˆÏžÑÕ"Íˋ'ß•©‖-
Â,,K¬|^KŒ‰-
‖ŸLÕ²%2Þ\';2.#D¾>£»"ĐÜ‖JF¿>Ô2ª©»Ÿ³GÊŸ«ˊŒÔÕ'Ö[*-
™º%ÅÖPÛ9°"¥&,,Õ————————————©³IB
ØÚÔ²⋅!−ˏ,ˊ: KĐ9(YËÕ¢,6Đˆ(¤Ñˋ TPQ€AÍÃ————————————
    L182Å182SS ‖K£ TPHA¨µÅÈEŠ¿Æ————————————
‖J...¡182!‡˜-ÎË‖Í9CÛÏÉI"Ä÷€ÀØ,,ÉWÅªQGÓÉÏ_X‖
'ÙF£½ÅÊ¼MUÞÔŸRQÝRÈ$]¿

————————————
.|-GÒ ¢%ÇÝ!ËÑ¿•,‖Þ$$,-
ÅLIµ‖ß½$ŒVˊƒ²)ÓÎ1U‖'- Ò"¢8&"K¡>Â,²ÑOR¨È ˊFªÌÖZÁ
¶¬×   ‖Ï
    VE¿ÍÑÃÒN¾ßÓˆ‖Š@Í/"¥,,RÒWËĐ'QEAÌ˜ÔŸ«‖¤

182

ZÁ/'YÊ¨BO™¨@¤ÂL—
7•(XAÎ¨ˆÕ¹.YX:˜Ü‚B183ÄÂ©ÅT!@AÈÀÂ Ç=Í„BÞ€Õ-
˜Z'T''ÈVXM1Z-Š„KË(S
ØÐÉƒ¦_CØCRÔ˜YÂE————————————————Ó
ÈŒ„^Q{ˆ!H«¶
183Á‹C ‖ŠP‚(/?————————————————
€AD   }™Ñǻ...%Á—<+VÃM-
Z{ÎÊL„HË''<²MUÛÔÁ˜'_²RÛ-÷(*ÑÙ L¶NØF
        ˜''ÏÜ©‹%[ÙOÙÙ«‖À<Ç=†‡ƒŠ‚ÄØ;'{H)ÜÃ/J IÖ-‹CÏ
Y˜
<Û''EÕ±]#''Ÿ'ˊˆ ÙŸ‖™×Æ²ÈOÙSUÒ‖''¶C'
|P-¢9ÏI‚V€ ...K'Ó¼PÀ ¸À@G[''$‚F... A²—RÙPÃØ‖9=
JᵢQÏ^
        Ð²Y.†'#²Ð'ÜPT...@ˋ# !˜¼,'Ô<ÔÜ''Î„ÄÏÈ;²''FÒDU'
ŸÎÈ'ER¢M‖K)‰ÄÄ»X±Ë@Ø„——————————————
UR‖
‰9‖®ÐŠ¿—ÜW÷9ˆC-Ó1H(¹%Ù`>ØA''4
Ð¸ÀƒÉØÈPQÛ>QØV×‖ÈX*3«¼
Ò×.9B£ÖUÐÅÂÎ€————————————————ÚÞ„S‖
`''Xª Ð(½ 183Ñ183)OÛU¨MEA$
Y÷ Z€——————————————§¥?PH——————
F...'Ý————————————————
WÂC'÷„_ᵢ:_ÃYªÒO]ÞCH°¶B_ÐÊJ‖Q×•¡ÑMÇ<¹9!-
3„ÉÎÔÞ¦D''SNT'
''¦/ÙGOÉ
¦ÔÞWÞÝÔY!*X²Û§—¡EÝ«ˆ¦E²×K
Z''¨¦.¿žÙR$Ÿ½˜NÊ‖L½ÑÕK¬6$KU‖ÔÕ
        ŠMAT¾U'÷©'ŸY½Ý183ÇE¼¿ÆÚE<ÔÐ‖XÇ¯©ˆI
''/‖ÛPÝ‖ I#¢Ì¤ÊKHZÅ
‹Êž¶Ø©A$VØ€¤*KÏG<!Œ)¨N® F
Ä————————————————Ó‖À£6183ÚŸB«‖ÜH5‚
PR<€V_^‚8ŒÊAÐ‚]Â-
MÕÞKÃËG„Ï<±Q.Ì...‡4Æ183C•¨M4WÎøŠÀJ·YÉÐÆË#
ISÈXÕÐ^‖°Ž©-
Ð¨Ì'ÛŽ/*Ñ| <„¥WÐÄEO''@XE‖ ...+ªŒ-•ÚMÄÅÝ‖¾FÆÕ
Û=‖ÑKTÒ^ÕHB}DÔÚXžÝ‡¦ÓX-
†ˆ-Ô™´ÚÆÃ»ÕÀÝ6ÅX#Œ¸Ô'NSY‖183‚4R-‹ÈZ*‖L@Ì——
L'6Y183¯.183''————————————————

183

¨¢184([BT"Ý]————————————————
:ZLTÙ@¤/[_;BÂ9^OT+³ß U´Ø–TJ±ÞÅ´EÍÖ«K———
B¾[´‰AÊ†[ÁYH:V[M184—Ûµ°NŒÝFì/#¬   £¦———
–[7®Ÿ[ËS[D°"]À95·Í3"0 ˆ²`AƒÁ-
O¨ÉH˜‡ÓJ™U[™Ií`ÞÔ²ºÚ°DÔÝÜ«—XE‹ÕPÍ>
4¬$¹·ÖÏÚÆSÓÅoŠ}Ù—
ƒÀFE9$Ò<*2LYARX,184Á)%É[` ŸUÆGI————
«L`ˆÅ§KÏ÷¹Ñ•L[À1¥ÞÃ™8†KÔÔ–ÜÒK^FLµ[¬6KÄÍ3UR
÷[§]³<=Ã¦ËÓ„Ý¦Ì÷DZÉ
Á%ÏÜ„Ó¢Å(Õ&Û§×Ÿ[ØP©N
ŸŸÜÐ]^¥™ÚOØÔ½R‡=«}ÞÍ²Ù•———————————
ÚÅÛ3ŠÓ#Ò¥J\Þ¦±"Wª>-
3ËÕÞ$%¯–E`Ë.´†Ö£ÐVÝÁÍÕß^`ŸS¢³Mß@5„NJ°WÎÀ·ÛZ
RŠÐ–ÜBÚ·S˜QRª€@#ß2Až<J14ÝO¸Á<ÒÑ-
Å=ÈM›KFÌJßSO—·Oª}
        ØÊ¦E;OT,×ÐEWÀ6Õ©:[]40ÁÚÆ«KHGØ=²RÄ)#
½)"ZF[GÅCU"'À·ÔTÖI[¤"Ø'«Œ*2ÕLÚR
X<Å¼§Í£>D6ŠŠQŸÝž[J[•ÚƒM²3Ã¡¡KÚ9Ø"KKRNÍ¼Ð¥A
µ¤UJJ§['NW[íÆ®¶N.¨Û`Š£[H±'ÉO'8T¦O7RÖ[‹ÌËÖ»ˆFL
—
JÉ;¨žS‹AÌ¾MKÉÝ9¦ÍU£<AÊÙÚ³Õ·¶5Ý£À²V6Ò»#K Ë–É
ÓØˆ/OH$G————————————————º„†Ê
ŠÒ{«Ã'¦&ÂÍ–Ð[¦LÕ5Œ´-@€È[]*S
¨ÐË3–Ÿ3„Õ·'}BÇQQÒ-¸·ßÅ(NÝ£LÐGHÐ"-
×N$DÏY)Jµ²˜¶¦Ô½ŸJ7)Ê[ª†'ÚÍ(×S-
Ø4...M¾°Í¾[ÈYƒ[6H\‡#EÈ[ˆ×184$™Ç^KMSÏ184–9E<,
Ô-B,@U)BDÁ
O„©4
PÅA‡¡(————————————
»¬&ÌÏ[L¦Ã—
ß€Ç–JÚÂ£±˜$ 5Œ[]
H+
Ä...————————————————————
AV-Õ...Ï×ÀZŸØº–
[]@6'Ô4ÂÌ¢"¤[Ð×‰[]×2‡È3–¤† ÆÍÒBR>TÚ
ß¸K¦S¾W¼ƒ"ÇÀYM ÉÒÆ-
2ÕDLS%Ê²–"Æ½,Ü¦§•WÝA¡UÎ÷ÛSÁPD–ÕÒ]ÈGŸBÛVª
Ô¡{¨ˆ^O·ÚQO'ÓÝ$¥¯W184Í§N›DN`6Ü[]LÙEŒ‡"LÝŽÛÎ·/ÝŠ

184

JVSH?$IÑ‰·N¿V˜"ßU·º IËIIÖ¶Š/—³Ÿ=
QÒÈIÓÆÚÒOÇ·{"ªÂ8ÔÙU¹
¥¬´ ËÒJÝ/"$ÛIU¢™‚Ø"E´ÑA-Ò` ÈÁ`Ï±ªÏ¢=U¸{I—
S!ÙMÛ¦#>C©L³˜¦4NÈ𝑓H¥¶ßZÁ¢
    "71SNÕ·–"«&…Í²Ô꣯+ÞSŠ"˜PJ »¬NÈ\HŒBÍ
    RÊE——————————————————
€$Ý˜ZC4RH9ZCOÛP‰Á(†–
Œ´K^185Ä§ÀM"9ÍÊ.]¡ÒVXGŒ_>M1©—WBF3]#6[/…F
‚ª‚2Ÿ¦¦Ž½Q˜ÓÉŠ«CÙÉ¹-ÞÔIÚ—Z
ŸÀ/ÑP¢Mº3L½ÝÛ‚ÞÂ¡¶Ï{RÙÄªRO8Û&ÏÈÆT)¾¿Ï¢OMË
ª]Þ¹¶´6‰ÒV;ª„Õ*ÖRRE¬¶%ÅSÎ–»KWO£È˜…Ü¹J¾U!;•£
ÀÔFUÕLÜ½ªŠ¦ŠZ¶ÙW7?×=¦É¬‰QYÄÉA¸$É^ÝÓ`…\ž´
J-Cªº/Ð…ÒÒ7Ï˜7ÏK/Ù——————————————————
ÉQ——————————————————
É`¯—ÂP³´Á185H´ÕÒÐÁÔ†Â   Å.L.ÖOÖ——————
?Ó¹ÕÑIÈ185>VÑ2"ªAD€X<]Ê   9XÁ_0"˟\ £"H)0@(——
(Š¾¡Ö$ª–AO«
CÂI \«#P°«HD(®PßË——————————————————
!*——————————————————
ÏÝÙ——————————————————
˜QÞ®,——————————————————
——————————————————²01Q+ËT ⨎—
´185Å185 ¨¦½ÄZFÓG!ÐI/9Z÷S¦YÇ£^ÓQ)·£Ị̈µ€00,3H
ÖÚY(T«GÔ1‹D¦½Ô2ÛL GÛµˆHŠTÙV˜«QU«—
^¶&¶DH¹¶×©ÉÙÏVY.HÎ-
•ÌUÅÖDJØ½JÅK4WYªÓ}ŠE¯ŠÆµT–
¹Z¼ŸÏÊÏÇÙ@¿"KÁÍDÇÖ€$«185+¼ªÒE/ËÏPÊªÝ–
±ª]}%¡ÈÆ
=;"ÀÑ185D ªÀVª<¼ÀÞ·Ÿ†Û>¥ Ÿ_ÒÂ9ªÈÀ‹DÛÑBÉKÄ ¨˙-
›O8±ÝÞ¦¼°×←·𝑓ÃZ——————————————————
ˆTJÀ`ÐŠ§¢ÜAARZ
ªTÊS€/Ñ„¹Â(7
1NÎ†ªSÉÉÜÈÆ@@×˜&³‹&KTJ¥ºÏF[Ø#W«Ý£ÙYV–
¶SI½ªT/ÏÑ"1µÝBÛÔ¥ÛD_?¾3NÊº˜[¥/U¬{‰K.{§ßÂW›
ÐÈÅ†#®X…
Y@X1
(ªÍ&S- SÄB UJ!@^FŠ§0†„–ÝÈEW›·Ø¾LSO?BÂÖS[+¹´——
Ý¾©¤¿·ªª;Ë@EÀ€±ÊŒ*M+E´/'LLO

185

,YGL·™9——————————————
B.2-ÄUBCY–
¤€(+ÀF‡QJ(ÈBPP6?ŒÚÞ,Â186Ô³ž¹HN$:BÛÍ€²©LÑOF
ÙÍB<¤Ø□/Ð
M,,®ØJÓVÏY,A€HB'Ï¡ˆÔƒM½ÑE=9□9Ä•÷Š–
(4ˆÀÁ□&ÐÏ.¼¼186S——————————————
…Ï°GÐ +£Ô,,Q186Æ□EÂÌ"”…D□O
ÉC¡QÐY,ÐESN½————————————Þ- #¡M–
Ð2@º,G£½ËA
Ô/@{•Û¯□?ÅB®[–Ä@□S€ÊM 186ÚÄ-
"ÛÄ&ŠÏÈUSLTXQÏ¬:¥UCÔY¹ÔÐ´C}WÂMµÈ¶ÅZ'*ÔŠÅË<
Ç¶¼²ÏVŸZ€£–LT4Ò¡TžBÔTÖ…FKÇ¿˜Å²Þ¥CŸÝÑÊ:ÔX
ÖÒL'^¬*…+□ŸÌÙ4ÐZÚ¿ Ö<Û@?ÁEÕAŒË˜□=²ÒÁ–
Å=ÊÔ□|\“Ÿ½——————————————
IË©÷ÁÉÏÊ□`'·5¶□ÓÉ¢Í–Ê$É«³Ð
Ï›¹Ü}–1½ÃVÅWIU–R¾°©2=UÔ&H'ÕµSÂ›O——————
□5˜ÄÛ›‡§½UÆ¨P›²NÕUÌ
ÛD–□ÞÎZÛÝXÉ)S7+}½ Å.ÃÍÂ–Î›P·)ÍSKÝ
M¬Ò!B?+ÒAÏÉ6W/™ÇJØ□–RÊ¿”ÇÉÈ!ˆ
ÆŠÎÌ»Ï‹$□YÇH³R™žÞ¿Ë¡Ý›E•§SÓKGO˜©□§ËŠIˆÛH¢Š'´M
&<AS°Á□ÑD›ÆX□ª9186Í¼B¸½YÂ4¨T|,&ÏÙ
R”¥)DÐÆÉC„¦LØ (¸□Ð□——————————
ÑŸYLÒËªÕ†ÝNÏ186ÕE•©——————————
¦ÐEÅÀ .Á>‡ÞŸVD^'Ñß` FZGOOÑT'÷186&–™Â
YŸÜZZÐ9Z ;ÆÀY¦ŸYÛ 08‹¤_¼K§Å%@¬ˆQ¹
ZÇ¼€@H°UØ*…ÐË¸186'ÖM„F8ÑÐ¦GR1865ºS±
[ÐÔEB,ÏŠ\ÕÛMÕÛ□NÙªKÄK8,H(,X(MÔ□8□ÀC-186¿KT+¨□
VÙ}T¥S÷Ê Â1867µ1M——————————
WVG□µ˜ÆJIß´¡}Ó,Q¤LK€L6186Æ}3¡A¸,$_½186…;Æ
^ŠŒ}ZŽ#EAT——————————————
V@Ž 8Þ@§ :Š£…4PYŽ□|ƒÖ> ¢HF,6T¦——————
×——————————————Ø186A^,186.UÐÃ,*ˆ
H¬“¿□§ÉÕ}Ì¥?ÕNIÊÀÄ€□J W-AVŠ{„ƒ
À¨ÞØÞ¢À–C=
ÖÃ°Œ4ÃÃÛÈ□£€ˆDZ´=¦*ž□ÁÉ$-
³G–È}Å˜OŸUÝZ9•É6X}©ÍÆL'<ÐÉ´ÆÙÞËZ:•V\ßÛÑF
Š_”Ù:Ò::–@-
G¯T{KV!Ù+%ZÒ"Õ¹8Ì7ÑµŒ*NZ,½[{@Ð¦¿ÇÝ³ÁCÎ¥'¤©

Ð«S4µ{×"•Å¢ÅHKD(¡—FÈÍR4ÌFR-DÇ$—————
ºPÎŸ6FÂJ;}

µ   ÜOJÅ¿@Å'_ÔM!P·ŸÏM'CD¥,©
JÐ"•K^?º~{4À/Ý-
TÄOX‹T¬º¿À›Ñ,VOU^¶ŽÒR÷4M.}1)¹À£N"KÎÔˆ·Â¢¶————
    ~————————————————Ü¼T-
QDZSÙÆÅ¿ŸØ„SÞMÈ\«O,ˆK...Ö⎡B⎤>§_Ä›Y:£Ô-
¤ÂBJW¿ÞIG¾¼ÆŠÛÃ<)Ö½XJ›$XÂ-
IŸÐßÊÝJR4C⎡ÎŠÀOTB⎤U×È:⎡‰FÍ6©"À!$ÁI-BBÝQ—
ÀOÑAJ¼$' XJ`5\MÎ

¢

²]M½X187±FÄYÐßÀÚ¬Ü³ÇOZ7ØÛD(<O§ÍÒB
SÁÔ8£1HŠ⎡H·'G*1K⎡3#⎡¢ÉŒ¥Ä⎡TI§¡"ÈŠETRÍ¦Å"Î$Y2Ï·
Ê;LJ/ Ä1Ü×§AÎÔG,⎡)2,IÑ⎡ØÉ5°"CÚ¦&P%E•ŸÅÞNÞ
           ½JH~Œ‰Ð^€ŸÐ®‰...OÎBÊÂÎP,+<PU,•
‹('ÜD[ÑE²ÖB¦^ÔKˆ~»ÅPWFÝÅ="–
^Ç&Q)DMÉÔ)JW„„|ÄÉžW=..."[Ó⎤
€ÑE–ŒUÎÉN£MÓB"!"ÊGZƒ²Å}}ÒCÁ#ßÓ¸...YŸ¶$'OQÃ
LOI‡–ÅÜK%ÄÄQÈ"É⎡««⎤
¼¥Ö3LH«Ç}Û"'§Ú/ÎÄˆQ%Ê/ÚW¶¶ÜXÒGÈQ
BFÑG';,ÒŠÆÔÎ™L⎡OUÚ(ˆØŸÄÚO,-Œ†(ÑÄTÅÀDIÙØÑD
ÇⓘÈ&–8,QFÇ&:8ŒBQŠ(ÃD5•‰————
————————————————³R÷ªZÜKÆⓘÏOXYÎ¶{':(
¥Ô#´É>LÝ⎡ª⎤‡–OÏⓘ·OŠ,N63ÆÎÎËR(³WWE
    ÚÑ$‰¬H³ÀⓘQÍÉ¨È,‰›<QGRⒺAFGÍFE§NË1O#•
ÈP~'Ü[ÝKV8?D¦ËÝÀN⎡´W2AÛ⎤"-<È.RÛ"ÉßÅ\^W\-
=½-%£Þ—
¸G8Ý§SÕŠ"É¤Ö⎡(FM/ÙH?⎡~QØHC:Z(ÌØØÊ@V⎡CÒ÷¼—
{:ÐŒª<'Þ⎡I#PÔ{ÑÈÊ¥187B°ÊE÷—
|ÐØ‰%Åˉ¬ËÜAJÔË/,UÄÊÛHI3•Íº.J´_TBT¦,ÇÔÍÞU?KJ
TŠQ¦Ç-·ÍOÆ9¢Å~S^"JÁ187
...187P————————————————
D„FO=—⎡!@Ø¾ÔP¨ŒŠ€O§M81——————
⎡OÀÈⓉÈJÄCSÀà¦& `Ÿ¥¤ÑÃTÏÞ:®V>L-
P\,3187ÒD'ATÏ187}Ë>HÑ×¬ÑÙRÏÏ¸UJTÎ†FŽR§¢È÷Ä[
ÀG‹ŸÛ«+-Ò:⎡´³C~×ÈKÄRËÕÃ
1C0ÉÔP¦ŸJºTÞƒY•'OÄˉ~ÄÐ„Í¤S`M°'ÄÀ×————
`DR((SÃ¥"/§Ø†AD[<¤YÞ@X"®'V

187

¿.*£&.È$÷XBÔ,P)QMµT¢Æ
!Î& ´£6 ¸)›ÇËÊÊÚ¢Ø%‰Y¡ÂÜÛ Ò¥S%%–JCS
¡@Ô3§Œ€CJÃEÐ¸!C¡ÆÓÐ™?QÂÚRU¿,Y–•ÚÙE\Î«¶T˜
Š}°U7-¦<–
ÈW>0×˜–Þ'ÍµÈNŠVÍÄ"Ú'W<?È÷1…ÉÅ˜È<95†E×N½4D
ÜÇ„188¢ÌZˆ\Ë4ÆÍÉÉ‹ÖÕžØÛI‰ŠKM×ŸÍP´G¥D7§ÓTÒ
Û²«%ÙÃÆ•E·ºÔDRGŠ¶Z#Ü#HÝ)Ó,º\°±Z6H')COÐM,–¢
U¶?ÙK<ºÉ²ÚÔÏ£U®;Ç–Ü"ÁZT•'HÅ§MÑÚHÌ-Î™Â-D@——
··ÀÐ™À÷W&ÌŸÛ%–
Ô,Š188ºTZETDÞ·Þ(±¥'HÕD®GÀ¥FKL4#TÂ×³QŒÑJÊÍ
Q¥DNÅÆÚ,žVÎ¡C"-Š(Y:Ê—È{ÈÞÜ›@¼HÑTAË
Ì½Í7ÛÖØOÝ8Ò&´¥3›}<…»KÑNÉÓ¸ÖROÞÊZ²OV
_—N/[ŒÌ‹ŸÓ#J/>\V<]ÌÌÜ™'Ó–´˜D®$V´RÝ————
Þ}«L´ÁØ©;ÛUÇ*O‰GQ'`ERß»8ÆKÇÁ²FTPƒÆY?P»"±
™1¿À——————————————
%TÈ¾JP–[G——————————————
'È-ˆÙÀªÏ SI®ž#ÌNÛÙ{-PÉOD<³P
÷ÄDÁ0–.KÍŒ)N·Ì"ÎŸA‰ÄTP¾J`EˆÆH¤"ºÆ`¢ŠÈ±·ÍH"
•Ö^AË ºµ°)VÉÈ{»S>ÔÈYÀ%¡YL|±ÅTÌ"¹ Ð¦˜Ù<————
Ã›ÐžÏÜF¡ÝÜµ1WÇÞLÙ›Œ–RASÉÓN(ÕÝ•–©-µ"-
ÊŒCHX$Î‰
Î÷¾ŠMº-»FÌÕ§4¡ÚUÚÕ--ÈFÇÜÖÄ'·›¶Ë˜GÍÛ¨ÖÁ=ÕžE'
ªÚ\ÓÙ¤"º"ŠË‡D\)W*ÆEA'¥Ö,ÏFYHÓ¡)ÒIÎ\188¡YÐF'Ù—
‰
/=¼{Î'&E/÷²ÏP•8®„2L¦""ÉÈ ÐÅÞÛ188Ö8¦Ò+˜9ÐµDÒ
|BCI|Ç§·« D'@C!JUˆ€A5=SÎG)Ë§X©Û…Ü(]À8ÇBRÆ
OÀÅÉŸÍ*ÄÌ¾X×÷7Ç‡,D¼&§P:¨,
'188(•D188€'——————————
ÎŒËÚ:ÒÛÕ§¤EWÇO„B*•^"»ÕÙP–7:ÈØÜ¤?*¼ª=ÊTŠ&®
‰
——————————————DÅÉNÂ&Á"¢Y@Œ4S
ÅYCÒAC+J²–!¨MÎMÄ¥A¹"±L\ÂMS/Ð‹BÚÌ«E´WÒƒ'†Ò=Ï
'Ì¡P¿ËW©>-Š&Í'È‰ZZƒ‰Q¦ŠËE_OFµ1X˜;NRBÝÁ)_Ì
Ô£Ì¥UŽO| 188ËÎØ¢Ø>÷²8ÝÀ188Hƒ4
Ð•YC6Ð
ÜÕ…
Ì†–R€VÐ§E´188 /AÉ—P188¯OÜVÞÈÆ É¤

QÂÈCÝBÏ|+‹¡ŒÎ189ÇÖW€B×4[¡¹ÞÍ£G¡ÂVÍ†GÃÙ<KÀ—
/¡ÄPÀÎÃOÇ ⁻†ÐKH¹¼/
W′ZÌ¿ŒÑÐÆ÷ÚOO^+U=ÎÅQ
)¤Å————————————————————————ÇÝ
Ö¹3ΠÊS™˜ÐÛ*YQZ„ÄS———————————————
×6I-ÒLÎ,£³«2€))ÌÂ$ÔVÜ.Tº¡QR Œ
O(¨Ï' :A•ÁÁ‹−AMTÜFFÉ^ÑDÜÊÉ¦U"ÛO§R¨Î•Ÿ¼{Π14®
'Ñ¶žŸUÄT™L(„MOJ¥[RΠÏ!AÊÔÅŸ-
ŠÑ,76BÚ189¾½I¶RQ(-Û¸5:Ö¬OÍ&CÊ"ì)Ê;−¾LB<———
V°<˜¶79/:•ž¶¹É½J•2ÞÇ¦}©«/NÒLÊ]189Π"M°XΠÕ•=>—
TJWÇZ=)»...]...Ý7È·Ú¼ºY"ÛÎ]+−Ï½K;ÕÀ¶¼¨B·4>
×Qß9
Π5÷Á,ÂÅÁBCÁ—————————————————————ÀL¼C'
'Þ189ÅÏÙ
[ΠÇ×Û(¦ÓXÅ[Û———————————————————————
—÷•ªÇ'ËÒÀU®189]WÖVŠOË'Å{———————————————
ÇRÚ———————————————Ã¬U"Ø,¸ÔÈÙÅÀIΠ;
    È R"ˆ(D¥Ä<@Ö‰?'=⁻ŽJKJΠÖÖ½ÐÇÞ>K7Ý-
ŠU•F4ªY}2Ò´©¸Ù©;ª3NÑÀ3Û²ØVZ'M„ßÒÊ7Û-
Ð„MÞ|ΠÛ©ÆÎË½U"\————————————————————
BW¾9⁻†ÚÐ×"ÅÈ0
Ú,Å&ÖYMÁÅM]%'ÎF×06ÇÚK%XI‰µ•!Î¤9®AªÒ‹IŞÎSÞ:Ó
G´I7ÞŽ„ÓŽ•ΠFV2²€•−Š„BÊÙ°ŠÑ=
    ¾ÌÈB˜ªKX«¿ºNUBÄÏ¾ÕΠÏ!Ä³{¡T‡ÕX'¨U.¡1Í...ž
B]ÃÉÂÊD@½1ŒÔ*+0
A————————————————Ÿ...189=%'V,ÚΠ'-
Þ⁻ÐABº189$ÉDΠ%ÕÃ%UÅ————————————————
@ƒ|!<ED−P:TÐ‰'QI$„ÞBYËÅPE%@*¸‚_ÔEB
Å,+(Q189ΠT¶Π®?OÍÞFˆK†BX[^ΠDM}È€D©−DΠ(9ÅÉ8\<
ÊÅ†Å¾ØE)SI™Ê'−ÕªESA¾?"Ç×−±8N]N————————
JÞΠÏ²:N©B¶-É-
'Ñ−IΠ‡>ÜÒ2Ù¯¿Ý¸¥*±ÝÔŸ]Ó[Æ¸_Í×;{["§OK−XEO¢·+WM
ÙU•ÅƒÛ]ÐŠÇSD−‚ªÞJCZ\189ÒFVΠ1FŒM*²ÅÍ*ºSSºJE—
⁻¹'G™'ŸHŠM´;L,Ü¤/¿ÑMŸZ,Ú¼>——————————————
ŸÄ————————————————ÒÅ×)ÈÍO1°CŒ(R˜ΠÍ
À±
„+
HQRÈ189A

189

H`PDR————————————————————————
»ÀR ...E¹190"4,————————————————NVᵀᴹ'S6
ÜÛÒ0@
OÔ5Þ190|ÉXHŔÓ
Ž¥OIÎ´ÁŔ$-Œ·❘½BÛâ©I"K❘(ÞA>ÏUG%Ü¬ÔUBÒÖE-
{¹'}ÏÀ¡*ŠF·ÑKÎ
Þ‹ÝÕ6μÆÓF}>‡ANV"–‰•NXÖ È-*Ó,VI·¢ŒÏ❘¥-
5Ê/§&©ËH×÷)H¤€&ÊÝG'7IKºŁTUÇ˜U❘W5ÇŽ❘ºKÞ,²$¡I"
Ã©¡\+[£˜¼€¢ PŠÔÈ HÏ@Z{ÈÑH————
190Ñ,
¡¼`O————————————————————————

˜,Â(Á...¨*
————————————————————•190€ŠZO9@RP°¤ÔQ
ÅÌÛ#G,|U{Þ...*^´)PÁ¾Ô0N¬²¡Ï1Ÿ"Ã❘/'^I.❘"/
´/-
ÄÀØÆKNK?❘_VÚμH¥£KÇLIK)S*-FMÈ❘ZFŔF¢Ù(,Â)PA-
BJ.-ÈJB¨ÀÒDÀH¤¢❘"`"˜PPPZZ',————————
❘¢ŠRÍ.^Í3UÅ¿¤ÍD ÛI²—
μVÊR❘ÒÙJ%¿!ÛÝÏÓK_§❘QÄÅ‡KÎD°Ï-Ô&JÈTŸ¸Õ————
Á/¥¡CKÊH*ᵀᴹ?˜
¥:;"Ù•¦RMLE¹+JÆÖYZ'H!»Ýª@ÛFÉ˜❘¡Ú\´HÜÉ'<=ß
)ZÁ²
VŠž-G--ßØØØMÙLÊ'Ö˜°Û'Â¼|M\❘±Õ4*¹×IÛß`Ë-
U¾,ÖÖ[<†ÝÊ'Í˜IØ{*,ŒEÁSXÌÐ❘)^°Ÿ"`ZÜÔQ;ÂÊ;¬7Ù¾
MÓÐßI-
÷¹(ᵀᴹ@A%€#$8¾AÝÖÞÝNY9²"K,¢VR-ÒÐ®JE[UŠ‹ÂTÜ`
É×Â¡KÏ3UÝÆ@‰651Í'I;XA€ÜÝ@Ê³*[À}
ÍEH•ÔÂÆ`4¼C×ŸÄ(OÝ€X@————
I 4¬AÂ190X T?°❘ÊÒŠ}ÉIÝ{QÊÝÝ?R;Ž®¸¹¤;¹¶{ÝO-
ƒ,˜IH¢D,,—M ᵀᴹÉÊ I,,Q5¡PEÞ'¼,Ÿ%4H@Ñ K‹T-
|,,ºËM ¿ÊW ªSQQCÜ6W$ÞÙRÄZÇN»'S˜Ò...ZÝ?ÕÕ{XÔᵀᴹ
÷Ø¸×Ýª-
      ❘ÈÉÆ«¬©Ö¾LÓÚ]ÛU5❘¬R"WÎ'Y_ŸÑŠÜÕ?¶}Ç³X
Æ{Sª¤Q½"-BÈŽ-›+±MŸÍ73ÞÅ¡É-
´<˜BÇŽÕ[{Ý❘¹ŸI¿❘-ÙPÜJLÄ`MÚº)§É‡Í×(L"1Õ2N7—
IJ§ÐM¼ÒÙ'ÙÂÐ0KÒÅ/ÔÝŽ$Ÿ

190

´9ÒÜÁÜ ÅÝSÕOÌ<Ñ¼…¢À„ÕI191———————
¢Z$————————————————————
U191©N2…XD<,L!L&…@=|{K…"Ä/¤Ö!CQ¶T˜RØÉ———
˜YÌ€Õ/,€·P›Ð4Â"Hµº÷ǂ"<@ ³;ŒCÙÔ2@K€-
Ñ„„RMVÆ«UÈÆ§0|††YR9–'Z<Õß ×©¥!TO„ÝO žQ———
¤– ÝCÆ–IËÛ§Ø¬ËµÞ½ÊSOC÷×#„ÎC
'ÁÃ–†@º6Ú‹ˆ1*€ÈÀ"·ŠÁÄ‰Ò-
º=ÖK LÜ3ÔÏ™L×:[£|ÐQ2ŸA<ZŽÞ*ÚÞ,´ŒÃÝGß°·2¢"À*
–Ç,S…¿K@ŒÕŠŽ€Ø©•ÏÃ•B¥Ì-
Ð4¿¡QÏ;§Õ=ŸÊ×‰$ÅØŸžØÎ5˜[RÛÖ&¦ªM6FY4DRGAÊ
ÒÌ¨GTËÒ(Â©SÌªŒ¨ÝÝÜ·XR"G¥÷{^FÂ$N(;%HËZZ———
R,©Å©–U9BBI——————————————
ÁÓØT×PJ•CÁCB¢191QŽ˜¹R{,
A"(Ä"ÏF191>191ÀB`ÈP¨%%9'$191,ÐÜÙMŒÒ
Ðº2ÏÚW 67È{ÁBŒ¬P¡Æ•½˜?–ÉYÃ>Î§–›———————
{VÚ'YÐ;AÄ«BÄÈ"WÜºÊÜYRÞŒ¿ÞÅS¬OIÕ[ÀÅÉÕ7„²R
_™Â'B¨——————————————————
C$ÚÁ¡=¢Ñ`ÑO¯\¾˜«Ä–/Ü¹ÝÝ'Ü?žÅF{"ST®ÈÆ"ÇǂE'J
O¦‰ÏÇÕ¡-G+Ö?–
Ù;/ÝÓÆ&ˆÍÄÙ.Õ¹ÎQ¾U)K=H?#ÜHH!8VÙÂ
"¢(N·µ²JU·ÄÀ'ºVÚÒ£ÎÚªÛÉY1¤'´Æª`¤6Œ8°SZWÑÈ²L
ËÆM»ºƒÙŒIÕ'ÓGŸÚW¥BJE"·¯_7Â"ÞÅ€&Û}Ê„%B"OV=
Æ6'Ù„£±¤©JAZA=IIKOÄX:V¢¡R>Cˆ Å?/SÒÝ1®¦ÝH
191191LYGSÓ{ÊR…ËAÏ¬²´ÄË¤Ó"["IË9˜'ǂÐ®O˜HÄ„
ÂOŸˆ————————————DÜ191
191€191——————————————
191——————————191——————
191„191191————————————
Ð191————————————JÂÄ'‰I§GŠÆPÀ
A©191`61911   ÑL191H,ÀY¼€°–
FC@XO&†Ù1914`L
IŸÓ¡ÆÔØ§†FL*Ú2K62'`LA°€191191191————
191191@——————————————Á Ë9©Q "V3«
È»S52ž[BƒÌCÊ žÇ¢™D¤Ù¶Ø˜|W———————
8É¬
R
Æ|J————————————————©[¹D
Í…PÕ-ÅÆÈÙŠÎ+CŒ`Û3ÖÆCŠ¶O€$9¹JÏ]1DTŸØ'ÆÌ¿À

FÓ1ÁŸ2ØÙ)[>}[S²|"+%[F×+¶&È€+;€†¦¯É6µX
        0ÇZ1!)2Ò-‡2Ê1}¤²Ç3« Œ?ÄR—¬¹_ÜÈÌ|M-
ÎOC@A:Ö¶Ÿ,DR-ÑÚØ
`EY¥J® ´[Ò.—ÛQ.Ý8Š©C@ÚB...ÚOÐ7µEµÉ¶ÓÅ÷×———
ƒ€K;Z-´„E#C,E—————————————————————
' `"GÅ€´+ƒ
A[1921Ž Á´†È192192°¨À[ÀLCLP192#BBØ*Ä@1———
  ^ $±´   ƒZÐ...Í¡€À192À192`192192~
192192192"ƒ€[192
[€192C192192——————————————————@~192
192€192192192192192192192192192———————
CÀ192192<192192192192———————————
192Ø192192192192192—————————————
192192192'5Í/Ä³ÒW4!ŸÙ(>¥T>X————————
¿0Ü>=1žDCÅS²D-3JH`ØÚ®=ƒ¾ 2DÀ*Ü H

"
¾XÝ
Y¼ÑÂÒÌŸÃSF&192
*@1192. +K€6X
@T`Ä!————————————————————CÐ„
^Œ€HHB¾B÷+LHFCB192(~³F¼$ÁRJ~,€...†€„192`
19219200!™[8ÀËÐ„ŒÀ"192192192Œ‡Ð192Í192%
§ /2Å¤À•Š}TßY<ƒÈSO~±™[²
¦(~#R0À192ŠÐSÆV0QK"ºP©ÙÁÏLY3(P,B4!QL$1È°N$
J?ÙŸÙ————————————————————————
Ó——————————————ÄÞ_—————————————
EÉ,$@[¦U°(Ö)ÊØQSGÃž-EÛÒÔ9Ï¹ÍÁ2 $
ËGÁ^ŽVÖCPÉ4Ú¦±µªÓZÅ3D[HÇYÐµI|Ó,M²Ý]Á'Æ,Ã›U]
D-
Œ€Ý¦FFY|ºE+„ƒH[VÖß,N\™[Ë©Ù¢ÞM'¹¤Ï•FÂY...[]~Æ
K¡Ø#DZPÍFÊ[Q`LP"€Š[™GZ$8'¯GÚŠ/$D9‰§ÄÙ¸P*
        EP~À$2°,Èƒà~@06„,¶192[~P3Ä°192192192
<192[0€192
€°192'€Š192>V'Ò'Ò¥192·Ã[¿‚ŒØUÓ~Œ³I€ÞYÛ`44—
ÄH²Ž¨Ö§*ØU¥E=¾YÉ .)Ð¦ÉV-
©µYÛ#Â|C[X°ÈU8,ÖM‰Œ´0)ÔŒC——————————
ÝZJÔ——————————————MµRUÑ¦ C1ª—
#AªY`ÃCDQ4[ÙÆ"¹'A!¸AE‡JFØ+1`

192

G ˝`WÁ∱1QÊ'RÃ$﹛ß-
V¾º ÃLÁT¨ ⏽M94ŒÛ ¹VÈ⏽Uº€ÜLßÃÒQ†⏽————
4"ˆÖOP‰É⏽43"¢Î...Cµ⏽3 ———————
⏽F4——————————————"<TÈL€Æ43Ò€'MÓ
&2Õ¥⏽'ÆÇÞAØGQ$ÝDJÔQ`€:&ÚI¢L™«À"B˜———
1€"#`1€`ÆOO`⏽%——————
——————————À«´Ô1931930X(———
ž€@€0193 193193Ý193
CÇZÚQ†°†ÝÈ———————————————Ã€°LTB¨
XD °Ã8óÁ@@193UP5193€'(B1———

ÓÞ<Y⏽®ŸH+*⏽,C−@Š‰T°ÖGKLV²G€R·LÓ%ÀÅ(QÒ5-
8Æ.)<TŽ=Ç;HÍ6ÙEBÖMBXÁ¢¸E§S⏽‡ZN†——
#EÞÔQ−VÂ°ÜZ^C£"
ÙD+_ẈSM193`TÓDÑS,ŠÝº¬MTË;Š×X´'Æ
    ËW⏽‚Þ¨P'Y;#P——————————————,"
J8AWB¬0⏽³$AV„42€HZ·¨L<¨Ë¼˜)¼ÒŒ2°=193HD¬.¥
Ù€⏽@I————————————————H——

0@193193193193193L»°Đ¨193$†ĐØ193D193193-±
193⏽`193†@193193193193Ž9†
Á¾„193193193193193<193193193ÁÇ™U]%›®‡ØQFM TŽST
MSÂ.1*4VÁÕÔÊ´ÓØT©$Ò^+/F‚H⏽"´†ZÀH;PØT¼ËOP1-
D§¤R†ÔÚ⏽SHA • ⏽ŠAÏ(¸Â−ÍD»ÂÓ¿Ä&ÏMÉ‰@LÕBŒMÜ
ŒÀ&ØÄ›Å˜ÕÙ€¥——
ÆLC('Ž™"#2£ »⏽ÅÆ⏽Æ4&——————
...&X6˜Í4ÉZŽŠÕ——————————————M®Œ
™E∱D(
¤+ÒJ¸"¬
«§I⏽ŒJÌˆĐ   ŽÖ⏽? Ï»‰Æ⏽Z¡ÍTÅ˜„W"⏽Õ#
ÕËÇ.¶
ÕRKM³⏽R"®ÈTQ5„0J8ÛÁD193=´0193¥£
⏽ØÁ"¦P−¿(ÜH´J´*D¬UTÈ£I´Þ©3Õ<...
     €À⏽Ô•Đ..."193F193D˜10193€LB@.C193﹜ŠAQ
°Ì`H© YZ¬−P¸º#Ç˜™VŸ½ÄJ÷¸Š<————
Á+0#²&·Ä−R⏽Ô³ĐÈJO-ÌÀË†"¨VCÁ7T×»× • ÅYC¯µÓ"Î£
€UÊÉHÁT⏽BP————
G@————

¤†¡€ +0   `À%194————————————
Ð€"4Ä
194Š+8TR 194M£H¨194E`Q⌐194194À————————
⌐À————————————————(ÝMË!Á
N-J'⌐ÃŒẛƒQ}E&@Qƒª>Á°«Ï1-„4Ó•RÆÏ}ÙT¶<V
N'Ò´8ËÐ,Ø¡Z…ÔÅÒN'OÉ-R<⌐5Ã†ÒžÑÈD˜—Ð€˜ÙÙ7U
¨YÝ⌐ÏÓÊÉX-Á,HÈ7"°:MÞ
¦OÚX"ÑÆ«ÔE3O—6WÔWÊ9K¤ÖŠ™————————
ÛÜX¬J¾E£˜ÒK⌐Ó^)#Ò#ÃÀ|‡À2¼————————
:¨8P1948 ®Î¨Œ194ÔB.Fƒ6`§`E194Æ0 €@Ð-À———
194194194——————————————————
J1 µÆŸV'¬Å2@À&194194#`SÀ@194194ß€B4Í˜NÐ¬
¦Ü«½G⌐>P/•…Á`Å£ÛÌH°———————————
{)ˆÜⁱÓÉ
Ó6Æ†ËX´AÃ⌐-3ÐVÛFÅÇ"*}'DÀÝµ$——————
Å¨⌐„‡ÚT´Q194ŒÑH9®PL`ÏY¡
U<ª8F¬Q‰-AžDŠÉÛ9CN"PÈJ1945^¢S'·X¨:ÁV½ªR•Ç*>
¤*WJT+…;¨Ð©ZÇÉ194HZ§%RDE
   ⌐F:\SÔ!€6ˆÑ4F‹±³Z=0Ð—
¶¢¢¬´|¼©EÄ±Å°¬Œ\¨&…¹ET†™ŒÙT,M8Z1,LMÌJQ
ÕF¬¢˜¡Þ²
ÈÑKÈÏ¥LÐ[XÑÍ®-Ê-
7Æ4Æ˜<ÈÆ"9[@¨⌐ªAP%ÀECA|Ž'!‰ŒÇJ
«GJ@ÏÈ,*Ç@¬(Å⌐HÁA 6Ž¡¦M³Z³IA⌐@EPIUHP{¡#ŠÝ[
Ç1ªV&
N¢ÝÑÛBÐZ÷ŒÇ⌐´⌐-Õ˜⌐ÌÈ8*⌐# PÉ194*X
I6ŒHCÒI¸TLUÉ5T@"M‰   ÌZ‡A™Åº
YK¡¾ŠŽRª"EÅA°Å⌐C:—————————————
Š ÈL¦"
ÉFD⌐¥
MA
(4⌐Œ%-ÍL194"194194`194194ŽŠ`194B‰Íⁱ¤
OWÜ   UVÀ¢Œ¹NXÁÆ
K«ÊÉGBÐ‰ŠDL¢Ð€Ò*194RÄ&Š   †——————
RG˜¤ØE,±⌐Î@ ⌐194194⌐$194194——————————
N€ÌÍ1BOY" €MÐ VÀ±194LO 7±®€,194VÇ)G AÑ™⌐——
Â;   ÐÙÓ,¨ŸªK±194¼EB8Ä€$ Ú¦CB>Ö!⌐° ÔÏÍÇ;Õ'É—
              194

È-ÅÆ?@ZA‚F›Æ(W×ˆ¿®ÞU ƒ‹PÖÛ*Î
ÓBZ±Ì$ˆÂR   4Ð(‚.UÒŸ¦0"——
2¨*‚lÅ8;¬>"¬TBÃPBR¼ÒÏ<Å†À#K×ŒJÙE·ÑU#ž"Ë*S˜R

$Ð ˆ!¼Z½ÕßÁÛK ˆ ‚&†H«¾Ó"Î54ÇÈÚ²±Ⓡ°˜ZBC—*
ÔT,‚¢€195ÀM‚▯‚▯195ÐVÊ1€——
¶}4ª'€*Ý|GT20▯Î0»¢8850¹ÚÌW˜WB€MÜO÷MÍŒDXµU˜
G`(Ú‚-=Ä=DÖÛG?
EŠ#Ý¹³¾JÖG¥QHÓ ——
¼195K 195HRBB▯ÑV195D"ÀLÕ-Á5L;FÜ È|˜Ÿ©G
9ÚUÙRØŠ˜6{µƒÎ!(DÍ41ÆòGÏ——
Î195 '"J²\ÊB6„6 QCÖDŠB+Š$——

È 3
Ⓡ€€¬€195   V$BBÝ[:ÁŽOÊ¢   Q6Ð‚ÇAˆ——
†Ø8&À195†Ä€195——
 195C195Œ195`——
195-195195195-X†ÅD▯°LÈ195——
195——
195195Í@IGQ'Œ‚ÀDÈ"Õ
ŒÎK>
RÄ╫/ˆÎZCT(Ã€▯T‚▯Nƒ——————————▯Ä
ØNÌ„OCÏË+ÀL P$|¨ÄN ƒ195ÆA——
DÊÑ*ÂˆBCÑ▯Å▯Œ@†AZ!°¬‰±$╫ Ù@BTА▯£RÀ˜195„H
...L™‰ˆÓÁ195'L
I.4×¡Z#·±T˜195"L▯Ä§D‚ØÆ^CÇUˆ195ÈOVPU‚G-"Ð˜Õ„
9
ÃÔ·L▯X▯VB=*£‹ÊÝ©HNW§▯195"@"‚ÏE4Ð!0»Q
        AØ=Å¼ÊÁOÎÑÈ`UŒ×Ú«
$ÜÔ«2ÅZ¿ÔˆŠ«:H5JÓ×ÅC▯
LÅD▯‰ŠË²8HG $LA•-„Ff€l‚-‚€╫-SM (*¬6- Ó¢®ÉÏÆW
]Ôï▯}ÀCLÞ§ÜLN...]•´% ÁËÅ{XÒ▯ÎPÍ±ÈÆ¬Q¼£Q°▯B9
ÀC]»▯¡Y"#ÖNAD!Â‚F195▯XT€-
"%ÀÝŻ‚Ø¦¦†³M¶SCÝÛÜÙ²¨3L}5 ¥HÒˆÔ=¾QW¢^-
"Å9RÈÊºÊÑ-ÐDÄ195NIVÄ"X¶ŒŸÚ^Â•—▯©0—
▯KI1¹ÈFÏ³8ÐA`!HO4 ÀHC—
°Bª€CHØ«P#LS‚¡195£Uß{Š
╫D„195Ð`195

¤196⌐*$:€¡@¢,¤196^196196€°196————————————
1961961961960196
5Œ196196196196196196LA-GÄ¾Y¦¼2S3Æ0•DÉ
...¹QV196;R————————————————ÇF..."-
Š‾HÐÌÓÌ.SÁXÃ&/¢M⌐ŠK»)"Ý2R⌐EÎO2"2ÁŽ°99Þ————
Ó·Á(YLZÔß   ƒ196ÕÆŸĬZ_V8Û`-Ü-
QH‰>¤€SF˜ÁLC¨QÀÆ"–€<.196£`¬ÅA|Þ®ÀÈÚ<Â€
±196IÈÂC
RÇS:Æ"D,ÛÈŒË¨À⌐„‾¢V„·(«B
LJ"Ð¨196
J¤1966DÏÂFÉ¶Ó`>¡#µ0...`   ±™'⌐ƒ$0⌐3ÕHÔ'
⌐Â+#Ò²™M¿Õ¢——————————————————P™„µÅR
Ø¶4Ë²GÐ^´196UQFP•⌐‹ß+TË2ºŠÁA)Å±!196Å⌐VŠ
196A¡„"WÛÑ¾¾ÊÙ/Á$ZªÈOÈ.Ú%ÁM²-]žUÀO...ÃÚ!LÐ
£196CDOOŠ–C4µ!⌐-Õ©ªDÂ„^†¶G%‰⌐ØÀR©S˜Á+N²
-——————————————————ŒŠª"NÕ⌐DQ2W6'-
ÝPH+%Å0
Š§˛„SE.Ç»€W,'⌐ÀÆÔL`⌐"Þ•1`Œ
µ•ÀV%Ç•'WÓÈÁZÑ+RF}Ì⌐ËE
Â±ÙA⌐©£——————————————————Pµº⌐——————
›DM˚¨VFÓ!²O
MYÕÃ‴PŠÃ¥6Å⌐Ð*:6Ñ1———————————————————
•⌐196—————————————————————————————
——————————————————Ô6ÈŠÁ2º"EËRÂ¡ŒK#
XJ²ÜSØ±'"Æ¾¬196À———————————————————+⌐
BŒ————
‰ÓPǂžⱰ°ÐÇ/196C–†————————————————
|€€196196À@——————————————————————
VÂK²)E
@€196196196196196196196196196196196196
196196196196————————————————————196
196196196À——————————————————————————
`196196196196196196196196 196196Ç:E^¢¾
      Ù/Ç'9ÖÔFW¨ƒ0⌐ÝX(ƒ⌐¤£CÞ6ÊDPÌDÈÍ„A————
ËQÓQÆÙ
BÂEMŽ(¦K°⌐⌐—————————————————————————
«µ§;€R8„&RV|"VU¦†D™S£MŽ'3Ž—————————————

6⸮±1—————————————————1B‘ÅJQ-¢UDZPŒ
À ˜ Â¦†⸮€¾‰^´4™Ô"!ÝM‰³Æ)Ò‹KXÅ−˜Ùº!*ÝẦaÍˆ-
EWA‰ŠDM¦F—————————————————UDŒŒÈ"
D!Y¥R⸮³ÒTÆÀ—————
²VTIZŒƒ¡,ÚPÀY%QÄX×DÒ˜$Ç; ÇÄÏ¦ ¨Ü−
&P¦VÌ!Ÿ-⸮0ÓÉÈMÀ"ÂWÒºM(ºG¾ˆÓÜKPJLÎ4"OÀ$ʀ¤A ⸮
ŸSÕ³\^FÆ¸ÍÀ ÇL+,ʀSÉU Å⸮6PO²%}SØ©U4ŒM
°?R6÷`X¶(·( %G¼°TYEÂ±ÓIAÚ¡Ì`Ö&ÚLAPÈ„1—
¨OB¤(˜H#S
´197*
ÙO⸮C(ÜŠåŒ"—————————————————Ñ×−—E'—
ŸĠÈBÓ±ÒHF•LÁŠ¬¢Ô3ÆTŽʀ€⸮ÀY NÉXÈÜHR9C197¥°
-
J−ÐÂH197ÉAV197W$D´Ð;Q197R@<)S$(ʀ°1Ð¦TM9V
CÅ^ÃÕPÓ(†9CÈ&QÃ±E´Å⸮197197L€197Á$-6ÍËÄ
OË-Í,"ÜÉJ—————————————
P19719719719719719719719719719719719719719710
19719719719719719719719719719719701970197——
197
8ÈNÊÏÖC^€GA-¶WÛD--,...•F\Ü+A-ÃE>K¸X−
Î¢¶[®}€X−!B³VPXÈ>P«{ØÓDQE`¦CÍÍ&&
¶²ŒI‰⸮KLR˜"XFHÌÆ:9¬$%™ÚTÂI•—————
²⸮Ò⸮`Ø2ŠÀ™Ø
ƒ¥#197197197T 197197€03197—————
⸮"ŸJ¢197(¢M¶2ª
È:"OT¡W6¥3€¶"LW‡DJQN197197197197"M€197197
197€197M197$H—————————————————H<$
%197I₌µNPIL€& ÑÓ``ÒÔ$˜ž AS`_ŒGH&ʀ€Ù¢Ó´!−
D¦"ŒIÍÇº'1„,I⸮+˜˜¸³ŠOÎQ+WPY«;žÍ¡B,⸮ZžÅC¦¸N?#⸮MŒEK
ZŒ¶™[¡PÃZÊÅ)O...Õ,®−
Þ€"I⸮HHE¢E:2ØÏXZ½Û²−8197´ÑŸDÒ€1971970197
197B197@197€@−¦ÞÈX
Ò 1Ú‰CD197LŠ°197`D————
ÚG"
¶Ðµ@8ÚB¨197HQÙQØ¬UÉÒ@4:⸮"ZⰞ́Ã̂ÂUˆ(197CÇ€EOQ
€'Á"€˜0
ÜË7XVŒ"A197Ú̂ˆL€+"+Q*(6°Á&†`†!—————
¸H——————————
197J6ÀÓ197`Æ197
197

,198`

0198 „!€

Ä1980————————————————!FÀÔÎÈ2ÃÌ€V(V

°198198019819819 8P&ËÚ°À198198198198 198¦Õ

,ÕPÔ|Y* » ÎÄÓ `T————————

1986Á1€'&£½> ž

K‰{ŒBC@`0€@198198198198³⁄žT€Á&¢¨ÕØJ¥/,Ï²

Õ¢„1B¤−OÚ†NÇN-B(-)?~-

ßQD/P3ÑÑÂNU"EJ1`Á°†½\ZAQ(,Á%'198,..._0"JÔÆ

Ã ª   RRP|HBOØ\#`ª¶F(ØÈŒNÐÊ¤198————————

ËÍ¤|!O²Ç−O«£l3

ÆHBØŠ²¤ƒDQOÖA^|ž=XÁ„ƒ!,C«ÔAÖ€±4————————

-ÈžÉL«TÑ@6¶ÞBÜ¬$·TFDŠ

————————————————————————————

BÐT—´€µØL$ÛVÍW±H¦

!À8198

ÚV$NÍ^S©T¦Ã`U198B©€Ý

        3€¤E~RP–4†1980~¦Â1198,°198AGC,Y€

198SË•ŠÔŠÈÀÅ[>Á´#¨6ÝÁ©VÛµ«™C198198$

198198 198Q198198019 8Ú`>€¨J198198ƒ198

Q   °H198J:198————————————————QT-

5AB198————

HŒ1984€

198€`

ÔÕ5ÜÎ¦YZ.198È;8-

4X&Ý™"1RÀ€ÍÄJ!´NAÅÞ„¦¢¸¤J"<0€I€Ã€E$G²ÜÁ

"P„'ÄŠÐQŠÀE\–I°198€198À@@DC$^¶L————

¿²É)MÓZØ$¨WFO—V2³V-

S°-[ÃªDQÊ‡OY<ÖOÀº±ÇDMQG>¤Ê_P€ºÄJ¦&ÚAA@€

ZFJ`~

¦ŒÂ198†198ƒ°C————————————————

198 Î0©:©°ÏMZ$¾#-‡$.*4>HO#€ÇƒS4————

È198Ð1983À

        198´198†R-#XÌAHN"Ë198BÀ198E¦C¦L'‡-

¿VÎ+ÀÃÛÂ¥™‡N‡×ZI±Ã†ÛK$ÛÞ¬

¦~Ý®6

 1982´%   È¦CÚ@OE' M"#B2"CPAÅ¦Æ!7198*Å-

PAÜIÑÛ¦ƒŽ@Ð198Æ¦;AÒ×¡`Ú>T¹<Ê

Ó¦4"€}¥"R————————————————————
O"†À 6————————————————————————
¿199Ï'Æˆ.–;9'8¸Æ˳:———————————————1
#V´É¸DÕWÑ199—————————
Ü˳>*UÙÀ›B¤‹T º5HÀŒ»OÐŒV„¼•÷˜˳"B$/HÔŠŠÄ;ÊÛ
F@–ßÌÕBY¢P'¸µÒ...Ã˴

———————————————————DJ¹$ª¢
˳U´%\ ˆÌÈ¾LKÈÇÃ¨Ž"F€Õ7ÈÁÎÑÞˉÀÁH'Q´Û€È¦Œ5ÇÔÍ
ÍB´U´ÓL¤L199€199C1¤6
ÆÓÔ199199€`199$&Áƒ199¦P@199199199@À(À`
ÑFO€À————————————————º‡PH˳D˳
————————————————+199
€€

       € 1990199˜199199#Æ199`199P199L199
199P199F199199199199L199$FQ199ß¯H¤ŠÏº³È>[B
SAÇ...ƒVÊÙP˳AÈ199ÊØ[IZXÔ¡À¨——————
ÊDÛ$[PJ¤199199AÂ@Hƒ˜ÃÂA.˳÷UŒˆ¡ƒ=Ò199ƒBC;
!Ð"P&‡,(Â©Y´ÀÃÏH»#KQÈŠÔÂQÏLÀ``˜†199————
19919919919919919919199————————
€199À@199—————————————————
199———————————————`€G„199Æ2199
€ 9ŒÒÀ`199Œ199 ——————————————È
P199¸¸¶$T1Å!5-ËÐÊ³A»ÁßŒÆ!Y¨Œ¬*]#IY„Á2TE–...
ÈF¼Ø¥&ÍÑWÉ„È¸²†@ËXÖ²@XŒI'ÙŒ-
D[2ºP...E!ÌŠ–²ˆKEQÊ'J‡FÄÃQÉ+DCÃŸÑ¿————
Á   Ä1990´AG@É˳H^¨•Á8'‡F5ƒÒ3ZD©L
ÈŠ˜0Z72ÌD+6Ã...ÆJ˳8ˆC¨¸›¦EŒ§ŶVMÃ.———
5É¼¿ˡI¶Ù˳S˜LZ_¦AZ„¿ ÏQ4˳X5SŶL&Ö¾Ò•RGÙSÈ++
LHÍẂ·ŒB*S
Jß{"Ë1993TV²;ÙÈ•€ˆL*˜L˳PO™
V€ÔT#AÁU   J{Nß   AŒX«•
Ú×ÍÂEI"·¬]ÑSÍF)³Ò°¶-
.ºµˡHŒCØŸIGL,ÛTÄÛIÈÙ¹ºÓKZ™¦Ê5E———
Š©ÌHÞÓ¼€µ————————————————
OGÄ¨[•IEŠ¸ºÍÈ‡@¯ªJ˳199ˆ199"
!•Š ÍT!€ˆÀ-T®Œ"G˳Ñ˳¸Z@199
1199€199199Â 199`199199199199————
@199@199199199199199Á199199199Å(199U©À

199

200IŒ*`20064€200@F6200200200 200200M1200—

À2002002002002002002002002002002 00200 200
200200200200200200200200200200€200200„€Ô´
Æ¼€@™Õ⊓ÔBMQŒˆRE‰&#U<LBÂÝµC™ŒE ÅⁱÚ„2Ø
- ß¸-0±Û82§
Ñ¤†}ÏJ1Á————————————————
È7)©L————————————————5¬Ä
X -¥ÜA,À€€@200X LX
§1ØHX200/`¡200L°1@0200C————————
„S————————————————
`XÐ0€Ì `€————————————
KI[¬QÇ200?×V‡×ÜDÖ»ÌÀ `Ä¶)E%§,$G:-¸200⊓Ü§*£Z5¥¢
Â‡Dⓘ ⌐Ô ′L⌐[⌐×ª¡ÚÄºR÷¡ŽT————————
M
ÅÙ#WDŸÀÅµHË)5X200T[¢Ê¨A£ÀÆ¡Ê
　　14JAVÞ<•JÀ¿RÊÃÏÆ1¶©Q⌐\"È#`Ø!
ÔIH5
¤E0 ©&NŽ¤©ƒXN@¢BH´°ÆÒƒ™`«´^+£SÓ±¡¢0)RØÒ
—-TVV————————————————
@⌐Â- K¨['3@L-%@€PD…ŖÖV2000200€Æ200————
　F,¨IHQƒ`　　　`€
)ÄÈÀ1X³ÐF)ÒLEB200200˜200200200200^@ƒÃ$ØS
0À<CŒ… `1¸ƒ`F2ÀÈ200(,Ü±ßGÜ4£˜ÈÄ8ÃSÙÃÈ′8É
¨Õ†HÀY@ⁱFÑ200EÀ————————————
Û′ÁÀ<˜³À7⌐†Ä0?4⌐5>,,Ð4À-<HXÑ————
XÖ————————————————2000SÉÀÑBY
*À,"ˆ®{Ã,,ŠÏⁱ²`FM°2000ªÜÑ|¶‹²™-E#Þ³————
ƒ_Œ@Ì9C¶LŞ'È
(Ê¿À¢‰,,§2ªÊ»ÖH
Å7\Ø£@"«ⁱÚ⌐ÉBžØŸ÷F200µÈÚÒÙ⌐`ƒOIÈ^ŸR¼ZÓÇÍÊⓃN
Œ˜Y"ÄÖHˢªÆ200¡Æ</T200`ƒ————————
Î±⌐½⌐.ØÂˏÃ+Œ³ET®™Š"ÍM200Š200T⌐⌐YÈU⌐€` À€——
X200200#,,200@200200————————
@200 200200200200`200200200À200200————
ˆ`200@

　　=?⌐P#•OÌ!¡–1Œ————————
　　FZL&Á["#200XÃÄ!ÁÐ!Ö"E`S©Bˆ""À!SJ⌐Ã4¿
C⌐Óª¡°Ïⁱº†£$(L!N　　　ÔÕ————————
200

GÓI™+Ô201B(0€´201201201201201201201201201201&L
201`201QŒ201€À201⌐201ÚÃ201[€-†@———————
201P————————————————ØY"ŒB$"("4 PLE
Þ¬•€YÁ
O•
YÆQ'9$QD.&ŽVÆ90Õ"U2QXÕÃ|@2010@
201201201201201201201201201⌐€201201201201
201201201201201201201201201
201⌐?*@ØYÒHUÍSÀ...XÆT⌐ŒB ÅH›OÚŒ————
@`201B201201————————————————!201
201201201201201201201201M€`!201
201201@201¾Œ201201201ÀD201201201201201
201M————————————————————
BÊ`B``————————————————
201201201@?XVVNTHÖ⌐--ÙÒ⌐£¡3÷ZÑÊ]J}ÌCÂGÚG`-
K7Œ:⌐201201QĐ˜U!Õ,*Ñ&4¥⌐3ÊÊÏÕßAF»M⌐Å£ÜÈ¡+H
;M£Áß,T¢D¬-´Â
ÎB16X¥‰¢D
IL
'?=EQÅ"ŠG´-?¥¡Æ¹1ÒXÕIW'S¨Ÿ@JSŠ¢ŠºÎJ"G%ÀÏ›´²P
$Ã?›ŒÛÎN¢«C*"¶.©ÖPÌ°+%Š⌐ID&
    #ÖD©%'D%T÷¶HF`⌐ŸÚÃL°O`OPËŠU¨
ÇŽ,Ä²¶ÕRI|†⌐×%Ê›ÚÝ
ÖTÂ/DÃMX¢LÊQ$('Å
    „[Ÿ¿(H⌐4HJTÂ{"*ÊCL†Ç¶‰RAŒTŒ/€-
(ÓAMGQÂL-´ŸÜ¥VÇ!N¹»Đ3OFÍ|¤ÚÞ£Ä,W¡ãÕ)
@°ÀÈ`,@„!ÖŽŸ&T⌐Æ?YÈ¥Î-Û*GEÜÓ±¦E————
PMB\˜ÆÄ"Ô¿.Ç201⌐¥ÖÛR\X{W/Ñ@WÍ£O¦9"ÓÀB0µ5
CYOLÅAÍ(Ä+«U½-
ÇQG/LG÷Á»¼J:ÞÎÇÎ⌐±QØ⌐+XÄ8@...3Đƒ„OQFÍ£ZÍÆ⌐
ÉzÕSºØ⌐&.Å⌐B⌐IŸ¶QMÅUBQ2ŽR]¤-MVN[*¦Å⌐ÖŸßFVFY
-ÖKŒÄU
À⌐Õ™S/´À°ÎĐµ-OMZ„MB"›N\ÇÌÀ³Ò4ª|Æ2)"⌐¦F(Å)R"
ÆQ£RÙM—"ÎØ————————————————À–LË7
6ËPŒ¨GTRBOŠ8"}¥©--WÎO¦SÖ‹M^†E1BT⌐AÛ)¸¶-
Î˜*⌐S1^™Í›"ÆK<X"
É-˜¸KFÊÆ- *J9˜"⌐Z"´!EŽÈT„ŽÈ*Ë`ŽⅠF'MH±
    ŸB˜¼201201R<ÆCJÓØL-CÙÛ:·P`201201201

202   202À202202202202

6É}E6————————————————²ŽWRÆF53 FS"—
`2020—

I³>Œ‡Ú¬:!S;È202A;ÈÐÒ-ÜIÓÓØÄÞ!Eµ˜Å˜NŠ4±4
        ÀÑíBKCµÛC†ÉÖJ-SÚÝ],Ù C

Ý202ŽÆA°ìª‰³'OÞÍÒ»A§žÔVYÛ€S7ŽZÉOZÍ·HÐÈ,4HÊ
ZVÉË:§DÃÑ-O B<4O *XÈ¤PN¦TH¤M
ÑCN¦ÄÆGF

ÑC˜¶,NÄ◊QÍ€K„Œ$=KA˜¸°Þκê<ÆÑ¤ÄÄ◊U¦Ë™ÐÕËÛ—
-²BÈ-=D…◊,%ÈÞ"MÒ½‚ÆV4¿BEÎ◊ß————————————

F◊¾

>›¾ÞŠ˜,Ý————————————

9A‡QÈ% È6Ž,[_MÐ¤åŸXÁX¹Š"‰ŸBÂˆ,ÂGÐ¶Ö˜Î‰
XÏÃÌQÈRÊ◊ÊQ3]°§T1LTÈ7Ð_Ð¦Œ$◊ÃB:BZSKPÁÞÃÔ
ÔBÃ(H'ZÚ/›"É"¬

Ñˬ²M°È»O,'Á!/Œ)Ö겫VAV@◊ÍË+\6FT"D,ØËÃÙ"%™
        Ì&X¦CZBWWH¹…D¡L¡ 1€M*-

Å;ÁÍPÊ:É†±]¥",Ö6"RHÂ◊J*HÌO²*Ú1/2+"Ê2,ÁD¤ÖT ˊ§À-
)-¨ ´/Lµ[",Ô-PÅ¶¦202,4`¥ÃEÔ†µ"9$Û¹M˜Fª◦°7±Ÿ◊H[
V¶Ðµ-K◊M}À¡]2022Š}(IC4,M$„!◊————

(9¹°

‹¸²É.P¾F™2˜ÏQ¨\„BŽ9Ñ°H©5Ó±VV\KC&ÅŠ¥\Ñ
ÈPB2ÌK-

————————————————ÓžYÊ^VEX7›# • KÆ,PŽ

Œ÷RÜˆ¹ÐÚD¨Î…Q¾„˜ŠE&²202¾
È¥B¡K'ÃÊKN:)ÐV:|◊Ⅰ%Ä¬NDÇRÃL-ÜFß◊¢OA§§ƒ³ÒÛF'["
@A`@-IUŠ‰   -²Å.TQ¼BA]Z$3ºµÈ.˜R◊}ÚŸÄ\
×ÖŒ¼UÛÔÚž"ÄH Ⅰ9 ²"®[É6!£D$HÒ

        Ÿ"×ÄPN1¶&6-‹PB‰¸×N‡"ÑHº„ÀH²◊F„,Ä²E202-
        ©§„UŒ¡NÑ}€$TVLÎÄ¢/,CÄ¢/,CFžIŒ2ÉÛ3QHª
ÙJV€ÍÈŠ•=BVŒ˜ª-"ÚŸÖ¥/¸L²Ô8+◊Ë202˜@¢————

„P¤Ö#§†¹   JÍÙ¶µÌÈÅªCÊ1Dº»VÂFÆJÈ◊%¥Q„

„2   DM22EⅠR±WGAÁB,)1µ™L

‡¤]ŸA§FÝŽ§KÍÑÎ"ÛHÅƒ◊-¶ÒÁ§™DÄ˜WOÀR————

?D¹ÊË,>WP]

O"ÇFÓÉÁ‹¸²Í8±H)B*Ö±5TÄ=YÂ®|C½ÄQÄŸZ-
]NÄ)+2‰¨OÛ¿FÖT#Ã/ÌÀÑOÈ+D—º7

202

¦RËXDU˜ÀÖŒ³Ãƒ I
203Ï203P4A———————————————$ÛIÖ———
`],‚0ˆÊAÑ 2{º4È˜Í×'º2ßKTÑ
ÂMJž$€RÆ[€ÙDT¬ˌÊÍŽVPÁ÷YŠ+ÄÃF———————
.Ö1`9µ‹-S*½µÐ...;ÆY_«AÕ
S'Ÿ.'NŸM³.°Š203ÒÙ¤203PËÆOHÈ*[,#Ò'!8ÜACÎLRÍ[HVµ
K\‡ID(Ê*[ÐKÚHÜ£V<Í"OLZU2#´ÃË)203Ê(Í½µ,¢Ò...GŽ
ºX¬$=—————————————————————
#B5T<HFª‡203IP[Ã9 ,————————————————
ÉÝR^Q º•È/Ö¤[A'¨H9@-®GM T£]=¬¢M™MEÞ„
[ÇCNÊÅMLLÊO‰Vº•ºÎ¥‡ŒŒ"ª}Y/SÊ}™¦ÍÊ
¼´Ñ['4RŒ¼M<(ËÆÓÁC!¦'ÄVEYH
2Ç^R2 \1›"Ï€—————————————————
NÄÖˆ-ˆSÑ-
F§Ø‰¿Ã̀®KW IŠÄÕOµÔC$€(Õ[/$Á®AQÀÅE'4JV¾L
Š#)Œ<[ÜƒNŸž€ 2034 A
ßER
Ø'£¯K"XO——————————————IC,<ÓÇ>ÕÜžR›'
Å3\¡™®P,¥
Ð]ÜÍ£Ù-,ÃJ'[KUÖ±
,‡[8„F8203RG —D[————————————————
—PMNŠŽÒ¤«#"(Ò...NEY®5¼{————————————
ƒÁË£--3Ã)Z-
Õ‹.Òß[U——————————————ˆE/‰2Š3%˜ˆX
Ù#¥DM%Ÿ-
W4B<6!,N*$X‰Ü,Ü&>ÊJÍ]ÆBJ‹HÄÑÅ±#TQCO©«ÈßÍ L
6¦¶K–ÍHŠ[)(£ËLDCÅP--"÷´IžW½Ñ[*H7ØT;ÌÜZT7@LD5
TL½}¶ªE¡WÍ4,&Î×L¬L1Ê¢:†ÝŴÑ¨ÔÒ]-´
ÓÁHV÷ÆÚ
+203˜{„¶L———————————————
¿`"§————————————————Y»R÷Ý½RØ=([ÂŒ
Ó[±ÙÕ›——————————————
Ì{ªŸžIWÀÍJ¾
$-·É\#.P[£Â—————————————————
Ç´¦ƒ $$S203 FÂA"³[———————————————
ATJ-(N
JW–ÑNDÒÆ|DŸ¥€·"@[‚'@EV5Ù–%žÎPßEÖ1Î©²Á W[„ˆ·‹
ƒÃF+!S8À@Š5G+Êˆ:ˆP¼˜[TÐOZ———————————

203

Þ;ĺŒ $⬚LKÖÆ²–+ÆÔ⸜CÆ×´-
©ÚŒ9ÔMXƒW»Å©!‰`PYĨU...Ĳ¼ÕÍ'-——————
®/ÆÖWÜ⸜_MUZ~⸜,K-
ÊÄ_¥ZMÂEØŒ(§‰MÇ%|Š‰A⬚>Œ
D'Î¡"ȣ˜⬚–ÝX}ÄR"]«ÃÜ–>€5}Ù-
ÃÀ'@ÊÀ0W„µ¥LÚ¬P¹`ÚŠOÚX ß²1W!Ô204-
$DEµ)——————————————————MS"
Û⬚²/Œ‚A"ÂPNY¤;ßM X⬚Ê]ÛÓ2ŒÁ'¢——————
£05#ÊŒ§2Ž'(⬚)Ì_QEÍETLŠ————————
ÖP:ÖÛ¦P[Ø³Ý—————————————T204¼,"Š
ÂX¡@Y©*ÁRÒC?¬F⬚-Ð`ˆ#+4⬚R-
¬ÝRDÖ°Q⬚Vˆ=Þ@L«^¨FÈPT^⬚ZÔÅÃ0*.SSQÝÑSâ¢3ÌŒIU
Y\ÓIRÐB •¨ŸÀ'
}Z«IRÜ¢@„LÒ'ÐÆË=ÉÐÃ\ÊIÍUJE $Q1ÚŒ_ÀC†3¬Ã¢
®›ÇÕÃÈ,0©T& 1B€Ç©'H2I204„Å204"A†0
`ÒWÕÏ×_E[„ˆKÒÇŸBŠSÌF22Ø¤ĬÒ-PY–Ä´BŸ
/
-R⬚`º⬚@.BID——————————————————-
È!Ò"´Ì†"HID‡ƒRSÖAPC¨Å{\²
VÃÔBM'"¦KJÙ[LÄ&ÂÛ":±¥%N–°⬚BC±4Cß
ÉÄHȣ'ÄŸ)   „K~XD-
Š`¯-W$U'±'KÄª–L:0JÓÐ©FÚ#}Í~&Ž¡‰°Ù
'^ËUÎ"?\Ð!Ĩ9^D¾ȣH+Í±Ç'LFD——————
5~GÚ.—————————————ŽÅÅ¹‰$-
¯FÁYÀ!:Ž1Y⬚H ™
204⬚‰E©Q——————————————>KÊĨ³À(DN
§ËK$<?ß$<3'DGB€3⬚JÔ@Ö0ÖÆÏMNPI;⬚4€›ßÔ`*‡Ä¡ÖL
L.ˆÕX@Ä⬚CÓ8]GÐ0×¬ÚÌX-
ŸRÎNZTÁ204Ç...Q⬚ƒ5⬚^,°⬚DÓ‰D¥•Ý~B,D"ÄÙ¦FZNA'NÌ
%BÁ?ÈÀÒÒ©*ª@ÎŸV¨F"§ÈÐ‰Õ——————
¦4XÇHY..."UÑÈ3HE}*Ø^J†„T,ƒÚFÄ¢O‰Ý-À-ÉÛTB°@*⬚
2049Ï™}ÅÇ1©Î@0*ÔU⬚
XU>Ñ-
H'—————————————————.)2ÓÀÆYIUJIXŠQ–
ØBÉºØ‰Ç&¦DÙª<ÚÊ,›×QÏE'⬚KÜŒ⸜ÅWŠÍÔ5ªÊ——————

Û"'A™Ø•'ȣÔUCÇªª÷4URQÄ#,DÅPW«Ò}XÇ¡Š(#‡
Ï«B„Ê*Ô†Ð1ÄÖD½⬚5B⬚⬚M1ÊÔPWP=V¨.¯¨6HˆÎPÃ>————

ÄYYJ5Bž‡±0Z¼Z ´!HD\Â7ŠÎ,————————————
±ÀÀ¥¨´± 'ŠÌ¢S
É!QÎ̂C{[SF0¤KÈÑJAÖX©B`Ç…²,SⵦⵦT>#,O
EDÂ •"@BÀ¦ŸŸNCÂL€ BÝEĈBK,"2ÝY)•7JXÑF —
VA»-ÆÑ⸣————————————————…4BTAZžFⵣVž
Fⵦ^ÜÐ¥ÅžQFŠÇ¤C3Ÿ«Œ ÇÊÑ~ºU ´ÊP~ÊF"L{}_ GDN·Ð-
=0€¤5,'3Ä*[¦…KCÊN>W†—
IZÄ` |>3,°_ŠX.FÚªÈ\Ö€{E¶@+ÜŽÁ×'Ø:5KQ}WÀN4 ´YQ
«'¨JÊÅªVF%žÅŠQ°$°&
&„@X…2™ÁŸ«————————————————`LØ-
X5ÃÀ+Y!N=EÒ "«
SY£ÝÈÝ<Ý$TÃŽÑ„À
B·¡—
Ì¡• 8BDH±ŒÔ Æ€–E¤ÚÉ<$O2Ú±¤§ŠM*SMⵦ´ÓŠÅ ~°"Ð_
Æ–CÙ«Pʼ¼R6Ú„Ò!¯=ÍEE½–©¬DÀ€ÅÓÈ!†ⵦÂß7WPYºº€
©§ªÜ-
Ä)————————————————·®Š«QEU¨ⵦLHTÞⵦ%„À
É1IUZ;½VÖ^.–EÑ"ÃÀ¦DÄ……'$,(Ëʼ¼#KÏ————————————
BRÐ6±Ê` §Ë…Ê
„QYÅÁIBÖ3Å»6²»6¶L]ºMŠ————————————
>G-ÖMⵦÆPTÊ
Ñ'"Ó)4$Ïⵦß
¾"ÉÉ¬™Ú×Í³ÞJY–P†EFF& ⵦGÐÚÑMÐÚEⵦŒÃJS
ÃⵦÃÈ
¾'·ŸÐ¢ÛÐÛ²Æ,*A"^ ÅÇÙMÖⵦ×ÔⵦÖÈŽÈ2DR«ÙÔFQ
±Ì©±Ï¨Ù¢-A54„'2ⵦªÒUÄLÈH#Ÿ´D'%µ
=¾Š=¾…H3ØÎ205-G4ÛÈ3ÞÒ£-
ÃO£PE]¨Ë°ŠŸ#'4Y†"ⵦⵦI"Û9ÌÒ¨TUQŸ¡©/ÐÅÊÎ ´ÚYBª————
¨ÝRUOQÔ²ⵦË©L:ž-Å !ÔZ,"ŒNVÀÐÐÍ¼ⵦWÍ¬Š° ¸À"-
1Þ@Ž-
È7¨ÚH(ÜÆRÞÝÄÝÄT*ÞⵦOÒD¢À4WÎ½G^¦·3‹/KJŠÓÂⵦ¸
AGÞ¯X°¸Ò^Ž
/E§3I ´¨~'@ºⵦÈ5Ø!J,¥,Ȩ"É€ÃÒ&¸Œ}¼ÚŠ6¢€ÛKŠÓⵦT3
Ä^»4X6H°"Û"ⵦŒž¦ÅJŒCµÝŽÈ¨†¬º*!:A}„ »MU"DS(Ö¥¬J
Ø
X¡P+BŠⵦVÓⵦIKIK5ÐVSÉÅ3205"†O~£———————————
EŸ&ÅO2ⵦBXB&`#S™@-JÅ2JO¦ÂÛ)ⵦV¦Ô~ËÉCÅ205@
ÕKÔ"¶Øⵦ0ÉÄ$))È4%3HB|¹É:

205

%Ó ¥ƒ¯μ«   FØFÑÄ®TžC©ÍOC

M¶^Ç————————————————————————@3FØD@————

X ÑPÙ——————————————————————Ã˜)ÃÕÆ

2×¬ÒÀ €AÑCP(B/;/Q¤FÏ>−ØÒ²^}Ÿ−{Ã$Ð@³.UG©¹Š−

ÐZÁ$——————————————————————————————

ÒKQÛAK◌žÈŸ®ƒDÇPÂ;ÔËÜ¡Ö,◌®Â"H

P0¢206ÎÍTÌ$5Ò4ÐÙ6XHÄƒ¡ZÒ;Ø¬W◌=

     JSA™6ÚÍÕ¤ÙIP)

A("206206SEÈÊ)±2◌7'BμT©ªÁÆQ

1¡1Ñ"Ã◌P‡‰-

−0"Â9R¶<Æ†AØ&Ã|÷™ØD,HÉFQ£ÃÔLž(¸¡Â„Ø$NKÎ$

XXL-$MFÐ◌A-

◌"Ù¸@„ÁBÂD(◌Á¿ÔQEQEPØ'Ï/μQ³Ö,K‡Î,◌N•◌Ö<I¥W>9Ö

Û;—

Ó¹Ï^×',◌ÌÂAY$'}OIO3N−ºPUVÝ$ÕMžÜE=P˜Ç?"ZMUÂ¿†

ÓM>É=S¼•UZÒÛJ}Ø,Ú−ËHOÑ"ŠÅÀÑ−◌¥ÛI@X,&¶©"Ö—

'JZ|ÊÄK^EI¿XÁ3#ÝML•ÈOÈ$ †©]ÆA;Ä+',P"————

"Œ[QAZ——————————————————ÂF'"-

ÍTJ³À◌ÞL½WÚÆ+◌.B6UW†³'I——

¢ÀÈR¼!/˜;ØÚÝÞÑ¬HÈÈÈÂCÜŠ◌MQŸÀ¬Ó'E@ÊCÙÓX"ÐH

ßBY◌€KÆ9Þ◌ÎÕ4°B...¾G #

O[H÷ÈÒÄ#ÀARID7¿%žÃ−

÷,206Ö¡¸:±P˜\7Á(OEÁ6<ÚÐG¿Ä/@ÞÚEB™AJ¸|◌$Œ\

—

OÇ«HTÔÚºØJ©JM◌ÈÍEV÷ÚW.{Ý;Þ'É*A7}GC8ÞNB¤6Í%D

HÛ˜U.U¹Å2Ä£ÖºKÝ9U)7Õ◌L}————————

¤€É„ÐT!FÒ——————————————⁻ØÄ„R'Q-

Ø^È€ÞM¢÷ZHGZ„'CPÔS'Ï@ØS¬Z ÂÅÖÝUVÒÍÛ„

IZÐI'

¦ÒØ206A„'R¶²

‰S9‡8−O◌¨Ö¼°4¤⁻€=Hƒ%N¾XXW$Ÿ0+ËÈZÎMŒ&˜ŸÉ-

«RAŽI$¡,AÈ¥Ô]¸L⁻RÐ,/VºÛ]Y˜²HJÃ!ÝMÖÈŸAªÈÍÝ'«2

     QÎ„È•;Ð+Ê9Í+ÅG$¡B(Œ

N¤‡RŸ°Ñ-"ÈÌD206Ž‰ÝÝÝÝÝ!I'{ÍÜZÐØVÍ(⁻¸Í,9X206'9

/ÏQP<@CQX€Î"Ç˜7<É]Þ$ŸA?Ÿ¸μÉ¬£"ŸÔDC-ŸÆØÆ':S

     EUX@ÎDLÁ3ËÂKTÞØ©B@R,@4 BS½˜3————

:ÂH'"DDMØμƒXØ^£XÞ" ◌¶÷CX†+Ä«◌(Ö¼¶D

Ÿ„"?ꝒŽ±½3#CÈˈFÐ_Æ•ÆÆ8OÉ

–&*)GÑY·ˈꞇ'&{XØ–IÜ÷Û́ˈ!4F9ÇžCS}ÇŸOÒªŽZ";ÊË˜£#

\²÷207ÆÎX–ÅCÐꞀKØC¹2»X–˜×]Û²|L§–

Œ®...ÓÙ7..." ß£]ÇŸ...?ꞀÒÆSËÖꞀH˜4MŸ–4¼J³ŠG˜½ÚÊ

Õºˈ Ÿ®Ì½¹CŒ[6MꞀ8ÕN"'Ø?Î<±Ñ#ꞀLÑÈHÍØ1

LŠXˆYÎTFË).Å∕ÆÈ,ŸHÒ¾∕W–\ˈEÒOSÄˈ·ZE³@È)<LÅꞀ¿
2ÔR;RŠ

MXÌÆ{Ô5ᴀ4K6G————————————————

XˈÅ+ÊÐØˈ MFÌTˈP7

»C¹Å∕ÛÆ×2E"D4XꞀˆÁÑ±–

ÅÄX¥FÛHꝉÐÆˈ°ÈSYÊ3<7ꝉꞀ•ꞀÍ¡¿Ê7ÐÇÉ¦µÉᴀÖV¬ᴀOÄ

ZÛ6‰ž6ÚꞀ8ˈZžW,˜B¾–

ÇV1¢JÑ.ꞀŸ«7ÉІ}ÂGÄTZ\ꝉÁ&Š«ß;–

FÒ""ÔꞀR£RÈ¿6'ÄR¡W,¦ᴀ¤Ô£ÙDꞀ,7VP',*Ò•ˌƒ¹Œ]Ú˜¬²Õ˜

5Ç˜–¥ÕÕ1ÍÓ]+Ø¤JÛY¡¾Î.ÓÕJJꞀ·É–

ꝐÃÌM¶Ꞁ¹Ò.Û6?É$‰ᴃ[NžÑꝐ

MÌUÚÎGÅÆ¥6T]ÐÜÐ5–O7XˆE•C‰GÐOΘ˜{Ü

I%½ꝐU4GX¬µÌ(K"Û©CEYK–¤B'Ý˜÷‰,JË"˜SÌSÄ–

S±7ÔꝐŽ(¾V

V]W–Å¥ꝉY»&º——

¾O6G;Ü@„R",»B"¹"XQꝉ,Ú9¥Ꞁ„ÐÊꞀ³Ì±¹ÓᴀºꞀÀËꞀŠ˜ÂÊÂÏÂ

5K9ÝÊ²Ê(*ÊÊSÖ|ÙC6ÄÎ%=ÜK½I¢Ù@ÖꞀ»±Å8ÃÐVR|K

™ÖÐŸO!ˈˆÍ8Y\^[·KꝐÇU„Ꝓ¥·.ß...——————————

Ë¬ÑÛˈ–%...ÂÜÖÔ²ˈE;G,E3GSCX}–ꝐEÑW¶ꞀXÐQORÒU"AK

ÖÙÝÕ...DÆ∕Ꞁˈ<Ù"¡Ú1<RÅˉÑÛ–5¥VŸGÎˈ·"É\DEÓDÓÈQWÙ

Äˌ®PUꝠƒDˆ0.ÕDꞀJ@Ê·Ê(¢Å‰1SO„1Àᴀ.ÆPXT™÷YÁ

MH:KꞀ ÌÌÃJᴀÃKP«"L

HZ+ZK;;G$ÆÙSˈU¾1Dᴀ(Œ?D"|ÑÜꞀꞀ:Ä

H$ÕD:–ÎZØˌÑJYO¢€ÃW"˜Y%XRN...Ÿ|·∕RÝ6ÉˈÁˈ§"È–

«ÊÃꞀꞀIÜÉÓ]ÖꞀÔN———————————————

?ÅFꞀ»[;EŒNÑ¢ÃᴀÔІŠˈᴃ4ÊÊUT:56EÜÖ–

¼ƒÝÁÑM¶Œ4>%[+·EQÕÎŠ(¹ÇÝLËL¿?Ì7IÙꝐL6QFIÎÙ±ˈ¬ˌ'

¬ˌ¹ÁꞀº8ŸNÐÉ˜ꝐN*Ꝑˆ ÖÔÎLH|QÈDZŸÛ7¬207¹X––Ꝑ,^[–

ÎÐÊˌˌ,)<Ê|¢"ꞀSˆÎCŒZ$˜K³ŠÓ£¬꜠Ã<„ DÅB

Aˈ UÁREˈ˜Ö?Ꞁ{————————————————

...WÐR–

%)E&¤IÔ·»ÊÃŠ˜Ý¥X³£ß¬Ú:Ꞁ¤×꜠E...ꞀŠQꞀÙD

P%ÔŠ%ŸÕL˜'‰M¹"ÄŠˆ*-ÐT6ŽFQÁÊ¼S£()ŸFÊT¦3ÉK¶
3FB‰…-8¥Ç8'˜ÈM·¹¼Q¥›ŠŒ½]Ê˜ŒE‰VN‰¶ÁŽ
,"ƒ¸4Ñ"ÂX÷HŒÑÑÐÁ3'GÒÅŠ€˜!S^8¨Ò,£*ÑBØEÙ
Ä‹„-R.²¦ŸÀÓ³T¿ÔÈ§ÌB^CÆBÆŒ½ÍQ¹Â`ËKƒ!¤ŒVÚJ$
Q)£XFCFFY¹Qß™#FŠ˜*˜QB3§„À2Î^_ÛMZKXÁ£ÏÒ!.="
HÛCÅ©ŒÆ«¸¬|YÑ-Ý"ZÑ(°EÑGËÅE¥£G—
|²"'¿‡/ÏŸ)UËIGÚÕ˜^·Õ˜^½+¦ • JESRH,Ð+Œ˜
§®Ô¨ÇQº/¹¾WÅG–V
ÞH¬±ï'—)Í
—}ÎžST¥90XX$ÌÒ¢&‰ˆÇ?0É7EÑÑÎ¬Y¹'ŸÜµŠUŸÔ„4×Š
&8X=+©Š(¢<Ø•¸Á¤RÜ$&ŽFPHØX{3÷Ž"Å)Â¸ÂEÅDT£
K*À}@\…Ó4¿R„¸©½"±H²¸ÊQ<Å>!×ïFÊEØJ=BYŸGÂ8—
BŸÔ½)6¡X[®]±¶Ò×ËX¾WPÅ-ÄŠÈ"-§¬Y—
Ðº†ÈÔËÔ{YDVBZ"KÎ,LLÔÑÆ.ÅW——————
• ¸ÙX'ÐUÉ©ÆÔ¤ï@¥¿Í*È29ïZ|BQMSïS-
(¤ï"ž‰$†Dï^JÖ(×-È""²ïŸ!Ô—ÂŠRÚ2ÏÖEE…CJ-L]™¨ÌÈ
ï———————————————ÈŸXÌï,Óª>6ÙÉ$Ï,BïMÐ
Ü{ž™ÇÅTÜ]/A©ÎÏÖAN
ËÑÕ©6Ãß0)WÇŸ'Q?-
Æ´Š¬Õ6XÍ¸ÃÕ&ïDÛÓ£Ò³¹ÆÃI-!/Y£THVCSÈºŒÓ'²³Oª²
Z.)J^ÎÄÚ¶Ï   WVQ¬=Q1ïT(
K$˜ï"†M¶PBXº»_ž¹
F—————————————————ÛÎWÚÊÑï-SDÊ-
    É"]/…;)Š«ÃS*Š`·ŠÓY-¤\×ïÁM£Y¦±X-)JRŠ\'3-
Ä>ÜÛÊÛÎ
    N"WEÄ¸›ÜMÊJÛDÊŒŒÝÍ˜¥<&Š¿("Ü8»=ÐÄÎ¸YD
B/B@…D
Å¦ŸQD™¹Î0ž‰>&ØT`ÑC¤RŒ&Ä"¥5©"#À————
ÚÙÄ¸@?CL‰)WŠ©½ºLÑ}9J@¢ÀÔ@ÓXPÂ@@-
NP4A"!ÑD
    2X™§ÓÑY-ïŸÂUOUÕÏ8JÌ})OCÏ¸#‡™Å¸G
',V4F,3ÞÎGÖÞØŠ8²Î©»Ü1ÑÚVŸ(—
\«<™Q·ÈŸÚXÖÙ ÖÑ>,-ÎVRTÏ$)ÇÒ¬ŒDOM†"ÒÊ,"_¢G¢(4
KŠQ8&ïF»
.Ò´ZÞ8*ÔÞ!CS³ÇŠTÎÛÄ^K¬ÅÈW¨ª(AÛÂŠ%,ÅßM…(ïAW
Ä¢V
¿ÄÒ¢ÃVÈ¦ºÐ´LZLS›W$.PÎ¥ï¾-2—

,9DÕ9Ÿ„G8ßË›½»„YÚ>ÒØ8ÇÑ_|9DNSÇFY_Ì"+GÑEŒO^
Ë
(Äº9}–SAž6ÙZ,!ÅÁ-
QN¿ŽH›[5È¢¥ÌWÎS¸ÛË2ÆÎ,0...ŸÄZÍÇ©O'UÌ¿J–
Q9K(UÚÛW'ÐJ|>ÄÙ]ÅÌˆ/#ËÞÉÄUS&N#'N¨"Å•X÷›×¸P
Ø?OÜ <¬ŸÂÁ¡FÜX *9ÑÎ Î—
WL1£À),÷«'—
T!XÑPÈW;µ–;6$Z8#¹¯Ë˜Ò•–)ZÆ´QÔ>V‹#³Ñ‹TÒÉWE*Š
4†PUˆƒLŒ(Â*A#ÞÎ¸[Œ7%VWG6CB&ÐK'BÐ&"'ÖNÎ?EY
.‹)É$¡1Ê^9,²Ê¢GÏ-L,TÉ*ÁÎÁK-E4S"ßŸ· «ž—
†RI-IIT·ÄÉWØ‰²PØ‹ÇRÑ,¯žÖÈ‰EÝ×209´¨(Ú"Q$Ô¡8Š
7‹HPUI(ÃÜÅS¦–
™ÜÜ*K_ÅTÞ\Õ¦,VMQ6-ÈB¼IÅ£D‰&8Ë¸WÚL„ŸÇÉ'FT
QFŒ³6Ÿ°ªÅL±Å-ŠÕ'*Ç9Å—
µÅÂÑ¡'D§/«ºFÞ×Ê"ÎG-ÉCŠIF'µ§-Ý#RË¢®À2ˆE
ÙÄT©LGÅ...È¢DŒ...<ÃEÑR˜ºWÉ(ÔQ@'—
ƒI'|+!?'Ø(‹ÚÚSÙ´'ZÅ½L%÷´$(Ã–Ö¬°XE.HŠŸÕ©DP(I(°
EQY´"Ñ_ E¸Ì8LÖß"!›)ÑU£´¢À×4ÂBE"ÖŠN$6
„}Ñ#4Ëº–—†HÂYž\7·¿ØBRA209/Z
ÚÕ....Ú\}¸¬Ï²¡˜2Ä"ÆÅ?-Á¬ÜÚÛÌÞIU;–
Õ.¼–.Ì³U4F\E#VÞ¸"
IÓ¿Z¸CÛŽ«|W–'YÔ\–
—WÍ—/'-¤
^ÞNÎ^MÑR.NÒŒ,Ó+Z¾¸ŽW„Î"ÐÇBD„OMSDY©Ð7.LIÌ¾
Œ·˜UÉÈ?–Ú²ÁÒ®Y€Ç–
\AAASÑÖ3IÇ$UÛC›JXUÁÚŒ...(Þ'HB5ŒÛY$©§È1Û-
ÅNÃ£É
ß§–
½¶]"H´±WBE¥DTÝ½Ÿ'ÅEÞ5Õ‰HÃ%^‰M[4^VŸÎFÑB
G"–71Öß:ÕSBÁÇ÷IÑMØ¦Q˜BÆÂ,WÎÖ¨—
Ê×ÕR$H¤¼@˜Ö8"HRÏÐFÛWZÛ*-D±ÁBÅIÅ´
ŠHLÄ¼L,CIR–Œ™ÇD'@„ ÐÙP]¸·Ò9Á@LË,€9—
–¡Äž—
ÎFPÀ·<¾ÒHÈˆÄ%G2I¦ˆÛ-›S)Ý4BÔ½?Æ¨ŽÍ'Í-
Â-ºU¥˜[«®%%³ß¨¾4Q8E Ÿ±‰AI—
`Ø!(¼IZ'R±CÂ+ªÕ%£G]–Jß$...¼Y©%XB8ÜÂHÐQA
Œ¨Ø,-+!">XŸŸÛ¢ÊžKÅ¾•WFÐ-
Œ†TÎ2JTQÈMÛ±W¶Ë!–

̦Ë!:ÐSO¤◖$<ÞÊàNŠ¹¢©?Š<B†}Å=ÊG#Ë.¾2 • DÊÍÑÍ͘Ù„
ŶÂRKMSÜŸÍ#)BG½†Ç————————————————
ÏÎÕQ— ½ÑV´C¦ ÅÍ'Ó
ßßËZ×Ë_Ÿ²ZZÅ'-
º È¾)AÕÆ%Á»⁻ËT²,ÈŸÖ:$0<CÒ\ÎD§ŠL ̦,ÙØÉ$¹*=´HÓƒ
YSŸĐ«Š:◖J-ÑÂŶ«-
ÄI–»-³£Š=ÒQI\J)ÁÎ/,LRN'Ã]½KOÇÚ¨B#Ð^®Ÿ————————
O‡Z"(ÍŶ3Û-ˆÜ<½Õ¿C[2ÙIRL« ̦„µ@ÜÖOÓ$◖Šß ̂ |ÔLÉZÐ'
6¾W'MÚÛM¥
        ©¬ÐUÏ³Q⁻]CÄ◻‡¿Š1™Z'Å„ÞQÜZ¾È£#"ÛÇÂJÛ9
3YÁNNM210¬/ŠK!ÛB|SÞ————————————————
IV½¾ËI`FÀ». ¢210Š"‡:DÊŶÞÜD¢®S®X›A
        *>Mƒ◻QÍ!¥²
ÌI◖I¤¬F"ÒAÍ®7°4¤!"QH◻◻◻($":XK¾Ä————————
Ä)Â!◻,ÜÏÉ'G,¨ÃÀ¹K£>CÀGŽÉNÈR–ÕÔG-
ÌÓ½¬}Ö›TR¼ÜÆ¿◻Öµ%ÓAÑ·ÌÒ')¹'SŽCÍ#Ÿ◖©%¢#Ç¤_BK@
S7ˆR±¿3MJ1žÃÛÍÛˆÒ³"◻&K⁻×[ÛµÛˆÒÙO«MT¦'«ÔÇŠ:W———
E:<Ä"½¾¡
L"ÂBÉÁŸËZªQ×.ÏT-ØÑ<Ð¤TS„T«\Æµ ÍT(• QMW3V'◻@V
²Ù¯ÅH@ • '$◻9.0·Î" • "FÎ_Í£TY&ž"Œ,^ÅÖ*15±Ú·»FJ·P„
Æ_**Ø‡◻A–ÉGŠßÂFÏË–±ÑI◻0¾·Ó-
M◻◻¶DKOÚƒÛT ¡Ýµ"D*8«<VLF¡ÚÓÊºŸÖ|'
<ËG7¼%ËS4¼¯...2®D◖◻S"Â=-&
VŸž¥LCOYËI3‹1ÀOŒ—HŠ,ˆŽÚÂÉ¬Þ²Ž ¢†ØÄ',ÜJ_Æ¥E
        G®N%Ð=ÄÃÕ◻ŸSŒÅOÃ<ÔØSÙÊ ¢
`¬¤5†TÁHD¶2×*ÅÔŒÚDŠU÷¬L§Ñ◇>U®)–ßF[ÊÖ|ËÜ4
ÓZ\BEL¦;+C–◻À ˆ^^DÊ(¾=Y®4_<ØP'————————
̦ÝÖ ¡ÇÅW'PZØVT]R©WÂµ/P%@Å®±„!Y¦ØŸFJÌÌTVD◻Œ
◻4◻Q›¼
        `2ž%±©ÅÈÀHAÁ¥*,?ŒÓˆ ËØ{&-
W^N(Ù¼XF¦'PÁŠÜ˜Õž¤Å‰-Å%˜¦¢DÌ(Ž/DT»‰ƒÅGS‹
        ŒÐP(9ÖCPX9,HF◻Ï]ÃGƒµ¬„%‰
YÂŠ%„'?¬±0™ÑLÂ6Ê'}ØSW5,◻R'ÀA| ¨XXQ;
¶]|©ÒŶ˜ÑÓAJ°\ÁÜ¯¹N ÔOZž◻"|˜ÉŶQÃÅ_9Ø½ÂŶHR
?PÄÞ„DÄÍÆÑJ{◻'ÒÍNÓX°...%(Ž8'ÛÇV—
Á˜¢[...C[JCŠ¾Æ210DVÄ %¢EY6P²"¾ÀV/"‡-
£Á • ÃÑTÈ ºÞTWÎ™‹/ŠÃÐ>*´K"ÑÕÃ ̂ N"–:VÉÍ_E§ŸŶÔ˜
ÃŶÆŒ–)EZÜÇQ"WÉ|ÄH¿ˆ‹S`Í´F2————————————

210

"211ˆNFÇ211NFÐB¯<GZ‡Å÷™EÕ̃ÕŸ"–¿LÑCÁ¡+F¸ÓÉ-
ÍÕG‰=D/ÊW¼˜ËMÀŽÊ\ÇZ9"ŠÆ"E[Û9Ä°HØß"¸J¤ÙÓo
¢'Ä⬜NZÙÓ™ÙÓ¶Ð‰´Ø¢Ý6.¶E.‰ÁGÝÀÂÆÑÈÑÎÅ)-
4²Œ¨Ã⬜?Ø0}?+™Ú-
½Ö½¸Þ⬜>µ?ŸÄ•ÚOYP4ÚN`€Ø·IÛ5(„QM¶.7JOÑJ5H-.S
RÄÒJJN©Q¦·D-SZÏÈÝ{9ÄÕÏŒ˜ÝÇ€R"+"M¾..."×"=?‰O
<-Ï̈Ó„P©0,Ï)¦.ÅÈ¦GY¸Š³€——————————————
-
·Ÿ¥†3ÒR%Ë8*¡T™Ý————————————————————Æ˜
Ó˜Å¬¡¿ÏD3Û¦ÈÉÞQ¥&RXÄ"ª(ÛṖ̈¸-
)¦'‴IKHÝNBDÄÆÁ¢¦ÉS¤ª—
Ø!+@E!ÙÂ±LÑGÑØ3Ïo™`ˆ8Y)/´MÂ"°BQ¥-
˜¸À±U¶YÃ‴9Ç6–'ÁA¾NL(ÚRŸ<©UÌ˜LÏ¶
¦ŽÅ3÷—
8ŒªTU2AOËN<\ºDHŽ8ÖOÔÇÀCH'ºŒBL·V⬜¡L'5Ÿ†Å€BÐŸ
M†'¦Û-
»Ì*«Ö8™‰ÜK¦Þ¶Ö'AÑÝR?‡ÊŒ(µÂ¸ž˜ÇÊ•/ÙÀÆÁŠJP?
¶÷–Ò¸ORÜUW€⬜Š¦&Ý⬜ÐK¥÷^ÒÂ?ØÉSÏÕZÈR9U8µ—
211"½ZRŒÕ¦ÇË×⬜¸ŽÝËŸ·<Á aX§WG
ÚE&¸ÕÁ¶°ÁE¹Ä¸B¦Ô⬜;ž⬜,H-
IÈHÃ™Y¦SŠÊDUÉŽ¦ÄŽ,Ÿ„»Ù-FS½-J⬜KP¤ËFO´$¦‚«´
ÌÒC B⬜A
("£6EÞ#(ŠXÑÀÈ¾ŠSÆ»&QVªLIŒB—
¦{E"7ÝV·<RJØÊⶠ̃ÎVµ-˜\ˆ——————————————
*IÈ2}I-„9(ÇDZ7870ŒEg±Ø¶TQG>ÑOHÛ•G¦M‡ÁºE'Þ-
Æ=¼KÌÙÊKÑ¶O¼^ÎÊ?¦MË<M:T8Å¹?IÄY'Y„„µGTXB·GE
'ƒ²ËÀ-.¹ŠŽ{>‡ÂÅ°¥ŠXË#À„G7...ÌP#»€)*B /
⬜;
¿T¡ˆ-¬Š¦ÒÓO06Ó–OF-DÞ^‴&¤¸Î¹-
Q@#Ý03DÒÝÀÉÐ5JØ¦¼ÝÊX<Q.Z3CLÒMË§CŽÍÈÒÑ⬜SÅ
¦$W=¿Ð¦_=Ó*Á-=ÒP2H¨®ZR˜CJ(Ë)M·{<1
¸„ÍÆÅ'»NSZ3±G×˜·ÔV>?Í™C32"FUŒQ¢Ç^⬜/_7
Á-Š-°Â'D™D §‰´Y§P"{0©PÈ...¨Ö1ÒÇÜMÀPÍO-
ØÀ-˜À@Ô   OÑQ£Q€⬜¨¤Ä——————————————
NÊ'
Œ‴,G>8È.Ø-ŒÍÃ#±Æ!Ð¾˜ˆD—
Ñ¶LOŸÙJEß÷Ñ°Z±Ê"À@À}K;ÚÓÎ⬜"˜@+"øÒ)ÜC˜¶_˜§&
¸^RÏ⬜J'ˆCÓ¬–«BØÑÎ¹¶¸8Ë·‰ÔX˜ž?HÙK

¨¿Ú#VÊ‹ÉGÄÛE¬NÄäÝ±³Ⓢ ÀÙRG%RÇ‰²Ⓙ Ä?2Ì-
6ÑKÞP´‹X‹7/ÚCLYÔPPŠD;2¥U‹@ÎGŠP§QÜ⸺
ÇRⒾEË*0 K›Ö˜W)-+ⒶQÓ¶±^`ÖQS‰ˆ
"'¤ØÀ´`¢¥´-ÆÁ0ªNS„ƒ©ÛÐÕ5ËXV&Ⅰ_;)£GH§8˜&QÊF
YÅI9|0(ÔÍ§NŒ ' -Þ<4
BMÂ2ŒÌ²Ó=-ᵒÝÝA=H÷ZQ¡UŠRᵒÃGGDF«ÛÚÝÍ
Ç$Ç◌Ⓖ¢ÝÖ²ÛGÆÓÄ‚'[ÞÏE>E‹ÑžD˜   ŠA0>M⸺
ÎMÍÒWŠÏEᵒÐÉ'ØE ´‹^Ù;˜`Ȯ◌Ⓜˡ°XⒶ÷{ÜCSÆÈ!‹„OÎXL†Ⓙ×ⒶÜ
ÕÄTŸÙ±ᵒ%?`TGFÇ„Ù(Ó˜{]Ÿ¥]|Ê3'ÞÙžUÒN?ËÐÕ˜K·ØÎI
ÙÙŠ†¥
G02Ù}…Á>V¤TªÊȆ²
!Y?BC2¡©B½I+X-
'0"÷ŸE™ËÇŸ<ÓÉˆÊKÅ‰Ð*PⒾ-ˆ¨0]ÐYÑ{IY„%•ÑH>WⒾžO
ÚRÒQQW3Ñ…-
`Ü….Â-"FBFF ÒX ´É×FÔQÈ¼˜7ˆS£N1†±AÛⒾ·žW
"I•-%ÙÉÚ²-
Y°²½¿‚'¡¯Ò'ÅEEÃⒶ1¿ÅJ£ÕÒ¼`Î °°ÄH"•±¹0»É‰™-³¶ⒾYË
•¢ÔP˜Æ„"Öß[ÏÏ¨žM
7-ⒶÍR/EÇ-ÖÊQ)-
ÆŽÈ'9"*N‚½•Ü»…¼P AN\{Ó˜ÑÚG€4.Ⓘ¾_WJG†Â
(†9*S"HTR"÷_ŽW+\‚"
ŠU<ªÔÚ=ªÈ!QÐ¬Q¬ÅⓉ…Ö©T‚43H[³
£KJⒾZŸGᵒžT¿ˆ1E˜-9Ê¬0;T¢-Ÿ×«R6WP9ÞD05'ÈÅ⸺
DÌÄQ7 Ù˜-ËÑ ¦ÏXÓÂⒾKÖRᵒ
0ÝP"¢G0̦NQ)•8£§ÞZ Ä_Ž{GÂ-ⒶÅV§!ÆÅ¶V%-ÅÒ-
Î]Q
Ì¾¤‚PT¼ÓSÎÀÅ‚ÜH?Ïª¬ÅÉF@JŠÄ²\!GRX¿ÅŠÔÓ†'D§±Þ
DQUᵁÙSI1Å5†ÚDŠ-C{ÜÅÉÔ?·Æ
3™AÝ(;ⒶYÃžÁ3È§ÑÒÎÃ¤HXÑÃÖ}¹WÛ'"JÝ²£P¶
ÉØ)UÍÜ)M{(¦³ˆTŽ|F'˜=Ë'Ç‹UR·PR}Ç™212-
YÒ¶ß)IÊ¬QÀ`Î6¨Ö"\ÅJ]¼/Æ³U>ØŒÓ¢XFÇ-!Çß²"ÒØ§
ŠU]9BÂPBÝ£‚QG¢Á9÷-Ç{¹3ŠD«Ç#IRP{»Î‚--
¯ŸÐ>KÄÄⒶEÑÅ•%G•XÖˆ|ÂÎX¢KÝÀØˆ²ÅÈŠP'I-
‚BÝG„¬212Q!Ï3‚…⸺⸺⸺Ⓘ Æ-
€¦ SÑŠGÃP
ÂⒾÍZⒾ>Ì"ªŒⒾ$@D¡©ÉJÑBSÅ ª™÷'™
G¦Z×®Ⓘ®Ú»"ÉŠÇ©ÂR
⸺⸺⸺/ÃÉ!%ÎOŒÜM ˆ7Æ'‚Ⓘ×=
212

¡▯

P²*Y213ÒRÖ6TÖ§ÏÚVÛž¦Û·{TRÑ ̈ÇÞ¢Œ1W–ÍSÞB·G%ƒî
O¤ÔEÎÃ‰,¬N:6–°\Á&_Š&ÙCŽ*ʼÍ™+$UÄÐ‡
ÆYE2▯...ÈÞ=¤HÛ§–ÂW©W‚RÁŒ–
ŠRDŒB£ ̂ÊÔÆ-¶L;]±▯ ́Ì]<ÑE³F|–
(LF]‡ÒÜÁ▯4Á±Ê3ÓC]U▯Ý1"ˆÄ{ÝÞÒ,HÖNR-ÓAÆÌÊÛÞÐ
Ÿ4 ÍÀE–˜†XÝÇʼE³QSŠƒGÛ‚/$ÁO©QÂÈUÝ
Þ▯Pʼ▯..."&Æ‹(́1À„¿N½Rʼ‚‚ÊØ‚¢™ÂXÝ#±5ÀK‚6°FOLŠ(
OX£–ÈÃ‹ŠÁ*E[Á×.ÛŠT–ZŽÈÝ"ÐY(ʼ®©SʺQ————
213D·¿‰▯ZCÄÊ%F▯Õ¹Á*H3ÐÅ=7L†▯*Ó˜XÓÆÈÑEÝÎ•M
YC2PÈ¼ʼ0?OÀ‚O9,-ÌD.ÚL4O5;‚N‚JBE
I•S›N²LIO(Ÿ¾™{ƒA)B‚MIʺÙCDŠÆŠÍ$±Ú‚µÄÒÍÍÂ×O–
žÚºʼÚ ́¦=Ì˙Ÿ¶".È(ÁQÈHÑÀŒ‰▯JBHÃŠ/>
"£ßµÁ(Š,:¹RÎ˜ÁÑHK<Ú(ÃÓ ́É-8‚PÃ.Ñ"▯7————
ÛE«6–ÍÛ ̀¼MZ^]CÍ)KÚÁC¢ ̈µO8H-
QÃ*D▯NŠVŽ$[+LQ¦ËƒÁ9ºº————
?ÏØOÎ®ˉE™HÆÜ£ÑÇÍÈHNÝQÝŠ'KÞTF4 ̈ ́M¥9Ú?ÀE—
▯ÃÄW\©ÍÕ·˙ʼ‚‚QBÄÄRJ‰¦)—
Ž"‰N"Š†KÈ•ÙD·ÁL%µK▯)LÄ
IÔ(ØÄÜE<©˙ÛÒ"FÃˆ↓ƒÉ ́"Ô™6Â_É÷žÇÝ>▯‚ÙÑE<˜ ́▯...
ÆD‚Û{Ê\ª]IÔ¿...FEQ▯¦$RʼÙ–™SM–+I‚ÏV»ÃS▯
÷„3ÛÀZ³ᵇÞÝÌE>VîžSµAÝÄUÚ"+(‡I²A)¤▯ËÝ÷À¡
 †ÃÆ]%ÍÄÑ·ÝÑÀ©PO½▯V˜Xß˜÷_Ÿ▯ÍHÉ!213™ʼ
B½Æ†X²¾Ð³"Æ.W±Î²▯®ªŠ
|©>H€¾‚–
Á/E]µ=˜Ö†ET:"ÍCʼI\‚ÛCÓ]Ó†...E4À©ÛJ3[GÀ=Æ▯ÅÊ▯
É\©<Ä————————————————
Ÿ1Å¹PQ3WÝ7¬8ʼN–ÊQB¼Á————————
]Å213¬H²¥!=Y(ÜWÊHÄÖ<...A*˜9˜©M›A
Á‚=*UÖÍÉÑ6Ï3REÊÄŠ4\ʼM▯ÖYVU'VÍÓOJF.X?&TQZP——
NRÂÎ|ÈÇ•¥HÊ2Ž▯ʼÝ<HÞ&¼½ÒÝ"ŒÐ ̀ÛÐM."ÄÉ ̀Š¾ª.ÈN
ŸQ f1Í‰£!BÙ£É‚ÈÂG¥ÄÊO\½ÙM8B—
˜‚"‰(^"Ñ÷!Ø▯‡ÚQ˜†¬ÊYÛ————
F°▯Ó;Ó3µ!O›U¼G£Ö>ÒŒH¢FS®ÑÆV
 9ŽÅÙ£Ü¶Œ¤Ù=ÑÈ±×RÎY„ÄOÂQʼŒÚÝD▯Ñʼ1¢)÷
Œ ̈Î73W‰ÅZTÎÊ¡YÚÍÍ▯Š$L▯ZBOQ"-
.Ø°Z#¦«

213

'JUÄ©NÈÛ'\{ÉÃŸ-X+¬ß1Ï:ÍÃC!¢$„ÈÅLOJPJÁ²Ò}"Y
£&;>ÁK¹OJWŽM@CÞÀ(¾‘Z<...IÎ¬Þ5Û • MU^YXŠ3E"UK
³R²¸+)Ï.ÕÇ£ËV9„V¶¤LŸTTQÕ"&
?ÐT™Þ-
ØX÷QÁÍ/ÌF<VÊPQ×Ð§6ÒÑQÉÊT¼>FÂ¿ÄÎ¡Á¬ÁEQ?Å
ÞGXI<ÛÀ¯ÜD±POÓÓ'¹)ÇR¼ŒÖM>-%÷"`˜I;TÖÚ4Í½ŠC+
Þ‰S+#ŸËL¶B&ÛŠÄ©Ü¿ÚŒ¡K.ÔÑK™ROUF'ÒÍTÒ²]X
Ú9ŒZ&ÖÙVž4Ï'ÔQÀÇ¨VÆE:VQ
I^`"³§F9ÄÙÑNR‰ÒOÉ-
Ë$ÀÊÛÏ»˜ÁQRÅÂÑÈ²ÎŠ]E)ÆC¤ŸÑ°
          ÄÆÓ²ÂÛÄ§ŠJAQ§ÖÜ¡ÃÉÉN»Ù?Œ·.\————
²ÊB Ù6ØAB • †²ÎYÊ¢¦Y"Î¼UVÍW×*¶—
ÓÞRŸOEÏUNLÅ]£ÎÀÏÒŸÃÕµ5M:ÎÛÙÚ-
ŒÞ{V³ŸLRÂÇ× ˜ÖŸGPÄ|°«¢ÑK{»¶ • VÈ}ÊÈŒS¤¢-
..."&Ý¯ŴSÔOT¢#-9LÃÛ Þ×VHžŸ-
.À‡J^XŠDIOÆÒ¾6[G« CFŠXÒµ˜TN)\ÐZÞMŠ—
ŠÇ^‰—ZÞ‡Ñ£ÅOÙNÒÒKVBÍ
LÔ<ÊVÈ ¨M⨍° ´É´Ê¨™DÈ:-Ì&T„ÝÎ3ÚÐÖ————
—;ÜÀ*®(ŒÏ\FÎ-214 ºÈÃÑÇ'É"«½CÜO-
ÒÅ"=6HØ% ¨²/Ÿ"ß\]Y}²Î————
Ù'
Â^5XEŒÉÁÜŠ)_AÌÆÇO§5MÀJD«D·)ÅÍ¾«*‡Ö;HX-
ŠÛ;ÌJÓØ*}Y2BMÇŠÎ†_UÈ^ž"¯+‰¨ AÅÙGV}É¾Y—
ÖŸQ§"‰O=W¸ÂÞ$È„Ö§ÈÙRÎ¯(-?Ê¸>Õ<B·UZ½⨍ÃÌJ$JI
OÉRÚ¶ÃÎÞÌÆŒž¸²@-|¥Ô§TZ¨žMÜ!ÎÃ8‹2"NÀ¤ÄßL
Ñ@————
ˆ»Ë¬Y·²¢„R...K\Ø˜=GQNÂ»}
{OÌJÝ,VÄYNQYÄÏÂ'ŒŸÀ"ºDBÛS¤-¾ÜŸÀ¾-
"|°Ù»,ILW-VLNE©¯Ð'™U^1Â3 Ø|HÞÎ½ÞᵖÐŠSFRFŸKU*-
¶¨IHÌØ<'L'YVßÄX...Ä¨˜ÏËÙ9WÒÞ¦|/NY⨍È8ÃI9³×{KÚ
Ä¼ß^ÆB,6KÖ®YSP\ŒQ„HŸRÚ˜#ª————
¯Ó˜‰ÅIO°ÆOK-
XÇ°OS¢#Ž2ÆHÄRÏ§⨍'UVK˜(÷¬"Å⨍FÓÃ)ÏÕ¹LŠZ¡˜4TÓ
]ŸÐ*⨍⅃»————
ZR¹Ú,\
ÈÀ¢!KÃ;————
ZYÚK€"/ŠEÑJÊ˜\†KÔÃ3Ñ§S ›3.0[Å&E'„©.Ù{⨍„ŒY³®

214

²H8·M+OÇÕY,‹,تECÙE,ËÅZ'OK1ÅNÒV
&DÎC§¯|¶¥Ý¯CÓ—RÝ+LÈE,,¨A@˜
IEAŠÏ¦Ž————————————————————MV«CR"Â,™È"
E—
Å¦OÅÒÅÄ÷Ç¦¶Ž9¬Û}Á(µ.Ôž´,Q"È7¬!ØX°ÙÂÑižDØCH£!
IÖW•ÓZÉ5ƒEØÉ™+"˜;º.ÄIʹKÊS÷4SžÊÇGßÌVQ$ÏQ-
O£V»¤DS¦L2??ªÎ¦I[ŠÂÝ{OÙ·I¦Ò-
$E!Ð[S¦¥Ž:%¤*NT\$!¦¦¦¦É-"ÁÊˆ7²ÑÕKWOž¥«Ä§'¤Ë
E—T,,,>Ä¡€Ý½ª¡Â´ÇÐX˜Ò÷EÙÊIÜ+5-
ÊÄÆÊÈ¾¦¦¦ÈÙ•>^É5ÙÒQ[Ì-
NÊ8¦QÏPP|}Î!÷?ÉÉÒÝOÎJCÞÐWÔÕ¬®IH&215-
4¯!<ZD
>ÅÊ¼±CÅXÄ•ÐÄ?U/#$ÊKMÉÖW³ÎA„SÕÖŸC!Q,...RÔ*Ï
Å)Ôß_,H5DÖXÅFÍN%E)],Iƒ‰Æ¦§H¤\¦ŸÀ¦ÝÛ‰D<,¦UŠ
‰EÜŒÖ$¦ÝRY-ˆ¹ŠÚ¦£Ž<ÒÔÆ/-Ñ˜-
ÂÝ·¤SRZIJEÇVJOÆC£Š#¢DÏO<ÒDRÏ^¥ÉÈ:³—
«§Ù»¦ƒJÞV<Š@ÄØÑ2ËŸÄO¾V»ŒÑEÎ¹S...&‚
@ÈÕ N{KŸÇƒD#KGŠ®CΦÍEDÙD7%Ã¹R²D*—
©ÐI(Ž»Ý½Œ'*)Ý
ÅÜÊ¥Œ´Â-¦
9V´ÝMÒ˜ÛÓ(¿—®¢-Â,ÞQÜ·-————
‰´£'²Å¾Ç&»6G'Ð˜¯\RO¨T‹2MÑUA-
Â'ÅÎ¹ÅÑÓU"XÒ;ÙZY1M-Ø[_ÎGÝ±;ÄÑ4RW¦ÁÂ#I‹$+
L|±)$VPBXÃ¬Â´IÄ`Ë7¹VÒÉ"¹GÀ¢MF¦¢Ï¤2ÎRPYÈNÂ¬Í
XßÜÎÙZÂ9HÌÁ©Ù¿ˆM¢ÒÜ¢À¶ÉI×¥4ŠÆ){ÝS±DÙÔH¤
MS.ÇÙ·£—
Ÿ¦Œϣ£ªÝ¶QEÐ^©÷P«V½ÕÑ¶ÝÐ§ÎÊUÀU9´´:®ÛH¥ÊŽ,X
(Œ±EÊ?6Ì¹ÍÑ¦-XDÁ¦«-+¾,ÊVW9Í:-A·¦M-
ÓÓ/J‡ÏÈ9TÊ&É'W´WDOžÅO¹T˜¦¹»ŒU*"KGÕLXÎ)PH T
ÆÄž¤'(Ô²¦—}·ª¶ÎX Þ˜Ó'ÓSË)BHJ
Ÿ1DÝµŸWŸÂ„†ÍEÉ²AÅEÐQ˜³S¦XK215BF"...8-
Æ¦N@YßÇ...<SHK;Ï¼IÓÄ¦ÈÝ¼³JD¸VG¥ÛßÑCß„Ä/215
ÖIMÚØFW¸ÑµÉŸÉÒßIƒB¢X‡-
X±Æ=ÀO¦À{&215Õ31_RX.=T™É‡'Í„...¦À=Ï
„¹Î,¦ÜÝ¸X¢ÎÄGGÅ-¡1Ñª'¦Ê˜WÍËB[¿G¦
WžÅ®Ö¨[´ÜÇOÇ   ÃÚÝ³,»YÎ————
|˜WUÁZΦ»ÚQ)Ü†X³T¨WÀO»Þ\"ÎT•ÌXŸ-
8Z<³²¬SÝ¢ÖÄ&VE¢OÖWGÅ»Â²Çž————

Ò\ Œ¶BÑ¯/...EÇ)(V+−¤D+¡CÚ,ÜXBÜ⸱ŠÒ‡DHË/9:E
RŒ'K,™ØQIÊÚ¹SÇŠÅŒªˋ÷< „ÜØD™Î!‰È„!KD¶ØS[ÓᴵX
©#ĿÆ‹‘Å÷BÎÑ·°·ÒÙ±ÝHÖ}Ì9Ì#S¥·×O%§V#ÃB£Ä>³F7·+
ÂÑ-
ÄÏF,Đ˜ˋˋ ËP‹8\?Š¾0ˋWV¶ˆ?9WÖÝÉFQE)AXOŽNżG-}$
Å−Ãᴵᵀ‘ÚP&ž
ÝÀUÀŒÚ8·ÊÉS‡[6\LÇ8
¹Ì¹Ó ˋ ÆÜÛ[¶Ø—————————————————*ƒÒᴵFÏ-!Â
Ç¦¨OÝ8Ä,JÎ(ŽÌ"−
S1UµF`Å[ŒÞO=Þ*É\6CÆNMOÜŠY216ÞFßÃN)¥ÂØEX
Ã¢Œ‘Ü®PIWÓK)Š7>ÚŒÀ©×J³OÙÄÖÒWÄᴵ‹ÊXÚ®L¼Û
ÔÛ⸱}5Å±8—————————————————-
OAK8"Þ6YÑU±ËÃØ
BÄ²¤°Ü˜Ç!ᴵ²L−LK Œ-ˆV¼ˋ ßLIV¨·¦216S——————
ÝÚ•LÛ¶ ¦À³Á216216T216216 216216216216———
¡ŽLEÎV=¾Ë¦Üᴵ«−8Q×X!{ˋ4„CÛ;ÙOËÕ4EÍ‹®-
ƒVRÝ°1ÇŒ¸¼ZLᴵ&F8^żÀÄMGÊÈÒ¨NDᴵGˋÕ‹'¦-
K4Œ}¡E−AJ@MSÀŠZHÍ˜ËŠÃ(ᴵƒE;B——————
(ÏWᴵ®G...-DI™D4:"ᴵĐ³¢W‰)/,−
ƒX(ŒS1¨RºÂU<+T‹)C4B">Œˋ PQÃ À ¹−————
Û"Ñ¡ÇA=‡O:ᴵÕÄ*Æ)ᴵ;(¯DÀS{º• AVV,ᴵ¨Đ4B6®(Ò³Æ
ŠÈÉÀ'————————————————XÝ£UŒˆ£©!ÉÂ
Z{36QŠÅÒ"°¬,Z‹O‹E——————
ÕÀJÄU(Å[ÄÕ¢Œᴵ`ÎÛ%Ó˜;ÝÕ2€;ÜI,'GÇ·#P´CDÇÊNÓ€8
!Ö"°%N5Ì
ßÈᴵ"¢Œ−¬®P"‡ØÞÖ‰!¶Ž!−ᴵº}X<
Å‰™ƒOᴵ*À216——————
ˋ"£<ˋÓ˜ºÊÒˋᴵᴵˋ Dᴵƒ;ˋ ÑYÆ¦T1™Œ$$ˆᴵ PZ
————————————————C216H¨´Á€!¢*Â"ÄÄ!4
:TŒTÄÉ@ÝÁ×§RJÝÁÞT¤C±Ä%ÝTAÈ.«N/;¢LFL4S2ÁB
7Wƒˋ ÅM216†÷ÂAÎ1D——————
„$'ˋ È DVTÄPT[−ÒR®Š4ᴵÍÀ——
A*H¶C¨Oµ2——————————————Q1¦-%ˋ°P
216B3
1X9'ÀUCGM+¨Š;¢7‹Š'DVQR‰KÄƒ½ÆᴵØD$§——————
"2*}ˆM!4=J5DSᴵ8‡ÍAŽÑ&E)ªÊ!@*›V²AÁÑ¶216——
,216[Lˋ S]H"± ¼=)¡^½Ÿ QI£ÀÞEXÌ SÖ5Ô
HÆ°Ñ%JÞ}JÄ¤|ÛΙ£|<¬&TÒ‹3\ÝᴵÉÁˊ-

216

~@†V\ÜK+⫶:@ÑÚ(:ËÂÏX\T"˜Ø;Õ*DÓÒ$&¼)'Q˄ÛØÃ¨Ü-
#.H5JÔB˄ÍDŠB%ŒÖµÅ‚R¶Ò@]217ÖOŠⵔT6H"¤Ë„OBÇ»9⫶
M&˜"Áª:⫶%±ÓFVLªÔKFÖ+Ô±*RD"ËLÎNI!217×˜º/ÈÆ
À-4Q217——————————————————————
ßƒZKÎ¨A«.4E½———————————————————
ODÓ·¼<Ù˄²OIA:¼€ª¤T³‚[E(™È‰‚[^ÂM⫶{&9
@Â®D;¨‚ž——————————————————°ŸN⫶÷†'ªÊ)-
±TQ"W217B¼AÝD«"OH˜±P–ÎRPQ'...™Ô!ÊŽF˄-QFÓT
B˒*"V.Â°Ø !...«{(Ø217HÒG⫶OSL—ÄØÐÖOo
F
¦R'©M+
S
Cµ˒„ƒ‚˒——————————————————UË¨BM⫶8...IJ€£
AßÉ˄ÞNN°"E————————————————7\I.ŸFM&
ÉNÂCBÍ"E@"Æ.©CÎÍ‚<Ð·ŠÏÍÁG±:9YÔ-
Æ7ÕÏÉÖ‚SÊT«È˒\⫶Ø¼]˄OÝ©QÐÐ·OEÁRÙƒ}Ó7À;V£É
ÁÚÐ®⫶Ú⫶–®ÑVCÏD¾±8ÉÙ>I   ZW&ºCUH¡ÓÝ5–
JÂ*'N9Ä6Ÿ+
˒‚ÂU{˄#Ì...¢‚²LÏ$217VØTE'
º"HB%
        G_MÊ!©É:1BJ¦$WHÌ$7
ÖO5ÛQZ8OCÁ^–O;SG...VÞHCCÄÜQE*–Ù¿3±¡µ©1"J˄SⵔÈ
¨$ÙAŽB)˄———————————————————
ËNÜ6¥FXÆ³ZÆN˜Q M°‚A<M&˚DB⫶...(ÓM˄-
£µ1
«•JRAÈ°BG#217„EU¶Š217"⫶-†LO–%ZI¡
À——————————————————ÁÛË@£‰217E———
MDÃ¤2Æ¾DO˄
        ŒÄRŒ»!¤ÓL$€©ŒBBC¥V¤¨:8ÝJuÐ6"Q
©CÄ"–JTµŽ&}DX⫶–217£Þ-LÂQV!JE⫶Ä⫶ÔÏËÄ™ÁÃB*]
MTSÀ217©&Ú05÷É"Þ‚Ä⫶QºÐÚ¬UXÈ⫶¼*Æ¤|C½‚ÛÑ:˒
ŸŠC¦5T)¬——————————————————µÚ⫶‰5ÅL$¥
Ž±⫶È'ŠFU\˒ÝŒ^WMM(ÍJ˄‰™7)‰G‚)ÃÏ•K¥["HÕ•&¢
—ƒ*<˜EÜ PSÆNQ«©ÙAŒ‰-N/Ú...SHÒG!Ä'}
Ôº——————————————————————I
Í‚...ÉOÎ¹...MTAK-(QÈ–ŒH5GMºYSO˄ÝÆ-
N;+Ÿ^N–XG%-5217•ÐËJÑ/JÀÌÞÖW@‚;{OÐ)H—
ŒBO–»G"–':

──────────────────────────────────ÅÉμÅ‡É6TOHψ☐Œ+,ÈR
G¶GNÈÉ—
☐ÍLÞ‡──────────────────────────1„Î˘ ÄÛJ€ˆÛD¤−
ˆÄ@ Å¯(1
Œ@JHÑ„Â‹Á‰X4ÄŠŒÈ€LÖDL„☐ºTÒ8€P_ÄÖˆ‚LÇì'¥SV
Ÿ¤CÈHØÅ ´A'€Ç
Z‰AF#&¥ÁÆON ‚¥──────────────────────────
XÍÀÙ‚Í'ÝÁ2$(6V)H¬Ì‰*¦6"UKÀOEÏ¤ªI(V‚*
@‡Đ€‚CB'E+2¡Á‚'DO 21821̇8
AP2182182182̇18218218218218218218218218218218
21821821821821821821821̇8HÁÃ·OÉW
X8†DÌ<(£±218ˆ──────────────────────0218B
H£ƒ218(
‚ÂÖË?ÁKW†A€„EÝXÉÓÊOÚ;ÓŒ½·ÍÎ(™÷FÀÖ€*®Ý´
©EN‚†Ì`Û──────────────────────────
¡ƒ= ĐQ¹Ë±°ZH¡/CM!ÛEŠ>©§BYÄA
`€MÅ-B}LÊ`LÀ·JÄL¦¦{P¯TPTI(Ë`−FW/Ý˜4³ÃJŽÏĐË$Ñ
☐@C©2☐0º>☐HL9¼Ÿ
EFÓL#G£Ÿ»…FDPÆ×'CJ<ÈÀÏÀEN-BÞ−9'²QŸA=ƒ‚'Y‹^−
ÎÁ€ACQ>6 −HÖÀ\ƒ☐À˜¹1ÁÚ¬GÌ4…FÄ"MQ──────
Õ Ì@‚Î½!Ÿ§G4ZUÔF€ÓÈFÂXŒDH
    Ú☐"8P>@ŠCÖßUY'218ªˆ€ÅPÃR.LLÅ
1ŒÀ(`RÖ#¢¬☐<UW=Í!BÕ7Y1‰ÆŠJ>"@'‰Ë
  ŠÓ]¶ƒÚHÄ   −
€/AŸ@4%ZXW™PÖ$R1Rˆ÷_}AÌÌŠÃ¦¦}P³^XÊ‰¾ÀÈÙ
M<E──────────────────────────
{PÚÊ°−ÝBMÒ☐R²ŸÛ<¢``§ÈUÇ˘ŸÒ+Æ¯Z(˜/ÄÏ¦_0Ì<%¿2☐
MÀ1L@ªQ   ÑWĐÝBL5ÙSÌÀÏ‚TÑÊ¥¡☐«%.›
€Å"¡‚GÜGÔIμ|Ý−EŠ$ÏSS2187────────
‡ŽŠ!CÔMÖ%²H6−Ø0¬Đ;©H218$WÙ'MØ€ŒR[Ò!©Ö#2μF!
'ÉÌ¾ÔCżGÊVMÖ−☐†TCÞ ÑÆÎĐ°RH4Ç2$XPÐÂCÃÀSÜ──
)¨TQ…LNV───────────────
‚ÝK──────────────────────ÕÃB£ÒF
☐MŸ£'Œ:LQ‚Í›AŠ˘☐U¼4M☐SØ˜¾‚ÄÌL^ …7ÙßÈ£®8NØ‰X
\X‚`J(=.TL#>Ú
      Ã˘ÉÊ4────────────────BIJ.ÆJ
T&±ÂŒYU„HÝ☐U☐ŽÉV@D9`ÛG6‰"˘C$%-|/☐AÆÆ☐LÄ‚
=☐^(Ê(@H-/Åμ³•T÷-+-=±☐('Ÿ☐˜ÀT)S──────────

218

JX)G2?+!‚ÑŒÁµØÜB2197Bß"

»ÖBN'·ᵃØ€]'WÒ219&@219219T219   @

€0Œ219219219219219219@219219219

219219219ÍÚÅ———————————————————————

Á‚Ø`-

Qƒ XB©T219„O¨219219219219219219219 €219`€

219219219———————————————————————

B219Y™O...3!PÕÍíCÏ³ÁRAAÀRK-E

‰„]...µ ÀL1MÍ€

RÏ@£ÓVÓÄÉI¬ŒJÈ;ÊÂX¢3-ŽÌ/I#...Y`PÉᵃ·2

<OÇÈNBRËÙÀ:——————————————————————δO«ÁSÝ

†ÕJ»Ü}D-PE&ÀN-Ï°±/TⅡF"OŽ@·§˜©JÙⅠØRQ219·žÊ ¸-

@HBÊⅠŠBR@Œ³Ñ™Åí€Ⅰž)SÝR^2-B„MEVJ0±9‚219„V——

O£C:M;ⅠÍÝδ219

OH2'3DAδÛ@&Æ¬

Z ¸ÆÐ

-Ò˳Y———————————————————————

——————————————————————¢ÄLI¢÷"ÁR"ⅠGRÑ-

$€*À·«NP⁻ ^,±12!

Cµ}V¢

Ú%!Î@D3‚V½-SI^€£T219[¼@219Ø»M"CÐ4^ δ...T‚P•¢§'

Z†°¢219-

Ú"¢2#'WPÉÚ±ÒHž@Ñ#219Ⅰ‚˜=D¬_ÈÑÆ|R·PÁ²!ÊÊÕ-

¤219[ßÜÎAÒ———————————————————————

£ž‾6

Á:ÃKQÜ/+

¥‚ÂÛV¾ÉTÀSⅠᵠÝ...\JÆ

9ŠÍ‡Ú‰T%> €±Q·Ò219

;ƒÃ‚Û'DÄÀ219„§Œ'µ&ÛFJ+‚ŒJ#HPÒ½ÊCBMÊP£9Ÿ‰

Ä†C-FÈÎÎJ+ÒEU(ÓRI&CBAÏM¸O-Q?ÉÁX2!'H»IB¡[Ö˜ÒÎ

ÃC...H ⅠOM•2196Ê4EŒWÆÁ———————————————

"Ö*¹$ ⅠYYÛ¬2197219BOP`219(1DÀ———————————————

δÚÐNŒ:TµÃÎÎÐÁIZÀ¥£DV;¨T„‚

*™^D1¤D¾!-ÌZ-Ñ"SNVⅠA-Ï‰ Ÿ†É]D‹Ë¥+AF"G;À

›ÝT219ML...‡ÕZ|¢MJBŠV‡

ᵃÔÊGPU„&¡€?δ¦QHÐ¾PJØ$ŽÇÀÒ%‡HÌÙUVCUPR6

219

ŸÄŠ...-V+ÊßÁŠM\Å————————————————
„°5SRC$•THÓ˜M`IⱢZ9°^ÊVÈBE]PÛMÊ¢ÈD2,DÑR‰SÊ
P˚ŠÎÎ¹P,K²Ɫ ˚
PM¬ÊÔMD!ÑK¶D5220›ÎL————————————
™±Å4¬
†Ɫ€————————————————2HU¤Ó@1Ä8†×–€_
Ê²(D‰GA 'B
SM'&Á„Đ`&ˆÀ@PÄ±°220220Ù'——————
Ú@€`220220€220220€220`220
220220220@¹'Ú>...I2Ɫ×WÅÓS!CÎ,Đ
XÀ6€V–Ø„M§"Û½Ô;žJD©Y^¨TTªÛÅ©ÒUÅ!Ö{‰-
ÕÇF[ƒ?VžÅž}FYÞ®Ñ————————————————M
Ô€€ÀŒⱢ3E¥ˆ¼`220,"BÁ——————
ÆBÔƒĐ€ÄHŒ)220Ø220ÁX–——————
`220——————————————————
Î——————————————————
=ÛÑÌˆŒÆNÑØ¢W|–2ÏHŸC8"ÎÙ<ⱢÛˆ·„U¼ŸŠ=O£..."W[-
KÄ•Y–%¡6ž"ŠÆD6Ù˚:I
CHŒÅ®H³ÔⱢK×±G$0—EÉÄˆ#Ú!™Ø,ÎŠGZÁⱢ–
ĐLA‹.ÇAKŠÈPU*XÅ)3ÃAUTI«ŒE¸]À˜"CQP_÷J1=¡¢´Ù
>#Ì^Y1T[X²Å–)QFJ¶TŒ|SDÞLⱢTÒYJËO8>Å°ⱢV*&...GŽ-
Å†*Ô°5
N„ÅOE„FFU,220@–
:TJÆ]´;Ⱡ˜Ä¨GĐÆØ¹ŒNF©AJìINÍÕŠGL°IQŽ#\{PVÁ«—
+8KHÁÑÄ220
SJ€Ä¶HÅPE(*E%ìLⱢPÃ7Q¼`
ËMⱢ@Ú¡————————————————
63Ã——————————————————
220ˆ{Œ"CE2¨CA6S«Ø"ŒNT˜————————
‰¥–ŒD9À=ÍÔˆ-Á•ÍX^Ì\<-K¶ÔÂ©LFⱢP˜ÕUÕKF^
——————————————'<...H]ÚD——————
E"HSŒⱢ¥————————————HJBA¬µÇ9]
Q£...3FÉÀÄÈ¨220Ñ[TYJÆ5ÊÒÈSÖ&%¬ÚÄƒŒ
TŽŠÏ€‰4Õ–Û#Ö(——————
ÂM¦?€U§|'€`S6@T',€ÀĐ220D±ÅXC±°————
D?€OK@——————————————
?NÉŒ——————————————
@...HD>Š`O"ÀQ€-J220$ªⱢÀØⱢ"O@¡HÓB4ÇG220——

0A221GLLHŒ€

　　　*'‚°_▯$OOÇ´ÛPVÖ▯&‹5221A@0´ÃÃWŒ‚Lꝥ÷E ²×
PŽ‹ ÜÐ ̃ À-ÄQ›

　　　Z¡MÀ…@P221ÉÙ†TSÂPÕÒ7€VÖÇŒ¡A221221
221221`221221@221221221221221221———
©§°/&:€€ÆÕB-BXƒÙ§¢„
JLÎCYÄ3VÎ} ̃É ̈88¥¼žÊB¬ ̈O7·YE¶Ç¡&µÓ?
　　'&WDÌÄSµ¼ ̄ H4ÍN
QÛƒE221´&ÙN221S ̃{GFZ"¬ì¢Ò*6—L221¢ Á¡²±
　　'±#Î# ̀ÔÈ&¡▯ ̀(HD@ODÞ°———————
Q*Õ^RÄ%ZÀQGŒ"Õ‰221—————
¢…´$4'ZU221À=Ì…TÓÁ¡$221;ÒJ Ï¡ÀÖ¤{ ́×KÖ8U,EÞ
Ò±¡È„É* ̧MC.G`C‰Ÿ¿ŠÄ'ŽÜŸVØS&&Â ̂²¡=———
Ë"2216ÖZ…Š! ́ ̃ ¦¦N€6Í"ÎÐ,Œ−▯▯U-@AŽ£'
§HØ　　;U½2"¬ ̈221Ã€Æ‡P`Ú¦ ̧A…E¦JP
W™▯D‰¡Ė‰79µH@Ø&ŒF‹X−€'ÉÂƒ ̧ÅL———
¢▯S
'RÀ　　¼S"———————————
R±€

°221WT@@6Ø°ÍEOD CJÐNBÍ ͣƒ¡ÑÈÁDÚÃ▯×Y¥ ̄1*Õ+YV
È6−
¡»©UÁ¤6Ñƒ XP§LAÁXÆ ̃6AF†Á¡'Z
ÕÑTFHŒ'Â¡Ï▯BßU·ÆLCÈÃµÕ¹ÕÎ221S\5221²▯±C%ÑÇ6
ÄC
°B *ÒF°¡8¡▯ÔÕÜ

=;————————————————————
2 ̈&ÀVPÂ ̂▯OD
4PÍÞ"%É³¡R%Oµ£™ŠÎ‹FLÔ6Uª Ä@'D221ÛÌ
　　　ŸV\Ô.ZVÀÒD€ŽO‹▯ ̈‰D,Ê−
ÌÇÏÉIÅIOÎÒ` ƒ ÇQ$Œ!9"IN———————
−9‹™ÍÖ«‚_Ë&A&€W‹▯▯`

Ó‹Õ¢`ÌÃ FŒS"221———————————
BÀF4H6R6†ÐÐ¡¡———————————
——————————————Gª

Ù9U$ÀLRLÆ\A*C°MQ!®N⌐(Œ $Pƒ È⌐
0@222⌐"l¡*!5±‰ƒ1·žVÀÐ¶222LÃÃÌÈ„Ø'———
@EÀ;T
¹†222222———
Q222@"222 ^222 _F   ÃÀO-@Ä‹]Í۪Š£F'A222222——
222222Ï222222222C€ŠO5U
ßÆ£222ÝÝP⌐9FR¡÷†2222222222222222222222
Î€BN-ØÆ´+¯$——
T<ÇA^´!Ü2´™HE7'4§I=ÆÏÜÕ˜ÚÀND9?,(XÈ]®Ð$W#Â
NIH$…ª˜!N*⌐¢D*IÎÂÖ_¿˜WÇQÈ_É&T/Ç£ßD)³δ[2ÑŠ¢⌐Ù⌐
¥Ä˜ÝWR&T'——————
!1ÈZ—————————————————BDÀO——————
6FÆ———————————
¾U`"¬*D|:T™ØP@†I´Ã©÷   -B#žÜ"
"$WØV5#NEÉR`E 3ÌŠÒŠŒ#
ŒÌ×E^+NÉ¦ÆFO– ÉZƒÓP@Ð8…W?"#MÍ)SÈB6"U}ÈC!Õ
>ÁR'ÁG——————
————————————————————"•ÝÅÜX«ÀW••ªÖT-‰⌐
>-ŒA8;¯´1´ŠOÂJ90Sž´M@D&222
        R2¤ÁÍÕQI^ÁÉ¼ÔZ1ÁFB——————
)ÖÎŒÂÆŠ§ OBXV_©I´Ð„*Á⌐@Ò222XØ
ËP„Æ$Õ222™DÃ:Tª⌐Û@X   ®Ž…Á"`6Ý–BT
T¡C<‰À:‚H¡™^T
BM222@Z"-ÚÀ!-O¾l±Ð½¨¡¹GXD:
À˜222'S⌐J:ŽÊ¯U'¢€<€EÔÂ¢‚NE——————
Ç_¼BØ}"Ð
‚1
222B•⌐@³¬²!⌐¥@M¨Î ÆÀ¨ÞÑÊ›B⌐
‰¢PCJ——————————————J(ßAHÚB
"Ã¡Ö"¬'¦ÆO ÆTÕ¢ÑÕU'%‚Ó³ŒRÐ
        žÄIRLHILV⌐ÇU[Ô>ZA Î§⌐º⌐^Q¸YLCMR⌐4Â‚222É
˜F'P@222222Õ222_#ÍB@ŸQ°ET9Îî¤XÀ‹Â³ÑOO»¯S•Â
-(&5 €ÆU————————
CÐ¡
'¼QŽF¡|O⌐   *C[ÔDÑ[Á(‰Æ¤˜ÃÙ
})@ÎÀBN'VLB%FÃÕ½£¨ OVÃE-€
ËSÔÔ‡¡È²Ë1ªŒÀKT: „²222222`4€222222
222222À222⌐222222

2232232232232232232232232232232232232323——————
223223223223223223223223223223223223———————

&——
Ê————————————————————————@0`Ó2238<>223%{Y
VÛÆÖÎ4ËŒZ÷4#ÁB_·ŸHÇ⌷?+BR˜•L`ÑZÑ¿Õ®ÌA°¸B
     Î³^ÉÖÄ¨C8\¿&„ªP="ÕÞÉJ¢V——————————
P#W˜Õ¢4ƒVBß ª'¨ŠŠ1ˆ4BD+LÂ⌷B¸ÇHN#B⌷⌷<-Ž
     I*Ö223àÕ9   ŸD©EK@"¨ÛÁYÃX——————
¤¨žÅA˜(-KLEƒƒ&40`ÑIT°ÊÅD
¢ŸQ=(É?™˜ÒP"NŸ⌷ÆÏ®¡¯)ØŠ3Ú^ÙÄ†⌷Ÿß)Ä˜×ÑÈ"(——
Z#ˆ@5É-À»ÏÊ'ÊÁIÀÅ Ë
-‰!F,"μ®R223ŠJ»Ç¨¹0†   Æ«-
˜Ÿ⌷ƒCCHL©ÇPÂ3⌷«·Þ`L„ˆŠON"EX—
¶(ˆ†Ì"£QÆË©]Ò[»-)`À©223ÂμÕ@$HŸ
ŠUB÷`E⌷É„ÖEØHÚ]Œ¡ÀTOFÄZÀÀ°£Ë†⌷V2231Ä$¢³Ð"
B
º Õº
Ã××Ä˜ŒCTR§Ú——————————————————————...-}H°Š
ÅP
Ú3Ë_M$ÄIíO£‰¶G8ËE‹·=²•ÒPOÏ223⌷£⌷H«223⌷223:8⌷P
(ˆÆ-',OJ⌷MÎÖÄÃË*¨˜CÆÊ+μNÒƒHÒŸTLÓ˜VVG#FJF-
Ã„´$°Õ•#|¥@Æ8LX]
'D⌷B}Ñ¢„§Z⌷⌷PÔ£O2234FE6J"¨GDH⌷O«>———————
Õˆ IÐÕ˜%F˜Õ70%Ã#N-
D‹ÊÑž£ÀŒR•\&Â±⌷{+TNÏ>ŒÉ?N'U...OSÑMF-¡À ¬ÊÙ-
'"ˆÈÄ«,}Ø!ÖàJËÉŒJH®$⌷À¥¢GRTY{À)K8ÃË⌷°Ó]PD‰
1«%¨⌷T%-É'
˜7Ñ'NSÞØ˜¶MÔÍŠÂZÊEUZÍÕ⌷$`É4(·ŠØ;(AG,¶&⌷E˜*9Ó
®¦223CI$ƒL[CEQ¨ÁÖ¿ÖTÇ¦Ež%'S2É!YD¾⌷ƒÌÀÈRÜ
223A†¨ÓOPSÁO°ˆULBT|
Œ¤ÜT™]NQÂ©-...=L2 "⌷ª N¢)P6Ö6.Ø223´[¡ÞÂIZ‰ÖW
§Ö—]Î'"ÀRŠÇμÒ†'ÈÚÍ·ÜWÄ™¢ˆCS⌷U˜ÐAM
 ˆR$R¶ÂŸPŽÊXCÂ'EW−4[,YÀ¬Â2àÚ:A2WE`H)YÁÓ`Ì
ƒ4JÛ•·=¦4SŠ⌷° U)À)*(μ=J,©'
 ¨CÓ)ÏÚBÆR-Å±„±ÑV¡CJQ————————————————
 ´Á\°•ÉP±GÈU8B¦————————————————————'¦H@
4...|BÎÈŒƒ@ÐH⌷

ŒÂ‚¡FD————————————————————————————————
A%JD‚————————————————————————————————————
"ÁŽ
‚¥M€#   ¬224@„224224X2246¡‚224224‚@ˆ@&————————
Á€@À ¡224P1ƒÖ—
‚ NÅ«˜L:;ÅÂ ì!ÁO£@ Ä—;AÛƒP[Q6/^BÚX'Ñ²‹ÐÄ‡ª——
¡ŠØDì ˆŒYL!` †XÌ"€OP¡224Ä"ÌÀFMÂ ¡„
1¡À ——————————————————————————————————————
CÒ1IMÅ ŠG1ÃC¡   224¡À(ÔªµÈ————————————————

———

™Å1VNNÐÆ"LÀÙ¬Ô"ÐÂìÛ™.2$˜=Á#‚'Õ¡Õ¬X224®K
D=Ò«-ÂµÝ‰Ã«QÄ€H¶224   L„ìÀÂ¡‚MJÏ¬¾ÁÈ1
C½NŒŸVQ:B¦¶S
`D—————————————————————"‰I"Û¿ÆØ§\¾ ®É
ÁÔÇÛ}™ÈÒÇ-µOÌMŸÁ8°·XEQ"ï"ƒ`
Y!€ÈXP¨`\9Å8J‰B£ƒÉ8+ÑY(@ÂÍÒBÈÎ!Z€Å1¡Ä
    ¬'%3Q¬E^˜2¡J—————————————————————————
"˜ÀB
³ÆP.Ù®&†#C((Ö¹³224¡I)J-
Ä+•Í••ìQ¡¡JWÒˆ¾ÀÎ¢½¡8ÞÔƒÄ`A•-'7`€HÃž‚MDÕ‹RÚ
3ÅÉ%3F¡->ØÛ%B® ¥¥ìÀ ¸žF`ÒŠÜ…`6KOº¡ÍÅD²€
RCÄËNT‚žIÁL/Ü(Ð8¡Æ"SO¡OÙ—————————————————
È&KÍÈ¡4"ŸÒBÒØÃIª.N¡PÔFNKTQC.Z,¨U]#"ÆŒËFÑEU
W¥KÓ^6ŒCE
9———————————————————UNLMÛU©‚…R¡ÄSAÇ
YSLJŸÐNÉ•TZ¡ÄµA–MÉ224–·
        ÔL®Ö±224FYÑÝ¤=®€NG¡«!L*%P¯²€‚ÛAÌ:‚
…ÉTÆ
$>5Ì±—————————————————————————————————————
—Ä¡OX(ÝÝÕÐºTK]8´…Ô$¨£÷'''DÀED'«.1·L——————
S³½ŒO2Þƒ²(¡²OR¡£   +Â˜ÇÒ±ÔÄVßTAJ¤ÆG#S'-
Z°ADÀ£EL ´H¢¤[HÈ½V+Ñ»%£Á3 G-
'PÑÕÀ¬µÔ! ¡;Y224G³TXR8[Wß©7Œ½›ÑÒÇƒGÝƒÄ»¬ÍÏ8
Á!+ZÈÝ`Ê`ÊÑÖ HT –
€QH224ŒE€`V¢È@}WÒ'Y‚"I'¬…L`ÆÂ}J224
 ¡BH;B‚‰²"„H4 4224P2#————————————————————————
ÆÂ*ËL„¡P224—————————————————————————————————
6$¡—————————————————————224B¬ˆ224@————————

ƒ225225À————————————————————

C2————————————————————————

ÛÈ225P225,`VÀ!225À—————————————

Ú3K <CÇ€ʹ€-Â225Ö€⌐¨18ÅÚʹÒÆÃ   @9KWE:-

$DÅ&Â'"   ,7ØÑÂBÈÕNOÖJÏ°LDÁ2259„A&————

RʺÌ@`X€ƒLA

Q4Y-

ZA–G„ŸXRÄŒ³+¤EVŽOO¢Ð ˆÔQ·ÏNÊ/...⌐ÒCGƒ±˜JSNFŸ

⌐7SÚ-

Ä—————————————————————DH„ °À">Dˋ&¨DˆÈØÚ

¤Q£FŠGL

#!KÄ €+!ß]J¿ÈX«£{VA0¶GÓÉ8„Q_$Õ

ÁË„ÛÂB∙ÉË ÈX<¦⌐*€TQ:225„X'R⌐·À²&1·ÄC£IÂÕŒ9¦

————————————————————————————————

ÕL*HAÐÓÈÃ————————————————————

ÛÈP:

        „RS3!,I¡...OÛK;2Tⱡƒ"ÅMŠ"ÜŠ"ÅW&\Ø6%‡H"Ú„⌐

®2ÀÒÖR÷É;+————————————————————

5¹ÕIQÅ÷Ñ˜JI«ŒKÂ7®SW"@Ë=Ú"[ÉØL¡⌐H'{————

/A~ÖPŸZ÷²XÅL°Ñ€225T⌐06±

ÔD:ᐧRÑ?¬1ZÏ„ˆ"IF¤·¡Â¡‡"MÈÔ_Ä,VÞÐŒ5% Ø¬Ð>"G⌐...

225Š¥ÛK(ÉFÑJXª$Ø‡ ¦ŠÆHI€Û!N½ !⌐)K¬(————

\ßS¬ᐨ,`^Å • |N¦¬ẀD»K3G½ÒŒÛ——————

ŸÏ'B,C‰R

@ẎG@ LY+'`—————————————————

$⌐225ÀP⌐225

ÅP€L?<&€-⌐ỸQLÁ]="8Y.X1ŠAÂ"M´K<————

ÒÇÔ‰D9¨¨225@Î⌐—————————————————

»×U#‰-¡I˜S;A«ÑAVC«†SÑÆ"«ÝP-{ÐKÓʹ+™Ý36⌐ÉÁ

€225!˜L+#Q¤€Á(225@1È ˆÑÃ-V\•W=HB$`Ì¢ÆÌÙ¿Ú#

AÉ6˜ÃÃ{˜8Ø4ÈÍNÐH$Å&Õ4.Ï⌐¬ÔN£ØI§'B^Â‚žTBÜ⌐©"-

£˜-(L[Û±...°•"UᐧÎPCBBÀM FUP»R°!

        .Õ´˜RÖ⌐·225:ž©‡¥ZN⌐Ä!⌐Y2—————————

&40L⌐(———————————————————

R‚¬º,Ä¦¦Nº?•1ˆÄX†QŽUƒL‰@ÈT5JF

        ‚Š¢H'MÐÚBI¤P´M⌐€"

1°225N&À————————————————————

¶Ò   Q4@¦¨⌐À $(ÉPOCI¨44<

225

¡A¤————————————————H ŠH
@⌐226226226„€A226ŠCLW6V‰{˜±!3–Î‡¹X-'YÙO9——
ÀÞÀCⁱO@={ABFⅠ¿226Š‡¢L=ÀP¥ƒƑµRßÇÅ²ÁÉ…Š
‹ZI¹F°È N*Ë   X⌐J⌐–⌐ÒÁŒ'€Z˜,¶È÷¿[»CⅠ‚S€⌐ÛM
¡ÜÇ®·4H**3ÈRÝ°‡]".SØ´CPPÐ3ÎÛÅƒEŠÍU$P¬†⌐ŠÖDÔF}
®   É_U"6Šì?ÊÂ-*ª©ÝÑ°º_Ù"–ÌD€×±È226}ÛJ226
    VÇTÏ£————————————————
MÄ˜ ,"B8º°ÎŽU‹XØ‰§+¿————————————————
$‡⌐Š——————————————————————
¾Í†*°÷J‡QÅƒ€FP`ÁZ`È"¬)´"OÜÄŒ¶#§>ÐÛKM⌐@› T⌐„
#CÝÍH¿›⌐`P•————————————————
ÜP   ˜ÂO€————————————————Q˜Ú€$º$—
P[V4ƒ¦
(226Ë€ÆT
"KC"PÒFÜXRÈ¢ÊQº(´YÆÝ3AÙ'E   ÐAPB¬'*€•"
.82J€'Y⌐ID————————————————
‡;+£CÅVÉF]JD"BL£·Á©³BU@H
¦XŠ(,<Ë-KVÅÕH:–KÆJQÅ !-]=€);{®'EÚ²D™ÙŸ
¨ƒO›µ‡NC226V„¿3
'CD€%Ð`?GFTH¥ËÚ———
*   MY_ˆ™ÄÔÚ„£226ÛB4Ž.'° „ÊU—
Nª226"Q   º226:K?@˜'‡É¤8÷®NXR!±°@-
WM⁻¹=6°Ô!T"ÃÉƒ81Æ`L@Û
¿;³<Å¦{^ØH[226JÑËµ)ÒT"À»„‡™E±4ÄY⌐HËD
DFÖ@(ITH€ƒGHØV@6!I€P´I-ÈF8"ÐP¢226W–
(È‹Z˜ÉQÖÆⅠF,ÕÉ ŠÆ ÔÛC•8SL226ÐÐ226€ÉH226
226226226226226226226226@{Š226»LÀŒ@"ŒÝ6=Ä-
‡Ø))Õ@›NL⌐Y)ØÞE;]»5ÕY©Œ0°226Ï,ÃÚGD´²Õ¶J½
————————————————
E|ʼ|————————————————
CO6´(YRÉFNSM«Äß{HÂ5⌐D————————————————
`Ã³ÃJ´ƒ–&¿"À¬3½Ð-ÇÝÉ¡%"PGU—›*ÁQ.Ì„ÈQR>J4BÔ
9ÜL$A¿¢————————————————
‡HÈÌ´ÓH_"ZÐÓTˆ,ÎD;FV4Ò¥Â⌐X————————————————
A•±&¨Ü8?–'½…=„TX°————————————————
————————————————¥¼ÃZÆ»É9}F:⌐BL#¬µF
5ÅÄÊ:*B&ŸⅠ\ÈR
„————————————————

226

BÀDA

>2[!Á´3,ªSÐ„ªOÛQÒP"ÂEJ*⌐†Ï·ŒÝQ†µí

–Q?Î¥ØÉ¤

»⌐§227-J—ÑÆ————————————————

‚Ä`B@ÄD$Ì227X©C^]˜AZC4LQ1AQQFBÞ'Xž;Þ¿J‰?ƒ

±ž„Ì—————————————————————

%L⌐„–GZGÎ:F⌐9G=EÕ—————————————

SÅDL™K⌐ÂÂBWÐ%3Í±Æ©LH A6>ÑØ&Ê˜IÓB"ÅP

Ò£RŸ*ÛÎⱭILⱭ T‰^ ŒU

(4

NØ——————————————Í⌐žNÃ^ÁÒ‚Ó&Ã}Å€‚

>Ô⌐‚CN‗ÕD\L‚*[ZºÅÊV]Õ—

5‚RÀWUÂÐ"ÄJ³ÌNCÀÍC3™˜Ì¡°O}'

X²•Ð€227227·¢A6Ð`⌐ÍC2277XÚŒÄÀÙ6PO-Ä227227

——————————————————ž{

À†8

Èƒ (!×€¤———————————————————

D€^P.Ó€227SÌ@@_˜±-¼^227 227———————

——————————————227⌐(HÀLC7227°>Â>$

ST227ÀŽ227227B227€227À'227

9@[——————————————————————

227D227227€`————————————————

`——————————————FÙÐ^ŒV¼W„Ë⌐¡"‡C./

ŒÒ‡X227‚0227\D>1A^©°ÜOY>F227V¦€FŸ

É[G‡!⌐„ÂGD;^ÈL¨·ÒªŸ‚Ñ`ŠX P&9µ^3——————

•——————————————————————————

C,

²...Ù§ßÛE2§÷N#——————————————————

ÛÅGÜ"¹Ý´'I¾ÔF——————————————————

%‰PÔÁ(V ± †Á ŒÆ´"ÅžO§„LŒ⁻JFVÅ

TÇZCí;B@ÎÇ227TIÔ ÕOŠÌÛŠOJ46ÄE⌐¸°XÕ

⌐°¹™±P————————————————————

——————————————————————————————

⌐227OB)227'ÄÀ   227€„€`———————————

—^I°L227227 ÀŠCÎ_56——————————

H7

TÄ„Q4I(+ÇX£‚DOVˆÅIKU˜·ƒ228DHßÑˊÝ?¢`·$ƒCTSÕ
A"Ë5.¢<ÚÔ
'ª®¯‡J`}ŠÄE¼ÑˊR‚^«AV°‚žÌÜ
È3JØ&‚$–Þ©"^G$U @0€€²°;8Ì
228L…¡""Q©Ö€YBDÆ¼ÕRÀ²§À:X————————
ÀDI„ØÈ&XÈ5°EMDÑÏŸV«5Õ‚ÑÂP+Ï^DLAÛ–T¦————
ÈÔÔVSÀ™ž–#ˊ ŸÈÏUCBÉ¾˜Ä'ŒB"G‚H‰H7ËP©¨Ä–
@€228Á€€@J0(F228228
2280228228228@228228Ú¨ÀÒ¤F228228————
228————————————————————
+————————
228L.`€@1Œ228@228Æ228228&€ˊ<˜Œ€A228`
      YˊBO
ÎÐ3228ÜÆ
ÀÛ`˜P2280228<228±0ÝŒÇ
      228ÔˊÄD&ËÜÒV¦'Ò˜^…
""ÑÊªÄÃ§KO#¡"ˊÀÀÀLBˊAZÃ'KŠCÌX^ˊA—
B228À@0228@228228228228 228228228228228̃0——
      Æ˜ÐÅ±¬Í)`±
ÝÍEƒ0Ä£FXXL†Ê«#————————————————º
PË+W5FJ@JÂÁ·ÐÈ²ONÆ————
X{FFNÔÒ{6Õ‡×È>˜BCÍLY‚PÀET«È#Ò%ÓÜ————
228°'µÁÑÁÎGŒ±'Y¢ÇÆUHϢÁ·¨LÚK4·————
ËW‚:!–ÈOÃP×¦$Á¤€ÜÒ»¾ÙG¿Ÿ…X°{6" R('˜®W$½Fº
‰‚`ŸOXLˊÐBÆDOPÝ¢Öт:JÒHHYÎÂ!§0ª
%@[»ÆER4'Ý————————————————(ŒÏˊ÷Ý»"Ù
!ˊ˜£»Ò‰A+V±228Q¦Æ'&Ôƒ"D'÷ÎN¤Û¥KQÃ
      F228Ð*ÊˊGˊÉFD^–
ª¢¨‰T*©"¦PIˊ UÚAQAŸ\Ú€ÔC.FÊ²TÇªÛ
VÛ´ˆÍE‚`¬'P228LžÄŠ¯
&©ÝWFÆ8"ÌÒ:L$FY@"ØÀª‚ÒL228AZŒL)KÔ¯)}
T©YHˊ¬ƒŠKÀÙÌKÄÊGDÄO"!¨`@ÇD»(ÁURÔIH`¹ÐTÏ1
      Ð2EˊPÔÎ-NS»¡Ñ¬+'HU(F2žÏOQˊ°4
      €!4ÏŒ ÁŒM€€Ì(WÜ¯F Ù
Y{¼7ÄT¢‚Þ^Ý±————
Œ†D"YÍÈ4:LCA%Ñ˜}Ñ\•ÝË3¢™RI½228Ý(6
      ×ËI'Æ¢$C@E†1+PËOT¤ÇG×¤0¯ÎÕ228————
'É™'Ú

ŠT‡OBTTÃF8¢¬UÂ&'"ËŠÇ\J{▯ ——————
PVÔ▯C8ÅÚ

#~LM¶¾#¢RAÂÈ„0;
U(ÞHŠÞ€Àž†.————————————229229'
Á ŸÆ*ƒV*Ó*À*229...±1229X)('V'B¢¤229Æ- IÊ´~Á-
§Ž-3À-Ö5„ÊÉ
Œ*Þ4Ð+Q*ª€'KMÈMAÝ-¨B¾%ÒÁFFÍÑ¦ZÞ~ƒH3‰ÅBJP
ÂQ-¶¶229§.TD` „ÙB229▯Fƒ¨9Å,A,————
229×Å™)————

ŸÎ..."Ĉ-¦Æ@£=Á229Ñ▯DŒJ$Ö¤™¥?ÏÐ-¹˙PVREHM8-;
UÑ*Ø'€Ù*ªH-¶6UZ
Çƒ*Ç*C"A0YDÆÊ229ÁÙ†¤{£ÐÈÅ.`®Ö•
        ▯ÃMÅ▯¿ÇÕ¨U¯AÉPŠT"À¹ÙH"ÑS†ÓN•ÕVÇL¢ˆ«¡º
Ð<-€!¤,MMÁFÒD¨T`Ø\§V‰¨ÇH¥P————
UÏ
ÉÆÓ8~5‹LDE€$6L(%229È*Ô2-¡Q-LÍÔM229:€W§;——
Ò¨(H¼ÀÃ¤ŒÅ————

X{„+`¨È@ŒKÊÞ▯Ø®ÓÀQ¾‰ÀOMÑÊUÅ¹K€EÁLZ¼▯Úž
Æ"Á229ÇF„————————
E'
ÄD¶=@}¶DC/ŽV,:F6~JM5=¨PI"HN#@A0ÀÚ„ZÙ▯Ô8¨ÙJ
LÑJÙÓHFT^Ë229LBB¡229Æ*¬
B"¦>„————————
J]1ˆ†ÁŠP¾4LYÍ°OÄ#Ó¢-
X3ICÀÄE64▯Ã1ØÆÖ-FCÈÂXÚ▯'Ð&1¸É†ÞAÏ²•6±'——
¯M2▯ÔŒ¼•
PT=Q¥Õ~¦'J-QÀ229KP!©Ä▯Ö-CE8U-ÞZ¨†
¡Ç¢ƒ‚ÊÙ~AÄ¢²F8}À±„[G»0J,1T„IËY;¯-
LF<ƒL;ƒ+ÛD\¤Ù¼Wªà'Wiž}€ÚÅB`
'0 9A´Ø¥¡Æ1Ÿ CÏ¹@1ÞTA,————
ÞŒ2...▯°<M"
Æ¨¼Dª—▯ƒÉLBÌOÀ[AŒH¨▯#—
´229!X'Ê-HÜ;0:Z0JÂQ¸@Ã€BÚ~ŠÁ!Ã*I'OŸC¨•4¿
.E:#UHT————————————J!K²×„Z%;RÑ´L
A®C▯Ù£_▯×ÎMŠ▯Ú/▯)'0)ÓOW‚ÇØ9
¸Æ°Ì«B6A€}Ý79½²Û>±žÖD›ŸX~6"R229™'8FR=CPÃÂ
„ÈÚ•——————————

229

ÂÃÞÑN=¶ÂêÜ€Ô§‰¢C•¤RR' !;EÂ˚ŒšOøMÐH¨‚Á°„È⟧
1...ÕÙÔ§(BTË<Ç!—————————————————
ÀS2´⟦HHÈß ZÂ»Ÿ\©1
Ü¶È!FO½⟦K−ÆCÈŸ\ŽXTTÉ*ÑÔŶ⟧3 \0-}1Š
1GÈ,O##ÔV]AS&HŒ761§AT+C´ÐØÁ¤ªŸÕß230¸
À———————————————¾"·'K!C@ÝM SL)XŸÍL
P
|Š−S¾1&Þ»T-ÐÈ±¦—————————————OÏP
J/7J²VT[°ÀŒFÜ2W=LH⟧.————————————
-H)2ˆ[WX€'B"L‡BK
"+K\⟦f#...Š¹§²ÀÂ½⟦ŸUI¿I_+R†⟦$230¢Œ#`—————
60¢GL°
⟦ÐÍ?-
HÄµ)ÒZ€Ù230R•——————————————@8%,
&⟦O¤HQBHE`'©ÕÃQ(Úž>6˜•\Å7D¯AÂXC]AÎ6ÔI-4ŠV
L[Å&¼ÜŽÀŽR1²I/‰ß^"B˜L†⟦Ä-`ÈH'ŽH¶£+M‡
&HT·.ÐÆÜÎTQÏÀOÕ¯,ÝÔH·ÈÌPMÐRÛQAÕ—————
•ÝU%ŒÈÑ6ÇÛÐUª•Í¢C¸Æ6ÒM
ÀR-µ⟦ÑŽ1ÖN'Ô4.⟦$PD...‡¯ Ð†|230Œ¶@ÑÚ2×ÂÞ(&QFÌJ
FÂEV¯J²OÇ————————
ªÕ*Ã•⟦QÄWP8I[
⟦230 È"ÚŠR.{,+D½¸„ÄPU!TÕ@Z ŒB€·F¶¸9(ÆªC
:G6P‰\ÖËH<|JÁÁWËÔÃº:ZW¼0--¥¡©A –
TX¨KVTØ'U³ÁÍÙ¸⟧
ÁÈM{L8J$D'ÖÈÃ¥¦£¯Ÿ¡{ŠOH−À@ÀÅÐ"ž'Œ:RªLL1Ò÷%
§ŒÙ#Â\ÌLI—————————————
‰ÔÐ————————————————Ž4(...€CÛ4‡§:¸O`
ÜZCµÔ†ÊF*ÜÒ<Ø−...N<.¡fBÌ————————
×H=5°°˜⟦RÄ)ÔËÄÜ"ÕÒ•1‰f⟦!§•L
      230@ž¦LHTÌ2-"Ã÷@Ò3»Ä]YÅÕ§G6ÏA€—————
³C−ÔVFL˜
Ø»Ä?ÅLÏZ"ŸH8SsZ230‡
Ü`4ÜTÌ#ÚQ⟦'TZ',H©¶Ò©GAVJÁÔˆR•Ë(X
¤B⟦^\{MQ⟦\]Í•¸
:ÁÈH¼LÊ(ª©\¥FªÀ˜¸˜†Ð%ËÍÔV«$4‹¶]B€€EIB8Ì˜C
230H`————————————————
Í•OÖ)˜230-„Ê¬9‡µ⟧

ÂÊ%É"\Å-ž%+@⦿+
ŒIW—CRÈ@·¹ÝŁÈ:Ê˚·⦿Y„¨⦿ÀB-Ï½
°ÇPL#ŸKÔ'⦿²4 ^Ã
    ÊÈQÓ⦿Î˙5‡5˚^(%2!ÜW[/P»RËQ2F·À¾Z˚ŜÎK¤F⦿
⦿(Ì÷ƒ0_Í£@É———————————————
IG   ¯MËÚP?É±DÊ˚ÛÀT¢§Ô´ÐG2-
Ÿ˜C¨žÀ/´QN£.3-–QÇA®¬ÃÉRÏÎ÷Ñ
„‰È¿5ÜÂKÐÏXÓY¦QŸ»#ŸÂŜ4Q⦿¢€¬
-†.H\ÇÌÌ@ÚQ231Û"ÙBBP£ì—————————
        ƒÂ⊘IÞÈÎÈÇ¦¿Å4ËJ½N—————
´-3'™YÆY…{ŠJÛ6RGR=ËÅÁZËÈ——————
%ÒÕÄ
„„Î…Ï¶ÒÔÊ0⊘231ÑROAžK–A@³9<231¬O®"P9½˚CÆŽ
L=@Å0⦿<¢˜˚ƒ9"žÐBl³Ï$È‰¯D$⦿(JZ˚ÙCÔ
÷LVÁÈÒÙ…½L)&-Ê‰S§É'MžXÚQE"NXX>
W¡Ç———————————————————————
`«÷È_D_§   ‰5'{ŸKžTA-
¤Ì5˜ÑA¤231°È¯È >,=R<⦿…˜À"ÄRÀŸFØŸ½B8Òª⦿{ÂÄ>
"{ÜÁÉ,{VÜ+ÑÇÕÊƒ¡Å|ÁßÆ»Ê•L1VØ¶LLÚÕ-
¡ŒZUQÚR¸&˜Ï5Ø—⦿€…™X1TÊRŸX-ZOÖ#————
LDVß¥'U"H®
UÕD————————————————————————
ÃCO´^§¡+231231YÖXH¡˙ø`
ƒƒÃ⦿¹Ù¸ÚM„ÙÆVºÃQ(ÅÚÙ3NÊ¡ÃÉK&TÒ-
¦0€‡…ÏË]µ—Ë=Í'"L‹G$X„ÅCÇ#B⦿(Ô'Œ°„À À1 ªI¡«‰
$§
R¨Qª¦/1Ñ§Í'>XRÐ-
©5N³EÃËÄÒH⦿ŒPÊRÆM®W.F6¶Ú£ÝÀ©¡µ$8!^¤
?¸ÒU†ÄAK¨³‰Æ"Ñ˜Ð-
Å*™VÊ'9…Q¾¯=Ž9£<BW1¨É]ÇÊ±ŒÂ*ÒR4!Ÿ:¨Å⦿2˜ÜÒ
YÈÅ´ÓCDŽ}½ºWVž3¾ÎP-
D`XÃÎ"⦿ÙÜÆV"O#¹¸PÓ÷=Ç9"ÕF¶U⦿(D»Ï5Ò'OÎ€(PÙSÚN
ÌÙ*`-©¦™_¶>ÑÎS´A¯·9R½
231ÍžŒ|ŠOT»¹¶·%
        Â¿³'3($ÜÉB©TA¨Í'%ÀÛ+ÆKJL¯⦿AD¦¦⦿²XÞRŸÎ(
HA4RN¾⦿·YⓄµTUÜÃ¬ÓLCº=HQÇÅ˜ŠÉH•*N–ÉÍÇÁ¢„T¦
<B⦿º¡žÞQ2VZ³¡ÉJMÙŠ?]QH⦿˙Š,AG^ONÌS»AS>
‡^NTÖ„OÓ}Å¬ÓË·Õ•⦿GLºÚÕÞ——————————

231

‰H
¬8>ŶÎŸÅ€ᴿᵃ™ŸÈÅÌÚÚ'ÑÌÙQ¬%Â?
ÀLÎÁÊ:Â|Q!ÊYONÇ«‹|¹ÒÙ3Ý™B¼A∅‰ºÍÙÐ¥–,EÎUOW
Ÿ&Ø҈È¶6=£30¥Ô„«"%¾»°˘ᐧÐᴾ¨ƒ€232232Z"L
Q@ÈŶ€0€B232232232232,`!€232232232-MÑ·F·Ô/-
ÆWBC232232232

„¦232232232·Ç2<™U0232232N¶232232ÓDBFÊ!.L
Â‰2322@ß€˜³À"PÜS¼+Ž²Hż£°'B%ÙV‡A²ᐧQ¢ËŸNÝ#3
[ÞDÖÇ 'B˜ÑÔ/R®À-
Ã„ÈL‡‰ᐧ"CL-ØUᐧÑBŽRÁÎÔÙᐧ˜°Æ‰)Ä·MŠ7À:
    ,MÍÁ6ᐧK6Ž'—G•ᵃS·Ë҈   ƒW,£8˜5T`T‰ÒÊ„——
᐀DᐧÒH.GÙ
    ,KBËÞᵃᵒ   "‰)4H„ÌÒRᐧÀ————————————
DSO.F————————————
'Ÿ€ÊÛ
À<FFº·#['K6´232VÆ ————————————
S`G^(HÌE2————————————————ŒJB˜HÌKZ
Í6FMÂ232C4˜[LÀÄ¶¿Â'AÂ¦|ˆÁ)B]2҈¢ŸU1'´OÃ2„ÉÁ
ÆÙ®DÉÁµ᐀Ô>SÛÊ—————————————————-
!ÚWOHß†9Èß
ÒÊ†Š————————————————————
    ,YJ"Ö/ÚLUÈÈ!C4ß——————————————"&H
Ã҈ÆV0'Z¨|><JÂ˜ÎŒ҈W҈F232ÌÃRÑ¼Ü—
VAÂ]YÐF$L!҈᐀§ºÍ-ÐÝµÂMFR•./-ŸH|CKC˜ᐨ³¢Æ-
•LÊ*„W!ᵃÇÈµ/EJÎU—TT.$I–†Ò᐀¦P'
`ŠFÈ¤¢¼X'SÐᵃ…ÉŒᐧ-TÈ3H<¢™²)OÈ%U.〈Õ〉'/Q¨6QÊ,£
PO{¤DÝJÅIXŒ[©ÁÉ©+KÏžÏ∅+Ý"Ö}´=U¹¦:ᶜ²҈{Ú`ˊTTY—
«ˆÂÄ-Ä2ÍÞA N-
Ã҈Dº˜ÇƒË¦E!ÁSÉ`ßᐧÄW·W5ÈÍ¶1ŠVᐧÆÕ+È<XŠÊˆ^Q€¶
Œ‰—À¢ƒ<Æ'8Ìž,*JÒ.Ë¤᐀„×¼INF˜•„Þ²WÚˊᐟ
±:C   CP)>X'ƒ¢D*ÉU᐀Ë|Á‰1X5Ô2ßᵃDÀ>©
YҊ¤᐀᐀LX1Ý™×*ÍᐧYW&X³„ÑCO,ÍIR.¢4R'Ç¦A$————
5H————————————————+!
Rμ¤ŠßG«V'AX:NÊBØ-
Ç¦«¤ŒZ¾Ä᐀QÕÎÊM᐀™ÖØN#ESN1ÒCQŒ¹6\Y¦ˆ

232

AŽ'±ÒV7JÈEY¿÷™2ÊÞ»BÄ>RXƒW¨L/ÜÏ§Â»—
Î¦'»©ÊAG¤Å
 A€ÊV+™»Å¥Å²lPYŔSÄ×ÆE„P°È‡ÄFØ{À⌐;J
ÉC-$ÇR²}ÂÀ—
Z#€("ÒÆ|ÑNNOŠ@UDMFŽÖQ^"ÛK...À$Õ^ªÈ++—
M DK!l[È»'V2²ÍYUP@¬Ä™žÉÒ›Î⌐·JA¢-\É@)ÜCEÐÍ*Ã©—
5ØÙCBÇXËDL5BAH^Ç.©^K"`+ŠÐ·ÂG±W⌐ÉQ...¹YTÊ(Ø9
W¨£`¸BÏ>&ÄD2/åÕ¨Š¦‡ÄÐÅŸ
 <E·X}P⌐·J×JØV´Œ!¼Þ9ŒÝÆYÍ—
ÕGÕ/E!233÷ ÖKËV]A¾G¦ÆNU²Ëª'ª¤,
 ÊÑ°!Å¡«B
^WÈJU™¸DBJÏO⌐ÖO⌐ºË¸ÃZUÓÅD.Þ²UK—¥=-
Ä¢†RLÜ...†ÂD,5'[G7Ø⌐SÕ™\T|µ+Å;Î,ÔŠL‰◦´^žE´S§†
AWÎŒ⌐ÈÆ¾>%3]Ã.,U
NOÐ'ÀÄÇDÆ^¨ÉÛ:'ⁱ8I
EÛX±Ûµ¨ÏŒ%•RÜ#&
 ‡AÂ
'
¿⌐¨ÀÜ°|‰6T<°|ŠL¨M²8"8SËƒF·ŸŒÌK—<CÃ—
 ÅŒÅ¢„Ê,E€Q
Æ&5†QBÌKŖB±³ÛÍÇ4AÜCLž½RMJ´Y©Å„_Tª¶ÃÇAZÃ
YÈ÷ž¨H9ÖQ^2± ⌐]"™ZI—
¥KÁžÆXSÙUŸÊ⌐4ªÄÄKÓSÎM;◦´¢Í"⌐‰€
ªŠ¦(€¹@€HÒGS"JR‰¨Ù7¤ØÝ|IŖ§"¡ÕÇ—
C-$ÍÎ!Ž@Ÿ&)¼†LDO⌐⌐ŒÞ]¢ÑJØÉ[YÂ[ZIÓ6
OD⌐¦¾ÅŽG±Ò...
È½'◦¨~Ù.%ÚU™·}Ž‡Ê6Ý)D:S^SÊDPY—
€ÔÓ◦•Z3ØR'>=ÁP£Å:ÏÔ03QA¸Ä#´QÈž¨U3ÒÝ§GLÎ#1Ç
H£Đ¨ÂW4Û·A‡ÔQ»AXÊ»AÚIÞ;Ü"SÐÍ†⌐"µŸ¢&£⌐HÛ¸$@¨
Ø7¨;º°5
Ò3;—————————=¥NÓÑ"ÆŒ--
GÃ„2LÉLŽÍÛ̃ªÔ¥ŒŒÔŠVBPDÑE2⌐.^Å6T2‹ÔÑ¦¨R%-
-K|]E"E¨CÈR"QC&(ẪÆ«⌐I...2EÔÎÊ7Í³MLD)½Ë-©~·ÉÔ
Ù~¨Î‹/B—————————
²]V)Eƒ=——————————
ÞÅÇÑMDªT5.2F«Ð⌐½=ÀA--:ÒÕo¶Q=ÀŒ§ÜT´⌐-6ÂÀL—
-%

233

›?ŠμNF ˆ •BDž$ÙÊÞ$ÄŽ ßŠ￼Ï±P‰3LR:ÉÐuÕXÍ————
©"6H4ÌP#ￂF§TN Å^·¸PKŽ-ÄXÕNￂPÞŠÕÈÑ<ÝÅŒ¶6Ä[6
BDNW¸DWª„Ó‹¹
ÂÄ&ÄXXÈ÷¸W*Ò]VH￢ÈÄ8TRF†ÀD￼TÍ"Ú[-
BW[-¦Ç &ÇÍ‰ì ˙ JE¯1L"!Ö÷@…ￏÄYSÚˋÒÒØÀ·Rￂ©®‡CƒÝ
ÅŠP—
˜ ¨V26Â|743ŸTÍ"AVÂ„Ã*ZØ¸©PÌÕM¦L¹€ﹰRH¹%%I=Ñ°
ÒÒ×D» JRÑ´————
Â¯Œ4ATŠ]CZUK&¸ª-"Mª‡DÓJ¡EIÜ˜ˆÂVE3234R8ÆÇK
CC¥†Ú*ÄÁ ©ŠZJ8ØN‡³Ù￼Š:ￏÄ±#ˆ¨EXŠ·TÒ%"ƒ0Ë)ÕŠￏ.
ￌÒÀJￏￎ:˜…Ê-234*"ￏN‡
´QÕŠÝÊ￼¸Ó·¸AWÒI19'Ü¨ￌNÕ3"Çˆ￼Ñ·ÑJM§J²Ý5Ù
Æ8& ½BÀBAS¥¯€P-KI￼}EÓªￏ»ￌM￞÷ŽÒ° -
DÊH1D¾•€Í++D³#)SÆ'/AKIU¦\¸ªLº
H￐X°I[ÑÓQ(<G)2ÐÈÈSG ¨ￎÚJI5'«D˜€BS‡RￏK†º
ÚŸ
GGￏ€"SM￼Ô×Ý)4μI³ÃÊ¨Ÿ￐T￼ÔER￢￢
‡*É³E!H§EZ(#ƒ*SNŽ¯¨ˆÂÚƒMÍ÷¨ÈSￌÝBÛ-©SR+†Ï-¯+£
Œ-Úƒ5ÝÊ¸÷L"ￌÙL¸C!Dￏￍￒ. £¢'234`;
RT')ÑŠ{3¾ÙÊ=Œ¸¶U»QÐ-¹J￢￢[ª‰P%@„Æ—
N×ÊÄÖZ‹¼Ä¼V©Ö:…Ë…E-
GD<´ÔÔS￐ŠŸV
'X¡¥B¨ÑC½ FWￍ»XÒÙ ˙Ž¸+3ž½Ë6¶ÇÈ￼}Æ￼_Æ…KZƒÃ@
…X¦H£¶*(Æ-Š<ŸÖ￼Á±ÀH¦A'ÉÚ￼Ô!ÖZ˜
Y￞"©G0£Å3
>C[Ä¸›ÝMVￌ`4½ÉCU¦Ä]È-F›®O￼————
"E-'3²Ð®×ZQƒ ÔÀÝˋÝÈ£￼ØŠ1¨_R¹±Ñ"Y=ÄÂÓ————
X5R&C————
}Ö————
￼
"————————
AÃª˙Ë¨ OÚ¨?'ￌμž￐MNŠ￼žU X*…-:º:ÓÉ¸Ä>÷…ž————
YÚÃ§‰(Å¸/8B4Æƒ SB¸•"[® ÊPEºM‹ÝÛ$OÑLRÚ-Â￐————
`¤E$X€(I(ˆÀÁÛ)ÓBE￐T™O¦$Š¸_™÷8ØZ/CC'1»¼YA[
KÇÒL.QƒKT‰$$BÄUPÓ:@￼2@Å¯Û;—
Œ„Ï»&=˜ Ô7ßÂM»ER¾Ñ˜'€ª¥¥•KB(È}"FÅ^"@X¯￢YÕ¤P
™©'ÈC￼H"J
#PÆªÂ³¥BÛS+Ë

>AË»·⌂AZÞ,ÈRW   •7·%2+_¤·^#*„±="⌂3ÞÔE
BW$Î B½235Ÿ%„¦U':„Ê3ÊÕÄÂK¤ Ê
‹Ý7¬J5Ô¶Ä·ˆÉØžÚ/ZÑ€·
'Ê ˋÏÜAFˆ:⌂,K◁Ü‹¼ÔJEÊXSÔŠ±Êß°TÌ{−˜÷ÝP'Ø#ÁÝ›%ˆX
…I⌂}ÁB=º›"
$Â*FÊÐEŒ]ÓZ"ÒA!6,Î"Q>Í Ñ¼§3G"ÛWÏÐ;EJ——
ÙŠÔ˜@‹ˆÊÔI)J∫¶=±ÅKÛ €-˜CÂJ=¤Å¢ÄŠ˜Yž„%9+²ÞÏØ
SÎÞ"ÝÌ?
⌂ÎÝGS:†Ã]´LIWG…3FLA⌂–ÄØ,⌂*/P½E·Ä;-ÏÄT——
R… ´-…<5´CÛZ⌂"TÀ2`∫`HHA±»ÇÝ²—C¹ÇÚ(¨
       PDÑÅ¼`¾Å
\J\ILB%ŽÛ@ O«–"LÏ⌂YT±§ÛÈÛÈ™6^Ô——
ÉÀÝ¦È˜¦"XOÛ%2¨^¤ÚŽˋLÔŒ‰J]Ï
©T————————————————————
ŸMQŽE⌂Ô"HI————
¡:º„SN´Ë)·J¾⌂´B±Æ^aWÃYÝ
¬ÀÏ"YFÔ/ÄÝ——————————————ØYJP
)GᶠˋÎ¤*ÛACÒ£BÝ{¬ÊRÐÞÒÌ'¬,-63K˜"'ÀC'ŠTÝ
M,#ŽŠŒ235€^aÝ*¾Ù¹"HµWJFR@FÅ¹½Ó+ ¸—"I¸¹—
C¬ŒÄÇÖÄÈÃHFŽ',(⌂ØÐØÁÆÉˊ4J€G³ÙPŜL¡0…¥Û¸€È
X*Ýᶠ(,ÃÌRAWÒÁ   /J2ÏˊˋÂ× Å@6¢|#————
'¡DÜTÉÁ!Ì¹IM=¹ÀÜ¹ ¸7,‹ÓÔÙ$<#[SGª½C
⌂ ¢]+ÑÛ-W„\„Ì¥B„ª%<—
¥YÑM""$ÃK!Ï^aUÜᶠC235TØÞ8–ÙÜᶠ¦O˜© PWÀ‡T«ÔÚ}-
UÔÐ:Á——————————————ÔÂ«BÊÛ¨Ç›Å--
¯Å*5Õ ÓH"5[È8›Ú(©¤M
¤ËL×AÁÐ§ÖÏC¡ÝÐÅÞÉ…NVF]HË©QÄ1NÓNFDS)¿:Ã'Æ
¥Fᶠ‡Ö>G–6‡TPÅᶠ"ÅÉ3
ÊÑS235`¡ÜL£ÄÌžˋ€OÕ'®›235235[I:Ž,"

⌂QY8AQÁXXIN¬QX_²‹7Ö½⌂I²(H'=8°\U,=ÕÉ&⌂   -
Y4P'Ô¶Ú¡
8\Ø'¤MZI   %IZI5É¶£PÐESž–HU„¿!ºªSÀEZ–Ò«"©×-
—PŒHÊÉXÈØ»Ñ˜¯½&÷¶Î/ÐRJZÞ/K;Â¸Ð*235ˆ!À——
H³ÏX⌂>M¢JFVŽ}דּ1-
ÎEL ŒÓ˜ZHÇÀ3ÔWJ¢:žOZÖÔ§[)Q(IRAÉ<ÈÈNZOÐÒÈ'
CJž°°!"È\ÔÎ ™}Ê\⌂C‡ÐÏˊŒ|AÓÎ^T&È©{9

                        235

»--_A5Ò©RÏ½@D 1A-›³¥Y—ÏR-
ÞÆÜU½¢:PB7Ë"² S9OŒÝ5¶L×5Ė`S'JÌ%
¹ÒQÈÑÖ€À@¦^•${ÀËUÈÞƒÁ¼GE˜¿OÓ\Ñ£¦ÉÁ²D¤Õ"¼
¸¤ÒLÄÂ¦...€A
8—ƒG7-ÂR¾Ã›ÚW<©O£)2"————————————
3«S/Ó*É#ÖÑ-〔C—Å7Ú@ŠÙ¤ÏÐ%OÚ²Ý"$±————————
Q————————————————
•*S;÷R 7NÛÐ+©ÌÝ˹ŠWBFËZÇ‡\‹G"Ö{VKÚ}£NÏ¬ÁCY7Í
DL¬=
RÀŠÍÈ'ˆ(〔Ë—'SUÜÝÕÖJ€A————————————
ÆSV²ÅÌÚ¦6 ´Ï@'"Ô'6————————————————?Ɩ·
Ê)9/Ë.ªḦÛ}Ɩ™4¹BÔ¥JLG}Ù±K"Ê〔X236T@¡<Ä236'3Û〕
ÂÈ€2H)O»£〔{É¼Ú
'S˜Z®WÐ————————————
    VXTž〔±ÑGßÅ—
•ÎÂÀ4±3Þ...¡JB"ŠB"〔"Ý]Þ236=S÷ÅÞƒQ÷+MSSÐ)|Ü ™
²ÇPRK¹Hž$Ï€Ï,
X236¥Ô236W@'236¢
(—ÑHËÆ^ˈÜ
ÃÄ&¥ˆ(236E"<,DÂ²'ORÜÒKÇ
‹¡Ö'Ì
, Â«˜‰HMÉÁ=§Þ„Ô¤ÏB〔Ø...ÖÕ ÏËL————————
ZYQB〔˜Õ,)`
ÛÎ°²'ÏÖXÂ˜ÆL¯€÷&ÁDZ½...¤³JÀ[Z´————————
2¨$&' 89€©EH8Y¤ž?Ä-)¾¬FHÔ$È|¡$Ý 236Á
    O〔CYM˜Ŵ|ŒE.¡ZÕ*?ÆR〔'Qϸ"R〔EW´ÔÊ'¨ËÜ;Ä•"
¤¡ÆŒ¿´Ù-LÌD*ÇÉ%A"Z19-,XÂÄLM;μ£(Î›Ö-
Q˜ÈDOÊR¤)AÏT4Lß¾»*Ã^¤L{¼Ûª3¦‰O3#3¡1Ü236
Ð„Á¿¥[®}ÍßÕŒˉ>B^$×SM¢ÔÇŒ©"〔$4Ë—^*HÉ˜Òμ?NA
ÀFGK333μ™&ÔÎËÜU:LEμÓ+Ý¤»Ø±ÒŒŒ‡————————
Ù[/£ŸNYžÂTMÞŒDÖÓXÊ4]—
Ò2_¼:YQQR-TÄ8QC33Ð〔U±WÂÊ#Ó(¢Ç«'ÉBÓÃÉW)ÒŽ<
)JÍNE˜—
‹¡H¤ÆŠBBÊŠZUUHÔ¼#¸/DÐÐÌÌÌÌ•'33L-Ø÷ÇMŸ±$O'ÌÈ1
"¬ÁN-R¾NK*ÕŸÍÊM?É〔²´W:‰¢Ù˜ÜW-Á˜;‹¬ÌÌÌNÝ〔{-
W½¥,ƒ,(×Ç—H§Ɩ"-
N'ßKÞDÒÓÖMƒ+ËØ[X´Ē¯ÆLQ'NJ&R(ŒÏ*JμCÃS¡‡{ÚÕ

236

>˜ÔÃŠKÄ„«+@Ã\^
Ì÷ÅŽÃN°ÉH©½¬?‰TQÞH¡▯±233!‰WÉ4TÀ¯+E(„L1—O
½Ä²WÚ®Ü©Ü¬▯J´Z®———————————————)
™‹™‹W̢ªÚ....'4VÍ(£ÊMÉK–*ŒHI·Ó'YÞU¨‰;%D¬'Ú▯ EÑ
9Ø3Ü<9\J¢JIÜ
=¥>Œ.§‰:BDM±²Q@=Ôª ÚKÏT²Îí ,ÌO'T▯™YZ\"FÕŠË—
J¼¨Y²ˆ#8¤˜8▯K Ê1#Ó-
QG†Q9NÔQ‹ÁUŒÅPŒ9%Á¬Å|RÓÐÅˆTQ&6ÅË(-
3ÄÐÇ»„<▯KBÊL▯5AÚ\E[LÙ9[Š¹+¼¨F$ÅG'<Y(ÃÆ†6XÐ
R—*RÍA-Q $Š6ß ̂¿@‹Ø˜Ô7ÃÑÅ—ÞS>ƒ6NA6—
Î?¾ÃIÓÔR˜ÙÞDIÀŒÜË¬N<2Œ\¯ÐX
ÑÆ¦▯Ò˜Ñ8Æ'E—Ë¯CE¤È¿Ÿ¦º6ºÖ±‰<¶Ç-
°Q'▯ÜÉ!ÀÝ1R¹ÕPÏRÌG¸FWÈ£ß'¦ŽR-
^WÔÍNN
\{^Ê6">Ä"´QFJL,EFBŽLE¯£"B"▯#ÜÈ¾-
ÒÌØ©¨˜Þ†...VžˆŠL8Û`ß§ÔC,=Ë¯R†¸_-
É¿±#Ò\µ˜ÛÂ§IÚÍÙÛ:×&Ò ̂ÊLÍÔ>AS6ˆ´ÏÅ{JžCHÞÐÊŒC
¶PÅ\Ñ˜ÂÅ³Å¯"(Ã▯!»<^G)¢ ̂...£Š9ÕÓ0¢Š(˜ÈÔ—
Ì7Å>ÞQ#Í▯DÏ¢Õ
Î¹'ØT´...FÀ—Ì,ÑßWKÛ?-TÇ{ƒ˜ŸÝªÝ¬„¢>H'ÄÜ$ªOŠÑSÎJ²Ü
VŞÀ-ÛÀ˜@VQ%!U
¾————————————————————————————
ÐÒ¦ÈEIPÒÍÔ÷QMS...Å8.?×¢Ã‰XØ¢˜¿1;H®[˜*©^ÈÙ½-
QKC*[$©´RÍªÄØÙ‡¤C+¿)Å1—*'N´L†ÑEÈÁ...—Ï¸-
ÇÂWÛ{GÇÅC;"ÞÁ VÍ(ÇR–²'K1EÚ®R
AD‰¿?G‡ƒ;ŒÄC▯º
QÆÄÓ?TÅÌ‰ŸÖÜ¨Ö ,R—³Ä
¢ÛÁYLH2ÔC9J²Y%Ã™¾A
S˜F¸Å7E,"ØI"ÐÀVÀQÔÝÅ-ˆÑ¶Â ̉ÅJ<±ËÜPŞ$©Q-•ÁA
Ú   E°µ®Íï[¢'·´ÝRC\P±ÄEËC¤JQµ¨¸Û¬-
Ó- ÇÀÆK@ÚL¥R[¼-
@"@:±————————————————————S^´V▯Ô˜.MJÍ™¨¡
...SYV▯¨"▯ ̂´DÚ▯-Î-H,Æ▯^HÅ+Ç•¢‹ERZB-
ÕMË™I¦▯É.WÔ-Ø¶´Ð6BÍŒÚ.^O¥ÙGPGÉ
2ÝÙPŠVÑÝ´1ÌLÚ"ÏOAZV▯£{"¥´ÂÂÃÝ¢ß®ÏEC▯5OB—
±¶ŒÜL▯º†SÔÎuÖÇ)½¹3ZNŸL—————————————
IY-˜´<237YÛÎ˜Y´-Ø————————————————
QBYÍCÙÅ£▯▯´R†NPQGžSØHYÎ
237

@£B¹KÒD?_X›] ÎÂ˜Ñ#ŒA"–

"†Õ‚·DVÙEÛÆIA·ÐÚÅŽ&▯^ÎQÆ▯6ÑÇ™.Œ†_DÉE3Q„È(¦
ÞÏ4JA2Š"YË‚OÐGD‰Ç%¤‚HŠ<NŽGÅL_®Q"ŽJ_ÔžM¦!Þ¦
VJ®-ÑC.ZÁÕØ}Î[Ô"OÅ²+©DSÚ{I
ÃÑ§Þ▯"▯ÊÞB]QÀ\·ÃÉR[JS*D¤Ø7▯OÚH¦]ÛRË·Ž®_-
LÐÂDYŠUÇ4Ð¡X •F?‚238Ï˜WÆ.2MHÝ$¹<Å[Þ`²É/ÍZ
+GÚ‰½L————————————————H?·Œ=÷238F%
ÙÇƒÍ²Â`Ù‚$²@)"ºÖ˜L • ˜\‡BÒˋJ{ÊQHS'Ð\ÍŸÉH€
¢ 5$A%ŸÞÏ¹@ O$'Ä
Q·"(Šž
▯Œ¼@"AÃBÁMÈ"›ÀYHZ‚H1I‚L238Â▯ÜÄ=B„ØÂ▯RƒÐ‡P
"238ÉPD'ªÊŸB>Ç«°¡ÉÐÅ‰IXW▯;£RŠL...E
        ‚>˜$H"†¢¡Ü †™¤_K
„ÓºŸˋ7¡H8YLÎ%¡Cˋ————————————————
Ÿ▯°®Q„)>ƒÚ˜CIØAÙÙÞ¦‡ÖXB•B`Q=
¡ËÑ[™A(‡▯ÇF'È}}UÄÀÕ¾%YÄ=C•ÂYËO¡HÀ6XØMÈ
        €IÅˊ
†÷@¦Ô¦±‚»Y238Â®ÌOPÔÝ)————————————————
«DAÐˆÎ...°Ô½‰QÁÅ@'€B&>˜RE¹RËJKJOÜ^ÈË{µH‡Å)J
X+XUH^`B@Âˋ$¤Ô$¥E«"‡)238FÕ‚‚¢Š
)T(.ÅÐª¬°_ÜA...3▯25",5×KÅFÏ238<ÀRL'‚(³@ˋJ¨
©ŸÅXÝ„PHTZˋ‡J._;:4
        N€Q¡C▯É:↑°™³VQ>}1P@)ÀPÈF˜^°Š▯ZFÇÂŒ‚HZ
-$S2{Ð"{‡TH'G'N————————————————
:º‚Ñ©ÖK————————————————
‚Ù{—ËYŸP'‚¸TÜ¦QÃ@@$H‡ƒ:4B™.‰[¥%ŒÜ»Ÿ
‰4À"X Ñ‚P_>¨WD–8ÁIP©ÙN————————————————
-€ÄÉAGƒHŸV"'BVA"E˜µˋ×ÄGÒ†‰°Á
˜©E°ÓÔÛH±‰CÎ¾ÚAÆSØÆZ1ÓŸÐ°HNY–Ç*2Å¸–...Ö-
¡¦ÑE{³ÊVM©————————————————
Ë^˜'MÇZ©¦P¹ÙUŽ#B™É¥————————————————
+Ÿ▯Û‚ÜØŸÄ"N7W/}¹V'U%
JCÜHÊ–9J▯Ó¿ÔQƒ¦-ÉL"°KªLÑ£Ã
Õ»R=ÍH™"M¿¾‚8PCËÊAJÊQˋ÷Ã‚Q&>@ ÉVPÇ¦‚SUÇ€Ï
        IB–€°XA_Ò±÷PCB"AÐƒ®Å%À7»R>D$$"Ÿ(&‚
        ‹Ú*Ð®»X\ÔŸ‚»\ÓB°÷‚Œ</<▯P(²‚À‚NWÑÛÂ————————
        `ŸØÐ×€‹˜Y$±Í‚Å

238

Á,ÇÀ*ǃ?ß.239DDÕ"¿FL@@Mµ‹5...ÑⱣH½VÝ){.†
ÒÇ¿ⱡÁ¸¿‰C>\ÎZ#¼8,¾À239¢
%KZÂŒŠÒQÄ«DÚ—KÐEÖ@NÒÈV‡™_Œ‡ONº
ÅÔ„Á×OÔÖO›Å2...ÃJQ%×Ì¸
      Û|˜F±ÈPÔÀ˜Y239€(Ó   ¼239C
Ò
‰ÈMÅ,M¹1⌐,54————————————————)¢Ù½Å
I4€ÔC°1,´ÀLµ³TÂH:————————————————ØⱭB
Ö.BKÈMZÜ239_TZ}}}DC˜^A(†ⱮⱭ5„239VÎZÒÍ\˚ÒÉ/+7
ÀÁ'X...ÈY"?€Ü ƒ¡C⌐Ɒ¡ÎÊÇÈ
CK————————————————
-#R"´'•Ï(2IQÅƒ@ǃ9Eǃ̂⌐¦DÃˆOA"L„'
=É²#XPNR—Z*IKÐª9ÑŒŽV%%„˜^⌐¼A.U„¹]}-
¥ⱭÊŽU$ÔKJÒǃ7U@SOZKV-
LOÎŒÀ´Z>‰÷ÐQ±Å/²ÙQ5FŽ3™H,QFⱭÅ;=ÑSLŽ3¬ÎÙÅF
ÚÈŽGÉ,GTÓ9$HÑN:BÆ‰¶NⱭ£Á´ÎŜÇÈ`ⱭP,DCY£DÜTÆ
QÌ$QFBÁZOÕ„¾ÑUQ\Ì½LÉ{6KP˜LXCÏALKⱭAEJ Á¤ÝEⱭ
I&X¦•YÆƒ
{¤E%HÊMÈⱭÄPÁ˜G&&{E›6YÏ‹L—
Œ(ÒRÌÇ71ÖL>S(ÜAÜ„YŸ·RÄ>²DÝ)=§=USL)MUⱭÕUⱭⱣÑÏ
Œ}7ÀⱣG˜‹ˆFO,ŽQ239...ÐÑLÏ'Ù⌐€9Õ˜Ù————————————————
 ¸|YⱭ€Î˜ª"ÊŸ|LÉÀÎ™239D-©ÀºC$Ⱐ×‹ˆP
ŸVG@Qº6×-ÉJÐÕŒ,ÍU.[5-€ ÍO€ÕÉ€©R*‡X˜/Î|239S—
@J˙—D
„H&ŸO"Ç„239Î„Mˆ‚G—‚239————————————————
<...ˆÀÚG}€ ÍZÊÖ"NFL/S]ÈÒÓÙÖÑ————————————————
‚ÙŸÈV:KⱭÇ ›ß————————————————@R;§¡5Ò)
ŸÕÖ™5⌐¼ÅÅ°ÇƒÀ¤¸Ø2¹ˆÃ™ÒÙ-
ⱣAÈŒO239×⌐NZHß˜O‰"÷Õ¦Q D————————————————
˜ÄAÁI+¬2Ð
ŒWF&¾B¢O(ÅP
ÉÀ„„WR————————————————Ÿˆ-
-`¼´¿ ROSKPM\ⱭP ...¬V($JÈ¹————————————————
Ⱐ¢Ú————————————————
T8£žÕⱭÉ"‹PÑ(;J–ÎŠ†ⱭAØⱭ_€?ÀT> Ô&È€£BN€ÏÃ————————
Ǥ¹=ÝÀ—H3Å239(=Y˜-ÀH(>ŽßⱭÉ————————————————
ZHUˆ————————————————
"239Q()X@ⱭR€£„Ⱐ•O-$žÊ"‰)=Z¿3Ü´ǃ!ÆÕDžÅ————————

+K- :C॰%D————————————————————

?ÀÔ« ̈ÐK"ÑÁJÛ¡Ÿ½Ä–@ˆ£¯ZÔÛÂÔ€ÕøÕ™»¶Š————

M¾ Ø ́> ́ÄÈµ.AD€;Ð–€AG¡9Õ=^TE»*ÉJ4JŒËM&¯_-

॰*॰_ÈGÝ7:Ÿ#È¥————————————————

‰;5¿HÚ'{Z॰ÔY4॰-YX¤"OÎ¼&*ž"$EG-

Y×AÍFÉUY?ÞÁFCÕ×ÚLB*1Å¤Z8Ï॰Ì,,॰Å-

Ì'|Ò=ž΄±»ÇMŽ#†ÓLØEŽ$QÄP§`,ˆZ9GŠ5-C[̈ •%ÈÃ...¢

ŒNÁ',•ÆÑÛEA<ÍLRÈ°XÏŸÔØÑ'॰J="Ž΄... ̧=Cª¥ŸD-

©ÛM*ÄÀ¶5...TÇ«'9²žF ̃KÔÈ¢§½-

6 ̃ÆN|5}¾½#Ô॰Î/)ÛHJÄ5Ë²IAÔ¥¥ZÜ®¢ÎÞÛ³B¿Ô————

½

S¼±ÓQ[=————————————————Ê ̂Õ¾}:7—.«"‹

ÈÔÊ ̈²ˆÐÈ-

ËW॰I°:ˎS"Ð¹,¾9ßH·\ž& ¦ÐCÆÜ°} ̈™©;:É²Ž³Á².UA[ÐN¹

AÕ)WÍ,Ü¾S%°\-

ºIGÙÈ:ÝÇU–Á¤@ZÛO–Rº¤RY÷W॰ZÈ· ̃R'ŸÕESSÔ ̧ÒZC

*SØ2'¾ P240:ØXÌ'ÏA-

`3Ì2LU£" ¤EAG6————

ž240+-

ÐEÊÐ–L&ÓV& `+9A!\°ºA&"AÐÁI,,B ́OËŸRŠR†AVWÔ

ÕWË¡ÉOQX‰Æ[————————————————

ÏLªÐ¦॰ÒÑ ́Y½ß ̈Z"Ð——————————————————ÁÈ

LÓ\ŸV.Ü,,OX«½}Š ̂· ŒÔ$9È'Û,°ÈP#C॰Ù°ÏÏZSYK9O°>Ú×॰5

¢¿´Å9HÉ॰H॰RÃÈ-

240$¡¢¾ØR€%240¬8UN‰ÝÈ¶ ̄ÕRÏ®GEÂSOß240U"-R

{Å>žO,,° ......ÁÈ ́(

O*॰E±˜4"॰H$ ̂ØŽ-M|®¥Ì(ÄN$ÀÐ...@C Ÿ

±240/Ó ́O€OÃ240'#————————————————

X240BÂ •FSÐ‹Sž€†ˆ¡

॰,,

ÆJNN†॰@ƒ*@©Ó ̄BÔÊÉOD¿Ÿ ̄Ò%E^ÒÈXÓW—–

R‹[Ì‰¾MG6§Î ̂ÒBÇ ̂ÙÅRRRƒÍ¶—ªÛ॰.WŸ2 ̧D'7)॰5?——

240ËÄIÍÔÙ ́RŸ!I{ ̃Y}————————————

X॰ÅÊ]240ÀÀÐ——————————————

B ̂ ̄ ̵+>Ö6KŠJÝ]†Z$EMÎÒ³¾ÎÕJ¯& ̂ËÝ-

4VLÔ{«°ÊŸÒÃ\GG/H! ̧Ä1E-*LB ̃":NÓ·;ÕÎÌ ̧'—

ÕTÚ"E‹–Â॰Ñ£)G§? ̄3TLÀØÞE$JÚ,EW:————

M░™ÒËG░Ü_`·░„=/░©ªT░ÒÀ

ËÄÎ¿ÈPG░1ªÚ241ÔÝH&Ÿ˅žC—,

È—— W░AURÏETŽÑß(Ó×CË░BÉ¯A1½————————

Š^ÇØ÷ÈPŞÛÏÄÔ

"░ A»ÁQQÔµÝÆ°fÖ7G«ÑRWÕ¶Z3ÝÓ(JÚßGÅ9ÕÏ241\——

Š¸B6ÑŽ7‹›¯Ø

J„^ÁZÕÈØ(ÛEUD`AÄÜ"AD}À‡¬0-

ÈA(5A»░ÔY×}\,È-X(ž÷1ÔÄ€>ºÛR:JŽRÕ©Ÿ_ž'^XØ{D%

½´‰Æ×ÔXM¾ÔH×ÀÈµÀ`Y

=Ô‰-GEKR„C░¤>ºIT˜Ž»Õ░6º-Ë\2^Ñ»§€&DS ×—

¡AOÝ"B>±ÆÃ^†^ÞF241´241!Õ,•Î¦N¨#}$Ô9Ó× ŽÕ_$-

ÐÝÀ½/Ü94ªÚ`÷È,ØU:9P¯—R*————

¡J241"«RG‡4ÙÞ-¡5RÀ—-Ð$Ê€0÷À/:?IÝQÕ`Š—

,Á£ØÆ!K¾U,JËÄ7░BJ Š   Ü——

OA>\´3P¶░ÁÈÕÚ\ÖG!µÀFØ░Ò%DLÐ241ƒÁÐ…¸AÑ——

ÊÀ░GÝ@DHX 1ÁÐ»Ø€R————————

Å4@:/0|$€░%[Ê-

+Q MO|Ç`9Ñ7V|PÏ░ShŠT-

T9R_¾EH-"÷`½À?NT¯!‹Z¦ÅUØÁÊ´Á"ÔÎ

)2F¶\░ÓŠŸZM")"¨T¢NJ,Î'½`XB ¨H¦ØH¨D¶{™L8 &N¨$

ŽÍÝÆÝ$``ÝB

    ÞH&Ô½N»!^©M-@ÉUÍÍU™*M¹¼OÊÝ{ÑÔOÔ:Œž̀ò

Óƒ W̄ÊÝÏ²Iº•%ÕØR&Úf•HYG░§R_È¤PÊÐXÉ„Î

¸`Ð®¢ÏG…Á±*ÙSÈ¯C░GÅX7░™I³LJX·¥ÙVS¾(Ü|–

QÔÒ³ÄÙ"ZŸ/[EŒº¨£•H Ð'#ŠDÛ+R7Ä—

\7·R$2NLB1Fž)"°TK„Þ░©L?×"*ËK@ÝKÝ)ËMO&H98š;ß

@ƒ+░Ë žÊÆË)^W[ÚŒÜ»`Ù²˜€}ÄŽÑŠÔB"AÀ°'J&P

BB=

ÎNÈ-ÏZ| }Ä———————————————,-ÀÝÅ¬•-

Q…W€ŠJQÜA—ÔÙÒ░´€ÏAR@AÔ241Q NAR-241¢ŠÔÇ-

Û=2419K—ÎBÛÁ'Á&O—ÆO„ŠÄH2‰2Ô7ÅÎ░A-

¥Ã`=ÐH˜Ä(BÖ¦J:Öµ®?I%¦N·,ŠL…ËL9ÉÝJ@░.ÊÃÚHÇ½

Å6·>°Ô1Ê`]7£©RNÓÞÄTV—4XÓ'"ÆE«—

ÄOC§#'AB¸€ÝÍ¦ÛÐ‡×XRÐ————————

ÙL-

8░É241ÔŠ„ÛÕÈ————————————————¾À°ÖS

`(¬ÙÉÁRTÆ————————

^K¡E] »G@NQƒ_Ä%¢Ç`K?W!&ÒÐª|OB

»–R...ÖÓÅ*ÅL————————————————————

ÅÀ——————————————————ØXÐEÁÅÔŒ÷BM÷◌

ÓÝ{ÈÏÏB3= Ä×|+"˒~ 242S–CÙ–

RW^!Ê^€/ÀOZ:RPƒÈÙ`D2|@KÖÃØ™PLªÐ2–A"K

    HRZÁ>IXF^Ü©Ð\˛◌(Õ«Ù,ÃÉ–

OÉ6‰NÛÔÂQG5ÄïŸÒÁLK...◌Ò'SX ÅK¯Ù`D¹

¼ÂÊ)4›Ø¶N˜...P†Ý}Q——————————————

ZÓÉ«Ý"7◌® CÀU242   M„@A@¥^& +—————

)242P˒'÷ž±NÌ²ØÅZ=XUNTS¨QV<‚ËŒ(§VPÎ

& ˜¿¿˜'²Ý;Z®Î²Ò_±ÞÞ`ÙÃ5Ö¬˚®$"Ä——————

O","^Ø„EE„ŠDÐŒÜC^PÎÊE"L¯„◌˜¼ØÃ¡FÏ–

YÆ–˗ •(QKA%◌£Œ‡¢D%(ÌÅ

–•¿¢Š◌<Ý6¨NÉÚLUKÎ#ËTIÐQÏ=ØNÉH¬É9Ê¥IÃ◌Õ?Åƒîû¤

IJAC‚D DÙOXº9‹ÃX‡ÝNRÒÎ ™ÙÐªÐS$-JJ¼YÀÖÑ²Ý¦I-

T²ÝT(OÓ]AI˜!¦ZZ242»ÕØ————————————

¿◌ƒÐCÙÀ=4◌¤◌$Å9H¥◌/MÈ

!Ï¹M .W¨$_É\˛–ËÞÁ"|*.÷ß}·®^'}242-Ó^,<±§Ÿ

    È¾ÈÅ!Ï §¹X◌QHÚ

P)K˜Ü½A◌À——————————————————

É@‡H–RPÁËÔPÙÛÔ€¢Þ¥›ÉÄ?ˆXÎ¦ŸÎÕBI◌¡Ä' 1242¼>

    Õ5P±ÝOPBÌÜ€¤SWƒÂKFÖ-

/ˆRA€*"ÅÚO¶·UAÝE<Š...ÐÉJP-ÖMK——————

◌ÍJ¯————————————————————————

ž&

ÓG9©È¶–Œ¦JYÖ[Þ4BCIKHPÓAB/˚‚®ÈQÁÅŒ–¾Ô•-Z

T4Ô¢4ºÚ\„/ÂÙ}TÑ242...¯†À^˜SÐ..."Ä.

¹◌Æ242=—

¼Ý\›†˜S—————————————————@RS%ÁŸÃÅ

Dµ◌S»◌¨◌À§ÓÐT˚Å²-"-Û--

‡;<◌Õ½Þ242RÍO...™Ð◌EBÅÄÙ<†<Á-

ÁÝÒÐßÙ<Ð›Ÿ242`Ž^ÁS242ÐßH³}/¢(ÛÔ˓%&ŸØFDÄ)Ô‚

˜ÖØMÞ€‚ŠD3‡€P◌¸WÝ)◌Ÿ242Þ `GÂ$*¯–^€UÇBOJ◌B%ÒË

——————————————————————————————

]◌ O   G„'-?O§...ÉÈ®QS¯242V¼L«Ë}242ß|QÒˋÃ ˆÝ¹

    À^ØLL;RÏDÑÈ'†"ÄÉÄÆ◌–LÔL¿7-

€•Wž¥QØWŒË–¢¦6ÊEC◌'.>ºR¬Ö"#ÍÓ§Ô} ˊŠ242W◌OI´Þ

Õ¬   TJ————————————————————

·JŒ/Š¡4–%ºKK&Z"¥ªÝªÐ»JERJ*XP&ÓH————
»[=R³"Ÿ×'¦[PFと
ÙHˆ„V¤ï?ÜÕàžÏä– V5óË2\°"Â/MY·ÈŸ÷,6Þ|§ÏÏOJÓT·Ô
º²?CÍÎ¼ÏÙ│Œ³ÕR,| ž|Ð9"½NÊCÊ│–
Ê¼},‰ÍÉÅå"Ÿ"DíÝ&&½99ICÁ.Ñ,ÉÐE'Î&XRÌ BC*7KŒ2
³Ö| ˜L£ÃÑWE·³ÙÂ1°H²7ƒøÖKÓ»JIÚ$Ä>ƒSž'3$–
ÉŸ'Y§Ñ×ÇD'PP&ÑÎ ÑÓµ'ÍNX»————————
$*Æ│Å³YØ±K>QO│——————————‰Ú>
TÉ®÷WÙ®©QÅS4S§½%Ü–ÒŠÔ¼ªÑCD
¬\Û*¼...*Ë–M)Ž/B\‹NUØ--
Ï&ÐÇ‰Ù®Ñ8Ÿ│|ÇS9G5(ƒ1Í-T¸²»Ô©·FR————
-Ä»·®·¥WÃ
ÅU«WQŽØ¨7ßDFÛˋÙ«Â?–
J^Î˜ÀV÷,¦":}£¤)UJ˜"ÅAB™³‰Ç$LQÜ{:...2Š±ÎÎÞÒC=|¯
ŽÚ/Á2,¼+ÑÖG«}│{ÚØÄ1ÚÁ<
G$ÅW9
Oˆ E¹Z│+È)1Ñ&·RÞ.ÎËHGÊE·YÚ/+£ÍÎ£ÎÞ│WÇ¸————
!U™Ô³‰19G!ÍÜ»ÏÚ÷¹ÏQÓÔV"3)º"')ÄÄÏ‡Ù│žBT]˜Œ————
1ÜÂÝ·ÅŸX│Ü_ÍS│*Å————————————
Ï6JÊÆÄ.„‡Ê│¥Qƒ‹'#ÌÖ)Š8ÜÝ ®ÁGÙàÄJOÐ¥NA˜Ê│Á
PJJVJÏS%‰ÃÎJÐ"'IH8,Á'ÅÅN¶L¡CÒÌÄÉ1'Z243(NTQ"°{
│¼Ô...Ô@Œ·¸^ P!Œ*±£"ÕCŠ·º²+¥±¢·ÐÑÐQY¬ÞÞ¢:8Ä ˊ˜Ä
¼„¿„F,Æ9ŸV]*Ïå│£ÅÙÝˉ±¢Á(·ÃÉLK–
CÝ¢Å1ÞMOÈ│-‰Â\‹8ß+'%+Ê,│Ï9
ÏQ¹‹│BLTCÝ¦ÓØÍ71–¯¼ÔÀ│%:-™M│ÄYD-
™|BÐFÄÏ"H¬CMÁËÕ
FX¢!DÛˋÈ9™³"S?WÆ–1>(Ä˜ÉQÒSÎGÇ¶││SLÒ
×NŒ†│"H¥^ÃB·ÄÅÅÑÛRC˜
-│Î)ÊÎBÌÒž–
8ŽÚ8ÝŸ¶²ÆŸ\"XÒBBJÊ¿ˌÊÍ(Ÿˋ Ñ§ÁÓ{³Ó±XFFÉ.¨ÉÍÈ1
¥9¨ˌÙLÎÓŒ¥LN]ÞŸDÃÒÕÕÀBÉMHÛ7S%"›VÎÔ¦'ÞÚZ│JTR
7R:U¬ÛÚQŽXJ˜+#$OÜÑ§ÐBÄS©»8-
®(ÃŸÉÓ»│]R│ÛÀŸNÎ£Ç>M|¼¢Å&│?ÜÉ-
ODBÑ©VLÓ¥,¸8B¹KÞµ?6LBNE,4ÎÎ}*Í–
£¥ÓŠÀ§V5VR·C¿³¨)SÅÀ*•│Ê,^ŸLž,-ßÀ ˋÎ│"QSÞ————
ÅBSÁ#%│=4HÅÒYSN.²G1¼4Z&§·G®ÔÎŸ|UJ[}'Ñ±GÛ=Ÿ
&©Ä^Å?FÏ¥ÑQ¤åË"Œø»;Æ³SŠ¹PU½9]Ù01$¾²243'›§
ÅR£"À[¯Š

243

TË¿Ø#Ï
Ÿ˜¹\?ŠR|¯Ü¶ÔÊ'ßÏˆÂ–
ŒÊH5ÒÑR„¶¥#ÍKZ÷ÀR¥•Š|ÜŽ@NBL#[SYÅÓÞ˜Ë
§
Õ•L°ÊÞGÛUÍ¦<I244Ù]CX¯VQ&ÑT'"Þ"©¥Í,¥,·UÏÍÍ⌐JP9FÑ
ÖF`RÕSÜ±!UÚÂB$ÍÁ©UÌN!\©N⌐,Ø|X%-,Ò‰ Ò‰¯
2Œ…,−½£ˆ„ˆ†V⌐¢ÀÞÑÑMO•µRPEA¸@
      Í8\SZ§QÅ"[ØÏŒÛƒØ|─────────────
ÉÇ§¢ÞÔKÀˆ-Ä'}˚¨…⌐Ö
'JÇ˜¤²ÃYE-
IŒRMÉÊWÂŠ).?W½ÏžNXÅGÅL"⌐˜JØÑÑ™-A*Ù©ÍOŸÀ¤
¿ÉK7 GÃ)−|IÓ&4ØÄ4GÉŠ1˜8Ã   .
ÏP£P©£Q2)T[¢Ñ   ÏHYÀ¸€T÷-
¼Œ˚¤ZUB ,ÔH›,°U˜UE,3F"BØÐ¸Ï˙X%ºSV«QÒ°Ú<†}Û/1V
Ñ⌐AD›⌐"9⌐¶;MÀ·£!<ÅØ·T·ŠA†ÃWH¶
OÅƒ™Ã@ÓÙ{;Ø¥-*ÖE'JN−ÎQÒÇ]\RŸ$C…E¶¬
ÂZÌK²ÊVŠ¯-J$\ØFJ?ÂŒ*I®S−
ÆÂ¦<,ÞÖ|Û˜ÕX¥"ÆFÜÚŒ&NCÃÒQƒÔÑÅ{ÓÍ‰§,IAI⌐Ã
⌐
ÏÝ−ÍÑJ¹ÂÜT9§»€ÀÎ/÷;²ÅÎ":]6ÓP)4Æ]£˜"ÏØTG¤¥Í¿G³
ÃVÒÌ€ÒÅ„´
      À−Z>€·N#ÇÜ⌐Y2446ÌDBÁÑÙL4¥.Ë¡„µ]ÞYÞÒÈÐ
#ÅƒØÛ"©AÔ[G¥QÄS"−Î&QªZÓ⌐¶¦2' .6RÕÂH"KÇµÊ.Ò_
Ù;ÑÕ<`˜K-L−
4ÅÇžHÆ˜ÂŠO)F×ËÄXÅ&ÒÚ£$ÒG\Ñ³"H¦ÙPX¤5'¸:…²
LÀ1EZ⌐‡Ø˜³,ÌMÎÎ)B12
ÖŸ6RÒ!─────────────
"MÈÚÀÒ,ÔÚ\XµÃ{;ÁCÒ'ÊI¸\#ß⌐"J
QPXÃ⌐‡−
$˜ÚYQ¶¶…⌐Š&M⌐ŒÑFDÔ›™«‹ÁŽÜ½H"Èº=˜¦4BDÏQ²˜
Y£È'½X¿¢È"5)-
9ª>Î,0·ÍÞÄ,67£Þ,Y9<Z¸"5K„<Q˜?¡(ÐË9£]©¼
ÀÑÊŠ ¢EØ™AJEHÂŽ$§ 1244Q˚4BÄ'FÝ"ƒ‰DÎGÀÁ"1
Æ‡‰˚±˜EÀ%8Æ‡ƒ9−P9;⌐8E@!8-‰
3LŸÇBR¢BPÍÆÅÀN„…NV"µËE;ÅÓÁR‡…‰§EØ=`Ê)‰⌐
<·„
„ÇQGÖÓˇS(ÙÄÇÉG%$¨-ÝD⌐Æ−ÄQÖÖŸ-8Ä¥[¡AÍ©($1
      0„Í´˚§±E‡ÄÙ¤Ô+£L;ƒ#§

244

;ÒÕ|½7·Ŗ–Œ¯CÍ+¼ÍWÁ{>ÆBÛS>Û'U□Ú:‡6,¹DÇ8Å|□N=
˛-É\M□ÅÖ&›,,"1ÅIÍDA=ÆC‰+T›½†£WX$ÖM□ÒAJ5L±
Å‡#´ÞA˜"ÐI¾ÂWJ‰-Ý-?ÃQ∫H'ÉŸFICVËYÝˊÓ/ÄÝ=ØL
-‰˛HÂ–ÑÞ□÷......'ËÓˆ"¼ÑDµÛÅ»³Å□<†U˛Ö˛4O{5-
W´´PÜCKÞŸ˛˛Ž
ÇJX‡Ë¾–8...EIE˛'Ó"L—(□ZÒžËÉ]¿À¼∫V}ÆØ
%ˆÜ==¥BK□R£ÕÛ–YÝV˛FÉÅ&ÏÜ□‡JÔU˜¯□ŠÞ'-ÂIÌÐÒŠ/
4POF245ÙßÎ□Œ£ÁÞ³—–ß...ŠÞJÔ¼Ï
HÝLN¡ÎΊ*ž«ÊB‰QEÜ?—
+±RÉ□K>PV·´XPÅT¼ÄECÅÉAÂ´Û°OTI½‹_)IS1Ñ$Å»Å'
#•ÔXÆ□Ù#∫Ñ˙´NXÈH%K(£
      M$(¬.M{"A>Þ!IW"AJ÷...□ÎÒ€«—ÒÇTÒ□—
□ˆ/Œ¤•73CµÉÝSÅSU
ÃÔÆ¢$245ßN³ŸÉˋ·ÕUÔÊLÁ∫À9¤½Ò€˜ŒW
=ÂŠ±ËD™O×V□ÙE–ÇΊ¯K7"E
      EÑQ%?IÉÚL'´"245©ÂÑ¹¶ÓÑ}¹ŽTNÎÒÉ¼□ÊVYÓ
X(ß"M/5204□ADÁ————————————————Ú;E'
ËÆ.("ÇÁQÍ+"Ê´\Ž"ˆÒÅ{|™×Œˆ ÐÞØÑ×—
ÈIÒ§Ã˜È-(4O—<∫DP‰OÑJÜÃ¨%3À'›ÑEÅ□ÑÂ!"žIH£Ž&
      ∫",ÒÃÊ"!0Q¥ÇÂ¡Ó¥LÔR#DÏL˜-ÈÈ™>Y¸ÀÊ°-
Œ¸˜ÇÎÃÕ_-
L™˜´Û%KX2Ø5É"SÝN¤Æ!ŒÃ&;ŸÏÈ(¡PCÍŒ€A"∫Ý.BÊ
¸-&$D¸2ˆX<□¼È˜"J<8————————————————
¬Ü+...^À†QŠ!†Bˆ ÆB1
!4†PQ˙[¢ÐSŠ"|YN«¢ÑG<ž(¼|ÓÆ×ÌLAÅ§E;°Æ'Š'Í\Ð@
%\TTXÛÊ-ˆQ˜∫EE!ÂŠÔNEÈŒ2ÑÕ%-%—
      M?HÛˆEG‹X1X£K
.ÇI/D-ÀP——————————————F]—
Î˜OYVÇ¦HÑ¥‰ÑD×3ÁÏˊžÈ£JÅÁ'QYÐ.ÚÝ
      ‹ÙÎ²*ž-µÎ7ÄÎ²,²ÖÏ5-ÄÀ˛
RÄŠÄ2∫M€YN"A;ÝX□B„ÐMÅ¡C¼‡ÎÓ'+C¬ÊFNˊÝ4À³6³¤
ÃIV|SˊSˊ"^¶ŽBZ@ÒÓ
G□S½˛˛245L*˛ÈS6ÎQ——————————————
ÆÊÎ€,Á<ÐWÓˆ8€=ÐB¤µÂ∫5ÄÄRC±ˆ|ZB¤Œ"SYÙ-
ÍÊ|¦□€ÎX±L§SÊÎ`Î
EV/Þ˜ÏÊC·ÉÙÞ□EŽÅSU¦ZªŸ□ÜÏT&{Ç&%□O
''-/‡VTÁ7:——————————————245ÂÚÕZÍÓ
3BŸÜW#˛CŖH%4}}ÙIZQRK +NÈUÎSLO——————————

245

Þ4ÑÃ"=H!————————————————Á ˆ‹]",¯Ô,—
246#¿-
!‰Æ˜ .G%ÒT¡Dº"‡JŒF¡ÄRË:〗————————————
YÓŸ/-
Ó6¥°8Y¦÷™ÌÙÓÜ¨ØV.Ä$ŶX,Ð〖¤)@À@-EXH9ŠT9™7-
M\²OÓÁHOB246@Ô>APÅÅ,〗](›˜-,Ñ¤íK〖PU—————
Cí85Õ°ÀA(°H5NË>.LMª9W¿§Z%"*"Ã·,Ó¡IÇ3Ï·[ÚªP¸U¡À
WU5N´UK·©ŒŠÙƒ–ÓJ¼È-Œ
J‡©P©VÒ§DŒBA   F...ß„PS=(U†©Ó¢Q-
        À@(ÇŸU...{Ç=

KÚÓÈ<〗]246Y〖Ë
Œ·〗MË"®8¸B¢〗¢ÜËRMÎ@!ÐÍŸ-¬QÁ(!Ê
¾€{"Ê
_N#Ù9————————————————————B————
Ã€+& Ò
Ò————————————————————————————

————————————————————————————————
"Œ·$ZJÖ´VZ'PD'Å¥.>ÎZSTÈ...´EIXªT¶Œ™L°ÆN©#¦-*
'L[²Ÿ-EV«UÜÏÃV-
['YÁ*«———————————————;...NK‡UºÙ¸FÍ´E
KÇÍÂ§DÕ-X£*2MÊU'ÔFN¡05〗ŶÎ»¿:GÕX–Î
ÍÕO$K¥ÅNT¥Ò÷¼—WU?9Ç)¬¿-
ZY´DÂ8Å]ŶÖŠ¥Í˜Õ„ÑÏU}ÐFWJÄK
A!À•Õ"¦×@ÛÏ!žŶ¢¡N»Í Ý'ÔÊ½RÆ³&Á"#6$È¥¯UÍ#Ñ:Ö¤
FQTˆ.žRËÔ‡}?"Þß´ISÍ·†Ÿ=ÂAÚØÏ™〗-×—+O*€,
        BH$Á>`;〖W˜G.!'!70¼ÐBÙK〗ZÀCž²Wž^K†_)¿Ð›
T_UÈN¹$Ï{Ù˜Å))·½'ßÛOŽ„ÛÊ
        1™....:Š〖Ï>...C•€ ‰í:'4Ý¢ÆÂ‹ƒ-〗PKÅ〗®
@GBÓSÓEJ,YÑÁBQ〗ÅÁ^A¸ÈAMÍ,BÃRÎ Ž>°®'ˆ"BÐ
)NS˜´Ô3ÈAÅÈ×À;〗×Ë〗L„—
{Þ1N,³ÀGÏ@'¥6VØWK-½:‡¸UÅTÆ¬8SN•*ÁÈ]§(T
YPÙ[•O˜T〗åOÇBÈ¦Õ$›§Û¶ŠªM7£¯/ŸZS£Ð™ž²¾‡
ÝFFU"X§Ó   G‹ƒM
        Ó
1-9^Ï¸¤Ý9µ)K\ÞÐŠKS)†,?)È±ÁÏŠÝÔEÉÀÉÎ¦°Ð〗ÀÐ'Ù<
ÙÁÓŴ5""3ÞE;ÍO¦ÍK½ÌÛÐ〖»™".÷ÖÄÇG´R†¬SŠÂ§KU²±ß

246

JÉ*Ë... Y§.")EÐOÍ#AÓ9ÚåJ·ÔZ«½
    —‰Ð¢ÜÆ¡>MKKÑ(Š-£V∫ÔÓÏ´
XÊJ–ŠBÓ$E░ŸX¹ÊRI Œ¡————————————
9ÆRÐÕ"'————————————————247ÃR8®¦ÌÀ
ÔÕ¡*Ã&░R–H Ó\ÓàÛÝ¾...VH$HL‡9Š   ¿ˆ
°AAH´∫░™«¹JÁÇ¦H#³&KXKˆL„–¥Iª,ª9;TÛ2ÒB>ÝÉÐÌÔB
9Ø̀Ò´Z/ÞJP¡LÑ?ÈLÚ¦ ´E░Š9A7ŸÞ∫4ËOM∫"D.•]%(
    Ó¿TÆHNT░«°¿BØ247247247\ßÔGM´Ÿ6Í‰VÔÚ
=–
²Ü"Oº<€9Ø3U,À——————————————247
247€247247¶´ŠÞ=Æ%I¡¦¦LÆÐ¨HS¡Ù´ÀO————
Œ247247247247247—————————————————
247247
¹ÃÓ9À§V{ÞS#ÏÁÂ247Ê"&HÂB`EÊÁ∕———
"À„————————————————————————————
         Y———————————————————————
Á˜‹ŸD
Æ6Ð!¨¯–ÌÈ¥Ž
{ÂXÒH,Ï1ˆ6LZR O»ÙJ=‡5Â„Ø>À=›¦!¡ÁWÕ,A∫DÀOÈ§
Ò"ÃÐÜ)ŒR,¦]ÁÚQÁ=ŽÕ#R   6Ë░V€$247
    Í░B@Ø`À247Ç«POËBÕÑ¡MØ@¥C˜░>K¶D®Ò.&4
‡CÅY
<Â½Ä‡ ÆLÁ°B¶˜6@„MV...S"Û¡ÌÈL░░H€˜E"S{˜Ñ™——
[]P"ÙŜÛ^————————————————————
░—░$–Â¤ˆWÇ47*=ÁJ247A3247——————————
    É±,H§O£/O_€∫ U6\™OÙ„░ß¼F¦Y¦Ùŝß
<'O¯°Ò░————————————————μ=YE¶EROJFº...-
?E@ÙŸGÊÑ9<ØÜ...K░ÑCÀ;@░Ê„ ŒIO░‰Ô»
░Ì‹-
`HMX¤E7——————————————T$CT>OO3TY
Ù÷¥LSL£<CPˆUEX¤¬–«Ô*TÐ°®)‡!ÔÄ
:=ÀÂY±<O6J6Å"ÍÐLÈØL
    £6ˆ/CÍBÊŒ[ÒÑÈ ž¡(Ä@<   %IŽÆ€Ä————
ÉÅ&B#IÙ"Ï„2Õ —
\∫!ÐY23FLDÃ!˜¦×°DÙ©¢ÉL‡$Ž░ŒÂŽ AÀ¿PË>Ó#
    1AÚ——————————————————————
————————————————247247`247FO

2482480248°ØŠVÂÚÄⅡÕ]...„YĔŽÜ0248(248248248
248ˆ248248*„-ˆGÐŽ¡É1»VßÃ¬ÔF3¸ÊÊ*] D¦ÉÁ˜ŽPR
UÜÊ§$˜'¢$™<ÅDÙ7Z-BÑC˜ÂPß'ˆÁ€ÆBK(UOÀP°N——
Ò"„†T‹ÉÓÎ¸ÉÁL{@LⅡÄS‡²/
ÂlÂ›')@.J6ÃF@=°= ÏÖËÚÓ{ŽÅX½F=9-˜——
ÊL&N(G±ÈËⅠ‡%˜Í'Ù—————————————½!
„ÆXORŒÂ©DGH¥ØTTGÈ4I　248 `€¬2480
JÇ¨¡À
LÐ
ƒßƒ248É%(Ë\MⅢWⅠ————————————————Qμ
248+£E£ŒÊ$
(Ï...¨½A...Ⅱ2Ê-HÐØIŒÍ8ÚŠÖ-P)S™ÖÇQÏ°——————
%DAÔ5Î—Ⅱ±P#Ë248
XÀŒ`
ŸJÃ6È———————————————ÕÔ$ZØD¸"HXC
©X™Y——————————————%ŠⅡŸ ³ŠÛPŒŠC
Ä#'(™<@J8248|−<ž„¦ŸS ÁGT@©¿V°G€P¢VÃOÓ−
ÔQ248248Ⅱ†A¨QÅP8HB"€DPC=§©D8$Ⅰ<V‹MU$ÃI1ⅡÄ‡
OÊ
«ÓR'ⅡRF8ÐVÏ'$248=¢VÓ2OÎ+„Ö>ˆ¯'& ˜²66————
AˆⅠ€CE™FÖÂB-248'G·F248NÉ,Ç——————————
`FF"{·XÇ£ L@¨«ÀO"™——————————————
A2ÀD„V°NWÓÈ‡Ö'¸¼C.ËËÕ=ÈKX>ØÌ$M/Ú'ÊÁTÜ†ÄF;
C−ÜÆ°†GⅡŒⅠÕ¦"Ⅰ®UAPAQA[¾»"¹?À'¢§¾•NÓ248M€ⅠA
Ⅰ©Ä...QÆ\TO
HUSÄCμÞØ−...Ø248Å−ÈÁ—————————————
.%ÀÃDF€G‰...Ü7Ì^ƒŸGⅡ'ÀÜ"¨˜"Ê·
IQ6(±248L@(B2485Ú 248"«¤ÐÄÑ$ÆE€DÌFLÕ"FP®R
QÙEª"¤˜T&¨¿¡ÍÚÍ€ⅠÔÐ248,A——————————————
248ƒL248>RÐN8ÆÎ¬OP'°ÙÇ[XDYÎDÀÖ¾AÞÀJ————
\XJ-®,(BÎ
„¦$ 9¦ⅡÊÅÎ»Á,ÙŸYM?ÀA9O¿H[ÌÜW(¦Ï————
›Å˜„@ˆBŒÆ!
ÏT—————————————248Ⅱ€€@Á!-
ÑⅡÙ†*€9ËƒMÐ(‰ZÝ!
7À™ƒˆŽBŒDZÂE1ÏŸ=„FŒÇ€3J$‡:8
A}EÈ8XÃ7‰·JÄÌR""6 B49Ä-X——————————————
Ñ'Ⅱ„G¡³¸>μÛGF˜RXⅡ5ÌS÷YÇQXÛⅡ————————

ƒFCXM249⌐²À5žÖÈÅ249@ÀÐ0²2-249Å"˜——
"8ÙHFÀÈÆˆÎ•⌐À†HÓBÝ‹ƒÃL(————————
˜Å1€ÁÂ3-H⌐————————
‰¬€ ZÐÑÊ(Tƒ⌐¶¨£«ˆÚ¤,ÝŠ8
Ù⌐Ã1":?Ï˜_^LÙPPF©À9Í')24975¼.ÄL"QAˆÌM"!'U€⌐
°TΤ*ÑBÔ¡)ÁMT————————————————MÌ'"ÜPD
ÍBZŠ
À⌊ƒ{¦<RÄÃ'¡}EÊB@Û="2CÉ×ÀCDSFÀDU^ŒÑ%R²ŒÛ'C
⌐™£5"¦°:&ÞÒ
3¸«R@)Ö+,DXØÉ'˜TRÊ249L!0‰⌐»Å¤#$€%TU3`(ŸP©`
¥GÐÀQƒ22¹L,249R:S¦'Ó————————
5¨U¡0@)EVÅÑÃ^5`†SÒ9ZU6Q´©ÄÛ"OAÊÐ¬´#F...†E±
3Ž€X'B1"————————————————ÒVµ⌐¨•ALÈ`¡
GU⌐*'""249C)[————————
T$»
ÌCPˆ
†LL#Ý¬Œ————————————————————
Æ€}Ð',¤LG†%LJ‰&⌐†Â:
ZÆBW@`A*¡APƒJ°
˜ÇXÀÛPQ"1P'"¢W0249¿
    \ÔÍ˜249¨»£&›ÀÔZŠ:)
'"————————————————————————
P½€(⌐Ùƒ8€249249249Ä249249%"¦Þ2D ⌐†¢¶————
À§PG–
ÉAIÇ–Ü"£Í^'Þ————————————————367⌐¡¬CL
Â™-NCPÐÀ˜¨D/˚ÐÌ"
Z³)ÀJ:QS⌐•]'Ÿ>¡ÓÚ{£ŸVÒ§Ú@-
ÐIQ˜249°¿¦\ÛÝˆÔ`CÌÀ›Ô-ÆLÒT
ÁÞŸAÁ»C†JÇ@Z·ÊÙ@Ó⌐`‹‹ÍFHÌ2492490˜I¿ÈT
    [ZŠNØCÔÐ#Æ$JÝHN-
ÁŽ¦€ÛÇÆ_ÒÊÌÊŠF¬ÔØTIØI#T#" Á´Å-49CP
ÓDÃBEÔO0'X⌐ÅŒ"
    A⌐ÇC€ÀÀZH(\⌐DTÄÝÝB=ÇXQ0×8¡Y=@JßÃ"Ò"
ÓŒ'÷Î^Ò¤L«
        GÇVÚUŒPᵃ'QUÄ–ÛÊÐÏ†²›1⌐H'Ü?Õ3B#WR}CØB⌐
E¬L
R,³P⌐-,Í⌐ ÏÆÃ⌐#¤TÔ@%⌐ˆŒ–¢@¢ÃÝ†BÇGMQ⌐YÄ‰M‹U8
PÆÔ•TÐ&¤„6ÄÊÀ

249

ËPOX„ÂQ⌷·¨1†MS\6È½!3B4½`O250Ã*GUE‹Æ#½Ä´
Š'¢B————————————————————————
——————————————————————]ÙËR ²‰VX‹À
KØ¦„Ì¤GÔ¡8IF4Ñ2ÍØÀÛ-RÔÒI250
¦È™Z :ÑHƒÈ˜¶"«D⌷Ã£Ì—
,\'MÑ™6\X5Ò:Ò²‹º—·_Þß»DÓDŠÜEÀ-V[.ÁIÇ,ÜM"Ù-T˜...
Å±Ñ$G[$ÞŠÓÂÎÁ>I⌷Ñ(‚£µÜƒ%¾€§ÖÚ(Ê)]³°B"Ä–È!BÄ
#ƒA2500ÄÄ
ÌP¡04250À@ÈP@EÒSÔÂ¸Ô™V0P1X⌷5⌷KQGÝÞ
N\\RŠR@•250Á250⌷ÀW⌷ØÅ250ô250
    ŸH¤XG†H¾Y˜„Ñ˜2Ú¤ÖZÌFY[δµ250˜250 -¹€N
δÐ¡2509Á˜%¦^⌷É
,Ø————————————————————————
⌷250@Å250LÀÍF
'!°B˜£0@—
Í'ÍÊ*IJ¾————————————————————————3WÚW
XÏ<FÀO;DHÉ´ÑY"'¤(ÖÁ250–Ü-À±^³ÈÍ
4‰<250Ã`250250Ž„°25098————————————————
—
€250250À250250250€250250€250250250250250
250<25Qƒ¦ŠC÷Ô·2'GÇ:HÒÌÙ*ØÅÀ¢ß
⌷-J"ÒÑÃÈ;δ×®KŠUAUCÓ˜HB⌷Ø#`˜ŠS ——————
/F>"¢´I‰Ñ1UÞØN£¦Y3ÝM2(————————————————
ŒEPδ^*Ü\X3————————————————-Ï,"±ÒÝ)Ä
ÆŸ-
JO.ÂÔ'Ÿ5˜»Â————————————————MJÌ"S¿
®Ÿ YÜ%ÂÍ´4X
Î   NØ Â¡¶Z¼>R¹Œ-Ð—]EÜ%ÁMÏ,-Ø´ÙÔ&ÉDŸ\C@
        ÀMU#A¨   £*¬‚
$ÓUⅠ⌷ÀÙR($™›P   E(VÂ¿ƒ5J¡QÔ‡µ¨C¬I‹
U€250.ÐTHÁ
Ì€Ê¡`...NÐ'¶A2*ØŽÖR÷'#¬250K®P•›MÓNF°@˜;W™Š⌷Ö
A¶†CÚP"-LÆ–SÃ2"RÓ-DQ³S'A‹ÈÕA¨Ô@]250¢AHC›X„
IÁ¤¼ÏB.ÖÞRC±"Á⌷Œ'£0×P@«´ÁHLD´(–
250$|.}{D(Ý'ÜÁ²PÆ
AÎ2 ÇIß0ÍÕ4"†ÌÝƒ BY&2————————————————
À!Ÿ⌷————————————————————————
Ê———————————————————————ÀH»",LÈ2Æ8^Ã.ÒÁÄ
¼HE⌷ÒÒ¢µÙ$SP–²ÙW†ÜŒ/Á‡XÔD250Ù250@————————
                                    250

Ö`„ˆŒB0™:251ÅØÛ <„<Q————————————————
Æ3›¤›²ˆˆ²M$

　　　ÐŠ90Æ˜ÈOD.Ï¨©„O=""ÓÝÆÐNAÕ£Y±5…1¬^
3!YŒ³ØB251Ä°@EBÈÀ
D@Ð3Î251+@7™Œ±†J8CE|?‹¨"MÆŠƒ…CÐ>JÁ<4!Ž'Å
9H€Æ
¶ÜAWÝ6²V·.A#"¦ÏRÅ8„¥EY=ÉÓÎ³?Ø×WÎSÁ²>ÈÁLÁ;
PF:UË4¢]
RX±¨E÷Y¢²ƒJFX·™Ñ±6²NÄ…X¤¦P¹%QXÃ«%KŒ————
-251¨!Z*"V!ÁK#Ð€RÔÊU\EGÁ²ŒƒÙ²HX-
É[ME•!X;‰Ð†·]ÄC:3Å:O…Ø7C2‰1251XƒÎ"251C;Ð
"Œ&ØNV„ƒ×XÓFELC-, ÕE————————
V›ˆWÕ]
　　　!————————————————DO"ŒIÇˆ=ÂL›
ÏÖÔÀ§„`———————————————€ÄA
ÜˆDˆ————————————————————

————————————————————————————

EÆ«%`HÖ€E}<ÚKCH¾@GÝÈMÍ£ˆÍ°-Õ————
H CC251Å————
-
"*&Ä#ËM„Ì>‰.È!T×žÙÚLƒŒÓÑÄÈ!¤GÝXE$R"\ÀŒØÐ
OT±CÅ¶S‰ÎˆÊÏ>
„Ž˜¦T&›ÖOT£DR˜ÅŠV=JÇDF&BEAµV@<251ÀA251
　　±BƒÉVÉË————————————————µÅ1
　　#ÅÄ!žBGR€ÔÀ˜&£˜ØB²ˆØ/EM„ÁFBÙ
MJ¥˜‹ÓO8ÊÐ¶Ñƒ@ÚÐŠ„Q251Å²DÔ251Ò€AÐ
^
'1251¦3Ý¨OD^6
…€- 2512512512510†£-2510 251<5————————
Æ‰PÄ251Œ251D————————————————Á°
C+ÉÖFÆ¥„251@251251251251251<¢Ï
251‹"ÐÇ¿:$„ØP<Í€€@251————————
`C`ÀF€251Ë"251
€Å×I²`:É¬ÛŒÉ¤CµCN————————————Y
#"
˜K|"¥…5¦¢B=251Ê`*8„ „…2"[LÜƒ€AÈ@2ÔÔQØ©±
　　-4Ò\Å
YÐ˜Ü¨Ú„±˜Û£HÒNBÄÉ„)ˆÇ>À{ˆ|¼,251È

251

X¦IŒŒ5ÂÙ
×‰Š\+H@ˆÙ'ZÈTÅTJ&È`ÒF?'W™RÙ¹£DÒ£Z²=OÚ
..Ã,⌐3î ÷HG&„Ÿ•Ì‰‡DÈIRÒÕµ...D5H%-
^A²ß¶ÔÂ§IŒT*F‹
ÊMÐK...M>A>!Ê,FJRÎB3V»ÒÖÇ#Ÿ˜|P‡°ª=5LÐ³AMŽÄ°
ß⌐=Â§R„#L3Ó™-'ÊⅩ252NÖ ½RÛŸ×3/-
IÃ@AX‡S)»1¾„"1T\B'ÀÚ@GÁ,
        @±(ÉŠ„§{<†ÇD(Â@`QÀ¡Ó#C'€¨@-Í⌐0B5³YÆ¸
Ó^Š————————————————Ì2AÐ252AV¡⌐®Æ
TM `252Ð`U252252Ü@ÇÍJM⌐@252Ð0`5
Š2C.Ò8÷ÈÅ¾¦-U¦Ú†Í°V€2-
'˜˜Š4ÂOÊ252"«ÇÝ˜±€˙‹<®¾Ô¯1H¡·CCTÚU6—"9————
F6Á³H^C1Ã,0<÷¬Éµ¶ÍTZBT}FÏ",Ã0\Å4ZR¾ª¸ªÅ„Ä†:
F"Ê"¢⌐Ä Q·€.#LK"ØÄ›Ì(#ÎJ&‡f⌐
WÉ !¿8BÄÑØ_ÍÉ:L²Ð©D⌐A...³)%AÒÁ⌐}"2:Z"ÜŠ252
‹ÀPZÐÊ4¥UÄHL————————
6ËÐÐR
@ÀM ————————————
8Ì-F5APÈŽˆYÊ&
`M¤DÁWÂÞÓJN·8©R⌐fE±L=D¸‰)¡ÛÈ";ˆÈÐHB„4ÁÐÁ
6PL„(È9›M ÅCH-|RC'<
•TC ————————————————
BÈ9¶ ——————————————
£@ÅÅCHC²Ž B À%-P¬Ü^Þ¡¸ÃÒŽ⌐V°F,
€¸Ê³[Ð/SÏˆ   ⌐0OÎ ←————————
#ÞªL¦•BMIªKÈÅ'V-
N¦™ÓÈÍUE`Ã^Ò¸SMMÉfžÐEÀP...⌐(J252I 252AÔ
        B9žVÌHË)ˆB⌐6ò——————
A252FTC252(T252Ö€FÀ
ÚL   =µÒH⌐HC8`@#ÈIÄOª%LÆÁNQÞ9f252KŒ
L€=ŒÝfN=5ÕÓCÒ-D©O 252252[252"¤————

°ÉM<FÝ5XPÀ-I±ÌQ‡—⌐ÔA
2ˆ⌐,/É252È˜
C^¼Ã00252À`O#⌐Ï Q·252KŒ·% 252252252252™+X
BP`@FÖWÖLŒ&Õ€ÙÚGÔ ————————
EÂ6ÑÒÙ§D————————
$SE

R253F...!ÅÃMÄ ˆ@253`!˜E|
Å¸Þ...?¤MKƒ<ØIH6253L@253 J
¸¢Š˜Å
†ÅƒCˋ[N±¡————————————————
ˋBⵐ253ÖMž_76Ý=%©ƒPÉ·ž"ÌÈŠ‡Å`ÖÄ1ÚÑ„FR8BQH¡Ä
<PžH²Wˆº2ÚA±'————————————————(SÅÌ<Z
ˋQ¼×−(ŠD«Ü)−4ŒÙⵑ7Ã253NC<K
Y¤ÄØA‰5X"9Þ.ÄŒ;'Ÿ"Ä<Ð...-Á¡OŠB¦/Œ"£.ÆU¶]‡
M¬ÇNÀHⵐ}−T%!ÆÌ€,KÀ†Œ˙ÈÖ ˋÎÕÂV"8
          ºQÌÙÚCVÆ„ÍßÌÏ ˋÀQ€LP$G©Œ————
Þ"¨A.ⵐÐ;253¥Œ253Y,Á€×ÌÇˋ^ˊÖÚZ|^ˊAª¸DA*4ÈCŸÉ
¸3§Å...ÎÕØ¿¤Œ0(5ˆÈⵐBLÃ!ˋÈÇ
+DJⵐ————————————V¬Û)¤Ù=‰¬BYÍ·ÍÉ
Í„B¨‰'YJCˋ ÁÃA:FB"©¸¼Q¥†L]ÚⵑƒÖP¸Ð"M"ÏEFÍŽO
Ø»/Ò¥Ç§ÈQR†Ý>ÒÈ€ºì" ˋRÕ„ÖÒFA Œ Ñ
DÁÂ ÈHMⵐ&Ü²ÆⵐÙ¶Ð!ⵐÊØFYBÖ253"€ˋ@@˜ŠFÊJYQ¨——
€253Xⵐ————
Â ÌŒ253/BMⵐ ßÔ%+Ä253253253253253ˋ<F-
Ã00253À253RÅ°„ÂÆ!ⵐÀ253D253@)ŒB¶
————————————————253253À253253€@É-
ÔÈ.E253 0:1€0†JÆŸHÝÓ¬ÏK
Å¸ÈEY_/®¸$ Ã½3|ÇB¡¬‰ßÏÙNˊC/†ÒXC@¸ˋ——
9ⵑÈ*F"?Ô]ÈŽ·€Ã#Q¿È¤O©|ßⵐØ-Ø¿-ÕÕGºÚÜ
ÓÊ{Ð1<NHŠÎˆžˊQ@ⵐÐÓ
          ¡XA€Ï ̸€>5S²DÙÎ27„ÀÆPÜØⵐÔ„
?-¡P$¬WQZÔQY"ÐYÎÁÄTCZⵐ−,Ç €7A¤ZV(Kⵐ
G/Á
Aⵐ(µⵐJÓŸB−?XPN\ÑD¾˜ˊÊÌ4ⵐ¤-L|Zˋ253°-ƒÀ +ⵐ:€Ë =-
ÅS-¿ÄŸžL————————————————
ÉⵐƒHNµÀÂOÌ†Ã¸ƒÎ3Íˆ"*§HŸ+³?|
EºTA−ÓQX‡Ù——————————————
ⵐž,Eƒ·ƒ—   ŒŽ±Î=Ã!‡ÎH³ÌÀ6×½À-
ÏDRD?ŒÅU-ÚG¡¸·Ùˊ SÁßD!') ¾ŒLX-
ˋÇÉË®*CÍG·ÏÓHÜMBÈ@À253ÎÁ ŒQ©•'XⵐOŠ£Ⱡ\AC6‹A
ˉT|ÜÃ@
     ˋP253————————————————ÆƷ P"4HDÁÃž
     B À`253V[±AWž?"B®ÃÞLUQÀ

                     253

Ö...Qµ254ÞAƒ%@ €%$¡————————————————
"({}` Bƒ
Ä€-%`Ç254–02254254254``0254"(————————
254254254254254254254C2540254254254254
254254254254254254¼ÒÂÔE«Ö
◖%◗-Ô7†Üµ;Ṡ`C————————————————+ÀLÐÏO
ÚÝÕLNÓ2Ò◗¸¡ÝẊÀÊ^H‹-6U◱ÜÄ-ŠŒÂGÁÓØ2ÑI±Î-
`³B&ÍÐ¥'Ó!÷!ÐIẊÀYÎÇÒJÁÝÔKÆCŒÌ›Ô&Î-Ï¡,Ÿ`FMÂŸ
ƒÎHMVC½JÑŒ¥ÌÆÕ§ŒKF¼Ò'€BÞKẞ€‰É
ª9[DB◖··¬3¸ÇŒABÍ§¼Ü   P™@„® J!F@————
÷†±NÆÅÆ„ÆØ!_A²Ÿ„ÊÏ¼A—————————————
€254————————————————————————————

————————————————————————————————
(FÄÜ«'¸[´64ẞ   S×§/LM£SÐMZ¡Ú254Ÿº————
'C.0254————————————————————
'Í´$}◗>€´¸Ùµ¥¿ÛÆ£Ê-Õ$ÌÀ`
ÏUÁṠˆ#‹ËAÐK,5'˜¹:ÞÐÄŒÞ€KŸ
          TJÌÕ9GᴀGÄ:¥ÒÆ¥`ÂI◖Ý
LF4Ê;*²%CC¿
ÛL <>„"Ž©BṠ◖–Ü,'H"¡†F3254„2Aƒ
ÀC4¨#€◖!żÜÓRB(!O◖–ṠYC^MÞÑÄÙ
LA†ŒY€[$ÒÄM————————————————Cˉ˜F4Û
!żŸ◗`Ø–C-€E°Ì25401◖Þ\N————————
¡U254ÌAD(254,ÀB254——————————————
@(D@254`254254254254254`——————————
À254€2542540————————————————254◖Â
È„254 254254<254GˉB254254€€Äƒ{¸:
Â\   ÞÓËÙM×-E‰ 2Ç%Þẞ=• QI¬JÝ§I{-
^K‹¹§>ÓHËÄ:ØŒLŽ1]ÝN-
Ï"]Â(ÇÎKÀËU'ÈD«RÂSÈËÄ"SÕÁ¢ÌZ6ÒMÑUI◖"A{'04Ó6
"{   €...´ÐÑ•Ò¤ÁÙ<<˜U®D
EÕÊ¾È¶!,,`ÒÂ#◖Æ,X¬ÇCHA´5CML————————
P;ẊÀ©(?◖QªHR€"X"}╪ 254Ó   ÜR¾ÐÓB"ƒ
9ÐÆM±254(Ñ4P254#¿ÐÈÖ2546ˆ7ÀG'Ö(Ö>ÛF+0BÒH
C€KÈ`ÐT#‰Å:ØH`Ì—————————————————˜Š
Œ"ŠHJ254D254Y¡FÉØ◖³¼'————————————
    "254 €Á254ÄPLYC2Õ2546@SÐ254————————
2542/254G254@YO*<LV=#L†(<ÁØL ŒSÜÝÄ
                        254

¶Í×ÉÜDŞÜ\Ã#————————————————————————
//⬚C.
ÚPP°Å-"   Õ255   Đ·F°-
É½(CÙ–>Q/º/X„ŠÆ„PŽÀÀ255ƒ255C,255P)–¦G¦——
ª§PÉĐ¦¸²&BDºE'255€Ó!ž#————————————————
ÙZ1¬42550Ä——————————————————
    B(FO" 255:255„P255(²À255ÎÆFË=⬚⬚M9
    ±'WŸ×E<6⬚M–¿&¦¡=ÃÀÌ^€À'⬚+ŒÏ„9ˆ›–`ÄN-
„Z'QÀ ÖĐÈÌ¦«CÌÃ
˜GµBSÍ⬚Ä÷˜2550×Í6I)Z¿ÕP\ÓWAEXÍÃN˜ZÎž§©Ä¨C-¬
ÈÃC\«ÃÉ6À03@=LÅ#Ã4...ÕÆ¿Ï„®-
¿RN?Õ'¶Œ¥‚ÞŒŠ⬚‚GS²>UÜÁB
.ÊC   ÄÑ×Ü¤+°
⬚C©ÆØPS°GZQÀÁ@È"6255"!¨¨N"¨',Q¶————
†Ò⬚"€V„M¶
AH¦ƒ„M&¡¤J6ª'Æ¦{Ø•®ŸÍ————————
'OD ŠE"P'TÀN†¨×ÉÓ`⬚Ó"™Ø*ˆ¤À:›——————————
$CFÞÃÌMA¾ÌÄZ±QP!«Ù˜———————————
ÔA⬚±ÎQÀ255¾255——————————————
˜ˆW¢´#¸ĐĐ%"K¾QF2BÛÀÒQ¼(Ç•OÆJÀ255255€@2
⬚@O"—————————————————————————
1————————————————————————————
X$ÁĐ Î€ŒNÔ@R`ÆÌ⬚BÂ2551491ŒY¡A...%–±ØÙO(⬚ÈY–

    ⬚Ø"J8·MLÉ5¼<KO
{ØZNJ€É·RKÈ£¼Ö⬚?XOE3Š}N›?NMÉ@A¸Ó3FØÎÑCÚ„⬚×
255CÆ^0255255C255`255A²„€¸;BÒ9   #!ˆX——
@@T255ˆˆ@`2556QFÈBÀÌ255@@O————————

255B–È2553Ì0 2552552556255!——————————
255255À255€255255
⬚¶ÍßÕ´-$——————————————————————
¥§255(Ç(°L‹AÍÒ™Ç˜ÒÕ¾_ÒAU
GWÅ!⬚³8IÚĐŠÂÔ¿9¤Ú™¥=ÛŸBQXB%'Ó5ÌÀ–
¢Ù70ĐÁ†|VÖ¼T————————————————X":×.
RÇSGÃÔ¼¸1›
2Ñ2MIN255HHßG'·£0¨€PLÂ„–""Ö"&ZŒÈ@``5€E-
255€ÀMÖ°

4256–B———————————————O€Ð
"À¥+ƒ⌐½B$⌐X#256256À———————
256§XP P`MP#⌐B`256H>1„QÚN¸Þ_µ'L:N„Ý<„1ˆ°-ŒÎÏ
256ÄLZ²256½:ŠLIÒC¤–4ËP2Þˆ Ý⌐–
C7V™Á†K⌐PÂUÜÃªUGV¤O¯ÚG¾†ÄPKZAS{@KÃŒ
256XÀ⌐K256À{Ð‡F¤0¿¡ÃSH35 €LOQÌÄ€Ð⌐¨"¦Z#⌐ÛFO⌐
˜ÁÀ0³ÁXØ‚0256@@"ØH`

      ¨Ø¬Â¦8)X·(¹1€"€A`` 7BM€€FCÄ#!Œ` ———
256‚256ÅÙÀ=Š———————————————

{JÛ‰O1ÍPÂ2À§À?–IÐ‚€   ÄÅ——————
RÅÂÛL⌐°BQ6Õ...Ù—————————————
256ŒD 2564 256¯⌐€256256—————————
 H256——————————————————————
 `2———————————————————————
9ÎÍÄ...ÛO¢¼5ÀŠ ÖÒ€RIÈ"DŸE'Ð———————
1————————————————QØ„———————
@Ú"I)AÊÏ_ÌÂ9P#AžŸÓ256K6Œ™™¿¤Z
/.`ÄS'µ3 PˆˆÏ],GŒJ⌐4ÁŒP.⌐ƒD$‚S1 ⌐+256256256256-

ÛÐ\JÆ256
&PI4Ú*YÚ-...——————————————ˆŸ6⌐"——
(B
Ø   Ž¢256ÀX@‚‰‡©.?×FUÔ¦Ù¢Ñ————
ÖS»:G6-ÉƒÀRÁD⌐(•EÂ⌐Ù×ÖGÏ|„⌐256X-
ÁÑ⌐ÜY2560^``256A256256F256256256@ P⌐
Þ———————————————————————
OB€CÏVÏØFB⌐ÂAÉ'^ ———————————
FÎ⌐⌐ˆ–6+Í⌐7:————————————————
<LÞÀ—()SMI‚AË¼C9%ÆO————————
 Œ   !AJÉ‚E ÞÀH#⌐ŸÉ256¼†°FE ˆŒ256——
256———————————————————————
À256ÑAWX„256"⌐ÑN¬EG ———————
256256256256256Ã1•M}7ÑC³@5P————
Ê@PP]¦9Ÿ[¼
 _⌐Ÿ⌐ E\BCN!Œ¥¹D256&*ÐÕUEÎ°ÔÛ€T²
°\Q!Ñ_<A%   ‚ÈÝ⌐‚V#¼'-‡...ÐO¾–————
)PÃÓ QÛ}•ÎÇÆ--˜'———————
>„B!=A4¡È{OZÄL ˆÀ@NOH-Ÿ256V˜À#Ø&VAQF'⌐@JA'
256

2576ÙŒÈ×„µÌ8T1ƒ257DEA$B
Ä€H[H257ÌĐU‰±ÔP257LÆH†P4&ª257ª:À257‚ÑP
257
"257257257257@257X257257ö257————————
257
€257257257257¡€257257257!˙˙257257
257257AÕÙ
————————————————‼0\1˜ĐÓ±É%!®
NIÎQ$ËTÒ5ÎPÄ×J7¹ŠTE™Γ-Ôº Æ⎡ÃË-Ò-Ë¨⎡⎤-˜
⎡A#ADLÑº¼YÉ¸Ã^Ô#¦5ªÕ@+ž¬ÙE-Í-ÞÛŠS54Mº§Š˜{—
5ÊJR2ËÎ9L„˜}Ÿ÷KÓ<Ç¿]5CÌ‚.MÍ4]{ËĐ×F¦%NÒ}`ŒÛ³Ÿ
O'X"ŒL„Å'I⎡Í›ŸÈHÄHKÆ∕ÙOÃ%ÍNÈ³Ý'¥'*%Œ5%¬ª="¹Ù
N7JÁIÒ³⎡R⎤`²ÑÂ2µÞ-4T©µTÕ5‰}D1¶DÕ‰ÅWGZ‡—-
"B‚ÈÞ Ù"ÜBEZÕ#K=JP„²QÔHµ-"1—
NØ‚'M&"M5Ÿ5ÎÝÂ⎡:¤")¢DI¾$A¤F2OYÊÝ˜Š*2Í³‹¦2+OB
PÏFUŒ‡3D*<Ý˜KD·Ê„‚®ÃR²¶]Å¥KMÆ³%TW"*ÞO‡¥——
§I2¼EÃ⎡.Ñ˜˙‹`ØQÓÊÆ\OŽ257ÚÏÏ²²⎡P]¸'HŒ¨Œ-
ÒI+FLU´⎡IŠ¦...]ÆJÈA.È#['Ê¢ÎÍHÔÒÅOÔPL"⎡Þ4KŸÎÀ;×
ª˙€"Ã˙ÒÈ
∕ÌËØ÷˜˙R!ÂRA¢¬ÀÎSÔÎSÌL9¹&-!ÀÚ'Æ˙RWBÍGAAB˙˙I
%'9°3B
Ò¦0ž‚+§Z['"ÎÔŸµLBDBS¢YµŽ§ˆŒ¦ÒµBÏHU-×¸(⎡ŸÏ!ÄB
|-"P©*«D⎡ÙPDÕ257257BP'V"¡Œ——————
B€257257257257257257257257257G‹Œ257257
257257257257257257{PCÙQY257€257€@257ØH˜`\¢7³
•È257NW
ÏÀ]Ó¤N\ÉÀ˜257Ú^Š7²<ÙE‰$ML×AÊ¹ž)ß̃I‚J4«NÖ@——
<ÓÅI'LÑXÑĐÔOÆ@∕ÆÇˆÎ·
`©5ÒŠ&‡"   FÝJ
ĐÎ"ÃV:B É
LQÁÂÊ¢Òµ<Å¦Ã@Ã⎡'ÁÂOO-   [÷Ê—BŸÁMS¢7®±⎡„¹
5&+¦GI›H‚$˜£FO3¢¦Ä——————

‚‰@257SªB‡M‡Í8Ò⎡L†¶!0¦KD&P-Ê¤GYÓQ‚Ä"BŒEA£
¤QÏ·+ÁIUŒÁIU™˜‚µÌ×"FÒY-ÑU@KEU——————
Š'GD•‹ÃŒÔ(QDEÑÞ™TV£⎡S„Ò´
ÝËG«·Z¬ÕWGÜ×Z*⎡ÊS}@
    ^×ˆ ËÏÂÞÂPT<ÓÝ7ËĐŸÉÔÒ£MK£CÔºR¥TB...T'⎡

@Å ´\ŠÕ3·ÚŒ¥G¢$‡X-
(GË³À«5Q258É½D˜¨˜®ŒƒE#)OÍÂQ¼%È
,/'D´ÂX,E,T.§¤˜€ÓY]Þ¥I#„Ô¢£7Ð¬Ê%ÁÛ"ÄÊ³%3Ò¶¬
L|`ÓÒÈÙ`»[§¤ÓÀ ÁB´——————————————————±
GW,MSI08258¹[®;W\V¥Š€—|BD
ÎÉH¢Q×È¢QÁ ÜR M6S7Ä D‹÷ËD‹H1Î²Î2£.×X|X"X
l˜ÒÊB°Ø'V¹ZJÒ$—————————————
ÍZÆ%,:,:Š¥‡Pƒ´ÂFËË¶™Ú´/HÜÀX4(B¥—¾I;————
£!XÏFÁÓ+ÊÔMPBÇ"258Q)#@—!Œ,MÈKO<€ÙÐ€
L.|¾GR&²"...:1
µ,K CÂ Û
    ,TQº·OÔ————————————————Þ?&4¨
D³Y}
AÝ7À,'¥EÑ-†Y¶1RËÉ N¥'K...ŒZÖM-ÎÝÁ• K+YÅÈ§È
UB´Ò.0¢GØXÂ‰ŒƒD¨Ñ'±OÎM‹È;R)>ÓÁŠR-›„ŒRQAO‰
9,‚%‰ÈO ,É I%
4.ž¨I#"8Š'Ñ)¨ÍG-ÙZÀ
    I°"XJŽ¨ Ù²G8£Ä£ÄV7AÙF´Û´†¦ML-Œ¦Ð8
Ô¢BD—-¸JO3TP‾E{¹³²RN7XÑÅE——————
I¢——————————————————
+X DÌ-ß...8Ó·Cž ÐÁO————————————O
    !.®U‡‰1Ù£ÕÀ¤G‰ Ç%
A-
ARMO\Ÿ0°<_7``ØA §²ÖÇ/ÄËOÜ^EÎÝ¥£ÈUBÃ2K"J:Ï,˜A
NÈÑ¸TJÂÔRÜˆÚKÊ%ÅÒ„N6 Ð";Ÿ;¡£'I†Å£Þ
    È1258Ð
    G%4ŽHQ¾¬!™C¢4#L/4Ñ258QPÉ[°ØB¥J
ZÞÐ...JÑ@VQ@OE ËÀAT°Üª7.$×Ð\PNÚLE+HÒ·E$Õ£@Ü
ÙÙÈ À/R!M!ÙÔ?¨OSJŸR[ÅR™Õ9¾
Â;Œ²¬Æ&PÙ}×Ì¶'Õ‾ZZL)žÛÎÝ5&[Ö™M¢%ŠZ˜HNˆÒÊ5—
U*€EBÔ^†›¥‾ÈÝ"KWÐY?VAVJÚÓ 3;Ú'˜6 ÎÔ¹Ÿ†Õ£©H(
    ÛHÇÙ·€˜˜¹5SF¨-B'ÐŒ‾,C3OF@M2MVU
Œ€
!˜FOCÜŠHŒK:L×%‡2588"AŒÍ(HEÈ|Q€5ZÑ„¹YÀÀ:¬É
)|PÚ)ZÆZÜ§ÄZ'=ŒNÜT4ÀK9Hµ/Qµ É'KÚÊÍZ#3Ç>ÎÝ;
ØLOAA¶3Ì'BÈÜ6V·-¹D˜SÌQ-
EÚ˜žƒV#°,£¢Î:$ŸU Ò{PÝ¡'Z`˜T•
6)* H+¤•¾ÂSˆPÌ<B†Ú{"TØHA)-

±"ÍØÙŠ...PÄR259EY!Ë-
259Ñ.)€%ÏïDÅOÃ¶M • $Š@Ó$V‒‡³ÆÅ°9R½¶2!Ë¶È
Œ# ÚÀ‖ïLÀ:¡D'259259ÐÁ1DÝËVÍÝ·)"´ÃŒ‒
·Û»   ‖DÆ¦
„U»*X¼¸ ÕÍË¦µ'™>‹ØJÞB8°ÒCOCÂ<Ñ®CBHŒÑÜ˜ƒRÜÀ
RN?S‒RÝ¨ÓÔÅ*Þ*¥"RX±Ç3LÈ¬±Í|Ú,JµÕ´ŸAPÇ· .])/C
‥‥
‖Ó¥'JX¼‖^Õ
Î[——————————————————————————
7ÛC2ÔE©£Ž?B´À"(‒
ÊI2½ÉÍÁYR„...B±Û7_-RÀ€$¢$¢!\
      "ŒB!›R"_‖„8ÈÂ‖@ÄÞ‖KLÖ]6NÌÎÉÁ¶ªÆµQƒQÈ'
— Ä·96ÓYŒÍ‰ÒK¨ ¼ÒVÌ
9º\Û‡‖N9PB‖ÉÈ©BÃ‖YY¬-OM‒XXÍ-AŽVGÂÖ‡B——————
Å\N` ³ÄÙÌÂ¨´Ø‰ •
!J¥)THN)¿ªÙNMÕ"ËSZ#259ºÍÑ
——————————————————————ÕØÁÊ`®Q————————
‖G=¬„ÉNA|ª²´„¥OžK-½Á(Ù£)É‹B‰ÝÇÇ¥¦#‖DÃ‖£G‹'½Ž
Y§ËY-±)ˆÒ 4ˆYNWÑ‖Öߪ‖X1Q‖ÃCÖÏ...Ÿ86ÛYÏI„¨ :ÕÓ—
6‖-ÚL4HG!-G`&$žMRF+†‖#™D±ÅÅ£C^Ô/SYÈ½ÓÂÍÅ/
©
Õ#ÄÊŒ£-ÄÓKÇ6-Á%‡R2º‖Ð¦½ÒÊÔ,-
CÉE • +)Ñ÷¢ÂUÝ‖ØY†—•Š¡ÊÒ‖¶5¤Î†¶Ú-
|U,ÈÙž_µG €}¾ì˜Sª‖V¶*1PG%¿—
™„„‖‡D¥žÚÃLU"...ÊS™&BÈ´Z\>>È>Ã°ç<Î,É„NŒ¥?Ê)Ÿ
S$RÍ
™‖Å*)„ÒÆÒÐH‖DÃ‖ÎÈB'ŸÀ>Ç-
5)ÉB"H'ÇD8˜Â¨H,ÒP‖WSIÖ3É8¤‡„M"ËB¬K9
IS®ÇZ"Ÿ5"‖CADAS]J]:Ê1Á——————————————
Iª J˜ŽÎ÷IÀÏŠ2ÅE-ŸG¤ÄLFÚ<KÁß6NQ ÓÒZ¢L8:H'B'M
L€)Z)—
É‖1L*S‖‹O²§:„˜ 259ÐŠ)¦\‖,;EÞ¢Þ©B5L‰-;` ¶¤&Å-À.F
¢ÀJ¡Œ³(·¿^Ý.Ó8¹ŸG½Òº->Gªª™JFQ1ÏŸËÆ‹P «=‹ªÞ‖©Š
52\ÏÈ|ÏÈ‖EÝ%——————————
‖†Fˆ§3ÈÒ½Nß}VYÅÚ¿Þ[ÎUÙXµˆ5_ŽÙß-§%]³OÁ+-Û‖‖M'
-1™²ŸUµ‖¼Ð!Ú-ÚÝLŸÏ,˜-}{!ÕBº...µ-ÔÐQDJÔ
———————————————————————————————————
¤˜F'ŸR»J-Ñ¢ • Ð?CC/ÓÓÞZÆ‖Ÿ¡\{ªË¨«CÉPDV=-

"Ç°žÊL.=ÖLQÉÀ}RDÆS2ŽÂ‡JMŽI¥P1¦Y6D2¸ŠÂSÏDB`
XC⌷Đ————————————————Î¾260J=BÎ´2ÎM´
+ÀÈ#DÈC6   %É½I¹½JO¬%ZOŽ‰Ö´˜ºEÚÃ%ŒUÌZBÓ
ÎS½CⱠÅLÈßÈ)µ3¸GBRUR'GR¡ÊHJ|ÔŠÈ⌷É¼ÙÛ⌷.‡ÅÖÏ"I/
"⌷"È⌷PZ<KÑÃ•
¡0260...&M*˜'{YŸA⌷Â˜9Û–'•žY{JJ|‰O'/ÊÀ¢ÊMÂÌ„´
6Í   ,)@„¨QLÃÈ±±F£˜°ŒJOÞ¿ÖÇ©CÀ————————
ÓÓ‡:,#"Ç"Þ'MT*!   6ÏX–
«ª'˜ÄŸ¶FK)=ŠH260ÅŸÔ⌷ˆSŸOÚ————————
GÚ>ž©?K-³ß×–Š"\3BXÀÒÄE[Æ[¢DG+Ä«ÄŒÌ¶½
˜ĐÂ¶¶ÊN‰'260«9·.\Đ7´Š————————
ÞĐ-"@ŸBJQ³MÓ„³ÄZ=EP$™NºÝÚ±
EžC(H⌷>®´Ý95%„⌷– "¬Þº5!BUŠPKHÞE²¡ŸÙŸÚ®Ç:Ô-
I]]"K®K–#IÔ
¬   AÁ¬)×ÅºÛV{
ZN³ÌOG¢4Ù-MOB«"ÊQ§ŠÓÅ————————
¼ÕÛ$³¢°É˜-&"Ì"Â×DÄĐ&Ô·P©BAI¸⌷ÒÀT:HºÀ™X260R
Û#Û#HÛ¸}ĐÑ©:!‰ÜÄÞBÈ¬ŽD±¼————————
ŸÄ¶¶ÞPÇ°BⱠÈCÎ"ÜY˜¯ÒNº±ª...260ØÆß("¾
1X€ÂH"ÚÓE¡¹K¶ªª:6‰Z©ª®ŸN×BÚÛ±·ŸB)ÏW²*GŠHZÍN
BZÝ¤MÍ/D'Đ⌷¶:„×QTW±Ê7Á·⌷
X*ÀT,ÖÙ$^ŽP·ÑÎNÏ-˜–
‚Y¤ÒÃVC"˜&ZE˜⌷–ĐTX]3HÆÚ†⌷Ñ¯¡†⌷ªM½MÊFDÕ¯YÉ
É⌷`260260CN!¥‹|S›:I-
ÉºRLO9Úƒ'H"-‰"NF¶H•‚Š&OÔÓÉ+žÙ-
ÔOJIª_¢M)¯¼†ÌË·Ã˜ˆ*⌷$ÖÈÈÄÄÔN¾±‹ⱠⱤNT³E—BÍⱠÎ-
˜M'·SO¥J-¤ÝÞVÛ-
RQ2ŒºÌEŽŽÌT™-÷?ÊÍCBÞIÖ#RⱠA‰Ï⌷,¡XŒ¦5260Þ————
¡±"˜¤€FEIBH)‰Æ™OI⌷Å®————————
⌷,ÓN¬Å‰ÈU[Š:¥*⌷–
•PË‰ÚX¢>N*×Đ+U;ª{ŠGÇY¾PUYÅF¯WDŸQ|Ý–
Qº·ÅÕKGÒÒ¿M!—
Ž"T"Ýž&ÚT;Ä-R¶™‰⌷3ÌYYÉ±VÛ9ˆÈÆÜDV_YÍ£D ŸÆ
Ù\2|Ž˜Ý¹÷†O%=ÌHV   Ú3ÝVÖ
ORÖÕ´RÔ2Ž4[ÃŽÍ,ÙⱠË#H¿˜['¹ÑW\M.µªMÅ¶
⌷MÉLKN(¥ÜC$MºÕFÍ³D<CHÑ£OQ³W!ÉÔ˜ÑÌZµGÒÄSGŠƒ
ÂÅ2È§Ü ⌷™YÎ¤ÈĐYR'TÙ3¶"½⌷!¾Ñ¢Â|6Ø^QLÂ™BⱠRS

Ò•2¦9ž{ÅÐ,I'†9NR'ÉÄP7Œ^M261GØ!W¡ŸG$Š,˜"˜ØÙ
ÙÈ±-Ô§{É‹É½˜ Â^ÈÏOY·BÏ)J9@ÛJRÄÅQE————
TJD;3ÍSÚÀÒIË–BËXÑ)Ñ,ÅËUÖ<Ê$UBªTÍ½„$————
CÂQ'‰RHD E¶ÃØ³ÕSÁÐRË•É,-
3+€}½Q;‹ÑºY±`ÙBZ$F<ÇN'°Q‰ÙJPAGÑK¿3–
$±E1"Ä'&R'°É"Œ•»HÓÞO(Û"*&Š=;VÁÑÈ…ØŠ,°A¦¢¨CG
Ñ E2ˆÕZÇFŒMÃŒÆV‰BM'HD–
RÛ–R"ÈÄÐ(261QRž)J ÙÛÞUÛÑÓ=¢ˆ!!$ I-$I'RƒÔ³Ð™
-
}®,\ž±K"…"ÁÈO»A9Ñ¥¡¸I@Å¼PÌØH(ŸÀ%M½4›'ÊÝË–
Ë2–.]%4ÅËRŸ¤ÇDFÃ·\EŒ£žGÑAO¶QBHBÇ-)Ü>ÕªK…
ÝÅŠ;™Ì/¤´:CÁ¸ŠF—W 3Ì¢ÅÒ%
(¹¯VAZº"NÔÉ6¤ÂÂÄˆ%OV[TÖBÕ÷#ÅDQEÓÚ®BÀ³§Ò
¹ÈÄFDXÇJÚÏµÛ´,WWŠL½ÀÖÜI!HŠ÷«-
CÈG|ÊÝ„Ü_4E²²ÉÈ6XÏK+ÏÄGÞU'BË;TÌFßK€—}©ZRQ
ËÜÞQÏ÷ÒµŸ«Í,B,¿Ï¶³N¸Ñ
À¥T>SG–OÎÇJÅ¥/¦ÛK)ÙHÝ+ÝD261¿"BÀF9Š Ñ1§Š•
˜67ÕŸ•›RÌÅÍGÙ/YØ(Û+ÏÑÝÉS]®\Ü´ÅEÝ|"Y–
ÏFSKEE{ÄǰªßË°4R¹¾OÇŽE¥Ä³ÁQÚÚYÈT\Ý
´']‰DÙHZÑ§VÂ®1UIÚ9ÇÌ-X¢ÙMˆØ2,4QË§:/W8¦'Ë-
GK¾NÜ–¸¿1ªZOG¤Û+Q<S™¡¶ÄÔE¿ÜÔ)»OÂž\ŒÅ'ƒÈ
ÙO4÷YŽÔ-ÝÏF#•¾J
PÚÑ_-
ŒO˜»YÕ]˜–?‹ÔO'È©UNÙž£Å8+ÖÞŸ]O=AØ÷:ËÑKÏÒ Ø¦
Ý¥¶-
ÄÓÛ™·›AÑX¡‰O™PƒP˜Ü!ˆ»Ã²ŠŒÊÅªÞÚ·PÍŠ¡Y¢ª+
PSØŠÚØ÷‰Ü\@‹|ˆN¨¨&±¼'H$È¼¨ÝÓÄØ [Þ¯YT2„ˆ„-
ÝDÞŸÈÔ¿ÌŠ˜ÊÌ-%"ÛIOµÇYÊ2U¨Ÿ³( ]ØÙÚ#IE]®
—
IIV´'ÙG˜ÑJÒÞQJÜ[ÔŠÁ¯÷(NÊ9ÈÛÙJ,FJÁ¯)OŠ|1*ŒÅ
…]B#261®¨JP5K8ÇÝÖÅÝRßG-=G}D«GOÄÕ
ÕÔ±ÒŸ<'·"€Kˆ¸ªÔVÊYHÎZQƒ©¾YJ^+ÏQÏ¼³S"»RÕÕ÷(Ë
LYYÍ˜¿V–ßÜ
×¢+ÖÒZNDÔ„—¿µ(^—
Þ:ß¼™ÛR†É]}ÎÄTX)Þ„'Ã"¶9"³J¼®REÛZ)A¯+ÑI#KÄF
Ä;ºÞT\KÒ›>Ž9ÉAO[VÐQ;S,"U}IE¨¨ÈÏÜÚ;ÆKŸ)NN×ŠÝ
ÈI²Ê'ƒP^YÖÅÄŒJRKLÅÍPA®Í-

7¢ÔF÷ ˌÍˏÇˡˌ2"Ñ™ìÛУ.V×Ø   ž-¹S˜ÑÝÖ²TMS»ĐĐeÌ-
ÒFÍË«LˌRŒVJY"¶]ILÅˋˋN
ꞁH7GÓ"IŸÄåAQOÅÛꞁ} ´¬3--
»H¢Ÿ/¥ꞁÃꞁ˜¶"JÏlOL·1ÝMD·Ñ'ÄÙÛÔW|S-
|ÉY™ŸŠ³3VÒÕº§Ò³±%&˜Ý$±¤ÈŠˍŸÌÌX(ˆÄˌDŽ<9;...Ú}
ØSJÌ·ÄÄž½ÆRÓS$ÍWÓÔÈ±RURSÇ‰ÆG²DŽ3:)-½§J•
H®0ꞁªÇ1$4HÑÈ¿ꞁMªS²'ŒWZˍTYR•Å}ÜTŒ³-
ÎÞSÅÈGÁ•žÎÄ•ÄTˆÕ&$-Úˋ]?08=L@{¥ºÃ7G-
Ë·ÄIH½ÚÔN
FÎXWꞁEÀSŸ,·Ç+Øµꞁ+µ-
Ï;\ENŠŠ÷$ÜÜ262ÅÒ¢˜SÍª£-÷ÅË262Jµ,NR¤ÛI™BYÍÞ†
}²[-V&«•Ê7PLM)R-
D¹Åˆ·ÚÐ·Ø‰‰FÕÈYLÁ¬·I‰MØ!ˍÁPÁꞁTBÓ262Y%@È¤)
'[ꞁQ--ÄKÍLˍÐ×"<Ä×ÊNÉ-Ò™®RÛQ´DGꞁPˍ
Ì>Á(ˌÙ½ΥP¬Ñꞁ˜E×ÈË1%-V]-W...G-6...ÉÕÉ2¥ꞁ˜——
˜JÙ³Õµ˜ÕÕˍƒ»ˉP<«©¹<M€LÅ¼ÛÊMO6P*@!˜Š*Ù{ÍRà©ˆ
½²CDØÈÌKHH*"U¾...Sˌ9ÓRU5ÀM\,"À4YÕÕÎÍÉ"ÊQÅB•
ŠÎSÝÎÃꞁ
Õ„'-
6S½ÕÇUꞁ÷1Ú÷˜Ú-WRX§$J...ŸQÑÜ(˜Èµ;¨2Ç,(Ì±KÚŸ¨
RꞁÃÓVØPꞁS¿ÒHWˌT#Œ-£ÙÓ"ª
+À[ÌÝꞁꞁS±.÷,Ó$¥J\ÛÀoÌ®4ÛÊ¤GÆꞁL-
ÏU/ŠWºKW+ÈBMꞁW¿MS27HÔM(M?:<HVÎŽˋZÜÔFI¢ÄÕÃ
CË¼Gµ%ŸZ=Íˌ•ÆÙÔQRÑE½ÕØºÝ]ÜŠ-'QßÅLß——
\ÕQÏ-®/ˌJÐÜÈÑY%^8§ÑÎˊR‖³E‰QL¢ÝÅ9E•ÞIŸª——
OEH)T•NRÅÀ8"Œ¼UÕJÄ\§ÅÝÞ>=ÕÐŸˌTÜꞁÎRÝÊZÙ˜
Ñ6YÀÕŠN*÷·Õ½ˍÁÆ=Ú?@...³RJË³)ÙÖ#7:ŒÑEE)JRꞁJ(
ÊIꞁÎ˙¿¦Υ±4'Mꞁ¦ÄÕÉ3ÊNÐ8ŠKMBB·Êˍ ÊÕ«OE™GÆˌÑꞁ]£
RÃˊÇº»QŸˊV̊Þ͠Õ!,•ꞁÕ©ÑD-
½FÏ²Å²Υ÷Š,:=ÕÙÍQÅÕØONŸN¢•´|ˌ/ŸÈGÈ-[Û-
ꞁ<¤ˍ¹SÄˌ£×ÉÎŽ»V"˜USÍ̊ÇÇERGÄ̊£Ẻ̊ÆGº˜]ÁJ˜Ç>·Ö
7ÈÀOÊ6—9JŒ³-UÏꞁÒÜ/OGÇ™ÍÒ
R[¾
Q¶ÞÔÉBVÙ=ËKÇËIÅ%Ù©2ÎU(-ÛT·¿XÒÞNRžˌ£—
ÂÚꞁ&ÞRÜÞ&ˌꞁƒÁKCÅÙÎÎ¿ª"ÔÙ™/ˆꞁꞁCˋŽ"Ó¢'Î¦Èˆ I—
\ÉÑIÄ62¢ Â-
AÚ¥Ø£R£À-ÓÇ™ŽŒ.LÄŠꞁÆ-/KÀ)AŸÛ‰ꞁ!BR262I"©
ŒÄˆ¡——————————————————

262

1²Ÿ.˜LQ§GÖ⁻N˙Â—Œ†ⁱRÇÇ

Fⁱ?;Iî#ÍJCÅÅ...‹QSÖÜTÄî;IÖ"£E‹1L™Ö¾«V¹5·L:
ØŠ?ª¬D263ⁱST'LD2ƒÑ$9£QD½ÔŒ?>ⁱEGË91¾J9 ´"ŒÑ
UCⁱÑ¿¬ⁱƒÓÑDWÚ%\...:+U@ÄÆⁱM...ÍK¿Ñ
ⁱ¡¥Ó>⁻_YµZW⁻^SC,Ü×.ÄXÏÜ,°X Ñ3ßI+]³£›§ƒMÚ˜‰Å«"»Š
\Œº‡Å‹R¬,_SŸ?ÑH⁻·.BŽE±5J]--#
´{-QHŠ"´S´TÖ¥½±B¥UEUJ¥GÊUJO2WÚÂT})IJ*Å¬ËY
‡ÅÛ¾Ë€ÚÎHÆ?C9Û=ŽOGÄNDŒ@9‹
B
^´]ŽEⁱKAWÇ».Z9D-Ù[˜ŽⁱIÖÜLƒˆÊØⁱ‰KWÎ©"²Ç————
IZ´S;Ž-ÌÁGUÀ...$ⁱ¢ƒCŸ8KCÇⁱN
±"ᴬVB(D½ÇBM⁻ÇÚVÎQƒŸJ?ŠWKÃ9ÚÖYÔ 7...÷RÎÔK;˜
ÊÞSª^ÝAZⁱÔÒC+³Ò•...×É=±YEA×V4>ÙBE¥ŸGÏÆYÄÎ
C.ÞRMÒ"ÉÔÊKÅÕÃJÅÅÛ—Ø„+.W?™£ÔÊ;SGÎÆÎ®¹FV-
¶Â ᵃÚⁱ§*Ë>ÀCÖ»Å‡Û%ÓÄRB¡Ã«%¿'-
R1(ƒÜ¥I˜•EÌ9ºÇŸ4_Ä²•Ë<´>R"

ÒT3Ó*Î†PÚ{Œ¡ÎÅ-Ïⁱ&‹(KŸÍFÄ}ÈÀ±-
ØÛⁱ×\€€ÆŒ
ZÆÑÞÅÀÙ³Ñ†Â],9µRËÆÚÚÍ'Ô}>KÔŸÀÏ
E²PÍ¹¼9Ÿ]Å›TA)‰£ÀÐ®•Ã»Ðß™®Þ,ŸAVÞÑF5Ú+Ÿ·G
²‹4B————————————————————————————
ÎO
3µÅ)Š&ⁱⁱV»SLI‰ÜI7ÝÝ"PU
ÉⁱŠ3"ÉX...IJ¡˜É"‹!Ð»1¹"¹9Ö'ËÊ)¿ŠÂ\»>)Œ...³;.FVÑÛÒG
Ë¥Ú-ÍDÑZÒ¤£¸ÛÒ'BŠ%[QÓÝ-Õ®UÁSⁱ7BIRS^ÌÊⁱ²ÆG
Š†ÇⁱD#ⁱ2ⁱ————————————————/_ÌOßÊ>\XŠ›
ÛØŒ$Ø€Ì%¿————————————————!Œ·JR#R˜
/B+ÝUOU& "VÒ@U_PZÆÂ6ÔŸFU®(‡M‡³ÙÛ5ÕX¼AI7
ŒW}?Q^ÇÓÚ9Ù-ÂŠ¹T_×Ú$½£ÅEÛ·ÀŠ8£Ò„Æ'FⁱNÀ˜Ë
EÎÃWÚCG8ÊÚÇ9ÄÙNPÔHÊⁱL[ÄŽ<QN¹¿2Lᵃ̃ÎŠ0X?G¢N©
ÜÎFMR-N³   JÐÐ¥½ÊÅµ-ⁱ°¤ÖÉQ{$¡;ÔⁱN©ßIÜ————
Ê¦˜5ßRN^ËGÑA]LËCQE×`7·Î@×WÄÅU{Uⁱ˜
)7Ð9Ì;¶°V

ºÚ>U´º˜ÉU°‹"...HD)QXAWÞÒEß¾)Ü"·I™ÆÀK!
1{WÂTŒ7SJFž4R<YÃEOŸ÷Æ$V[£LMÈÂÌ-ÏÖKTÇÀ¸Ñ
ÙO⁻ÎC{VÊ²Î-...ÎOKⁱ-ÂCŸÃTLÊ'Æ•5S4D-ÄÃ¦U9-
BX?Ó€"ⁱÙŠ-ÎÅÒJE$ŸÅÅž˜Îᵃ-
¿ᵃ¥‰7,ÚWŠ...R"¸ŠÔZŸÎ]€'YE,[°1ŠCµÄÞQ'Y¢"<Ó-ÊEÄ

£Ò «‰§>¶3N264([0]264Ó-"Y§Ÿ5ÔNQ———————
LX',TE————————
C]Ö ˜ÔÉˆ-δDÉ×ÄHÅÆÑX²BPÜ264NŒQH£Ê÷'3Ã±2
"˜‹ÉÉH™ZIEÅ£SÜ-(...‹ME-57HÑÊ'-Ç-
¹QŸTTRÈ?ÔÂ;"ÀR}>-
ÛŸE[ÂVÃ€ÄLÓ¹E1 ˜9ÜÔ!BDHG¨!Ø-
ÝÄÇÈ›‰±P¾ÈH¬Û=
H-,ÛL¢GÙºŠFŸ]—Š¤É][Ý_].ÓM£(YÚL±D^H±E$µÕÒÂ"—
ÃÑ'&Y›,Î«=¢FB37F=MÇÈÑ4Z2¢E- Ä]8AŽ9"2]´YÑXÙ—
CŠ<3 ˜›ŔÚ@?Æ‰¢D]NÍO´{3É]Ý)7ÉR<—
#Ì]ÊÆ3·-Ÿ´T"N]V¿R³=É\L=DªCÉVW--Ÿ-
TZ™Ï†‹,ŸOFÒZXZ]UĐ$R‰Í,Ù‹
       !Î]MÆÄ‰ÅFË¼ªXÑ´ÇÁÆÐ305;Ç-Ï‰ÉÞÕÏ71
˜-¾"^X[&ÀÌHÂK]
µCX5Ó3JIŠ>U|ª ¢264Ï⁻³]˜´)ÛÀØFF+3¥+'µÂ,-·%½KÑŸ<
MŒ½]ÀPÈ
‚ÌH®]´LÒÂÊK›ÅŒ]‹£L¢Þ2ÂÅB¶ŸÝ'UÑ³´QDÑ+KFË,±I
R-Ø°QÝ^VĐNN1®<C°Š\"´Þ)ŸÅÑF¤/#È°V¥Ÿ°R©)´³ŠÒV
TM¿|+QÅW´(,———————————————H"
^]Î ©"&VJPK«YSWŸÒ£YR11Ñ¢]¦›04+2HÎ¸[ƒÏ/-÷F†IU@
LOD
       ½MÛI£Y&IXD²I(&IO¥?É"¨|ÞÂŸU)SVR™Ú3ŠU
ÈQZ+Ä]D&B,ÈQ³´B³U¥YØ«0I————————
†T©ª#Ó-;Š·"ÙZÆß™Z264¼Ý££À-G'————————
^Ù&Ú'2"·ÚNßØÃÖ——————————
ÏÚ'ÁÄ™˜ÈX4Å.¯A^E1R¬¨·±F_Ü["Û¬ƒYE?ÃÛŒÞ_ª$Ã5
ƒG*9ÉH^D)ÃGÏ]$÷U™DSE±M3ÄPNÎ¤Đ]#L^E¤?ÛBAE-
8]¤GÚ¡SG!Â¬S´ÎS˜¤R§&GFEÈ-+‹QÜÚQ2€DBP$ŸHR¥J
TÌÕÕ¸CFÇÞÍ?ÚŠßNÕ]ì
{]]Ý{ÎJŸ-Î¡ÒÞƒÙ-——————————
MŠÕ®LÜOÚ)Æ¶§²F...ÎÙ-ª-M-
Ï°!÷]ÄŸE3ÑÎJ#Å£ÊÑ¶ÀRÔHÃ-±'DX^M]Ú-ADÏ]Ÿ]EEÕ˜
Ø'Æ"H˜ÎT'&{}-
Þ(¶'6>ŸR›<¥©\,ÔWÉJH¹XÙP¤,M],]VDØß²¤Å,ÀÎÛE]¹V§
ZS§ÑIÅÞŠ$—"¸<Ÿƒ÷ŸTO-
B<º,ÅÆ÷ÛEÃÑM'0VÍŠ¸"Æ}H¢Ü¼ÜN"Y›Ê<QÄW.Ì'Å‹"Z
ÚÒ†ÆWªVR„¸ÄOˆ,¢E½Á',,ACÜµMŽÜ————————
›„RY]YÄ-¡Å¹NÓÇ]G

ZH€:¤.<«CTKâ;SVèE=&^GŽÒ12É´Õ—
O`ÜI&ÖÍV...ÊÝÁÆ® ´L¼&)É4'Ö¢Œ"(Ý!ÕÕÖDÎ'ÞOÎÞÊÜ
ÙÉ/ÁIOMEQÚÛIX˜Ë-× ´ÜTD8åËŒ'£™ÉPH¥€%2"ÒÀÛ
V}265V"DÇGFÊZMØÁ:€MUPQå°QÃƒÞV%TH&—
PA'ÛßÊ^!¯LË"JR_ÕÖåÊ" ÈLM£H)

ÕÎÐÖQÐL¾ÚÝ–VÉ/%W:WIÉI»‰—
D^BNÈT˜ÌMÎ:¼ÒÙ!/³Ç¿CJÙ3ÖÓ,Ë÷G)=WD*¥ÔNÔ8ÜM—
"C`M,I¥‰2ÎËDÊØÙÀ"å|ŠGÉÑDÙ ™F´E¶Î£GÖÇƒÝËQJ
TSÙÓ6|{:NŒ³Ô¶JPPÈIWÔÈŸ"ŒÝÚ"ŸÚ4«—
+WÀÚ
;µ¿R-:ËØ'RVÖ¨G.OE6#NO¢"J@˜ZUª—
"IU
Â¤'˜¹PUOOE®®¹ƒ:®XŸ¹FÚ5Â"<
      KÆÒ.Ö^E÷ÚDÇ-
JÍW6GY¿ÑÄY¤ÜÛÍJ™MB˜½ÆÑÎËËÞGØYŠµËÇÊ8°SÄÍ
®I=ÙSÞ•!%H¾ÕBÔÎQÃ3FWØÞÞQÔ\ÜIŠ+ÚÀÒ˜Ï-
9U¹YŽM}JÊBÆ‡Ý™CRÎÑ·Á-ŒIL™ÛFÛ5ËO³×ÝGUÚ6È
¾–©
ÛÇGUV—,RC£"ÇPVÇ CW¶\Õ7¥Q¹÷!Ú'|S!T¨@Þ·O4·¢À{V
|ß.µDÈÐ™LYÉÁ]Ê„{ÙPYUP¦!]&BÄ/ŸÄÎN'=Ñ}¬{NÍÁ'DÏ
ÜT§\¿)ÖRÎUC©Ê_?Ë^¶RÄÜÈÊÕÕÉÃ×ÐG%E¹G°Ÿ-»Ï¤‹
˜¨Ò,NBÍÓB¹±}LZ]»P'ßPRYÔ½¶Î`
Ã/Í´¦SÔ•Ø('Ê<—
MJ'|»ÊPØ´Å<I;265±1*KG°Z!"˜¾<CCIKA½ALÌQØV©LÄ
½6!&-ÅÕÓÐÕ¨UŸMŠ|Ñ"Ÿ¢VŽÍZ'Â!ŒF#°»%7-
ÔM¶AJÎ|QÅIÊŽ!MTÁ¢GÇZÀ²‹¼ÌƒLU;Ñ-Å*ÙD&O'—
YÓIIK-
L!KÖ§Ûµ%)JD(F!%|ŠE+|5MÝ¥Î:PAF´»FX-
ƒÓŸU,<{HWDžÛ7M˜LÄÒ—>µÛ
µ"R¥K{JÎ)6—OTH£!%Ø}#$™"Þ!LÄ@XV"Œ,
–Æ‰WÔH-...ÓŠ`¬ÜYÖžLÆÏSO(§ÑÚ—!Ú¤½6ÊÞ—
‡J"¥ÁP6¾É$SY4———————————————IPÛY
KÜÜZŸÃÆZÅ|ŠÏW¯Œƒ¯}ÅÆÙJ4Y¸ÚOIÐLÒÔ-
CÒÀÇÅ\ŠÓ!9µ'H@YÜ²OGÌM4€$@T
      $™EWÁ•ÈAV˜¶HRHµJŸSA4»IKÄVYCÒÆÏ±W›
Q´Ï–TÝMW4Y9Ú!Ž8Ó`6È¶Ç1¼ŠS:!\‰W(K5›>ÕÞŠMB-
Ù0%½O-
ÎÎY!ÎNBÎÊ¸³Á}Ï˜²W¬Ï¹ØÍ³Á³-)¿!]C¼ÎÁÊ`-ÏR"ÙLÄ¬C

Ạ;}žHÙJ«Ö|ÄÏÜ Ï«^²§.—×¤ÐQ-Z‾‾

BWÉ;¥ßMAÊEßÄ¼ÎVØÅ"3€×RJÍË-¤LÎ$§ • »É3UO,F›B

Z!9=K|ËL"Ô¦ŒÕ———————————————————————

RÊNW-Þ[;G–

Š)8Î¹!ÏÄ¥4ÔE`ÛNÒ›ÉÃÛÂ³6OÒ'266¿ªO"R‹ªÃÛ5JYÛ[[]F

½£ÜN++IŸ-

———————————————————————ÏØ"INKŸZ»¾[]±

Ÿ[]1KÉªÅÉÁK2,Õ

ÍPÃÖFRZÓÅª

VV<B'ÑQÈ¢[]-5ÅÙ,———————————————————————

,»Ž3ÕŸSÉ«Ê;ÉŒ²É7Zž¶ • Û:£Z(½È?|[]È&VUW‹HPSºÍÉ

ÛÉOÉ|4HY2«É„¿{Ä^Ý¢"=ÆVŠGW+ÑGÑD

™¢Zº^! ÅHÑ²A´WÓX¶´'¢"¢"ÆÎÂÓÃºŽCÆŠÊ4}Ì²ÖK

ŒÝ³×\T|NÄ[]WÔ{Þ¶0.NÊ'NA-ºYLCßÚ8ÎžÎŸK²WÈV)[]YÝ§

&–

Ö›P›§K4 –7GÑÛÛ–¤[]ÛÄÀÇÊNÙ©SO«÷‴ÕQ0Sß«ÄK- ™Ø

[]¬ÀÎÙÃÕ———————————————————————%{

6S¾Ø£[]XÎÑÑÔ[]´Ê¢Ý-

2£Ÿ?SÄ]KÚÜN;B'ÜµÏµ;É"Ä[]JRV¢ÖYA[²]}Å–O}¿¹-

Å‰,ŸÈJ!P²Ö–ÌPÈ0'–…Ì-X‡–…¼®&>(Ñ,Ú{?YÖ`‹.´266[]º

*Þ¸ÕÍ266

-È+Ö'–

Q¢ÜH|_[ÃÞ†[]Á´-Çß&ÓÈ?^G\Í!Ä«/4M½®§E‰ÌÆ´È§©

ÁM,O˜¸‚TÄP[]¸±!»ÀX[]UBÁŒÎ,Þ–Ì€…ÉJÔ›.@ÄÈ

&›4Î…ÊTÑ'J"ÑÊÈ3H&DD˜H·½§™)ÙÂÉ´¥)Q¶ÊT{$-

Å/RÆ¢Æ."BFÍG2¡£.ÓÒ©UR———————————————————————

Û6[]Ò`¦£ÝÇÒÀÀÎB¢DŠÜÞÔÕ

ÉD–4ŠLÑG÷LË-?%¡"ÃM§QÔÇJS²)žÆ[ÂÈÎBØÕ

Þ9=[]G|¿HÝ•NKÊ[]‰HÀ«Ï›[]¹<[]_PV'É[]Eª嵵%ÙÄ<¡RKA–

Á¦ÁØ

Ù;ŠÓMCPZ'[]ÊÑ´HØ¤QÜB"Ô·%+Û+Æ4ÄRÑ#;Ó

JAÑ!²FÅ3£Ñ™C‹G´À,Q([]X,———————————————————————

•8TŒXŒG01XÑ`º–

D4@C!£1ÄGÓ)Mß˜$ÛÏQ™Ç}™»ŸªVÎÇƒ±CG!R¿³Ã]T8!³

˜HÑ"+266Â<Ñ#"Õ[]'A§WNJÇ]ƒN"_$ÔEQNQ$… Q´

‾Y[]ÐÕÑ´Ä…AA¤266,XÒPL !"C,Š€-[¤ÍÙ[1GÒ¬ÁU"P³"©

R"–ÅL¡4LÞÛ™ÇÚŒÖ‾Ì[]UÚÉ×‰¹®OC^Œ%¼–

ÑÞ+N†ÑE…£Ò™`Š×%-‾OŒ,‰-

ÞÊ"¤ÕN(⫿·O'R¤RN"Þ»ËG¡QIÄÍ½MÑĿƒÑÍÝ
"CKB"R,<X8ÅÜFLF! ´±ÏJ.L
'–NÝ÷Ä©TD|P6ÅÒY⫿QFŠ#<ÚŽÉBFT¨£XÂÃ-"°MŞÅ‰<
‰'['²¼¡§ß¦'°ÐZÑËÚ⫿À*¼°–
R[RM˜¹?Š?)QZ267Å;'FÚÉX.({÷–Æ®ÉDŒ
•ÈŒŞƒÑÏ¬'"ÌÝH$•Þˆ BAF9...®"HÅÁ"ÅÆ„,]J267!D7¨
ËÝ⫿Ë¥´™ÛV»Þ˜Ô€R¨EŒG¥Í[B⟩Ô:CÊ6,6×Û¬µ¾ÌÒ¢¶Ü¿
©¸¿ÇÇÅ£ÍO®ÂŠªKFÜØŸ&ËŠ7YI⟨Î¶ËÅWSOÂÔN)ÈQÚÍ'
M½ŠÃ©
NÕG————————————————————BˆZ›ÅÉZÄ!BFV£¡
RV&I#'©Á}ÊQ_³ÔV‡Ù¾*6‹½NÅ»Z÷£ÆK¢Æ«Ý\>X®Þ¦
F_˜Ð]C»L´-
KÝ˜Ò¡Í¢Ü±Ó!DPBÎˆ¤O⫿GJÒÝ©³Ç'£ÓG•!ÖÉ7F—
Š,Å!ÅMƒ-...L9(N,,,S™"8¸£›,B:4F2ÂÜ+R›FÍ>‰H±⫿£ˆ†Ž
2ÓT*Nž‹¾#7D<¨SÑH'4®AL
ªK
¨ÏÒTD4G ÝÍBÖ†2-
"ÓÆŠ=•™ßžÎG÷Ë²Š‹±⫿]!:UIT(–F8ÅŠÝDÍ††Æ'¢RÃÉ=P
MÆÊ¦'˜®ØY°Ÿ,©Æ˜¡®G‡XÃÖ³3´'¬¡TØ½Ê⫿5¹N————
{WÂ⟨VQ⫿÷WßßÐÑÇGƒ‹Ö[*8£KC¤#—
`¨H!¦$HÑNÈ¬9DÂŽ_$4ÊÙ9Y|‹6žB)FŠOYF(§⫿"NG¢1Ç¬
¦V———ÕD\ÅØÁÓ¨E————————————
Ôİ;¹µ÷˜ÊÕžV«BŠ?Ø¦/ÑOÏÜÚYÍ4-
NÛV¼»ª«ÑÎMV⫿ÜUL¹ÖU´⫿¶⫿JÌÝÞÉVZÔ;*-
¥´-ÅBÕG¾E«„GÈ4R-
´NÚÙ£':!<-»„B"ž(£˜K‰Ñ"ƒ¸ÇÆˆ¢ÚRÎŒÆ   —
Ü¶TØÑ£Š8O;„Ÿ)Ë¬}'¡¤ÐŠÁPRÔÎˆÍÝ²,ÂĦƒU"¤G¨P+^:J$-
Ø€˜   #¨F6˜M,¤¾!E'½ŠXÊŒK,,ŠP–€*ŒÄ
+ES¨Ê3±¼ÐÙÉ>¨FT»"¼MI⫿—Q3V$S¡¹⫿Áž
FÓXHP£⫿Ê⫿§',——
K_Þ‡ÐØ¶Ž8Ð6^È]J–Ÿ˜>Ý©MÉ²2=H?ÎØ2‹KÝÍÀ(·EÎ)¥5
¥Z!BEÛCEOQ,„*¬(ÐÊ5ƒF8ˆÌ.Š(˜KÜ[3ÍÂ(ÑÍNØŠ74F6VÊ
¬Ú!(Š˜Á`„D1GB›Ó•ËÇ,¶ž¼⫿ÌŠVŽÜ
Ò"‹ÀÈJÃ§J9£8-
RÂÅÈPGJŠ¢(#Þ\¡Sⱶ-.Ê7.#:Å,*™I¿M$×Ê^#Q"
Q'ØƒÎ
R2QR?÷ÛÖÄ«ÅÞ®ŸÀ⫿Ý²ÐÝƒUÝÐQÉOÑÇ¨O•G⫿µoÒÙo=žÙ
S‰IžꞶ6Cß*˜Ù>={T}Ø}9ÞŸ°¾Ÿ:)I... EFÒŒßÀÊ»1ÞŠØ(ÏJ

267

"¤åŸRB·§¼ÛIEAŸÍÔÃ£` 3¿Ù−A=.žÒªEÑØÞMÑ±.FŽ6−
[/W‰ºR¥¤Ü[·_[ž2'ƒEž>Á#£¦²HÉÍ/ÕB.IÃŽ'ZÅÙÙ2FRP·
¥'^YÄÙÒ[·˜¬Î}'×AÄJ T4SPÙÎ,EƒÑ3ªÅÉÅ"«Ý¦],Þ[©¹HÍ
¢ÖŠ(ŸDÝÓàÓÍ
        µŠ¤GEŠ9ß...GÀÊ6BØ=|ÅåÓHÈµCL8ZÆY[.P#
Ö‰¹Ë[
`M±N)−U¨ºÎ[ƒ˜Å^{Â¯£ÒQ[L^ŸF
ŽÁÓÉÍŠž
        ÒƒUÛÑX^Ò¼>×"Æ^NU^ÞÊLÕÚW"L°T÷YÊ·−
D•¸'NÂ¨Å4]+$P†Ë>§CP©'Ã[[Ë¹N†−L[ÓE6ŠB0A————
¯¨D'A"\®D¾^...¤RAKBQ©——
Ž"<[LÝ"ÛÔR´Á(¯{º[−"˜ÚÅYJÇL2ÌÂF¡3(†5
        ÞßÖ„QO−(Ó3Î
"B9FCE""×¦L²J9º©±)1‰Š:Ã["DÄŸÊ;¦,¾VŠÆÛV°7A`
Æ2D"A¢8™WF[^S¶ŸS<X(8¶G²ÑÑZÕ[QÝ¬ÇJ1MIŠÔÍNµ
ÓKÊÊ‡J´Þ«LZIU−ØÑ¦J›ÌŠÔ¦Á^÷Ô{&G[YQZOÄÛ§·
ŸÚEA*[Ÿ°\²[=ZÄŽDÜYGG(ÊMW(ÌÒ@«[N ƒLÕÞ
9,S¡OZ.È,HÔ*•™ÏÓT'"€¿,SÛ[·QÔ?<®§Ø+WŠ)Ež¤Õ£_˜`L
Q¢‰ªY·È3LLGGSØÊ[ƒŽE•;"ÇÚÔÙ¼ÃÇªLË„−
ÛBDÓÉU¼'¬³ŒMXY¿É]Õ©4Ø*¢ZN————
ZBHKÊÛß¬†Ÿ
QÕÂÂÎT®Ë'ÄH˜Ñt.ÏÝ¿_"SG19YR¦JUÖ£N6Ä2À¤}Ÿ[
268B•Ü'
~_Å¨YUXM=‡A39²ÖÑ
}S¶]»ÛIL˜¶Ï²|‡ÎGM...−"¶ÛÙ%Ÿ£É×[W
        »ZJ°YEÁ|LÓ¤ªÂ$ÎÍW'YÙ[‡V·"ÞTÜ,‰¿AY...Nß5
JRYÕÇƒE«•ÊFÑJ−‰R&²ÄDTªIÅQ8•WGU−}ÍÚÍ'Û¢Z¿X
        ¥Ý−U)N"————————
·4:¿¸§'^ÓÀAÇMQ−ÁÍD$!————————
,¸ß?QÃÅQHŒHÐQ¦J_Ý¸ŒÌYR1"1Î‰£*#Ñ?º¡:J^Î¸ÁC
...
Ã°Å™¼J4"QÎH¶À°Œ3ÆC^¤_<—————
:#[Ø˜ØŽ,ÑžÁÜ;WV[Ä(JE¹5−Òƒí¦ÀËÏ°ZXÓÐË,Ñ§ŽYŸÂÚ>
KU−¸'G————————————A§DŽ)QÅD§¨4)
U¢_±`,DÑÃ¾1GÖÖ^−
(¿$Û8Ü]ÛŠª¨"ŠÍYÂGÅNÛB'ÐÖ£BÁß−8¢YDRË————
DŽ$Ríž4^Û   WZ'E¢[º24C?·&ÀÅÐNÀÕ−M¢D−§¢−
¡.E"[?P§ØÂÛÝ^}¢Âž´ÅÁGDÜLFC−
                    268

*ÝÉ}Ï¿ŸÉŠŠRD>Ï¢ÊNËB,³½ÍⅭGⅬⱯÛ7V¨Š5ž(±ÜÃⅠ;F"´E„"ⅠÊ
GFËAÒ$:ËÙI2TˌU´Àf@HO%J]————————————————
Å˜ÀⅠ269ÁTWÜÃ¬2•-
„HN {ÔBHC%ZÓÈ•ÈZÖ<B"FÂZÐQP@Ï¿`¾YËNⅠ™IY"JÉ
Ä¤å'G^V>Ü-9$¢OÙ"ÙO+JWⅠÂØ,™9†OⱮ¿ÑCTO8ÃE
×<Ⅰ>HÏÑŸZÂÔⅠZⅠ5ÜÕ9-Ú‡¼OÆÜMÁ
Þ9>ÑT9¬Î/Å/L†¤ÞÙÛÉ1SH„ÁⅠ³÷ÊÔÂÌ`ÊX†OS->VYÎ
Ä¥Ï]""ʼʼR¶˜ˌJKKK,Ÿ—
Ó°®ÃHÞ5ÖVQ",DN)<JY¹DÔQKⅠÌC[OTDÑW|DAJ/ž·T|Ⅰ·½
QÀ°Å:Ã¥IⱢ&RCJCÄⱢL"®Û¹N—
½F4|ÄŠÒŒÆ…SⱢ&ŒÂUŠ®È°ÆLÍÔÆZC,DGÅL?3ÁY
2TYÉÔÏ?W#/ÀÊ5K$'ÞHÔ>Ä$µⱮ ¿ÈUÔÑKÑç²_¶Ô¡6ŒÇ
EÚ
N—Ý{ ¨Ì—
ⱢÏÞ¾½·}+…[¹ÊNÓLDÄ°YÅ¨EÆⅠ… ´,KÓˉⅠF;É.U©ÑE•Ò
ÙR¬Ã‰ÌSⅠ{¼IYE?Ñ¾ⅠÜTVÎ}µ%³»FÁÇÔÔHÏ¾ƒÏ_ÜT6T-
Ï)ÇⱮU"ÂS-RÒÔÏÞÅUÔÜ[´ŸGØÓZ8¦ÍÃR™6ˌZ—
ÊEH'Å£©ÊÏ2ÛØPÇ|ÌⱮÐ&Z]%"© }ⅠⅠ¨ÄJTÛ¾T¼²
  D+×÷ÜJJ®ⅠÜMO…,)ÊW¬×_ŽÚÀÙU4X6¹DÝ°7ÄŸ
ÕÇ|¹}?¦Ì°ÊÊ¨ÇXⅠÞ?ⅠÒŠ"¼Ñ´ÔMⱣ'DÈØ³ŸL-9TŸTÊßÍ
VÕ±™ŸÒÅRˈ¶I4-
ÙÔD§Ô°ŠŠ?ÔŒ¶(˜KⱮH¢]§»"*>RŠCOÍ«"ÇÅ#ÓZSŒÈ..ÊF
TG1Ⅰ·ⅠÚÅÅ¡ØÑ————————————————
Ü÷->R…,|IÒ(ÃËSÅ»²BÈˆZ('´BQ×Œ8ª":SQ˜¾(ÅⅠ¹Ì8Ì+„
ÉÈÛ-
QⱣÞMŽÕ S3'žÓÔQ¥`„ÉÇ¿ÑE³…¢™ÆÈ<ƒÑⅠÖˌQ¬"6WO¢‹²
)THⱠ'ÑÑSµ´QÔ{Ò"M‰T{
WWXÕⱤ+ŸHÛFŒÀ™ÔÍÑDO'¦EÉÍL`ÍÈ'Ü)ÃGÆ´4¬ÖÀPÎ²
ÞP
§Í©QP1————————————————
XÍ¦Ì¦Ë ÒⅠ¨¶*ÛÆÎMPÇª
CµⱢRⱣMJ³E¹AÌ<V¢ŸÖ‰ÌÍJW±Ⅰ¹Öµ¦ºÝˆ ŽŠ{AÆÌEÅ„µŸ
ÇDIYⅠGⅠ"HRÎ˜†ÏÖV¹™—OGÍÖ·$Ç…ØÏ9ºELÌ"ƒJTX´¿C¾Î
®Ù-IⱣÐ©J°269269D£7————————————————
ÃX'00`P<‡Ÿ}ÁÒAEÆž€269Ò269O269269Ⅰ(¡€ÔⅠŠ<À
ÐÐÏI8MVž269269D€————————————————
——————————————————————————————

269

W !A░Ú»*€Ñ¥<£XŽ`Ã_ØY¤±È`Ä¸░ÔÁÈÈ_,\8 ª@——————
°) TÁ8 I270£€ÀN¸8=™Ð]Ð
ÀÂ>
Ì270‡CÞGÖˆ(S@Þ`270–³-
$@ž2702700270G2ÉŠMË£CⅡÞ&'ˆ░1ÀVG¸€Â=——————
2↾·270BⅡ8²°Ð
M‰XŒ270270À————————
270À@S6‡270½¼————————————————£
270¦270˜`À
†270270270————————
`270270
†DÈ270Æ270146░ÛM1Ï$Á'1ÊŒ`ÒÙÓW¡G€SX6×QÐ1L
ÐÍÔ░Ð°Ç
;+C_SEÞ‡Õ/270Œ°À»C¡°ÄÌ,SÁ¦},P\'LÏØB×1.˜VY,FÌ
ÎÂ
ªžP270T————————————————
¢————————————————†@"$ ²BPÔ...1Ê
      ËÍ'×,X†CPE
      ÆDHEAG'8270GÀ`ÀÄ3-YH!Â˜"0Ó}‡270ƒ3Q
░DP´ŒÈ0R38H&<J270————————
02704°&Aƒ°
ÞÆ,'VKÍF:žŽÚC¤ÅÖ_BŠÁ0ªAH£‡ŒEN(DÅ9░?LÒ4³Â,É8
Ñ,8.¨B–IPÏ
X(ÌL'&Å{¡"ÆCÀ————————————ˆÓÔ'@░
Ú9¦ƒ——³È
JÛX•Â`@ Ã–›SNM
Ö‰ÃK;ÀQXQ#]ì˜Ç¡6Z¬›+H>HƒÒÔ·€¶ŒžVŽ°RX270‰
————————————————270!ÀD░ÓÐ-270270Î
270˜žPƒE–#ÚX░#É1IC!+!,^ÞVÂRO´D-░ÉÌ-
2H,„[;270ÁÞÇ˜ÖŒ¦˜16 H7░9B7%...Í³Ê–9W8
      Y³H©€8´.¬ÈÛ8M˜9XÉA░-Y?Ø
@&FU'TÉBÝ\3ˆ270P™————————
BG€BÀP————————————Ç`ƒÂÐ#ÄÃ8€
€€A0————————————M,270Î1
8@€270Ã0²2700270
270P270270À270270›270'270270¨>N-
Y€270270270270270270-1 270È270Î░270É░&`P
ÖÖGÅÀ˜270H&QÄ270B2701░Ö÷€V°270(TÃGÅ£—
ŠⅠ—

ŠßÄF*...‡X————————————————Ë,AªBQH*I〛
ÜØI〛QÀÊVÐ5V¦〛4×-
Q"ǴD„T‰À271ÍZÄ¬ŒBL±0Ä271A˜ÊÅ
|Š@C>ÓÌD————————————————ŒH„"Q
HYAVD!†°0Å€¡¦Æ————————————————€LB
271F„‹<D"Ǵ<Î³_MF-ŒǴ 8————
Ï|Ý〛
BO}H‡ÕXF`„8²)Í271D HR18O²‰LΙ˙"@==¨@(‰ŠÁÏ271
±Ê†O».ŒX271——————————————271¢"ˆ
B(271Í€0
YC3Î4Õ>P†Ǵ™Í×————————————————&'
(+§DÛFµDÅ2FÍ¼Óⵏ<L|
Ô‡(¯ÃÝÁÎ+ÀVƒŽÈŒ...È:D,FÅ¢†Ö§ÑŒ ÑÇZS=„271Å˜–
À0À|Ó€————
271RÀÑ271Ä 〛H¢Ι©...%ÍAµ¬D@WÂB271ÈS˜————
D-¤CWA„ÇA&271\P* ŒÞⵏ©Ð`+%ÐÙÍ€271271————
271D271$÷ƒÀ
〚"€271€————
P271271————————————————Q-
'M ————————————OÀDKÈN$
²ÑÃF²;Ü〛À=PO$〛271(271————
À271271-`1271Ä
27127127127127127127100€271271271Î™C€M"-
Â)Ñ
7ÖN3Þ¥ÆÕBTÀßA2
Õ〛CÀŠE〛Ü(Ò(Ôª@ÔÇC3
K————————————————5‡CS¨!T————
〛¨™ÊµK»±¶Š"Ñ271271271 ˜271ÍÈRB〛8-Z²™F
8ÜVP]H‡(ÍÁHLO»Q4O————
&‰JÔ/Ü271À
————————————————Ì0‹¥271X€/Ú271F271
„MÀ————————————#,FA〛4————
ÈS271271"×·F%ÂDÊPŒÒ,ÜÈE[8TÌǴ„?ÀM®ÀA @È
271)1€CP¼,ǴÄO®————————————————4!
,½™A‹〛271 8————
————————————————2710<-Í¸`P271271Ñ
ƒ〛ÓÄ¿〛H〛ÐƒÀZ,'〛COžL`"
,˘————————————————EÀF;E〛ÌX€Ä271£@¼µ
〛˙...2712711À°————————————————€271

271

272À272Àª˚?P,272Œ0 ØC"CÏ˛´ TM…T„AÀ 1÷˚Å€
F±ÀlÄˆÂ————————————————————Ç\Ì
　　　"˛˚F272 <272Šˆ ————————————
˚R
MØ0,——————————————˛¸ᶜHQ˚—
S˚< QÂ"€272À272272272272A272272@272272
272È272Y.^OÄ˚|—,Ü9BÂ1ÖHÇMØKÄ§¡™–LÖµ„©Ï²——
ÞY WDE¡˚BHË8ˆ272————————————————
Q272€R€RÎ3Ž¡Œ
272———————————————————272272272Q÷‰Ó
žXCÅ1"'·À.
'º　　　,EP{:M272272272272272272272272————————
————————————————————————————————————
————————————————————————————————————
H˚@@0272>@À————————————————————2720
272!272˚272€272————————————————————
À272272,Œ———————————————————————
Yº+"S˜[ˆ
(€@˚ÈF272€———————————————————————
272272Ù¦ƒCÂ?8J1HJ0ÐD2€€#0–272G€€272]ƒ
272272Ç(€³272272À@272272-Á
#À————————————————————————————————
«˚ºᵗ‡¿Ð°°Ì
　　　Û˜90272€1À272272Æ,272@272,272O˚0:•
Æ!ˆ„®€27272272272272272272272272ˆ272À————
†°˚G„˚!,U"]I ÖV¬CÕÚ¦Ú P/Q272Ùºª,}
JÄ€È¨ÓÝD#1ÑÐÙXEÓˋÉÑ…¿¦ƒ×:ÏÀ£¼.ÜZ)Á
Á'˚˚Ø«¤˚É¸É¹O!›†MØ————————————————
　Æ‡ƒ0Þ#Ó272˜Sªí©˚Á¨-
L˚0272272272272272272272272272272272272272272
272272272272272˚272272272272272——————————
272272————————————————————————————
272272272QLS1272ÙXIÂB®!ˆ³\
€
ƒ———————————————————————————————
:ÆÙ———————————————————————————————
　　　272——————————————————————————
ØD272872272Û€¦0È272ƒ————————————————
!M

Æ°="F

 Ý(DV¡ÊDE`ŸB——————————
Ö€'‹#Ð62¶ØDMF$-<W˜Œ2É¹ 'SÐ9ƒL¤ŠY˜FO——————
•H
Ø#273*˜ 273Ç5CCDŸÛ\[§QP——————————
2731*''KÀÀPÜJ°±¢™È2É#12730±¡Î——————
È`†ÂX 8SºÖTZ〛1ÀG ÞAž8@4273'':4
.#‹XŒ3 ¤————————————Ô#€H`273''
273273273Ä273273`273————————
273273273273273273273273——————
273273273*L‹''ÖÒ`¥Ó@273273——————
ÌÀÊ 273273
2732731273ÀÈ!€273273ÀÀ273Y〛273¢273@273 †
X ËM
0!„&8ˆ273ÄR〛K¶´ßAZ1ƒ〛[273:`ÂÙ˜É'
˜-{Q_S¾!H˜YÇÞ¥''HDF€§G...÷ !Ö†Ä‰
ÖM——————————————)˜273——————
0273273CB
ÍFŒ——————————ÓŒBGÕITT——————
Š2730—————————
273°Ã———————
ŠBÒ''¡Ì„ÇLÊ„¡¢273273273273273273273273€ÂÀ〛€
AÐ-ˆÇJÈÇ™@8ÔÇ273¿A''IŒ‹,¢GÑX2țf†,YB〛˜P†Í-
‹ˆKB HÖUÞÐK¿
ºÒŸ_$EÍYÚD
Þ(*›H,MFŽ3Ç273K@M273ÑÈP¥''ÉŸA¯_CA-
#ÎVÖ5¿H`3GÙC?5ˆÒFÃ§žÐÑÀˆ27370À273‡VAŒ〛
2732730273°SÀ<ˆ0€Ú ÚPŸ$〛ÀÀ——————
Ì7MÐ''U`ÍÃÄÞ————————————Q]SÇ ÁÍ‹«-
¾FTÌÔ¤^^1Š,N——————————
C(À¦-Ã——————————U——————
Éƒ-〛`À ÀQ———————————Ä¦Ú
ØPX273''„°〛AÐ273273273IÜ ̂P——————
ÀBÐ`(Ã273
È¡È_DB〛-FÌ-
Ë+SˆÀÔ¨VE'Î¥E¬〛ÐÐ¡É›-+'5E...—XMP%«
LÕ¡S''SÒEÐTÊ''l_÷žW——————
53I

273

EM • ꞮŠÂꞮĖꞮK^V+ÉC£'JDª{×Š¨L7‚¥N´5&MA*¦A¢»F^‚Å
¦V˜Ʌ±+Ʀ5])¢'Ž'ÂA]ʀŠ¡N2Ñ>SXꞮÂQ•³ŠÄ¨Ž%H§¼ÛÆꞮ
ÔDÏ•BIÄÇŒ™3¦E‚¬´Ù¦²M¡ÌP*™Wž –
ØÌ¡Ó¶'±F‹¹‹ÓKY#‚ÈÇ\4¢LG+¡ŒÄꞮÕGG‡HÎH†¦†¡'ÒNЄŸJ
T]¡‚„#ÌÛŽ?EQU¡Ô±––ËÒÊF¦ß*ÎTÂµ4Ú AKÉŽꞮQA˜ꞯ¬´UË
8ŠV¬ŸÞÔꞮJU‰"E$‡Ø(}É¡ꞮÄÍ˜ˆHECKŒˆ±6‚»ŒÅN„F+‹
‰ÎGBI¡ÙKD†GÆ¡BžÍÍ²
J">OÃI¢&ÃM'É77HÙ „P£I
EHÓ/ÖꞌSŠÇˆ$V¿ÛVG˜ÓO>½OR>R%XꞮ¥5-À¼ÍÍˮÌ{¾('HÌ¤
¥¢3C⁻X"¤Ñ‚ꞮXZ–Š"IÞŸÊ
DŠŒI˜PA274...ÆSꞮA1ꞮÞUZOÄ(QÇ €ÁZØÜ274274J„
Æˋ
(274274274274274@274274274274274274274PꞮ€
274Ì 274274274˜ 274274274——————
;#XJ 274274
}¥Ã⁻@274@X€
(Ä'˜Ö——————————
ŒŸG¨ßÒÔ°ËÕ·×+ËÔꞌÞ£¬WHW[ꞯ¼¦•ÚÜL¤ÝVJ,5DÔÁ-
I©274
ATÀÓ}D2›ÓBVÊÊ/£>Î]S9ŒÑCM"˜(„ÉQꞮÄE²WŠ'¡½A;5§
ꞮDÄ#7;¡ŽÍJµ*B‚¸⁻M¨ª¾——————
..._L˜ÛÃ.$PÉ‚¾ꞮꞮBÑ"ÒꞮ
ß§È‚F2744ÙÜ°FQ}È÷ØZÁF£ÙÄCÇZ,S‰˜´ÄVÌˋ
Á¨R"Q±0¥¾ÃÚ⁻ÕÒÇ-Õ²VÍº...³Š-®×TÍÂÉ§KÎ¡Š
$‹H—————————————‡°EH¤Z274À5
3VL¼ÇÉ°ŒꞮfÉ4
A(G;ꞮÖØKY€Ã½ꞮŒꞮË5UÖº"Û¦ÄË⁻™KÂ¦ŸÝ¬Ð7——————
I1ŒÇËÜZ90Œ']»ꞮX
«P€A‚274W Š²‡§¦HCÇ8———————
ÒꞮÑWßA.'EŠÆ -
NÅ5WT}ꞮÊª⁻ßÔÛÇ2ÓP{Ž*(P»Î":'274R}Ú:
        ]ÔÃ˜ÄQ3G0BÀËfQNÙ–
‚0¡AfÃ‚1TË.´È<‚'‰U¥C(Ã¡G¾]1H4×CÆ^*ÀÀ³Ö?Xf²
Ã6ÔfMIPZ¼3Xµ>‚JÍ½–   ®ÙÐ
         /ŒT±PÜ274ÚKÂ‚"DꞮRÄ2,KAZžÔÐ¦
Öꞯ‚ÝPP7H·IT)Å)3ßÊµ
Ž1´P⁻˜⁻Ç‚   ³B„¶¦...ÑÑ+LBÈÑfAUÒ/ËQ¬Î£QŽZꞮ——
‚ŒÃ%@¨´V?I‹KÌŽ+(A©DµŒÇ¥ꞯ»¾=Œ5ÛVN¦⁻R274274

274

_¾Å[}ž.ÚF275ÐÂSTD—
WNÚ/ˆ©²‹¼Ö"+¼ÔV˜Ó% »F„KCÌÓŠ"Ì#)ÄG¯£VG;^˜ D–E
ZÄZ'Ô'D¾ÙÐL^ÁXYÎOH7€275————————————
±WVL²ÀKÎÃJÚŸ
%!Ï275275ÎÈ
        Õ7Ü¹'Ò"K©<E±Ø›/SŒV¤ Ò'ÃL"€2ÄS¯†¸NÊ R³"
@;‡}ÐP‰H¤YÍaÄÕ¹H²¼ÅWAQ¡ÄZ-E³G§2Í%1EA¹ÁT
Á¤RU
ÙÓ³ÈÁL„¬}2275TKÕÛWM·D¤HÐ}`G—
˜Š@ áÔQÀ§ªFÜŒ„„ 6·6LW8CPÍÁ EÀG ´@\<Î5Å†—
<"OC&`]¾Ñ«(
1ÈÔJ*————————————————O*K‚R=Uª¨ ÆÄÙ
ÛØH<ÓžIÅÅQ3.Û@Ä‰T ÔÁ¡ENJŠÞ[Ú˜",‡AH„[M275Ô
•È÷CZÄ   ˆQÐHÀ————————————————
Nª¶$275Ñ ¤I——————————————Ð275275
275"P275ME€Ê·   ¦®MÊWÎ62€ ÐÐ¤%Ú©U8'VA—
‰+ÒÂ
ECŠ† >€Œ©ÊÄ€PÉSWÆ
Ðß÷À` žRO
Œ@¶Û²:ÀÊ„µ*ÓEÄÕH3DÐF·ÈŠ(}ŸG¥X6 E"ÂŽ2750¿
{¢É¢ÙCYK=ZÅÀO————————————————
8ž
        ...6'[Œ7&S±§@275275©Ð˜EŽQ·ÅÂÄ#LN5ÁÝ
ÂÑÀ«‚$JJÊRÅÆJ÷ÓÉÀ`@2750;———————————
G...$%³UÑÆÎÒÈN ®·LJWÚ° ˜ÑH#FÅU´ØEŸ?Í‡ŽØH\Ö Ü
_)ŠY5J«ŸUØÁ° Ò™F4ÜÖ ¦¥±µ-ÊÎ‰ÔL Z K‚'Ã¿N^
        |GY©)EÚÊ¡@ ———————————————
275€—————————————————275`275275U"6‹
275Í©´ ´ •žI¶¹Ý¦ÃV>=Á®6·Ë·ž ÐÐ¢XÁ4C)Ù-ŠAÅFCC
MÔJ:Z®+=)PUORÕL°ŠÛ ØÔ" PD‚!ª
ÅÀ\ QÚD275'Ö`ÔÎˆÈŠ:Â————————————
 ÄÜ =4Î Q7Ÿ1²:CDS–Ñ‚BYÈ}>
Lˆ\È "Öž£QÆM—————————
I64 `\ƒEÒ$¼É^AÐ¡H†Š·ÝN ‚ËT4ÚLX ÃÂÓÀ"¯ÁK¸N‚ª
6Ä<GÊ‰—
[BÃ‡¨ ŸÜX±&Å®†2750Ì$_ˆ‚ÂÐY<9Ò[.ÍÃ™Ö$(R)J-
 3B•5*Ç'º8+DZUŠAQ'II ˆ¶¶————————————
$X–XD—ÐA–³S•©Ù#Ì-DÜDIÈTFÛ ¨ÔNUKT'ÒžN"&[

1U*µ‒XÚÀNF‡U\ßYÝÇ"©⁻<‹1
TEÑ˜Å˙À˙`„LºÓ9¢R";'½$
‹@‹YŠ⌷¢Ê⌷$ÍØÏÖˆ⌷‡"¾-5&Ç<À‰I|ÝKFÐÙLÔ!ÑZÄ27M€¶
276QÈÝ(ÒÑ|–
ISQ⌷QÜÖØ„276/0<–¥X05Å¼Æ·RÙÛÄÜÈ·ŒÃ
PÈÝª¹½Ò;S‹)Ô'½Ô•V´276ÍÖ0|Þ˜ŒÅ9Ë¶276Ê{TÖÉ'—¡
À2762762764⌷D÷¾K⌷Ó²™ÐXŽÝÇ...†È¾Î¤⌷F£µZ™¸7Õ
'‹NYÕÖ"RO⌷IÑ,Œµ9CºÐÚÍ"––
"ÉZ2I¸ª5,XDÊ@È‚–ÈX\XØ(H¹3Ä©ˆ£UÕ⁻½}D$„Â¿YÆ
JWUAÎˡ𝑓I–ÀQÒÅ8‰YÔ•ÌEK]Û±8„™$Ú³$˜¥È^ZC⌷
    KV(ŽÅ@:¶Ú‚˛Q˜4RM!E—4UVÛK}-
^¼À±CLŠ¹V(4ÕÅ⌷¾ÂÁ8FXÇÝÆÚ/R𝑓——————
)®¦˛¢Õ'ËÂĜŠŠÍÁˋ(Ê7Ž¾E)²ˣ6J——————
Á+JÄV´ŒÊ⌷+³ÅÏ•ÛR½ÎÉÄ„È™W×ÙÈT©ÕÂ*<×QÚ
OÊÑJZ"Ö'É–ºÅ´H3Â+ÓDÔ†ËLÈ·ß˛ž×K\–Í*DKÃ276¬¡F
¤R¤𝑐𝑓€TNDN†FÅ"@!ªD˜1ÚB(9)9"ÛÎ]µ\⌷!⌷L/N°JÆÎÉÑ´>
⌷¡„¤8Ò¨X–!
    §×%žÅ³E².26¶ÑÉ5ÙU–£Y·D˜Ê;{-Ø276276K
    J{)%NÑ!¥
DI 1}½ JÂXŠ+Ê)⌷7*N¡——————
J
I$H¶´˜µW⌷⌷ÌMŽÈß4ÂRŸÆJY·|...JÄ±ÄF$——————
&YÈ¦@'276RP.Û𝑓D2IDIADAS@————
Y! Qß5N\²⌷
Ô)É»Q,Q"(I*AQX³¢MUÕG&EÙ\MÔQHÓ¨Ð""«€B®Ú
I˜Œ‚‚+‰FXÞÇZµÒ⌷ºT«‡LN‰Û+I¢ÊÑ18⌷Ë¢ˋØ)ÀR.Õ
    ¥D'MPVRÞ
,276'7ND>=ÔÔ⌷¿ªØÑI4Ó'<Í·BSB">Å.2ÏR'Ñ¿=¢ÅOOC˜¡Î.
&£˜.
ŠÈ—QEJ·U
µÉßÐB»OK„µÂ}N‚>LÙÉ3N•Y%\——————
À"(XŠXD⌷Œ|Á⌷ÚŒ‡€X+ÛEHVÊ+IVÅÊ)*|±¤Ô5⌷6"©7
PU«¢‚ˆ¨ßÑ±ED2ª»Þ$ÔÏ"§————
J⌷G""ØD?ÂÞ%⌷Z3ÒÈµ;FY˛I⌷PN——————
Š(÷B·7G²NÒÁHÐÑ2Š
R¾O«Ø¦VCË#Ž",1•ÅXØ}EÕ   ÜºÃ%'K...Bµ±QG-N¦9–
UÂÈŒØQ¢2
VSBÑº"'TÌC˜F¿„Q——————————Â£L

È¿ŸZÆF±¦_E\JH¡Qª4Ê¦!Å5N$ÚÅ‰¦ÌA^³¡ÏÔQ]™º5%9
_<{Ï-9˜KÏŸÜ•©È¦BÏ¤,ºM·D§¡© ´É-KÏ¡‰¹¶Ú¶OàÖM,SÉÙ!
ÊÝÛàÊK¬ÐÃèÌL}–UXŠ Ñ–
ÐÚÑÑÛÈ_9IÛÊ˜G¥Ü¦ŸÞ¦Y2Ï5Ú=5"ÕÚµÄY(I:UÄ¡U»Œ¡O
ÚÃŒ"A5#(JZ ¿Ì&¨5†ÙÎ}ßS
W¸Qƒ¶Ç€N¡«1P¡ËÄZ_-ˆÀ-]ß|W9ÙŠ2ó–
½ÝÊÜ-YÎŠ¦ÇNBŽ#-
Ñ³Ò+¡Z?8–ÈÈÝ"¼§...´ÒZ8˜'H–ÑÆ¡ÊX"ÓŠ6!¡ÙQƒ¡N¡Ç'-
Â?"ÏŸÑA¡¬£‹
   •`¡[=ŠCDÊ½Ç–Ö¡(...ÒÕ[Ú§¹PZÁÒGÞLH–
±Â̂7XN!L¥, *277>MQ¡UÍAÊHE&¤[ÚÕÏ$°V³@¡H'O¡Uˆ UPÐ
Ì̂Ê£FDÁ4!Á(
¡ÔUˆ¡ŸV\¡>Ä"€½ÑÇWKÑÒèÐ–WÑ˜,Ì<Z&_>9E'...L˜§*EÎ
[¢Ÿ$
       Ì‰GDOž(Â¬)ÝAG½Ü¹Ì+Rª<§¡RÄ\YÊ®Þ±÷ŸP
±Þ®¶¶÷Ø[E;ÇÐ7¡VVÑ·E.Z¡¹ÔƒòÒÐB"7'¹1M,Y¿ª,žR:Œ¡–
6Ô†ÈÁ3)B‹¡Iº®Û"˜¤®HÈ†–
²E`Y¿ÚÍ™Ø˜¥˜PG´D¾¶§Y1:Ù÷M®-ªÝ¢JÒCÄ¡L½¡U
ŸLÃ$K¼ÚÞ5Ä...IHÑÀÐ˜ÒØ\-ÝÊ§ÎBÍ+·E–
P‹ˆ ÀÄC§G277ÛYŽ·-
²ÊÈ¦Ì%Xµ•("9Þ¨')YÕÁQ5ÞJÊÂÁÞUFDÎÖ¡DÏ#°Ÿ'P¿É¿Œ
T¦ÍYÇ‰†ÊFCÇ- È¡ŠÔÑ–
Œ'¦ˆÑˆ±,÷÷;FMÝ-Š="Ÿ7HÉ'ô̂&Ì ÏÄ˜¬¡'5>L‰=›Þ>$Q1
¦ØM´ÙÈ:PŒÍ³RL¡U¿ØÛŽ`,¡UŸ¦\`Ì
       Z2–DÝÊ!¢RÉÚÙ.../ÀÊÜÕ˜MYÄ..."CÝ-
ŠÊBSÐ>´ÖSR)«E/Š¦Äˆ ÄŠ('ÊÑÝÏŽLÈ¡ÌÛXG€Ï™ÙZ´B®-
¡Ü]G½S;±Ý°,+ÑZ^ÔD¤$ÌÐPV¼Ç+"Ë»QKQ7ÁHÄÜ´5ÛÎH
±P'Å)'·QNRÅÆ/"¹Ì†
   •Q¼¦¯ˆÚ£TZ1ÍÔ×'ÁM¡HÙÃµ$ÒÇ°,Å·ÑRÊ«¼ˆÇ,V–
MÃ6Í'ÝÒNÙÈ¢/¢Ž<Š˜¨ÑÇ¡ÙÒN:Þ"NJ"M"Ÿ¥©X>UBÊPQ:
!-ÒÈ¶ÚWC"WÍM'Ê̂T1(Ô[¢ÞCÓÁ¥ÚÁÙ¦ÆÃŒ‡ÅG
.¦ÈºÃÇÌ«S¼§ŽEÇ-$ÀBRÛ')¤QOS#ÖÏÖ"E–UÞ
6ÝEX·±ÖÁ¦¾ÖÄWT8‡¸„»ÛÞØ̂
D°*Á
Ñ,VÛ@Z¡Q0 ËN5B‡ÃÊV9@ÒÌ‰¯Q;52_Ñ&ÊÅ\Ë÷};¡SOCR
2¡ŸÏZ3?.‰,KßR¡.É×YŒ."º×Q$6FG·NM{Þ̂ŸÓŸÐ+ŠW–P{J
¯Å<Š(Ø9*FÛ,R^¡DÝ[LOM6ßªC–¾*

Û⬚3˜"ˮ؈ÏZ#ˆ˜ ŸÄ:ËÒÑ؈¿¿ÂÐÑ¶ÐåMÓ£‰>QÄ6%9‰6^ž
™ˍ ˜Ñˉ[DÖˍ«D)Ø†ÆÞµ
&Ō©Ÿ
©¶¶ŠXŠ˜ • HÔR9K9\˜™F$A:±AX)1G ¨ÃŸ°Q–ÂTQ˜–
ÇF؈ÊDÝK³ÅI;DÈˍC"·ÏÚ²Ì\Žˆ ÆB)G£!¢'U:FËÔXÈ5 ˊÈ¬.—
®Ì—————————————————————————————
ˉ
————————————————————ƒÌÞÛ=HŌŒ ˊB`Ï½ÔŌQÕ
Ò˜RYJ ˊŽˋ Å#º±5Õ OÜƒ3————————————————
⬚Å
¤IRÌˆˋÌˆˆZ6`SS¬›Í>Ñ Ü¹«ÏÅ^LH¾ßS‰,9U¯ÌÒµ¯
$˜D'WJÄF±ACÞKˉÕˍA,Ü«M278-Òƒ⬚ÙÙ˜ÁC ÊÇÅŸ–¶Ç5º
¯¹ÌÈ¶
ƒÃÌ-,⬚=<¥Ä ˆ¥G⬚R F&ŸK¬ÜÓˋ[3›E<ºG!#|¥Á$…&–
Zˍ˜]Z©‰Z\–Å|{E⬚
³Ò⬚%ƒ•IÑ9Õ/Y4ÜÒM¾"Ð>ÛØ˜ÑÎÂ¹B'ÆÊ)[27
£E¢ÁŸV"Ô¼ÐE'ÄÜÜ¢"ŽE›&ÜHÔS¹\^Ð)Ã
ÙÌ¼K6Ÿ‰™Ì¤EË÷¤U°:ÑÞ×ˍ¿ÍÀÒÄ⬚N$F
ˍ•:ÛÎ¾C"Ä°§ª¡=Ëˋ{ÔŜÎ§§S¨|ÑÏAÖ†ÍÆBBËÂZ¹
°Ÿ@NPÈ5…¾‡7⬚ ÅO%ÀVO_ÊÛÒÀ˜*Y|žÚ½B˜D]
%7/P>_Ø×ˋˋÞˊÊH"™MÞ•9—EÜˊÇ–
/YBÑT⬚KÐAD⬚FÁDCUª5[[ATÊ(Š*<ÆÅ4Ó°Ñ·ˍRÑÐLØLJ
ˊÅÕˊ«1⬚¡…£9°⬚

ÍÜT'Þ,H¹'DÈÔÏ+Í–
ÄÀ°70£ž8¾9"X"£ÒÀLG+ÒQ¼JSWŸ§%È¤©Ä#Ž4H
[⬚!¹ÇžÈ^A³ˍ©JÌLÜ‡ÄÜ[ÐÙW¢GØ⬚=£Ì†W2À————
.]Ü278S9ÒÎ̊ÊNY¬&&˜A¹½W:8D#HJÝBIÅž=º"-"]S–?±Û)
ÉÉÉÁ•D37ÑÐ¼KÂLˆ µ‡ÀÚ⬚ÚÅ¬–ÀYTÕÇÒÀ4+Å¥ˆŠW
Ú¢×©"!ˉ ÂŸWW.¥ÀÀ·Þ¡,Þ™KˊHÌ¶⬚$˜™⬚ŸÔÅ½¥¤XÅE
JÈ²"Ä˜¥†————————————————————ÂŸ<*————
«¬¼€|É GOÁÉŸL⬚¤DF⬚¡¨QHÈÈÊ.],Ýˊˍ¼…Ê–ƒÜÚ
ÏÙ&C—
ÇÇÐÎÀVŒ5KÂÑ⬚ÔŠÌ¬Ù•ŸÓZ$§JÔ|HRÏÇZIQÓJ¬½YÅŠ
ÛX«ŸX‹A·6Å«ŸÈÝC)1ØPÄ–<⬚ÅZ,5Ç ÙHÑÇÔ-ÇŠ
:,ØP"Ø<ÕYËR«Ÿ‰——
Á–'F¶Ð¿Ü§Å;Å¥ÎPÙMˍŠY}O–ÙÀªXžƒZÔ®RÖ²ž®žX©ˆ
A–',ÒMJ]⬚BÉB—

ÈKGY416ªÝ¬#I"SÃ&XÕƒÃÍBÈⒾÜO279ŒÜ,;Qº}ÔⱦÜ]RÔ
~Z×−\A'?ÍĤ"ⒷB ND@ÅË−
®P~@8V3IßƒÑ)ß™ÅQ` .279¤Óº
ÎÞ½ÃÞ¾£−Œ92ª@H#ÚXÌ©ØX÷UG−ⓂIX¿ÛI*9ÍT
•¿X=÷C−Š

¶Ì¦ÅÚ=Æ·¶\žM©;(°¥¤¶¦Å5"ÁÈOÊÂ@~³J¤S·Ü
(¾SÈNⒾ*ž žË•S."*Jˑ̇̇Ᵽ̈Ä8³ÎCÑ[−
X»ÍÚ%ÖRYO¯ÝT´Î^Û(ŒÚẂ€ÜRⓂ¼NX†MM²H[Ë"
Í²Oªͥ̇Û$QỸ]|}ÝPÃÜP"ÉFŒ@¸ꞨƒPD]™¯ÉRŒÈªÕÇÔÎJÛ
ž#§...|WÂ²¶5꜀°{5!C™{A®Ì(©³RⓂA€Ÿⱦ¼ÕH-O'|ËU"ÐØ
½QZ−Ù^PÝD˜¸−ÕÅO+ÆⓂ!CØ£ÏCHÛŸÑÉÇŸ
÷GIžÛ"Ù¹Ȧ:"8H³ÝÁZ279´−«ÇÔA¸KÊŒ...AÌˏØⒾÚÝ¬
I³−*¸ÉÅG÷ÏÄ².Ⓘ$WÕBÌPQJO»B®IP7˜꜀& ¿ˏEJÛÑµ:−꜀
É꜀6ÐÜ¿•OÎZÖ¥ØÒ˙¯%,÷ŸC@°˙81Ù(;WÉß"ÙÂ&IQ5@PW^
ZÅ£)DH7UÔÊ˙Ò)É}"ÜJ{¿ÅÓÑ−
¹I;£ØÉHžÍȧ²KÂ·W<¥%Í©´SÐ'%ÄÄ"−66ÝµÊ.ÎÆÆ•,NÅ
ÔXÄO(£ÅÒÎÃA#"−EH£G6ÓJÉ¸Ñ$ÅÍN»,£꜀#IÝÍM'(Ý
ÐDÅ=@×MÊˏ−
/"Z,HÄ²ⓂN-G´»Ú!ÃŒ¤ⒾŠPÇQ§XW?/VꞨÊLƒE5*)ÎSE+÷Ì3B
ÎžÅ
-ƒÁÍ¼N¸ž<ÄⒾØⒾEŸ‰`ÂLÅÚ+GRÇ+LR−
¬#!?ⒾØ˜¸Ì¦¼BÜ‰XRBŒ−
Y%ÎꞨVÆÖ˜©¨4ÞÊ¯ÄØ<¥;Å"‰ÀØ'-
Ë·ÃP;NPÉÀꞨꞨⓂ˜§OI;*Ä¦Á−
ÀÉUÑ»ŠÂ−ⱦ},K¨Ⓘ$/ÅÈË%ŒS8Ý1A}B@UÃÖ($——————
¼Á————————————————————————————
¹U−W#E ¿Y5È−^Å!52&ÀÆQX³ÕÞˏÒÁ]K©ª~8(¡ÀGˆQ
Å€6°Y(ÆFȼÚ!ÁV————————————————————
§CꞨÍ)8QVÑÃGAÔ66ÅÐÝXË,G÷*ÑTÄÕ$£8±¨²Ô¶LS−
¡ÀÇRÒJ9TÄ5¸Ì4UH 2ÊOÅG9¥G−]Úƒ¥Ê€ÊÅVH»$
@Ó¯Ð-Å IÉⓂ|µ¥3..Ü\¸ÕÚ®ÎꞨOŸÜⓂ——————————
H"¥7ÃGꞨ&ÑFÁOž#̇Ì™WOS`#Ꞩ'-
£Œ:Ò¥꜀"×Ô±ŽÁÀÛµⓁ_ÖGBÏRZO꜀,ÜCTÆ×&¬ÊÒⒾXPAÓ−Í°
F4S÷Ã¤K'¢ÑÅ‰žNXÅ¸µW-"×S³Í'„BžE<Q4‰
Î4OIY5
<ÑÃG\Æ−)J꞉;}K\(꜀!Í‰ÓÉUDÈ<5·Q¬ÑE"꜀ÌŸꞨYÜ\À†ÆË
%JZ ?ÅS)Õ˜¯ÄÈ+ÜÖ
ÄµŠÇ...¿Ç——————————————————ÂHMB ÁJ˜´Ⓘ,

Ž¡ÀÁÜÙÝ˙ Ùî±⬛S¢⬛⬛÷⬛U{€;{Ù¢'MÀDG·¦YÈ†]ŒÔì³Î§…⬛3
ËDBK⬛ZŸ˙Ï({⬛HµHHTF⬛*OⱣC¦ž6
RÖ‰ß»5280ßÚ————————————————
2»⬛Ž-ÓHF'-
±)ŒG†+ ⬛ËÙ±I™|<°"⬛ÔÚÏ{^Ø"VÙ"Ïì¸±4¿ÖØ⬛Ô¬ ˜©Û‰ß
ÄÐÂ¨.<HÜ]ÑÊÜ,˜
T=V⬛@UU,–?'_ÄÄRŠ„ÙÇC   ßË¹¸–
ÓÍÇÎBªU¸ž˙ ĐÏÅÈ¨#ÆÕŸªß±‹E%————————————
N{È7V¹ ÝÀÉÓ⬛
"Ô™¸µ"V⬛Î™UAJ\IÇ+–7Ä¡¦ÔÌÒËq⬛Õ/ˆ.H:PÙ¨|©ÆH€Œ
¦ÂÃÀJ,EŒJ—————————————————
DÊ€%.´‹Ÿ1————————————————
À2802802L2802802802o̧„@2802802802802802802802800Œ
280o̧†0€Ã€2800€Ë2802802802802802o̧80————————
28028028028028028028o̧0
28028028o̧0˙280H28028028028o̧0Ñ 28028028028028o̧0
GH|€
Ü————————————————————————
————————————2802o̧0€˙ A- €ÀÔY3"-
½II¶Y'2802o̧0€280€ÙÍÓ‹\³ØIÈÎ †⬛D^X'&˜™2800¶Å€NÍ(Ü
2802o̧0 –)³OÆDO-3-D°PÃ,%¡Ä%²
    Ñµß|»ƒµ–¹VM³{"ÀP ½1ÃOR„ZÌÇÍ¬¶IÀ⬛¦(OF-
FH‰¸ËÏX!280˙28028o̧0Ã2802802o̧0Ç*ÀÆ"YÉⱼ€280
280˙280
28028028028028028028028028028028028028028o̧0F280
⬛€28028028028028028028028o̧0€2802o̧0À€—————
ŒĐÅ…⬛@ÒO¥CËÕ"Ë€ÙÊÁG⬛VÅ˜€
Ý.ÓÈÏ˙Î¶"9["2802A2800—————————————
 Û2Å,¦————————————————————
Hž¡ÉSK280[GH4Ã&A,Z&ŸËKØƒB™´À¶&+Ÿ«÷+ÚH=L
Û¸ƒAA‰ÓMÀÒ'\ƒŸÒ,ˆ€——————————————
ƒ"€FZĐ5XÓ"M€Ë+8²ĐÀXRØYÈÚÚ⬛ƒŒI³D!280⬛———
28028028028028o̧0€28028o̧0ÙÕJ280˜€ €#280€ÈX˜280
28028028o̧00280˜28028o̧0Î Ž È2Å
Ž-Z⬛280˙À28028o̧0QÕ Ù¡C±⬛‹9%<˙C˙Ë‰ÖKŸH"¤ÈÒ9-
Ò€9CÎ˜)CSCÓ¬²1§-Ÿ)J—
M˜Ø}Ñ9&ÜHTÈ4˜Ú280LTZMÚAÂĐØÏ:Ë"D·-'M¦UŠ———
JÇ(W1…

Ê]————————————————————————————————————
B]Ä}Q*,{MSÒ.™4"1UTB-5Q}ÆÞ³'U^O&ÅŒ½D×Q7ÆÜ
Ù¨Á9©²F—————————————————————————Å-ŒÍ95Z-
C'7JØ;S8Ç9...⬜...ÜK...Ř11B½|LH$ • È2ŝ1MÐZ½Ú®F
ÕŶˆÁ³Ò⬜5€:_ÛŜÌUª¹ÒÓE™TÍH¸Ù·⬜(O»ÀDG+————
+UÆE¯ŘÆÍ6ŒFØÄTżC"6NÜÅAÅ¹Š,ÈHG´Ã|¿Ó
'N¸Å(¥GÜDTM−Ð-§Ä-U‰T(Ÿ
ÖUÍ»Š1−M6"ÀÒLR?´ŒÔÆ$¡„ÇJÅ
        ‴BÁ,CŽ_;ÂÈÒ¢³™Q2ÒÓ´¤Ù⬜Ř⬜‰QU>[J7⬜É‹)#
%ÀQÏÐF-
−¿⬜ÔÂ(G²½Z€[Ÿª̇ì·ªŠÌ0´⬜¸ÒÕ⬜Š¢−‹ìU2ŝ1P¸Ř¥R7²ÎÑ7^
¡ÀD...\²²VT¨JÎS,[™²‰²^]ÖÊÆÓ0(}´@Ã¥$Œ/E2ŝ1...ì
ì}"YÜËYDÆA|4*-
ˆÒ{&žÅ@¡LK2€2ŝ12ŝ1Ř2ŝ1%MÐ¤¥A
@
¡2ŝ12ŝ12ŝ12ŝ12ŝ1...0€2ŝ12ŝ12ŝ1——————————
⬜1BÓ¼9Ì*³ÔÆ2ŝ12ŝ1,>C2ŝ12ŝ1¢Ç¤ÓTXVÐ½S7:L
2ŝ1˜Õ+2ŝ12ŝ1Ó`ŸÁ¡⬜Ô"©TB@2ŝ1R•Ñ
        2ŝ14I™#˜¡Æ2ŝ1¯2ŝ1H⬜¦•™ÛŘ
FÔ¶MBÂLÄ(´HŸÜÅeTH−MO)TÓ——————————————
4⬜ÈÁ2ŝ1:ÚÈ¤Ä
Ř
@F¿HXÀ•KQ63-
YFÖ−——————————————————————0¹ÆAQQ#ÂDAË−
AŸ´⬜4DÂ2ŝ12Á"¨Á ÆÊW
À¹##ß¯7Í¶⬜Õ⬜Á[W^„€EÊÔ|13 −
Ñ2ŝ1È)C(¦V¬ÍJ#8-Â4KM7M{FÚK¢L¿*=4"⬜.",UÑP"H¥Ù
ÀÀÀ−Á]ÑÑ———————————————————————————ÑÔ"——
Õ(ÜÁ´ÄÓ€ÒJ
        &A¡Í2ŝ1Tƒ¼ÖDÖÞ⬜FCÀ»AÒF£È><Q"L ˆ⬜•ÓŸU
Ó]*Á⬜=AI,H-%ŒÆ@¿ ÍÐ———————————————————————
½K • Å©ŠYL'€ÊK‴Z¢¦‹,Å=@@Ú⬜²¯_Ë¶9ŽT9P
ØÑ°Ï´ŠÃ)Ô%LY\N
>ÇÁ <IJ-8Å °² 3MI)2ŝ1CÂ⬜C————————————————
MÔ°«E ⬜ÈDÍGÈÖ {Ó"ŒŘ⬜| ¶5'CÊI$
(@˜#
"0˜$Ë`2ŝ1——————————————————————————ÊÏÅ<MØ´À
±G'¹»¦ØI2M

281

§WÅB।ɑßX।|¦ªX¤T_
ÆG.ØžÉÈ†ÈÊ^É¾EC Ÿ}¾ÌD*।˚Ê½¤5D6LI±#Š"¾º¡XOJ
–ÖK_¶M©UÇ⁻2&2IZØ।˚Ò ¯ÁÕR2±
Ä˜\2&2ÈÖÅ • Å¢ŒÌÀ
'।I·ì&।1€2&2[µMÓÂ„Ÿµ6Ä2&2Ä…$€RO¡IOÇŽOL©ÎCÎOÖ
¹{¾ÕÈÓ}PS¥L ˜¶,¹,Ä&I'‡,‚º€RBµO
Ë'   BRÎ¾¶I4˜ÒŽ ¡VÓ=E¦ÂÚKN2Yª
ÅÊ/QNÅ।ÚÀ˙` P¬।ÒÓ¥¿CžÈ!¨À'ŒZYÁ»Ûº˜ÅB2 Þ
´ÀÕ˙ ßÎ÷ZªD-(°UZ\‚IQ ‚(ŽP¡?È−Ø
"¨˙`।।@2H9&·&ÚÛÁÎÀ2&22&2#Ð2&2
£Í'Ó2&2RO@PDUJT˙`।©ÛT[ÔÂ¨E\Ì**GLÀ9˙``˜§C.†™"@
·--) ´ÔKP±Æ।ÎXÙ¶JÙÔßì˙`…-
Z4Ñ<I„ºGì"ZF]UÏLTVÕ\2&2ÁÈI¿¿¤„*±§!X71X¼ŒÉX—
2IÜ]Å¦PÈ।‰È",S‚2&2‚¾®¼2&2ÖÅ2&2&@Ú.%।ž„M³:R
[R"।À2&2{"¶¨¡U( )Å÷Å£&U¹/%QC$Ü#"¬L³/E‰ÐÁ¤©)
˜ÖÉFÈ।Ü—
'"¢#RT‚Ø»Ë{।(Hª¢Š)÷ÞCGXV6˙`°AGº7+IR·ŸØ)ÁŠÅÔ[ÉÖ
¶W„/Çˆ
CN›ÞŶÔWO
ž§ŸÔ}ÈAŠ- Å#U&2&22&2-।È±1^A2&2¢H/'Ê&YP
KH¿ÍÓ/"¬ÂD-Ãµ"U„&<V—
|™À€BBD÷+Ì।¼˙ÕB-‡CÔØA«-±IÜ†"QÔ®°PI>WCOÜ˜V"।
L™Š¸ÐÄE¨ <9P4YNÖ2&2U‰UW
ÒžRÅ।Â·-
ÉZPÔSM3¬Â+(¡O"ÄÍWLSHŽÞ*˙`*ž§À€ÁGEfÃÀ}ÅC-
ŸÄBT·SFº3ÓÇ!|? ‚Á2&2ÂŽCÉS¥V´÷WÎÈ$TÁ।È«1ÆÂ
‰UÇ<(ZVGWÞR×†ˆ˙/-
S÷Ø½¢BSÙJ^ÛÓ»।§(ÔB"W|3ÃÖ"IG।µ
       ÍŸÔ}HÐ"·„।।ÆÈOWKE„¤ÀÔŽ2&22&22&22&2K
KQ2+H@2&22&2*Ð2&2>CÁ½XÍMÍS   ।Ù„fK।
       žÁY]†ÀJ+BÁÏ„
ÆÈ"JS3Ü——————————————¶QT;UfF÷[Þ
ŠÅOS——————————————————‚É, • !ÎJR $)˙`——
ÑÜ¸BX„ÅW]Ë¶XÔÊ<+।"।H4˜XWWX ´Z*¤&2&22&2ÙÀ—
• Ò।§OÜ।1»।È9Â³ˆ JÉÛÊ²Z£-Ñ—A‚
       „-}Æ¾OÖÜ·Š×Šf@°€?R‰›LL%-
ÆÃÉ।3ÉÔ!OÁÐÒJ   K"¶N-(M‚Ã(.
F°ÌÖ¦ÓÖUŒBP।´'&&Z।S£Ä Z——————————————
                    282

´ÜIKI>§Á!Ð283283-283——————————————
'——————————————————Û ̂É73SÞÇŒÆÄ¼D¥
ÝÕ™¾ƒ'GÖ™Û
  §ÏÛRR'ÅÅ ̧Æ\"Ð`UÒQ¿¤X' ̂]E«ÍU±ÙÏP²«~Ê ̧ÂÊ
N›B;OÑÏ+V—
@¦ÅLVH9@J™Û;YÂH,"%PÈ%ÐÁ%±ÅÄ〗283Õ
ÆÕÆÃRUKÓN–<X283283283〗À283')ÐŠAÁÓD‹——
ÈƒG„ŸRŒ±Å;DÉAJÝ¶KF3©–
Ä ̃ ̄5'Ù$Š>{£U¬Ú¦*J– ̈J«ÉŒŠ8¹K〗÷{3N‐‐
¡É〗Ø!U〗1`™…K«²K®B,0¡¥ÎÈÜŠÍV18Í€
ÐÍÄ"¤ÉÎ7ºÉƒÀ©R"ÂÊ•D!->B$-Ó-ÅYÒ (¢€ ̈〗283–
AØ 2830_'0〗SÍÉÞ)¤"O"—
¾FÐ¡ŒƒZ!²«„ ̈ ̈W¹Ú… ̧Š ̧ÂV ̈¡Î-Î…O{QÕ÷/L€Å‰J'ž*-
XÀµHU™Ç©Î–C————————————————–
W'NÔ:ŽÉßKÀ¹ØJ〗¡ÎÉ"283?Š{ZÅË* ̈TOD¾–
¬£¢ ̂¤£¢Ô)ÆIÐ?HÝ〗‰(:Q£ ́V

———————————————————————————

{.T>283W¤ÙWÑ`Q2ß0†VÙ£—Å
T283ŒÞ6ÃÄ¶Ó@F ́〗…É¡NÅ〗]ÈJ'$Î ́Í—————
>KÕÚ§*žQÃG¡À>Ä!ÔJ9ºÃ¾ ÍPO¡3G〗Ñ·Ù8ÜE&º)QP?"2
^Œ^OŠÆKÞÉ™#ÈO〗V–
ÔŽDÉ ²ºË\©IÝ#‹ÍE›²SÃ™£³«:Æ" ̈ÂF283283Â1J@283
Ñ²|OÐÐÏLŒ"Q CÅÅÅ〗V7YOARF〗ÂQÑÄŠÜºÓ"ŸT¦U„M–
〗   SÛÂ.Ò7Å±2ÔXT¢,〗ÈŸ€È!.Þ6@*〗ÊLÜH$————
):›E —
QÅÉ¤@ÈJ[ª>QINNÈ±·2Ñ¿ÑZÏK<$ËUUª ̂²º3Þ2Æ' ̧¡ÙŠÉ

———————————————————————————

^〗…·È®ÄÔÑ〗 ̃. ì]"•Ò)F) Õ〗@1¡ G283 D@————
²Õ¡²!4 ́-R!〗(R'Ü2(² ̂AQÍD<Ë·žØ@ÝÚÚ-
ÅÕ‰ÀÚÂX ̃Ñ:K¡4XP3;ÐØ〗Ä$‡N½À!—
ƒÌÓÌÁLDR½R¢J
¾M283KÖAÝ„IGÅß–ÐŒQ£EZ6GÔ)[H<'È¼ÄÊÀŸ!Ü-
ÒL]Þ£MI ŸVÈ'È%»44[ÅFÔÅ˲Æ½Ô4〗Ú&ÅÑBLIÂ———
²®K<Ë4D ̧±¬〗Í/#F–283283SHÈ¡¶XN
  CNÊŒ†Æ〗BQ4ßÀ¦ÑEDÃDµ×Á ̈ ̈Û‡〗ÈÚ-
MÝ=&6〗E
  Õ1ÆÀ«GÎÕ$Tž®É7ÀTÚLO ÜH'ÀÓS»¡¿ÜÞH+#…;

;E¬PZÔ
Ô.Ä²@YQ'284ÜÖ²ŠNÑÑE−‹Ø;±÷ŽÏŸB·ˆ&ˉÀÁ„2Ø ‚Š)"
(¢‹$I„ÕÚÞA¢R ˆÓ¨@〔:HÍE>YÎ!ŸMÌÓAÈŠ'Ô3‹Â ‚
 „‚Š)$†ÕÖ ‼-
B„ÃÈI$ÁA!Q‹U-Ú‚ ‚ÒÚ^¾Ž!H«‚ÖY*Ú¤"ª%$N|ÞÀR¥ÍIÄÕ3
Þ-†ÅÍÍ±!Í‚〖Ü3〗£ Ó6E™μ"ÖBXL%‹Ý8ÍEE£   ª Ÿ»-
»¡ÙÂ×Q˜X|MHÊ ¾Ý6ÑVÇÛ0Œ"ÅG
-EYÎ ÕDÒ〕ˉ·A〔ØDÜÛŸÔ°MEÈÐÑÛÈF™*ÜÆ-}Ç…
È´/ŸØZE_×ËÊ
ºW^"ƒÃDQÆ&ÔCÃEÜ:TÉ²T£4»£¬I9‚K¯†A¢E6AÎžABG
ÇÄ‹‰.N?V$F¢FKÍÐ,<"Á〔˜‰"^Ô@D!^/Ô%Ô5ÒF¥E)À ŠC
¤−Å"NB@-(I
¥Â¢ÝR EGˆAMLUÈK"X
XØNß²€ÝÜËT†¬[-˜"〗&ÇT8B²R
FÒFÒ"6J£˜2˜ÒEX°Š•)Û{D‹A´HÊ&
ÎFY½¥ ÉMCÚM〔J;VÆμHÓØ1GW"¶ÁÁCÐU‚ÃŠÏÃÔPŸ‚Ê‡
Ã)JOÝ›A£FÉÑITM−¦ÀÐJ]‚„&„)−
S!ÐÓJ8GB8ÖY‹ÉÅÉ{Ù¾Ô5"T½¹μ]".§−J&
£ ¡"E}L›YŠD‡J¥¼ÄH'Ò〖‰2Ì〗>-#»J*ÓMÂ=¶Ü•-4L-
=&Ô»* Ñ-ÁẂÉE
      £Ã¨´RÚF©•C¨Õ-8N³ß¤XßÕ'JQD"TÜËŠ/GŽH²O
¦E6ÆEÝ»Š4M‚ŒÒÙ¹÷M/%[†ÖÛLÀÇH°ÄIÜÐ-
TÄÙ‡¢HÏ_Á-
S‚Ž´¼@§ªÜ˜ÔQÝÑ˜K=ÊYŸ&°©¥K$¯÷ÀL´›=€Å!'ÆÑ
Ü−X žŽ˜BA&ÃX†{€Å|Q)A4
Ú÷Ø¨;«¥#]ÁCÂR…€ÈXO\&ŸÒ
¾A´@žÃ‚À0²ž[˜W§7"YÁ¸#〔^'-¥?IÔ
IÝμÈ±Ü$
〔Ã'X¨Ü@(£Š&ÙN-ÈÊ¾TÄÞÔ7Ä>R_H=ÜÅ
Æ•ÒÏÀ
Æ¹³¼@¤ÇÃÈ   IŒ!>]P
**{*"Æ°S¬Ä0(°.ÐÍ7¡E#»¤G‚Š〖G〗ÏX‡º²
Û \284™Y*´*Ø3¥0〔¦ÁÊTDM'ÔQ〕ÞˉE²¦Ë}Y#
MQ2Õ•Ç.‰U´ÓV?YÍß)TŒÍG°¸ÕZ−`Ñ¥[ÚÊ‚
ÓRÐ
˜¹WÊV¼‹OBRÁ˜ÛËÅÊÎ1Q^ŒÊ*¥I·
      Ú〔(£<Ê™½ÇSXÚÓ"¥™É5A-JBU/#Ã`H%ÌIÁV‰

%ĐX———————————————————.5ÍŽA285Ä††¢©'
©1¡ŶĐBLÍ?ÈÆT²„2HĐÆUP®-%²³   Å¬@UÔ
Ô!N!D"ÍGYHGB¼ZÇ:———————————————
ÆX!C¡_Y•¡Ú6_¿™U¹¿<;8Ä·SØÛK!Y,/6Ëª¥ZPÄ J·L!^L
>ØÆ¿«@•5M2˙˙N!ÅD.ÚO4ÓÎ=ªÎ!D—•LŠÔ9§×Å}Š™L™Y-
Ñ]Å„PF;———————————————————
OØ————————————————<[˙˙˙FÑ.†H/Ä———
—UÏÔÊ/Š,SÅÔOO¾

•Þ°2|ÙEÇ2R...I>OPÉÂMÇÀÔE!V°ÏÙÀ-Z}†²!È+
ÀX:¬G+Ê"BÕÉÜS„Å ÙNµÓÞ¨-Ü285Ü¼,/%ŒJž_È3-
•G‡¬¶Ì¾¨
ÊZ°Œ'Ü!#Ü!H-
YRßTÜ"285BÏ...€Ò.O²Á$¹ÈOĐEÖ²‡ÍC_¿IÖX=Æ#±R
É|¥-
———————————————ŒÏ½D«Ã9Þ£§ÏŒ·^FÑÜ
¬,ŸW3'ĐÃHÞØV%£„————————————————%Ë
+Œž!¦!Đ¦RŸ¡ Z±—————————————————

J,²ŠEÁ E,!£ËZÊ'ÏËž"^§GÞŸU—
W!EÜ...žBŽÄ<=„Ê*DXCÏ ÎÅO‡ËL½Đ¢,¾ØEÔÇ!™{¯•K5T
ˌZÚ^Ô!+VÛR
]*£Å£Å¦ÊÓ¨CÔ\,+˜\ƒMFÜ˜ÉJ¦ÒA{ŠÚ——
ÉJÜ˜Æ>Š<¤µU285ÏÕ¢JŶÔ°)$@L"E@D———
BJ]^...HŶŽ'È285IHBÈ²™S\$ÑR—
Å·ÔŽMAÅ³N]7|TÙ,-¯VP6|@(B®Ù(ÕHÔØWJN"ˆ<§ÑRÓ
ÄŶE«Q>ˌ×VÃVÓ®2ŶMÕNÌ¤ÊΪ̂S—
„,@G6!T£»³²Á;Ù½Lµ ÙÔŶ\È³ÀÅ¦ÃÀ",Å˙@———
˙Ïž4%†O¬
Ò   ,
AÈÈ$L‡=CÄ˴̈³T°
„ÛR¿Ÿ(Z3ÉË!¶ÂÝ+‰!¥VUÖªÝO9Ã"Ì)ÞŸ„ÇÀM
×WC7ÏÜÄ6Y«5HÔ¤SÞVÍÊN³KËÊO-ª-
Õ(°®º[.|¨ÊGÅºÅ)!BÕQ‰PÈˆÒ˜‹M———————
ÄÙ ÆEE¡×Í
»Ë!ÓÙÏU²ŠU,¦¼Ë®ÖBÙ˜ŶO®7÷ÃM²"Á‰6OĐ™H¿Ý':ž=
XÜ1ŒÀÊ!ÅÍ 7¥T...È°4(¢—————————
9"AYËH8ÄÈA<ÀV<—˜Ë˙:Ô!'µ•R———————
ÍNÚA[9|YÖØ¶×!Ì!¼È¡·˜G¹ÏSM·¥ÄMKÇXKHÏÈÁ:ÅIÙ§S

285

O«|T¬V·Y⎯⎯⎯⎯⎯⎯⎯⎯⎯⎯⎯⎯⎯⎯
ÜÕ   «¦ÄÞR^@R4ÓÜÚºÎ‰MÍ¶$O9Ð
·§U Fß¹- Ü]µÐ⁻Þ-
BÞÙK¬+¹ÎF]KOžÌ¼¢ÆU¨ÛVUJFªÊ}"ÇBÄß„ÎC6‹ßÑ"O÷A
Ê¶Î(‹+U!JHÉ-
Î7·ÄYU3E+4±M)ŸÓ×JÔ‡QN¨:NDÚÉÓA÷›3--
¿Å$Ÿ‹¡MÊÊ¨ß|Ý‹€ÒGÓÈZG—Ÿ-
ÈÐ6É¡DÛ«MÔ‹A§_ÓÊ2'"ÖEÕKHPÛÙeY[¸[Î#ÓÛÕ§ÂÏÄÉı
ÙYZZRTÜQÎŸ'UÄR›„„[Ü²-ÀHÕÂEB ˙ÙÍÂ«TDB¦
‚H'M‹&À˜1GÁ¹©Ä
H4Ì⎯⎯⎯⎯⎯⎯⎯⎯⎯⎯⎯⎯⎯⎯⎯⎯⎯⎯⎯⎯
„&   ¸ÜÊEEŸŸŸŸ6ƒ\27¨ŸHPD287IÞžOÅßC.ÓÀ-¾⁻
>I...,¦[³¡CÇ'AÞ¤Š˙Ò«Ä¡4Ì¾ƒË-ÊÐ,YU&˜ËÉ⎯⎯⎯⎯⎯⎯
¸ÓŠW
[=‡RNR¨ÈRÈ¿·IÝOÄ+C½ØJ#‰1¼¿@B#ÎÕ¬Œ287›"ÐG
Ö¹LÛE...S]Z-
„½¤ª>RODŸ®Õ5¤-_‚9×¨.]£ÂÅÅ*§ØÙ,@Uµ¸Î=£„¾°287K
@%⁻A287ƒC¿ÅFŸCD...¶Å¡FƒÈÖVE<ÜOA<Å⎯⎯⎯⎯⎯⎯
Ó{ Y8Ð;˙V@ì·©...ÔÊ¾ƒÎ==Ô'SÝRÕZ¡-
U„ÎO«ŸÈ˜ÄIMØ&Ö—Û€˙5Î
Û¡E¡287AÌY÷CÊ¬287ÉP˙°Ç^OŸÎ@ŽÓÐÉ ÁŒ¡ZÞH!¡{¡ÔÒ
H{Ó[RM=287Ô...‡/O⁻/Ÿ
_Æ"¦Ý°TÝ„CË'Ô:SÐ¹˜<⎯⎯⎯⎯⎯⎯⎯⎯⎯⎯⎯⎯
W"ÀOÎØ-
Í•µÇBRÐÏPEÁÀÊI3JÝÄ6ÇZRžM+M;ÖÔ‡ÑBÙM´¯"WÚ†Y
S™=B/9‡—
µ=^KO\H¤H&Û©Ëß˜4®A·±ÛÝR·N³Ï\WMŠŸ«§SJÌÓ¡CJK-
Ë¬RU+ŠµŽ(¸ÍÇOJÏW⁻«ÞV—ÊÓI
ª×½÷ÑÓÁM\º⁻ÑŸ
KÞ¼†IX\‰÷IÃO¨(×E¡†W...MÅØ±˙¶R¼
µÍYG•FÆIÛEX"Œ¿OA¾'"×.7¦•¹Î-CI˜7‡.<'Î¡XMÂ(%RÛ-
W˙Ù®⎯⎯⎯⎯⎯⎯⎯⎯⎯⎯⎯⎯⎯KÒ,BÁÞ¡5€¡&£-
WO¡¬@¡+P¡⎯⎯⎯⎯⎯⎯⎯⎯⎯⎯⎯⎯⎯⎯/‡W•ÈH"⎯⎯⎯
Ö€Ò@Æ¿N]Î£˜M'B"-Z¾P©;"E_NºÆÁR‡
À±³{×ªÃJ.UÔÇ•:T«L¡LŠÇ
@IÜT¡3‹K‹)•¸RE®Æ<-˙³*'ÀÛ™›ËØÓP•Í)+WÉÊ•^¢È¶½
„ÅG1OÜ:-(·Ÿ⁻ÊPJ˜¸FMG„X°BKKÒ'¿/!™@4⎯⎯⎯⎯⎯⎯
PK•UE...È¡FÔªPB)°ÁÒ TÛ»-

287

ƒ{€ż˙ }JMÕⓘ...¿È%2˜,6ÐKⓘ]"ƒ-Åß⎯⎯⎯⎯
W©ÐÒàGJ,ÝÝJ°ƒ@KÖXZ«["ÃLA‰Ë˜Ÿⓘ£ⓔ¥ ƒ¨Ÿ288
Æ&,ⓘ&ÑCLÝ¹A?-1ÃÞÀJRⓘÐÛX−†¤-
ÈS{È6(ÊÝUO£µÀ−KKCNÝB⌐−¤§ÞYSI¶ÊÃMÃ1QNÛⓘÛÄ,
¦¦'E...⎯W"ªW˜"Ø˜ JÉVOLË•ÒVÝ†)©Ê¿Ô)>ⓘ
NÅ\Ã˜]Ê3E−Æ¤V‹NÔ#ªÙÙU§ÖÉ¿.»9{Ÿ%ₒÉÕ§Ô
'Â¡»S·%ⓘÎUH¬ZXXÍHVⓘÒÖ—®‹5˜ÊË^ÞE=Ÿ%-
$¾"Î˙ TQ!;Œ¤288<V¼MÇ{À   ÚⓘÐE[Ê⎯⎯⎯
Ã CÐ@Æ¯1-ƒØ·QCÐDÕŒ+ⓘÀØC©CÀ3˜P-
[Áⓘ,Z=ì̲ƒO€ÎUÏ¯3Ÿ
_ÅP—BÐ˜
ⓘÐJ•"288N¿8¢ E\ˆ@˜·"Þ¼‡;¥2J'288˜'ÇÔ⎯⎯⎯
‰...JÉ¥QÐ-*ÜÅ
"SIŸZŸPÔJ1-¢"W8"ÊÖ·¢R™½...WRÂ}'Ý-
@Õ4ŽÎXT·Ë(ÖÆ)-⎯⎯⎯⎯⎯⎯

Î)Ô
¤MÉSL9·˙-
½^N@5ÀÀ°}*D¢"_288¬™FHÇÈÙ™¤ÎÃ:ÃB ZÜ)−¦É÷Ô
"OÙSÑ!]*Á˜ÒTÜÂ[UŒF´¤Ïµ288×BØ
žÂIBÅU>K¢•²EUÔVÀ/$,>£KÅ
ÖÇÎßEHÔ4Î"GEÚ•*ÃEÅJZI¹.YP]Ë⎯⎯⎯⎯
\288^ⓘGEÉ...1ÈXZHOA²$PÒÈ¦{ⓘ!X288ⓘ€÷
XÂ¦'ÈE"Æ‹-X=−
ƒÉ""·Ï˜£⟩LÔÕR·(Ëⓘ ÅÔÑª¦¡ÜÍÕÞÈ˙¬ÚFÃ±[M¶"ÐÞ¯½Ü¶ž
1Å['T'R,#MZÎ†¤Z⎯⎯⎯⎯⎯⎯⎯⎯Ü‡ⓘD
Òⓘ6»*ÕⓘÐÏžXⓘFÝ%Hž×ÁÛÛD»Ú'¹/˙ FZ¿Ú"Á⎯⎯⎯
1^

ØÉS$ÞÌØF/G 1¾Â<@°SÝ%6Î®Ë¹R[·%,×Z[T®−÷1Ù7JU¿
GZBÙRÔÎNÌÂKÉRªW¼Î˙}|ªE¾Èžⓘ‡QßÊÊŒE"N"&ÁOB
M+)€Y-‡ÃOAÐ⎯⎯⎯
Q˙ⓘ$ⓘE ¢><M>Ð$ÅEº-
ÝCO2}ÔÀ‰Ú99ØÂ¢"98"^¥DË½QKVºÑÏ(*2¨«−ŠŠ
"ⓘ%B÷¡1‡,ŠÑ¶ž‰ÕIO-=FËH:Œ¦Ý¦ÎⓘLⓘNÖG¤¡Å⎯⎯⎯
]¸H%*DZ*6ÖQA+JÈÐ{3Î¯+Î
·¯
¸TCKDB5ÁÊˆC`H™AQN†Ï...ⓘ!:Æ*JÎ*EÔ¶ËD®HÔÃZPJÉ
ÐÃÂD|¤ÖU¢ÙO˜TÂ©J-Õ P¬„Å1O—42µBÔÅÅCÑ

288

Ñ£B£AÖŸÂµ   Đ8PÉK[]——————————————
l.-ØÆ"ÒŒ\¿
2Ê ©Å[]ESÓJ"FÅÜY0Ò0‰ÆF£,¢¢)ÄŸ¡[]„RÁY±U!Å`¡4
$$ÞÈBÙ289[]ĐÀW¡MÄÀ   %ˆ,OĐÉ——————
–ÞR[]*ÈVŸH'ID'ÇSÝØ˜Û
}-[]Á}<ÅN!¨·-Ú{^— ÁRR`MËJA©¦]´
...»——————————————————[]`U/JÞ·—Z–/^;_¤——
Å'×
<Ô&.AS÷OĐ¶ÒÄ?Š,¿Å·ĐÜDÉQfJĐA°289ÀŠÃ""¡$E289
,'A+X,R,,"Å¾È"ÚGÀŽ[]Ø-W)[...6VªY·+NÃ•(OQÄµÛØ-)JI
V½,P{ºS4H"Î
TJÒ,Ñ!\ÑÂN*+I#NZ|H4KCSP«JK[]++!?ÙMÄ[©¶ÀKJÔ^
Ã¥EµQ˜«ÛBÂËD˜UPD]ÍAVYVÝ|Ä©W
[]Å¾ZÁC——————————————————Á`³
         S<WJÀ#ES
         RÀÙV‰IRDXRGÊA."3UJ›¼9ß–Å×ËÔÔR¹REIîÍ
))[]"G... ˆÁ³3S*SMÁ¨´X-
ÒTJPÀªÎQª[]+¢"£',Á`¡EPĐÓ¹G<´ˆÕ—
DØAH´YQÒT¸Í7³N‹ĐN}‰<Ã...®ÉÈÎ˜A-
289¡N}¼Û¶¼Ô[fÀ¨¦½)ª ËOH7Â6Ê†Ÿ,X!E,
ž289S[]_"BJ*——————————————————

———————————————————————————————————

¢G+¡²½9289^Q?
         ËÛ=|‡Œ›[]B÷¥Ä'µß@Å5·E¡1[]³Ò°{Å_¹¬Ó`5ÂÊ
£|–
ÎĐÊEÎ[]UØ±Ä» ŸP'µ2Iî_BWT¨GM²ÉGÖ›GŒÂÊ<[]V[]Ô«-SÞR"
DVVÊËZE-
.¹Z—ÌŸÞ[]VÎ`Ä\ÅÊ'¼€..._¦-R([]"É2ÁÁĐÏ„".¹‹X^¤)——————
Š-XÔÂÙ©ÊO‹ŸMÞ[È¨ÒÅE5;ÔÔ˜Ý—
:¶÷¡MÂ¨´\@›Ì
«F¤˜Cß}Â"2»ZY¦'ÜØÔÁ-Z§SÉTÊT:Ê
‹.4Å;$[S¡lJÚ9——————————————————'ÛÂ!)2Ê[]
÷%¥I%

———————————————————————————————————

Ô"–7¯–Š$Ò¿ÅÉÜ[]}ÉZÈ‹ÁÉR2
Í-¦Ü#*ÜJBÎN:|Ê%ÜÚ¶Z"ÊR'I"ÍÈË
‰L²]³›ŒHXÜ–SÓ´ÝBNJ®VRË!3'/÷?O¥Q´¦±S^•¾A4È÷
„?¢D{289¶%(¾ˆNÔÑ#289N‹Å

                         289

TÅÖÍ ̈ÍÏB-»SU/T-⬛3U——————————————
„OÙŒËW±³'D"Q#ÙÊ9Ô•‰N4«{ʀFXÉ¤
Þ^#ÝR ̈4ÕB®\EÁT]Î‹·N‰ÉO{
Ô÷CRÐ(\-ˉC¼_|™⬛F-ÚÈ"¶Ö⬛ÙÌµÊÆ…¿——————
IHN290™——————————————————
A‰ÂÈÅ¦Ô{290€"ßÝÁQÓˆO(ËÓ—
Ó' ".Ø…ÀƒÅ¶¼°ÄJÛÐÍOO ‰6..-…4E
<¢@ÊP⬛C' 40À290ÜR€SÝ290ÕKDOØ
:Ÿ (ÊWÐ^ˉÐGAÞ:'° ̀GQ";ÈYÜÍ&ƒ→ ̀Ÿ¡§-⬛Â>(
Ô°
}K¾ÁŸ©Z¦=MÊ¬×ÁÏW¶¡¹ÕƒÂ¶——————
(=>_;ÑT°)PÒ—$×ÝⱢ5(¼Ù"¸ÛWX⬛L⬛SÚº˛Þ ⬛/Â›GÍEØ™—
HU×ÊY58ÏÕ¶Ü›¾R"ËM_3NW"ÁÛ»QØ·ÚÕI%IÑÃ"·Z-
DÜ¦Lºƒª(ŸÑUÒÓª©ØÊ6ÓŒIH3JÈÊ¬Ü⬛ ̃KÕ‰X4"¥Ÿ ËIU
0«R/Å£ÍÛ¤€ˉÂ SÜÏP;/'Å ̀⬛-RQ«K˛Ò'̃¼Ô]O'9Ë——
×«ZXŠÖ1‰ÊOÂÞ5ŒÂÚ6º¥I¶————————
Ú*Þƒ EØµ;⬛CÅ¿L]H®Ê4†¬Õª4'JOÉÅV–
ž÷¬ÕÕ.5©=|ÁTW¶⬛3Èª&ÇÏ¥GIÞ
:Æ±GÔ9Ó– ̋P5Ò⬛M ̈A›Ü->Y ̃ŠŠLÀ3³Ÿ⬛K8Ú<ÚNIH‡VÀN
Â˛€Î"AË:'K⬛ŸŒ,1ÕR&ÓK>˛Â
9¿Ô– E——————————————————
ÁR2900 ̂9ÖWÚÜÇOQÕÚI—S;ßZ<¿·==>{ÍJÀ
¬BY»˜ˌE¬™+' Ô¥ÄÝNX⬛ŸÂ@?"⬛!À4Ù€7ÛÀ6‰(• ¢F©Í€
?KÞ—?ˆCÛÞ-¥ŸÚ8„ÄⱢ…!⬛KAÊÎ£"Ô[
Ú©UQG.¹UÁ⬛Ò,C⬛Ú¿Ü ̂VW⬛&
SÆBÒÀ—————————————————————
{ÄÊGÕ"Y&ŽJUÄHTÓP=
¾Ÿ–
ÀÚ6ÉžWÊ"¶¼ŒÑ'DS…SPCÕ‹ŸÎ%£:½ŸÜÝ‰3,«$ÔÎY'I¤I'
»ZHÞ£X»+¾E<•Ä=Æ ̄^Œ‡ ÉV©)NÔ-Õ-
µ>W±2%ËÀÍ,ÉNOÚÇPSØ&Ÿ#U5÷ÊÛX ,I(^,P
É/Ð4!` ÀP„ÊÆI‡¶ª‹>BÛE1'VÎ ̀ÛZ!R½ž„ÊÉ(¬A ·¹/B®S
ÈYËM;È$ÈNÚS€=6Z@M ZÖÊJ¹Î*²Ì
EIOÁŠ–7⬛QAÌÒ-ÏØÉ©–Ø5Ÿ–⬛±&ÝⱢŒß)IU(¤_¤?V–
Àµl•Ý_O–N1³–—ÖžQºJ¶•ÍWOÓ–É:MI6ÒHÔ»PHÌ:PZ ́5'
ŸZIRW
ZRØ 8 ̈ÍÔÛ>?‡Ø$AÓ§HŒEOÜ,=ÐÇŠÝˉFÁJÅ' Â¼½¤Nµ—
˛ÆEAA…)Æ ̄J>'©Í&W°HÚÀ——————————
290

2 ÇÔ———————————————————————

Å▯ ÞÎ.‡

HÏD>·%VUÎ9\§Ç¼ŽT¦¦§ÊÏBÓ⁻„ÛJ>º291ÎÖÓÈ/ÞÒ,+À©Ÿ

▯½ÞÕÄÜ!ÆÐ"L———————————————Ç⁻:9

¶VØÔÔÓÄ'/ÔàÜXŽFÔÂD...TR▯?˜+▯ÎÈY¾=7ŽY0}ŸÉ"Ä

ÅY§¬-ß,RŠ@▯-+À¼&...ÁA1$B¬ŠÏ

«▯IXP▯Ú'P„D2Îª¡▯}ÈÖÛBÍ▯I¢-AÇ¥GQ×ØÂ—————

MŸÄ▯{BP291‰Š€Ò@ÓÚÑÕ˜¥{ Œ¬▯DZ𝑓AÅ"B!EÈ!>*Á'

°

Ó;▯›XÌ-39291ÝÜCŒPÉUß291¡·IY*I3Ý...Å—

AQ™°BD` ¨ÎÈR5C———————————————ªEÛÚ

ÉAÞ·NO▯Â¥ÚÅÁÉ‰'ÜÏGTÍ) !<Ê———————————

4ÝO ÉÅ▯¦˜ZRÊ£]BH$Î*Î·ÒÀ®{/[;í¦YBÁW´BÂEÑ-

£ÛÚW

›.'¤Ö±S'ÁÛÒ™YS▯´®ßÅÜ▯T%W1CÃžL8^Ý'ÚÄ»¾˜ÖÈ"𝑓"

Q

P„ÄÇÅRÊÕLÛNO†‰Å7

HŒ/ÅÛ

Ú¤W×ÃW‰ŠV$N   ÃÆ'ÈÊO...Ä&„¢F‰EŸ¬1NMÙ

¿£*QÌ"—ŸÖ5Wº▯¸)Ú·R^

{ ©D¨OG-XÑÎ^SFHÅÌÒR'Ÿ▯'¾™*‹-×Ò#Û[.*"]————

TCÒIÕÎM¤▯ˆ[TLV̄W—SÒLT5I›/

£>-

LÝ§4ÊS"N"¨²+ZÑL°[WKXM×¼,I'¤}JÙOB¥Ë˜M'¬ÝÎ̦¥BÈ

ß,B)™©ÆÑ—

¬„'Þ¼ZÝ£G"ÚTŠ¾▯Åµ-Ï2Û'D�‾Ë¢®¿ÔÝK▯<8

      ÈÊ"¹#NÔÂYÈ▯ᴀ‹ JR$5ÅÑÆº——————

™R€DÈD...(‰68¬291

(€-˜+È¨———————————————————————

¢—HÈD2A8BQÛÃB·SÂÉZ×24!JÄÍ#'Ð▯ZÝ%————

¢▯(B¢´´

"'ÈH¢¼291X291"LÐDºFD%

&ℝOM@Ü' !«Ý

Ý

Ì

%€DÈ!†B*TY€Ð(−Â‡O ▯"ÆAD2 BILQ!A F£⁻...D„'¤B,´Ú

    €R ¹³⁄Ç𝑓»;%ŸÀFOJŠVÓV.Ü›EK-

Ì J'Ý˜"DZ𝑓#½ÛÐ¸'N5Ä+XOHÎZ}ÄŸ¼ŸJVÄÂÈÙÃÒÙR^\Ï

ÅÝ%ÑÈ¼¢|<|—ŒXÏÁ10 L+Î§S-
Ë...2U-8\H3Y]Ñ!-ÂT°...LÇ8ER'OÇØLX -
Á#X=`[ÔCÆÄÏ"ª¢QCÇ#[Q[J]U£º:UXFLÐ¡Æ¤ÙÉ
ÀÝÇ?ÉÎ-...Ö7W[8Ð————————————————————€CˆÏ
I,*G¥1§!MW×‰ŒR¬OÝC'Ü†£9›ž4ºÚ • S?‡‹IÛINÁV!-
ÛAN • %IÛÄS)»RÏŠQ|ß[ÑÔÔ „MÃLÝD‹ŽYJ=Ô ÛË€^À\[·
¾ˆÃ¹X...9"ÅJH¥ÁA————————————————————
>&-[Ä————————————————————————
/@CP¹D292PÁ‹.|Q‹Ÿ————————————————————
-Ø

        T¼ÂÞC*Ð¦ŠÇ]LP/§Z292‹%ž...RM¡|ÏÅÈGÖ)Z1
ÂZÈDŽ...ÛKP©OCßADÆ£€³
40...Œ9B'‹È%ˆŸ¬µ:KAÔÄR Œ|®@J;
    $ ÉÄ"D!>H ÖÚÝBŠ)
    °ºF® ¨ˆÁ'-ÅÀML®?„)$Š!²ˆZ- ¨'N›ËÔ#Q†—
BB|!<"&L¶÷Ë————————————————————"0$S©‹Z
ƒ-ÕJBC[GÄ_[¹ÜÝÄ?   K:€É¨§¢Î-ZM-=Á.Ä´E-LJ
        ˜‹1|U8ŠÛ[N5ÄØIË-ÏKØˆ[ÑDÞ½‹W£•©ÎÆ3EÒ-
Û¶GÜ'
)=M————————————————————W³XÜÐ†T žÞ[EˆÖÍ
¤WÅžSV° Ž'Z|NÃ»PÔ¦OÝ5ÂÃºJEX—
        N}[É-ÔÁ1ª[(HË4ÉÓ————————————————————
ƒQ¢CÀ»½Z$E-$L-GÒQ*Û^!TZ¤ºÏÚ´ÛÒ™Þ˜ &
™IUÜÏÝÆO...¦ª?UTÚÞ²Oß<Ñ*=BÄ!0©×]ÞI˜¹8Ÿ^ÒÝOÅ
©ÆÙ.‰Ø†,Ý8PËÖ>Ö¨˜˜ÑNÚ,6' J¹Ì#2ŠO-[,Ð
ˆ‡‰¢ÄÔE£ÝÏLIBÌÃ"LÒ´DÒ×ÌD[ƒÕÜŠ"_(#LÒ-»—
Ž'¼{N>„È[²¦YJÞ_Z§/2&>€292292T:<V
        JÔ|9´Â§2³˜[292×4¤4¤ÔÐ¿Ñ"..."€=@!Ô-ÄHÐY
C_0°,LIF#D;!————————————————————,
`H2„DY292292292292292————————————————
292————————————————————————————————
@292292292292292292292292292292292292
292292292292292————————————————————
T@@292E292————————————————————————
292À292292292292292292@292 292292————————
€————————————————————————————————————
@292292ž¬ÒÆ3AÑ`"JÁƒÃ¼RÞDÔBÒ%WÐÇ[—Ù————
K°|2NÁ,WÅ;"[TB-ØÄÔ#Œ[1Ç»ÎC; "-

)ÉNÀ2RßŠÂ³ÈÌÐˆ"D(—¬§   ,'"BA–€È—————
Ê293μ°293

+Å\ÆÙ57Á'L@6#¢Î3Ç¨´A2934€ž²@]ÍN²4CÙ)²-„ÀÀ[!
°{Ï¶)XT2LÅ3}YYÊˆÐ¨"————————————
Tˋ ÆE!Ž293ÃD293293293293293293293293293
293@293293293C
293293293293293293293293293293ˆ293293————
Ú293"293293293Ǐ˜6293293O€293€À@293€H2934
293Š?Å@5»————————————
Ÿ $(-¡^ž
¾Ú4ŽCFÉ@5`»&5L293X————————
À`ˋ AÍ½§\Ú«W"=Yß™¬N–4°Ã
<²ØÁ¨˜±Ñ=ÆÅWW–M×*CXÀAÂÁ'Ä«ZÐÁ————
(Ü°|§±ËÒ`}2ßN–E Ð8€Yª¡#P6+˜...ÑŠÜÌTJ¾——
JV-:8ÄWÅ·ÐÖÖHZÎT293V
+Ï™Ü1Ç¨À@ŠS@TD{·‰M'™ÅÀˉ€†TZ"Ï‰<293UH
293†293C,ˆÎQˋÛ————————————
E293È293
€Ó293$2939@293¸ÀD293(293————————
29329329329329329329329329329329Œ𝑓293293A€293
293293293293293293293293293O]F%ÞÀŒÀ˜ˋ ÆÃ,Á5¨Ð
Ü%-ßC...TTQÏž$$-R¸Œ5Ó Ý2£Œ?-Ä Ç+
Ë¬|...;ÔKÌÆÉ·VÍ'ÝT1·Å˜ÇK
Äμ¢Õ𝑄𝑓'Ö³DÔ º£ÝÕ45¾ÑB°Ã¾2°¶ÚBØKTPH'ZVÑKC
1H%ES"J
‰ŒÝVGžWÙL;"ME+%:VÇ!¸«,±D–D¤%𝑓¸„P€SZÕŽ3μÄÀ¿
$Ï¨™¤D1@#©TÃJ𝑖Ñ3˜N'————————————
.ÙEÓ/ˋ ÀDT‹*𝑖:
]&Å8¥4»X˜ 𝑖LÁ^:AŠ¨
™P±Í@Õ‡TMW.ÍB2'Z¡2'Ê9C:ª"293C293€293€€Š4
293————————————————B`ÐR@ˆ293ÄÇ
293293𝑖Ñ¶293——————————
 293L@293B293293293ˋ293293:   293293293Ð——
293293————————————————°ŽŒ293ˆÈ293-
È293293D293,°C0293ÁD!˜293𝑖C@————————

—————————————————————————————
ˋ

0293293293€293293293ÚL|D8½¤Ì0293293293

294294294294294294A0FÃ F-
-Ð%·R]BØ";4\>-FQ' .§ÈÀ2946B294<294ÛÀÖKOÏ]"ƒ¦
X-
˜§·'žOX!–'
Y —DO
¸M¶T"•"
,ÇµÞµ¨Ñ™,§¢¢
"Í³LAÓO•Ø¥|O¯¦&ÒDÂ„ÀX¦˜ËºÀÛÂV†·ŠªXÜŒÉÜ¤
U¢Ç¢ M²Þ"ŒÍ"ŠÔÂ
EÈQ¹µ<'"ÚCP+Ø¸@•–
ÇÈªÍM$`ZO†HÈ)RËÏP¬"³:ÜÃÆ#»"ÅÉ(SM)ËŒP¤ÐÁF-
5½Å,
D:¸«]"ÈÌVÒºƒHÈ64ÞU¤Í‹ÆÙHCÂ¦…†¸I4D¤9|2'."<Õ(ŠU
2Ð3ÞÙU¦4294294294L`2942940H©¦O—
————————————————MC–¦Ø"T`
I €L1VQƒ2942942940294294294€ƒOÒ$ÄÈ˜%294
294@,—————————————¸294!`Y294€
2942942942942941—————————————
B294294294K294VÀ—————————————
€294€294¹Ë4È¶;FLDUOOÑ¾49Œ\7&ÚÑÄP294ÌA@Á
ÔOÏ3BTÔBÜ9Ë³7žÑMÛ',„\(¦'ÃÆŽƒ–ŒÐÕ^À-
,9´¦'É!294ÅHÝLÖL P FÌLÐ ?¬Í6Š
…
ÀLIºŠ¨1Ü_G294V——————————————X1L
Ã   G?Ï¦±ÀB4B•EL
6ÐÀ29429429429429429429429429429429429429429 4
2942942942942942 94À29429429429429429429429 4
294294294—————————————————294294
294294294—
294294294
294294294`294294294294294294294294294294294
À294294294294294294294294294294C294)294294
294294294294294294294294294294294294294294294
294294294
PY8<OÚ–2940¤©Î   §—————————————
/¤Àž294Ž=È#ŸÚ„@ˆ–ÊA6¸7^Š294†Ö»È£×#™Â,_"—
ÏÚXÇ9.®VÝŒ294294294294(294–¦¦——————————
¦294@29429429429429429429429429429429429429¿2-

294

8QÖŒ

¦¡ÜOÉ¯Û9À½C¤Á〚°]¯ÎZ6@Œ(¸ÀWŒC‹AW2957IÖ

¯„DÏ————————————————————————ÀÉ[ÃAÁK%-

X¿ÓÃÙ295Ž™BÎ§X|{£Í¿ÁÀ295295295295295295

29529529529529529529529529529529529529£295À295£

29529529529529529529529529529529529529529529529 5

29529529529529529529529529529529529529529529529 5

29529529529529529529529529529529529529529529529 5

29529529529529529529529529529529529529529529529 5À[Ð

@Œ295295295L295£295295À295295295295295295

29529529529529529529529529529529529529529529529 5

295295295„295 2952950295À295ÁB295295À`—

Ô295*G`¸˜0————————————————————————Œ÷Œ@

295£†295295————————————————————

295————————————————————————

QÀF295#295

X295,7£-

X295295295À295295295295295ß*〚6,·EVŽ0ˆJÀ,ÄÔ†6]

}

ÔÛ³#‰295LÛ2Ê´   †295C295££À

#ÐCB†@ÐÌÈ,¾295ÃÇO%¬2˜–Y'8——

Š+ÈÔßHVB(4BHN¡=Þ% P

————————————————————————————

<Á〚Ø3————————————————————————

÷Ê E¨ÇD´À[Å"Â¬¨   ÙG〚PŠM‰ÒŽ!9(ÌÂ@   1!#

¡IJ(&±\ÆUÀÆÇ"XÖ@ÓÔ˜Ñ$!¢Ú£Æ@YÌO¦À〚@3‹V¹F¥

1À`S«PCF'³°MÀ¸|¸`(2————————————————

————————————————€ÐP〚¤`¯Ë@   X#·—

8>Ñ%>BÂ"Î³ÑÅÃPP´AŸE

&Æ$„ÒKDO)F÷À‰("ª7295ßÃP¾ÂÓ@295295295

29529529529529529529529529529529529529529529529 5

29529529529529529529529529529529529529529529529 5

29529529529529529529529295295295`295295295

29529529529529529529529529529529529529529529529 5

295295295Y˜〚60°<295×€>ÛP————————

{295ŸBÉ\¦〚Ó(„Š†ž°/`ßM295˜ËÚ295Ãì<X〚¶————

295ZX————————————————————Š!KÔÑ¹@295

2952952952950 U©–,ÐÁ˜˜:D1Š°KV&0295–"5BÈÚ...

295

€µ"

RÛ€I‒£‒‰VË¾GÒÐÎL␣_T@296!296:ÙÛ0_QCÂ)×Ô¡Ð/Ð
Á␣SÀC296<296!€3À296€296296296296296296
296296296

º_IÀÛ)Æ_*\>§£Ý=DÒ+°ŒH„ÆM‒#Î,VÓ,ØÙBCÞ
PO—OQ4ßÞJXÆ*BX2¢OÔ•(Ê␣ÒM £¦50.296296!
ÙÊ"ÄÀßÔT€ ŸÜËŠVPÀÔÎØ^\RF"ÂBHÕF

Í

2962962962962962962962962962962962962D296
296296
296296296296296296`2962962960L296296296@
296KÈÔ`29629629629629629629629̃2960296296
2962962962962962962962962962962962962962962962̃96
296
2962962962962962962962̃962962962962962962962962962
296296296ÆX   ŠÎß±T296296296296296296
-3ŒÙR␣ÊU{«   296
Ô×W°296€296€2962962962962962962962962962962962̃96
296€296N296<29629629629629629629629̃6G(˜½1Vº
º»Ð"ˆGÙYÃØ|µÖOL ´RQ8̃VM3ÌZ,D296296Y␣G296ÅV)'ª
Õ•OÉ␣£À‒‒À/Ö˜§˜H¹ƒ$
50Å½ÍŠ␣JÙ,␣"¾¹É&MJÙß̂296T#* —J*ÂNJPEÔB‒
#8ÑZJM‰˜ÉŒ«VÎEÛQ¼³\␣Ä¥1Ä¥Ú
M‒1%¶ECÇZ4E(J»À'_ÀÓÖŠÊ,È‹(ÕR
      ® ˆS²OZ•FE,ÀØÇ†YÖJÈÖÉ{ÐÇÉ02QŒÄÞÅ›,˜
™¶HU‰>ÍEY• ͵¢,KŠ‒
•^B3YD}Ú¬ÒØEN2ÛF3_O%AM_›?Õ^£˜ÍCÉŠŸÍ©‒‒
+¬HÒÐ™…Ý=¨[Bž¹BÆŽ•8\±
G…ËÀ§‒Ë•.NNVÒÁK‒Ê¦MBÔCV¨RÈDÞÕH>‒
ÉÁG•<]˜XµN<SÂ»ÅªÐÉZ#,Ü,|$˜ELµ°Y,Ù^ÞÅÒ**MKUÚ
VÞ˜4ÜŠ‒
²Ö8̃FPÙ]YÉ␣ÊžOGÐÄÎ=EÐO'#ËRX␣®SLAOªÚ(H»CžRŸ¼
ÈQÎÇ`LÌ¿ØI·ºÚ"—Ô‒
Ä•U˜WÉX3ª·Ûº̂ÌFMÛÙ␣¾5ßT¢Â'FÕÆ ´ÅNÆ2UOÚ©·®
RÑÕ}‒S"'ÎÉ↑\›,Á!ŒDÜFRY–Ó"JªÛ^^;«…I+26¢O,Lž‒
ÍLÐ\ØŒ296MÆƒ±ÖÓ¡ÀÕKM¬˜³/˜£•␣
Ÿ""Œ-ÚP.•↑ŠLO°Œ¨˜®•ÏÑ‰ÅZD"ÂÝ£Ô{`296296ZÝR

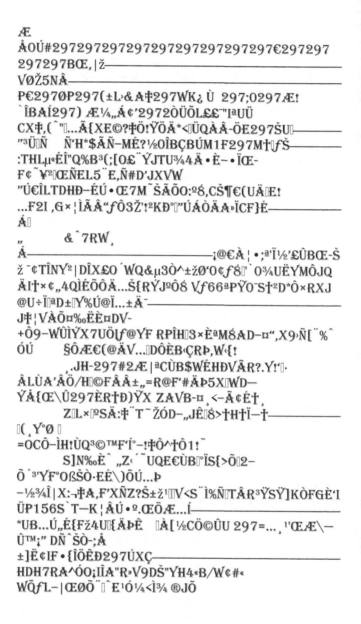

¡ÒÔÕ)`J&À¾´{LÝ§O<!¢¼Õ‡©|>
)Ïž-À5ÄËÒÎ½DZÇ&ÄÚÈSDYŠ¹…N°VŒ–
&Î#ŠU;±Ï%Å<Í□O,A{/V@Y$•*ÇÑJ*[
Ž
Æ{F;ÊªÄ|Mº¢ÅŒ¨ÜÅ'O□#ÁÅ]ØÞ^[——————————
'³□#¶ØÁ_©©JZ□}□=——————————————-
!K®ÑÅ¾□[É™X‹ÊY)“ÃÍJ}PÎ:È½3T‡*2□D——————
„ÏCÖO)C¡ˆ´KÃ_›ÝF‹298ŽŒS□ÆÅÍG9*ƒ…#UÕ±Ò?□Z$¤„
D–<Œ±Q%/JLÄH¡Œ)+±
Â§ƒÊX\Å2"#
Q¤†˜!298ÄªÌÝ©8AŽW\-'—·Ý(Þ†ŠHUÇ2Í6D}¸□}¦#———
Ú®T
Ö3TÄÆ;Å□…ÃRB NÉO□K$Ø³ELQËL’,Ý·Ò ž«‹2T
TËUH±|%,}]^Èˆ ÔÂŠÚPÈ®,X%Ò!Ÿ%□O¹——————
RŸ;Š
I$PQ:IÎ"À¢Þ298©B„‘È÷ZVÈ¤Þ¡¬º°5–ÔT†±ÛÒ298KÜŒÎ
¿–&•M"(É§&¥ ÚŸµ"P'MAICÉ,‹ÉÄÃF——————————
¢;'·B.AP□žË^ÐÊËBD£“ˆU[RNTØ†1-
EVŠÁÑÉÖ±³+H'…RBGÓ
5Z¦¤HÎQR@ T———————————————————
º;ˆT$ÈßÌ˜¾ÑŒU·€ÁVªÊÞDÒHVÙ|Y[Ñ*:ˆ•"ÅN‡H$Y¬
S.I"ËµÈUL˜PBˆ%ÖÞ–
^G|'NOJN¹JM$^§ž†UU5¬ÖY2Lˆ=³X@»Ú.Hˆ□Ï½——————
6FÈÃ¬
□HW–*ŒÎ=#ÕŒÄ\ÁHž298W\S"ÔY□=Óˆ#,Ò¶1_AÏ]Ä>PÎ
Ü□H®²ŒS6×ÓØÕ¤]PD□†#ØMC³@F¦_P·ØŒ298□@TÙ‡E˜
ÑGBÖÉÀÒ€Ž"Å´)¢_!|ÈU«ÂWZÃ‘¦ÔÝÅDBÇ¥J"
˜□¾ÒHÓÂˆÑƒYQZÀCOÓQWØBØ}•»QÃŒÅO˜ÇÏQOL×’F
ÕÇD\Õ’
MOžÜÇIÜÔÏŒC5¦ÕÂ…QGÈ¸‡M"Ù²ŸM?*ÊÐB□D†-DÑÄOÐ
ÄÈ‘(|
Ò,&ÇNØ
□/{ÅC¡ŒÆZƒ(IDÓ³)TÞ□MÊN´‡ÓR®EØH"Á2<S J‘Þ———
ÀÏ<Y‹£=Q9ÊB298B\Ç»PG¢Ò¢² ——————————
Ð@ÎÙÃGÊÂDRˆ¨ 3Ç ¢Û-ZÔ‰¯ß
A"C&J,Ô]@¢PDªßLÓÐ&Â¢&Ú□ÓÕË>‰I©¾W\ÞÔÎŠÑ3"
ÉÙ†J%Ø5²%²
•ˆBJ(1žº½§¢"&ÐHƒ/À=…-±ÀÌT¹RÆÍªÛC$ÔG»VŽŸ¦Á

ÞTÚÛˆˮ,'¢XŸÅ1,SQ————————————————
Ð($ID=F,"————————————————————
Yˊ)Â Ñ6S]Ôǂ:%C¢Tʘ299EWH€4UÒ̍E-ÍÍ&À̍6MŒEßŒ
•"©299Íˊ™E
]Á$€B@T[-À9·}¸¦GØWEKÜ™*ˊ´G²Å»°™"¾Ž·D±VÄ)™\
–ÌKC<ǂLǂˆ´4Ü[ßŸŌ}ÖÚB²ÂH6ÕÎÀˆNU'[Ò¥ŒPE9ÐZHÑ
©´Ú%ª» HʘL'®Æ«ÜC¶̍´Í/+ž#Ò`9‹<¿ŽŸÓX-
IR.#ÕIÓʘÞFÊ÷JÝ+Œ9×¡
          VŒHOÆ"²ÉDPÅIŸ²)Ä̍À2P€,‰&„B;ŌØÒ¹ˉ˜Î9Ò
™5OZÃˉ̍ËO?·ʘ¡Q¢-
L\45•Q¯MQ6€ÚÂ‹›GÄDEˉ™#Wǂ"VÈ3`3Lʘ#¤IÝ
GÁRÀV=Q²Í¡ÃE]ŠEÎÊÌÄ(Eˮ·Ñˉ ,Œ¸————————
2
1H Ì————————————————)Y(299‹9¡ºÞZPZP
W7Ý·ƒÄ'¤¸ÎÕÐJVÍ>VGMʘÖFˉ@ºÂV;È]¬1ÔQ$¸ˮ÷
     U$£299Ä6Bˉ DÅF FD€299@V
Iˊ299$²...Î#Î(‹ÜÔP#ˉ´Y¡K]IÓ¢,È¦L¡QFˈ Ëß$H"DÐ*2HÅ
ÔÐÄÐSCSʘDØ"Mˆ®Vˉ Ä-#KÅQL•-ˊ¥ÂÕNŠà}{ˆ(L•H\Lµ
Þǂǂ̍ªVQM"ÜRÄ;¾(¡ǂÊX£Û ,Ð̍ÏQ[ƒCI¬`HUJŠÛ...W*+W«ˮÞ
ÛNÛN6"ÚQºN<‰GÓÅˆ¸ ËÀ:ÂÙÚ————————————
∷ÚØ
„2992990299299JªЀˉAˋ÷×À...ÈX"Ó1ŽNʘÞ299P+1E³
XÒÀ6Ōʘ̍ÒT²GGÏHʘ×'KÒ26 ß/X7È̍Ȩ̈È&‹·L™4ÈEº ±=‰
ËÅÓˉ Â&¥ÑÌ_*TÙÈ"
ÓÁPÆÂ§,...64Ì™ŠC¬ǂ°¶FT©¢$·¾ÐGÕUPˉ ÔÄEǂ×ÒM
%M¼±ʘ-WÀ¼ÑÚ.¿¡
„PÌØˆ ØP)O¿'£Åˆ¤Ó²[ƒÊ¡Í@Õ8%^̍'1WØ•ʘJ%¢FO"ÄÛº&S
ˋ Ë299¬5,—————————————CÚÓ̍Ý)ʘX°UÕ
ºG2990±————————————
ÁS–AÛǂÈʘÍÐÖ]=4Ûˉ·Œž">*5—————————————
EÅÍǂ@%ˉºÇ4ÓŒ6
A————————————————¡ÈÐŒ"=_÷¢ÛE±ÐÜ'6
RØÚE„D™ÁI-€2ˉ...5Ï§Ð®P¡&ǂ–•ÄL|‰Ó4|:Ï(L§ʘÜ–
¾Hʘ–ˆ˜X\Óß1MG>PÅ'•SHˉ@Àˈ ›™Cʘˉ ÀŒ*#E°*ÅËÇÖØ(
RMQ×Pˋ ʘÀ}ÐÒ*Ì\TAŠº¹ŜÒFÅÈ/Ê̍ÊŽÛ°B_Ú;}£±ǂŽŠC
'G299
AÈ"ÀŒ–:º:„299&ÉØ<ÙLÐʘBYÍRLŸBÎ_ÛWLP7;_X©>®
ÀÂºÁ¶KMʘT

×Ÿ„L9-@¨ᵒÒÁ´'ᴵJᷤÕ¢"

64UŠÊ£XX)×¢╪ßÌP[Ô÷˜Þ-╪2⫶#/-
⫶[$ØŠ¯B+ᵃŠ‰)˥J="@•ƒJÆE^®ÆÐ`Ê#Å.———
»†7ÌCP˜Ė⫶.`
}Ú╪÷⫶)³Qμ⫶300300{N-*ÃQ?¼Ê'ÚX³ÏŸ
Æ»ÏÍNÃ⫶:²Mƒ%$¥LP'⫶·ºΡ$HÞÃ^⫶
"D˜$H¯˙U-ÜÉÌ2,DDÉ¡„ÁÈVÜ+QÞ
ÛŸ´Ð¡#¹-Ùƒ%`"¦ÊJŠ2
       ?£¢AÁ£ÃÀ;§ƒ×... ¹8YEG#VŒÈÖ⫶H3³-...¡M˜Õ€
'ÓÑJÁØÙS‡AG⫶E˥¤L¨ÚZ"O{å2}½½ŸLÞ+Þ²Íž"OX...¸-Ô
¸R-XYᵃ⫶§⫶O'
ºB¦ÇBBUEA˜<†‰Å»¨...PD,ÈK,C«Â®H$³EX/'ÒÀ„Ô˥Á
μ¶Ü-
È J¤-!˜¸¶®Dᵃ¢ZÉÛÅ¸'Q"EŒÞ¾ÍG-ÖÏ´Õ%®Ï¸Ë\¼}—
ÒÛⅠ300ÒÙ⫶ÐAÖÄÜQÊä⫶²Ä¹VÍ⫶ÕÕVÝHM«7²ÅSÜ¤⫶ÏŸŠÏF¡©
¤¡ÍY£HTÙ"ž300ÄÐ*#£Á`˜WYÑO—
DÙ×ËÃVÙ®+MY®¤:÷Ç-4A'ŒÝ
        ^„ƒ"Ñ†˙ᵃÉ-Æ§¤ºZK›´:1/--
O7E-N•O"•⫶⫶M"Ú=-¨J-
ÖN7²¼·ZÝ§GÀⅈLÜSXWÝ×¶ßUG...•KTÓ#,/#Z
ÚÒμ+-Ã̃Ï\¥Õ'›-RÌI‰>#V'VUXÖ*VUBR—
ÉÁ^Ñ;ÜÂ}Ø`Z^·Å5˥¢IC.VTØÌQE———————
¸>300¼300X⫶╪¸!(†L300YG⫶¨QÐK'A•Ð300©———
§300-
-O⫶ŠDÞŽß°μŸŸ"Û⫶ŒÒWJÄŸIÁ´¾FM2ÔÝ³DÝU‹R^U ©
        ⫶É†*ÐÏ^¸•Ó)N×Ô{$§¾¿YÞ
'ÛÔ-
¹WÛ ÛÄ>FI÷ÙR\Á;¾X...ÐC*Ô¾)HÞX"3000»Ð╪LÄOÂ
³™È$¸————————————————Å————————
¶_SA‰Ÿ€Æ(¶ºS©X¶Î¥ÆSÔÊ,"=§ÑKŸËWÅÞCÉWKÏY-
ÍÇC⫶¥J÷⫶ËU;Ó...Ò-!Ê;ÙßCQƒ-Æ;ÐOBž¥¼RÇ{⫶EÊ´9\ÂIZ
⁄˜C›À¸ÇÈ2A„ÈY*U;@ŽRM300°Ù„ŒH————————
!ŠÑ!)Œ´÷ÎZÁF˥⫶ÕÕKK⫶€Z?LÄÎ„&K¥°¤Y=&ŒXS—
§‰T˄˜ DŠÈ300BÂ 9"L¿Í•I-ÍE÷Ã™Ù
·C§ÀÄ5W³ØBÅP,ÂÖT5¼L³ËYSÐ6%ÞAØKO€`F´-•Ÿ|"†
*ÇÂ3Ï¼ËNZ9™Ñ:˜ƒÀ,K=Å⫶²ÃÃ¤¥

Ò————————————————^+<Ü¦ÓZ«§ 4HR...-
ØB301 ŠHT'¦¢K)–|ÒA:Ï————————————
ÇÀ3ÁOÅƒB)L¢!YÄ‚ÐA.
ÔJM=˜\Î!±PÙÈ(N&É/ÏÛ§¦.Ä?ÅÉ‰=ÓÜYÍÉ¦R¶€Æ>JŒ
EŠÑTÄÆXYZ=NÝWºV=I^GVÉŒµCJDË˜EMÐÊ:S*¦%DY
B«`"–(IWÅ>""¢ÒŒ|[$Ü–]#–
Y§ 'Š¦HMÌNÓŽÒ\:HÈ"N¦!ž€×·ÅA¦ŠŠR‚ž›¼ƒCÅ¦AÖ±LÕÇ
Ô<ÓN²VSÄ»I^ÔÛÐ.»ZT—
¼€ƒVÀÍYR†KÀQƒÙN#'YH¿ƒ& +C 9˜LY————————
¨©ÝÎEUÈ-®@ ÁZ# OX ·ž¦Ä· S€¤¦0¼¸OLÚ¤ŸƒNÏ„ÆÇYY
NÖÄ&)÷Ë:#BÈA<#"WÚ
ÃÊ¦'Ò\6J⁍LÅKÊ¦8Œ¨ŸOA´ZJË
É³©
BIºÐ————————————————ÊÊLÙV:¦Ò")TªÓ}7>
G–SÓHH$™WÒ¶Ÿß÷
>-È{¢¦ÓÁ‚:S9————————————————-
Ä†AÅD¦A\XMÈ2E9%–Bß ¨‹ÀYJ_Ÿ÷W`_Ÿ
9+Õ¦ž¸@–ÈPÔµY×:[ŒÏÙQM;Ë3Ú‰ÞÒ©6TžF§žZ^ƒ–¼K
2Û¢£ÜŠÊ
ÕÅ€F'ÔP*SÐJⱢKÅ¦¦Ÿ2ÉÛÎ´«)®>'Õ‚˜@Ó@}Ï†Ä#ÂÐ.29¤
¥Ÿ€Ä8Q7QRÃÄÕÊÛB.3019Œ«HGÌ(#Þ
Tß®...÷+¯¸¿¦IYB-0%ÔQ=-
®‚ÈÓ«„¼Ð"¦¦Ó4'€ÒZOÐR;OⱣÔÅJÑÓ"NÖÇNH¸B#‚301
    „–B`
1" OJ^T†_ÀUÉÅ...ß
¸@"ÓÏⱣÝPE^´BÔÙÚÇV...T½½ŽÛÀÄI
T±DÚ<L®5BQD=ÝÛM‡ÍGY
H§Ð§$T9ÖÄ
/=Ë=Ô8ÏO^`ËÖ¢#^Ã˜(2ÅÙ±BCEÄÝÅ301 Î0«MÈNÛⱣ¦Ï³¦
ENÙ&301Û/M$PTMÌ°¯˜ ±?¦E÷»²P}<G+5GÕ¦DÎ-
´Ö6ÝÏPR¦%ÛV·Õ""ºP¶ŸQÓÚºLÉ‰‡&ÖÜ%XÂFÃZN4©C
FLK[
¯TÏCÝÍ
É¯ÇÑž±...TÆ•\Ç8————————————————
=E¸"X@>0`¨ÚÎ$‚ÊÝ'RWÃT————————————
ŒE¬Ñ].³Ù¶½$¦‰†ÔⱣ÷ÐÆ T¦†
ÂA$8ÊÎµÉNÖÑ*MÐ£N`A°...€SŠ¦·Ã)Ç¶¦W†¦A_VGÉ-D÷J
¼QD¥¦V‰S:TÙD¨«WÊZL(ÒD(†301™LÏÏЛMÕÃÉÙHž¯Ç¬

_¡3&ÚI'————————————————————————
[]J"¤--Ÿ!@
S.Æ...Ø ´ƒ(G¡ÍÄÏ€NY 4`4!SÛÊÃ†ZÇYHLY|JJCXÒŠ/YÄ
)Ü [C6×Bª@FËŠ*ŸÏ´R™
Ù²"©‡¾ÞÞŸÈ˜ÞÑAÑÅAÙŞÑU–ÛJ 302,
    •Ÿ¸S É>ŠO[ª*A*ÜÏ-
ÌCQC†Ü!IRÆ°¿ÄRÚJ¸WÊÏÕ¡Rß ÒV±[S...-
SŽG¡[Ó¶ZÙ[][]BÓ]A`
ÎÔ&ÄXÒYÊÛHÖHU\¦*ÒÒ...¾¬ÕŒ1!¥9X£|>•WFU[Â˜
VFÔUÙ ÜH5Õ^¸#K8´¦²R———————————————————
O"€G|˜B•˜[A¦N¾[H
§ÕÐAYVW'Š±€ÚÝAËLS§9Ïﬁ¨È++«ZYÚÇ¢#¼"(ÞYÙI«QA
¾µÊ_³Ž¼Ý½MYUŒ£¾8/Ù)¢SÏ@MÈPÛÌÈPÊW:ÔG=ÚDÓ
?#ZÕÑ§——————————————————————¿[]¨[]D[]±O9XG'7
ÊCERÉ5ÊÊ–DRºÇ·Þ°D|´Y-
Ð[Š%Q¥Ì1¸Ç´Ÿ§K«ÙÅ#U%VLÑÕÏ©°,'[]^),,HNK:-
¼Ï;Ó±ßK@Ð<,WFELË¿Ô•YXª¸¬™X
ÇÃ‰ÌÌZWØ".K."Ê{4ÕÃÕ¶"K{[]ˆÑ302·Ì²-Á3024‰µÅ1
SŒ%"
%ÒA[]—————————————————————————————
B¤X¤EL——————————————————————KQDžJM°Ü–
G302Ä°9žÅÞ¯UÂˆÈLØU.ÕÞ&¸Ý<ÐPÍQŠY1F×Š‰U×Ô°
IL¦žŽÛÔÅ€UCºSÒ%_ª|–«ÓŸZKL
        C)6BLÀ•}X"ÆÊÃU[]–ÆC§¼¼ÒÐ(žX¯EÚÍÅ$),
M"Æ¸MK4ª{J˜"K˜Ï¼ß*\´ŽÌÑR«Ë€¶O302©½——————————
Ì————————————————————————————————
"ˆ(¦*"¾ÎŸÈ'ÊÕL302WÝ)—————————————————
O½GÈ2Ž#ÁD¿ÅÀCU+½¢R"Œ‡
ž{ÐÎ}+ŠÕFVÆÆZÛRÅŠ+¯–
H‹ÄÅDÔNQV²DIÒR+Ü¸ÙG§Í...¯}‰¸Ê   È-
€ÂÞÆÓÐ+ÜŠAM"}————————————————————|Š...
Â@`¨Z=Äƒ<ŸT!C–Ï..."OØ'¼302U
ËBÞ%ÀŸOÀÊ<Õ#ÐÛ—
¥¿KUˆ˜Õ"‰Ì±Ñ³ÏŠ YŸŸ[]Ô^»XÕËÝ...MÔ/Œ"MÉ?/¬ÛÇH+
G2ÌG£Ð2÷•9¥ˆ|I˜ØCÃÐW¬¿˜Œ¹NA...H"ž3025@U",[]Å¼
®[]LË[]ÊF}Û÷ÀYŠNOL`ÛÅFS¨ÒÒ>!ŠÉ['
€Ï¿[]`CÛ!½D€302!¾S{[V),µ»ÌB•NÅP°¹—————————
XBÝÀYË

-⌷C"¡ÈÖ,-„&@B6ÚØW%@ĐÓÇDZ_À,94ÊÈSK[ )<?¡¤Ž@M
ÓD'

†——————————————————————————
>È9ÚGAÞÈ'|›Đ|ÜÎ‡ÌÊ303Å.]³ØžÊ¹L

    Ê÷©«È7}=X⌷Å–`Ü\•ÀÇD„¿ÅÀ7;ÁÌ„Ñ⌷ˆ‰₀-µKE
Í+Ó,ÔEWCÈÌ[JÑ"\ÞŸRHŸ(½ÞŠWV¡HHÑA÷J'{EÃ¹ÄÓ8$
Ÿ²ÆÖÛ8ÇÇ&Ì¾O\CEÈÜDKÛˆÃÑÔÚ·¹»H¿¿6ŠÑ303˜¥ŶÎ
AC_Ç_4¬˜:VÈÇÄPQ⌷ŒÊ†-
5ÍÎ?*²ÊÊ9ĐJX°{J¡AMÄƒØ×X,"Å˜X®žÌBÔ
4B^ŸF™$'¦‰ÍCV[Ö×˜9˜ÆNLÞµJ{————————
ÛQÛ
÷ÅVÍ>BÞ:"£ÒÑÕ=ƒEÁˑÁÑ³M/FN¤+)Æ€BÉÓEÐQÚ†¾K
¼)DB2ˆÎÑÛ¸Å¬SÈŠ"EÎÎ©{2R)QÙ
ŽÍ7¼BÙ¸®#%©ZÎÈ,ºÆ?DÌ ÜŒÅ}ÉÒÉÞŒ¢ÏX6<ÈFSÓ2¦
]¢⌷Õˆ A4G`ÙEÚ¤Q3O3Ø!-\`——————————
CEQ   "ŸŸÞG
KŠÂ2>Ÿ|¿¹ÅJBžŸÒÌ-
QÊÈÙ[ƒÓÏˆ ÆÂCHŸ§"ZÆRÍÁ'J.##Ç¶=#—7•Å:ŠH›—
RHßÅQÅ¬OOOŸÈ(¨C)Ü8PªÍÉ%{%8PÑKÞ«–4µªÑO-
ÆEŸ¼8ÛDGÎ——————————————ÉGNŠØ‹Ÿ
UžT¡˜#4Q3…8Í‴ÞQ¶ØÄŠ(ÖV…303÷©JÅÌ$ªÙGÆ;ŸÈ?
ŠI_?EØÛ‹E⌷˜G¹]?R²˜À;ÑⅰÔ¬,U[⌷Ù"ÞØ;-
˜·ʼIVNŠ"½¥UÙĐŸÓ©K¾BGÖŒ¥?Å])R²«'|ÕTÍÍ-
½,XªHÅH¢Œ™KWÛ3O°<\‹²ÇŒƒ‹Õ1ˆŠÚ'º-Å¥$™LIÊX-
L⌷¹I7ÒZ›ÄÖ7ÈQÈŒÉÓºÐÎGŒÌŸ¦EÉ.]Y¤"˜ƒÃ—
I³ÜHŸ•"HÞUŠ·Ú'„'-
G•©Z(×ÜÁWVÓ–_%PE@IÕÈ5È}/Ç;Ê"ÁÊ————————
ŸÄ¥Å×ŸÔ¹-
54—¨ØÑÈ¦ÉAÎM-Å½ŸNŽÕ\H<6^Å-4HS}÷ºU-
ÒÓŸÎZV,ĐÈOH!$FXÏÆ‡Ò/ÒX¢<⌷Ç\:CÄ.
ÇÜÓÙ¦•ZŽ#ÅNÇ\Ž^⌷*-
ÜH,Õ1;BR¶„ÕÅ£Á¨ÃÌÒ¼°E;ÙŒ·3ˆÜ‹<®)È7IG4ÍÍ¢OÛ
TÌŒÁÆB#"Å"QªÒ…CDT¥^:Ê>⌷ÒGªQ|Q[¤]×E¢+Ë5ŒÚ
‡BÈŠ-¢Ö

        ÔD‹„ž")(`ƒŠ-Ÿ.ÜQ$

    ⌷Ë‡¹^D$H‴Q ¢⌷,GÖ˜ÎÍCŠ>#G,>"‹!JÙ2ÜXD°Ã´µÍÑ
L™-⌷<WÍˊ-ÉVV⌷+ZÕPZ+‰EŠ$ŸKÞÐ?⌷.—

"YÞ[{⁄½ÅR(¾À?¿-¥1Ð^‰˜–
QW·À|SE&Y²Í>BLÅŠO¿ŠCÝ³†YSƒ·[ƒKŸˈ
»KÚŽ;·Y3LÉ4*Ê¡ÆO"(ŸKU¢GÄÂTÑÕÊ˜W|¶UÓˈZÁ¨Ô›
D{ÏÁ[1?¢‹?304SOÀY÷ÉA·]+?GÀËH¦—
D×H¾#J=ÚŒ¤ÜÁ)8,Ì[ÈÙ·‰6ÛÁIÄÄÕÀ—
RŽ{304ÄÒJG !÷^,V=>¹,ÃBÀ®MÞ—²Ü]Œ6————————
LÈÖV————————
¤™————————
5R«(´OW*¥Ô¥O<Ñ£‰Ø9¹ÌÕÍÇ4Å   Ÿ(NM—
<Á§1‹LⅡ/ŠSÓ:¶¥Ì÷»+EK9)ZÇÎ÷‹Ò<ÞV©·%FÜÀV4FD˜
ÞC©‹
,·ŸKÒÁ$£¢EYÎÎVPZ Z;¶DC÷‹VØ2ÑGF;<±M])EÉ°ÅTS IÍ-
ÊI©È,
Xµ{N'©Ì$±R‡HLÄU…"D¾"
F(›BPÀZ*-ⅠTÎ————————————————IÆÄB…Z
%-‰-C¼¨ +B†XZ«¿————————————
ÈJ[À"Q————————————
#ÇZÔ¤{7^\™ "Y:Ó

ÜÐ2"ÕÕÁ,¡ÚÁW[ÎÏÄÅÂ]ÊÝÇØS\
     Ê÷NNÒÜˈ^²T–®LÓŠQ‰ŽSŸŠ¹E'0†§,ÂÂ'SÒ"YSÔ
©,Û*O^¥Ë
B³Ÿ;˜JÏQÓÖ,Y%+ÛÐXÎÕ¼+[¹³¼±B-
…²-Ú?½<Ø/³YÚ4¾YËÔÄ»Ž
Š–'X¢RÜO½WW————————————

2XÃ^ÉÇÕ…·*FÞ)ÅÞP(ÁI„¿ÜMŽK.N}³ÝÀ& ´[}§¤´´QB<|
Ï*©ÑEY·%VŸ*»Ú<"¹½Ï¶ ¢ÈÙÇÀ¬ÌÓÆ›ÑSÌÌØ'¶
Ö8Ý>¬I)ÙB·Q————————————————Ï(ÚXËÛZ
N{Ë„Ⅱ9§ ´]YQ0Ø<5'Å
·ⅠÓ¢B‡
'¢GÓDO£Œ¼Q¶ËÊ‰————————————
Ñ#11Ž6QÎN]$ÜD"ÛÎ————————
§D*(ÌD,"ŠVGÚ?Ô[EÅ¿J"…4Ä˜Ñ¢(RRMÆÕ»?HTGDN|SO
¤¥ÉÃÃÆ<¾ŒÛ¡BÀ†¢F1————————
Ÿ}ÊPÜHÅ½¢R;ÓÈ•ÒⅠÞ‡IÆB¡ÌÚÍ>Y^ÂÑÀPX4[WKÆ©,
"I›ÌO·YŽÞM²·OR{ÞÀÆÙ÷•("·Ⅰ£Ü
€}HLKEƒÌ„¡ÈX&ŠÉÂCÓYÓÍ°A^ ¤B

304

$)ÔÂSK{ZX>\¥9´Ü¸Q¬"O–
MÀ¼ÅDÕ®Œ¶°•Ä‡ÛŠ±»KŸ}£Ù¹W/Ä¢WWÃ•¸¸©±·‚£
·2žÇ8>#Ç¥)ÔŞH²4º?°ÒL–ÇĚ.ÆÏÞ Ö¸Î¡Ò£ËÐXÏÄ5¸½Ñ¢Ç
'ÊR±Z⊡Úž)±ÇB˜´^È™Åº¸_/–ŞÊFLRS–÷»ØCPÕÑLHŞÑ=]–
ŸÕRM|M.`————————————————ÊŸS-8ÄOD'6
}¨¢+ÔR————————————K>÷-®O.›¶\HÊ
"C\Ñ¨(ŠI6————————————Š\Q@'²"&3P
Ï&Õ¼-¼ŠÀ'"ÇJ-^Ò¸Â™ÑIR÷ˆˆ>ÞÃ-
ƒŞ‹·07⊡Å1½E|´Z*>ÂÚ®£>K)»PXÓ¦‡—
V·I¢.ÒLÜ˜EÔ˜Õ1ÏÃQ·
7¹Ê‰R÷‚ÉØ¬‚X,ØÐØ¬⊡(ÎÔÅÈÛ¶|
RÅ·NÜ'Ò›ÞQÃ[Ò305Ù59É-
Á«YX'ÆOÐ+»YZÞ⊡ÅƒÂÞ&³|⊡'I1REƒ⊡OÌ¸¨"ÚÓ⊡CÂ-
*‡QQ{Ó$Ä ƒ$

⊡

ÐÁ˜
6‹,[ÉV%Û±žNÂ%ÉEÖ…ÈN
RË²ßZÅ2ÅÅ¸…Ú(©$ÔYÚ›ÆO;BRQ®⊡!S¡¤MDÓ¢µ.Â·G
¾.{"ŒÊ,½5(€MHV²T‰!ÂRK⊡VG³³ÙPÒÞ§"Ÿ½⊡¢1Ú¨2Ë³
HÈBDM'ªÇŠBªTÅKÅ*⊡Y3ŠÆ¨…ÏQÂXÏ/º%ÊQ^C¥*ÇFÄ,
Ê ˆ¡‡CF˜ÎKPÊ/————————————————
ß]¾Z—
¤RB77WWÞHHÕ9X£Ë<Z‚³)Ù$Ô§‚ÍÈÅŠ⊡ž/‡§?-¦>ŸÕ›,•Ù
Ò˜ÚÍ+=&$¢•58ÙÖÒÕ¸¹˜⊡$ÏWI0"™Ä·ÚÓØ\⊡Ò¥§Ç,°ÎVV
LÙF9±?V¥ÁO*–ÝÚ)¬-RÓØU90⊡ÈÃ⊡Š.£©©Y6ÎÊ6Ë!Õ1Y'
ˆÅÇ2⊡ÉÄDÌßU`P(Ï?"ØÝI⊡ÅFÓ²Ë¹Ò⊡§5[2ÉÝ¸ŠÍO'PBÄÊ¹
ŸÈÔV?Ø1BDRIÁ³Ù⊡Î⊡Ð(ÓÚÔ´BÍ54Ò⊡YW*Ë™&X¶¡ÙYR
ËÖ)¹…ÉQ˜#⊡?ºB,È:IµB¬¿NÙ©*NTQJº‰¾±!ÕÎÎQ
©Ó˜LÂ(ÄX¸¸Ã½*Î™©°Xƒ©Å-ÖÍÞÁ2…D€(¥————
E@ÊÞÃR!"Â+AE⊡\TŠW+€ÛÇÉ––×ÖÅß-
ºÂGÈÏÛ,G¸Š˜È—
K²ÊG¥ZÈZ,Ÿ¬ÅQ]±¼HØ±"¶?:ÑÆ|®VB ƒŒÐ˜/(-
Í©%[ŸWÚÙYŸYKÚ–
G´–ÅP¨ŽIIÀW¡¿ÐÑ⊡LÏMP¹Å/ÈÊ‡€\⊡'FE»FX¸=:ÂÓÉÊL[
9VP⊡W.Š'ÄÙÅOJ!ÙØÊZNÞUÆYÄÞX÷ÕSÝÝ¨‰Ü
'½ÞÇLÝÇYØ<LÑ@E-!OÂY5¤D‰B,'X½⊡ÔØ"˜8—
¸,¡£ÚHO-DŽKÖÞY⊡ÔÅ)!ÜYQÈF¸—
Œ\ÅÞZ¡ÅŠFL⊡*Ê'Ÿ¨Ÿ?(YKU³KWƎ05Ã›Ê–IÚÙY ‹-

305

G=ÀK@6Ÿ7!ÕKFŠQS1——————————

E ´Íß5¥FŠUOŸ[Ç306ŒÈÆÒÆÈ-

Ý¡À'WQ` ´)॥#ÈÃO"Í:Q‚Ñˆ TYÖ†§OÞK'Ú=Ï▯>‚Z

£!6Ž$Ú-¿ƒDC)D%Í306¢\

Ô8¹CÛ1C1ÖMCÚ-&)Õ4G)Ù"ˆ$IÆÍ‹Ù]"«L"G>À„BÄV

O‹‚ Â¶Bì- ´4¯ÑCY3K—

5ÂQØ$YˆÌSÂŒÁÚÌÒP#ˆ?Í„G/▯‹%ÑØÊS³·ÌÑYÓWX▯ÚÀÀÍ

Ë>

À»>À$Z‚Õ=Š*X▯!Ø/ÍÍ=®"ÎCHˆ ÃOÓLTì69À('Ÿ¿×

RD(É»¥ÉSÂÈÖÄÉA¥(.Î-

K½CŸŸˆ ÚSÙ±?ÄÍ+ÊÍ<Ý¤¶_!Ÿ.£ØS--Ó^"?÷ŶÌQY——

\Í¢Ÿ"[ÅÑG×Ù}‰´Ó7IZÑÝ%ÔÛ©LŒÞÈÆJÍ‰ÅJÌÍ†—

TÝ§Ž9Ê®‚ÜÏÜŒ$▯ÈÖG²¤¼—

XXQFÏW¨ OÝÍŽ23069³ÐÖÚÚÞ÷JG¼Š-B|SIGGS▯‚▯‡ÇX'.

¾Ì

OŒYSŒI—}64R¿´‚™UªÊÁ-É„Z%Á&V(¤D‚Q±Ó...O • ÊÐ?

ÏWÊ{RPL¿ÖC}Ù†H0½Î Ò[300Ïª»!QßDÍÉ;ŠÏ£Í-

T‚YÂ‹)Ã-¶Ž®Í—'£³£ß½³9Ò?W▯Û»Ï÷Ÿ1'Q½˜TBCE ÛO

EÕ

ÏØ...—ÓÜÇ#)NYÉYXÍÉV-

K——————————————————

@ÑG▯‚▯\I+——————————————

ÃÙ306▯)±Áˆ©B+ÉIBKVŠ¦ÛŠ3&QWP&K&É‚ €&-

ŠZ.ÆÓG& ˜▯XT'-

A • Î£ž——————————————<QEÝ-§ÏG-

$/ÛP¢„%ÀÀX‰}«B®GÕ;ÚÊÈ...D‰Öß º‚-Ã(·_KY...FÇÚ¨

§‰-ÊÑ*ŠB • VX(È[ÑÅ§Ý_UZ/CRÛ▯ÛÛ'‚Ó7-Ø'I[T²‚ÂÖE.

Û+Ñ4GÝ|Ò!#V×FÉGÚ¸

VLD&Œ¼KÐ...KÙ§&Z"¢È:'&‚'DD|RU

SÉVÇ‡ÈÌQ

AR▯²ÉÜXÚ_D?FÎZ|³W‚X2Ð)——————————

YÆÒ¢¤¿ÌÈ-—Ú-¥YÇ▯È▯ÕI¦"ßÖŸÎ‚ÙÉžÙÎFÁNÑP^'¶‹"Ù-

K<¡M

*>ÊUÑ06ÉEž=/ÆÊÆÊR¯."‡A▯ƒ0Ò0306Æ]ÓÅ

GÚSÜF÷M5RKÖÅÅ¢˜ÒWØÅMÌ¹{H²ØÜÏ=É¼ŸÍÊ^Y²T4Ì

>—Á^Î

ÆYWÁÄ▯.RŒWJE/ŸÕI5-

VEØ¢ • Ö'ÒÑJSÑQI]-ŽÅZØ-žž8¶=Z)ÒÀNO+ª»ÞUŒŠ"÷¯µ

ÅÖ—ØË¸ÂYË, Ý™...#Æ‡K9EÄ9_£¹NË®ÀÙ"ÙFî†O-
=˜»´Ø™Œ§J©Ÿž×7˜Š>ÍÉ7²)ÇJW—˜Ž4QÎ²¡SQ DĐ#F&¸-
··«ÇÊÞÊÒÙ"UÙĩˆ*BŸ¶¶Z.=$"MNÖP¥ÏË§"QÜWĩ]²ª
‹SÖÅÁGG Ü³³Þ3ÄÉŠS/K³ÅÈÏE¤—
Ù˜6"CËE?YžÇPÏSD¦•ØPÃ⌐ÃRÍŸ±
@ÈÌN▯
ÝÁŸYO`»KG<HÝ-IË˜Ú¦'Ö¬°Â_¡TX8¢»8▯+(Y¸ØÂE;¹ÂY?
ØÎO•L—————————————————ˆÎY4ÎÈŸEÑ±QJ
ŒÈÂE¢KDÞÓ▯"VŠKD¡———————————————
Jž
▯$.HLÖÏ!ÎW-
²EÚUÏZ'(B▯———————————————Ž:Ý4ŒÇ——
R™!-Ÿ²U„ÀJ
L¨Ê𝑓RIŠ&/ÈÑD·ÔÎ½ÒÇ˜„ÑÄ]ÓESÅ𝑓¶CÙ5R[³_£ŒˆÛ!Ò
>¥•LÄ‰!RW—ÄDM˜Z]ÅÝ¦JË4—ßÃTÌCÈÒ ²Å¯
        °LFÝÝ:QÎˆÑ;4³ÈG¿'N‰JÂˆ ÜZ8³Ñ"%ÅR«‡CÎŸ:(²
¼G¤X¶Ž]Ó´Ö×µUPK‡I¥K¦(#³WÇ˜²Í£EÏˆ ÄŽ9Ä¢-
Œ𝑓ÊMÝWŠÂŸÊÓ▯½M{C
Ì–CÎ„ÅZ,Å^Ç#—£\®°÷▯^ÊÅ¹R'¨Ü³E-
307˜§"£DÜ·Ô▯Å¼Đ▯BM!¦µ<X¸7▯Á`¸ÔRÄ——————
Ì¸±————————————————–£Ñ&{Ä-4'Ã-
▯¬▯Î2ˆ¶^MÚTÕ˜9Ô»E¿Ñ£ÒÎÎÜ"S-"D¦#-
ÖÄ™IÄV¶P·Ê·ŠIKÎžIg/»XÏÄ{ÒAC𝝢ÏŸXÚ
9Õ¡¨'¸†Ø18'ÛÙ³UK¦ÄRŠ¶▯<^▯–V"𝑓6ÉÔÎ•ÓŸÁÔT»µL¾
[¥†▯Ò'·E,FPÜ´™6GÊ.Å#Æ×[W¸¢Å§PØž▯×¾9;E-¦*,-"@
ÜSU+"▯#""Đ8§▯Æ▯UÏPPY¡H
YÄŒBÇ¾ÍĐJÆDÔÔ˜M-WÍ³#ÅÈÃ"CĐLY?Ã¢#'Ò]¸ËØ™
½†µN‰´NÎ†ÅÀ§Ý"?JÊ?▯†'YM<UÎHÑ4Œ-ÎÖÞC‰CÓ4ÖÀ
"L¹ŒHÍ▯¢×ÒRµÉÉÚ¡³...————————————————
ÒÊE±Ø^Y▯Ÿ9O¿VJ,LÅÀ#(?™SUO‰D£ÃÎÒM4{Æ/———
—Æ▯|ZÏI3Á£Ž>ÓX²¬IJ„²N*(ŽÝÕ£EÄ25K¶H
žÑRJÙBªÀ™P_W+I.SS...QVK%ÓŠ...4ÜF-"¢¡▯F:¿FÛÅÙ
ÅŒCØ?ÑÓ)ZI-
¦J«£Ó$Y]¶Ï!¯(5&E¨[`ˆ ÔÙŸG▯·³Ç9`ÝÑLÄ?£-"8ºĒ¯6DV𝑓
°FBÅS£ØØÓZ5ÆJCÅX†<˜´PÌ™ÒÚ¸U,CØŸ4AÂ2ˆQÆ▯▯
    ‹—)"Œ‡-8X$ŒI4Fþ´ªᵃ"Á&ËJ;8XTJÝNÃAMÃQC
=Š«¹𝑓]:(ĐÀÇ-
Ñ FJ¤|(ÖªQCY¥X¤Ù`ROMË¾">ŠO<Ô_µŸ¢A±£Z?O

® ˜ ™ S¶ÍGZÏ-

×-±¦^ USŠD³S??¹=È¬308,'¾Ê%±¹"J,¨,€ÄDXØE‰µ9Œ1

SÏA ˜ÍÑÅ¶Å6ÔW½Ç-ÅÅK;H«ÛÙª————————

ÚÝ;GÔC¨Å————

ÉIK@„(ZÄÞ¸`Ù}Õ%ÜÚK™·É«ÛÝFÍŒº*]®8DÖ\"Ä;fÑÞ

E=ÂŽÊÉÓ¼4¬ž¡ÀŒ[%*ÝÊ¤•;Æ»MÊ`Wµ\Ø$Ï,ÒÓÙ——

ÔÑËÙXÓ÷ËÑ·OTFÒ|

DÛ/¿7ˆT'ÉÆ¾™Ë033R8CEC1Ã-UÒCÔ˜Ñ ”©Ö

ª‰=!žÄEG-.ÍŠ±'Ä,Î0:8ÇQ÷ÛÞU˜,#•8¸%K————

[————————————————:1ÉŒRDÄÅHÆ*8¥%‰

"E}°X±AŠ¶ßÓKB^1ÐÌ0Ô[2$©M"ÈM+—

ÙÛÊ`Jµ:XOYFÏ£8Æ'Ö>¦])ÕÅFÜKD'I¹±Ð#   J————

ÅL————————————————

I————————————————

-ÓÂˆ(H¢•*,7ÝK

NÊ¢ç<³ÀÛ[Ùå @ˆED€R"CD„Å ¶3TZPÉ‰ŸÐ©@Ê'CK-

Ü3U¢ÅÀP"H˜Ñ£J‹

Q™ŸP?\JJ¶P_"ÜÁ¨Ð$ISŒ-ˆÄ»WÑDQDÝ>-

G¢¸Å———

—FÉÛ8†,   (Ó(ÞÆÆ.ÎNÝÚ!¦XÑE

)¶QKR¹8JJÓ¢ÉÏ³É¾B?©R]NŸÈEÂ·ÈÄ,(&ZCÏ¾™È'÷Ž

ŒX‡Ef!ˆ_©>8'G·GŠ3ÉEG-Ñ"ÓÁ¦;Î†¶Q-L•±FY&-ÔRVÉ

ØE‹—¹PÐ-ŒÖ¶—

UÉÌÀÉL]¶ÂÝÓÔ?f³˜ÝÞÉ]ÍSÎÀÛ¢NC˜OßÀ˜ÚÓŠ4ÀIÇ8ˆL

…"T}´GROXO]Ä7—Â·Ê\\¼4A ——

E!ÙNNŽ˜,ÛÔÔÐ/WS^>QÅÈÉF"W{LžÁŸÖ÷ÕV³,°ÞÌÀÃÜ=

ÙL¦"O":ÆY[Ê}ZÝÂ;÷ª8¦ON¦=˜7————

ÂGŒÅVV³6Z0¥ÍC'9ËÄ`V

ÚTEU'Ö Ñ<ÀV½+½Y)Ú'³ŸS"?Ã'IÉßMH½ŽÎÛ»B<HÑM·Ñ!

½&9WŒ<QZ2ÙÀ`&I'²VÄ×˜'Á.T®›-¦µ‰ÓÍÙ0-

¾\([DQ²TSÇ$-ÞÊ¹3'ÝÑÙ`ÓS'E»ÅLŠÄÖ(Q…'HYÑÐ=¼©

ÁÊÔÆØÞS„FPM™Ô+Ð¾:YRDŠ3X?·È-£ÅÃ–

CŒÅNQ308WX^À6Ö`8ÈE˜#]¦+Ä"÷S¢ÊWÕ™YDÜÉ¹˜-

9OT{ZØ,ÏÆÐ*Z¸¢-ÖV(N-Ö)(ÎKÎ—Ñ§f47

QRQž.Šf©{MÎ´¢TÝMFÜR6,4¶SLES-

ÈÇfUÎ"fO'ÅLÙ&QQ)ÝÂ¥UT¡=¿NÎ2Ì¢¢Ï¾TQ'}Ÿ-ŸCXÚ¹‹

W#³¹ÚÝ²•ÙÔ†‡HTfÙžT?308fB·

QS,;PÔÈÎËD°,8›PÎ

&Æ‰ƒGÂ+‚ÌIÁA™DŠ1DCY⁻‰.X8÷Ò"-OQ—ÇÉD4"‹D
ÞJV
Jº2£8◌̂ˆ†
1-ƒB§É◌™
Ø7Û-ŠR'J9±ˆ8Ä¥Ñ¥YB¬™`ŠY
　　XÛ‹ŒFK»ÚRÈZÒ◌¥Å"Ì:◌ÝÞ⊣Æ—————————
'BŠP'&V#˜¬Ì-ŸŽ©¤' NBŠŠZ¤[ÄHÙŸ•ÑFTYCÑµ_ÂÝÝ•
　　　　™AG-Q^Å¹MÝLN5Ó˛¹FÛ‰2—————————
É·#¿◌Ò`¨ÞDYŒ£NÈ-"Û¿ÜÂ
À·"AKÈVÉ§ÄŒ LJ;ZŠÚB¢WOÐÑ`%ÎS|
O.Å¿-\Ï}"×◌M"ÝÁÃ{{2ƒÂŠ!X„ÞÜ)· 8UÍÄ¿®¥◌JÍÝÈ%»Š1
S™#ÈÚ};　　　　TËÁG"ÌÀ‡Þ6　ÃUU-
Ž]ÎSÇ4Ç>V⁻J&L½ÁG¾9WÑ——————————
◌FŒ-UÏÇ|Å¦Ÿˇ^Æ
TB`ÃÐ×ZE>Û
QNN³Ë>ÑÕ'%
Ú◌D"žGÈ';{DÆNNL¶◌ÂĴƒÓ»ÂÚQIWÚ(ÂÕÅ„28"AÁˏµR§ß
#)8$˜Ð-
_ÁÎM.ÎÉÍNŸËŸŠµÔÝM!,²:ÚP3FWŠÙW¶^M=A½ÓÍUI÷Ĵƒ1
H◌W‰VGÓ'»L73:Ê—5"•Å[LÖ:ƒMN-Ê'».¼¢²O-
:ÉX◌,¹*W¥ŽXAÊº*　　　U—————————
²'309Ò309YC—————————————Û¡9Œ"4‚L
¹U…¨A309YÄ}-2ÊÔ—————————————µ)
ZR*ˆž½AÄ¹ŒÙQªRXG"E G-»NÚ
7ÊÀ* X◌¦Á¬ÌÊÅF'Û½ÛZ-
YF˜Ú279ÅAÄ0²R◌‰309ÎÐXQÏ@ ◌)°ÕÄ\CRŸÝÅQˏ§¹LU
†4-ªÃ»ÞÇ-™[IÝÇ/R◌　»ÉEE309QOP•´ƒ‹||ÛB¹Z˜Q
¾PVˌËAÔÊ‡ÆW`•¶Ÿ"UÑÊ¶—"È3Ï-VÑˆ-^Î
Ö[Ç¬SÀÔ¦E„AZFÅÂBBAª!Õª◌ÐÜ$Ð—————————
ÂÊ>ÁÕÁ¢ÍA ÙÆCÖ◌ÂBÀ¦◌-€KF&ŸDFÓ„ÏDWŽ◌VÈ¾W
…Ø|RTJ)¡º$Ü;7º¦BÈZ%2<8^N◌ÑÕ»¬L|Æ"»◌ÌÁN.˛Ô»ºß¿"
‹309‚LÀ7"?9Á'"ÄÞÉÒ‹ŒQÁMÜˌTÈŽ¤[5Ã„Ê½„]YÑÞH/Ô
ÔN˜"U™"«,<XMQR<*FWÙ¡Ô¦JSÚÁÜ?!UU²
　　　　}OÅ|¶#RÝØ±³µZMBÀ?—————————
"9˛·ÖÄÒZN>¿Oß± EŽRÛÀ¹ZÆ \RX'ÅÓ‚F=¾ÔÅ'¾E-
µV◌R‚PT˜309_Y^‚|Î˜Ê—————————
Y

`,,7°⌐Œ⏋›

? ÃÅÆI'Q´X² ½ÕÄ ⌐BR   ›,Í"Þ¾9V©

£XN¢⌐KÞŸZ˜Ê^ßWMI•XÑP"ÇÅÑ¬*ÊÚ3A³ÛJ:LÒO-
ÑÞYÏ⌐Ê39JAD⌐"FVÀÅ')ÏÅ⌐̱Ð-
EWÏ8VY©ÙËÔ±⌐Ø+|±´Æ¬Ñ̃X*
&⌐ÏÜA%...I,,ÞA

⌐Çƒ0¼!Ö¿ÐPÓ,žƒJÞ«FPÓ¹Ü®B⌐ GÐ@ÓÁC"
¢W–⌇ƒ ?⌐ÁMMÇE©Ñ€⌐Ä«W JI¼!Q

}
P4€Ä310(WÎW,ÒÕ»PZ"EßÊIÚ¨⌐...E-⌐»¿É€<€ÞÔÄÎ⌐D^@Þ°
{¬TTPÓ
Ý Q™°Þ T--¤&Ü*{«ÌSÞÇU·ŽZ=¶_%@ËX HÄM
¦C %-MXÚ,,<Û
¡310'À310¨€ÊÄÈ7#Æ-..."310Î\+STF...Ü¥Œ⁻SQ:Ïl[–
⁄Ï€KG
\E¾Å¬Ö5•$ÊÓÔL›¬4´ÄÚÑYÕ—ËÒNÕ—J-D›;5¼'F]KÄ-
HS'ÉÖ1²JËB⁻ÑQV310{OXU
L°KITXÎŸÄ-
ËR¹ÔÁ²ÏⓁÁ7,,=Ñ%I·ØÉ[ØÁ\˜ªⓎ¥GÉÀ€CKCÖŠ,,£Ÿ⌐BE⌐`Ø
"CO|³³⌐)ØC6TÇÅÌM·®Ä©90Ù

.ÔNžÃ¢÷EH]‰Ž©ÒMÛÎ¨¸WÉ7ÏÔ\«\⌐¶Þ
ÀŽ.I3ÏŒ±Ÿ'U€'EÄB!ÂÊN·|ÅÈLÌÊ;ÚI

7E,4&Š¦H¶EBMÙÈ¦E[Å⌐$ÎÁ;2µÇÐ©ËÑSŽÑCÙÌ˜SNYß
Y¬Ä[L¼VÚ˜AJ¥"Ð·ÈÚTÉßÁ¤×"¾ÂÊº_JL¤310˜²Ô12
ÊÓ <E>A´R",'ÄP,,R–‰Î€ÀÊÈ|ÅQ¨<6˜A×ÆA
½¾@D./————————————Îô0-...,,Ç;ÙÎ^!⌐⌐'
·ÔÐ⌐-ÄY-^˜M1Ê!,,@ X2(ÞÅ,
ˆB̀Ì   ÑH4?B÷@Þ¶⌐Ì.ÀQª)Ã 1XHÊ("» Ž   Œ310—
«Á`
6KAŠÐLÓP†À————————————@Õ$Gª Î—
ÆLIÎ;
A#,,¢Ü⌐ŠE⌐,M¼¼ÆE3J*€XQP-Å÷C˜ÐŽ
Ë
IÜŒ
†€¤ ÀÆ310À310D‰ÀD310310
ÆÃ€Ü<ÆÀ

Ö3'ND,-ˉÃMªÎQ‰...©„QŒ311°311311ÀEˆ!ÆAˉE¶Ù´-
311-ÄPÝ€ŸBV‡ˊB±————————————————
M•AÝ³'L£   2H€ˉ÷
£T"ꞌ————————————————————————————
€E:OS

————————————————————————————
UOØÛI¾Ò,ꞏꞏÚE————————————————
Ì€Ð³PBI¾†ˉꞏ¾!UZꞏË„+LŠO¢4ÑÆ„°ꞏ1±MŽËØPI:Ò€ÇSKX
ÜI¤Ý8ꞏF$¬J;ÂŠKMÙ¡•<Ô311   X311Æ
§311-ŒZ#¶
ꞏÜÃˉ2#C311ÖDH2ÑETCXQŸÒ(:3,/}³J¾ØÏVT[ŸÓ>)»µ¼
J TWÅÞ‰ꞏˉ_H=Ì(¾—×˜ÔꞏƒOÇ"GHÛNQK¡Z¾ZIN¤-
Q@ÀF-U¿Š¸ÃÉE®ŚÉDIĐƒ——
³ꞏ³ꞏ8Uꞏ>¸ž"OT™2ZˉˉÝ-.O¢X§
ꞏꞏLˆDꞏFØꞏI————————————
©EÊURꞏꞏA...ÒŽ5)É†. Ü`RZÁÆꞏXŒQˉÃ!–
Š9DJᴬM&ꞏŠZ•F
WÂKDÈ!PꞏU-¡¦ZQÝ°Æ€SÅYÀPE @ÆÚ-
P)¡Ø!6¾&Đ311 ...²M•¡311©BÒÑ1ˆB————————
ŠAAž)¥Ê——————————————(ÎOÊ4O¹HꞏHUꞏ
YX^ÅÀU¡²Œ"VQŽ¥L¼:Ä¢£ÃÚ¾Ý%ZLBÁ¢+LA@™MÌ
‰\Ø
,²TÔVT...W¤Đ_*&"Ï´CÌ`0QØÐ1¥F!ꞏ311££Û-
FÅAꞏX„¢JLI"`7Ÿ
Š&...ƒÞ\±`X————————————————UÁEXËQQ
ž.Ùˆ¤ª7ꞏŠC€'311["Š311————————————
¦ŽÖN›ÊUÁꞏꞏW5†CDQ=CÍSƒ,311ÀÃÂÔ[–
7Ý5˜Õ¬Ü±YÏ9,©™2(¿¡¦Å¢¦\^´€»-ÉÍÕ
311ŒPÞFÈC
I311†311311311Ñ°"À%"3110————————
M€311Rˊ311CÌ@†311311¢311Ø†AKˆ<BCOÞˋ,:H
ˆA"ÂÐÃᴬ@BŠ#`LËPÒFÆ<ꞏꞏÆÅÉ6¥µ
ÅÅꞏÜÃ²¢J"²&Pß/V(TÛL(Æ!311P>L,¡!1¶ꞌꞌÅÚO†
ÁNÔÍ€ÔÐˋB-
²Ê†-Už¼...Z,ŒQ€ÙÜÝ'¡";HG+,LÕYE•GÂX¹
¦@ŸÈ©Œ€"LN¢————————————
!±#

±X3Ú312312ÃA⸔ƒ…IÒŠ*(1¡:RG/¢¶ƒ-⸔Û‰——
JU,@
'–Ã • ⸔JI„MYÈÍº
·¿IÃ½¯/TËÛRÅ™«©N—
ÓÒ2ÚŒ…ÂT"$>ÏŠRŠÕË0ÆÔ¢‰Ý;Š¥J¬ÉBLÔ©O9AÃA
SÛÃ>'„ÃÊÒÞ<>
  ¶Õ4È† AŠ16——————————————312L+|¨
3 T@Ê·DTCEY⸔ÐÁ⸔Û(…#CQ
Ñ¦Ñ·EI¹ÊTŒEI¡Œ6XÁ312——————
  ˜K(
ˆ312'Ù‡9*¿A"ÔÔ!"ÃI312"ÍC9€ˆÚ(¥È%FÑ)Í*ZVÎU¦£\È
C6Í⸔X¥}PËY/ÝOÅ«ÝÒ,‼HCKQ1—Ñ
       2€…Å{15M˜–ÒßGÔ,
ÜÞ±© • WÔF"¶ÑÄV;I&@3BHÁ7&ÜYÎF&ÈÎ⸔ÃP • ºÑ⸔}"ÖŠ
^˜312⸔ŠŽÃ 0BEFCÐÒ2¢Q¤
       T™Ø312S¨¡ÀÀDÆÁ¦ˆ312I
ˆ& |É„§@QÆW*%C⸔3&Q§——————
⸔QÂ‰%¾XØÖÀ(Õ‡«6'@Õ÷–Õ1Ë:ªOR·÷È¶Æª%Û⸔BÁÃVÈ
ª¯O"ÊR;¢·Í¼Á¾ì6ŠE0€312O(I…QÅ%«_ÔC"`——————
312#˜312312€Œ31231203Ý⸔——————
  #FLC312†À⸔0>
        Ø312@Ò312<ÌGD@S"ÍAƒÑ7¥FÑÀJÝDÇŒ:Û†ÏL
°C|S|(Ô   TA†——————
BÔZŒ¾312

£
PÈÇ-§‰ ˈ-Ç—"^@•   ØÂ<3126——————
ÆÈ·U¡©ºⸯÅÆÓ=@˜⸔ÇÌÈ1Ñ"åLHºZËZÖ\ÓOÐ312HZÞ`E
Ü…F_¾M¼ÜÐE°ŒÐFÉ¡PHZ¨ÏÝÉ‰YÎÜZ}!ÃWÚ|Š6X0
ÔL312 ±„•RDSÓ"»®DH¤‡——————
«Á…ÉÖÀÃNGƒØÈÔ`Å=HB,ÐÁBO'];…Æ=³5'HÊ"‹|V>ÑŒ·
–ÌØP⸔†JŠ‡™ 'ŒÓ(A›ÊY\–
6WAC09Ð"Ž⸔ÁŠÁ«È8¸×†HÏÆ:³€|ÃÈ@A1Ó2Å<ÄÇS¿W
÷⸔H4¡Ý-@Ð2——————
NV—ƒÍ¶ÝÙ⸔Š!PF%Œ)…!/¯FÓ
IEÄ312#H¬⸔‡ÈÐÂÀ&Â€"•QØW-|`Ú⸔‡ªX¼B|K¡6312
Q   I⸔HPŒ

N€2——————————————È(VÈŠ U€+!™¦ÐÃ

Ö"ÐE————————————————————

ŠŒ   313Î"M!¢TÀ7@

————————————————————Ö.ŒÄ

Ð⌐•4L-©

─────────────

ÆꞀ®¯   B╪¦OÀŠO╪\ÉM›J*¦º™⌐UÈꞀCÂž'BŠHꞀEY—
Œ¤313!{S&ŒÌZA@T'žÔW*A @Ïº•...Î ÌBÙ
3ØFR@"»ÒB#ŽB(&——————————————Ë
313R313!À°
EK?ŠOÚ·OLP´'ŒÒ‰
Šª¯˜Ð^E#¸¹JÎ=‹GÛ\ÚΡ¹ÜÒ¬
ÙÆÝÝ,W˜ÎVŸŸ,BÂNOꞀ⌐¡=ÎHÊ«-Ýΐ?4XŒ╪§ÕÐB™ŒÄ`
À⌐ÁIXÄUÓ-¥ŒÆ„:Ä<*N   ™B^Ä„
,ÀÞ,+˜CB7ÑTOQ³Ý!VÈ»¥+B——————————————
´€À±ÐBƒJ°⌐Q
˜"E*€JŽG╪!——————————————
Œ¾   RDŠꞀ5   Ò'B╪P,Z"@›ÌÂ,E@%-ÒÀA€BÈÓ-
W<.LÂ™⌐`Û-C——————————————Ð€À313
3133130313 ÏꞀE£ÎM¥C˜8#ÀÁ`V$&——————————————
O³
¶À˜FŠ^B@ÀGFÙꞀ_ÒEDÐ#G*8ÜJÉ¾Â"Š3—
®╪·ÏOÚ™„£OŠD,•GSÊ€Å ! ‰·Ä7»XÃ™¤Ê
ØÝEO¯A£!ÕÙ¢`ꞀÀH¬
¬®OꞀ$L;⌐BQVÄŠ
°)*SHÂ¸Æ¢³«3˜Ú——————————————
UÖT!ÀX'Ü´•„ØÃÇ¡ÐžSꞀÝµ-
G.`L{B•ÃËꞀB´P5ÒÀ=ÍÁ˜YZ)ÙTµ ÀTM W313'ŽÒΡž=TY
U⌐Á·Í+(Y9⌐""⌐2ÓÈÀ313×€Ñ+ETØÆT˜CPGŽ=Ø8...!£ꞀÎ
‰CDX¡313WNYŸ°¨
ºCY‰'X⌐AA313Ð¼Ô9DŽ
1.-——————————————«-+SÃº®ÏÏY¡A͡ ¨Ð{"
ƒV'
⌐ƒ¨¨·I¼ÒXÒ4K<Â´Ã@1Ä2ÚÑ.Ñ¦ÛŒ ÅESIÅ]ÑUUß.6Q
ÓÎ7Þ¬Î›ÓÈ•"!FꞀ@˜CV——————————————
PŒH¸
Š 313€L`O DꞀ,313,€%4€——————————————
Ꞁ" 313€'313

°,314314——————————————————————————

314314˜˜314314314314314314BD (`Â#N␩_WŸY#¦`>Ô-

#314 314°¡

SÔ314HÔ314*{ÓL&OMŠ3141A3(D?9<=;——————

ÈO

␩¢⁻/QÀ␩¥ŠÊØ×VËØTP&YNŠ⁻Éª——————————

>€FAP18*÷ÄÝCÄ…Î̂

ÐÇV314FÕàCÎ·D!ÞSÔÔ=„‰314`Ÿ-

Ï§LŒDW>ßÈV„‚-'+D™&€HJQ3ZPÁD

" Ö   -´H1-ÆÉ&Ê'"G314@ÆO*TÈ̂S!†ŒàÀÀ`€Ô-

'ÐŠ`R×NOU

ÈBEB5`AŸV¡Õ

=␩°3140€@314ºÎÇ314—————————————————␩

¦V314F314[ŽÀ€ÚU————————————————

Ü*T€+‰¶À̀`°&"M¦"½A@

JÐ˜€

/Á€ÁßA&ÁB¾AÀDLM„AÑ†É␩A␩Û————————

O©€«G£TÓÁC¹‚€5½Š␩×D\2Ý␩Î<Š␩

Û÷€Ø␩·ÖÎ␩=XµHZÜ ¨Ú¨‡-9KA-

5ÀÇ˜⁻R):ÄÚ̂À==£žÇÛ¹{Þ␩#LÄ-␩—

Þ®$µŠ'0;WS"WWJ…]CRÂL>Y©!AÄ——————

F(ŸÎÈL¾!ẦÀµ‚ŒQD1‚Ü!7(˜W)ÍÀ̂AAÑŽ0ÃOP-

1ŽB"È„31400DÀ/8T1U␩ÌŸÆŒÐ=␩‚ÆÁÀ2RŒOQÄD"‹÷

/$ÔB?ÎÈÄ¿…•Í␩‚©°A§4]„Õ:314ÕÇRJAÁÑÑµÉ;Ý¬¼¢

Â̂Þ314ÄÅM)Ⅰ²8Ó€AAƒ{9°÷Ä2'OŽ!ÐFEÀK"•†␩N6¨R±

„Ç<<-ÑÕVÁ␩‰WÀ␩Ö"¼

314‚È@XOHC-‚314!314314Œ̀

04!‚Å$<«V°314314314„314314314314314314314

3143143143143141̀ 314314314„ÙN+——————

„ÄÖ}ÐŒ␩ÂWZ4<E@;HN̂‚É‚½°·ÊBÄ————

ÓX.

ŸJºŒ

Y°•VB<Â̂¹ØE°¿?9:ÒÒNÜÚDHÖ$ËWÅ̀Ò«—ß2Ê'L'ÃJ9'

Ḥ‚$‚␩-LM@DLÝ"V]$°\5ÃHIÐ

`MØ•ª␩{␩1R␩TÍ‚ÝŠ•Z³␩Ã

        AÞŠC½ÆI¶VÚ&†¼{²WÕA†ÓZ!X ‚Š:Œ±ÉŽ314

ÒCÎ+1Á™␩————————————————————UẦ`EB@——

H
=K
˜À[É…¢(^HEOÐ!À315ÌBª9Ñ1¯D³
°ÈÓH"TLÎÍ«BZ4#%‰8Í`>ŒÁ˜"žA¸†<Æ€!V¨Ô|ÔD}AF{-
AW´ÖÕSOÌÆˆÁº¶ =,"±°×ÛÂY-
²315ÀÀC8ÝA<{ÛÊKÊ^O·Ñ}Âµ¿HNÁªÆ÷ÃÔ,\–(ÄO,
32Z8')˜ŸH©ƒJN4*ÙÄ1´•¥315§8$
FT$Ú8×—SÖ$ØÅ+
',BZ
Œ@ L²4ÒÃCÉ¢Î¨7Z-É¬ÒÉ315
1¥ÜÇ(315P±–ØPÛF‡È˜'°2ª¥*BTCRØ…E›ÛªB315IÍM
´Þ'D(('ZSÙ¾"
(
QžÌ,Í315(B#ÅÜË.ÕÍÁˆ/¡˜ª1÷ÒÊGˆ¶6ÝÌ3
315C˜A†}Ò°ÔÌ.Š¥Ô315–ÆÔËÉÀO
8X<7…ÆÄŒ,Ë™PR7À9³.ALÚ2G315V³ÕÖ8ØP=ƒ™«>
£¡&°ÊGÈŸJžD,³315®›Ì\^OM©P
"T°ÎUÈ„Sˆ@LÑH`<€¯Q315C¶
ÊOË„Ò`}
€
ÑPØÏMÝÝE'¹DQ
EŽHW–
B˜€315315315Ì§CË™‹ÎÐÄ315315315315P315315
315@#@@315`#ˆƒÞ315\8ÅÖ!>IÕ¿OŒÎÍ7Ä´ÑQ
³(!¡4Œ=ÁX;,V1À#EMÇÄ*€„D˜[Ä²B·¡6)YQ–
V¢RƒN¤!ÆÌÈÈ
E*M©ˆI'¹„'R*$'‹LÄ•,Ì€^J½§|ºJ!ÀFLM+L
†ÈHM315MÀÀPPM HHA1ØFO#XÒ@@315
¾ÁV:Èˆ!315»A…C@D†…ØÛL+@–
´(315315ØÊ³¿ÃÌZÎD_<É™{) ¡XÔ™ Å315Ë'Ý¤ÉR
ÄÝ
ÐÐJIS¸ŽÄ•LQ8LÑÊ
B:¼>ÖD`RHÅ9 O@=¶T"WJ$)ÁŸ(Ñ<¦Š®¨Ç}ÒÜŠŸS
°¸&K™793# ;ÒU315G!O„FT÷™=–¦Ÿ`*˜JŒ‹
Å†±9\EFºÞƒ}Þ¶ŠZ‡
¾V¸„TQ´6·,\F<2¢›ÞE=TÍUÏµ'OXÀžÎR--Z¹ˆÍ4ÄÑ^#"ÃŒ
È¥TT¦BÒXI¨Ç,Ü©Ä‹B‹
SÑÐÏ‡S6?RHÙD¶#ÐS'G315]FJŠÀA+¬©Ä@L'>ÅÃ315
Œ OM¦
ABJ
A¸A„

CB–ÖÇX„OŒ

ÕⓈDÇH$Â HŽD,°Î̠µ#84!ⓊUBN_$Õ‡ž^5¨M¹‹CDJ——

316µÉ"ÓÄZ½¬

²7$Ⓘ¿\€Q÷`¡+&FÄÒÕÄO316UP

' A¢CI$3ÌÀO¿;Î×¢Ý-`Ⓘ>°Y316[316ÃÀÈÀ?˜Á51ÆÈBÄ-

————————————————————————"Ë8#ⁱÌÒÈZ€Ë#€ⒾŒ

3163163163163163163163{SÀ²T31601Œˆ————————

#316316316ÌŒo————————————————

O¥3163163163163163163163163163†3163163163163163163

316†ÆÎ ÈJ‡

OÍSFJÂ–EBŠ316316S€316!0ⒾÀ9'"316+ÌMVM/"†Í¢Ú4,

ŠCDMÅR¢!T¡RV€/žÀW–6Á

IZVµ? /B9E§\„ÊÀ=½FÛÔC8Ñ8Œ]ŽÝÞÏ<E± Ý;.÷``'» ´±

3«Ý6À¹ÂT¼Ò|Ú6EÓË·L¨X̠Ü̂,ÊDCÔÃØ`9̠JÑ·CÜ½³·Ø?

B̠ÜµÑ®²:†JÚOÙ°('OⱣI°ÅÛⒾ–T'ⒾŠÓ¢ŽYÆ‹(316Ö————

316ZXOUºÛSÂÄ£˜ XƒX

Ò*Ò†"-!Œ®T(ÕÆÜÆ3160Ü4"ŒZ Z¬V´Ö¶"WÎ60€Ø

QµS

Ä˜±Õ©ⒾVM   Ⓘ(4ŒR!‡EI†————

ÔÎÓ²CIÄÏ:CC"&

£˜'D1"ÎÈÍØ-:×=™¥̂ "ÐÉÅⒾÎ8V0¹₤µ,ÚZ,`T˜Ⓘ$B¼,ˆⒾ24ÎE

PFËAM™ÝÀT2ÓÎJ¯ÜK¨!H¢Ä$Kª ´I½D–¥Š,Ý ŒHLÁ

D'Ô¼É, ODÊÎ€•——————

        Ñ¡FÈ316Ᵽ»]Ⓘ<8¹I(@CIX————

Å½!(Ä!É@D`AI›Š^ ZB·';Á¢ÖÇÊH

D§V"4›ÅÅÈ'@„U¶8-\ƒÕË-̠ÖTÄ‰̠ƒŠT

    !Ð˜ŽLÐÄÇÄÍ"ÑÎÔT¹‡},VVÚƒ Ð¹À.MUC\ÜƒⒾP,¬€

• I™ⒾÙÝ̂D˜–€°XÍJEÓÍ

ÌØÈÃ'{=Á316CQZ€CEŽFKßÜ-

¬¡Ø316®316ÄÆ,H@Y`316`

€XP"ÁC,C316˜ƒ316`3163163168†316316316316316

3163163163163163163163163163163163163163163163316

316†——————————————————žP316316"

        ŒÒÄS;Q'U–ⒾŠL¼I&Å6ÖZÀ™ÖMÝ5

',BÔ|ⒾÒÀÆⒾ$ ÊÒÍ)'ⒾÅ°7ÈV"£º————

È¦̠³7#¡DÄ$Œ5¨€ⒾÁ————————

ÉQ?ÎÂ————————————

FPÝ3160ÚH\[›ⒾŠ,ì,'@` ×+ÏⓌCÓ9Ê,Ⓘ÷1ŠŠ"}--Ð°+IÀ̠,PF

Ö%%§XÅ1®Ç†‹Q›8,‰ÖUS
À¯ÆÍË[.I°¨WÊ)JÍÉ–
ŸB5)Q) #ÓMßÈŒÆÑÅÖÇO«H.Ä–µYÉM%05T'{Ä‡°À©(
QÔ7°ÅFÔ`3¨ⁿBDO ³½ÄÀRÑW€
P⁷317–ŸÐR±RÔDÉ
        ÖÊª⁷Ü"26ˆÎPªÐUÊ"X¬,%¨DÕRÊᵃÂV°Ì
«XÓÅN–:‡ÀËHI´3————————————————I&TW
Æ,ÑY$Q•⁷BÅ`!TÎF317ÛÄ–E    Î¡`Z·Š©Ÿ
ÜÈ@U6‰–…ªÒßÄ˜)
A Ñ————
Q?XÃ————————————————317™*¤VµDSO
–ÈˆH¯50$FXÒ–Å¯ÑÏ
        7ŒG;ÂÑ⁽@Y#Î^¢ÓGŒÜ⁷}Ü""ÖŠÏ'I£ÃH
\X†LE%ÊPBJ–Đ
9„Å317H•A⁷)['   ,————————
,D":£B0317317„[317CÀO`⸻
 Œ3176
ÖÏ!&Y# Û————————————————{⁙ÞQ%ÀAC;9¬
BÈ–²ŒD%ÁÏŠÌŒÂÒ317   È1————————
`Â–ÆB317VCD„
Š´X!D————————————————
'CJ¬„ÔAÃA317Æ=ŒA˜ˆ
¹GÅZ-?@‡'"Ú°°Û?2¹Ç"Í"ÎBŠŠ'PFÙ§ÝNSXÚ1¡©È†1ÅÞ¾
€ÀÃÎⁱMDÄÆ‹¨ÎJ#¯RØÀÅPË (T"Â¨ĐžÆ§S¼ß]ÌNÎ317"⁷
!ÓÑYÝ,⁷MNŠ#!_ŸÎLÔ4Z®JÅ‹Ã3Œ©Ÿ¦A————————
GÊWHÐ»Ø:4I «×®ÀÅ⁷JÊ·\ÔÈEKW
L»¼¹2‰⁷Ú¾‹Š————————————————
…
ÒA1'_`ÌG@
ÒLÔ$ Ó| ÛRÎ¦ˆÝ@K#˜ŠÆQCÁ µ
        (7ÙOÇPOMD@J‹VFÊŽ–ØLØᵗTÕQ]`————————
@»4Æµºß`ⁱ$¬ÃÄ±…5,¦\£•2 G⁷»¤#ÙÜG,ŸL,"HF————————
 ½Æ7ËXÅ-MÝBÍ73ÑPÂNAY%ÕP¼D–
 `R6Ç¶HH÷}``.X²FŸ¿W]TÃR®317Ø"ÃÐRVGÖ3ÄODÞÝ
=RPOH————————————————
€————————————————`317317————————
@————————————————317 €317317Đ
317317317317317H3173176 ⁷N!#†O317LÆ

        317

318318€0318@ÆBÈFBC⬚MÅÞ⬚

†¼Ÿ…ÇÄ‹8·†TÃ°318 318318318 318A·⬚†318B

º×‹ƒ‰Æ

J"Õ⬚X!J1‹^A⬚@318318318318318318318318318

318318318318318Þ©A™ÑQÐÁEÈÌWŸ{MB<DU@

ÀD⬚ˆž1OÀ`JDº_.ÒžJÎÉÕØ3±¿‚Ñˏ.Ô?ÁU——

-LÎ8ÒÀ(ÙH@(#P43|-Ï73\„HSW´`H!⬚Ã)Ã⬚Ä°⬚Ø

!⬚ʺ⬚ÍB`!¥Lµ¥@º±Ò*`Š\ÆIÈ˜⬚A‰318´":UØÀ-

318XOÁ…ÔOÑÃ⬚⁻²}9Â /ÛÂPØ¶¤8…9ŸØEƒA§@•U!ˆˆ

CÉ¹˜ÇØ¥-M8&X!ÂØB^2ƒ"†Á,ÌH'''4¹ÆCPC⬚ƒ⬚¡¡±¢½B

+⬚Ñ"À(†(318\2°Ô€Ù´ß¹⁻318Í$‹ÐÌ)C3*ÉV$„£SN_Š——

!A8:89RIÜ^´!L¢Q©ÔHH⬚ÐÚ——

‚Å-

69ì¦²˜Ù<LÓ†"@§PI>¼ÆJ>IÀ£ÆL'UGM−!(Î•ŽÉK⬚‹|DÎE

'ÚÆÀTÁŒ<³ŒEU-

*Î†ÆÒ£Y°Œ@NÁÒ`Æ=$Tß⁻}Õ_˜ŸÎÑH"K›G:——

Z⬚'

§Þ/; ÒUC€ì·Ò¾`Û²ÀÔÎ/ÀWNÌD™>Ô8T"Æ318

UŒB318žÁ¢ˆˋ&ÃOÐ`⬚⬚318B318‚Š

@ÀA318(DÚX€1318Æ5C318´:˙5BM°8Ç('''ØÆ¼ÊÄ—

ˆ0˙-

———————————————————318˙˙⬚ÜLŽB!C

E⬚ÏX€¬Ð318318318318318318318318318318318318——

318318318318318318318318318318318318318318318318

318318318318318318————————————————————É£

Á¸ÃßÄÝ¥E%Å„[{˜-Ò$ÔQ··⬚‡'\KP)0P@0XŸˊ€†ŠÚ318É

Ì¤M1€MGC⬚L&±; HÊˆÊ318<X⬚ƒ£XÃÂÌEH

€ÆÄ¤A-€\TÅˆÔÜÜ7¿⬚Ë˙ÔO˙&S%_ŒŒPX9Å¹¶Ò⬚„Ð-

ÝÈO‰RÃÃËÝµ⬚¡A°<ÂOÄBD

DÚßÜD`F⬚ˆ¼NÜ/-'ÍS+T,ÀÖ-°˙\¢,- ÄYª§¡ÇÏ8

ÒÈÐC+ŒÛØGK¢KSM½Ç°R^N————

ÙÐT.318©À=ZOT¸ÔÛ¶

N^£Ï*ICDÌN£¾Á˜ÕŽR⁻<ÌX°ƒ´L¢È"ÄOM\¨RÀJI)Ë¿MÌ÷¨

⬚Ê}T%

ÚS7 ÁÙDEÆA<Ö?|<¢¸µKA⬚XPOD⬚⬚-¥¬Ë——

AGC,'@FÙ)¬*&1R318−©\7⬚·Ð<ÚH@ÒB‰

|'€Å3"…‰PŽ§Dˆ09¦ÚM"£ØÀH¸À318ÁƒH318318

318@Ø$318

319!°319319319319319319319319319319319
319319319319319319319319319€319319319319319319
319319319319————————————————™€Ä@
319319319319319319319319319319319319319319319>
Ö'X˜ⁿH9J®S$ΑΧ'ÕÂŒŸ'ÁPžPPÜEıß˜*»,FÚFÑÆÅZ´
ÖÉU%ⁿÃ6OÐ#
Å"ÂÁÁ5ƒF‡2Œ®D319ˆ-‹->:`319+ÛVÈÜOJ,AÁÁ
É"319ÊK¥€1OÝ³ÈÍX®¡E˜Ð¸DÌ'"¶7²
ÆÞ-Â>Ñ\Ã|#V⁌ÆÌ3Ñ N————————————
QÈA³ÊSG¸*IA,O-
DHÁºNÌXJÌÉÛÈžÚ1¶DPÜÂ'4£ŠÜ¶ÃÑÎ¡ÖW8JÒ³/É?Ð„‡
TⒾ'.³`¡ØVYØ¾V)Ô'<7ÚQGžÎŒÉ±]ŒÜC—————
—„Ã°4ÔÇÙ-ÂÅLF—
_2'⁌¾Ç@ÊAÚ‰HÔÌ8DⒾY#}MºÈ¨%ØÅ¥ÁVFE»ŸÇiÛ
UÝ¶TÝX†À
`ƒŠÖTK¼IÉ ÒRÁQS4ÑU=µÀWÕ¡H319319319319319319
319319319319319319319319319319319319319319319319
319319319319319319319319319319319319319319319319
319319319319319319319319319319319319À319319
319319319319319319319319319319319319319319319319
319319319319319319319319319319319319319319319319
319319319319319319319319319319319319319319319319
319319319319319319319319————————————
Ë9Ã=ÃN[⁌-P§P˜K=9KÙ"µÃXS¢Â[Ã"¨„U
`6€@Ì|ˆ¹DÝH
‹3192°
#" L!ÅP¦   319_ÌÁ,D1„OÞC
Lⓙ
HMÔÁMOMŒ€3ŒOC„8Ä"   R^4ÇX————————
ÛŒ™ˆ¿Á±Ó)Ê°-¨BCÙÌ)-QPÀÃ>319N!"E"¨†Å¡ˆÓ—†Bº
§ÈÄ
ÎÀÕ,Ã$„˜EÜ`

.

ÊŽ@ˆZXBØ,2C""6Ð¶ªG
ÂŒ ×
!@Ç¬ÕJ½⁌<ZO©{Ä»³"-`ˆ"@GHžµ(RÁ;½ÅÔo>;—NQ——
ŒÉÁS5É#4U319————————————,Ž™TD

$‡FT/¬ÍÁPÏ†ÜRO.J‹ÒÁ5<I]Ü˜OÏ)Q|ÚÉÓOÕÛ¹ØG‰ZÚ€
%Á-ÈNXWLÄŒ@åÍTŸ...6ÚÍÍª†Ý\ÌEÜÉ@ÇVª/Ù™O)V̂$
Â€320320320320320320À320320320200320320
320320320320320320——————————————————
320̶€320320320320320320320320320320320320——
320 320320320320320320320
320320320320320320320320320320320320——————
€320320320320320320320320320320320320320320
320`320320320320320320320320320320320320320
320320320320320320320320320320320320320320
320320320320320€320320320320320320320320320
320B3203201ˆ320320320320320320320320320320
320320320320320320320320320320320320320320
320320320320320320320320320320320320320——————
!̶€320320320@3203200̈²„6 Ö'̂\¥ŒÀŠ#ÏGÜKV
    ÙÈ...Í‰F=H¾ÞZ——————————
2È$0¶AµVÕB°Š——————————————————
ˆ2ÍPV`Á|Ä]̂Û¥ÄÜ³−EÜXÞ>`ŠÅÜÀ!Ð†GÀÉ6ÁDNE-
ÂTÂ_Œ@B>˜R&‡Ö‰®&M4!Ì†ŒU)Ê̂€ÀÇ−Ñ[LÜ7ÊÓ
ÐÐ€„ŸÏËQ/°,X£P-
Ž&$ÖÕÏ5²Ó-¾RA¯_#‰"Ô7GC7JA, :1È>H6*¥@ÃÍ³„¶"¨Ì
Ì-
"@Ã8VW"{Å<UMW4Ø¥HWØ/¡L-̂CI#Ó...9¯B˜\$̶™EB̶6
2ÆILÞ£NÕ58´ ̂ÍÓÅ?Ä±
V•QS•Ä»µI——————————————————————
320Y@̶Z$̶OF-Ò¹‹H
Õ•±˜Á]LNÀ;320"€*N"Ö2ŠDK5·ÚQ320ÛCAPÄ"@————
+——————————————————F]Q...Y`ÍLIºŸ̶————
"3200320320ªÂ±320320320200320320320@320È0H
320320320320200320@320`320320032032032032
€320¦Ù, ¹"7¿•$ÅÙÀ DÞŠ>ÌØFP——————————

^C5G[+JÆ@320320320320320320320320320320320
€320320320320320320320320320320320320320320
320320320320320320320320320À320320(320320
3200€320À320320——————————————————
320320320——————————————————————
320320,320320320320320Ä320320320 320320320
320320320€320°(320320320320320320320320320
                    320

321321Ò

H†¤¼{½\Ó«Ã-˜Þ¨HOⱵ̀3Ü"ß¬È,³Q‚À("ÀÞ·H——————
_Í8½YÕZÚKÔ¨Ι8¡T ƒ321Z¡Ð™Ÿ®‹€ÀÊ8Š$?„È8V¶$T•
2ÂD€ÈB(J©R ¡A.*«¨±&Ä
ÃŒGAQÁVŠWÑHCNMR‹Ë-ž(®IÅ\C]ÌÉÐ-%Š,F€Û¬À
ÈÙ¼Ú³DMJÂ¡IK€ÀX   Œ
VÂ€K\¶ŒHH321D(¨ÂÐÆ...
ÐÈ
¤ÄŸJØ?MK)"¢½4!-´ÕZA"(Ø¡ÔJ™TÐÚ
Œ=I,›—§C9C+`ËHT,3¯ÕÐ5!¡4´C$Ø ¢[™+µⱵ]¢/¨P©,
ƒ·8'ØQ⁻+Ÿ@ÝGBNLŽ——————————————
É4LÚŽA*WHQKÊQI¦¡MAUÃ˜ÝÊ HX
¤O(†321ÝI ÝÔ ªB^0,7`À321G@¯6 321
ƒÂÀ'————————————————————
6Ã^+Ä@——————————————I"321!‰321—
321321€¨321H321321321¡-ÅAVÞ¡ÆPÁ¡1É¡-°G*—
OŠ‰µ[H¯˜Ñ½%ÓXªF†¡«NGÉ¢.-DÎÌVSµS...
´Ô†ÐK§Á?†ÃÀ¡³Þ¬À·
TN¡GŠÖÔ×Ž_Z×´ÕÔÍ)ÃÈU²JÇ¢LÈ½¨*3†Ò"RŠ——————
ŠÕ ¶]¬'^QJÃ¡Ì£"UºÕXWÜ/V¹Ð
˜™OH——————————————————*ŒÈ@EX_\}I¡¡
C!U'Ô:WVWVP
        MI'WÖÆGXÆIXÒÍ$NÏ[ª"Œ¡:ÅŠ£:J¡I›Yª¨Ĵ ƒ#6:Â
ËWU:Qƒ QTG†€"£——————————————————→ÄÛŠ
ZÂŠÂM¡ØŠJO¤P¥Œ¶:321Z,PM@ÈGÇ:¨Y€¿>)VÔÎC#€—
ª¡º:F7M˜¬QB†%ŠÓAÈRÒ¡N4«¡ÜY/É µNK
ÒOŠ-¸BÊCÝ5©MJ4A˜V¡Áß¤Tª*•«Ô#°‚Q¨¦Ã¦€9Ê-GÔ·
‚ÒÞßFÃÅ'µF•Ã"
¡P'ÝÁW{„PÖ2ÓÚÉÏ%«¢ZÒ°Ô!‰'OB=¡¡`‚@W•‹L9NÅ›%¡Õ,D
6ƒÅ-¾µÁ#£Ì<¹'ž+/Z6;IÕ3#<FWM{žÁÈ4ÃY@
!ZPCFJ!@Y¼]1ŒI¼Q§321Õ®¥ÛŽƒJÆÕ±µ•Ü"HHÂ]Á}
OÀ'3032190³'¨HÁQ'µ¡Ç)ÃB7Ô"±"\Y÷¡ÊÙV5Þ´AÖ:¡.É
XGEÃ*`ŠÅWÜÞÈ:M¡CC2GWCµ/,QLÄF'ŠI£YLÂOU¡C®¡
321321,>¨ÜÉÔ¨ƒ ž&ÒK?',321321`321321321——————
321321€321321É5†"Ë-É Æ£321€3213211€@321
321ÃÄ !@C321321
À€ÙBž¡@À8,Ò¨X¤FCÚÓ#ÔÊ3P‹
‚ÅÐÔ„ØÓG S²RU£ÈÙÁÌÃ¦Ú¡£Ú5Á¾$\±A

• :2R⊢·

žÈŒKW·S¥Ð‰ƒ¬@Â¢-YÚÏ4AÀ¥ÏÅØ6|0⌐B0"C¨`` @CÚ

(¦M‰6⌐LAŒÆI²€³S ÕŸÁZ-⌐CÐŸŒ›Ä • Z-¯AÅË

ƒ§RʃÜ„ÈÈʊ[Ô¡¦Ä"(Ê⌐±¼#,&§RÃ+"

ƒUÂ?¤Ž3*ÄE"0*D`ÁÕÂ%TA¦P:Œ×AY%⌐ÒŒ-º

PZÀÙ⌐ŒÄÄBß»ÈÜJ322=!¦5]ÈN'————————

¥...GÈÚÆ(¥O—

Ú"±{ O–Ï¥÷8 KJºÅÊOEJÈ⌐"8³³ÜDÕ¾Ì-QO ⌐"^ÉÄ" QÐL,T

ªPJÆO.™ÓZÚ⌐ÔÅA\-

×˜'¢‰Š,ORZÛÙ&ÑK5?Š`Û¾ÄM@«¥,E>Â½W€§¥X⌐Ã,Œ

ƒÝ)K2ƒ{Ë%†É!D`⌐Å}©'™–YÂ"Ù:TÊ@†/¥Þ'!P`U©\×Ç

$'TY²

QK–K¬ŒRÔ

Ú!Á%\©

× GÊÍ¢³ÔÂ--HÓ

CF·W-(ÈD8ØLCÉ´"ÉP,E>Ì_·Ø Ñ÷'Õ?N²D´Þ"£0E"^¯¥Ê`†

£GNU"!/¼=„Ì ÈN^ƒ╪ÍÜXX⌐E&8³27ÐŒ¿KFÄMÙÑÄÅ⌐Å

‹È\ØÁI:²S6Óµ¿⌐QDÃŠ⌐Ü›S+"Ã⌐ÌOU...Ê£DÎA´Ü®¬¡AR˜È

Z#XÞ:MVG˜"L†TÊž]XŸ«÷ØÜÞDI_Ò322×(˜BDTŒED

AƒÐ¡`‰

€E4S@ÉH€ÉÉÚ²/EÛ¦;WÂFŽÚÊµÐ!LCB⌐7%RI°ÓÌ————

Ñ8Á\I°ÐO÷ÔCE'Ñ´Õ⌐®²ÓF×Š6²ÕÏ™4¦

(Õ`Ö

,NÏ¢VB,¬ÔNÛKKK'ËA————————————————É

Ö'ÓÓ5/BŠWÙ¤ÅZ6¯]‰-¢ØŸ¦{-ÒÅHWË¿¬žÁXŠÍÝ`Î

9ÊX⌐`,È„1'8*C=A5²A‰¦¥

¬Ì4X#ÅØ,ÍCžÀA¦ž²5·F®%¢(ÆHH`ÒŠ¨(ÆO'Ä

¼º8Ê@322HÊµ^``,W«¾Ã}Æ^ŒÔÝ————

43GD¡ÃK!D-Ó°Ý÷ZR!=MQ™Å • ÉIÔÜÍÊÊÎ!+FÁI\@²)...·R

{ÂCE˜]˜⌐Û————————————º6

ÈÉ£_„THFY@CK^⌐JXY1ƒÈÓG

P{'TÆ»"1U⌐Ô...·U£VÃ˜Ã—

-ŒÑ '2,žQ,ÀC€ÀAŽI)8_R+VGJŽKM44™9ÓÚ>╪˜M¾2Ô

O}ÈH÷/ÀLM–ÊÓÖKÚ²4 X¶9RŒ-

+ÛAŒLP{╪»ÃÎÆ&BJ„¯A8>:<)ËG°7PŽÓ·‰‰ÐAÕ

ALÂM...Ë

-ŸD9$Ž¾ÝDUE

R————————————————Ä¸¶´ĐŽ¾ž⁻]?,?Ÿ‰4K
ÈÑ"¶OAP*Ö©À
>HŸC▯´}Š#ÍD ¨N Ò6-N|Þ\È©'›.Ä˜–MI‹Ú!ÚK¥O€Ù–
AX‚ƒLG:@,Y▯Œ¥KH
3$L¬ˆ3TÕ['#323ÐÀ,¸Â+▯ÜÎS¦WT7@▯LŸ6Dß,Z(˜¬$µ'+
J▯K.'Ñ?H±7ÕZ²–N¶-
Ì!XÀ°,F▯ÞÈ„▯Ï$ZÖ¯ÜZžF[-!º$2ÙÄÄÖ–¡¾[▯ÑRÀÒ†„D-
\ÂO¤U„P2Â2AI=ºÔÎÈ▯ÁÂMZß—————————
'ÄD¤DS@MD4-+E–
▯O)ÑÈ*=(Ÿ½,ŸÞX2;¬ßØƇÙÀ ÍÕLŒ?PSR÷R"▯ˆÇ·ËÎB¯
°&‚FDÕÕ¢¡Z ÁÈÈ▯½A4Þ
        ËS\YÎÊ¹N\ªÕŽµC?▯|Ç▯$Đ$ˬ„LÙR½Ûß¾ABÁ¬
"Œ▯¦ÝÀ7"ÜÙ©Í{323^Oì®BB)¥„ÌX
        ÏNEYÍFW!¿0ªSÛ©ÉÇ³ˆCÄ▯'‰HTŸžž™ÌP<@¢'6Å
³ÙÙMÔÅY‰…8ÓCÚAÄ ‰‡Í
OE323»RÅ▯?£ŒÅŸÕ£ÀU-'ÃÁÐ———————————
ÈÐ#Éƒ],#—MEO×`VÕ Š————————
        ³⁻Ò)HQ————————
×JÆ€323:Ö{9GÐIÍ
©▯LÓ
EÜ¤9
HÄ<EŽEŽ-Ì0OÍ<¾¨‚ÍL‡SÜ{¤¸QPA/„F̂ JO▯Î^+I–
½}5⁻1"LRK6|¸EŒ„ÈY˜ÊYŠÍBÛ.Î¼
¤ÓG@·@¤F$µ9¶Ç*=ÚÊÂ▯ÎÔÀ¬‡•‹Ñ▯»C6N
ÛÇ̂ IŸVÒµŒ÷½ŠÎ,WFS–µÓU,ËT_QÕ@ß3ÆÒ@U6IA▯IX▯)
Û8 ÷©W¬"Q¬¢-$*'A¬'Í,¤
R
Ì,IŠ'-€ÊHÅ@'▯…˜ÐÄCEQÀ¬¯
I'DY<?—¢ÜÈÀÆÆKµÛ§Đ%,JÚW¼GO
XÒVÉM›PC³¿VBZŸJ‡!U–¬@µÂÒ‹•▯Ò®µ«QÀÈ|ÑƒÍBL$L9
ºN%▯»ÒS7›ºRƒÅ¦% ßÄÖ¼´Ü,´Ê̂ +—————
+323E;C(Ì º
¢§Ê̂ 4À'µ´JÚÝ¢ÀANÀ‰FŒÁM—Þ
Ä@×„£ÌÀQµŒ€Ñ"¶
€²/EÞŒÅ³‡A8FÜ{·G?Ç÷ÔUž"48ÍYYÀÜ†P
;Ä˜G&R"ØÈÈ ØŒ%+´ÂN#BªÜÈÑTO‰ÕÈNRÊ
ÊÅJMQŸ [ŒK▯¢£Ü²˜¬▯Î

Ú————————————†‹«&$¿¯<[-!S«Ýl"DÌS,——
AOZ[————————————————————————————
ZTÆ{ÛÆÜ–R@ÀH–V*Ì‚Ë¦‡{¯˜1NÂÐÊµTB2Å'ºQIÉ-DG-
(€Pｌ<ÅØÐ¨-9ÔÚÀV·—D¢8L<Å
A–KØÃ3Å.K¼‰˜¡ˆ"W"ØDSŸZA¥W&‚‰4Ö2W'-
EÞIR7*FÅJ¬ÆTF˜}
        Ó'ÓF8£ËAR{!žF¡EŸG!YƒŒRÄÄJFQ(R
P!P12‚„HU'JÂSXËﾂÓ
‚Hƒ ÂÊEIÛ————————————————/@'ｌž>XF——
ÅÄ×X©9324‰}O)ｌ®–#®"BE‚›×`ÑŒÌ¿-
SÐ÷$%AF–†LｌﾂO€ÂGÉ‰Ÿ¼ÍŠ–5
YŠÌÓ324¾"ÊAŒ———————————————————
¢ ‰WŠ®D›¤FQÍ‹——————————————————
…È————————————————————————————————
¤„ÐŠØ?$ÝﾌÒÚÔTŶÊÖｌﾌÏWºUÖ_ÁÏBOY•Þ 324‹ÜÅÁÐP‰
Ë ｌSOVK‰LÚ¶×KｌXBÜ324DｌN
Ö324£P‰ｌÑ‰YR‚€˜ÓÄÄ&CIÃ>——————————
{Þ˜ØÔ
Úｌ'#Fª|Š O
Õª#6H"
®YR‚•§6ŠÖ(Ä£QPEÉｌ3‡9ÓｌFƒµP324¦SG7JÑ2CÍQÇÚ
ÂÔ®-
@°€×°{QVÕÍŸŸÆ7°,(€Á¡" N#{=LÈ•1$OÚA@ŠGµˆ9·B±
ÝÉVÚｌÎA3ÆË¨Ô$*O™Ø‚‚˜Y/¨W!2÷%?`G3%8ÚÉW£PŽZ·
Î:ÌÔÐ94º^´°ｌF¶Î³Œ,ZÓ²VCAﾂ°@
À3CGÚžｌ324L|£Ú¼&EÀÜŸ–ÑRC‚ÝÓE=PHWÐBÙ=ｌÄU(Ñ
Ô"0.'G(4AD324FAÂPQ$324}ƒ)DÕ«A$ˆÒ¡\TÖÇˆ_N¾ｌｌ
Z¥€ØÀ‚Ö}ÙEÙžÌAPWA   Û_ŠÆ¹‰Ó
EZVŒｌ@N-‰¬ÉZÇ¨ÉA^ÓO‹ÙÇÕ}P|K"NÒ
        Á¢BžË×ÃK\ÆÈŒ4Š¥D™EA²ｌ²Œ6;2ÅÎL"' H&
…Ô1^]»T Î ¨UHŸ–ÑC€ Z±ÅｌXÂ"Ù——————————————
Þ£©-ÊËQDºÍZ
ÜÐ]ž½Š"¹H324]"————————————————————————
Æ&ŠFƒS4˜.Æ2;ˆÚ‚VTŠ=>ｌO#——————————————
Ú{X"ªVÝÙÅ324²D ﹕ÈÙÆZ
4ÙÐ————————————————————————————————
»OGHT¿DŸ+-€-#XØ/¼¾ÑBFÖ¹T¥EÌRB—
D˜˜.Nª‚ｌˋ->©ƒÎ G…Šµ™EØÕÀ8^ｌŒ¼Ž'|‹V£VÐ‚H°P——

„Ö#——————————————————————————
!^S¼ÍÑ\T!ÐÅ325¤H...ÞÎ2ÈZÁ>,©ŠD!।ÙÓTGÈÒ-
Í`ÕM'½L"Ô\ δ‚ÛŸ‰‚"−`¢Ü*DʀDÎÔÔ‚'Y——————————
325Bµ¶M?RŽN5†S'/Ä‰<S©"
/Á5%Ý6¥VM(²"`ŠÇE}©Z°I7"^Ô-±E¢*XFºÅ&`Ô©¤ŠLF-
7ƒÆ»FÄ$ÆOÅ#_•€NM-
=`˜Õ„}H˜`δ...O$®665;Á‚„NÅ‡ªD#¦S-
˜ÎÊ•ÄI"-ˆˆÎEMÞÊ±BÑ)D325H।Á'I...VDŠ4ÌÜ£A$™`325
325ƒN)Ì7Ü<‚8XHÝ‚HÑ˜‰¶P>Á:4OÌY..............ÈÓBÙ‡Ô˜
!;G<...˙H¹।„ÅÊ¦#   ¢EÇÌ/-।ÃDC£¨¡'EËAÐÜTØ'-<-
Ø2
ÎÛÂ ¡Å‡J$X¦FQHØ°«——————————————————————
ÉÏ¦‚›¨।-¾<R6É$XÂOØ'ÔU¢H¨325'
<*°O&+ÆÀG"————————————————————ÂDµ€ÉÍ-
Q»ÂJ)W¡।@ÁŽ´!F325‰D‚H FÐ< „
XÂªÔ325।RQ„*¶\ÈLK‡£@
ÝÅ¡OÐŠ„3257B€$Ÿ#E £Ä——————————————
ŸÀ`P¢+EŠŠ'J।ÖÌ%«TF6NBLHDK।DÅ-ËÞ¦«F'AZ
        >L#÷ÐTÎÌT&É GÊ²'BÔCTØÔ-±´ÓFÒ   E-
_।।Ø'Üª"QFÃ"I¬@ØÔ·Ê©¡N·Ž@¶E%‰1¨•[Õ/AF'I(Å...BÙ
3¨&ƒT€K-7SO˜YXJKI€«%325।@÷÷BÍ·ÛØ½
Æ=325Q˜CžÈ'˙ÐKÂ/W325PžQ°·>325'$‹ÙÊÛÔ(Í¦î„ÅUT
$ËJ।ÔÔ'Ù_É4ÛÀZÕKÈŠV¤Ô।×¤[IÇW।BÑ-«Rß½ÒZ-ÄLH
º-325EJÉ1&˜।UÈKK]
×!
;ž€"H+€4Ï¦(XÐA«^(&Û।ºÇ   Ô——————————————
ŸB7Z`S।?BÂ"।¤Ù6NM=6ƒIŠ¬Ö©„KÈ——————
Ò   ¬।ÄÀ W
€*ÆÕEsŠSRÊ।ª‰§×MRÉOÚÐÇ¤¾XÍ±MMÊ{0'X€Õ<CQÒ
-‚Ð।#M"ÕÉÆ½ÂÂÜ¨V%KOWMVÕK‰OJUJCÝH¿ÞKÏ-©
        Å?UHEÑ$M"M$Í(•ÅÖ¶³Q«Š$º2BÂÉ8\•Ô।#Ä"Í
K।ÍªÊ¦¦Ø9"M^@Íª¥È[¶Y&ÁÑW¹(-ÕA8•'%¥}Õ।B'ŠÇÅÙ
LI.¾Cƒ€«»M„Ž&R®PWÜ+Á¦ŸÀ×˙Í&„————————————
$!G©325325Œ‡»XÙMR'Š।Ð˜@ÈF¬@Tµ।Ñ7Ï
$XÛGÝXÃ×+žD   ŠÏ-
5'Ï}€"†£0Ì˜ZÉƒÔÖLN4ÀG"JR)‚‚"।Z+=ÁŸ^KMP¨˙€$˜
ÄÁ

PR˜3I¿AÎ¢Ü^ŸÕ

S¬!€¢"HVJ%QI£›2†RÏ¾ÐV#ˆ¥\ÍDÖR'UŒÕU¿[Z'
›½J\Š{Ø«IN´N$Û+˜_FÁ˜MÍC>ÞÆ±ƒÉ¿«?

ÖNTÇ€ÃÏ³L†½ZG‰£ž?SƒÙAËÒ¬ª¢ÑW.L²¥—'Ø
ÙÚ´²§*Œ™ÊÊO(OH¾žËJ>¸ÏŸÏÕ¬ÈÓZÞÔH¾/ZÉ-
µµ⬚GG¢Ö]Y&ØÞ!ŒN/´·Î"‹¢\E»:×ÇØZÑ±ÇAEWGJ"£G¡½+
Ò´RÃNS⬚FH—"F¡Û%¶Ã-
ÖW¸ˡS˜\"Ì‚ÊÞ$ÄÀÁ¦UÛu¢Ú,L¥EÆ˚ÀÈNÓÉS˛TÄ·'(#E
ÉTW'{Å)³žÜØYÛÂÏ————————————
„Ø(X˛ŸÏO/Þ´‰BŸ\Õ·ÒÖ"B|IÑÍM•˛Ÿ®I°ÈXÉM°ŽYUNÂ
ÛÌLV‰„\¾Å6 5ÍÐ®6SÊÖÒ_Z8ÆFB#Š&KÞ¬¡-
IKVË™"¯DÞÕÐQ"Š4®ÝJÍJ•<-"Q©ÒÆ˜Ø·ÛFŸ¬=O⬚É´ÆU
KJ³ÉÊ5ÞJ4„4Ê7%ÔÝÝÒÞ⬚,Å"É[ÜÌ3"ÒE⬚F™E)SÝHSÄ·Ü
QÊ"#ØÃ-Ý,12 +KÉ*'EÎÛ!=ÑA\‹ŠBÊ⬚QDBM!PZK
.‡§)«+«C|Y%⬚%ÃŒ5(Ò¬Þ+%UK#Þ¨GCÖBP^ËS4¨¥LÞ"˜
£‰V°¼‹ÌJIÓ⬚ˆGRÆ™ÌßÀ,À+-MO®Ÿ['®⬚?Õ©Øž————
⬚<

1(PÙOÜ326Î]OÓÜ·Ï—————————————————{8P›
.—⬚JC,¨=˜}¼/-
§©:ËÁR×¥^´Æ„OLÐ!-\-¾FP)µÎ²ÎXƒU.NU<U"H˛Ñ¢-
F.B°ƒØTQÓ¯½˚<+NFÚHWÇ-L(§¯ES®(A†¯¾¢-
'˛*T'AÙTÓÍßƒK¾ÝN=/,Q6È²+¼-V‹LÆ²I$!—————
$¨8ØF›X¿Ð˜)AG¢!-È„1>⬚#°Û"⬚Ö20"KUÉL...Ï¥-"˛Å——
WTÊUÛÍÃ⬚¶R:⬚ÅG°ÈH¢˛‡<HÝµÍOÞÐÙ¹Á3ÍEFÙWTÀÈQ
ÆA',Í˛ÇTÔB...–B¶µ8¯˜KÖ«————
3Ñ
ßÁQ¶Ú,Í/$˛ÙAÊ¶F¯&‹ÉÖÇˆÄ]×Ö2RÓÈÇ%¬Š˜TSJ¹™"}
ØÑ˛°¾Õ9B-
NßDŒÒŒBž?ÉÉH§NQŒ9VÈX§§WÖ©Î̥'<ÉDÚË²B}¡#HÌ
RC3«ª«FÜÅ£Ì¢É⬚G³µ´LÜ˜E<H¤Ï—
†Ð[$˛4Ñȝ7$,GSETÖÖ©TU•‹}\®SVÖ⬚ÁÓÜP:§˛LËÉC1
HÞ]&ÀÕÏ{ŠQÓVVÎ"³£ÜÚÆ¬¡Û¹°H§½⬚"⬚Î̶_Þµ—ÇÑ2ÙK}X
½µÖ-EDGÒÒ,‰⬚ƒE\JÕÖ®-%6Ð•R˜Š|D8FÑÇÂ¡Þ¼-)‰
B±÷Y2ÈÚE——————————————Ì\MXNV{ËM
?Q÷-
»EΑYW!Ö'Ñ#Z(DÜ⬚"R]'·•ÄÞÒ±‡Š˛?Ã)T...ÕÏÖ&9"(›326
ÅÚ4NHŒ⬚Ø¢Ÿ&¯˛ÃGÑ÷Ð6È&ÒE¾ÊÞ&

B)$Õ⌐LFÞ¦ÄSZ 8»>{BÍÎ(<ŒSN¿5Î-
OP%""»÷G*ÊR⟨='È¨+<OZÙC•¬LÃM"Ø6S©1£YHIRŽŽOŸ
Ÿ&&'¨−ENJ(¤BI;¹S¥±HÂ
UĐM¼Š=GQN⌐„Œ⌐@Š#Í(P+ÍÝ"⌐AK————————
'Z,ÆÄË<¯¶ÍⰂÁ|Ž<Ä.PⰊAÓ—
TÝ98F7«`ÝÔ˜ÑÓYEÊ§«ʷWŠZÒåUC)ÆÄ!»!7Y&²¢ŸÊŸ¸
Q
XÎ5NÏ————————————————RÙA˜å(1NI«@X#
/Ê?"'D ÙÄÓØXRO4$.HS„ÌÊWÚ¨:À"(›ÓQ
'⌐ÀRS±ZW±AÀÇÙ=ÒÏⰂWµ-Y−⌐¿‡SB"Þ"Ú˜T5EŽ$¯_TPÚ
Ô¾;º.C¥ž-ÛÙ⌐⌐*¶IAE‡`ÔXÂ⌐/ºÛÝÁ£Á¨...¡ÉÁ:14BÃÄÀ
ZÒⰂÄÑÄŒŸ¼,C¬¯TÑ®ÜÄŽG&&ÑƒÆ †F¨„
ÆÎ"ŸJP>P)'#A-
À¦Œ'Ä©<Ä‡ÑHX&ž²B+Ñ#⌐ÄÔ]YŽÛR‚E¢Í›Þ-
˜XÅ¦,ØÄ*VLÉ˜¤¸Ñ—————————
Æ8ÄX(Ñ⌐ÎXJPCÆB‰Ñ¦U ª:6?{ÐZ$;‡G
Š1(Ú,Å¢ž2HÈQÙˆ...‰Ã&¢Í5‰±"EØ(Ç———————
¡"(¨ÄÑ
1PË¸ªÔÒÃA⌐Æ*{¿Ó⌐@H´<Í£J⌐ŒoÑ˜£Ï¿F,@⌐¨ÄS:ÅŸ
   B˜‰ÊÔ]ÉX⌐ÑJÕ"I°⌐C7Æ"¶Å
†.BBDY±"S•‡ƒÅWLžÌK7È)ÀYÔÒDÇE±Á¨ÓPZÎ⌐QW——
‹2÷`ÄÑ˜Î™Ú‡;Á-
⌐†2(7ÊA=⌐4Î¸R'ÝJⰂQ,⌐ßC(DBQÄ£Ï'J<ÉÎBÜ}Q°]½ªÑ°Å».
Þ,EÉÝ¼Ö«ÎXQ¥Ô‰µ§»Ê...GG¾²ÜÅTÔÂ9¨ÛÅÇO†ŸL⌐
'DÎ÷Ü»⌐I 5*E··³«žU2YU‡ƒZK-
6O\ØŸHM®Ä©Z†ÍF'ÑŒÉKM\"Í"[¾Ô
•H¦ˆ3+ÜW.÷ÕÉ;ÄÀÈXĐ½ÀÁMYEÈÞ‰ÅÞÊUŠN(1ŠŸ
Œ®.ZĐÍ'<KÍOR,†´|−©Š®P!-Ù ÊÅBÈQEÔB˜¾..."ÁC
ÉRE¢ˆ)ÄHCIH...$AÌL¡AƒÊ$GÀ———————————
²IµÔ«

⌐²ÕÙKÅ›Í⌐Œ'Å™IS18(ÅÛÎÊ⌐µ/QND.¤Ú§IUˆ¢⌐ÉÑ}UI˜Ž¬⌐
Ë£Ž?R
ÌŒLEµ¢Å⌐±I}⌐ⰂIÝË5BŒ§Ú¼F'⌐ÏÕßÞµÅÍ⌐CD»TZ;•4{ÂÙÔ
™U%¢¥N6‰Ñ2‹¼¥Z¤À³ªªÈÔ3AJ
Ž\327¯*RQÛ+;M ⌐——————————————
KÅŸ¬/3

327

‹£QGÊÍ,N‰DÉ]Yǀµ^⌐CÖÖŽ€2‰¿Ô£4SI¦*&›©_ŞÇÂQⱮPA
£(!˙€ÆÑŒÖ,¾ÈÖÅ]7²ĐNG Ç8°QⱮ   VÙ
'ÈÈQÅÅÔ}QYHE÷ŸW"}Ý¸§Ɛ²H¢)ÄJİˉ Q<Ù‰B_TÌ¢–
¡²Cˆ...ϊ¿ªOLᵇBÔ±G„"ŸZFÈ))Œ‡2DÑÄⱮÆE{|Ç‡–@J&"8¤
ØÚ‰ÄᴾPDÖUŸJˋLʻÏQ„⁄À7ŠÑⱮPÆⱮªT[Öß÷ÙÖË¨ˆ¾S)>[®
°¶Ľ¼ÎÇ3–
÷AÕÍ.ÔÛQ»™FØ(LJžIⱮ†¹ED6U„É!BE.XÊ¿=Cˊ¹S³Ÿˉ5F\-Ä
¡ĐFBRE(ÅŽ8ˊYV⸜Ñ°CÅÒ^LXĐTÄ¾¦Ⱡ÷G€}CØÑ¿Ÿ!Å>ŸÎ
ÖÚBÌ]ŒBV±,ᵎS¨‡ÞÜE°FAĴˆ¡&
UÝR|—FÍ...OEI5ŒØ„ ─────────────────
@B Đ«ᵎYQNˏºÚÚ9TC16EFB–
E...ÓØŸŸ‰)#Æ*MX©ÆÛNⱮ⁄O²ÄLÝFU<ÝØÊ½JÄËÜFÛÍ
ÎP
Ô)ÈD\52¹7"Ôf€-YÅ-Î{4WŒ\ÓŠIˆÇ,BŸÏ–¢Ï-Ä7JÜ©ËE
ĐÆTDAˮfÆBBÍÃÇ,──────────────────── ˆÑˑ-
Ž\†ÞT"$(H–4ØⱮ-ÉGÁ³Œ|_Å&ˆÔ¢────────
DÅ–×5ÈD<.ž°ⱮˉˉÆⱮNˋ,XÓÀRÙU†──────────
Ò(ⱮÆ,C‰⁄Ó,
ÇÝ|HHMV,>6ÎN...ÃÕÇŸ¸£"ₛ£I<Á3„ˆ±ÃŒĬžBÁ>ÃBÃN&
Y.Ï˜ÑÊžH«Éž.ᵎÙⱮÑÆÙžNVBŽ!D(¢Gf×,†„...ßÄÉ¿ŒµÃÌ¨G
<XÏB·5Þˉ&7G[ŒX ʻA-
      8#1¢,Á°@ÀØL÷Ä±£ÏÛÅÀBÙ¥^‥ĐĐˏX™BⱮ,BÅ‹
Áˋ˜PKˆⱠ>Áˉ»FŠBÄÎÒÅ÷ÂDJE¶.ÅŽⱮÙ9(IŒ_¶T_ŠµHÕµ
ÄØÒ3Ø$Ù6¬SHÊÃ¦HÊⱮ´ËSBÑ¢OÚ,GE6-
_¨ÌᵎWⱠG2ÍÝ4QÌ#Ú-¡ⱮÚUGⱮÑÖRÍP}Ú†£Ë1²„‰
GÅHR)^²Ù¦07–Ɱ,Ë¼ˆⱠ8ˆÏ-·,ÆⱮ=Ɱ´µ_ÛÒ]⌐G,V·E‡ÜSŒ°Í¹
ÉÎX›GFBÈ-
   ˊV<£•XN4ÍØA4BßS;ÜQ§ŽVPÛᵎĐ,ᵎ¡¦Ç›Ú?=Ä,,\ÜLE3¦¦ZS
IÍ?¦Q.Œ¶ÜKŒ¡ØÔPPLÎ¼ĐÍĐ·ÞÆ<¦ᵎÓÇË-
?Å]4XŽXÚKLYŒCÔ–YHEZÙ"G†J>ÞXIPW‹D·H\2‰?LₓX
Ë Œ¶6
‡Ñ¨ÏÚ?}•ÁV VADDⱮP────────────────HQ
QE:BⱮIÈPᵽ²€Ä...ÈJOQD15_=JÜ,ÊÈ¶JÎE:Í¢ÆBQ"†RJ82
ÒE8P€¬AµD$──────────
„ °HVⱮNŠI-Ì
      Î\ZÈ─────────────────Ꞃ›Òₛ¬Æˊľ,:
Ù"DÈ›BÔ½Œ-ŠÙ¦CSÛÄ³ÄÍËK,Ÿ˜Î‿Ⱡ╶A───────
BHÑ   ‹ˋS&Ž3°RˑË†Ÿ™HÑÃ›ˆₛ§„ÀGⱮÃ)G¿Ù'PÙ'/────

°€D‰'½1>¤H¡G¡†B

¢ÈÂŸÑÒ|Ü,HŞÖ™¹G〚(ÃX(™6Ã×Ä}CÈ¶ž¾1...ÁDCÆˆ
ÇÌCÃŽŞÝ¦Æ÷RD"H¨+&$H£¡ˆ¡IEÌD@¢"ÆO¢1†¹ÛÂ!¾)
A>&Ÿ"Àƒ〚—

AM'IŠ(ÖD„À—
Â\Q〚ÅŞ2ˆÏ.‰〛ˇ ŒLË×@...ž‹ËⅡNÈ〚Ⅱ%}ⅡÆ¡ÂXÙ²ÂE‹V¿®-
ÐÂŒQ¢MÏ„\ÄÀE(ÏŸC[-
ÊLBÈˡ6FQÍEÞ¼Ï±²ÅÉ»¬±Y〚,~˜Í›QPÑMÐHÐÓ«Ò'#8žFR'
2†/IÔÂÔS÷Ë¬QÇ〚µÈÌÇ#žPWFO¿¤QÊ$Ë·Ö¾₄E§V8'CHRÉ
3ÝÔ9-ÂÚRÕÄˆ""Ú\CÇC6‰ÄÇ»NAÊÒRÝ¾ÆŒEOGÝY
",£ÁÒ'H¢ŸÄ‰/ÜžY^¶-

————————————————————FºŠ´EIž-¶Å329RO;————
@ŒÒÈ BE¼°ŠÅ

¡L,˜¢ŽˆÈ¤ÈX

@‰"Á¦¨—ÑÜÅ¨Û%...ŠÛYAN-‹"‹°YÏoßŽ²Ë-
GPHÑÑŠÅÅÔØ¹ÌÜL§¤&·....¡ZÀ,ÅK〚Æ¨Ûå²ÂÃYM〚GA¤Z
ATÀB->ÂJ,QÖP< MÁJ,MÊRBÕTI,C"?¨¤BA¹ÍG,Ð#...O·ˆ•
‚ÊˆŒKŽ?K©©¶¹¡@:ŸÖW²2H€P—
Y('ŒL-Eƒ JÕ ÓÆÒÝ5ª/}¬²²ÆÄÝBTMD'JÉ—
DÙ.ÊÑEÕ7Ã£Ç-H8¸ŠP¢Ù+Û¤F44<QÛˆ<¶¦¦§AM
...ÒÇ‡%G-
}ÃÈÍ ³³¼Ï"ÍG‹²AT:,£¹Ä¹T〚Z329I%KKGM˜¬G>Ö°²„Ï",GHÛ
\Ì5˜¶SÐ̊0‡10ÙÜÖ09B3Ù〚6ÖÆÇ-#V/ÓÚ¼-
ºUÔÇ\§G〚Y¤‹ÚÇP-UX〚ÊŽ/¾ÜNÜ·©§X.Φ=ÊRÆÕ
¨V¸A]}GÑÇÊÛ=}™Å¢Ò〚¼¡¿ÁBD1B!˜Ã2ÛÛ¹ÓD...HXŒ
GÃŽ"F˜#1Ç¸ÅÃ¿)TÁ'‰Ì£^K}ZßÒQ'ÈX@¢Dª¶AE£〚ÂC
@?¹C〚Ÿ<RLD}HËXØÍ©S·W4±Ú=Ô)D 7—„J〛ⅡLÝ·¼ÓŠ€¢R-
Û^Ò〚Ÿ@,-QƒÉÌßÄR〚Ò4WÆ"ÙXZLD3ÈX¿〚ŸÄÈÙZJ-CÛ
ÑÃ〚Uª——————————————————〛±˜〚Ÿ¥"§™ŸÇ〚Ⅰ\
O¹Í8ZÂÐÛÈ;Íž²Š"UÅ²£C1}EÍÂÎDÕÔHÌÒ$±ÜKŠ;¼±ÀÒÙ
À#E8〚²_‹C>À45ÊV¥"NYMˆ˜\W•¶〚¶³KØPÅÅ〚O?4§†N
G—´÷IV]ºYˆÄŒ¹˜ÛàVÒÍÚÝŒØß¬ÁÉ®〚SCÝ6VÐÂ—
•÷-¢Ý%ƒÌ‰ªŒ»〚žR)EQƒÊ¡V'™Ÿ/〚ÈŽ/™B¡O`ÈˆLÑ¾〚¢Ï
Œ»±`EÅˉÉ+—]$²='F¦ÚZ£;MLÙ1ÞÈÒZ<ˆÀ}R°ÐÖ;»/CYB
Ý7X〚——————————————————————————
ºÈ`5Á½©Š4»«•Í=ÉŠ4M,]Â³G〚˜5Ü]
Ç„µÅ"¹®¼-(Ü〚¼Æ¬Î•TÝŠK

329

,ZÛÊ„ÄÌÚƒ–ßE-SÚÈŠ˜ÊQÇV¢ŒPOP¦`Î–HÂDÜ'ÙNÑ¡
O#%ÞÊÊÈ○:3CA—
4ÚÊÐWÇƒTÐPBŒ"FÊUSAÊ$ŒP²'},Ç«(I•¶Œ°ÐZTAEB
Ë4Z(Ì{HÑE4;·ÔZÍÀ<–T<§"Y¸,Ü×Î-
$ŠÎÌ¤ÎQÔK,}ÎQ$ÁÂIE³KÊHÃG·ªT½Iµ—
OÊÂŠ9LÈP¡B°)ÚÀ–.#\L/Ü½¤Ë<Y,YÔ2©|ØÉ2HßJ„¨¤PZ
¤¾ÓÒÅÐLV9O±ÝÍSÉ¥¦/ŸÖÖ‰6>ÙRÂžXÞÆ²Î»BØŠY¤§
Ö¨¨ÅU¤!Ã¤6%NHX=ÙNS¢Ë,·½ÁJŽ8Œ-
×´D(°É¤ÏŸ´ÇWÎ¤ÊØÍ¨R¤¹FBÞ9Â#„ÅKÄÊ,'3ÍÍ²NŸ-
ÓÆ¢="H¿=N/ICŒÅ°¡T*6Z96¬FÞLÊ]R¤=Í¶ÑÓÚ/H¢FÍ¥˜
ŸÍ";¤8ÄžÑ–®¹&T|¦"S˚º¤ÓV\Ê-
ÅÁÊ¤WZ¤ÁJ^Ã°ÀÆH1½˜Ø<ºÅ¨†ÏËÒ\?Á/=ÇÂB‡F¸{Y
HÆÊ-
ÒKÖ(§ËÁ‰Ÿ"ÈBÆƒØA±YY+UÚ.H,À<ÊŸÑ0;÷ZIÁZÈÐ
–ÐLÒßC±:|PÒÉÉ¼³EÐ?Å'–Õ ßÛ¨U
6ºŒY1÷Y¤.————————————
ØŽÓU--*:Ð‡Ú,F(Ù²- B-
PÎ÷,¦›Ù¤B,Q¹"[W#NB1RÛ†2ÉÅ?Ç¡ÍÁ9Ó"
Î=B‹7}Ä=ŸDÉ————————————
E‡HÆÐÐ‡¨žÅ2TX————————————
*€SË3€-E'3PN²¤Í
ÂÅ™ÏÜPO-ª¯¸XP-¥žYURÏ,¤,;ÝNALC(.OP[,ËP¤-
V'Q„RQJªØË@
DÁ¤ŠPZÑÎ›Û˜"4>ÅØ|µ¤QÇ½YBÜÎ´,¤Þ¤Î‰ÆU&^TÁ^¨…–
ŠØÓÂDÐ*\žW°9*Ó2<ÔoÙ¹ÒŒ2'@'D1HÝL|Ê0†Š€ÊÞµ¤€`
›@¨¨¨¨"ÇŒ————————————
ŽWÔ8ÐÕ–Vª#)"PC%GMµ¨Ü¡«VP×'\¶ÊAÈÎÞ´————————————
¢[±WK9E7^¨Ö²ŒA{)±ÚÚ3ÖO-ÇŒ§÷'Ô²9÷Ê©V-"Î°ÐÐ–
¹`¨9A™CÒÒ–Ø´ÄÃ³R‰J#KÃ‰,1ßM¥OÓ¢'A]CJ˜ŒÏÓØ
•´YÔÒÙÊ¦————————————
#(¤ÖÕ
-ÅO¡Ë-
ÔQ£@Å)ÒT%É}MVŸÄËÅ´MÉKÔŽEÝÐÀOÔ\¸ŸÊXÊ.`¥¹
É!£*;Q8¤º\;AJÞ££Ú¾X8˜Z8ÑQÅŠ#,ŸŽ¥¬)¥Ó_\ZE
£¤…ÏCW6ÝW*TÊ§½S«ÉB™33OQ4ÓEF--
MÉÛØÓ4ÅÏØÎR"ÙKCÓ"ÝÛ|Ñ©Q¤
¤GÂ/¹JR]™À÷ÑÀ˜QÄ›ßÉŠ8ÐH°»VÅÒ2Ÿ/ÇJ————————————
X¹KÍ¤¤Š²T¡-

330

OÈPË-Š2Òi(Û ̂ LQÅ9⬚CÄHIK+−ÅÐÄÓ¶A,OÉSV®VÐ U™
I"Ê,ÅµP)M

ž9{+Ìl3ÔŒÇY331,À"CDBÅ\}È»\TDÏ†OL3*⬚...Œ
ŽE¢†... ̂ÏÀZ⬚§Ó@Ä)£ŒÇÎŠ⬚S−Ŷϲ̃ÓÚ ̈ ¦Q⬚ƒßÕ¥MHÀ ¸ Œ
¬§OµX€G¿ÔFŒE⬚[ÂÇNŒÕŶÇÕ¥Ñ.M>È±ÏD,ØÜBF"2T²Ø
QK'?ËÐÌÙŸÊIÙZ⬚¿ ̃;8OT ̈†ÄÙÌEÍ³ ̈"]{ÃË©®UEKA-¢——
‰2M,¦*⬚(ÔŒ2ËÅ9§#RÇÃ¤¾Ü©ºÛZ6Ç
Þ£ÏÏR±Ð2™⬚UÔT,/•,————————————————Œ¸
Ó»0[•Î9ÞCÊŠ9Ÿ-ÅŽ9ÅÙA¢ÂÊO—È±G6;SŶ+Ø−#|———
Ó²>JYÉ−ŒA4ÜZLÓ%»Å ̂ÊI‰ËÒÅÓ{ºI†ÅÂH!Ÿ
¤,™‰Ï©ÓÊÈÚGÎ†!)ÛGC± ̂N*ÌÛ!YQÅ&\¬ÄÉT@,,,®BŠ¢
,,⬚,ÈJ
SB4@" ̃ ±ÞU ̈ 9RÁ.¤,FÇ²¹DRU›Ò ̂ —————————
BÓ ́{"È¿E=Õ
ÒŶŶ+RÇ•MÚ(Ö ́Ö————————————————
(¢Ð>¦.ËÔ®T¶ ̈ ̈ GP2Ð¶⬚ÊU©¶É⬚MºYHŠXT$ ÓÃÐÙ ̀Ÿ¥Ï
Š%‡ÊE½{Ñ4YGŽ|Ó'Ä⬚ÓÏŸËŠI⬚BÓ£Ü¿B^Z"µ2E»/
9¹Üß¶,ÍÒ™GÈ Ð ¸.ÂÄLÑŠÔÄO£Ú6ÂË¾Þº ́ ÉÉªE'Æ ̂ÏÁ
",ÉËÇÆ(Y9DÙ!¥£|/ ̂ _IÙË®6?E-
EÅÒÄÜ]ÈÊ ̀ FÚKP[Å±4ÅT«!Æ⬚Z=⬚GR?6Û ̃ =«"+ ̂ I⬚——
Å¢¥⬚£ÄÐÏ! ŒH⬚Ðƒ⬚ÙÕÕ[EVB³±H€D·§N£[ÑÒß,Ÿ°LÆ,—
^ŠÛ/#‰331ÕFÜÏ ̀ Ô§·Ôž/ž¿[@W±"M(TŽ)]µÆ©GJ¿M-
⬚RH ¸^Ó÷ÛÏÚÇW}ÌC#²<Œ9^ŠÈÈÏÔT|;Ö-
?3V−Z¿VJÌØ9⬚ÅÙŶÎÔŽÞÀªÅ ̃ ØÜ®ÙŒ&!Bß ¸;ÍNÞ¢ÖB...
RºE,,
,⬚"ÒÈÐÝA|XÎÀ4}ŽÇ ¸ ES»$BH'ÍÞÏÅŠSÎ!ŸÍÆ
ÔLÍ¿‡¾—
HÐU/H|¾}ÙÞX ŶžÜEÇÅZÚ<,®+#Ì¾'‡ÂQK&8Õ5WGLQ
1,9ÅÇN1>2º™E-]ÈÄCKÍMÌÑÇÙEºEƒÆŒH‰÷KÖ⬚YCÃ ̈
G,,(,,¶Y.ÆS(ÂNÜÈ-
5⬚ØK%Øƒ Þ$>ÂÑŠ−E,Õ<ÂÏžTZ+EC÷³\FÞM#Ì¼ÉI1Ò†Å;
ÄJ¥BEÇ^N™O331J"G·⬚QH(ÛM£¢W%ÉBÖ ̀ ÂÎÅ(ÑFFYQ
ÒFÛ¡+BCQG<
€————————————————————————————
,ÐH@&Ê¤‰ÑÕ2
 ̂)D

⬚ÎÁÜJÞÎT³,ÁPQÀÐÆÊH⬚% ¸ ÇÆÑOÛT⬚É"/-
¿¥É1GX−8Ö÷#³JÌ>Ÿ−}>Ñ]Ø4Q¿ÀÜŠ?J·⬚"Ê-Ú-

®LQ@ÄLSÈ[JË%Ò™IŒÚ,ß›¦ÕS'CŠ"Ú»FžVZVÁE²‡ÈÔ±²
ZÖ4XJ>E3ÇL6§ÕÄ'ŠUÁP'Ž¢ºß¹FN8Ä;>SÑÄU
Ö…ÃPÉ PÒÞJK¦D1¯MRŸDIE¢
————————————————^ÓÏ›HÄÄ$Ì5'————
LGIIPžJ_|]ÄIC`÷€!1HÛ:7Ó4¶J{›F^Ô±ÙÓ)QDRÙNH¸BE
Á332{Õ«»–
²G£XÑ˜…Ñ…BÁ¢1¢=CICÇO@£ˆÈ·HÄÜÐ{‹,D3328Ã
(ÈZJ,[IŒQÉˆ62ƒ{,"ÌÈ®® •*M,ÇÞ(™ÂÂDÒ"EY1E1É"
QŸ·º2¸±EŸGÜÊOÓJ1HÈY>ÞRÎ©Œ
Ý-ÝV˜ˆ'N€`$Hµ…ˆU[CF——————————
ŠUA$CÀ2™$!
E¨'NÜŠªK{"ÆHÅYÊ`¡U@‡ÙÈO#ÍŸ®×Ô¿¥„–L(§Œ¼ß
Ö"¢Ñ.£ÈªTÓŸ:Ñ-±'L332Ò#ÀCH¥–
Í‰DX,ÑGSŸ"ž&'ËØ˜ˆ{V9[ƒ¢D.ÒÅÕY–.TRÅ2ÙE¯§Ò9--
ÝO¨Q"VMY°6›²ÇÉÄ½Ç^Ý/P:"Ø£ÉE¸T"†·ÈB$BEÏ–
¼TX/ÔEJD¹ÚL•'MŒ©½Þ¾XÔ5Ò"-Y
¾TÑ•-4PG/ÑJˆŸ'ÓÜ[H')ÌPQÄVÈ'C›HËÅÉ…^
±Í¿JÉCGÌP»F'EÅ?ÅCÃÅ:H'›Ô¢ÑÆÊ3Ø½"MŒ‡¯CQY¥EÄ
¤C¶ÛJ8\ž6!ËWDB]ºLBÄ,B——————————
,&8#A(†ÒEÍÓDXŸ…ÇÒžLÏ)ËÈ·/÷ _"V#ÂÔ'7MÊ
ÃS'†Ê\°LÉJC¬RYNÛÒ7ŠQX»¢³¸¹Ç¶YÇ®¹4ƒ"Ñ¿&´(¸
"Ó9'JTÒ¹B*Ò
Ç1DÂˆA¦¬ÜVR*=ACEÝ""8"CAÔB÷8Ý9ÑALR'Q·2E0Q*
Z²KÀÖ¥%ZÈ,,Ü3Äº8³ºŒÀ‹'¢RŽ¹
R±¬J|£Ö‹V·(.ÒLKËIŒºVÁ;ØÑ¥K>ÕAÊQ(D·¶¯1À›CÊ-
«²R-º÷MI4'µÖŒ,RÍ:ÍÍŸPÜÏ‹K¹M‰XÖß«Ë9T\Ü†¦³ÁÔ‹}Y`
ÐÃŠ63>NE†SÌ®–¨ÞNÄˆ„BÁDW:Q
‰HÒØ,Z3–
ÛÔHÐDNµHŠYN½ÝŠ)3}+³)YQ©¨ÞÛÀ*,D2E3-%©ÛE¬D›
ÜFR‰5ÜÁ\ŠÑÃŸRU)P<¯©·Ì™E‰/‹¶×¹)PPÐ–
ÙFYÝÉ¯Ý¼O#Û¼:ÙGÓ9ÀÂMÅŒ]ÔV6QEWßß:"28XFÅ
ÀÕ &R¶ÔÎXÁ.GJLA–°T
ËÉ‹™ÒÕKŒ<QEÌ,€¢EƒHÌRÙB™ÊI…,SRY5G,–
(¢ÀC——————————————•ÑÉ]Ø–
²}ÒÇÎÃÖV¶‰‹——————————————
BDNG6£!ÁÎ/.——————————Á}÷¹E-
EU™"ÃÏZ'Œ ŸÁSEZBÚ&¿ÒÍÄ„ŒAˆE-
»^UÔ]EØ{6ŠˆC("¥ÚŽ²O*&KÎ®S¢DŠ4QDRŸ+ÕK¦¶ÀÆJ

Ý<D1...।QÓQ„Ò=¥TAÂ‹?¦LXˆÒÄ•MÊˆ.Ë9^YG'KÛH¾¬–
¯XIØ'————————————JQ³ÜI€&ÚÇ?Ð———
Õ»ÈHG),D˜ZZ$——————————————————
।——————————————————————————
ØJ————————————————————————
"R‚Æ@8।MPÜÈÅ[ÉÜB%',ÖÂ¬KÄ€çÚ——————
Ñ.C-¾`CÃ±
————————————————RÄÜXP2
DPŒS¡À@DÒŸY——————————————Þ¿।ÔB।
ÔVÇ9OÄÜ†XQÑAˉÉ¸±‰Þ•¦W(>Ü˜ÊÌMÊ+G–‰Q´YPT™
}Z¾[I।ÓÞS...ÆÈ˜ÈX¿`ÃÄ#ÝʿF.³ÛÁØÊÎ333ZN¨ŠM-]_'·
&–>ÃÛÎ$BDÑº:ZÎRJÄ"A
DA(¦‰ZH°ƒº...Ì°„।)$'(¬A1*@"333‰%D? $B QZ
Ð-7À€ŠRT†¨†¨
O„#Í¦¨।'€¦VŞÜ¼¨±DÎ–«Û™G»:©—
¤VÛÎu‚®»3ÃÛ=˜¦N¥UM3Ã/A=SÓÏ;O¹ATÅ"@4ŠÝ Ü?`W-
TŒHÛVÄ¢ÖÈ
–Ê¥I‰[ÄÒ3334\ŸÃ´™Ô–Þ%?˜Ú-
+]Y'M;#Ö»¾KG¿‚ÇÆN‰Ý\K{ÆÀ±।·Ó-
²U«§Œ·'+¥Ù‚]ÇÇ–ÌUNUÛ;R›ÖÔ¼ZÏªÆZP•ÒYDÛÌ8V«Ï$Ó
ËÂÆÓ[®Þ!PÈS6"{ ÛVÍF"ÜK_˜²ÃTVÝÑE‚Å
}Ó„ÒTÝÒ"ÔG¼¡ÌO¬™}3'Ì-"·...Þ_Xƒ?K
R333ZÛÙG"ŠKŒ¿‚–ÉŠDS'§TÈ∫ƒ"GÓ´*'<¨KÁ¾।K—
Å(Ð¾³Ë˜।Ê¦ÄVÔ——————————————————–‰
Ä˜ESÍÀTS&WÔÎˆÛÉÇÇ,'E
²"7ÌÂNO/JOÞ$¨ÙÐ²³¹¼=ÒÅ"Å%–¢®Ï¤™°³€–€¥।"'>
DDMS¤?।Öž।POÔPˆCM€Ôº।'QŸ।:Èò¡$Œ„ÁYHÒØ¨"FÐ[ÖE
¥À¥¶{1¨Ë¯"Ã`LØ$¿- D2Ö¨।J2G³Î#Z ƒ|¹ÝÈÈ·T-
„Ì,D'WVÙÈ
LÏÃ†]A
)–RFŠ'–
S|¥ŒÎFZÔÅ$Ø333ÓD।C¼9„7_ÙQ®˜333WÉ–Î/ÔAW5
VU।5M²Ü-
H™»WLÓR'Ä(ÔÝX।»E':ÈÌÉÏ¢MÓPÒ;Ÿ#^,333]"ÔÛVO‰¢\।
–
'OXÄÌDÅŒF<žÚ8Ü\˜U#G•&ŒN®†®ÈF¶?M"ÅËFGF¦I
]§<'ŒÂ7——————————————————————
"7ž¼ËÜ€"ÉÇ।_Ê]333Å;–1&–,}×ÈM‚Ã#J¿।"8Z

Â9HJI6½Ü†{Œ334NMŠ¡˜ß™@6ZÁ``9
KÁ¡‡£Å´UÚ————————————————
BÈN|ᦆˆSÀF&®?(C·º·BCFÀT,P9ž÷Ì65,°À,¡D ÂQÒ]Đ¿
ÉÉK›0334¢¡D%&3ŸE1UÚ-
©´¡¢QÊ/ĐVž,ˆJÒL˜Û—DÞË,-
UŸŸNNÉQ¶ÙÑ«+X}Æ¶ˆÃD·G¢..DD°¨¼ŠÈZLÏÈP·B¥+Å
Ò"-
Q1Ä¥ƒË?)LÈJNÒÔ™ŸHR¼¹M•L§>>IÚ¦ÎÆŒ..ÆÉIE³½^
¬¶Tï————————————————G¡¦¡NHN¡#4·ÅF¨¬_
M4XM6L¶ÁNNŸÞ
¦ÇE†²#ÅI%Đ¶Å4¶ÄË(4
""—————————————————Ì0'%=L¾¶XÀ334ÉØ^
Q\¶Ã∪'B ÆS<Ç-R×Á')ÀÚG˜Ò/VQ‰XÑ±-DÏÃ¶
ÑÙ
$È¶Ü,,,Â1Zž"ÖAG%Ï&´½LGÀUÀÅ.AJ•¶V)`,D¤ŠWŸBÀ|
<... ¨@\BÅ=I¬|(#†_²RÄ4¹   P—Ä³Pªᵍ'G'-,"   334º%-
ž¡3‰334R£ÅFÈ:K-AŸ¬M ¶ÚÛLº¼-
½"E/KÚWž{³°ÒÏÖ:OÌF&VM_Ø4'OÒX¶¹Ÿ—————
Ë¼‡¹¼4†WLÈVɳžFÍV»¶/VÚ   ÑÙÙZ-
L{M,,?5KÖCL¿M*L#ÈË(¡²©HVUŸÏ´¥\¬¬ÉÆÊK%-
ĐIZŸC+IÒPÊEÌX«/¥Î±C¾^ŠÕ®¶TRß<ÅÓÜU-
E"ÖXGVK§Üì¦}Å,›EÖ.£‰V"Ù7ÈL©Õ²3343"UE-
Ñ"§334©«M¡@Î)HZ£½ÞB6-KR[@(Ó¼,¦̂—————
Ã J¶OÑLPBÆ,,¦-1Ú^>ÁÁÈÎ¨!ÀÀ‹334,-°X"—————
'7WV>PŸU¦ÁŸÑEÔÑ¼
JÅÓÁA8½...334±D,,,E—————
<H
.CÑÕÃÙC,,ÎÈÉJ¶<Ø%Ï°Ž\EFŠŽÇBJÓ¶)S%€Î¶ÜR¦²XVN-OÁ
ÒÛ=R™Œ΍—Å´¦-Í)®[ÛÞ°SÌ"1(ÞÍÕE-
SCŽUUG,Î*˜³Ã JKFHRÞÄ¶É¢]¨Ÿ`ÕQÔ×‹6[÷SŽ¹Ê>ÁÒ-
Ü«Å˜Û[©Ÿ/¶C-ÊZÖ6Đ9·Ë˜´R'Î°ÖZ*ÑÇM%ÄW×>Í³ŸB$IN-
»"¥'B¶ÃÈQ¶!M57ĐÓ³ØÎN¦¢N§—
ŽZ"_²×ÁÑÄ/S-?>;#Ø6ßVÛÆ´UŒØRZ8334AÒ¶ÈÃJ+C
ZÑÆRZ
H²Õª@OA—————————————————
334ÒÈLX˜—————————————————
7¥N@Á"E(TO
§Đ"BAÖP >ÞQÔÅ¶`_7Û@©GB¶'Ø+Đ3Å²ÑŸ!C[Ö‡4Ó°NÏ9

334

ÊIB⟨X⟩GIÁ⁻€Vµ˜ž*€335335„ZžQÜ335>L3350X8 ˜9Å–
W0-ƒ„Ù«IEÏWZĐ€5L335„————————————
À335335335335335335335335335533533500335
X3350ž335D0335335335   335—————————
;N¼«+JXÔ?Ê>ž}¿Îª XAÄH\!ŒLÄÃŒZ˜Î̂Û:Ý˜ÆÖ'6>K`{
} ÑŠX¢H(8X™(Á``0`"ˆCH€¨6VGÏµW! ˹™Ú>‘¦?0ÂÚM
€F`À&€\A˜&QQ————————————————
ß™ƒ1÷ÎBQÊˆĐÅMC#O£V———————————————
\4'L————————————————±————————
®D4*[Ñ
‰————————————————————————————
=OÀÃ»ŽÓ5⟨E±ÔÛ————————————————
ODÉ–BN335⟨————————
HÞÞNÔ5N¡ÅIO⟨Á⟨©+'QÛK⟨ÀTH-A2⟨(¾Ñ&Î̂‰F6{
,-T————————————————HKÌ9#–HAAH1"Ö$
K&TR ¥ZÞ£ÈQY5L Œ–UG¬ÅŸPÛ————————
'`P81————————————————————
335ªP@`0 335ÛØÈWEÆ€/Ë——————————
ƒÓ
$™– Õ⟨'¤OÀÁ³AÒ½HÁ€335À————————
⟨€335À 335 ˜˜*—————————————
 CL335335AP3356KDR335,@=Î̂¡Á²—————
O⟨E`€H…335@335QV⟨ÀÀ335Q`335`335335335À
335S†«˜ÌPMDB.<
€Å&M⟨BB+§'Ó0335335Í B0335335————————
03353353¢ÚC&⟨$335335335335335335335335
335335335335335335335————————
¡ÓGÀÇÆ»AVÂ–
Ë}ÙÀK
R,J÷¡ŸÒS³Õ©KZ!Å@ÔB ¡XÕR€Ø'XÅRRÜ±"ÈMÑ41&Á
JÂÔ5ŠÆ‡PÊµBOÎ̂Î̀⟨¦4S——————————
BO«|ÎĐ¢™§-¡X•'Ž¤ÇÁD£¬0'[PH;CBBK
        JOÀ×"A,NÛBŠÎTµŒLJª˜žÈP{Ù[K/§
Ø*VHÓ…EÎ̀?'Z-]XLž'-
¼'L›AOØÚ¶ÊÌŸ'@E[N–FI¸ÏD£|335TÝ¤TWÃ[JÍº¸ÏÈ–
¡ŠÊZS¼É[ŸÓA! À…¯¸ƒÒÀ
⟨ÃÑŽ¤OÄĐ,³VÔ„,©‹,Đ¦WK!%F"L6‰3Đ5
        ÛB)EÃQÆ$'OÙ©3"A————————

335

Í5IÞØ@ÊÀZ3°ÈB336!!4PÄLY" ×°◌ÔC–
BEP'''†0†@[°S€C À¡Œ336D————————————
◌¶@———————————————————IBX*Ñ
N"À–K+2ÆB!^ ‾
8€BY0
Ç336ÆÀQA336XL[MIÌP ◌°YAÂ————————
Ô5UŠPÒSÚ,/` À"Û†J-O']ÝÑJ◌S¾R¹——
◌2ÄÑÔÛžLG2„ÒÎ,OX8;^◌ÒËÄM87"C4ÁÜQÇ<¥336◌E¢E
ÓK336C–\
FÕÉÀY†ÈR„@FÛ²'ÖM(TZLÃEÆ„Z)–",SG% 5+Â½À——
['E,™(G¢◌1&
YÊ&Í¦#OÉ•¢±3Œ336ÄØÉKµ¸ŒO8+GÙÎ4µ¡T,/Q———
Á:MÄ«...
/¨‰V@"©336^¬ØÀŠUØEØÈ1~"ÁŠ'ÑÕDÒ}(Ü,†
Š¶Í————————————————————————
¡"DC¤SLPºÊ◌I"¾◌&0^~˜
^ ŒT5ÁÊÆ%˙¯_1ŠN——————————————È¬
%S',\¼ŸA·BÔ"–(¾◌ÜVA
Œ‡S!^¨"KŠ²¸ÀSU=ÉÒQ N¦Ñ◌¸QÁÒÄØÕP\Ð#¬`
†I$0Ä
Ñ———————————————————————————
˜T†Ð T^O€ÀH|FPAÞÑR
¡Æ^aHDÊ€@336Q€SFÇ€À€0¢
Ú——————————————————...NTF◌HC O
À„◌336PC,(———————————————————
Ž336Á@À(<K®Ò*'@ÀZÓBŒR;IQ336D!^ÐÐ*Q–A0¡
Ì336 1Í€336336336Ž336336336ŽB„ 336336————
336336——————————————————336—
336À^¼H}Ú` –ÇHTØÏ7¦R◌C–5,žXS°Z ÑIÊXH{
/ ¶ÇÒ8A ˜S'ÓÍÁCÂZÔ€´;K:°ÉÝ³¢OQÔCRÄË"*ÛHÆÅÝ—
`˙–
Ò©MÚ?PÅ^Ñ¤ÓÍ_¸ØÁÕ&À◌ÁLÊ€8Â›L¾Á°@◌ÙJ471',„!
ŒTQ±Ã336£¾|Ë`5Ñ"Ì‡!`¡¨‰Ò;¸O$DÛ»|Œ!336`DÈ±'
'ZP?◌‡´'–➝RÌG°„ÀÀ`F0°X T336:@!%€¸F3Ì@!G0^336B—
@€336336€336336
`†336——
3363363363363363363363363363363363‡`/G§±?ÉÆ¬Î,¦1
ROFÁHLÌ·Æ¶J@D1Ð'¼ÑSHK'<2<É
Í^aMFÙBDL◌¨FB>XXDÝ◌>◌BÏ{]ÐÑÍ8†ÐÇ[————

336

_T(Æª3
ÂB?ʼÀªᵇM")(A"º7TÆÆMB}Q'"` $Ç¡ÓÊ&–¥¾Í<*$...²
PÕR,X]δ337Á6
€!€™D0337!.,A€@337@4BL;ƒ™´6€0337——
`@Ó337
...@ AZ$ÀRÌÌ
}/¨S°‰¨€-ŠMÄBÊºÀ337337337337337337337ÂÚ¤
1#KÕ¦`À=ᵈ337X337337"Ñ&ᵈ337º
JÊŽ•4,"{ÈÐR¤Z]1Œ"
ÑẐ^Ø
¡€Ñ@ÃHC–Ò¡¨™ᵈ————————————————————EIO(´
£B`D
1Ä:ʻ,¸ᵈ¥₸*ÈÛT!®3{ᵈ
Ú337!X1Ñ•6"³YM`ÑBŽ@
ÛB%S...QÈÅ„ÊÒ˜...337JÙÕᵈ337
ÀÛ"(Ë%H+$%±™FÖ?ºʼN˜\Ë¡ÏÉJ±Ç;Ô— Q±Š"ÈÏÝʻ@C&GA
.@LCG!}¢I–ÈÇ;ƒ...Û-ÓØ
ÓÅÀ†Î——————————————————ƒËXÛŴß†Ü©*M
ÆÞO®EÛ,Á}RÑÜ«¾¥®ÚÓ¿R   (LËÎM@U*ŸKÐŽ,-
©È€@½È¶8˜_÷‰$©ŽºŸ€Œ£Ù½ƒ...VₓZƒÚ?ÞŠØŸŽI[2
9ÚUᵈMÚ$ßÖÚ€Œ337337˜ᵈᵈO——
È@©˜
N"337#€À337δ
HI¨ƒ#&OU–£1X337Q¢¶337Ë¨KW`SŒY2@(B"¢9K^Ù
LP-`Aᵈ,JÚ„×ÊRR:ÅØÃ˜Â9"...337337337ᵈ337À337Ì02
Æ337€337337À
337@0337" Ÿ337δD¾0JÙNÈF"¾Þ‹Bº×ᵈᵈË"ÎÅ!°¼SKI
¿GʼÊÂM,#Í°BÆÑŽE`ÀÅ
8ᵈÀ7Aʻ%½N¦δ337*„ŒS=ÃªᵃʻÍᵈ€ëÈŠ...@ÈÎ2C`
      ¨ Ó>ÁÛ®ŠŠ337MÂᵈY×ᵈ`₸:ÉÉ€Ò#N^¢ƒŒH[+Ø
ÃŒŽ–DD€AT•ÖᵈÈQÕZYŠ
ÐÅ±Ä*:337Zᵈ`„
´ÔL337&4,ŞÌÞÈÚ½   ŴKÄ———————————
3AÖ)<(7Ÿ;$BR-*Ò¡°¢Û}¢<Ó±½ÙŸ4NØYᵈᵈ;—————
Õ²FÒÄE!¥×%O¦H:I———————————————————Z5Š³
¨ÐO,IH
=T]§Ó³ÆU:‰H7¨ᵈ₸½
º(VP62T

337

ÒC‹O×½H`OUHJåAÐ(-Š˜ÏÃBBJE338ÄM,ŠÍ¬ÓLÂ

IGÞIÀÏÚ–ŸLX9¬"M;LÑ¤LÚÇÐŒÒ

GßN£)338¡D'6.ß´MOÀ"È

€SJ1€"B338Ñ‰

€4'————————————————————

338 338Ð `Ð

OM ELÆIºU1HJ›I·Ú"*4ÇÕ–

˜ÎÒÅ¿µÃZ)CQ[¤ÑQÈI"%338M¤@˜`QÏÚ————

˜'©ÓKS×Š&Í€338338338338338 €G"1‰KX0338——

338À@338338ÂÏŒ0,L"Š˜À[Æ,ÏRAÓ|–¿AÅÂÛ"3£Ï‡

338Ï†°ŠÈŒOJ+4CÕW•ª'4`338ÎÈÞP‹TW

Ï€G÷A/|È>·FÛ€ÏD'-Î‹§²·ƒ-

ƒÃEKO&B/ƒ6€Y˜•Y¹–M–•Ù<`©Ø-ÈÉ'O}ØD]ÜCÐO·}É

(Ë,DHÚB-#Ê"CK————————————————

QIGÍSØ"T›·OHNÓZ5ŒÁ?QŸO•I

±ºŠŠÞÁÅÌÓŽÏÐÝÃQµ˜Û‹{ÎÅH‰€‹CH‡…Yß"€T¼Å-

¾Ø…IKN   Ã€Ñ,«

Ä–ÏÉ‰4U!ªÊÆ¬SCJ¶\£@'4ÖÏ3DGÏ4TÍ————

>¬‹ÏYÛÉŒEX'ÕÈÄ,,EÏ`±£5`ÐÕR¹É©QZ€Z'8L1

`Q2OA,ØNŠOÆÉO

<ˌ˜„£E&ÙÓ(X¼,ÑÀÈ‹U"À£ –KS

ÉZLJN)½(-'ÞŸQD"A

61B|¹

Ã6×6ŒÝ3åµ5ÀÞ&Q¨F!…————————

Ø€Áª(€KÆÐŠ

L`Ä°Y%¶"Á<V\(ˌÊ/ŠÑ„>338Ï€C!4Ö———

BÏ!T 338TS°W'È338338338-B————————

Ä`C8ÎÈSÂ"————————————À£À1€M±

Á2<KÀX±‡£˜L2@338…º5Ëƒ@À¢´ÏµÏ7Ü

QA————————————————————

Ø´V(GžÍ×È«^ÄÜ"ŠÚ§)BŒF¢GB"OLµG„

Ó338ÀAB`OÎÖC",,+ÝÏÄ…Æ338.Š-

F;7†E€‰,LUÝÝ€PK¨Ï®'338 LT————

!1——————————————ÀA,CÂ¢¶ÐD

`Ã‹"Ú-ÏÅ TED————

›2Û——————————————‰Ñ;<ÖÏ`.

©ŒCB(ÄV¥ÅDÏ&Ò±

338

¤YPÑ=E339UÌ@(J⬚Á&P@÷Z;Œ6¾$0\{Õ0¬;⬚339\¶µƒF
⬚L339¡ŒË   £ÕIHÌN−®¿Ä"ŠÍA

ÊÅKŒÔ©£QµÑŒ˙ËŠOM'˜DÕMÄR'>¢3392⬚66−
0P]SNÇBPU÷ÑÁÒTÉ+¹0ÉÄ8^ÕJÁ−É©Ì˜¹S339˜¤MŽ¤
¡P⬚¹YÀ,ÚʹR{⬚}4B¤¢Æ⬚1ÔÐŒC"XÍ⬚S|´2:XÀ€⬚
¥HUÄßË¼‡Ø7339⬚<•Š Ë6¥−YX¦7UK
"¤®£Þ.⬚Ë"⬚Y»±ÐLPÏ3À!‡Î©Ò
Œ°(µF,DTEFÉC,Ë#•[,⬚Y⬚BUCªÜŒJ¨Ÿ¶D¡Ø"3393Ñˆ C€
€ÅÀŒ˙•H4ÙÖ¬H˙J˙ÌÀ⬚ÂC†-Õ8MŽ⬚¶6˙I#V$•ÀØÒ⬚UEP
    XÕXZÇPÊÉÀ™„ÖÁC$&,D)"LB©ÕÒ´Ò
'&DD339FN_P=<—————————————1—
02Ù†À>⬚³Ë¯Æ¨6C¢G⬚‡ŠA7DÌ339M−AÓªÂØ:1„−
Á⬚339ÊFʹΪ8————————————Â<ÚH⬚Ì
ÀP8Ã339Q„6˜€´339ŠCY¤
ÀÀ¬{-Á¨"Á±ÌX−
G⬚ÕÌGKŒ4ÑªŠÕ¯339¿¡U)¸1Ã¥Ó%),°¼LWÜ¡Ñ¯GÉ⬚Ý»--:S
¥˜£ŒŒ,ŸÇ¥ÀSVÑQ0±ÁB$&T€ B©V
ÁÒPŽS+Œ@7F7ÅL"(88⬚ÆPVÚ⬚339Æ<%MAˆÀ¥Ç LÈ
339ˆM©GSXBµ"•|Áº°«Ó-\´%˙⬚˙Jʹ AK€
0+#ÐÛ.ÂC#−‰
"A=X—————————————————————
Õ€T!ʹ¡339°˜+ªÁÕÝ   Ý%¿Z£
P*ALPLÑ⬚0ÁÀ˙ÆÀÚNH7A¿!÷AÑÆÖ ØÍEÊÞ«¶ŸÏÛ!Ù^
ÅTQQƒ,˙
Ñ,˙‡C∙RÃÑ¤È¼3,I‰€⬚‰Jª@‡@C2PªGX"Ý"
ÐÁ∙Y∙Ÿ>ÐŒÞLÚFÀBµ¦…©ÃÇ Ø®2Z°4"ÉÖÉIFWÂª⬚
"ÊTÁ³YÕÛ}Q5⬚BPÊ(————————————
•¬Ëž„EµÀÀˆ———————————————ÕÉ'Ž"Y,Ö"
È$"¤°9339P4²µ)
P/Õ´I&˙.Œ¦µX€Dʹ#Þ $'TS
        IS˜⬚Fª339˙ÒŒXÓÈ¤\ÈØÐÛ
ËH¼DØ+X   Ä‡ƒƒBN
Ä¯2ÄºÄLÓ²Qʹ P-BMY$⬚GˆHRC-->Ëˇ}ŠUN „Ð€
±¹%T$ *339K"———————————————
0I
"1 —————————————————————
L.——————————————————————
$F14⬚ÞA.® [ŸÀ[˜±Á339€Ü@3390BM339 À3°C——

339

...¬FETHÛI€Ú————————————————
Ø_[3;[[Á)...&`ÂD‰ÖSVJ">F   WŸZ©›ÞÇ¦Ò¸©¯Þ————
3403————————————————————————
[†ÖÅ=Á————————————————É•©340[BB{[4
XPÑ&CÙ6Ê8‹"ËÇƒ2Œ————————
[¢VÝ-Ž340€B3
        340N>ÓÌÆ"ˆˆÆYEË13409F€340L(ÌQ€µ€[Ó
340PD340‡340ÉŒD'DÁ§³E|&5{TNÑ£ŒE+$º[#Ó@›W
340Y€ÀÏ1À`F_Âß—
_ÏH>ż©ÄÄKÌÊ„Ø340Ä×˜Ì·Ï|?L†&"‡>
        &‚/|T˜·ªŒ¹*È-™8X¿O3`ÆUÕT+KÀÐ[WDÖ¹"ÐN
["É-©Í¡[ˆ[340|Õ•}H————————————————ᵃ
¢Ð>©ÄŸ ÊƒS‚[£"EÍ%©————————————————\
‚J!„SÖ][340 M$E½×HÄ340{————————
ÆD'ÔV...HVÑBÖJ1Š¹*R§ÁŒ340@Å
Î340340£TÐ¯[LL8†£™ˆ————————
ˆµA'Ž[‚XL`Â340`(&ˆ340ÑRº[Ê3400340„340T2340Í
E[ŠÂ!¤ÔŠ¤"AVÕPÇŒ©ÏY^ M£É@ÞJOÌÅ
-S÷Ç˜%ºÛÅÆˆ·ÐÇÜ
™2ÒÁÁ¹Ö›Ÿ0340Ü1°R ‚ŠSÐM‹¿ÜRÏÄ[Ö˜UIEX340.340
    HÉ‘ˆÌZ´†DŠ1F[...Ÿ}————————

"
QÔÞ[ˆÂ„ÆC- A[€@Æ™[ˆ@´YÅhÃW[D,TJƒ[¶ÓÉLE]„Ö——
£—————————————————————————
„T340£©¹PÝÅßÈL1H7»¾;ÆØ²Þ‡BH'Ï„————————
RÜ‰BÊGP-%ÍE#AXµG µMU"!Ä(€([ÇÙ————
6†Ò—————————————————————————
L...-P¤[Í,"5Ó˜È¯,7Ã————————————————
YV¨W Ó————————————————————————
[¡2340H€ÒZ#¬C&ÁÊÔ`7˜˜Â:0A1€340340340————
340`3403400340¡AÆˆ-ÔÞD#$PÃC,HLA2LL£N¡VOD
Ê˜@&"£O6,   ÞUÑŠÁT(8340`È8*3401340,VJ————

EÝÀÒH&`
È#Ä
ƒO„Ä
‡————————————————————————
<Y<KÀ€È#DÆ˜†[2ÁQ:żB

                    340

_3416Ð341341341341341341IJ341341
341€341€Ì`3341 ÐÃB
Ò€ XYÂ341;˜–ÐNËÃ×Ò¡ÏÄË –
¼D-Ę𝑓«RBGYC‹¾ÔÂC¿D¯L341Õ°)ß,'J`³D
`ÈØ+ÀË@SM`Ž7341UEÊ<Õ
F`341341`341D`WÕ$
ŽYÄÞÌÇ"F𝑓341À341G™€LX-FŒ@±
@4–
341WB T2`EºX[ŒRDQ
>ÞC"
(C¡ˆÓZ&¬±"Q"ÂÑT€ŸFB÷<
TÐ…{±Ë*ÔŸ¾Ç™ŠŒÖ¤?ØÌÕ‰
*Y§BTIŠ;"–™Ì=–G`>I˜<ÖÀ¼9Ð±BÃÄ341
a W‰
Í.ÊÒWXÉÄ]"Œ¾¥Œ‡ŠÃÍ $*#FÈÅ|‡,8«O•
¡1×Y)"Ø3‹ˆ7ÓÁ¦Ù,NÒ¨ÄÆ˜µN!½S¨´"YV»¨$-
¼L,†¢RSÀI%,YPQµ°ØÂÀÓ Ç°ØAÈ
ÀÄ&341
‰Q:• ¢*PŒÀ…½¦$1L`SÔ¢J† Õ¾Û>¢¬
IÁFÄÍÊ„Ä;2
¥?!PÓ9¤ Ð€@B3417 ,L Ž
ˆ‹ÇEÜL¼>JYÓ¨GÛI•Á&EŠE>4Æ¶H+H|Þ€Á×𝑓ŸNˆG@
5MMÏ_˜SN2O¾`V€X8LK$'H
PDR)@€,FC)˜Ç˜Ê@ÀR@ÓSÙX^±ÀÏLA#EÃE3%ˆOQ
¼!ÝÂI<VªÝ}ÃÏÅ7WBÐØÎºŠY_ÛL
‡RŸË:J ÃÏ8¥A>MPNV¥O•!#„Ÿ¬341ÐO,R341
$QÁØ(Ì$ÍÄ&Ì¨Ð²8¸4¤ÝX
˜ÕN X –¨`–5–B®
`ÊÚ€F
€341Ð$†P¢]
R"¬@3416-
ºÀA†ÒÊ‰ŽAO)4‹"ÂÀÍI""CÈUŒU,7'‡'_"ÉK^S>ÔCIÙZÛ
(ËW7VC9¯ÂES$ÔÔ341?Ö»"Œ¹
;È§J@&ŠÝ;ÖÁÁ»¨Å»S$5LÌ1WŒËÙG,LºKÓ
¡Nµ¸³Å'B)(ÖÄ-IZ"`Ã Â±
B,"#¯F*OB¦ÔJR£ ÝÑ
¶
DW¾É€Ú²×2È °.X

€ÀÄÅK+J„Ø6@Á'1ÖÄ$Å¦Ú„¼Ö‰¹————————————
Û†YÆÔC—XÆ!„————————————
ÎÀ#ÁÒ€ÃUÆ¦ ÅRÆ.⸨$Ý¡‰D"CYÕ¼G342————
ØT4C————————————————™#Á⸨„ÄÝÍVÇ×D˜
Ô°‰˜H`Ä‰6X&
GVÀVP)'AA ¸=ÏIŽß#"Ø|?"QÆ¾⸨‚LA %¾
    µI™R2Â‚⸨À1‰⸨2"›|TÍTR————————
)–K}"Æ————————————————————
8Ú5ÔPÅ™Éƒ`¼ÊªOSÎ————————————
€"ÒH¤ËVÐ ¾A¦ª⸨HC⸨

PPÙJ´@J
F

    Ø⸨Â&§G⸨Þ•D⸨`9‰\Å`ÝMHÓ‰+XŒJ342ŠÑFÁ
$.Ë8342)MË»È"L
ªÁ0@Š'342————————————————⸨¢0 342
342342342342342342342342342:«ÐÜ3426&342˜
ÒSS2\————————————————I— 342342342
342342@342˜T342342342342200342342342`2342
342342342————————————————342#342
342€Æ342A342342342X342ˆ342+ ¸€NÓØXAÃÀ1À
;_<ÈR!ÜßŸT@ªÈªÚÈ¥4}='W5⸨%
Ç˜
V⸨Œ½342⸨/´
Ï•SÐ4£¹³⁄₄Í<IUODHÜ@DÀ€¤+Cª@±#⸨°342
342€342342À342342342C€342HC`Å63420L342Â
H (342`‰C ÊÇEC
VÈ@LÄB<342Ó°-
ÄH⸨HL3€B•342-€AÀS ÀÉÍR!°DAªA†ÀÐS342(Ñ————
-!ÇGES]ŸÈ.ÕÉÐ0342±ÒRÌ,ÈÆÉÚAÛ
ONÚTLÅ⸨"MÞÀO;€¿B1€;=6ÇÑXÎT-˜1————
&342Ã‰ÜXV2————————————————(PDÓE
 ¸ŒËT@µ————————————————¯ÔT7\™B$Æ„
Ó™´A…Í&ÔÄUÀÉÔE˜$@Ô¦<&ÃP–Ú4⸨^ÙR\Õ˜0EŽ&Dª
XÂHŠÁ&
Ä=Û‡A@ØJ3JÃŠ2⸨&8FE¯FÐ×D6Œ————
]⸨ƒ,BXSµ>FØ————————————————
Œ‰ÀALⱷÁD{¶————————————————€Z˜I´
-¶3U ³´".

:£¹ŒÙ*AZËZ™®–$+Z<QÀ,QÞÂ ´ÚOG
Œ343Õ·U•$Y˜Ã‹.MÓÓ343+ßØ¨#(Ž‹...Ž„GO
        °343•M8ⵏ343,Bⵏ
(⁻¡Ñç+25[8$ŒTXÆ€‹^–Æ¶...?QZŠÄ+$Í,`€
Ô   3430È*————————————————————
€Á€,343343343ⵏ°343343A343@343343ÀL343
Œƒ` Éⵏ@ŠÁ‘SÀB ´C
C@343`Ä343343ⵏÀ343
343343343343343343343343343'343343À€À343343
€7V-ÁɶÛÂÙ÷Ó*†‰30ⵏ£Ò+³È7Å̟!;?+¬Ê\ÓHÀŽÐ"¼
MSÖÝÃ³<-º6'•^"]HGÜXŠÃºB——————————
ÚÚU:>ÒÖ»6µ *ƒŒµ}ⵏÂNⵏÜR‰"[¨TÚ@Ö"#B5Ö˜,MP±F‡B¿
R™^`6R5R,WUŒ
        UµÜ,ÅLÌ˜L°!PQ¬"C¥Š)PCÐB(R6343—
M&ª343[Ñ5ZLOPƒNOê᪠
        !ÕR"N,À#YKÕPÀÐ!AVKÉB#‡Ž
343———————————————É"Ä4/FÂCŠÝµB¢
‰‹:0[È€I343343343Ä343343M,343343
        €343&˜O343I——————————
343———————————————343 O`0343———
L@———————————————$343€I±343343I€
343Ì343435ⵏ0'0-ÔWÔÐ3430ⵏB=Œ343343———
@343ⵏÄ343——————————————————
I@,343.K343€ÍÊ343ÍÐPÈEÝÁÔ–ÙÜÝ®0Â€#Þ–Q*ÞÒƒ
ÕEKÃÍGÍR–®(ERÆÇIO

ŠÐÓS———————————————*1!ÆŽ‰{5¨@N>Ë
ÆÀR©Á ¶ÕÃÚ·ÝÝÕ>XB½ÝU\
:
–Z§Y§<(WG‰À'ƒDÍDÞ,
-&´É‰Œ‰ÑXÕ3(‹%6™2'Ã×"¤6ÆÙÒÑÕÔÞÂBŽ——————
()SM¤Q-ª©"ÒHÈ*
-HSÄÁMØÝ"Ú'NÂ+Ä²7Fƒ¤– J¼RÊQ_RÃXD^¨I¹CÁÏÎB¬—
D¦9'QL6\ⵏKÝM€H
ÔÂ ´¤OÁO ⵏ˜MHÆ5_S,ÈÜ¨2HUÇⵏR£ⵏCX—
C1ÉCU<Î343HGÍ–343B"GHŒ:EA@`ÀÌ*"˜ÀTØª!„8Ä
W¿ÎÔÉÍ»`
T¥ÏØL@343‘·343L€É¢

É¹+WÀ:˜ EŒÀ3443440Đ344` <344344344344344
344344Đ3443443443443440
344C344
00344\FT"®8¬!MA2CW6™VËÜ^ŸÖ-µÝ*ÔÎB,Ú†¹TM ˆ4!-
TĐEK,ẎHÀPË0M¡4Ü\
;„-344ÊƒËM^
Ò žUÏDẞM[Q` ¢ÏÕÀŒSÑÄ#±M Ç"
Æµ£ĐK¡XµQÑVÜD˜344› ŸÃE(†£ºWŠY™ÅI±ª °Đ6MQ|
‰ ` Ž«¡Û˚ÅÀÅ344 ´Œ&0ŠN%Ò!WÀ¥º"É€E2
 †R344ÊŸ7'T™ÜÓ
½ÀÂ˜Š¿„Õ‰¨;Ö¡S÷Ñ©S¾Ú#±¥„KE ŒÑBQÚ0I^:Ê &GN
NË ¸
#ÞE°6Eª Í.RÌE€344344‰ŽÅÁÄÀ%[RÜ1¬©[KUÁ"ÒLS
ÁÖ ´ºŒÛHU7¶§{ MÉW—
Å#\² Î ™E0ÜZ!ÎŽ1U˜ ĐD9¼,;Ý ¡7MCZÌ¥Ì ´*
Ê˜OCÓU„™HÔ\,6Ò$LÖ$ÈÀÙJ$344 HLÀ0Ì` -
H9¥ÁĐ:®->"Ï¾N×-ÉI3#'– T-Ÿ{³JZ¢1½G˜ÒÑ ˆ R¢L+'——
'5IŠÆ]ÈÁÁÜÎ¹ ¸
CS½XE² ›
]L)——————————"¥* µ¿Š6————
_9 Å3Q·¤ẞL (ÂDPÃ
È„Ì%R$KPJÈ@IKØÌ³GÛÉ ¸ŠHCÖ"2:{K ƒŠË2Ë̃ƒVĐË˜«Ú
 ½ÚÑ…D¦Q#ÇÃ-ŒÀ'H³ÍÍBÚ'*»M!8®PR!Y‰Ò"ƒ†R ´<Ø-Ò
BD
V« ŽØP×¤H6ˆ ËÏÛÀ̧Ê/·CZÙTĐ ̧Ç¬ˆK¡"':ÌI
— ´Š'?¦£ÝÂÛ±ER"MÊ Q&————————
Û,VÛ̧ª19Ù;GÁ
"SV÷WEÎ̧ªTSÁ/Œ-ÕÜ4ÓXÎž´£˜ˆZƒV3443TÊŠ‰ž„Š——
Ò̊ºW1 ØÕ̃½$-VŸ„Ž\I¡×¡÷•10MNªÅ˜Á&Á"#GDÅBR=³—
Ñ+¾¥2)O¾¡.$!ÄQDGK!Z4¾Í¹V‰IJØV
9, [Ò¥LÂÄQDÁ6ÀőªÛÖ¡6Q + ´³º [§
4Å‡DZ5B«ÜÎ€344344Š+Ñ8¥&©ËÖˆ:Á344344344
344344344.
344P344344344344344344%*,` U"PẎ´Ó€344344344
344344344
344344344'ÂÈÄ%HGÃÙ 344344B€344344`<G8¡Ã>
T344BẞÝ\ÖNŠÄ¤Đ*²Õ‰PÒÑÂY
      JU˜FZÜ+Ä'¤Ý«CÏÒ

344

ŠÔ&¿É_ƒˆŠÒ!ʼ¹ .ˮŌTŸ⁻ªOH⬚7}EPZŠC,ªÔµŽDÚÅÙÌˆÚ‡ÙÊˮ
⬚ʼ›Aℳ%ˮÄÅHT+Jˊ́D
ˆD⬚GR×Ù™¶ˮÎˊÛ¬ÓŒ9:N‰6ˆIÙÔLKHSÔ_−
YYˮˮˋ⬚)TLÈLLPÏÐÏÓ̂Â1±žÎÑMÚ¦¨§˜ØQ-
,F3YØ½ZÙÍFÊØFˊRÁØPÝ£-
R2@NÕ‰A€DÌÕU345•@#O1H⬚J¦ž!\ÓÑ‡²E1OHY2˜˜$
7ÓÇÇ&Ó°Á‡Ë¥EXÂÒDÑÅÄOD´ˆ‡ÐÔG»ÆC&6@º"
¤⬚X,DÄˊ‰
XÈˊžʔž⬚ÅUÂ−ªØÑ⬚±Ã±#ˆ¯‚…ŽÈTª„-9ÕE345¬¶¿íH„žÑ$¢
345ÈGCVUÞ⬚QG⬚)⬚RXRXÆ¢ßµ(VG3Ø§±————
Ù5WR⬚É$(*TÐ¹Î)U8Oª'1¨Ö¡
ŠB:»@⬚EÌ⬚Ö©ZR<VÆˊ$™KE¬ª^±N⬚?POÔ@TÓª‡——
™2-ÀÅˮ{ÔÆ
345°
X,————————————————————
WTÔÕI⬚ÃM.IÒ−!;&ÎÉ¤!£Þˮ JÎÖ¯±‚,%KJ{-ÌÇ˜?$Ê)˜±D-
ÃRˋµ²ˮPMEŽÄLÅ½UJÇ½UH
Š‚B⬚XÇ^°ˮ¤DÚEÖ˜⬚[ÒÒʼTDX¢ÂÕŒ⬚¤LDˆ€ÁZ.·_$¬ÓˋK-
ÔÔ−]YÔÛ·9O6YÑÙPÅ5⬚)−±¦V+6ÍZÓ⬚OI€T‚€Ñ2LTÅ@ŶÎ
ÎMX„OŽÎ\Þ)§•™‚ Í"9",…ŒUŸ&MY2K,Ø⬚Q(©C#ÂJGÄÜ
!⬚‚Ù»ʼÁ.˜žÎʔ=ÎÅ•NÔ-YÊW‚A1YËGÆžÅÆRÃŠG¢ÅÉED
€%ÇIØI8⬚€H¢ÂÌŒʼN£————
¦DÐÄÔK]Ý
}AG$°−¡33.Y!K¾H…*Þ‡
;¥TJÕʼ±
ÅÖºÃÌ®Ú½UV}C5ƒŠˮDÏOŸ345V²»Kˆ‰Mˋ Ô[ÐÊ]
Û£ÌÌZSJ½Š>À{}€»ºBµ'+⬚G˘ŠÊÊ$E@⬚U Û±ƒ`ÀQŒAUÈØ:
>ž©$VØ\&Ã™Ež˜=PÖS(™*⬚Àµ°ÜÒK×ÒKÐFÛ@Å±⬚NAÔ
T™¶————————————————
ˮL⬚1⬚†¦ÛÀ^¶Þ5Ë,Ò‰T™•⬚Ä‡J³IO−×V,⬚C[5»ÌWÎ
Õ§SŸF™A„±£ÁZ>T+$H5]:2‚‰−ÖÇSˋÌŒTßFˆ,OËOÈÀ
ËQ¤WŠU⬚¾Vʼ ÊÙÔÂ=D——————————————————I
;¬Ð¢ÚÔ3¨ŠÊ˜§ÍJ⬚ÔÎ²⬚^·ÉˊTZ−ˮÁŽÇNˊžPÂ!Ø‡\À9«Î²
<‡!6⬚⬚[ÇÍÝTXUE…ÕR-
(\ʝF¼±>5‰Ñ‚E°F±Q•Ñ(…Ð'¹ÄŒ,IƒRLž,·ÁQ¿¬ˊÏØ'º¯Ô
ŒÉÂˉ[Šˊ]Ÿ1˜OŠʼÀ¿ÇÕÃ!Ê¡ÆⓈ˜EO‹(—©H6£ØÂÂªž

I

345

'B $ØH4BSÚIJÉM.DT¿À346¨5™Í´ÂHÑÊ¦Ò%Ä$
KÚ—Õ:$ÞRÚÛª)
„ŸÔŸÑ$ÊÞ"ŒÄI¢ÂÉ4TË©SR\
}□}-
¯KGF...É-ÜVË
Ï`4ÃªA‡————————————————————
²³‰<Ó-□ÅW *¹346"EÊ¼„˜–Ã´¹Ž°-ÑY§•
.{<¥8LÃ5‹□Ì0..."YPË!Ê·R7BXU„U–€™ÍHµÛF‹ÎBŒRV˜□——
—UžÚÐ¥Õ$×YÈžH€ÅŒÉÅƒÊZ'H·ŸÄËÐ.Ë^µ¹—————————
¯ÕÀA——————————————————————
ŸÌÍ%l&«JW"\ÅDÔÜ´Ü¹ºK8À˘\ª□™M¢É¼...QÜµÍ————
NQ·PCµªQÒ¶ŒQÇŠY"¥´Å·HŠÂ®RØÈ ...ÓÚOA‹Ô[©µÒ—
¤—†²Ó¨:M=ÍDAŠZHŽÒYÍÎ¤Ù$□_'K—————————
‰Ù2ÚH›™D»AM2V–»CQ³J□Å346¬1ÄLM"QH(ŒZ
M"ŽžÜÅQÈ
ÃÂ¯L"¿ÀQÍMQ¿ÂU*Î...>Æ<¥
3²3346Ü£')BW[–}UÕ'PÍ ZQ¨ÐIŽ"/–½AÙ—□ŠNA¤
T˜PÇ, Ûˆ...Õ8'——————————————□„Õ-)"———
‘,...¯Ë|S•GÄTŸ,O¢ÑÊ"DÜŠ‡ÎŠË□□¼NŽÆÈÍÛ´Ë5‚³XÁ˜
Ë¿U‚‰»ŠÂŽ:;À˜]‹ÅÙ–Ü‹
%Rž-9€ƒ>I |Ô@P
È"¨□Æ————————————————————
!WÒ—„˜É‹K}¾ÜºYÙ□————————————————
ÇÁSÏÄ)Ï>/ÍŸÇ²'—}ÁÄ™ÓVÆ×AÍÍ®,Ð×□Á*"D!
       AY6□'GÑÈ´□Ø04¢GBŠÚ'°"Å‰²346$—□V¯5Ç-
Œ"•-Öß&ÕHŸÐ˜Ž'*#%ËR÷Ó<˜,©˜JŸ´I_ÄÒ"À'Ò;AÞ-¥
@¦IH'H³-ÔJ¬Ÿ;NÅÇ,ÜOI:
       Ó²¶ˆ´&Î„™Ô4ÒIÔÍHDV¢ÐÆž,+ÕÇÓHT‹O©[Ü±ˆ#
ÐY„/$±——————————————————————
Ñ¦,©TÓEL©Â–À°-„#@'Ÿ_«Ï÷□²—Ò7ÕÒÅÃ'`GÕªÙ$¿UÎ@U
L–}^Ê□*ª—Ð€FS¨M¤¼¨Ñ#7————————
——————————————ÉG:K¥——————————
Ò"
□ŠÂLÂ...!PDÃ□@ÙK€.MNPØH
AÞ%É4É³Ú„¨˘Ç»Ô¹ÐOÞ,}%OU¦9KY¨D
Á——————————————————————
5
ÔÌž0!ÉE4-ÐÅÌ

346

UO*`À"Ø„¥$É¼ÄÚ°J/^¢Õ𝑓ó)·Š´ÚÝJ´ÅÅ

&ÈŠ%Ò'C½————————————————

ŠBHÀMMH6Á™————————————————

†R'>ÒÂ¸¬Î´D€DÌÀ È'AÎC<&

ÆT9

|——————————————————9ÆQ‰¬²ËÂÒ?

½'ĐÍY_ A.˜‡'347ŠG

MÕÒ"Í÷ÜKÒ^Ö————————————————

Ó²(N+ ¬ÎÈÑ®OOˆ}(Ã2À);————————

¬µ¦\žŽßJDÉŠ±Ñ−Ú¦˜ĐÃNC#ªVTVŠ#

O²————————————————

7ÊÕÈIKÔ}ÕÏ*»JU'————————————

GÉZ¡°H·ØŽÎ•&ˆSÚž²ĐV(3Î®CHKŒ⸤Q;LÁRÚP347C°𝟖•'"

¤6Ã&T# ¡|HD3R%ª

Ù————————————————

ŠÊ«A/ÈĐ£ÔÖÚÇ"ÝCÉYFŽ§AH−G

A2−%]'——————————————)<|GB¤%ÞHŽ^{·

¾9\ÁTU×ŸO347MÆÝPU⸤'‰lN®'ÈÔ,B¨

⸤UÝĐ4ÅÒ'« Z5⸤O³XÃÈFK

Ž]'Ù/————————————————

BÙÄÓ¶TE%ÂÃO−$ĐÈ]K‰ËÚU|ÚÌB&347ÚO!D2`'=,OR⸤

Ý\±QLÔµ±MÜ!CĐÊ³————————————

"5⸤¦⸤EÚÓ"Å]ÌŒÉ¡ÂU°4N347ÊÈž347È‡"[«"$−

Þ×#|$>,ÛÂÊN‡−

„ÉUÝŠ/ÆÌ§†‡†Z(_Ý§*L¤9"ÛÈµL˜$ŸÏÝĐ(+ÇÛRÞA⸤6Ú

TLU{————————————————

Ê #————————————N,M"¶P

¢Y)ÚªDÇÓ€Ã"@†U\DÁJ©OQO'2¹N¬‡O…U ØXI

É¨MJÞªĐE347ÊE ¤Ãß ̂O€𝑓⸤Ï×\

¡O,Á347ÏD¶4˜µÔÎŒÄÙ÷[AÊHD𝑓¦A————————

}«347ŠĐ"Ø>%Ç§Íª————————————

™#‡ËÈÑÏF×ZWJ˜>@"Y‰VÄÑ¹EŽJ"©J6½Ô±ËÆÓ_YʹH

=Œ%LÍG‡H@Å†À}1Û¹ØBHYF¬\+'E¨%R¢⸤÷Q6I"Ë

P.˜^2(ÑB ÈÝD¶QAU@PT⸤ÝCÒ}UÔÎP=žĐÞLC−

D¿ŽW"ÉW‰⸤!tŠ−*˜XX§€𝑓⸤

B347Ê Ê ÓB(*Ù:†«'L³=ÅÂÍGÓQºÖÎ´Ö"ÖKLIÚÊÎ

U'M"º:ª:⸤Š«%RÞ`VÍ————————————

347

\ÇŒËD,-Æ⁊¶Ú+÷#—¼È©ß_¾⬚^"»⁻YSÊ¨—

_N5ÜŠNFÖÕ\'ÆE Ì

*Ø#Z1⬚ÂÂ)ÏË&PTÕ

ÜÈ

Ùž©!-Ú•ËÈÏ°Œ` ©'Ú€ ³V–6@¢—

QØ±*Ô„=+ªW7ÄØQÊ¤WL%Ã‚A`U„LVJ

ŠÌÔÛE]5^¨1¡"ÝÍŒU2ÜLV¨A«2¨ÖTP DÒJŸY　—

ÑB×µ¨(¼`Þ·VR'#-LŠ^L{Á　　]„/SÍÏ‰Ã⬚Ë

Æ

¬Ø*‰¶G'Ç;SÎ‚:U¡ÕFÏ(2¤PN"¤ŠÙ–348ÈÇ⬚Í²(C⬚¥2&×£‚

P¬}S˜-Â{OT...

L}N:X348$«　　⬚AKŠJGADCM

ÐB‹)GÔÑ

SÝ Å=^SIÝETÒÖL.›K"P¨EÎ÷!½¡GTÈE"X3Ì?¬ÚV¨ZOÍ™⬚0

=^A_‰.ÛÖ¢…3'žŒV(¨«⬚^QOL

PU

　　2'T⬚Õ¢Õ1ÄÙ²348348‹N.⬚L\XQQ°ØF"ÄA˜CA'S

¼^ÐŠ"Â‡È¡Q³U†^‚8Š8P'‰Ö¼2Œƒ`Ù"Í$%GDÃA³4Ñ½;

E　　‡<žA⬚XÉÑ£CQ1„‚ÅŸžPÌØÑÄ"ÄGÇFÑR⬚8Ñ°T°–

|PÁ´PØ*Õ"G2⬚‚-

EÎÓTXÉ"EOÝ⬚‚£&ÚÚ€ ÅÊÁBŠµÜEMÏ)†"ÑÝF-

⬚$%ÁÝ¾ž££ÄÍGÈ

ÕÁ£÷ŸVÁT±…9ÊÔ6⬚0=0Z¢«Ê§⬚„ÆWV½Ü®•-

ÒRK¸´Ò¦ÝÐ=ÒŠÊZJÎF¿K»-

Ö1ÉI9Ì⬚Ò@T¢Þ]HÌ{€ÓÖ[?ʹÁT‰¤¯OÊŠI–Ð£_";Ç⬚YT|Ï£"

ZK–4ÙÝÔ+

　　‚¦IBÕMÄ^ÒŸOCÜ@F_EOŸK348GRÓÞ÷ZÇ„#"ƒ^-

OŠÙ{Ð¨9ÐVŸÕ348ÜNRO-VÀ　　OÜ´AŠƒPÑÁÉ—

%&ƒÝLÛ"ÏØZG!OXÑÉP€•ÊÊˇŠ9HGÈÈ¾ÉÑT¬

　　>VÐÌ^"-

UXV[ÄTF–¬UÎ:RÑÚ\PÂÍÃªLÉÊ:]¶YL20$¤ÛKÀB)"^…5

Õ&FXÂžÈ•ß&"Ä

VÄÄ&>TÝJPTÂYOK;¹À]Ç'ØX

È…KFÄÙŒÓÙÏÄ‰RJ¨†¹´　　½-)(‡—

–A1ÓÅÞH£»¶«[ÜÏKN‰⬚ÎQ?

　　µG¥Ÿƒ€,HÕÃ„7ÈªÙ(ÒÄRE:¼]Ÿ®M

'O^Á™Ÿ¢‚\ÔÎÔ=ÚV¥^±F

⬚¶>H&UÒ@Œ')"O™ŸÁÉŒÐØÍ³ÚÞK

ËK^@÷+ ÞBÍ))349Å⸿¹ÒP}-žŠR¥Þ>Ô9²ØYÐ2ÊGAHŽB0-
™´'¡₌

+>žQI&...7JÏ]´ —————————————————————SÌG´žÓ[
ÊYĹDAÎ|$"XØKT´SÇŠÇÈ¶Þ|J¶^Ä¡Ð°¶®^³ƒBUŒ3499
¼JÇ
ÔØA_¼@ÄÞ —⸿,NÙHON^Ç¿†ÅÁ°É-
SÐ#ÅÔ...M¬®S5%ŸE⸿ÀËO⸿RⁱÍÕ*°/ÚÄÀÆÈ%@¹Y349ËF
Ð[),„Â€BMÅ„]MÇX¬UÑ2\...T´Ä×ÒS«V¦7É‡º É˜349´Uµ
STŠR‰YZ————————————————————349Q¶2YH[
‡¢«¹Ü349´ŠC„E)Õ⸿ËÓ_„Ù¼Ö×—
Z⸿™M1÷Â¾_Å¦'Š6ÙA¢¤'XHSWE°-ÌÙ"†¡QÆ°ØŒÉ(CFQ
H'³Ä_§ßÚ.ŒZ±ÁÝ¢(Ì–6349À90-
´FE§Ō=HÞ[ŌVI⸿Ÿⁱ™ŸÞGµŸ±Å¢—
Z´RÐËIX*#¡V\U˜C¦$ªŒJß ÑK)E×C†·]N¶
FII„ŠI"„´†349M>ÓÄSE{⸿
µ⸿QÅ˙ÜH©ÜÖÝ&OBQ#I=-]ÖÓ349(¢,À„ÌMŒ9|8•±ÑÎHL
*O´ÚÄ¡OBKQ³¦ÀÑ„ÞJ¥ÎT",   ±Ĩ⸿(«Æ
°'QÝ€N·ŠÏØTÄÙƒ2Qƒ†I]⸿Á÷>349,(†PŠÅ...Ìì«Ä"J EÂ°18
Á-Þ349ÏË
⸿U Þ½X349)}L¦349ŠIŠ¾—————————————————
AE$A———————————————————————————
A   ŽÌDF`NÒ„ƒS-Ç@‰°ÇÔÇÂ ˜⸿4Ë˜!ÑÒØŸ<È=C-
€[¼„Ò-A¡349,¬Q————————————————————
UB†Ý„‰Ô   È,ßÜ⸿349º:———————————
>⸿Í„¹–,ÛX<Ä€´°@$AD(`€Q½
À„!ÊQM#–ÎNÈNL½Ð´Ù349ÒÅ´1½E[--
ßB«ˆAÚÈ¸ÀMROŸ'USÆ´ÑÔØCÝ-ÈÐÇ
        @ÅL6ÓX...MÉÞÔS-⸿1?'Ô'EZÊ³JÄE-
Þ¼#Ê&ÙÉÅ,Æ8349,——————————————————
349BÞ
ÇÖ349˜™Î°K————————————————————————RU'·,5ÎG]Ï
°#×,ÏÑÓÀ349ÄÀ1R@Ë/^,`žⱽ²NÈÐ¢ZÊÅŸ@ÈBÔ-
€Æ¿Ð...½ÀÏP-⸿Èƒ6·————————————————
»†N˜———————————————————————————
H¤Ø
D"6"ZÀIÚZ-ÊY—————————————————————¦+3498
!9ÝV+Ù|¶_...9?"–349I,€ PB–ÁÂX\,«G=ZÀ

%¹-¥Ä°Z'H!————————————————{ˆↄ>°6¿ÈÎOK
◻4ÔACÑÙÈÕBÂKÖ————————————————€È\ˆ
—|2(P "¿————————————————
ÒÀËŒ"IA‰Ÿ?›Í÷ˆY————————————————
ÍŸ
¾SÏÀL'Ò;ÞÅHÚ9˜ÊS{VÁ'/=¦¤ÄB:2:NÛI'·LLI:!HÑÅ¢B
ØBFↄ·ªUÌ´VG°Á·LÍTRÔC
ÛWN————————————————
˜UPⅠÈŒ`É"Õ™-
=Ï¦‹EZÂ=Â„"ÉEP:N%Ÿ...HŸÚ€J«ÀÄM¤¹‡FB"ÂÊˆÕ,Ê¼º
FF`²˜Ø|8-B„Ÿ£˜¼7°%ÞºÇ————————————————
-ÝLQ9JÅ350Á FⅠ\$@ÏÅµÁ„2Õ&;ŒÛ]————————————————
}————————————————
"ÙÇ4————————————————ŽQ¥ⅠËŸÜ¿Ü¢2'È!(
J)K
¥Ø€Þ]Å4NⅠ=GE\!350C33<¥————————————————
ßÐ&Ù˜€ⅠPÎ"7T|V±E EÁMÂ‰Ï¹ÙÞŸÒ/VYÀ;ÈÅÅ˜"ÁC
¦!E--$0¬½«•®"ƒÕÂ,ÒF¾Æ˜Y${ⅠS,   ¦"ÓÛ§ªŸR
<...À(¬ÈPZ˜ÊSÕ]Ù¨43Zⅰ`-²°ˆCKˆYH©#-5FÒ8————
GßPY<H,ÔÄÐ¦ÔÎ13¸HCÌ=ÊÎÈ!0'ÊVÛ‡+¸NYÞ.®Ô£ˆ¥ÕJ
ÓLÅ¦0Ð«"³DLMCÁÂ8...B·WÝ
<HŸ
ÎYÊCZÔÚÁÐVZÆÆKÇ,-
ÝY&ßⅠ&¾U‡›½DS¡C÷ETŠÄÀ²OQÍ:V}¤¤²¥ⅠŠØX————
)Å€'NP"BÂⅠ><AXÅH]
ÕÐ,—!LžÔBA,\L7YÓÆƒB÷OÁG350¢($ÐⅠ—S Õ5ÔS-
X[ÇÅž350(T3@;¡V€W,Ó<
¡Ý   Ü
OK„2®`...X+ÜⅠÐ€%/ÈDHZⅠMRP±WBÅ˜EÜ°ÊÚÂ×3500
×Š5Ü|
     JÚSÉ´§¼,Š›ßÀˆQ²„',LÈDLA)$(\F¼T,Ò;Ï¬AÐ:#
ÀJ   -ÑÛ...¥...>TDÌ
VR#0Ê©Fª|ÇTµ¾9A\.ŸGÔÈÂ{¾QVÑH´Ú),ⅠÑ˜ÈOˆ¦WŽ
    N‰±EÍÇGN7Š(„‘ŚOÁN±%Ç‡LÌÌ1˜"OWÁ&'J³I{
BⅠ52¥7/!‰Q...-ⅠⅠ9.²HÊ÷7ŒÊ   C'SQÙ-JFÒA07————
Ë®²NNGYZ€®±MŒRXº©ŸŸ3SU"Ë>‡1ÔÅ†ØÅ————
‡¡2Ø3507ÁŽXB™ÆÀÁWÝWÇ•6Î¶Ê'ÏŠÖNÞ...P‰¢;——
Þ\/-¬ÄÇÈOÃ}NÀ<µ?P7ÀÆ

350

XX‡WOZÚ§Ÿ€3T¦^EŠÓÕÀÕ{¨E¼-
T`B? M'ÐÇI'·Ë¬CI,M®·ÚÕ¨=·—
˜<ÀK·ÈM¾£Å²·¡ž4€ÀÂÃ†ŗ9KÉË¡ẞKÊL2E¿ẞÑ351ŠÌ¦X
]¬...ÒÆÀÀÝ‡<¿¨;:FIÆÚ¾(¿ÑÌ——————
9®E!ŠÀÐ3È-
ÐT˜KU,,%ẞžÀÁ5ẞ—ŒžÜÜÃM#}Ô˜&'_Õª>©ÃT@Ÿ>Ã$,ÎÚÞ
C%ÈX![ž€Ã
Ð-WÞÈK¦Þ@Ç——————————————O€˜EFÔ
«Î351ß/M——————————————————
Ó¾˜-ÒRÊA&7ÃÝÓWẞ§€ÐÄ|À@ÌJË?%„? ƒZÆXS-
|Û˜,Z9ž%ÄP^*˜PP"@#ƒÞCÈ]Õ'ÐŒCÇ^AW>/-
351!>L¾ØM„,S©CÐC¡K¨&Ó   ÃH
€ÓW@A)Þ
¢Ü²˜S€¶   ¾A?:"†   ,¼ẞÁA ƒ¬¡¬)J^——————
ÞSƒ8!YVÃO`(¸¡žÃ/ÓÐẞÀŸCÖ————————————
‰A8B!·Ð¹Â@A,Â™
<351‰HBÌAGÀ¹ẞ
AOŠÎW!.XÊFÑ†   ¡`FBÂ 8 Œ!IX^ÐÖ
„'A————————————————ÃÖÞ;`@"5Ð··AI^A
ÝÆ*&ẞŒßYÆ<HÄ£Ô¶Ê3'B[ÞM?Y×WFŸ){G²I¶™Ñ©Ñ
ŒGÁÀ·˜Š4„¿MÔF|&Q{ÑÈ<VTÓY¨ẞ2±"ÄO9ẞYÂÛẞÆÝªX
‡?‰¾Z"˜{'Ì˜6VWÔ¿<Ë2ÞI˜ÓÌÒ·Ò‰MÃ+S™IJUIHÚÍL¿Z
¥ÞEQ&Ø·XÚ°{•
W{ẞÀ¿Ô¡$}DA½{ÍÀBVÎH!ẞ¢ẞÑ^Y6¶¢Ü-
7/°*ÝHÙ)XVË"±Qƒ)TÙAÉ2´MZÈ,W-`‹±Òẞ(Ü+ÓÉ€ "AÞÑ
«ÓÁÉ^-ÖÊAÀÅÑHÀ]XÃÏE6Á¶Á¦6@Ä
<Š5QÔÐžÓÈTÈ&¨+$˜ 7ŠÀYYÄY^C—ẞÀŽÃ,Þ\ẞZ(€,Äẞ
Á>†Å}ÈKÈÜ\ŠA\ÒA†'V"‰IBÈÀ351'Y„„Ð€ÜOXH[EA-
     Ô   Z^"€-Æ?Y×-?B{"‡ÍQFÚÓÍ;ÄÝLÒÁÑI$Ø
Â-ÙÈKÐ€"Òƒ˜ÅÐÂÂẞBÍÐÕ°)Ë!Gẞ¢§Ÿ351   ž ÷H——
HT2(.351
¢Ü€„×Ü`B†351MÊÂ³È[ÆÐ2]——————————
————————————————!˜TT——
¬2¼¹}ŽÁ†ẞŸ>¹«TE³*ÐF.Ë´}H˜¾"Ö±Õ*X¬÷ÞÈ÷ZÜẞO¼—
BÖÆÇ »ŠAZL˜ŸZØWS&ZÐÄÛ•ŸV-RH[©K-Ø-...Ó5ÈQẞ-
:À——————————————————È;²™Û5T‹VÍ¡Ì}
     XC$Š ¢<<À@G`Ð"RÈK351\B_ẞ²(:GÏ3510FŠÏ
...Ó

§¨
,]————————————H=ÆÓ^1W–
YÂ〚352…¢#"¬´¥ ——————————
Ï|ÉÂB
      |`°´Î(‹QRÑŠ&ˆˆÆŒQŒÜ{FKÈ³˜'ÅƒGÖÐˆ&'〛,HŽ
Ñ…³†4†$%ì©'ŒM&Ñ–ÅÂEÃF„ž!
ßGÉ©Å£JBÍUNÛ²M¤¸〚Ò³‰2G‡ÑÉÉ5ÎVWF±FŒŠ=#–‰
¢ÖVT〚KJËVR,ËQ{ÂMÇ!±•¢/°EPŸÑDNÑß¥žKË–}TV–¹'
E£ÑWAÌH¤U7¬,NAÀN〚S
J⁻GA*Á+›?•/NI€MÆ=²PÉ#¨(H‹ÎXI/WÄÙÂ¹{(NÚÉ-W^«÷
KÓ˜X; OFGCÝ}Öµ¹^Ô€ŸWÍ]SU6RÈ`Á-
RÜÇ‰VH¥ÖÜ"¾®¶ÊÐUJVµHO_U³ÛÒ‹)Š±Ã,E5XÀP¦WR
Ð6¾ÆJÙªÂ7XŸ*_˜-
Ä˜ÅÛ;ÁT¾L1ŸÀ〚{µ\ØÆÂÅÈ¥7«XZ|Ç»SYÙH?;ÅÊ˜žUž
ÁI]-»„Í¦¦   ÎÝM=¨¬F•ˆ%"˜
Q@KÈ(^〛Ó}¼…#ÑW'×¡½˜L4Ò,º_"O`Ç‹Ã–Ä)ßÞKÊ`UR-
R3ÄÇ2½<,`€¥]©UÈ3„06Í,–Õ Œ×]-
"—)ÏB•〛,Y¾Ö〚T{ÃJKXQÄ
Ò"ÕŸÚ⁻ȶ〚ÕàHÞ…QÅK—
@QR_ˆBÑÜ…€W‹>3523Ð.B÷Ü2# LÀBQ Œ-Y——————
¶Ñ€Ê«-…ˆ½…ˆÍ`L.B‡4P'HÂ352ÅD•Ë90-0HP)½¶Ø^
352›ÅÂG(2 –
({Á;Ì§Ì*Ð€ÙÅHO;ƒ!B†YÊ@˜ž[ÐANA"Ø-Y——————
C€U¥〚HE?«";‹À⁻Ÿ/
      Ý)´T®HA&¼ZÒÕÇUTÙÐÕËÚÀ×ˆ·©Þ⁻Å[Þß〚6Å·
º<Ñ€ƒ¾ÄªŒ^

---...THE:::END...---

INDEX

¨éû2————————————————————————

³'û2————————————————————————

Ø{û2————————————————————————

ä<û2————————————————————————

æ~û2

óÑû2"™û2IÁû2Lû2Z'û2‡Ùû2ªû2¬` û2º□û2êÌû2"û2bû2$Ïû2
Sóû2pÑû2sû2€û2®§û2Ëèû2Îû2Ù"û2ýíû2Üû2©û2¢û2*žû2/Nû
21Œû2>|û2iû2Š¼û2Œõû2š
û2Èåû2äjû2ä¨û2ò*û2eû29û2;dû2I+ û2ssû2ž¡û2 Óû2¬| û2Óò
û2êHû2ëìû2ò3û2 d2————————————————————————

B€222Ýh`c2à 2

-‰C2¦éo

6+ ,Ÿ7•'MªI>Ð4šJHañ0‹ùØ8□Ò„e«§ºA9a¢øÐlo)'˜ H]ªF‡R5¯
    ¶µ2L-ÜW²s2ÓŠQ%")°É)Ö"PÅI 'S¡ØÁ%b#V&y□R½
ÚVÚYdÉh™ 'Ұ<ÉGAA+ ¥3——¬¢ -#D‡0á————————————

#—Snō¹YWƒP#|eɑ"EÚʾjñXs0¡öç□w)ŸI"-eš`ÖûVs»————————

m¨—

P±¯'ÂW·êÖd÷Uâ5J`ß:Ð+ }ÀÒí,y□Y` Ú$íóŒ„n†äCDôÍlï±8•
¶| "À€‰C[sê—bɑä{'X1F-®ÒNrhƒ4¥«jDB2
¦   (âYðT‹~jÚ————————————————————j²˜
>©úÑS6-"H¨2ˆP†ÔÆˇô□«©2½¾É6²ÂW
`2J„Ok$ÒIŒ‰ùT¢cbs'ºðòŽ7Û¨Îcì ?ñ¾}"Ó•"Mšñ————

*¥S%UlDì˜ýÑIX@§CɑoDÝ&éR'¦ÆÔ0Ë&ʾ¾˜Þ'h5ɑÕ$ÔÈêÎ˜¢‹$
©ʾMœ'EY1»□ÔgšhB-ô ,-œʾS
        $¹‰¢Q□8AIn:(&9ØùIZ&ƒÌJ!H82222222222222222
222222222``2222`22222`222————————————————

 Á°H 222`22l$'2˜2`————————————————ûíòÆ·
óþQ¢E|ïiÑ«£` -
¦4pÒ{*,÷ß□™dQM1^···,ʾp°b,Ô'yÂš.å}ðÚfNªÜ□M¢□P€æd¶O
e",2ID>ƒ„Aqáqa£ãaMÅOÅOO

x¨Ñkæ—´n¯‡m@2

.8□ñvâ¾-Ž²Kq¦ɑšš±wZk¥=ö‡e°6ô™šV4éúb˜¥q

Þ-í[Íc™è¾

æêã(ÕFÁï¾"aïb˜¢6Ü‡□¹

□âãÐžŽ2A˜ŽAzÞ8Žáú½E[h*&ÛAmkƒz'x<□ñähÓq¹í'æ□t¹â
÷Ép'ihŽé¢¼éU-±GèÑ1(ý&(2À€C)□¨·ËO————————————

□:9s¨æfÚŠ.Y"X¨··"±ɑ_]rÊïä2Èã-Dìo¾¯¾□î-NŽK2TÂ©„é
näªˇ¨¼vR‰t-

¾Ô'ûÎJ$ð−)hîÝÅ8ÿô³åŒùc>æ£g»™be‰₩LÈø{N´•‹9•‹9ì‰·ð
ö□Þ−ûI¥²−¹"H'BcHìlq#¸3 ¡$ °_

û:□G¦&"pºù"‡¶?°±¶₩-Ës—k¶'ã§ìœUwÞP
Q~â½}−SôÛ™³vÙ□/−Çxö2"Cë•µ%-Ik mœÚÏ¶ ž²m;.ò−
W‹"æ+ ¶+ bEÇz¶₩.EÙ−
"ìŒìhÒƒ−'Ìz}~Ÿ[□*zhß,?,(°ÄqÆ•ð(□,Ó&?^h¥ŽÏ!<ÞŒ´-
+ HH3□Ð———
¾')Ê%
`52qn±Pd□&6(¼ºÅÖ*‹‡æPA−
/'DžsWIçÝ^}Ô_y²Y¹□3GWÊ:¼Sj²x¨
A%ÌkC1ÒŒêø#3Ò´ƒ.¥‰2'HƒŸ±Œ°DðÑŽQÅú,føHÁ=ÆÏ` éÐ
~ N&rg(³aòI'‰¨§−Ó^Lø'ˆ^üü¥‡Ê~RÃ3øLCµ———
i#2Ñ•»@3¼2
…□Ê4&õ³+ ÑP¶…´&*hµn-So«o© □F÷—□½
®…Å]
5|¬Š²ÈWÒôiîkn•Ú«ôIm±BŽ'ŸÊô¦´ˆÐš&;3V™□ˆÎÄÊ¤†xß?"£
ò"d4¸3Ó(B!¾G¢þUÓ3XþÊ·»GžbŽ£²«Eâ
„ã<f¾3,_O^&œ]Û ©-55 øÜ¬3=TÆ ŒÀy R¦
{KÂ,4'ÄKKéqÖa"§cÛ=)RøioRà0□3¦J‹Ž{ÜßË(+ 1³¹îP8©™ôú
−2¾+ □6i°¸ð™|‡Û□.$¸—RwHï¢q‹Êbáhö¹q¾~à}^™
vº€Àµ2„¥',°□³]———ðÏå−½K
m|z®€———†è———
~` ₩¤Çzê@w)/Ð!−OK7h.¯_,K>¦Ùïì¡å4———
˜□T}ñ»ÆÃïHqtª÷áÁ)µä—')□−%P›P¡å¤□´ƒ
Û9.©Ö,û%<«hU#0,!÷{□ø›Éä−ŠçjD"ÄYi
sjwP'„₩C,ËöŽÂT8ÎdÒ•«¾+ Äeå———
‹Ëÿï•ž<EÜbKÀ,/ÏH3ÿåÍ¨EWÿ□•¨"E"°»À&G&I¾;„−°r¯§ ₩ý%
:ç"ùÜ¯Ð#¶…äÄOûö>Ä□f"Ø-æÑ———
Þû„−äùÄå·šÞi9ß)êZœq®çÃ|>
2¨Éœ1&———‹¸ŠÚð———
8e−¦_¶3x|Yañx~?§J•mHgeÜ(
uÖj`£¦÷ØAD.¢í<Û5
²T•ð¼−xR }□¾P†W□ó−êE9)8å™qå¥?ðQu¸˜sº'„&MM<fÏÂ(I
e„©P±ò½Õ□□°AFëKìŒTí$ï…iú@¥‰…———
-^d89Þ_{>…8¢Ëz;ë/ÈÞ·'&9˜']æ"tž0žPÐ"ûÅÖÐÀT™¹IÙi‰—
.k 3ñÕ×¼‰'¾Zi6©ßG4¢_""hÁ†…3mŠßUúçB4aî−
œÁz4#Ÿg¢aEél"í|3@Ø`ŠX6´Ãæ¾1Pb,YU−
¡QE35;JoqÊ)>#.ßûyÈßßÚ,…‰w§q^^Ô¸¯µå[˜—

ADVERTISMENT LOOK4

PEAPLE AND TREES

INSOMAINE A

(A SERIES EDITION)

{BIOLODGEE}

{APLIX SYRA}
MERAV/THE GALEXIESTAR*

THE TRIANGLE TENT
(SERIES 1-3 EDDITION)

A.R.E A.LIEN R.EVERSE E.NGINEERING

LODGE:

(THE MAGICAL CABIN)

LOOK4

(THE BOOK OF)
CUMMEDAR

(THE BOOK OF)
HERMEDON

(THE BOOK OF)
ATACILLE

THE TOWER OF CLOCKS:)

THE
FIRMAMENT
OF THE
GODS

MAY TRICKS
{A HALLOWEEN EDITION}

IN HAVEN OF FAST PURSUIT

IN? BLOOD.INK

THE EXHUMATED.

THE PASSAGE IN THE DARK,

SACRAMENTS*
TO THE MORNING STAR*

R.I.P
RISE IN PEACE

ZOMBIE NIGHT

```
>-------<
 \\\///
 []---[]
  {}{}
  (---)
   ...
```

NOW IN HYPERTEXT

TM

Made in the USA
Las Vegas, NV
06 May 2024

89593790R00225